# Qui est Terra Wilder ?

**Du même auteur**

*Les Chevaliers d'Émeraude,* tomes I à XII

*Les Ailes d'Alexanne,* tomes I à III

*Les Héritiers d'Enkidiev,* tomes I à IV

*A.N.G.E.* 1
*Antichristus*

*A.N.G.E.* 2
*Reptilis*

*A.N.G.E.* 3
*Perfidia*

*A.N.G.E.* 4
*Sicarius*

*A.N.G.E.* 5
*Codex Angelicus*

*A.N.G.E.* 6
*Tribulare*

**À paraître**

*Les Ailes d'Alexanne* 4
*Sara-Anne*

*A.N.G.E.* 7
*Absinthium*

*Les Héritiers d'Enkidiev* 5
*Abussos*

ANNE ROBILLARD

# Qui est Terra Wilder ?

Michel LAFON

7-13, boulevard Paul-Émile-Victor — Île de la Jatte
92521 Neuilly-sur-Seine Cedex
www.michel-lafon.com

*Merci, Annie…*

# 1

Terra Wilder était plutôt nerveux tandis qu'il marchait prudemment en direction du bâtiment de l'école secondaire de Little Rock en s'appuyant sur sa canne. Il n'avait jamais enseigné de toute sa vie, mais il savait que c'était une étape nécessaire à sa réhabilitation. Cinq ans plus tôt, il avait été victime d'un terrible accident d'automobile dans lequel son épouse avait perdu la vie. Même si les chirurgiens avaient réussi à lui reconstruire des jambes artificielles, ils n'avaient rien pu faire pour son cœur, qui pleurait toujours la mort tragique de sa femme. C'était Michael Reiner, son psychiatre et ami, qui avait finalement persuadé Terra qu'un changement de climat et de profession l'aiderait à oublier le passé et à recouvrer son équilibre émotif. Docile, Terra avait donc accepté de quitter le Texas et de s'installer en Colombie-Britannique afin d'y enseigner la philosophie.

Terra marchait lentement sur le trottoir de ciment usé en faisant bien attention de ne pas fatiguer ses jambes. Il s'intéressait aux alentours. Il avait vécu dans plusieurs pays depuis sa naissance, quarante-sept ans plus tôt, mais aucun d'entre eux ne l'avait préparé à la beauté sauvage de cette région du Canada. Il y avait partout des arbres immenses.

Little Rock était une belle petite ville. Jadis, elle avait connu une économie florissante, mais la fermeture de la plupart des usines avait contraint un certain nombre de ses habitants à travailler à la scierie locale. Les autres étaient sans emploi. Malgré leurs maigres revenus, ces braves gens rêvaient d'un avenir meilleur pour leurs enfants et les obligeaient à aller en classe.

En se dirigeant vers le bâtiment de briques rouges, Terra Wilder prit la décision d'enterrer son passé une fois pour toutes et de devenir un nouvel homme. Il éviterait de révéler sa véritable identité aux professeurs et aux élèves qu'il allait bientôt rencontrer. Sa survie en dépendait. Perdu dans ses pensées, il ne remarqua pas que les arbres se penchaient sur son passage pour le toucher. Il grimpa avec prudence les quelques marches qui menaient au porche et pénétra dans l'école.

Terra s'arrêta devant la porte de sa classe et prit une profonde inspiration. À l'intérieur, les adolescents riaient bruyamment. Le nouvel enseignant sentit son courage s'envoler. On ne lui avait rien dit sur ses élèves, lorsqu'il avait accepté le poste. Il savait seulement qu'ils avaient entre seize et dix-huit ans.

Il entra et se rendit jusqu'au gros pupitre. Au lieu de s'installer sur la chaise, il préféra s'asseoir sur le meuble et observa la vingtaine d'élèves qu'on lui avait confiés. Les adolescents continuèrent de chahuter pendant un moment avant de s'apercevoir qu'il était là. Le silence se fit peu à peu tandis qu'ils examinaient cet homme aux tempes grisonnantes vêtu d'un complet très chic. Terra en profita pour se présenter.

– Je suis votre nouveau professeur de philosophie, déclara-t-il, avec un accent britannique agrémenté de hollandais.

– Où est monsieur Harrison ? demanda un des garçons.

– Il a remis sa démission la semaine dernière.

– Si vous êtes prof, pourquoi avez-vous les mains vides ? voulut savoir une élève. Vous n'avez pas de plan de cours ou de feuilles à nous remettre ?

– Soyez indulgent, les pria Terra avec un sourire. Nous n'en sommes qu'à la première journée.

– Vous n'allez pas nous imposer de devoirs aujourd'hui ? s'étonna une jeune fille, qui semblait plus réservée que les autres.

– Non.

– Est-ce que vous avez au moins l'intention de nous enseigner quelque chose ? s'énerva un garçon qui ressemblait aux Amérindiens qu'il avait rencontrés dans la rue un peu plus tôt.

– Pas aujourd'hui. Je vais plutôt essayer de répondre à vos questions, sauf si elles sont trop personnelles.

Des sourires de prédateurs apparurent sur leurs jeunes visages et Terra se demanda s'il ne venait pas de se jeter lui-même dans la gueule du loup.

– Quel est votre nom ?

– Je m'appelle Terra Wilder.

– Terry ?

– Non, Terra, comme notre planète.

– Qui a décidé de vous appeler comme ça et pourquoi avez-vous un accent bizarre ? s'enquit une des filles.

– Ma grand-mère maternelle a choisi mon nom. Je suis né aux Pays-Bas d'un père britannique et d'une mère hollandaise et j'ai vécu dans leurs deux pays.

– Et vous enseigniez la philosophie, là-bas ?

– Non. C'est la première fois que j'enseigne quoi que ce soit.

Sa réponse les surprit.

– Comment gagniez-vous votre vie, alors ?

– Je ne répondrai à cette question qu'une fois que nous aurons eu le cours sur l'étiquetage.

– L'étiquetage ? répéta une fille. Avez-vous peur que nous nous fassions une fausse idée de vous ?

– C'est ce que je crains, oui.

– Mais ça ne changera rien à qui vous êtes.

– Non, mais cela pourrait orienter votre opinion sur moi. Je préférerais, pour l'instant, n'être qu'un simple professeur de philosophie. Lorsque nous venons au monde, nous sommes purs comme de l'eau de source, puis notre famille nous transmet ses propres valeurs et notre eau commence à prendre une certaine couleur. Nous adoptons également certains points de vue de nos amis et nous sommes influencés par ce que nous entendons dans les médias. C'est pour cette raison que personne ne perçoit les choses de la même façon. Nos eaux sont de différentes couleurs.

– Et vous êtes ici pour les rendre toutes pareilles ?

– Pas du tout. C'est justement notre diversité qui rend la Terre si intéressante.

Une fille s'inquiéta de son approche et voulut savoir si elle lui était imposée par le programme scolaire. Terra répondit que non, mais qu'il leur indiquerait les ouvrages à lire afin de réussir les examens officiels. Ce qu'il voulait surtout, c'était de les rendre conscients de l'immensité de l'univers.

– Pour que nous pensions tous de la même façon à la fin de l'année ?

– Ciel non ! s'indigna Terra. Votre esprit est votre plus grand trésor. En vous permettant d'élargir votre perception du monde, je vous aiderai à tripler votre fortune.

Il ne les forcerait pas à prendre de notes, mais il ne les en empêcherait pas non plus, s'ils en ressentaient le besoin, chacun ayant sa propre façon d'absorber la connaissance. Quant aux devoirs, il leur demanderait surtout de réfléchir à ce qui se dirait en classe et de revenir le lendemain avec le résultat de leurs réflexions.

– Je ne veux pas être le seul à enseigner, déclara-t-il sérieusement. Je veux que vous m'appreniez aussi quelque chose.

Lorsqu'ils se mirent à lui poser des questions trop indiscrètes, Terra répéta qu'il était un homme sans passé, un être qui n'avait aucune vie à l'extérieur de la classe. Il leur avoua qu'il aurait voulu les considérer de la même façon, mais que l'école l'obligeait à apprendre leurs noms et à leur attribuer une note à la fin de l'année. Mais il se dit prêt à utiliser un système numérique pour les identifier, afin que leurs noms n'imposent aucune image à son esprit, surtout s'ils étaient inhabituels ou ethniques. Les étudiants optèrent pour les prénoms.

Lorsque la cloche retentit, les élèves quittèrent Terra à regret. Le professeur erra dans les couloirs déserts. Les étudiants étaient maintenant assis devant d'autres maîtres. Terra trouva finalement la salle des professeurs. On avait placé sur le dossier de sa chaise un carton lui souhaitant la bienvenue, mais il n'y avait personne. Il s'assit à son pupitre, appuya sa canne contre le mur et fouilla les tiroirs : tous vides. En fait, il n'avait aucune idée de ce qu'il pourrait bien y mettre. Un homme entra dans la pièce.

– Monsieur Wilder, je vous cherchais, commença-t-il. Je suis James Miller, le directeur.

– Je suis enchanté de faire votre connaissance, s'empressa de dire Terra en serrant la main qu'il lui tendait.

James Miller était dans la cinquantaine avancée. Il avait les cheveux poivre et sel, des yeux gris, froids et autoritaires et ses vêtements étaient impeccables.

– Comment s'est passé votre premier cours ? demanda-t-il avec une pointe d'inquiétude. Pas d'ennuis avec vos élèves ?

– Non, aucun, pourquoi ?

– Ce sont des adolescents plutôt tapageurs, qui manquent parfois de respect envers leurs aînés.

– Ils se sont très bien comportés avec moi, je vous assure.

– Cela me surprend, mais je suis content de l'entendre. Je ne voudrais surtout pas que vous fassiez des crises de nerfs à répétition, comme monsieur Harrison.

– Ne vous inquiétez pas, monsieur Miller. Ce n'est pas mon genre.

– Merveilleux. Je vais vous laisser vous installer. Si vous avez des questions au sujet de l'école ou de nos règlements, venez me voir.

Terra hocha doucement la tête en guise de remerciement. James Miller le quitta. « Quel homme étrange, pensa Terra. Il semble avoir peur des élèves sous sa responsabilité. » Le nouveau professeur s'adossa dans son fauteuil et laissa errer son esprit pendant un moment.

Les autres enseignants arrivèrent au milieu de l'après-midi. Ils le trouvèrent occupé à jeter quelques pensées sur un bloc de papier qu'on avait bien voulu lui fournir. Terra releva la tête. Il y avait plusieurs petites salles privées dans cette aile de l'école et chacune pouvait accueillir environ sept personnes.

Ses nouveaux collègues se présentèrent : Amy Dickinson, professeur d'anglais, Michael Myers, professeur de mathématiques, Charles Wright, professeur de biologie, Stuart Sutherland, professeur de chimie et Vince Kennedy, professeur de physique.

Terra leur serra la main à tous et répondit à leurs questions. Ils parurent bien surpris d'apprendre qu'il n'avait eu aucune difficulté lors de sa première classe et le mirent en garde contre ses élèves qui n'étaient, selon eux, que des monstres ingrats et égoïstes.

Puisque c'était la fin de la journée, ils ramassèrent leurs affaires, pressés de rentrer chez eux. Ils avaient probablement tous des conjoints et des enfants qui les attendaient. Terra remarqua alors le regard inquisiteur d'Amy. C'était une belle jeune femme, début de la trentaine, les cheveux blonds coupés à l'épaule, les yeux bleus limpides comme le ciel et un corps athlétique. Terra se dit qu'elle aurait dû enseigner la gymnastique plutôt que l'anglais.

Amy lui offrit de le raccompagner à sa voiture, pour qu'il ne se perde pas dans l'école. Terra lui avoua qu'il n'en possédait pas, mais qu'il serait heureux de marcher avec elle si l'arrêt d'autobus se trouvait sur sa route. Ils sortirent ensemble du bâtiment. Le nouveau professeur de philosophie avait de la difficulté à marcher. Il semblait dépendre de sa canne pour conserver son équilibre. Amy ne remarqua pas tout de suite les arbres qui essayaient de le toucher.

– Si tu me permets de t'appeler Terrance, je te laisserai m'appeler Amy, proposa-t-elle.

– Je ne m'appelle pas Terrance ni Terry. Je m'appelle Terra.

– Terra, répéta Amy. C'est plutôt inhabituel pour un homme. Ta mère était-elle activiste au sein d'un groupement écologiste ?

– Je ne crois pas, non, s'amusa Terra, mais je n'ai pas eu le temps de la connaître. Elle est morte quand j'étais bébé et j'ai été élevé par mes grands-parents maternels. C'est ma grand-mère qui a choisi mon prénom. Elle dit qu'un ange lui est apparu la nuit avant ma naissance et qu'il lui a demandé de m'appeler Terra.

– Tu as dû essuyer les sarcasmes des autres enfants à l'école avec un nom pareil.

– Pas en Hollande, où j'ai fait mon primaire, mais en Angleterre, pendant le reste de mes études, ils se sont souvent payé ma tête, en effet. Mais j'aime mon prénom.

Amy s'arrêta près de sa voiture dans le parking de l'école et insista pour reconduire Terra chez lui. Il refusa, prétendant qu'il était plus facile pour lui de prendre l'autobus. Il la remercia et poursuivit son chemin. Amy le regarda s'éloigner en pensant que c'était l'homme le plus charmant qu'il lui avait été donné de rencontrer.

Terra grimpa avec difficulté dans l'autobus. Il choisit de s'asseoir sur le premier banc pour ne pas manquer son arrêt. Il devint évident pour les quelques usagers qu'il souffrait beaucoup, et lorsque le véhicule s'arrêta devant le petit hôpital de Little Rock, le chauffeur aida le professeur à descendre pour le remettre entre les mains d'un infirmier qui flânait dans le portique. « L'avantage des petites villes où les gens sont encore humains », constata Terra.

Le docteur Reiner s'était assuré, avant de l'expédier en Colombie-Britannique, qu'il y avait à Little Rock un physiothérapeute compétent, qui l'obligerait à exercer ses membres artificiels tous les jours. Les jambes de Terra Wilder étaient uniques au monde. Elles n'étaient pas que des appendices en plastique comme en portaient les amputés : elles avaient été entièrement refaites par des experts en cybernétique. Ces derniers les avaient installées à l'intérieur de ce qui restait de ses jambes. La peau, qui recouvrait ses os et ses joints de plastique, était bien la sienne, ainsi que la plupart des muscles et du système sanguin. Mais ses nerfs, sectionnés lorsque ses jambes avaient été broyées dans l'accident, mettaient du temps à croître. Cela lui occasionnait d'insupportables douleurs jusque dans le bassin.

Ce soir-là, après une longue séance de thérapie, Terra s'installa en gémissant sur la banquette arrière de l'un des deux taxis de la ville. Il regagna son appartement près de la rivière, au cinquième étage d'un immeuble. Son ami psychiatre avait repéré cet endroit, le seul en fait à posséder un ascenseur. Terra entra. Il n'avait choisi aucun des meubles qui se trouvaient là et il ne s'y sentait pas chez lui. Il enleva son veston et le suspendit dans la penderie de l'entrée, puis continua jusqu'au salon.

Le seul objet qui lui appartenait vraiment parmi tous les bibelots posés un peu partout sur le téléviseur, les rayons de la bibliothèque et la table basse était le portrait encadré de Sarah, sa défunte épouse.

Terra s'assit sur le sofa, déposa sa canne et s'empara de la photographie. Il y avait des jours où la souffrance était tellement intense qu'il aurait préféré être mort lui aussi dans ce terrible accident au Texas. Une larme roula sur sa joue. Il reposa le cadre.

En grimaçant, il se rendit à la salle de bains. Il s'agrippa au lavabo et aperçut son reflet dans la glace de l'armoire à pharmacie. Son visage était trempé de sueur. Il saisit le gros flacon de calmants que lui avaient prescrits ses médecins américains. Il observa longuement la fiole bleue, certain qu'il mourrait s'il en avalait tout le contenu. Personne ne le connaissait dans cette ville et personne ne le sauverait, cette fois.

Il éclata en sanglots et laissa tomber la bouteille dans le lavabo. Il cacha son visage dans ses mains, incapable de maîtriser ses larmes. Son ami psychiatre avait tort : il était impossible de refaire sa vie après une telle tragédie.

# 2

Le lendemain matin, après une autre nuit sans rêves, Terra Wilder reprit courage. Il fit sa toilette, avala un café et un calmant et grimpa dans l'autobus, remettant son suicide à plus tard. Après tout le mal que Michael Reiner s'était donné pour lui trouver un emploi à l'autre bout du monde, il lui devait au moins de faire un effort. Lorsqu'il arriva en classe, il trouva ses élèves tous sagement assis à leur place. Il les salua et eut droit à une vingtaine de sourires sincères.

– Aujourd'hui, nous parlerons d'acceptation, annonça-t-il en scrutant leurs visages. Ce qui nous ramène une fois de plus à la théorie de l'étiquetage. Pour accepter notre univers tel qu'il est, il faut d'abord identifier ce que nous percevons avec nos sens, avec notre intellect et nos émotions, et ensuite adopter une attitude de neutralité.

– Il faut rester neutre devant des émotions comme l'amour et la haine ? s'étonna Fred, le jeune Amérindien.

– C'est exact. Devant le plaisir et la douleur aussi. Vos sens transmettent sans cesse de l'information à votre cerveau, qui l'analyse instantanément et la compare à celle qui se trouve déjà dans votre mémoire. Il remet ensuite un rapport à votre esprit conscient.

– Notre esprit nous dit alors comment réagir, en se basant sur ce que nous avons déjà vécu dans le passé, comprit Karen.

– En ce moment même, vous êtes en train de m'analyser et de vous faire une image mentale de moi en me comparant à l'information et aux émotions emmagasinées dans votre mémoire au sujet des étrangers avec un accent différent et des profs de philosophie que vous avez connus.

– Mon image, c'est celle d'un homme drôlement plus intelligent que moi, peu importe l'accent, répliqua Frank.

– C'est une étiquette.

– Mais comment pourrais-je ne pas vous en coller une ?

– En me voyant tout simplement comme un être humain semblable à des millions d'autres.

Les adolescents lui parlèrent alors de leur professeur de philosophie précédent. Comme il avait entendu dire que ces étudiants étaient difficiles et agressifs, monsieur Harrison était arrivé en classe avec une panoplie d'étiquettes. Il s'était barricadé derrière son statut de professeur pour se protéger. Les choses s'étaient passées différemment à l'arrivée de Terra, parce qu'on ne lui avait rien dit.

– Mais si je me mets à accepter tout le monde, je risque de me faire casser la gueule si je tombe sur un gars plus gros que moi qui ne pratique pas le non-étiquetage et qui a décidé qu'il n'aimait pas les types aux cheveux longs, protesta Frank.

– Tu peux lui expliquer cette théorie avec tes propres mots, suggéra Terra.

– Avant ou après qu'il m'aura sauté au visage ?

Les élèves éclatèrent de rire, mais Terra vit que Frank posait cette question très sérieusement.

– Je préférerais que ce soit avant, répondit-il, amusé. Les gens n'accepteront pas tous cette théorie d'emblée. Ils mettront du temps avant de communiquer sans utiliser d'étiquettes. Mais nous devons commencer quelque part.

– Comment une poignée d'étudiants du secondaire pourraient-ils changer le monde ? lança Katy, une petite brunette aux yeux pétillants.

– Par contagion, affirma Terra. Lorsqu'une personne adopte une philosophie, d'autres en entendent parler et ils en font part à d'autres jusqu'à ce que cette philosophie devienne la façon de penser de la majorité. Des hommes politiques ont compris la force de ce système et l'ont utilisé dans le passé, certains à bon escient, d'autres non.

Il leur donna l'exemple d'Hitler.

– C'est ici qu'un autre grand principe entre en jeu, ajouta Terra. Pour que la philosophie du non-étiquetage puisse prendre racine, nous devons d'abord et avant tout reconquérir notre innocence d'enfant.

– C'est vrai que nous ne portions pas de jugements quand nous étions petits, se rappela Julie.

« Ils ont compris la leçon », sentit Terra.

À l'heure du déjeuner, il se rendit à la petite cafétéria des professeurs avec son panier-repas. Amy Dickinson lui fit signe de venir s'asseoir avec elle, Stuart Sutherland et une autre jeune femme. Elle lui présenta Nicole Penny, qui était elle aussi professeur d'anglais.

– Alors, c'est donc toi le bel étranger qui a accepté d'enseigner la philosophie à ces rescapés de l'enfer ? se moqua Nicole.

– Est-ce ainsi qu'on les appelle ? s'ébahit Terra.

– Oui, répondit Stuart, mais on pourrait leur donner bien d'autres noms. Moi, je suis plutôt surpris qu'ils n'aient pas encore essayé de te pendre par le cou au plafond de la classe ou qu'ils n'aient pas encore placé de bombe sous ta voiture.

Terra leur parut honnêtement stupéfait devant cette description peu élogieuse de ses élèves.

– Ce sont des voyous, Terra, confirma Nicole. Je leur ai enseigné l'anglais l'année dernière et j'ai passé tout mon temps à arbitrer des bagarres ou à les envoyer en détention.

– En détention ? C'est-à-dire ? s'enquit Terra.

– C'est notre seule façon de leur imposer de la discipline, grommela Stuart, parce qu'avec toutes les nouvelles lois, on ne peut plus les corriger. Alors on les envoie au gymnase à la fin de la journée pour qu'ils y fassent leurs devoirs ou leurs leçons, assis sur une chaise d'où ils ne peuvent pas bouger.

– Avez-vous noté une amélioration de leur conduite après cette punition ?

Ils gardèrent le silence en se demandant de quel droit cet étranger leur faisait la morale.

– Avez-vous essayé de leur dire comment vous vous sentiez face à leur comportement ? poursuivit Terra sans se rendre compte qu'il s'aventurait en terrain dangereux.

– Ça fait quinze ans que j'enseigne, Wilder, rétorqua Stuart. Crois-moi, ces adolescents n'ont rien entre les deux oreilles. Si vous voulez bien m'excuser, j'ai des laboratoires à préparer.

Sutherland se leva brusquement et s'éloigna avec les restes de son repas, qu'il jeta violemment dans la poubelle près de la porte.

– Je n'ai pas voulu le vexer, regretta Terra.

Amy lui raconta que Stuart avait été brutalisé par des étudiants quelques années auparavant. Nicole, qui ne voulait plus entendre parler de cette vieille histoire, l'interrompit.

– Je vois que tu portes une alliance, dit-elle. Est-ce que tu es marié depuis longtemps ?

– J'ai épousé ma femme il y a un peu plus de quinze ans, mais elle est décédée il y a cinq ans. Je n'ai jamais eu le courage de me défaire de mon alliance.

– Je suis désolée, s'attrista Amy.

– J'ai refait ma vie, affirma-t-il pour qu'elles cessent de l'interroger à ce sujet, et je me débrouille plutôt bien. Et vous ?

– Je me suis mariée l'an dernier, répondit fièrement Nicole, mais Amy cherche toujours l'homme idéal.

Amy se surprit à rougir.

– Je cherche moi-même la femme idéale, avoua Terra.

Il sembla amusé par la timidité d'Amy, qui n'osait plus le regarder, mais il ne chercha pas à l'embarrasser davantage. Il ouvrit plutôt son panier-repas et commença à manger.

Après le déjeuner, il sortit dans le parc pour lire sur un banc. Après quelques pages, il décida d'aller explorer la forêt derrière l'école. Ses jambes étaient moins douloureuses, alors c'était le moment ou jamais de tenter cette petite excursion.

Tandis qu'ils s'apprêtaient à rentrer chez eux, Fred, Frank, Marco, Katy, Chance, Karen et Julie, les sept terreurs de l'école secondaire de Little Rock, virent Terra s'enfoncer dans la forêt.

Ils échangèrent un regard inquiet. Leur professeur marchait avec une canne. Dans le passé, bien des adultes de la région s'étaient perdus dans ces grands espaces boisés. Ils s'élancèrent donc à sa poursuite. Lorsqu'ils le rattrapèrent, Terra était assis sur une roche plate près de la rivière et fixait les petits remous. Chance fut la première à apercevoir les branches qui tentaient de caresser Terra.

Soudain, une intense lumière blanche enveloppa ce dernier. Le phénomène ne dura qu'un instant. Les élèves se précipitèrent à son secours.

– Est-ce que ça va ? s'alarma Marco.

– Non, pas vraiment, souffla Terra. J'ai très froid tout à coup…

Marco et Fred l'aidèrent à marcher jusqu'à la cafétéria des étudiants. Chance et Katy lui frictionnèrent les bras et Julie alla lui chercher un café.

– Vous prenez bien soin de moi, les remercia Terra.

– On ne veut pas changer de prof de philo, expliqua Katy.

Terra aperçut la mine effarée de Frank, le garçon aux cheveux longs.

– C'était quoi cette lumière blanche autour de vous ? bredouilla-t-il.

– Quelle lumière blanche ? s'étonna Terra.

Julie déposa la tasse de café dans ses mains. Il la remercia d'un sourire, puis il reporta son attention sur Frank qui semblait en état de choc.

– Je ne sais pas de quoi tu parles, affirma le professeur.

Juste à ce moment-là, le directeur de l'école jeta un coup d'œil dans la grande salle. Il fut bien surpris d'y trouver Terra et ses élèves.

– Mais que faites-vous ici ?

– Monsieur Wilder avait froid, alors nous l'avons ramené à l'intérieur, répondit Katy.

– L'école est fermée. Retournez chez vous, maintenant.

Terra regarda partir les adolescents, puis avisa l'air sévère de James Miller.

– Nous avons des règlements dans cet établissement, monsieur Wilder, et l'un d'eux exige des professeurs qu'ils ne gardent pas les élèves à l'intérieur après les heures de cours, à moins qu'ils soient en retenue. C'est une clause de notre police d'assurances.

– Je m'en souviendrai, s'excusa Terra.

Pendant qu'il se faisait sermonner par le directeur, les sept élèves regagnaient la rue. Ils avaient grandi ensemble, dans le même quartier, et ils avaient toujours été dans la même classe.

Frank Green avait de grands yeux bleus rêveurs et il portait ses cheveux blond foncé au milieu du dos. Il était doux et impressionnable, ce que ses amis expliquaient par quelques abus de substances hallucinogènes. Pourtant, Frank ne consommait plus rien depuis longtemps. Il avait seulement conservé un air inattentif et contemplatif. Il était profondément religieux et allait à la messe tous les dimanches.

Fred Mercer avait les yeux et les cheveux foncés de ses ancêtres montagnais. Il était né à l'autre bout du Canada, en Gaspésie, mais sa mère était venue chercher du travail en Colombie-Britannique alors qu'il n'était qu'un bébé. Fred était ambitieux mais craintif.

Marco Constantino était un garçon athlétique. Il rêvait d'une carrière sportive. Cependant, il savait bien qu'il était issu d'un milieu trop pauvre pour le propulser vers les sommets qu'il convoitait. Il avait déjà semé la terreur dans l'école secondaire. Depuis quelques années, par contre, il se tenait tranquille.

Katy Prescott était le boute-en-train du groupe. Elle espérait elle aussi une vie meilleure et elle ferait le nécessaire pour l'obtenir dès qu'elle aurait terminé l'école.

Julie Brennan était la plus sérieuse du groupe. Elle était disciplinée et ambitieuse et elle savait qu'elle finirait par quitter ce coin perdu. Mais en attendant, elle aimait bien la compagnie de ces adolescents turbulents qui lui changeaient les idées.

Grande et élancée, Chance Skeoh était d'origine écossaise du côté paternel. Elle croyait aux fées, aux lutins et au prince charmant et elle était convaincue qu'un jour, il viendrait la chercher sur un cheval blanc.

Karen Pilson avait le même âge que les autres, mais elle semblait plus jeune. Elle aimait sa vie sans soucis et elle la ferait durer aussi longtemps que possible.

– Qu'est-ce que tu as, Frank ? s'inquiéta Fred, qui le connaissait assez pour savoir que quelque chose l'obsédait.

– Je sais qui est cet homme qui se fait passer pour un professeur de philosophie.

– De quoi parles-tu ? s'alarma Chance.

– Quand Jésus de Nazareth s'est incarné la première fois, très peu de gens l'ont reconnu.

Ils arrêtèrent de marcher et posèrent un regard incrédule sur leur ami. Il semblait sérieux !

– Tu penses que monsieur Wilder est Jésus ? ricana Fred.

– J'en suis certain.

– Frank, qu'est-ce que tu as encore fumé ? soupira Chance.

– Rien ! Vous avez tous ressenti l'énergie qui se dégage de cet homme ! Il est entré dans notre classe et nous l'avons sagement écouté. Est-ce que ça nous ressemble ?

– Il a raison, nous n'étions pas nous-mêmes, admit Fred.

– Mais ça ne veut absolument rien dire ! protesta Chance.

– Monsieur Wilder a seulement un don pour l'enseignement, estima Julie.

– Évidemment. Il est même le meilleur professeur de l'univers, poursuivit Frank. Après deux jours, il nous fait déjà manger dans sa main ! Et vous avez vu les arbres qui voulaient le caresser ? Et cette belle lumière blanche autour de lui ?

– C'était probablement un phénomène naturel, objecta Julie.

– Il a dit lui-même qu'il ne savait pas de quoi tu parlais, renchérit Katy.

– Il fait juste semblant de ne pas le savoir, s'obstina Frank.

– Admettons que tu aies raison, intervint Chance en s'attirant les regards désapprobateurs des autres, tant qu'il ne nous avouera pas lui-même qu'il est la réincarnation de Jésus, nous n'avons pas le droit de répandre cette rumeur. Est-ce que tu me comprends bien ?

Frank hocha la tête, mais son silence opiniâtre fit penser à Chance qu'il allait le crier sur les toits dès qu'ils le laisseraient sans surveillance.

# 3

Lorsque Terra Wilder rentra chez lui, il trouva un message sur son répondeur. Il crut que c'était son ami psychiatre du Texas, qui voulait prendre de ses nouvelles. Il fut bien surpris d'entendre la voix d'Amy Dickinson lui annonçant qu'elle l'invitait à dîner. Il s'empressa d'avaler un calmant pour atténuer la douleur dans ses genoux. Il refit sa toilette et s'habilla de façon un peu plus décontractée, c'est-à-dire sans cravate, et attendit la jeune femme en regardant les nouvelles à la télé.

Amy l'emmena dans un des trois restaurants de la région. Elle remarqua rapidement sa très grande curiosité. En effet, Terra observait tout ce qui l'entourait. C'était l'indice d'une intelligence supérieure, selon elle. Ils choisirent une table dans un coin tranquille et Amy commanda du vin.

– J'espère que tu aimes les mets italiens, s'aventura-t-elle, pour briser la glace.

– J'essaie tout au moins une fois, affirma-t-il avec un sourire chaleureux.

– Tu dois te demander pourquoi je t'ai invité ici ce soir.

– Tu veux me montrer à quel point les gens de Colombie-Britannique sont accueillants ?

– Très bonne réponse, professeur Wilder.

– Merci. Maintenant, dis-moi la véritable raison.

– J'ai pensé que, puisque tu viens de loin et que tu ne connais personne dans la région, tu auras besoin d'une amie à qui te confier. Mais une chose m'intrigue : si tu ne connaissais personne à Little Rock, comment as-tu obtenu un poste à l'école ?

– Un ami a eu vent de la démission de monsieur Harrison et il a proposé ma candidature au directeur.

– Personne ne t'a dit que c'était un poste suicidaire ?

– Non, mais cela n'aurait pas influencé ma décision. Je ne crois pas aux étiquettes.

Il lui expliqua sa théorie en ajoutant que ses élèves l'avaient adoptée plutôt rapidement. C'était probablement pour cette raison qu'ils ne l'avaient pas dévoré tout cru le premier jour des classes.

– Alors, tu as quitté l'Angleterre pour venir enseigner ici ?

– Pas vraiment. J'ai passé les treize dernières années aux États-Unis, mais je n'étais pas professeur. En fait, je n'ai jamais enseigné avant maintenant.

– Comment as-tu réussi à obtenir le poste alors ? s'étonna Amy.

– Mon ami a légèrement modifié mes papiers.

– Pourquoi ? Es-tu un criminel ? s'effraya-t-elle.

– Non, mais je ne veux pas parler de mon passé.

– Tu as peur que je te colle une étiquette ?

– C'est exact. Tout ce que je peux te dire à mon sujet, c'est que j'avais besoin de changement. Mais si tu ne peux pas être mon amie sans savoir qui je suis et d'où je viens, je comprendrai.

– Tu veux mon amitié, mais tu me claques déjà la porte au nez.

– Je suis désolé, Amy, mais je ne peux pas te dévoiler ma véritable identité pour l'instant.

– Tu es un agent secret en mission ?

– Non ! s'amusa Terra.

– Tu es le seul témoin d'un horrible meurtre et tu dois te cacher ?

– Non, mais si tu tiens absolument à m'étiqueter, alors disons que je suis un homme qui a perdu la mémoire et qui cherche désespérément à refaire sa vie.

Il jura n'avoir rien fait de mal et ne pas être recherché par la police. Elle se résigna à cette explication en pensant qu'elle finirait bien par découvrir la vérité. Rien ne restait caché bien longtemps sur cette planète depuis l'avènement de l'ère des communications. Elle reconduisit Terra chez lui après le repas et fut peinée de le voir marcher avec autant de difficulté jusqu'à son immeuble. Elle supposa que son secret devait être lié à cette infirmité.

Terra avait apprécié cette soirée. Lorsqu'il se coucha, il était moins révolté contre son sort.

Le lendemain matin, il trouva ses élèves assis en silence. Il s'installa sur le gros pupitre du professeur et voulut savoir ce qui se passait.

– Êtes-vous le Fils de Dieu ? lui demanda Frank sans préambule.

Terra fut si surpris par sa question qu'il ne sut pas quoi dire.

– Est-ce pour cette raison que vous ne pouvez pas nous parler de votre passé ? Parce que vous n'en avez pas ?

– Non... articula finalement Terra, abasourdi. Je suis mortel comme vous.

– Seulement en apparence. Vous possédez le même pouvoir de persuasion que vous exerciez sur les gens de Palestine. Nous vous écoutons quand vous parlez.

– Parce que je ne vous ai pas jugés le premier jour, se défendit Terra.

– Alors, comment expliquez-vous que les branches essaient de vous toucher ?

– Je ne sais pas de quoi tu parles, balbutia Terra.

– Nous avons vu les arbres se comporter étrangement quand vous les approchez, l'appuya Chance.

– Et nous avons aussi vu la lumière blanche qui vous a enveloppé, ajouta Fred.

– C'était probablement le vent et un rayon de soleil localisé, riposta Terra. Si j'étais le Fils de Dieu, il me semble que je serais le premier à le savoir.

– Il a raison, Frank, intervint Marco. Et c'est de l'étiquetage de toute façon. Nous lui avons promis de ne pas le juger.

Mais Frank était un garçon têtu. Il accepta de ne plus reparler de Jésus pendant le cours, mais il refusa d'admettre que le Hollandais n'était pas sa seconde incarnation. Terra leur donna donc une autre leçon sur l'étiquetage en faisant de gros efforts pour ne pas citer Frank en exemple. Mais ses problèmes ne s'arrêtèrent pas là. La rumeur fit rapidement le tour de l'école. Dès qu'il mit les pieds à la salle des professeurs, ses collègues s'arrêtèrent de parler et posèrent sur lui des regards interrogateurs.

– Non, ce n'est pas vrai, soupira-t-il.

Il s'assit à son pupitre, visiblement découragé. Voyant que les autres enseignants continuaient de le dévisager, il se cacha le visage dans les mains.

– Est-ce que c'est pour cette raison que tu refuses de parler de ton passé ? le questionna Amy.

– Je vous en prie, les implora Terra en retirant ses mains. Je viens de traverser toute une heure de ces questions ridicules.

– Ils ont donc réussi à trouver ton point faible, se moqua Sutherland.

– Je ne crois pas qu'ils l'aient fait de façon délibérée, Stuart, rétorqua Terra. Ils se sont seulement laissé emporter par leur imagination.

– Tu vas rapidement changer d'avis, l'avertit le professeur de chimie.

Voyant que Terra était déconcerté et craignant qu'il ne donne sa démission, ce que Amy ne voulait pour rien au monde, elle lui offrit d'aller prendre un café ailleurs. Il accepta sur-le-champ.

Tandis qu'ils marchaient en direction du parking, Amy remarqua elle aussi que les branches voulaient frôler Terra lorsqu'il passait près d'elles. Elle lui fit part de cette observation. Le Hollandais se tourna vers l'arbre. Au bout d'un moment, il déclara que c'était le vent qui causait ce phénomène tout à fait naturel.

– Et le vent ne souffle que sur ceux qui sont près de toi ? s'étonna Amy.

– Il emprunte des corridors invisibles qu'on appelle des courants. Certains sont faibles et les oiseaux s'en servent pour planer. D'autres sont très rapides. Ils se changent parfois en tornades et ils ravagent tout sur leur passage.

– Ce courant se déplacerait-il sur l'arbre suivant si tu continuais d'avancer ?

– J'en doute, car ce sont des phénomènes instables, mais laisse-moi te rassurer.

Persuadé que sa nouvelle amie s'était laissé contaminer par l'imagination débordante de Frank Green, Terra marcha devant la dizaine d'ormes qui jalonnaient le parking. Il dut en venir à l'évidence qu'ils semblaient en effet se pencher vers lui à tour de rôle.

– Je ne comprends pas ce qui se passe, admit-il, médusé. Si tu essayais ?

Amy se soumit volontiers à l'exercice, mais aucun des rameaux n'eut de réaction à son passage. Par contre, l'arbre devant lequel se tenait Terra continuait de se démener.

– Comme c'est étrange... murmura-t-il.

– Ta grand-mère avait raison de t'appeler Terra. Tu sembles être en relation étroite avec la nature.

Il prit un café avec elle au restaurant de la ville, mais refusa de poursuivre la discussion sur la haie de l'école ou sur le Fils de Dieu. Il se rendit ensuite à l'hôpital pour y subir sa dose quotidienne de torture, puis rentra chez lui.

* * *

Pendant ce temps, James Miller s'apprêtait à quitter l'école lorsque Vince Kennedy, le professeur de physique, fit irruption sur le seuil de son bureau.

– Mais qu'est-ce que tu fais encore ici ? voulut savoir le directeur.

– Terra Wilder n'est pas la réincarnation de Jésus de Nazareth !

– Ah bon ?

Vince lui tendit un vieux magazine scientifique ouvert sur un article intitulé : « Solutions de remplacement du carburant fossilisé des engins spatiaux », par Terra Wilder. Miller leva un regard stupéfait sur le professeur.

– Je savais que j'avais déjà entendu son nom quelque part, lui expliqua Vince, et hier, je me suis rappelé cet article. Mais ce n'est pas le seul qu'il ait écrit. Terra Wilder est l'un des plus brillants astrophysiciens de ce siècle.

– Ce n'était pas mentionné dans son curriculum vitæ.

– Pourtant il a participé à la préparation de plusieurs missions spatiales de la NASA.

– Es-tu certain qu'il s'agisse du même homme ?

– Il ne doit pas y avoir des centaines d'hommes qui portent un nom aussi bizarre.

– Mais pourquoi serait-il venu enseigner la philosophie à Little Rock ? s'étonna Miller.

– Il a été gravement blessé dans un accident il y a environ cinq ans. Mes amis astrophysiciens me disent qu'ils n'avaient plus entendu parler de lui par la suite… jusqu'à maintenant.

– Je crois bien que j'aurai un entretien avec monsieur Wilder cette semaine. Je te remercie d'avoir élucidé ce mystère. Au moins, nous savons qu'il n'est pas un personnage biblique.

Vince reprit son magazine, salua son supérieur et disparut. Le directeur resta sur place pendant quelques minutes à se demander de quelle façon aborder le sujet avec Terra Wilder.

* * *

Le lendemain, décidé à ne pas se laisser intimider par les étudiants et par les arbres, Terra donna son cours en arpentant le mur des fenêtres. C'est alors qu'il crut apercevoir Sarah, son épouse, se promenant sur la pelouse. Elle portait une longue robe noire, qui volait au vent autour d'elle. Ses cheveux n'étaient pas attachés… comme le jour de l'accident. Marco posa la main sur l'épaule de Terra. Il sursauta.

– Qu'avez-vous vu, monsieur Wilder ? s'inquiéta Marco.

– Ce n'était rien… murmura-t-il.

– C'était une vision, n'est-ce pas ? s'égaya Frank.

– Laisse-le tranquille, l'avertit Marco.

Terra marcha jusqu'au pupitre de Frank et posa un regard meurtri sur lui. Toute la classe gardait un silence coupable.

– Je ne suis pas le Fils de Dieu, Frank, s'étrangla Terra. J'aimerais que tu cesses de m'apposer cette étiquette pour que je puisse continuer de t'enseigner la philosophie.

Frank ne dit rien. Terra se donna une contenance et remit à ses étudiants des documents sur Aristote et Platon pour leur premier examen. Lorsque les élèves quittèrent la classe, au son de la cloche, Marco s'attarda. Il ne s'approcha de Terra que lorsque tous les autres furent partis.

– Il essaie seulement de se trouver un modèle masculin, monsieur Wilder, affirma Marco pour excuser la conduite de Frank. Son père a abandonné sa mère avant sa naissance et elle ne s'est jamais remariée. Frank est un bon gars. Il finira par comprendre qui vous êtes, mais il faut lui donner du temps.

– Est-ce qu'il voit le Christ dans tous les hommes qu'il rencontre ?

– Non. Vous êtes son premier Jésus. Ne vous découragez pas, d'accord ?

– Je veux bien essayer.

Terra rangea ses affaires et regagna le parking. Amy, qui avait aussi terminé sa journée, venait d'ouvrir la portière de son automobile. Elle le vit passer. Il était trop loin pour qu'elle puisse l'interpeller, alors elle sauta derrière le volant et tenta de le rattraper. Trop tard : il venait de grimper dans l'autobus. Elle suivit donc le gros véhicule jusqu'à l'hôpital.

Elle gara sa voiture et emboîta le pas au Hollandais. Elle le vit entrer dans la salle de physiothérapie, à l'autre bout du couloir. Elle s'arrêta alors au bureau de l'infirmière pour lui dire qu'elle venait chercher Terra Wilder. La soignante lui répondit qu'il venait juste de commencer sa séance d'exercices et qu'il en avait pour au moins une demi-heure. Amy décida donc de l'attendre.

– Il était vraiment temps que quelqu'un vienne le chercher après sa thérapie, lui dit l'infirmière. Il a tellement mal aux jambes quand il sort d'ici.

Elle avait bien raison. Une demi-heure plus tard, lorsque Terra sortit de la salle, soutenu par son physio, Amy comprit à son expression qu'il souffrait beaucoup. Elle s'approcha de lui en essayant de ne pas pleurer. Il posa sur elle un regard embarrassé, puis contempla ses pieds. Amy l'aida à marcher jusqu'à la sortie.

– Est-ce que tu m'as suivi jusqu'ici ? voulut savoir Terra.

– Oui et non. Mon plan était de t'enlever à la sortie de l'école pour t'emmener dîner, mais tu as grimpé dans l'autobus, alors je t'ai suivi avec l'intention de t'intercepter avant que tu montes chez toi. Je ne savais pas que tu viendrais ici.

– Je ne voulais pas que tu me voies ainsi.

– Je ne suis pas née d'hier, Terra. Je sais qu'une séance de physio fait parfois souffrir. Tu n'as pas à avoir honte de ton état.

– Est-ce que tu pourrais me reconduire à mon appartement ?

– C'est ce que je comptais faire. Je vais même prendre soin de toi.

– Je n'ai pas besoin qu'on prenne soin de moi. Je suis capable de le faire moi-même.

Elle l'aida à s'asseoir dans la voiture. Son visage tordu par la douleur la bouleversa. Il n'était pas question de l'abandonner à son sort. Elle l'accompagna chez lui et lui apporta deux calmants avec un verre d'eau. Elle le regarda avaler les pilules et s'adosser profondément dans le fauteuil en attendant d'être délivré de ses tourments.

– Je sais que je ne peux pas te questionner au sujet de ton passé, mais l'état de tes jambes m'inquiète beaucoup, Terra.

– Je vais mieux qu'il y a quelques mois, assura-t-il.

– Dis-moi ce qui s'est passé. Il est important que je le sache. Et si tu as peur que je te mette une étiquette, il est trop tard. J'ai déjà décidé que tu étais intelligent, séduisant et que tu valais la peine que je m'occupe de toi. Je ne comprends pas encore très bien les sentiments qui m'animent, mais tu m'attires beaucoup.

– Nous avions pourtant décidé de n'être que des amis, murmura-t-il, touché par ses aveux.

– Je ne t'intéresse pas, c'est ça ?

– Non, ce n'est pas ça. J'ai encore beaucoup de plaies à refermer avant de pouvoir m'engager dans une nouvelle relation.

– Je peux attendre...

Elle vit des larmes couler en silence sur ses joues et comprit qu'elle l'avait replongé dans ses souvenirs. Elle prit doucement ses mains et les embrassa.

– Que t'est-il arrivé, Terra ? Pourquoi es-tu incapable d'en parler à une amie ?

– Je suis venu au Canada pour enterrer mon passé et refaire ma vie...

– Une vie sans amour ?

– Amy, je t'en prie, ne me tourmente pas davantage...

– Je veux seulement faire partie de ton processus de guérison. Dis-moi pourquoi tes jambes te font si mal.

Terra l'observa à travers ses larmes. Elle semblait sincèrement désireuse de lui venir en aide, mais s'il la laissait entrer dans son cœur, il ne pourrait plus se suicider.

– Il y a cinq ans, commença-t-il, la gorge serrée, j'ai été victime d'un accident de voiture avec mon épouse. Nous étions en route pour l'opéra lorsqu'un conducteur ivre a percuté notre voiture et nous a balancés par-dessus le parapet d'un viaduc. Nous sommes tombés sur l'autoroute et une autre voiture nous a emboutis dans les piliers de ciment. Sarah y a laissé la vie et j'ai passé presque un an dans le coma.

– Doux Jésus... souffla Amy en visualisant mentalement l'accident.

– Nous avons tous les deux été déclarés morts sur le coup, mais les officiers paramédicaux ont essayé de nous réanimer jusqu'à l'hôpital. Sarah était bel et bien morte, mais j'ai recommencé à respirer. Les médecins ne voyaient pas l'utilité de me garder en vie artificiellement, parce que mon corps était horriblement mutilé. Mais le docteur Reiner, qui avait souvent travaillé avec moi sur des missions spatiales, les a convaincus de ne pas me débrancher. Quand je me suis réveillé, dix mois plus tard, les médecins ont constaté que mon cerveau n'avait pas souffert. Puisqu'ils ne voulaient pas perdre toutes les données que je n'avais pas encore jetées sur le papier, ils m'ont soumis à un long processus de reconstruction.

– Ils ont reconstruit tes jambes ? s'étonna-t-elle.

– Mes os avaient été broyés, mais les médecins ont conservé ma peau, mes muscles, mes vaisseaux sanguins et ce qui restait de mes nerfs. Ils ont installé des os et des joints en plastique à l'intérieur de ma véritable enveloppe charnelle. C'est une procédure expérimentale. Au lieu de me réjouir de ce miracle, je leur ai donné du fil à retordre, parce que j'avais perdu le goût de vivre. Mais Michael Reiner ne m'a pas laissé tomber. Il a poussé mon fauteuil roulant jusqu'à la salle de physiothérapie tous les jours pendant des mois et il n'a jamais cessé de m'encourager. Le jour où j'ai finalement fait mes premiers pas seul, je l'ai vu pleurer de joie.

– Terra, je suis vraiment navrée…

– Tu n'as aucune raison de l'être, Amy. Ce qui est fait est fait. J'ai mal parce que les nerfs de mes jambes sont en train de repousser et de se frayer un chemin dans mes muscles… enfin, c'est ce que m'ont dit les médecins.

– Tu as parlé de missions spatiales, tout à l'heure.

– Avant l'accident, je concevais des systèmes de propulsion avant-gardistes pour les engins spatiaux de la NASA.

– De la NASA ? Tu es un savant ?

– Parfois… murmura Terra en baissant les yeux.

– Mais tu devrais enseigner la physique, pas la philosophie !

– Le docteur Reiner a insisté pour que je change de pays, de profession et de domaine. Il dit que je ne guérirai jamais si je continue à m'accrocher à mon ancienne vie. Il a tort… J'ai tout changé et je continue quand même de voir Sarah partout.

Amy le rassura en lui disant qu'il était impossible d'oublier totalement les gens qu'on avait profondément aimés. Seul le temps rendait la douleur plus supportable. Elle avait perdu une grand-mère qu'elle adorait. Elle comprenait sa souffrance.

Elle lui promit d'être son amie aussi longtemps qu'il aurait besoin d'elle, mais déclara qu'un jour, elle aimerait bien devenir sa nouvelle épouse et l'aider à refermer définitivement le trou béant au fond de son cœur. Terra l'attira contre lui et pleura dans ses bras à chaudes larmes. Elle le serra avec amour en pensant qu'elle ne pourrait plus jamais le quitter.

# 4

Terra commença à fréquenter officiellement Amy, mais sur une base d'abord amicale, ne se sentant pas encore prêt à donner son cœur. La jeune femme accepta, persuadée qu'elle finirait par le faire changer d'idée. Le lendemain matin, tandis qu'il était assis sur l'appui de la fenêtre de sa classe et qu'il écoutait un débat entre ses élèves sur la facilité des parents à recourir à l'étiquetage, Terra aperçut à nouveau le fantôme de Sarah sur la pelouse de l'école. Il fit bien attention de ne pas alarmer ses élèves, cette fois. Trop tard. Sept d'entre eux avaient capté son malaise.

En sortant de l'école, ils se cachèrent près de la porte d'entrée. Terra passa devant eux sans même les voir. Le regard vide, il entra dans la forêt et s'arrêta sur le bord de la rivière. Ses élèves se dissimulèrent dans les buissons pour l'observer. Terra s'assit sur une grosse roche près de l'eau et se frotta les bras pour se réchauffer. C'est alors qu'un gros corbeau se posa près de lui en ouvrant tout grand les ailes. Dans les halliers, les jeunes gens écarquillèrent les yeux.

– Ces oiseaux ramènent les âmes des morts sur la Terre, murmura Katy.

– Seulement dans les films, riposta Marco.

Terra chassa le corbeau de la main. La forme translucide de Sarah sortit de nulle part et lui tendit les mains. Les jeunes étaient sidérés.

– C'est la Vierge Marie, les informa Frank avec un sourire triomphant.

Cette fois, personne n'osa lui demander de se taire. Terra tendit lentement les bras et prit les mains de la belle dame diaphane. Elle se mit à reculer et le tira à l'intérieur d'un gros tronc d'arbre. Ils disparurent d'un seul coup.

Les élèves émergèrent des buissons pour voir où il était passé, mais ils ne trouvèrent que sa canne. Julie et Chance se précipitèrent à l'école pour prévenir le directeur. Des équipes de secours de la police régionale furent immédiatement dépêchées pour tenter de le retrouver avant la nuit.

Pendant que les policiers, les volontaires et les chiens ratissaient la forêt, les jeunes tentèrent d'expliquer au chef des opérations et au directeur que c'était la Vierge Marie qui avait enlevé Terra Wilder. Leurs parents crurent qu'ils se payaient leurs têtes et exigèrent qu'ils ne nuisent pas au travail des patrouilleurs.

Quelques heures plus tard, à la tombée de la nuit, une équipe sortit de la forêt, entourant Terra Wilder, qui avait beaucoup de difficulté à marcher. On avait jeté une couverture sur ses épaules, car il tremblait de froid. Ses élèves voulurent le questionner, mais les policiers les repoussèrent. Des infirmiers installèrent le professeur sur une civière et le glissèrent dans une ambulance.

Terra ne comprenait pas ce qui lui arrivait. Il avait vu le fantôme de Sarah dans la forêt. Il avait touché ses mains si glaciales et si familières à la fois. Puis le vide s'était fait autour de lui. Il s'était réveillé en position fœtale sur un lit de mousse près de la rivière. Quelqu'un avait alors braqué le faisceau lumineux de sa puissante lampe de poche sur son visage.

À son arrivée aux urgences, plusieurs médecins accoururent. Terra se laissa examiner sans rouspéter, mais il savait bien ce que révéleraient les radiographies et les tests sanguins.

Une fois seul, il descendit de la table d'examen et remit son pantalon et ses chaussures. Il s'apprêtait à enfiler sa chemise lorsqu'un jeune médecin entra dans la petite pièce, un rapport informatisé dans les mains.

– Vous ne devriez pas être debout, monsieur Wilder, s'alarma-t-il.

– Je me sens mieux, je vous assure.

Le médecin ne voulait surtout pas que sa famille engage des poursuites contre l'hôpital, s'il quittait les lieux trop vite et mourait subitement. Cependant, ses signes vitaux étaient normaux.

– En épluchant ces documents, j'ai été bien surpris d'apprendre que vous êtes pour ainsi dire un homme bionique, avoua-t-il, ébranlé.

Terra savait bien que tous ceux qui étudiaient son dossier médical pour la première fois étaient pris au dépourvu. La technologie utilisée pour reconstruire ses jambes semblait sortir tout droit d'un roman de science-fiction.

– Apparemment, cinquante pour cent de votre corps est synthétique.

Terra fixa le médecin, attendant qu'il lui dise quelque chose qu'il ignorait.

– Vous n'avez pas souffert du froid, mais puisque vous êtes un cas plutôt exceptionnel, il est difficile de prédire les conséquences de votre mésaventure. Nous avons donc laissé un message à votre médecin du Texas pour en discuter avec lui. Pendant que nous attendons sa réponse, quelqu'un va vous aider à vous installer dans une chambre privée.

– Il n'est pas question que je reste ici, l'avertit Terra.

– Nous ne pouvons pas vous laisser partir avant d'être certains de votre condition.

– Je me sens bien.

Terra s'empara de sa chemise. Il fut alors la proie de douleurs aiguës dans les jambes. Évidemment, il avait manqué sa séance de physiothérapie ! Il enfila le vêtement en grimaçant.

– Vous souffrez beaucoup, monsieur Wilder.

– Je suis dans cet état depuis cinq ans, docteur. Vous ne pourrez rien y changer. Je sais comment m'occuper de moi-même.

Terra marcha jusqu'à la sortie sans que l'urgentiste puisse l'arrêter. On lui appela un taxi et il rentra chez lui.

Il était à peine arrivé qu'on frappa à sa porte. Amy lui sauta dans les bras.

– Est-ce que tu essaies de me faire mourir de peur, Terra Wilder ?

L'épisode dans la forêt était plutôt confus dans l'esprit du Hollandais. Il lui raconta tout de même qu'en touchant les mains de Sarah, il avait été transporté dans un kaléidoscope de couleurs étranges et s'était ensuite réveillé près de la rivière, gelé jusqu'aux os.

– Tu as vu le fantôme de ta femme ? s'étonna Amy. Quand tu m'as dit que tu la voyais partout, je pensais qu'il s'agissait de souvenirs qui surgissaient dans ton esprit ! Les fantômes n'existent pas, Terra.

– C'est aussi ce que dit le docteur Reiner, soupira-t-il avec découragement. Lui, il appelle ça des hallucinations.

– Cela fait probablement partie du processus normal de deuil. Tu as passé un an dans le coma après la mort de ta femme. Donc, tu n'as pas pu assister à ses funérailles et à son enterrement, n'est-ce pas ?

– Sa famille ne pensait pas que je survivrais à mes blessures. Elle a ramené le corps de Sarah en Angleterre.

– Es-tu retourné sur sa tombe par la suite ?

– Non. Le docteur Reiner craignait que je ne sois pas assez fort pour traverser cette épreuve.

– Je ne suis pas d'accord.

Elle lui expliqua que les rites funéraires avaient été inventés pour aider les survivants à mettre un terme à leur relation avec le défunt. Puisqu'il n'avait pas pu en bénéficier, son esprit refusait de croire que Sarah était partie. Terra baissa la tête. Il était à bout de forces.

Amy lui fit avaler un calmant et l'aida à se mettre au lit. Il ferma les yeux, rassuré de savoir qu'elle resterait dans le salon jusqu'à ce qu'il trouve le sommeil. Il allait s'endormir lorsque sa chambre à coucher s'illumina. Au pied de son lit, une silhouette prit graduellement la forme de Sarah Wilder. Elle s'approcha en souriant. Elle n'était plus une image floue et transparente, elle avait une consistance presque humaine.

Elle portait même la robe de soie noire dans laquelle elle avait perdu la vie.

Sarah s'arrêta à son chevet et le regarda longuement.

– Tu ne peux pas être ici, murmura Terra. Ce doit être un rêve...

– Oui, Terra, c'est un rêve, mais c'est la seule façon que j'aie de te parler, car la peur t'empêche de m'entendre lorsque tu ne dors pas.

– Je ne veux pas t'entendre, je veux être avec toi.

– Ce n'est pas le moment pour toi de quitter cette vie, mon amour. Tu as encore trop à faire.

– Moi ? Regarde-moi, Sarah ! Je peux à peine marcher ! Et la douleur est tellement intense le soir que je ne peux même plus penser !

– Ton âme a choisi de revenir sur cette planète dans le corps de Terra Wilder afin de s'acquitter des dettes qu'elle a envers un certain groupe d'âmes.

– Je ne comprends pas...

– Nous ne sommes pas que des corps physiques, Terra. Nous sommes des âmes. Nous nous incarnons dans la chair pour vivre des expériences physiques. Il arrive, lorsque nous sommes incarnés, que nous commettions des fautes envers les autres. Alors nous revenons pour les réparer. Toi et moi, par exemple, nous nous sommes connus dans d'autres vies, où nous avons manqué de bonté l'un envers l'autre. Nous avons réussi à effacer cette dette. Il était donc temps pour moi de quitter la Terre et pour toi de passer à autre chose. Il y a encore beaucoup de gens qui ont besoin de tes dons magiques.

– Je n'ai pas de dons magiques et je ne veux certainement pas poursuivre cette vie seul...

– Tu te remarieras et tu auras des enfants. Tu as besoin du soutien d'une femme qui t'aime, Terra. Donne à Amy la chance de te rendre heureux et laisse-moi partir. Tant que tu me pleures, tu m'empêches de passer au prochain niveau d'existence.

– C'est au-dessus de mes forces. J'ai besoin de toi...

Le fantôme de Sarah disparut brusquement. Terra poussa un cri de désespoir. Amy fit irruption dans la chambre. Il tendit la main et toucha le visage de la jeune femme, surpris qu'il soit solide.

– Tu es réelle… s'étonna-t-il.

– Mais évidemment. Pourquoi dis-tu ça ?

– Parce que Sarah m'a dit que c'était un rêve. Elle se tenait exactement au même endroit que toi. Elle semblait réelle, mais elle a disparu et tu étais à sa place… Je pense que je suis en train de perdre la raison.

– Ne crains rien, je veille sur toi.

Amy se coucha près de lui, plaçant son bras autour de sa poitrine. Elle avait l'intention de rentrer chez elle dès qu'il se serait endormi, mais elle sombra dans le sommeil avant lui. Lorsqu'elle se réveilla, le lendemain matin, elle vit qu'il l'observait avec intérêt.

– Bonjour, monsieur Wilder, fit-elle en bâillant.

Il esquissa un sourire reconnaissant.

– Quelle est ta date de naissance ? demanda-t-elle à brûle-pourpoint.

– Le 14 janvier, répondit-il en fronçant les sourcils.

– Tu es donc Capricorne.

– C'est une étiquette.

Amy lui apprit qu'elle était née un 14 elle aussi, mais au mois de décembre. Elle s'informa de ce qu'il aimait manger le matin. Il répondit qu'il ne déjeunait jamais.

– Je ne prends qu'un jus d'orange ou un café avec un calmant.

– Un calmant à cette heure ? s'attrista Amy.

– Si je n'en prenais pas en me levant, je serais incapable d'enseigner. Il ne faut pas oublier non plus que j'ai raté ma séance de physio, hier.

– Dans ce cas, nous allons exercer tes jambes dans la piscine.

Terra fut saisi de panique, car il ne savait pas nager. Elle l'assura en riant qu'il n'était pas question de lui faire faire des longueurs. Vêtu d'un short, Terra prit place sur la première marche qui menait au bassin. Amy, qui lui avait emprunté un boxer et un tee-shirt à manches courtes, descendit dans l'eau jusqu'à la taille. Elle le força à étirer et à replier ses jambes, une à la fois.

– Je ne sais pas si c'est le calmant ou l'exercice, mais je me sens plutôt bien en ce moment, avoua-t-il.

– La raison importe peu, du moment que tu es soulagé.

– Nous allons être en retard pour l'école.

– J'ai appelé James et je lui ai dit que nous ne rentrions pas aujourd'hui. J'ai l'intention de m'occuper de toi, Terra Wilder, et je ne veux pas t'entendre protester.

De toute façon, il n'aurait pas su quoi dire. De plus en plus réconforté, il fut curieux d'apprendre d'où Amy tenait ses talents de guérisseur. Elle lui raconta que sa sœur était physiothérapeute à Toronto et qu'elle s'était souvent exercée sur elle lorsqu'elle était étudiante. Elle avait seulement retenu quelques trucs pour relaxer les muscles.

– Vous êtes en train de devenir une personne importante dans ma vie, mademoiselle Dickinson, l'avertit Terra en souriant.

– J'aimerais en faire partie tous les jours.

Il se surprit à rougir, mais cela n'intimida pas la jeune femme. Elle s'approcha et posa un tendre baiser sur ses lèvres.

– Il y a longtemps qu'on ne m'a pas embrassé, lui confia-t-il.

– Alors, il était grand temps que tu me rencontres.

Elle l'embrassa à nouveau, avec un peu plus d'insistance. Chance, Karen, Katy, Julie, Fred, Frank et Marco poussèrent la porte de l'aire de détente. Terra éloigna doucement Amy.

– Mais que faites-vous ici ? les gronda le professeur de philosophie.

– Vous ne vous êtes pas présenté en classe ce matin, alors nous avons paniqué, répondit Katy.

– Nous ne savions pas que vous étiez en si bonne compagnie, plaisanta Marco.

– Mademoiselle Dickinson est une amie, répliqua fermement Terra.

– C'est évident, se moqua Fred.

– Si le directeur apprend que vous n'êtes pas en classe, vous allez avoir de gros ennuis.

Amy aida Terra à se relever. Elle alla chercher les draps de bain qu'elle avait laissés sur des chaises. Les élèves virent alors les innombrables cicatrices qui couvraient l'abdomen et les jambes de leur professeur.

– Mais que vous est-il arrivé ? s'exclama Marco.

– C'est une longue histoire, soupira Terra. Retournez à l'école, maintenant.

– Mais nous n'avons pas encore eu notre cours de philosophie ! objecta Karen.

Terra aperçut le regard déconcerté de Frank, qui ne quittait pas des yeux les marques de son corps. « Avait-on déjà commencé à torturer le Fils de Dieu ? » se demandait l'étudiant.

– Si j'étais Jésus, ne penses-tu pas que je me serais soigné moi-même ? grommela Terra.

Frank le fixa sans répondre. Son esprit tentait visiblement de comprendre ce qu'il voyait.

– Est-ce que vous souffrez en ce moment ? voulut savoir Katy.

– Je souffre toute la journée, mais davantage le soir.

– Dites-nous ce qui vous est arrivé, le pria Chance.

– Nous ne vous collerons pas d'étiquettes, assura Karen.

– De toute façon, vous l'avez déjà fait, déplora Terra. J'ai été victime d'un grave accident d'automobile il y a environ cinq ans.

– Cinq ans ? répéta Chance. Et vous avez encore mal ?

– Plus que vous ne pouvez l'imaginer.

– Mais vous ne semblez pas souffrir en classe, nota Julie.

– Parce que j'avale des calmants et que j'ai appris à me maîtriser devant les gens.

– Vous avez peut-être réussi à nous cacher vos souffrances, fit Fred, mais pas votre comportement étrange des derniers jours.

– Mon épouse a perdu la vie dans le même accident et je ne parviens pas à l'accepter. Il m'arrive même de la sentir autour de moi.

– Vous voyez son fantôme ? s'alarma Katy.

– Je ne suis pas certain de ce que je vois.

– Votre douleur ou votre fantôme pourraient-ils vous empêcher de continuer à nous enseigner la philosophie ? s'inquiéta Karen.

– Je n'en sais rien. Je suis venu ici pour refaire ma vie et cela ne fonctionne pas très bien.

– Moi, si j'étais vous, je penserais sérieusement à rester, lui conseilla Katy.

– Nous nous moquons pas mal que vous soyez descendu du ciel, des Pays-Bas ou de Vénus, ajouta Karen. Nous voulons vous garder.

– Si vous voulez vraiment me faire plaisir, retournez en classe, maintenant.

Les élèves quittèrent le bâtiment en chuchotant. Amy remarqua que le pouvoir que le Hollandais exerçait sur ces adolescents était en effet remarquable.

Terra ne revint à l'école que le lendemain. La secrétaire du directeur l'avisa aussitôt que son patron désirait s'entretenir avec lui avant qu'il se rende en classe. Terra se dirigea donc vers son bureau et trouva la porte ouverte.

– Vous vouliez me voir, monsieur Miller ?

– Oui, monsieur Wilder. Je vous en prie, entrez et asseyez-vous.

Terra se rendit lentement au fauteuil en s'appuyant sur sa canne. Le directeur, maintenant informé de la condition physique de Terra, lui laissa le temps de s'installer.

– J'aimerais savoir pourquoi un brillant savant de la NASA a soudainement décidé de devenir professeur de philosophie dans une petite école de rien du tout comme la nôtre ?

– Je voulais réorienter ma carrière, monsieur Miller, et la philosophie est à l'opposé de la physique, en quelque sorte. J'avais également besoin de me remettre en contact avec les gens, parce qu'au Texas, je travaillais presque uniquement avec des ordinateurs.

– Nous avons besoin d'un deuxième professeur de physique.

– Je vous remercie, mais cela ne m'intéresse pas pour l'instant. Je suis très heureux à mon poste.

Terra jeta un coup d'œil à sa montre. Les cours allaient commencer. Il se releva péniblement en poussant sur les bras du fauteuil.

– Vous avez fait des miracles avec vos jeunes démons, monsieur Wilder, le félicita le directeur.

– Des miracles… répéta Terra avec amusement. Oui, peut-être bien.

– Je vous prie de considérer sérieusement mon offre.

– J'y réfléchirai.

Miller le regarda marcher avec difficulté jusqu'à la porte et admira son courage. Un savant de sa renommée avait sans doute une bonne raison de s'isoler au milieu des bois. Un jour, il découvrirait la vérité.

* * *

Terra enseigna tranquillement jusqu'aux vacances de Noël. Il prépara ses élèves aux examens de fin décembre et, en corrigeant les épreuves, constata avec satisfaction qu'ils avaient bien saisi la matière scolaire. Aucun n'avait échoué.

Toutes ces semaines, il avait continué de fréquenter Amy. Elle l'avait même persuadé de retourner en Angleterre pendant le congé de Noël, afin d'aller se recueillir sur la tombe de son épouse et clore définitivement ce chapitre de sa vie. Il s'envola donc pour l'Europe avec elle et trembla pendant tout le voyage en avion. Amy savait qu'il avait peur d'affronter la vérité, mais il avait besoin de mettre un terme à sa relation avec Sarah avant de pouvoir accepter son amour.

Elle l'accompagna chez ses anciens beaux-parents, qui furent surpris mais heureux de le voir. Ils le serrèrent dans leurs bras et pleurèrent avec lui. Ils se montrèrent aussi compréhensifs lorsqu'il émit le souhait de voir la tombe de leur fille. Amy le laissa se rendre seul au cimetière privé de la famille. Une rose à la main, Terra s'approcha de la dalle de granit rose. Il en lut l'inscription : Sarah Wilder, notre fille bien-aimée, 1952-1991. Il sentit son cœur sombrer dans sa poitrine.

– Sarah, je suis venu te dire qu'il y a quelqu'un dans ma vie. Je ne pensais plus jamais pouvoir aimer une autre femme après toi, et je n'aime certainement pas Amy comme je t'ai aimée. Mais je ne pouvais plus vivre seul... C'était facile à l'hôpital, mais maintenant, c'est trop déprimant. Tu sais probablement déjà tout cela, parce que tu me connaissais mieux que quiconque. Amy n'est pas du tout comme toi. Tu étais une véritable princesse, réservée et discrète, une douce présence rassurante. Amy est un guerrier en quête d'aventures. Elle dit toujours ce qu'elle pense et elle est même parfois agressive, mais elle m'aime et elle sait prendre soin de moi...

Incapable de se pencher, à cause de ses jambes artificielles, il laissa tomber la rose sur la pelouse. Il la fixa quelques minutes, en se rappelant les bons moments qu'il avait passés avec sa femme. Une jambe apparut, puis une deuxième. Il releva vivement la tête : Sarah était assise sur la pierre tombale, dans sa belle robe de soirée. Ses longs cheveux roux coulaient sur ses épaules.

– Merci, Terra, murmura-t-elle.

Elle retira sa bague de mariage et la déposa sur le monument avant de disparaître. Terra demeura immobile. « Les fantômes existent-ils vraiment ou est-ce une autre hallucination ? » se demanda-t-il. Il avança une main tremblante vers l'alliance, persuadé qu'elle allait s'évaporer avant qu'il réussisse à s'en emparer. Ses doigts touchèrent le métal froid. La bague était réelle... Comment était-ce possible ? Il la prit délicatement entre ses doigts et la contempla longuement. Son esprit scientifique était incapable de comprendre ce qui venait de se passer.

# 5

À la rentrée des classes, en janvier, les élèves de Terra furent tous contents de le revoir. Ils voulurent évidemment savoir s'il avait profité de ses vacances de Noël avec la très jolie demoiselle Dickinson. Il leur avoua que tout s'était bien passé et qu'il avait éprouvé beaucoup de satisfaction à retourner en Angleterre, où il avait longtemps vécu. Pour qu'ils ne s'aventurent pas trop loin dans sa vie privée, il les incita plutôt à lui parler de leurs propres activités durant le congé. Ils se livrèrent assez facilement.

– J'ai prié, l'informa Frank.

– Pour quelqu'un en particulier ? l'interrogea Terra.

– Non, pour la paix sur la Terre, mais vous le saviez déjà, n'est-ce pas ?

– C'est ce que souhaitent tous les hommes de bonne volonté le jour de Noël, commenta prudemment le professeur.

Frank continuait de le fixer avec dévotion. Mal à l'aise, Terra se tourna vers le reste de la classe pour leur parler des philosophes grecs.

Ce soir-là, après sa séance de thérapie, Terra se rendit chez Amy. Après un dîner en tête-à-tête, il s'installa dans le salon, afin de noter ses idées au sujet des penseurs de la Grèce antique. Il écrivit quelques lignes, mais s'arrêta lorsque sa belle amie lui apporta un café. Elle le déposa sur la table basse et se blottit contre lui. Il avait pris un calmant, mais elle voyait bien qu'il souffrait encore.

Elle avait passé de belles vacances dans le vieux pays, même si Terra avait été plutôt silencieux pendant leur séjour à Londres et chez ses beaux-parents. Elle savait qu'un lien s'était forgé entre elle et son beau Hollandais, malgré son attitude indifférente.

– Qu'est-ce que tu fais ? s'enquit-elle.

– Je prépare mes élèves à l'examen de la semaine prochaine.

– Selon le plan de cours de l'école, tu aurais dû le faire avant Noël.

– Je sais, mais j'ai été trop occupé à nettoyer leurs esprits.

– Tu n'as pas suivi les directives ? s'étonna Amy.

– Elles sont trop rigides. D'ailleurs, à quoi cela servirait-il de leur enseigner les théories d'une poignée de philosophes morts depuis des siècles s'ils sont incapables de penser par eux-mêmes ? Il est beaucoup plus important que ces enfants s'ouvrent à ce qui se passe autour d'eux, sinon ils n'apprendront jamais rien.

– Je suis d'accord, Terra, mais tu dois te conformer aux demandes de l'école, comme tous les autres professeurs.

– Les consignes ne sont utiles que lorsqu'elles assurent la cohésion d'une société, mais il arrive aussi qu'elles retardent son progrès.

Voyant que cette discussion lui faisait perdre sa bonne humeur, Amy changea de sujet. Elle lui demanda s'il allait bientôt emménager chez elle. Terra répondit que c'était une décision importante et qu'il voulait prendre le temps de bien y penser. C'était exactement le genre de réponse à laquelle elle s'attendait de la part d'un Capricorne, mais elle avait des armes secrètes.

Le lendemain matin, Terra distribua à sa classe ses notes manuscrites. Marco se gratta la tête en fronçant les sourcils.

– Vous avez une écriture lisible, mais les mots sont bizarres, soupira-t-il. C'est quoi un Héraclite et un Anaxagore ?

– Ce sont des philosophes grecs, répondit Terra en masquant son amusement.

– Je croyais que Platon et Aristote étaient des philosophes grecs, répliqua Chance.

– Il y en a eu d'autres, assura Terra. Prenez Thalès, par exemple. Il croyait que tout ce qui existait dans l'univers, des pierres jusqu'aux nuages, provenait de l'eau. Anaximandre s'est tout de suite opposé à sa théorie en prétendant que l'univers n'était somme toute qu'une énorme masse en mouvement composée de l'élément terre.

– Mais ils avaient tous les deux tort, commenta Julie.

– Pas nécessairement, intervint Karen. Ils ne faisaient que percevoir le monde à travers leurs propres yeux et en vertu de leur propre expérience.

– Ça veut dire qu'ils avaient tous les deux raison ? hasarda Katy.

– Absolument pas, protesta Fred, puisque nous savons que l'univers n'est pas seulement composé d'eau ou de terre.

– Mais savons-nous vraiment de quoi il est composé ? lança Terra.

– Nous avons maintenant des instruments scientifiques pour l'analyser, leur rappela Katy.

– Cela rend-il notre perception du monde meilleure que celle des anciens Grecs ? argumenta Terra. Pouvons-nous vraiment nous fier aux résultats que nous obtenons ?

– Ces anciens philosophes n'avaient que leurs yeux pour observer le monde, fit remarquer Chance. C'est pour ça qu'ils n'arrivaient pas tous à la même conclusion.

– C'est exact, confirma Terra. Ces hommes ont formulé plusieurs théories différentes sur la nature de l'univers. Anaximène croyait qu'il était composé d'air, alors que Pythagore était persuadé qu'il était essentiellement mathématique et que tout ce qu'il contenait pouvait être exprimé par des nombres. Héraclite, lui, a conclu que le feu était à la base de toute chose et Empédocle a plutôt déduit que l'univers ne pouvait être qu'un savant mélange des quatre éléments, soit la terre, l'air, l'eau et le feu.

Il leur expliqua aussi la théorie d'Anaxagore, qui prétendait que l'univers était composé de millions de particules, ce qui correspondait essentiellement à la première ébauche de la théorie atomique. Lorsqu'il commença à leur parler de Platon, les élèves demandèrent grâce. C'était, selon eux, beaucoup trop de noms étranges en un seul cours. Ils réclamèrent plutôt le récit de son voyage en Angleterre, car aucun d'entre eux n'était jamais sorti de Little Rock. Terra leur vanta l'importance culturelle et historique de ce vieux pays, remettant le cours sur Platon et Aristote au lendemain.

Pendant ce temps, seule dans la salle des professeurs, Amy corrigeait des examens d'anglais. Nicole Penny vint l'y rejoindre. Elle voulait surtout savoir comment les choses se passaient avec son charmant professeur de philosophie et s'il avait eu le temps de se faire des amis à Little Rock. Amy avoua que c'était plutôt difficile, puisqu'il passait le plus clair de son temps en physiothérapie ou dans un fauteuil à attendre que la douleur s'estompe. Pour lui rendre service, Nicole les invita tous les deux à dîner afin de présenter son mari à Terra. « Excellente idée », pensa Amy.

Ce soir-là, après une séance d'exercices plutôt éprouvante, Terra laissa Amy le conduire chez elle. Elle l'aida à entrer dans la maison en se disant qu'il était injuste qu'un homme aussi bon que lui souffre autant. Terra aperçut les larmes dans ses yeux alors qu'elle lui enlevait ses chaussures.

– Amy, pourquoi pleures-tu ?

– Je voudrais tellement pouvoir te débarrasser de cette maudite douleur une fois pour toutes…

– Je ne peux pas faire croître mes nerfs plus rapidement.

– Vas-tu prendre des calmants jusqu'à la fin de tes jours ?

– Je n'en sais rien. J'essaie de ne pas regarder trop loin. Je vais probablement me retrouver dans un fauteuil roulant, mais je préfère ne pas y penser.

– Est-ce pour cette raison que tu ne veux pas venir habiter avec moi ? Tu ne veux pas devenir un fardeau lorsque tu ne pourras plus marcher ?

– C'est une des raisons. L'autre, c'est que je ne suis pas encore certain de pouvoir rester dans ce climat. Si je devais retourner au Texas ou en Europe, je ne voudrais pas que tu te sentes obligée d'abandonner tout ce que tu as ici pour me suivre. Ce serait trop injuste.

– Il serait bien plus injuste que tu me prives de ton amour à cause d'un événement qui pourrait ne pas se produire.

Elle lui enleva son pantalon en essuyant maladroitement les larmes qui coulaient sur ses joues. Terra l'observa en pensant qu'elle avait sans doute raison.

– Je te suivrais au Texas, tu sais, affirma-t-elle en plaçant le pantalon sur un cintre.

– Même si je devais y être hospitalisé ?

– Même si tu y retournais pour mourir.

– C'est terrible d'être séparé de quelqu'un qu'on aime, Amy, murmura-t-il d'une voix étouffée.

– Je sais, mais tu n'as pas le droit de te servir de ce prétexte pour me refuser ton cœur.

– Si tu savais à quel point j'ai peur...

Elle ne put résister à ses grands yeux verts remplis d'inquiétude et de douleur. Elle s'assit près de lui et caressa son visage. Il s'empara de sa main et embrassa sa paume.

– Laisse-moi affronter ces peurs avec toi, l'implora-t-elle. Je sais que je ne pourrai jamais occuper une aussi grande place que Sarah dans ta vie, mais...

– Ne dis pas ça.

– Je veux juste que tu me donnes la chance de t'aimer.

– J'ai besoin de temps pour mettre des mots sur ce que je ressens moi-même, confessa-t-il.

Dès cet instant, il commença à faire de gros efforts pour lui parler de ses émotions, pas seulement de ses réflexions. Amy lui confia qu'elle appréciait beaucoup sa nouvelle attitude.

Un matin qu'il pleuvait beaucoup, Terra arriva à l'école un peu plus tôt avec l'intention de s'amuser sur l'ordinateur de la bibliothèque. Il y avait longtemps qu'il n'avait pas touché à ce genre d'appareil. La technologie avait sûrement changé depuis son accident. Il prit place devant le clavier et ne mit que quelques minutes à comprendre le fonctionnement de l'équipement périphérique. En peu de temps, il fit apparaître les différents programmes à l'écran. Il les explora un à un jusqu'à l'heure de son cours. Désormais, la science informatique permettait à tout le monde d'avoir accès à la connaissance.

À midi, il retourna devant l'écran et continua de s'amuser en mangeant son déjeuner au lieu de rejoindre Amy à la salle des professeurs. Elle allait partir à sa recherche lorsque Nicole Penny la rejoignit, lui tendant une composition de Katy Prescott, une des élèves de Terra. Amy parcourut le court essai puis déposa la feuille en tremblant.

– Je suis certaine que Terra n'a rien fait de ce qu'elle mentionne dans ce texte, assura Nicole, mais cette composition pourrait lui occasionner de sérieux ennuis avec la direction et les parents.

Amy se promit de régler la situation rapidement. À la fin de la journée, elle trouva Terra assis dans la voiture, à lire un livre. Il capta aussitôt son inquiétude.

– Qu'est-ce que j'ai fait ? maugréa-t-il.

– Rien, j'espère.

Ils se mirent en route pour l'hôpital. Amy lui fit alors part des talents d'écriture d'une de ses élèves, qui avait fait de lui le héros de fantaisies très personnelles. Elle lui tendit une photocopie de l'œuvre en question, mais sur laquelle le nom de l'auteure n'apparaissait pas. Terra la lut sans exprimer la moindre émotion.

– Penses-tu vraiment que j'ai agi ainsi ? soupira-t-il, finalement.

– Non, mais cette composition devrait suffire à te rendre plus prudent.

– Prudent comment ? Je ne comprends pas.

– Il arrive que des adolescentes qui manquent d'attention dans leur vie personnelle, deviennent amoureuses d'un de leurs enseignants. Le contraire est aussi vrai pour les garçons. Ces adolescentes commencent par écrire des mensonges au sujet de ce professeur, elles en parlent à d'autres étudiantes, à leurs amis, et elles finissent par croire à leurs fabulations. Et lorsqu'elles s'aperçoivent que l'objet de leur affection ne s'intéresse pas à elles, c'est le retour brutal à leur vie sans amour. Elles se mettent en colère et cherchent à se venger de ce professeur, même s'il n'a rien fait. Elles l'accusent de harcèlement et elles arrivent parfois à le faire congédier.

– Tu as peur qu'il m'arrive la même chose ?

– Évidemment ! s'exclama Amy, exaspérée par son innocence.

Terra voulut connaître l'identité de son admiratrice pour lui parler directement.

– Nicole veut lui parler d'abord, lui apprit Amy en arrêtant la voiture à l'hôpital. En attendant, je te conseille de garder tes distances avec toutes les jeunes filles de ta classe.

Le lendemain matin, Nicole Penny isola Katy Prescott dans une salle de classe déserte et voulut savoir pourquoi elle avait choisi d'écrire sa composition sur le nouveau professeur de philosophie de l'école.

– Parce qu'il est exactement le genre d'homme que j'épouserai quand je serai plus vieille, répondit-elle en haussant les épaules.

– Ta composition nomme explicitement monsieur Wilder.

– J'ignore comment s'appellera mon mari, alors j'ai utilisé son nom.

– L'école ne permet pas aux élèves d'écrire ce genre de récit fantaisiste sur les membres de son personnel. Ta composition pourrait placer monsieur Wilder dans une situation très délicate auprès de l'école et des parents. Est-ce que tu saisis ce que j'essaie de t'expliquer ?

– Oui, madame Penny, avoua Katy, confuse. Ce n'était pas mon intention de nuire à monsieur Wilder, je vous le jure.

Son repentir semblait authentique. Nicole la laissa se rendre en classe. Mais Katy avait bien trop honte de ce qu'elle avait fait pour affronter son professeur de philosophie. Elle s'enferma dans les toilettes jusqu'au cours suivant.

De son côté, Terra observa davantage ses élèves. Ce fut l'absence de Katy qui lui mit la puce à l'oreille. Il se rappela ses propres années à l'école secondaire en Angleterre, alors qu'il avait encore de la difficulté à maîtriser la langue. Certains de ses professeurs avaient profité de sa faiblesse pour se moquer de lui devant les autres élèves. Humilié, lui aussi s'était réfugié dans un coin perdu de son école pour pleurer. Mais il ne pourrait rien faire pour Katy si elle ne réapparaissait pas.

Après le cours, Terra se rendit à la bibliothèque et poursuivit sa fascinante exploration de l'ordinateur. Il découvrit Internet et en comprit aussitôt le fonctionnement. Il visita plusieurs sites scientifiques, son cerveau redevenant celui du savant qui avait participé à la conquête de l'espace. Il en oublia l'heure et Amy qui l'attendait dans le parking de l'école.

La jeune femme supposa alors qu'il avait peut-être eu trop mal aux jambes pour regagner la voiture. Elle s'empressa de retourner dans le bâtiment et le trouva assis devant l'ordinateur.

– Terra, ça fait vingt minutes que je t'attends !

Il se tourna vers elle d'un air contrit. Amy soupira en pensant qu'au fond, il n'était qu'un petit garçon distrait. Il s'excusa de s'être emporté sur l'autoroute de l'information et la laissa l'emmener à l'hôpital. En marchant dans le couloir qui menait à la salle d'exercices, Terra redevint l'homme sérieux qu'elle avait rencontré quelques mois plus tôt. Elle trouva la métamorphose absolument fascinante.

– Katy Prescott est l'auteure de la composition, n'est-ce pas ? lança-t-il soudain.

– Qui te l'a dit ?

– Personne. Je l'ai deviné.

– Nicole a découvert que le père de Katy est mort il y a environ huit ans, juste avant la naissance de ses frères jumeaux. Il lui manque terriblement.

– D'après ce que j'ai lu, ce n'est pas d'un père dont elle rêve.

– C'est seulement de la transposition. Tu es, selon elle, l'homme parfait, et je dois avouer que je suis d'accord avec elle.

– Merci, mais c'est une étiquette.

– Je n'y peux rien, c'est plus fort que moi. Tu es séduisant et terriblement attirant, Terra Wilder, mais je n'ai pas l'intention de te partager avec qui que ce soit.

Amy trouva amusant de voir rougir son grand Hollandais qui aimait toujours paraître en parfaite maîtrise de lui-même.

# 6

Terra attendait l'arrivée de Katy sur le banc d'autobus, en pensant qu'il était préférable de s'expliquer avec elle loin des oreilles indiscrètes. Il frissonnait. Ce pays était beaucoup plus humide que le Texas. Il lui rappelait l'Angleterre. Il avait arrêté de pleuvoir, mais il faisait froid en ce premier mois de l'année.

– Es-tu bien certain que ce soit la meilleure solution ? demanda une voix familière.

Terra se retourna : Sarah se tenait debout derrière lui, toujours vêtue de sa robe de soirée.

– Comment peux-tu être ici ? s'étonna Terra. Je t'ai libérée en Angleterre à Noël...

– Grâce à toi, je suis entrée dans la lumière, mais les anges veulent que je t'aide à accomplir ta mission. Ils m'ont donné le choix de renaître dans le corps d'un enfant que tu finirais par connaître dans cette vie ou de te guider sous une forme immatérielle.

– Les anges ? Mais de quoi parles-tu ?

– Te souviens-tu de l'accident au Texas ?

– Comment pourrais-je l'oublier ?

– Quelles images en as-tu conservées ?

– Je me rappelle les deux impacts, celui sur le viaduc et celui sur la route. Après, c'est le noir.

– Dans ce cas, permets-moi de te rafraîchir la mémoire. Tu es mort dans cet accident, Terra. Avant que les médecins réussissent à te ranimer, ton âme avait quitté ton corps. Elle est entrée dans un plan supérieur d'existence, où les anges lui ont demandé de retourner sur la Terre.

– Je ne m'en souviens pas, avoua-t-il, consterné.

– Sache seulement que c'est toi qui as décidé de revenir dans ce corps, même s'il était endommagé. Tu ne voulais pas retarder inutilement ta mission. Je suis ici pour t'aider, mais nous devons maintenant établir une nouvelle relation entre nous. Je travaillerai avec ton âme et Amy s'occupera de ton corps.

– Et qui s'occupera de mon cœur ?

– Il n'appartient qu'à toi seul. Fais attention à ce que tu diras à Katy tout à l'heure. Son équilibre est fragile. Tu es un héros à ses yeux et elle a besoin de ton soutien, pas de tes reproches. Ne la laisse pas tomber.

Sarah disparut. L'autobus venait de s'arrêter devant Terra. Katy en descendit, plutôt surprise de trouver son professeur de philosophie, seul sur le banc usé. Il fit signe au chauffeur qu'il ne désirait pas monter et le véhicule poursuivit sa route.

Terra invita Katy à s'asseoir près de lui. Il lui expliqua qu'elle avait un talent certain pour l'écriture, mais qu'il ne voulait surtout pas qu'elle se fasse des idées à son sujet. En baissant la tête, elle affirma qu'elle avait seulement tenté de décrire l'homme qui la rendrait heureuse un jour. Elle s'excusa et promit de ne plus jamais faire de lui un personnage de ses compositions. Elle se montra dès lors plus attentive en classe. Terra comprit que Sarah avait eu raison de lui recommander de faire attention à ses sentiments.

Ce soir-là, assis devant un bon feu avec Amy, un verre de vin à la main et l'âme en paix, Terra décida de lui parler des visites de sa défunte épouse. Amy l'écouta en silence, mais avec un air d'incrédulité.

– Tu ne me crois toujours pas, déplora-t-il.

– Je suis sûre qu'elle te parle, mais je pense que ces conversations ont lieu dans ton esprit, pas dans le monde physique. Selon moi, tu as fait ton deuil, mais tu ne t'es pas encore pardonné cet accident.

– Je ne pouvais pas éviter ce conducteur ivre.

– Crois-tu être responsable de la mort de Sarah ?

– Au début, quand j'ai repris conscience, je me suis en effet senti coupable d'être encore en vie. Mais les médecins m'ont dit que Sarah avait été réduite en bouillie dans l'accident.

– Est-ce que ça te met en colère qu'elle n'ait pas souffert comme toi ?

– Je ne ressens ni colère, ni culpabilité au sujet de cet accident. Peut-être que les fantômes existent vraiment. Peut-être que les âmes ont réellement le pouvoir de revenir sur la Terre.

– Ou peut-être que tu inventes ces conversations avec Sarah pour te justifier de ne pas venir vivre ici avec moi.

– Je le saurais si elle était le produit de mon imagination, se durcit-il. Et je ne m'en sers certainement pas pour t'éloigner de moi, puisque Sarah elle-même insiste pour que je te laisse entrer dans ma vie.

Cette déclaration parut surprendre Amy. Elle déposa sa coupe et mit tendrement la main sur la sienne.

– Elle a dit que tu m'aimais et que je devais aussi apprendre à t'aimer, mais mes sentiments sont si confus ! Je t'assure que je fais de mon mieux pour les démêler.

– Je sais, Terra, mais je préférerais que tu m'en parles au lieu de te refermer comme une huître. Je veux t'aider.

– On m'a enseigné à garder mes émotions et mes pensées pour moi, mais je fais de gros efforts pour changer cette programmation. Je t'aime, Amy, mais je ne sais pas encore très bien comment exprimer ce que je ressens.

– Moi aussi, je t'aime, Terra Wilder, même avec tes hanches et tes jambes synthétiques et ton bel accent étranger.

– Et mon fantôme ?

– Oui, et ton fantôme.

Terra retourna à son appartement. Il rassembla enfin son courage et fit ses valises. Il résilia son bail et déménagea ses affaires chez Amy. Elle célébra l'événement par un dîner gastronomique et une longue nuit d'amour.

Il passa toute la journée du dimanche au coin du feu, à corriger les examens de ses élèves sur les philosophes grecs. Il s'agissait d'une série de questions destinées à mettre à l'épreuve leur compréhension de leurs théories. Terra fut agréablement surpris des résultats, mais le directeur de l'école trouva très suspect, lorsqu'il lui remit les tests, que ces démons obtiennent tous de bonnes notes. Il demanda aussitôt à s'entretenir avec le professeur de philosophie pour obtenir des explications.

– Ils ont tous répondu de façon pertinente, affirma Terra. Quelques-uns ont poussé leur raisonnement encore plus loin et ils ont ébauché des théories plutôt intéressantes. Voulez-vous lire leurs essais ?

– Pas vraiment, se méfia James Miller. Je veux bien vous croire cette fois-ci, mais il est curieux que ces élèves se mettent à avoir des résultats acceptables tout à coup.

– Ils sont beaucoup plus intelligents que tout le monde le pense, monsieur Miller.

– Nous verrons comment ils se débrouilleront lors des prochains examens.

Terra le salua poliment, plutôt agacé par l'attitude hostile que le directeur avait décidé d'adopter envers les élèves. Il se dirigea vers la sortie de l'école. Amy l'attendait probablement déjà dans la voiture. Les sept terreurs interceptèrent le Hollandais dans les marches en ciment.

– Il ne vous a pas cru, n'est-ce pas ? se lamenta Fred.

– Évidemment qu'il m'a cru, le rassura Terra. Je suis votre professeur, il peut difficilement mettre ma parole en doute.

Fred lui saisit le bras, le releva et frappa sa paume contre la sienne en lui expliquant que c'était une façon intime de se féliciter mutuellement entre amis. Terra trouva la coutume amusante. Il regarda gambader les jeunes vers l'autobus, puis avança vers le parking. Il avait cessé de pleuvoir. Amy en profitait pour prendre un peu d'air près de la voiture. En marchant le long de la rangée d'arbres, Terra releva la main, exposant sa paume : les branches la frappèrent à tour de rôle.

– Mais qu'est-ce que tu viens de faire là ? s'étonna Amy, lorsqu'il la rejoignit.

– C'est une façon intime de se féliciter entre amis, répondit-il en ouvrant la portière du passager.

– Tu n'arrêteras donc jamais de m'étonner.

Terra jeta un coup d'œil au bâtiment de briques rouges perdu au milieu des arbres géants. Amy ne savait pas tout…

# 7

Sans vraiment s'en rendre compte, les élèves de Terra Wilder avaient subi une importante transformation depuis son arrivée, surtout les sept terreurs. À part Frank Green, qui ne voulait pas cesser de croire que Terra était la nouvelle incarnation de Jésus, les autres savaient maintenant qu'ils avaient affaire à un homme exceptionnel. Ils n'étaient pas aussi turbulents et ils passaient plus de temps à discuter de philosophie entre eux au lieu de manigancer des tours pendables.

Un midi, tandis qu'ils étaient à la cafétéria, Jamieson, un étudiant un peu plus âgé qu'eux, s'approcha de leur table, flanqué de deux acolytes musclés. Marco se demanda comment appliquer la théorie de Terra avec ces bons à rien.

– Nous avions un marché, Constantino ! vociféra le garçon.

– Je n'ai jamais rien signé, répondit calmement Marco.

– Ne joue pas au plus fin avec moi.

– Ce n'est pas mon intention, Jamieson. Passe ton chemin, je ne veux plus travailler pour toi.

– On mettra fin à cette entente quand ça me plaira.

– L'esclavage a été aboli il y a fort longtemps, fit remarquer Frank en se levant.

– Encore gelé jusqu'aux oreilles, Green ? l'insulta Jamieson.

– C'est une étiquette, lui apprit Frank, et ton habitude d'en coller à tout le monde t'empêche d'évoluer. Tu n'écoutes pas ce que nous te disons parce que tu as déjà décidé que je suis un incurable drogué et que Marco n'est qu'une paire de gros bras sans cervelle. Tu as tort, mais je ne perdrai pas mon temps à essayer de te l'expliquer tant que tu ne cesseras pas de nous étiqueter.

Piqué au vif, Jamieson envoya son poing au visage de Frank, qui alla choir entre deux chaises. Sans réfléchir, Marco bondit à la rescousse de son ami. Il plaqua Jamieson sur le plancher. Ses deux acolytes voulurent s'en mêler, mais les surveillants de la cafétéria intervinrent rapidement pour les séparer. On conduisit Frank à l'infirmerie et les deux combattants chez le directeur.

Terra entra en classe au début de l'après-midi. Il remarqua tout de suite l'absence de Marco et de Frank. Les élèves lui racontèrent ce qui s'était passé en ajoutant qu'on allait probablement leur coller une suspension. Ce genre de châtiment déplaisait à Terra. Selon lui, il aurait été préférable de les asseoir l'un en face de l'autre et de les laisser s'expliquer de façon civilisée.

– Peut-être que ça fonctionnerait en Angleterre, répliqua Fred, mais pas ici, parce que Jamieson est une crapule.

– C'est une étiquette, lui rappela Terra.

– C'est la vérité ! Jamieson vend de la drogue aux étudiants et il leur fait même crédit en exigeant des intérêts impossibles !

– Quelle est la relation entre ce garçon et Marco ? s'inquiéta Terra.

La classe devint silencieuse. Se taisaient-ils pour protéger Marco ?

– Marco est-il impliqué dans ces activités illégales ? insista-t-il.

– Il l'était avant Noël, lui apprit Chance en suscitant la désapprobation de ses camarades.

– Vous ne voulez pas me dire ce qu'il faisait ?

Juste à ce moment, Frank entra en maintenant une compresse sur sa joue enflée.

– Il cassait les jambes de ceux qui ne remboursaient pas assez rapidement leur prêt, révéla-t-il en regagnant sa place.

Terra demeura silencieux, visiblement ébranlé par cet aveu.

– Mais depuis que vous nous avez parlé de la théorie du non-étiquetage, poursuivit Frank sans s'occuper des regards meurtriers de ses copains, il ne veut plus le faire.

– Combien d'élèves a-t-il ainsi blessés ? demanda Terra en pâlissant.

– Je ne sais pas, une bonne vingtaine, sûrement.

Bouleversé, Terra les quitta en leur disant qu'il avait besoin d'aller boire de l'eau. Frank aperçut alors tous les yeux fâchés tournés vers lui.

– Quoi ? s'exclama-t-il. Il me semble normal que le Fils de Dieu n'accepte pas ça.

Katy partit à la recherche de leur professeur de crainte qu'il ne perde conscience dans le couloir. Terra s'était arrêté à la petite fontaine en métal entre deux vieux casiers. Il s'aspergeait le visage avec soulagement. Marco savait-il seulement comment on se sentait lorsqu'on avait les deux jambes cassées ?

– Tu es revenu enseigner à ces jeunes âmes que la violence ne résout rien, chuchota Sarah dans son oreille.

Sa voix l'apaisa. Après le cours sur la philosophie de la Rome antique, il s'isola dans la salle des professeurs et essaya de calmer ses peurs avant de rejoindre Amy à la voiture. Elle le conduisit à l'hôpital, mais il garda le silence. Comme pour ajouter à sa misère, la physiothérapie lui causa encore plus de souffrances qu'à l'accoutumée. Lorsqu'il sortit de la salle d'exercices, l'infirmière lui proposa d'aller lui chercher un fauteuil roulant. Il explosa de colère, criant qu'il préférait ramper jusqu'à la sortie plutôt que de se résoudre à cela. Amy s'empara aussitôt de son bras pour le soutenir.

– Ta soudaine mauvaise humeur est-elle reliée à la physio ?

– Les jeunes m'ont dit ce que Marco faisait à ceux qui ne remboursaient pas le revendeur de drogues, haleta Terra. Il leur cassait les jambes.

– J'ai bien peur que cette violence soit présente dans toutes les écoles, de nos jours, Terra.

– Alors, nous devons l'enrayer.

– À moins que les étudiants cessent d'avoir peur et qu'ils dénoncent enfin ceux qui les agressent, il n'y a pas grand-chose que nous puissions faire, mon chéri.

Elle l'aida à s'asseoir dans la voiture et dut replier ses jambes pour les installer à l'intérieur du véhicule, car il était incapable de le faire lui-même. Une fois à la maison, il refusa d'aller se coucher et s'assit dans le fauteuil du salon, devant le foyer de pierre. Amy le couvrit d'un plaid et alluma un feu. Les calmants firent graduellement leur effet. Lorsque sa jeune amie vint le chercher pour le mettre au lit, elle vit qu'il pleurait.

– Ce n'est peut-être pas le bon moment, commença-t-elle en prenant doucement ses mains, mais est-ce que tu accepterais de m'épouser, Terra Wilder ?

– Nous ne nous connaissons que depuis quelques mois…

– J'ai rêvé d'un homme comme toi toute ma vie et maintenant que je t'ai trouvé, il n'est pas question que je te laisse partir. Alors, quelle est ta réponse ?

– C'est oui.

Elle s'étira jusqu'à ses lèvres et l'embrassa tendrement. Terra devenait de plus en plus conscient de l'importance de cette femme extraordinaire dans sa vie, mais aussi des douleurs de plus en plus vives dans ses jambes. Il craignait la paralysie et les complications qu'elle entraînerait.

Le lendemain, il se rendit à l'école en même temps qu'Amy, même s'il travaillait plus tard qu'elle. Elle le conduisit à la bibliothèque, où il s'attaqua tout de suite à l'ordinateur. Avec beaucoup de facilité, il accéda aux fichiers des étudiants et trouva l'adresse et le numéro de téléphone de Marco Constantino. Il les nota et jeta un coup d'œil au reste du dossier virtuel. Il resta bouche bée devant la longue liste d'infractions. Sarah apparut près de l'ordinateur.

– Il a arrêté d'agresser ses semblables, l'informa Terra, mais pour enrayer la violence dans cette école, il faudrait qu'il dénonce les revendeurs de drogue.

– Il y a plusieurs façons de payer une dette karmique, Terra. Il pourrait aussi consacrer sa vie à soulager les douleurs de ceux qui ont souffert à cause des autres.

Terra trouva l'idée excellente, mais il croyait aussi que son devoir consistait à purger l'école de ses mauvais sujets.

Sarah le félicita alors d'avoir accepté d'épouser Amy. Terra sentit son cœur sombrer au fond de sa poitrine : il ne comprenait pas comment Sarah pouvait le remettre entre les mains d'une autre femme sans afficher d'émotion. Lorsqu'elle lui proposa de donner sa bague de mariage à Amy, il secoua vivement la tête.

– C'est à ton doigt que j'ai passé cette bague.

– Elle appartient à ton épouse et Amy jouera bientôt ce rôle auprès de toi.

Sarah disparut sans lui laisser le temps de répliquer. « Elle me demande l'impossible ! » se fâcha Terra. Ce soir-là, les exercices de physiothérapie ne lui causèrent pas autant de douleur que la veille, mais son humeur ne s'améliora pas pour autant.

Au dîner, Amy lui raconta sa journée, mais ne put rien tirer de lui.

– Lorsque tu es triste, c'est généralement à cause de Sarah, soupira-t-elle.

Terra l'observa un instant. Elle semblait encore plus jeune lorsqu'elle attachait ainsi ses cheveux blonds en queue de cheval et qu'elle enlevait son maquillage. Elle avait vraiment l'air d'une enfant à côté de lui.

– J'ai encore vu son fantôme, confessa-t-il. Je sais que tu ne crois pas aux spectres, mais elle est venue me parler.

– Je ne crois pas que les morts puissent revenir à volonté sur la Terre, mais je crois à l'immortalité de l'âme. Selon moi, si Sarah a besoin de te parler, elle doit le faire dans ton esprit. Je te crois quand tu me dis qu'elle te transmet des messages, mais je déplore qu'ils te fassent de la peine.

– C'est son attitude qui me chagrine. Elle est devenue si distante, si indifférente… Elle agit comme s'il ne s'était jamais rien passé entre nous.

Amy bondit de sa chaise et l'étreignit. Elle tenta de le rassurer en déclarant que Sarah lui cachait probablement ses sentiments parce qu'elle ne faisait plus partie du monde des vivants. Elle voulait certainement qu'il soit heureux.

– Je ne veux pas que tu meures toi aussi, sanglota-t-il.

Bouleversée, Amy lui promit de vivre pour toujours. Elle prit soin de son beau Hollandais toute la soirée et le caressa jusqu'à ce qu'il s'endorme. Le lendemain matin, elle fut bien contente de voir qu'il avait meilleure mine.

À l'école, Terra constata à nouveau l'absence de Marco Constantino dans son cours, mais il s'occuperait de ce problème plus tard. Lorsqu'il enseignait à ses étudiants, il devait leur accorder toute son attention. Il leur parla des philosophes religieux et les laissa débattre certaines de leurs théories entre eux, satisfait de voir s'ouvrir de plus en plus leurs esprits.

Après son cours, il téléphona chez Marco, mais ne le trouva pas chez lui. Il laissa donc un message au jeune homme : il le retrouverait au restaurant du coin à la fin de l'après-midi. Il mit Amy au courant de ses plans et se rendit seul au lieu choisi. Il but un café en examinant l'endroit. C'était un point de rencontre pour les étudiants et les gens qui ne désiraient pas manger un repas gastronomique. On y servait surtout de la nourriture frite et vite préparée. Marco passa la porte de verre. Il semblait embarrassé de devoir rencontrer ainsi son professeur de philosophie. Les mains dans les poches de son veston, il s'assit devant Terra.

– Il paraît que tu avais pris la défense de Frank, commença Terra.

– Oui, mais je pense qu'au fond, j'avais envie de casser la figure de Jamieson. Je sais que c'est contraire à tout ce que vous nous avez enseigné, mais il est inutile d'essayer d'inculquer la théorie du non-étiquetage à une tête enflée.

– On m'a dit que tu travaillais pour lui.

– C'était quand il collait des étiquettes sur ses victimes et que je les lisais pour lui, mais je ne crois plus aux étiquettes.

– On m'a aussi dit que tu cassais les jambes de ceux qui refusaient de rembourser leurs prêts.

Marco, qui se sentait déjà suffisamment coupable d'avoir travaillé pour un revendeur de drogue, garda le silence.

– As-tu déjà eu une jambe cassée, Marco ? demanda très sérieusement Terra.

– Écoutez, je voulais me faire des amis et Jamieson était roi et maître de cette école. Je rêvais moi aussi de devenir une personne importante. Vous n'allez tout de même pas me le reprocher pour le reste de ma vie ?

– Non, mais les conséquences de tes actes me préoccupent beaucoup. Selon les lois de l'univers, si nous ne réparons pas le tort que nous avons causé aux autres, nous payons le prix de notre propre poche.

– Réparer le tort que j'ai causé à chacun ? Mais j'en aurais pour l'éternité !

– Je connais une autre façon.

Terra l'emmena à l'hôpital et lui présenta son physiothérapeute, qui n'était pas tellement plus âgé que lui. Marco resta près de Terra pendant les exercices et observa tout ce que faisait le praticien.

– Ce sont des spécialistes comme lui qui me permettent de vivre une vie normale, expliqua Terra.

– Ils vous rendent ce qu'un conducteur ivre vous a enlevé, comprit Marco.

Terra parvint à sourire malgré la douleur qui commençait à poindre.

* * *

Pendant que Terra était à l'hôpital, Amy en profita pour ranger ses affaires dans le placard de la chambre à coucher. Une boîte de carton glissa de la tablette supérieure et s'écrasa sur le plancher de bois. Amy se pencha pour la ramasser. Le ruban adhésif avait été arraché dans l'impact, laissant entrevoir une grosse enveloppe brune. Elle la décacheta et y trouva une centaine de clichés pris au Texas. Parmi eux, il y avait des clichés d'une voiture démolie au pied d'un viaduc. Elle pouvait même voir ses deux occupants emprisonnés dans les débris. Elle reconnut le visage ensanglanté de Terra. Elle vit ensuite ses jambes mutilées sur une civière et toutes les étapes de leur reconstruction.

Elle trouva ensuite des photographies de Terra en fauteuil roulant ou debout entre deux barres parallèles, le visage ravagé par la douleur. Troublée, Amy remit le tout dans l'enveloppe et rangea la boîte. Elle essuya ses larmes et quitta la maison pour se rendre à l'hôpital.

Sur le chemin du retour, Terra trouva très étrange que sa compagne, habituellement si volubile, soit aussi silencieuse.

– Amy, s'est-il passé quelque chose ?

– J'ai voulu ranger ta boîte, mais elle est tombée et j'ai vu tes photographies. Elles m'ont brisé le cœur…

– J'aurais dû les détruire. Elles n'ont été prises que pour les assurances.

– Je ne pourrai jamais oublier celle où tu étais couché sur une civière, couvert de sang.

Terra tenta de la calmer, en vain. Elle l'installa au salon et lui conseilla de rester sage pendant qu'elle préparait le repas du soir. Il lui saisit les mains pour l'empêcher de partir.

– Demain, ce sera moi qui ferai la cuisine, offrit-il pour l'égayer.

Elle força un sourire.

– Arrête de penser à l'accident, Amy. C'est du passé et j'ai besoin que tu vives dans le présent avec moi.

Il savait qu'elle était beaucoup plus forte que lui et qu'elle se remettrait du choc. Il la libéra et elle se sauva à la cuisine. Son épouse apparut entre le fauteuil et le foyer.

– Sarah… s'étrangla-t-il.

– Je n'ai plus la personnalité de Sarah. Je suis redevenue l'âme que j'ai toujours été. Je ne suis somme toute qu'un visiteur d'une autre dimension. Terra, tu dois accepter les choses que tu ne peux pas changer. Tu sais déjà pourquoi tu dois épouser Amy, alors cesse de te torturer à ce sujet. Quant à Marco, ta décision de l'emmener à l'hôpital pour être témoin de la thérapie était excellente. Elle lui a permis de commencer à guérir. Mais ne le force pas à dénoncer les criminels de son école. Il doit le faire de son plein gré.

Elle disparut sur ces mots.

– Terra, es-tu au téléphone ? demanda Amy en entrant dans le salon.

Elle remarqua tout de suite qu'il faisait froid.

– J'ai pourtant allumé un feu...

– Les fréquences élevées produisent de l'air froid, ce qui veut dire que le ciel est probablement un endroit glacial.

– Es-tu en train de me dire que Sarah était ici ? se fâcha Amy.

– Elle est venue apaiser mes craintes au sujet de Marco.

– Et moi, je n'aurais pas pu le faire ?

– Ce n'est pas moi qui l'ai appelée, Amy. Elle m'apparaît quand bon lui semble.

– Je ne veux pas que tu te serves d'elle pour me fermer ton cœur.

Terra conserva un silence coupable. Amy trouva son visage crispé si adorable que sa colère tomba d'un seul coup.

– À bien y penser, je me sens idiote d'être jalouse d'un fantôme.

– Et avec raison, la taquina Terra.

– Tu n'étais pas supposé faire de commentaire sur cette réflexion.

Terra la serra contre lui en fermant les yeux. Son contact lui procura un grand soulagement.

– Je veux apprendre à t'aimer, Amy, chuchota-t-il dans son oreille, mais il faut me donner du temps. Comme tu le dis si bien, je ne suis qu'un vieux Capricorne têtu.

– C'est vrai.

– Tu n'étais pas supposée faire de commentaire sur cette réflexion non plus, fit-il en l'imitant.

Elle l'enlaça avec amour.

# 8

Un beau matin, Terra montra une autre facette de son caractère. Chaque fois que Amy croyait bien le connaître, il la déconcertait. Cette fois, il commença à se révolter d'être le seul professeur de philosophie de l'école. La commission scolaire n'avait accordé qu'à une seule classe le droit d'étudier cette matière en cours spécial. Debout au milieu de la salle des professeurs, pendant qu'Amy et Nicole Penny corrigeaient des examens d'anglais, Terra se déclara outragé à l'idée que ces étudiants n'apprendraient qu'une série de noms savants sans jamais savoir ce qu'était vraiment la philosophie. Puis son regard se perdit dans l'espace. Amy craignit qu'il ne soit en train de fomenter des plans. Avant qu'elle puisse l'interroger, il jeta un coup d'œil à sa montre et annonça qu'il avait un rendez-vous. Il quitta la salle des professeurs sous le regard désemparé des deux femmes.

Terra rejoignit Marco près de l'école. Il faisait froid, mais il ne pleuvait pas. Le jeune homme lui parla de sa rencontre avec l'orienteur. Pour devenir physiothérapeute, il avait d'abord besoin d'améliorer ses notes. Terra lui offrit son aide pour les mathématiques, la physique et la chimie.

– Vous êtes tellement bon pour moi, je ne sais pas comment vous remercier.

– Moi, je le sais, hasarda Terra. Tu pourrais remettre anonymement au directeur les noms des revendeurs de drogue, des possesseurs d'armes offensives et des garçons violents qui commettent des agressions.

– Mais Jamieson et les autres vont savoir qui les a dénoncés !

– Celui qui ne risque rien, n'a rien.

– Je vais y penser, mais en attendant, vous pourriez enseigner votre philosophie du non-étiquetage à tout le monde, y compris les professeurs.

– Justement, j'y songeais.

Amy s'opposa à sa suggestion de donner plus de cours. S'il se mettait à enseigner toute la journée, il s'épuiserait. Il risquait même de perdre prématurément l'usage de ses jambes. Elle ne voulait pas qu'il mette sa santé en péril. Terra arrêta d'en parler, mais il ne changea pas pour autant d'idée.

Le samedi suivant, comme ses jambes n'étaient pas trop douloureuses, Terra suivit volontiers Amy chez son amie, à l'autre bout de Little Rock. Les Penny habitaient une grosse maison rustique et ne semblaient pas avoir de voisins. Terra fit la connaissance du docteur Donald Penny, l'époux de Nicole, médecin généraliste à l'hôpital de la ville. Les femmes les laissèrent s'installer au salon pendant qu'elles finissaient de préparer le repas.

Donald était presque aussi grand que Terra. Il devait certainement s'entraîner plusieurs fois par semaine, puisque son corps était élancé et musclé. Dans la quarantaine, il avait plutôt bonne mine. Il avait les yeux bleus aussi limpides que ceux d'Amy et un visage souriant. Seuls ses cheveux blonds parsemés de mèches blanches trahissaient son âge. Il commença par questionner Terra sur ses goûts et comprit rapidement que les sports ne l'intéressaient pas. Donc, pas question d'allumer le téléviseur pour regarder le match de hockey. Il voulut ensuite savoir en quoi consistait sa nouvelle philosophie du non-étiquetage dont Nicole n'arrêtait pas de lui parler.

– Ce n'est pas nouveau, assura Terra. Il y a toujours eu des gens qui avaient la faculté de regarder le monde et les autres sans leur attribuer d'idées préconçues.

– C'est une théorie intéressante et je vois de quelle façon elle peut avoir eu un impact sur les étudiants. Est-ce que tu as commencé à l'enseigner au Texas ?

– Non. J'étais astrophysicien, là-bas.

– À la NASA ?

– Oui. Je travaillais à la conception de nouvelles sources de carburant pour les engins spatiaux.

– Alors, grâce à toi, nous sommes allés sur la Lune ?

– Pas vraiment, s'amusa Terra. J'étais encore à l'école quand c'est arrivé.

Donald lui demanda s'il avait l'intention de retourner un jour au Texas pour reprendre son ancien travail. Terra décela dans sa question un certain ton paternaliste : il était inquiet pour Amy. Il s'empressa de répondre qu'il n'avait aucune intention de retourner aux États-Unis, qu'il aimait son travail en Colombie-Britannique et que, de toute façon, le programme spatial avait bien trop progressé durant les dernières années. Jamais il ne pourrait rattraper le temps perdu.

– Nicole m'a dit que tes jambes avaient été reconstruites par des spécialistes en robotique et que tu nécessitais les soins constants d'un physiothérapeute. J'ai donc jeté un coup d'œil à ton dossier médical. Je ne croyais pas que la science était rendue aussi loin.

– Elle ne l'est pas, le rassura Terra. Je suis un prototype.

– Je trouve difficile à croire que cette fusion de chair et de plastique te permette de marcher.

– C'est ma détermination, je crois, qui a opéré ce miracle, pas les chirurgiens.

Amy les épia un instant de la porte de la cuisine. Satisfaite, elle rejoignit Nicole devant le plan de travail pour préparer la salade.

– Ton Terra n'est pas un homme très bavard, remarqua Nicole. Il écoute beaucoup plus qu'il ne s'exprime lui-même.

– C'est probablement parce qu'il a été élevé par un père sévère, qui ne voulait pas entendre parler de ses rêves.

Elles dressèrent la table dans la grande salle à manger et y convièrent les hommes. Donald observa que Terra se servait de ses bras pour sortir du fauteuil. Il était sans doute une merveille du point de vue technologique, mais ses mouvements et sa démarche n'étaient pas très naturels. Ils semblaient même lui causer beaucoup d'inconfort. Malgré les tares du Hollandais, Donald était content qu'Amy se soit enfin trouvé un compagnon qui ait autant de classe. À table, la jeune femme entoura son nouvel ami de petites attentions qui firent sourire le couple Penny.

– Elle prend bien soin de toi, commenta Donald.

– Il le faut bien, puisqu'il ne sait pas comment prendre soin de lui-même, le taquina Amy.

Elle vit que Nicole n'avait pas encore bu son vin et voulut savoir pourquoi. Son amie lui annonça, rayonnante de bonheur, qu'elle n'allait pas pouvoir boire d'alcool pendant les huit prochains mois. Folle de joie, Amy bondit de sa chaise et alla serrer les futurs parents dans ses bras pour les féliciter. Terra se contenta de leur serrer poliment la main.

Après un copieux repas et une longue soirée à parler de politique et du comportement étrange de la température sur tout le globe, Terra fut bien content de rentrer à la maison. Il s'assit sur le lit et tenta d'enlever ses chaussures, mais ses jambes fatiguées ne voulaient plus lui obéir. Amy s'agenouilla devant lui et lui vint en aide.

– Tu es mort de fatigue, mon pauvre chéri, déplora-t-elle.

Elle plaça la main sur son front. Il n'était pas fiévreux, seulement épuisé.

– Est-ce que tu as aimé cette soirée ? lui demanda-t-elle.

– Oui, c'était bien.

Il déboutonna sa chemise.

– Tu n'as pas affiché beaucoup d'enthousiasme en apprenant que Nicole était enceinte, nota Amy.

– Je ne suis pas le genre d'homme à exprimer ouvertement mes émotions.

– À cause de ton père ?

Il détourna les yeux.

– Est-ce que tu as passé toute ta vie à maîtriser tes émotions ? voulut-elle savoir.

– Non, pas toute ma vie. Les dernières années ont été plus difficiles.

– Es-tu en train de me dire qu'avant ton accident, tu n'exprimais jamais ouvertement ta colère, ta tristesse, ta joie et ton amour ?

– Je maîtrise mes émotions, je ne les supprime pas.

– Mais tu ne les exprimes pas non plus.

– Pas de la même façon que toi, c'est sûr.

– Le disais-tu à Sarah quand tu étais heureux ou malheureux ?

– C'était inutile. Elle savait ce que je ressentais et elle m'aimait tel que j'étais.

– Moi aussi, Terra. Je n'essaie pas de te changer, j'essaie juste de te comprendre. Mais j'ai bien peur de ne pas être aussi perspicace que ta première épouse.

– Ne dis pas ça.

– Moi, j'ai besoin d'obtenir une réaction en retour quand je dis ou je fais quelque chose. Est-ce que tu n'aimes pas savoir ce que je pense à tout instant ?

– Cela m'effraie.

Terra baissa la tête pour lui signifier qu'il désirait mettre fin à cette discussion, mais Amy n'était pas discrète et réservée comme Sarah. Sa nature guerrière l'empêchait de reculer au milieu d'une explication.

– Sarah était-elle comme toi ? demanda-t-elle.

– Je n'ai pas envie de parler d'elle, ni de mon passé, d'ailleurs.

– Terra, je ne te pose pas ces questions pour te contrarier. Je veux seulement apprendre à mieux te connaître. Je veux savoir comment te faire plaisir.

– Tu n'as pas besoin d'être comme Sarah pour me plaire.

Amy le força à se coucher sur le lit. Tous ses muscles étaient tendus.

– Je t'aime comme tu es, lui jura-t-il, mais j'aimerais que tu arrêtes de me bousculer tout le temps.

– Ce n'est pas mon intention. Je veux être ta meilleure amie, ton infirmière, ta maîtresse, ta confidente.

– Oui, je sais, et tu prends bien soin de moi, mais j'ai aussi besoin d'air de temps en temps. Je ne suis pas habitué à recevoir autant d'attention.

– Sarah ne s'occupait pas de toi ?

– Je ne veux pas parler d'elle.

Changeant de tactique, Amy parsema son visage de petits baisers aguichants. Il commença par résister, mais elle insista. Plutôt découragé, Terra se laissa tout de même gagner par ses cajoleries. Après l'amour, elle s'endormit dans ses bras, mais il n'arriva pas à trouver le sommeil. Leur dernière conversation avait fait surgir des fantômes de son passé. Ils déambulèrent longtemps dans son esprit. Il se rappela son arrivée chez son père. Peut-être était-ce le fait de ne pas parler la même langue qui les avait opposés dès la première journée. Ses beaux-parents hollandais avaient promis à Murray Wilder d'élever son fils dans les deux langues, mais ils n'en avaient rien fait. Le gamin ne comprenait que le hollandais à son arrivée en Angleterre et son père avait dû défrayer les honoraires d'un professeur privé pendant tout l'été pour que Terra puisse aller à l'école. Le secondaire avait aussi été un grand choc pour Terra, surtout parce que son père l'avait mis en pension parmi une troupe de jeunes Anglais huppés, qui se moquèrent de lui pendant cinq longues années. Terra s'assoupit finalement au milieu de ses horribles souvenirs.

Tandis qu'ils se rendaient à l'école, le lendemain, Amy s'aperçut que Terra s'endormait sur le siège du passager. Elle lui demanda s'il préférait retourner à la maison. Il refusa catégoriquement.

– J'ai beaucoup réfléchi, ajouta-t-il. Je vais faire un effort pour te parler davantage de ce que je ressens. Après tout, ce n'est pas ta faute si j'ai grandi dans un milieu froid et austère.

– Moi aussi j'ai réfléchi, confessa Amy. Je vais aussi faire un effort pour cesser de te bousculer.

– Un jour, quand il y aura moins de colère dans mon cœur, je te parlerai de mon père.

– Et de tes grands-parents ?

– D'eux aussi. Ils me manquent terriblement. J'aurais bien aimé qu'ils puissent te rencontrer.

En arrêtant la voiture dans le parking de l'école, Amy surprit Terra en lui souhaitant bon anniversaire. Elle lui annonça également qu'elle l'emmènerait dîner au restaurant après sa séance de physio pour marquer l'événement, et chez un photographe afin d'avoir des clichés récents de lui. Elle pourrait ainsi les transmettre à sa sœur à Toronto, pour qu'elle voie à quoi ressemblait son beau Hollandais. Terra la remercia en rougissant.

En entrant en classe, il faillit mourir de peur : un nuage de confettis et une pluie de bons vœux l'accueillirent bruyamment.

– Comment avez-vous su que c'était mon anniversaire ? s'étonna-t-il.

– Nous avons nos sources, insinua Fred, avec un sourire moqueur.

Terra remarqua alors un objet d'environ deux mètres de haut, recouvert d'un drap, au fond de la classe.

– C'est votre cadeau, l'informa Karen.

– Ce n'est pas quelque chose qui explose, au moins ? s'inquiéta-t-il.

– Nous ne pourrions jamais vous faire de mal, maître ! s'écria Frank.

Terra lui décocha un regard découragé. Il leur rappela que les règlements de l'école lui interdisaient d'accepter des présents de la part des élèves. Ils ne voulurent rien entendre. Terra tira donc doucement sur le drap et découvrit un jeune arbre. Il en resta ébahi.

– Ma grand-mère suggère que vous le plantiez dans votre cour, lui indiqua Fred.

– Dans ma cour ? répéta Terra, à qui on n'avait jamais offert d'arbre auparavant.

– Dans celle de mademoiselle Dickinson plutôt, puisque c'est là que vous vivez maintenant.

– Un professeur ne peut-il pas avoir de vie privée ? leur reprocha Terra.

– Pas vous en tout cas, répondit Marco.

– Nous devons vous protéger contre les forces du mal, expliqua Frank.

– Entre autres, ajouta Chance.

– Ma grand-mère prétend que les arbres sont d'excellents protecteurs, ajouta Fred. Celui-ci prendra soin de vous quand nous ne serons pas là.

– Vous rendez-vous compte du nombre d'étiquettes que vous m'avez collées durant les cinq dernières minutes ? les sermonna Terra. À part de celle du Fils de Dieu, vous avez décidé que j'étais un homme faible, incapable de prendre soin de lui-même et nécessitant votre protection. Comprenez-vous que vous risquez maintenant de me traiter différemment à cause de ces étiquettes ?

– Vous nous enseignez à regarder le monde avec les yeux innocents d'un enfant, se rappela Chance.

– Un enfant ne me percevrait pas comme un invalide. Il accepterait mon infirmité sans en faire un drame. Il n'essaierait pas de découvrir où je vis et avec qui je vis. Il se contenterait de profiter de ma présence. Et si je lui disais que je n'ai pas envie de lui parler de ma vie privée, il hausserait les épaules et continuerait quand même à jouer avec moi.

La classe l'observait en silence, se demandant s'il était réellement fâché. Terra prit une grande inspiration et se détendit.

– Je veux seulement que vous compreniez les différentes facettes de l'étiquetage et les malentendus qu'il peut engendrer.

L'arbre fit alors quelque chose de tout à fait extraordinaire : il étira une de ses branches et l'enroula autour du poignet de Terra. Le Hollandais fut si surpris qu'il demeura d'abord immobile. Puis, effrayé, il tenta de libérer sa main. Une autre branche lui entoura le bras !

Les sept terreurs bondirent de leurs sièges pour lui porter secours.

– Mais les arbres ne sont pas supposés agir ainsi ! s'écria Fred.

– Oh non ! Nous lui avons acheté un arbre carnivore ! s'alarma Julie.

– Ça n'existe même pas, un arbre carnivore ! protesta Katy.

– L'homme qui nous l'a vendu nous a dit que c'était un chêne ! les renseigna Chance.

– On se calme, tout le monde, intervint Karen en sortant des ciseaux de son sac à dos.

Elle s'approcha du professeur de philosophie, retenu prisonnier par les deux branches. Elle coupa facilement la première. À leur grand étonnement, cinq autres branches fusèrent du tronc et entourèrent les bras et les jambes de Terra.

– Karen, arrête ! supplia le Hollandais.

Elle recula, désolée d'avoir causé la multiplication de ses liens. Fred essaya de dégager doucement la jambe de Terra, mais d'autres branches s'attachèrent à lui.

– Fred, ne le touche pas ! s'énerva Terra.

Effrayés, les élèves prirent leurs distances. Ils se mirent à envisager d'autres solutions et pensèrent aux pompiers, qui sauraient sans doute comment lui venir en aide. Pendant qu'ils discutaient, Katy courut chercher Amy à la salle des professeurs.

Cette dernière eut un serrement de cœur en apercevant son futur époux emmêlé dans les ramures. Elle voulut, elle aussi, le délivrer, malgré les protestations des étudiants. Une branche surgit de l'arbre et s'enroula autour du cou de Terra. Marco éloigna Amy.

– Monsieur Wilder, êtes-vous capable de respirer ? s'inquiéta Karen.

– Oui, haleta Terra. N'approchez pas.

Frank sortit des rangs.

– Vous n'avez qu'à lui ordonner de vous rendre votre liberté, suggéra-t-il.

– Frank, ce n'est pas le moment ! lui reprocha Fred.

– Qu'avez-vous à perdre ?

Puisque rien ne semblait fonctionner, Terra suivit son conseil. D'une voix tremblante, il demanda à l'arbre de le relâcher. Les branches se déroulèrent et se recroquevillèrent jusqu'au tronc. Les élèves se précipitèrent pour s'emparer du chêneau, mais Terra les arrêta d'un geste de la main. Son esprit scientifique aimait percer les mystères et le comportement de cet arbre l'intriguait. Terra tendit la main. Une branche s'étira aussitôt pour lui caresser la paume.

– Pourquoi ne vous attaque-t-il pas ? le questionna Katy.

– Je n'en sais rien, admit Terra, fasciné.

– C'est parce qu'il a reconnu sa Voix expliqua Frank.

– Est-ce vrai, monsieur Wilder ? s'enquit Fred.

– Non. Il y a sûrement une explication logique à ce phénomène.

Terra recula et la branche reprit sa position normale.

– J'imagine que vous ne voudrez plus de notre cadeau après ce qui vient de se passer, déplora Julie.

– Au contraire. Je pense que c'est un présent que je conserverai dans mon salon jusqu'au printemps.

– Il n'en est pas question ! s'opposa Amy.

– Moi aussi je pense que vous seriez plus en sécurité si le chêne ne se trouvait pas chez vous, l'appuya Marco. Je vais le garder chez moi jusqu'à ce que nous puissions le planter dans votre cour.

Terra aperçut le regard menaçant d'Amy et accepta l'offre de Marco. La cloche sonna. Les élèves quittèrent la classe avec leur présent. Amy se blottit contre lui.

– Je suis contente que tu n'aies pas été blessé dans ce stupide incident.

– Je ne pense pas que l'arbre avait l'intention de me faire du mal. En fait, il m'a plutôt donné de l'affection, comme tu le fais en ce moment.

Amy relâcha son emprise et planta son regard dans le sien.

– Je ne sais pas pourquoi les arbres réagissent ainsi, ajouta t il.

– Tu ne peux pas être…

– Non, je suis mortel, comme toi. C'est peut-être une farce que les élèves m'ont servie pour mon anniversaire ? Ou un arbre truqué ?

– Ils ne peuvent pas avoir trafiqué aussi tous les arbres du parking.

– Alors peut-être que c'est le matériel synthétique de mes jambes qui les attire. Laisse-moi faire un peu de recherche avant de sauter aux conclusions.

Après leurs cours du matin, les terreurs se rendirent à la cafétéria. À leur grand étonnement, Frank prêchait au reste de l'école que Terra Wilder était la réincarnation du Christ. Pendant un instant, Fred et Marco eurent envie d'aller empoigner ses longs cheveux et de le tirer jusqu'au bureau du directeur. Mais, au fond, ils commençaient aussi à douter que leur professeur hollandais soit un homme normal.

# 9

En arrivant à l'école, Amy et Terra trouvèrent tous les étudiants dehors. Amy pensa qu'il devait s'agir d'une alerte à la bombe ou d'un problème avec les chaudières, mais Terra, lui, comprit tout de suite que c'était lui qu'ils attendaient. Anxieux, il serra la main de sa compagne dans la sienne.

– Ils ont entendu parler de l'incident de l'arbre, murmura-t-il.

– Veux-tu que j'aille chercher James Miller ? offrit Amy.

– Non. Si je ne les affronte pas maintenant, ils me coinceront ailleurs et je ne veux pas que cela se produise chez toi.

Terra remarqua que même les professeurs s'étaient rassemblés devant les fenêtres du bâtiment. Il s'arrêta devant la foule. Frank sortit des rangs pour se courber devant lui.

– Es-tu responsable de cet attroupement ? se troubla Terra.

– Je ne fais que rendre votre travail plus facile, maître.

– N'as-tu rien compris à la théorie du non-étiquetage, Frank ?

Julie Brennan s'avança, mais au lieu de faire face à Terra, elle se retourna vers les étudiants.

– Je sais qu'on vous avait promis la nouvelle incarnation du Christ, mais j'ai bien peur qu'il y ait eu un malentendu, annonça-t-elle. Terra Wilder n'est pas le fils de Dieu, même s'il est issu d'une famille tout à fait remarquable. La raison pour laquelle les arbres sont attirés par cet homme, c'est que ses ancêtres étaient druides. Les arbres étaient à la base de leur culte.

– Il n'est pas druide ! protesta Frank.

– Retournez en classe, maintenant, poursuivit Julie. Je vous ferai bientôt distribuer le résultat de mes recherches et vous verrez que j'ai raison.

Déçus, les étudiants commencèrent à rentrer. Frank brûla Julie du regard et les suivit. Tenant toujours Amy par la main, Terra s'approcha de la jeune élève. Il lui demanda où elle avait trouvé ces renseignements. Julie promit de répondre à sa question pendant son cours et s'engouffra dans l'école avec les autres.

Demandant à Frank de ne pas l'interrompre, Julie se planta devant le tableau noir. Terra alla s'asseoir sur l'appui d'une fenêtre pour l'écouter. Elle commença par leur expliquer que les druides étaient des prêtres celtes auxquels les Romains donnaient le nom de « philosophes ». Ils étaient les gardiens de la tradition et les Celtes révéraient leurs vastes connaissances intellectuelles, juridiques, prophétiques, astronomiques et leur facilité à contacter les dieux.

– Je n'ai aucune connaissance juridique ou prophétique, affirma Terra.

– Mais le potentiel est là, fit remarquer Julie. Il vous a été transmis par vos ancêtres celtes.

– Mais je ne suis qu'à demi britannique.

– Votre héritage anglais remonte cependant jusqu'à leur époque. Vous voyez, les druides transmettaient leur savoir à leurs enfants, qui faisaient la même chose. C'est pour cette raison qu'il existe toujours des druides en Europe. Ce qui est encore plus intéressant, c'est l'étymologie du mot « druide ». Dans la langue des Celtes, ce mot veut dire « chêne », « arbre » et « forêt sacrée ». Les druides étaient en relation étroite avec les arbres. Ils les incluaient dans presque tous leurs rituels et la légende dit que ces derniers leur parlaient.

– J'ai bien peur de ne pas en être encore rendu là, avoua Terra.

– Je comprends la relation entre ces prêtres et les arbres, indiqua Marco, mais comment peux-tu être certaine que monsieur Wilder est réellement druide ?

– J'ai fait des recherches sur ses ancêtres Wilder et j'ai trouvé des récits anciens. Un homme de leur clan était un puissant druide. Si vous vous rappelez ce que monsieur Wright nous a dit au sujet des gènes, dans notre classe de biologie, alors vous savez que monsieur Wilder transporte en lui toute la connaissance de ses ascendants.

– Es-tu bien certaine de ce que tu avances ? douta Karen.

– J'ai passé en revue tous les livres que cette école possède sur les arbres, la magie et la sorcellerie.

Terra la remercia pour ses efforts et revint devant la classe avant d'en perdre la maîtrise. Il leur parla aussitôt des philosophes religieux, mais constata rapidement qu'il n'avait pas toute leur attention. Lorsqu'il retourna à la salle des professeurs, Vince Kennedy et Nicole Penny affichaient un air amusé.

– Alors tu es devenu prêtre celtique, ce matin ? se moqua Vince.

– Je ne sais pas ce qu'ils vont inventer la prochaine fois, soupira Terra en s'asseyant à son pupitre.

– Tu dois leur faire de l'effet, Wilder, parce que nous, ils ne nous ont jamais comparés à de grands hommes.

– C'est parce qu'il est déjà un grand homme, estima Amy en entrant dans la pièce.

Terra eut pour elle un sourire reconnaissant. Il déclara avoir besoin d'un peu d'air frais pour se remettre de toutes ces émotions. Les étudiants mangeaient à la cafétéria à cette heure-là, alors il pourrait réfléchir en paix. Il fut surpris de trouver Julie appuyée contre un arbre. Elle semblait l'attendre.

– Je savais que vous viendriez, l'accueillit-elle. Vous vous demandez si ce que j'ai dit ce matin est vrai, n'est-ce pas ?

– Entre autres. J'aimerais aussi savoir comment tu as réussi à remonter jusqu'à mes ancêtres en si peu de temps.

– Je n'ai pas vraiment fait cette recherche, monsieur Wilder. Je les ai inventés pour qu'ils arrêtent de vous coller l'étiquette biblique, mais tout ce que j'ai dit au sujet des Celtes est vrai.

– Je n'encourage personne à mentir, mais j'imagine que tu l'as fait pour me protéger…

– Ce que vous faites avec les arbres vous rapproche des druides. Saviez-vous qu'il y a des savants canadiens qui aimeraient étudier vos pouvoirs ?

– Mais je n'en ai aucun, Julie. Et je suis astrophysicien, pas druide, ni Jésus.

– Si vous êtes astrophysicien, ça veut dire que vous tentez de comprendre les choses en faisant des expériences, n'est-ce pas ?

– C'est exact.

Selon Julie, on prétendait dans les livres que les druides avaient la faculté de parler aux arbres et que ces derniers leur répondaient. Elle proposa à Terra de le mettre à l'épreuve. Il hésita, car il ne voulait pas se retrouver une fois de plus dans les limbes pendant plusieurs heures. Julie lui promit de rester avec lui pendant le contact. Il choisit donc un vieux chêne qui s'élevait majestueusement au milieu de la forêt.

Julie lui demanda de poser les mains sur son tronc et de vider son esprit. Il appuya les paumes contre l'écorce rugueuse. Il reçut alors un choc intense, comme s'il avait touché une prise électrique ou un fil dénudé, et fut transporté dans un autre monde, un univers sylvestre. Il vit les seigneurs de la forêt agonisant dans de terribles incendies, d'autres être sauvagement abattus. Il vit aussi un arbre centenaire tomber près de lui. Il échappa brusquement à la vision et recula de quelques pas.

– Ils sont tous en contact les uns avec les autres, haleta Terra. Ils savent que leurs congénères ailleurs sur la Terre sont abattus et incendiés…

Comme il était visiblement ébranlé, Julie le ramena à l'intérieur pour qu'il ne se perde pas à nouveau dans la forêt.

Terra mangea à peine au dîner et s'installa ensuite devant le téléviseur. Amy abandonna l'idée de le faire parler et le laissa tranquille. Elle alla prendre un bain en acceptant qu'une partie de la personnalité de son futur époux lui serait toujours inaccessible.

Lorsqu'elle revint au salon, Terra n'y était plus. Elle le chercha dans toute la maison et l'aperçut par la fenêtre. Il était dehors, sur la pelouse, au pied de grands peupliers qui se balançaient devant lui. Craignant qu'ils ne s'en prennent à lui une fois de plus, Amy enfila prestement ses bottes et son manteau.

– Mais que fais-tu dehors tout seul ? lui reprocha-t-elle en le tirant en arrière.

– Je les étudiais. J'ai l'impression qu'ils essaient de me dire quelque chose.

– Pourquoi ne t'en tiens-tu pas aux extraterrestres comme tout le monde ? soupira Amy.

– Je suis un homme de science habitué à recueillir et à analyser des faits avant de me prononcer sur un phénomène. Jusqu'à présent, la communication semble être le but de leurs contacts avec moi.

– Et quel est leur message ?

– Je pense que nous devons cesser de les abattre si nous voulons survivre.

En le poussant vers la porte, elle se dit qu'il deviendrait certainement un environnementaliste militant si elle n'intervenait pas bientôt.

Cette nuit-là, Terra recommença à faire des cauchemars. Il était au volant de sa voiture sur le viaduc du Texas, Sarah était assise près de lui, dans sa belle robe de soirée. Il était plutôt maussade, car il n'avait pas du tout envie d'aller à l'opéra. Sa place était dans son laboratoire, où il devait terminer des recherches dont le résultat était attendu avec impatience par les dirigeants du programme spatial en Californie. Les phares de l'autre voiture apparurent soudain. Elle fonça sur eux et les emboutit. L'impact réveilla Terra, qui se redressa en criant.

Amy sursauta. Elle alluma la lampe. Terra tremblait comme une feuille. La jeune femme le serra contre elle jusqu'à ce qu'il se calme et s'endorme finalement dans ses bras. Les dernières années avaient été très difficiles pour lui, mais il n'était plus seul désormais.

# 10

Sitôt arrivé à l'école, Terra fut appelé au bureau du directeur. Il salua la secrétaire en passant devant son poste et frappa à la porte de James Miller. Assis à son pupitre, ce dernier déposa le courrier qu'il épluchait.

– L'homme qui parle aux arbres, ironisa-t-il. Entrez, monsieur Wilder.

Terra s'appuya sur sa canne pour s'avancer vers lui.

– Habituellement, ce sont les élèves que je convoque aussi souvent, plaisanta le directeur. Je vous en prie, asseyez-vous.

Le Hollandais prit place dans le fauteuil avec difficulté.

– Je voulais vous voir au sujet de l'incident dans votre salle de cours. Je reçois de nombreux appels téléphoniques de parents qui veulent savoir si vous êtes un homme, un druide ou la dernière incarnation du Christ.

Terra lui assura qu'il s'agissait seulement d'un malentendu. Il lui parla du rayon de soleil qui l'avait frappé dans la forêt. C'était l'imagination des élèves qui l'avait transformé en apparition divine. Quant à l'arbre qui l'avait emprisonné, il s'agissait d'un autre de leurs tours.

– Il n'est pas nécessaire d'être botaniste pour savoir que les chênes dorment l'hiver, ajouta Terra en se faisant convaincant.

– Vos explications me tranquillisent, mais il y a autre chose. J'ai reçu un document anonyme ce matin et j'aimerais avoir votre avis.

Il tendit une feuille à Terra. C'était une liste des jeunes criminels de l'école. Terra réprima un sourire de satisfaction et affirma ne pas savoir qui avait bien pu rédiger ce document, même s'il en comprenait l'utilité pour la direction. Avant de le libérer, James Miller voulut savoir s'il avait réfléchi à son offre d'enseigner la physique au lieu de la philosophie.

– Je ne vous demande pas de leur parler des nouveaux carburants de fusée, seulement de leur enseigner les notions fondamentales.

– Pour pouvoir le faire, il faudrait que je retourne moi-même à l'école, avoua Terra. Par contre, je pourrais enseigner la philosophie à tous les élèves du secondaire.

– La commission scolaire nous a autorisés à donner ce cours spécial à une seule classe. Nous avons accepté sans être convaincus qu'il s'agissait d'une matière vraiment nécessaire pour des enfants de leur âge.

– La philosophie n'est pas que l'étude d'une poignée de penseurs, monsieur Miller. Elle sert à élargir les perceptions des élèves afin qu'ils deviennent curieux et qu'ils apprennent avec plus de facilité et de plaisir.

Miller accepta d'y penser. Terra le remercia et regagna sa classe. Heureusement, les élèves se comportèrent comme des anges ce jour-là.

En rentrant à la maison, après la physiothérapie, Terra et Amy furent ralentis par un accident sur la rue principale. Alors que les policiers, les ambulanciers et la dépanneuse faisaient de leur mieux pour dégager la chaussée, Terra vit Sarah près d'une des civières. Il ouvrit aussitôt la portière, malgré les protestations de sa compagne. Il voulut s'approcher du fantôme, mais un policier lui barra la route.

– Je connais la personne qui conduisait cette voiture, se défendit Terra. Je veux juste vérifier si elle est vivante.

– Elle respire encore, répondit le policier. Maintenant, dégagez.

Amy rejoignit Terra. Il lui apprit que la victime était Karen Pilson.

– Elle fait partie du groupe d'âmes envers lesquelles j'ai une dette karmique, ajouta-t-il.

– Est-ce que tu vas passer le reste de tes jours à t'occuper de ces âmes parce qu'un fantôme t'a demandé de le faire ? s'emporta-t-elle.

Terra ne répondit pas, car il n'en savait rien. De toute façon, lorsque Amy était dans un état pareil, elle ne l'écoutait pas.

– Si c'est ce que tu veux faire dans la vie, alors amuse-toi ! cria-t-elle.

– Tu fais aussi partie de ce groupe, Amy.

– J'en ai assez de ces sornettes !

Amy claqua la portière et démarra en laissant Terra derrière elle. Il la regarda disparaître au bout de la route, puis se dirigea vers l'ambulance. En s'identifiant comme étant un des professeurs de Karen et un ami de la famille, Terra put monter dans le véhicule avec le conducteur et se rendre à l'hôpital. Il alla se chercher un café pour se réchauffer et s'installa dans la salle d'attente des urgences. L'infirmière, qui connaissait Terra pour l'avoir vu en thérapie, le laissa finalement se rendre au chevet de l'adolescente.

Terra s'approcha de la civière où reposait Karen, branchée à d'innombrables appareils de contrôle. Sa mâchoire était emprisonnée dans une cage de broche qui ne lui permettait aucun mouvement. Quand elle aperçut le Hollandais, un torrent de larmes coula de ses yeux. Terra caressa doucement sa main pour la réconforter.

– Je sais que tu souffres et que tu as peur, mais c'est temporaire, lui promit-il. Je le sais parce que je suis passé par là moi aussi. Tu dois être forte. Fais ce que te disent les médecins, c'est très important. Ils m'ont sauvé la vie, tu sais.

Terra resta avec elle jusqu'à l'arrivée de ses parents. Il rentra ensuite chez lui en taxi. Il était plutôt tard, mais les lumières étaient toujours allumées. Il trouva Amy devant le feu, un verre d'alcool à la main.

– Où dois-je dormir ce soir ? s'enquit-il, car il ne voulait surtout pas l'indisposer davantage.

– Tu peux dormir où tu veux, ça m'est égal, s'étrangla Amy.

– Je sais que tu es fâchée contre moi, mais ma place était auprès de Karen.

– C'est ton affaire.

– Quand tu te seras calmée, j'aimerais bien qu'on discute de ce qui s'est passé ce soir.

Amy déposa son verre et se jeta dans ses bras.

– Je ne veux pas que ce fantôme continue de mener ta vie, pleura-t-elle sur son épaule.

– Sarah ne mène pas ma vie, Amy. Elle ne fait que me pointer la bonne direction. Comment veux-tu que je reconnaisse les âmes envers lesquelles j'ai des dettes ?

– J'ai peur que tu cesses de m'aimer si elle continue de t'apparaître tout le temps...

– Je t'aime, même si je ne sais pas toujours comment te le montrer. Je t'en prie, crois-moi.

– Je suis désolée de t'avoir abandonné au milieu de la rue. Tu dois penser que je suis bien égoïste.

– Non. Tu étais seulement en colère.

– Tu es un homme remarquable, Terra Wilder.

– C'est une étiquette, mademoiselle Dickinson.

– Je sais et j'en ai d'autres pour toi. Tu es tendre, compréhensif, compatissant, patient, aimant...

Elle l'embrassa et avoua qu'elle aurait bien voulu être aussi bonne et affectueuse que lui.

– Mais tu as aussi de belles qualités, assura-t-il. Tu es beaucoup plus forte que moi et tu sais t'affirmer.

– Si tu m'apprends à devenir plus patiente et plus compréhensive, je t'apprendrai à être plus fort et à t'affirmer.

– C'est un marché.

Elle lui prit la main et l'entraîna dans la chambre avec la ferme intention d'enterrer la hache de guerre.

## 11

Terra annonça au reste de la classe que Karen avait été victime d'un terrible accident de la circulation et qu'elle était dans un état critique à l'hôpital. Sa passagère ainsi que les deux occupants de l'autre véhicule impliqué avaient perdu la vie. Les élèves gardèrent d'abord un silence étonné, puis se mirent tous à lui poser des questions.

– Il serait très facile d'utiliser une étiquette et de dire que Karen a agi de façon irresponsable et stupide, les arrêta Terra, mais la seule émotion que je ressens en ce moment, c'est de la tristesse.

– Il est triste, en effet, qu'elle doive maintenant faire face à la justice parce qu'elle a fait une bêtise de jeunesse, déplora Julie.

– Nous ne devrions émettre aucune opinion au sujet de cet accident tant que nous n'aurons pas entendu la version de Karen, suggéra Marco.

– Je suis d'accord avec toi, l'appuya Chance. Si nous la jugeons sans connaître tous les faits, ce serait de l'étiquetage.

– La juger même en connaissant tous les faits serait de l'étiquetage, souligna Terra.

Il n'avait plus envie de leur parler de philosophie. Frank proposa alors à la classe de prier pour Karen, ce que le professeur accepta avec plaisir.

Ce soir-là, Amy reconduisit Terra aux urgences une heure avant sa séance de physiothérapie. Ils trouvèrent les parents de Karen dans la salle d'attente. Inquiète, madame Pilson était incapable de rester assise. Monsieur Pilson semblait plus calme. Lorsque Terra voulut savoir comment se portait leur fille, il se heurta à un mur.

– Pourquoi cela vous intéresse-t-il ? se hérissa le père. Que voulez-vous à ma fille ?

Sa femme posa la main sur son bras pour lui recommander de baisser la voix. Il s'en défit brusquement et quitta la salle d'un pas furieux. Terra jugea plus prudent de ne pas jeter de l'huile sur le feu. Il s'abstint donc de rendre visite à son élève.

En rentrant à la maison, après une rigoureuse séance d'exercices, il demanda à Amy de le laisser dormir dans le salon. Elle le couvrit chaudement, l'embrassa et alla se coucher. Dès qu'elle eut disparu dans le couloir, il appela Sarah. Elle apparut sur-le-champ.

– Cet accident est bien regrettable, commença-t-elle.

– Regrettable ? Je croyais que tout ce qui nous arrivait sur Terre était décidé à l'avance.

– L'âme choisit la vie qu'elle désire vivre, c'est vrai, mais il y a parfois des incidents de parcours.

– C'est ce qui nous est arrivé à nous aussi ?

– Non. Dieu avait besoin de me reprendre et de te parler.

– Je croyais qu'il s'agissait des anges…

– Dieu n'est pas une seule entité. Il n'a pas de forme. Il est l'essence commune entre toutes les âmes et il existe en chacun de nous.

– C'est lui qui nous a fait tomber du viaduc et qui m'a obligé à réintégrer ce corps infirme dans lequel je souffrirai pendant le reste de ma vie ? Quelle étrange façon de traiter ses créatures…

– Je suis ici pour te parler de Karen, pas de notre accident. De toutes les âmes de ton groupe, elle est celle dont le karma est le plus lourd.

– Parce qu'elle a causé la mort de trois personnes ?

– C'est la dette qu'elle a contractée dans cette incarnation, mais, dans une autre vie, elle a accumulé beaucoup de karma similaire.

– De quoi parles-tu ?

– À Jérusalem, il y a deux mille ans, Karen a causé la mort d'un grand nombre de personnes. Tu étais avec elle, et d'autres aussi.

– Qui étions-nous ?

De la chambre à coucher, Amy entendit la voix de Terra. Sur la pointe des pieds, elle avança jusqu'à l'entrée du salon. Elle eut le souffle coupé en découvrant une belle femme brillante et transparente au milieu de la pièce.

– Tes élèves étaient des soldats romains, révéla Sarah. Tu étais leur officier, leur chef. En fait, c'est à toi et à tes hommes qu'on a demandé d'orchestrer la crucifixion de Jésus.

Terra la fixait avec incrédulité. Comment avait-il pu être un commandant et ne pas se le rappeler ? Et surtout, comment avait-il pu assassiner un homme aussi important ?

– D'ailleurs, j'ai bien peur que ce ne soit pas le seul crime que vous ayez commis, ajouta Sarah.

– Amy y était-elle aussi ?

– Oui. Elle était une femme chrétienne, qui suivait Jésus d'une ville à une autre. Lorsqu'elle a voulu l'accompagner sur la colline où il a été mis à mort, tu lui as enfoncé ton glaive dans la poitrine et tu l'as tuée.

Cette terrible révélation ébranla Amy. Elle s'appuya contre le mur du couloir, cacha son visage dans ses mains et se mit à sangloter.

– Combien de gens ai-je ainsi tués ? s'affligea Terra. Comment peut-on effacer une dette semblable ?

– Tu as déjà commencé à le faire. Tu as accepté d'aimer et de protéger Amy et tu vas bientôt venir en aide à Karen.

– Et mes autres étudiants ?

– Nous en reparlerons une autre fois. En ce moment, quelqu'un a besoin de réconfort.

Sarah disparut. Les pleurs d'Amy parvinrent aux oreilles de Terra. Avec beaucoup de difficulté, il se leva et la rejoignit. De l'endroit où elle se trouvait, elle avait dû entendre toute leur conversation.

– Je suis vraiment désolé, regretta-t-il.

Comment aurait-il pu la consoler alors qu'il n'était même pas certain lui-même d'avoir vécu dans la peau d'un autre homme ? Il se contenta de la ramener dans leur chambre et de s'allonger près d'elle en la gardant dans ses bras.

Le lendemain, contrairement à ce qu'il craignait, Amy n'évoqua pas l'apparition de Sarah. En fait, elle se concentra sur la routine du matin, comme si tous ces gestes la rassuraient. Terra l'observa en silence, respectant sa décision. Pour sa part, il était incapable de chasser de ses pensées l'image d'un commandant romain mettant le Christ à mort.

Ses élèves captèrent facilement son malaise. Terra était assis sur le gros pupitre du professeur et regardait droit devant lui, essayant de décider du sujet du cours.

– Pourquoi ai-je l'impression que nous ne parlerons pas de philosophie ? se moqua Fred.

Terra sursauta. Il revenait de loin.

– Excusez-moi, j'étais perdu dans mes pensées. Est-ce que l'un de vous sait ce qu'est le karma ?

– C'est une croyance de l'Inde, je pense, répondit Julie.

– Oui, mais c'est surtout le *New Age* qui a répandu cette croyance ici. Savez-vous en quoi elle consiste ?

– Elle dit que lorsqu'on est méchant dans une vie, on est puni dans la vie suivante, hasarda Chance.

– C'est exact et le contraire est aussi vrai, affirma Terra. Si vous êtes bon dans une vie, vous serez récompensé dans la prochaine. L'un de vous se souvient-il d'une vie antérieure ?

– Une petite minute, intervint Frank. Les chrétiens ne sont pas supposés croire à la réincarnation.

– On ne parle pas de religion, riposta Marco en se tournant vers lui. On parle d'une croyance générale.

– Marco dit vrai, l'appuya Terra. Est-ce que tu n'as pas quelquefois des souvenirs étranges en provenance d'une autre époque, Frank ? Est-ce qu'il ne t'arrive pas de rêver à des gens que tu ne connais pas ?

– Non ! s'écria le jeune homme, insulté. La réincarnation n'existe pas ! On ne vit qu'une seule fois, puis on va au ciel ou en enfer !

– On est déjà en enfer, plaisanta Fred.

– Je ne suis pas encore certaine de croire à la réincarnation, mentionna Katy, mais je rêve souvent que je vis dans une forêt avec des gens que je ne connais pas. Pourtant, ils semblent être ma famille.

– Moi, quand j'ouvre un livre d'histoire et que je regarde des images d'autres civilisations, j'ai souvent l'impression que tout ce que je vois m'est familier, ajouta Marco.

– Ce pourrait être l'indication de vies antérieures, suggéra Terra.

– Pourquoi nous parlez-vous de réincarnation tout à coup ? s'inquiéta Chance.

– Parce que c'est une croyance dont on peut discuter dans un cours de philosophie. De plus, tout dernièrement, j'ai vécu des événements qui me font croire que j'ai peut-être été une autre personne dans un autre temps. Je voulais seulement avoir votre avis à ce sujet.

– Je pense que la réincarnation est une possibilité, déclara Julie. Cela expliquerait pourquoi des enfants de trois ans sont capables d'écrire des symphonies.

– Mais ces connaissances se trouvent déjà dans nos gènes, n'est-ce pas, Julie ? se moqua Frank.

– C'est ce que le prof de biologie nous a dit, mais cela n'exclut pas la possibilité que nous ayons eu d'autres vies, se défendit-elle.

– Mais pourquoi voudrions-nous revenir sans cesse ici ? voulut savoir Fred.

– Pour réparer les torts que nous avons causés aux autres, répondit Marco.

– Donc, quand nous avons payé toutes nos dettes, nous ne revenons plus ? déduisit Katy.

– C'est ce qu'affirme cette théorie, en effet, assura Terra.

– C'est de la foutaise, maugréa Frank. Il n'y a que Dieu qui ait le pouvoir de s'incarner à volonté.

Terra soupira en considérant l'adolescent : il était tout simplement impossible de lui faire abandonner cette étiquette.

– Parlez-nous de la vie dont vous vous souvenez, le pressa Julie. Dans quelle période de l'histoire se situe-t-elle ?

– Je pense que c'est l'Empire romain au temps du prophète Jésus, mais je n'étais pas cet homme.

– Vous n'êtes même pas certain d'avoir eu d'autres vies, rétorqua Frank. Vous n'en avez aucune preuve tangible.

– C'est vrai, mais certaines de nos croyances se fondent uniquement sur la foi. Nous croyons tous en Dieu et pourtant, personne ne l'a jamais rencontré.

L'adolescent s'adossa sans répondre. Terra demanda alors à ses élèves de résumer, en quelques lignes, ce qu'ils pensaient de la réincarnation. Il leur dit qu'ils n'étaient pas obligés de signer ce court témoignage. À la fin du cours, il ramassa leurs rédactions.

En conduisant Terra à l'hôpital, Amy fut plutôt silencieuse. Terra l'observait, incapable de trouver les mots pour l'apaiser. Les vies antérieures étaient un domaine nouveau pour lui aussi.

– J'ai aussi fait du mal à Sarah dans une autre vie, s'aventura-t-il enfin. C'est pour ça que je l'ai épousée dans celle-ci, pour redresser mes torts.

– Es-tu certain que c'est vrai ? Es-tu persuadé d'avoir vécu avant maintenant ?

– Non. Mais toi, pourquoi te sens-tu menacée par ces révélations ?

– Parce que je ne crois pas aux fantômes et que j'en ai vu un ! explosa-t-elle. Parce que ce fantôme affirme que tu m'as tuée dans une autre vie ! Parce que ça me fait peur ! Et parce que je ne veux pas te perdre !

Terra la pria d'arrêter la voiture sur le bord de la route. Il tenta de lui expliquer que, même si le fantôme de Sarah avait dit vrai, c'était du passé. Il ne pouvait pas vérifier ses dires quant à cette prétendue vie à Jérusalem. Il existait trop de versions différentes des événements qui avaient entouré la mort de Jésus. Il ne pouvait pas non plus affirmer que le fantôme mentait. Il ne voulait pas, par contre, que ces découvertes mettent leur bonheur en péril.

– Si nous avons vraiment vécu à Jérusalem, je suis désolé de t'avoir fait du mal et je te jure de ne jamais t'en faire dans cette vie-ci. Je t'en prie, n'aie pas peur de moi. Je t'aime et j'ai besoin de toi.

Encore tremblante, elle le déposa à l'hôpital. Terra la regarda partir avec regret. Il ne pouvait rien faire de plus. C'était une épreuve à laquelle Amy devait faire face seule. Se rappelant les paroles du fantôme, il se rendit auprès de Karen. Cette dernière était consciente, mais sa mâchoire immobilisée l'empêchait de parler. Sarah apparut alors de l'autre côté de la civière. Karen ouvrit de grands yeux surpris en reconnaissant la dame de la forêt.

– Karen, voici Sarah, mon épouse qui est morte dans l'accident du Texas, la présenta son professeur sans manifester la moindre frayeur. Elle vient parfois me rendre visite quand j'ai besoin d'elle.

– Terra a reçu un don lorsque les anges l'ont renvoyé sur la Terre : celui de guérir avec ses mains.

Sarah lui fit placer ses paumes sur les joues de Karen et fermer les yeux. Terra s'exécuta docilement. L'adolescente ressentit tout de suite un grand soulagement. Elle leva le regard sur Terra et vit qu'il haletait comme s'il avait couru pendant des kilomètres. Il recula doucement en tremblant.

– Mais d'où venait cette force ? s'étonna Terra.

– C'est un pouvoir qui est en toi, le même qui attire les arbres, l'informa Sarah.

Devant l'air incrédule du Hollandais, Sarah lui demanda de retirer l'appareil de métal, puis disparut. Avec précaution, il décrocha les pinces de chaque côté et libéra Karen de sa cage de broche.

– Merci, murmura-t-elle, plutôt déconcertée par ce qui venait de se passer.

– Tu es capable de parler ? s'extasia Terra. Tu n'as pas mal ?

– Pas à la mâchoire, mais partout ailleurs. Cette femme est un fantôme ?

– En quelque sorte. Les anges lui ont demandé de revenir me donner un coup de main sur la Terre. Ne crains rien. Elle est surtout un guide précieux.

– Mais qui êtes-vous réellement, monsieur Wilder ? Pourquoi des événements étranges se produisent-ils constamment autour de vous ?

– Toi, moi et plusieurs autres personnes avons commis d'horribles crimes à Jérusalem il y a fort longtemps et il semble que nous devions maintenant nous faire pardonner.

Une infirmière entra dans la petite salle et paniqua en voyant que la jeune patiente ne portait plus son appareil. Karen déclara l'avoir enlevé elle-même, pour ne pas mettre Terra dans l'embarras. La garde-malade s'empressa d'aller chercher le médecin.

– Il voudra savoir pourquoi la fracture est guérie, se troubla Karen.

– Laissons-les penser que c'est un miracle, suggéra Terra.

Il se rendit à la salle de physiothérapie en se demandant pourquoi il se sentait faiblir. Il commença la séance et s'évanouit lorsqu'il arriva aux exercices plus difficiles. On le transporta aux urgences. Aussitôt avertie, Amy faisait à présent les cent pas dans la salle d'attente. Terra dut subir plusieurs examens pour déterminer la cause de son malaise. Amy resta avec lui jusqu'à la fin des heures de visite et l'enlaça longuement avant de partir. Les couloirs de l'hôpital devinrent silencieux et Terra replongea dans son passé. Sarah traversa le mur près de lui.

– Tu as fais du bon travail, le félicita-t-elle.

– Mais pourquoi ai-je perdu conscience ?

– C'est parce que tu transmets une partie de ta santé à ceux que tu guéris.

– Mais je ne peux pas me permettre de perdre le peu qu'il me reste. Tu aurais dû me prévenir.

– Quand tu perds ainsi de l'énergie, touche les arbres. C'est un cadeau que t'a fait le Créateur pour t'aider à mener à bien ta mission. Utilise-le sagement.

Sarah s'évapora et Terra se mit à penser à tous ses contacts avec les arbres depuis son arrivée en Colombie-Britannique : certains l'avaient effrayé, mais aucun ne lui avait fait de mal. Son esprit scientifique jongla avec l'idée que ces seigneurs de la forêt puissent contenir un magnétisme quelconque. Au bout de ses forces, il sombra finalement dans un sommeil sans rêves.

Au matin, il se soumit à tous les tests des médecins sans protester. Il fut bien content de voir arriver Amy dans l'après-midi. Il la laissa même l'habiller pour lui faire plaisir. Alors qu'il était assis sur le lit d'hôpital et qu'elle attachait sa chemise, il vit entrer son nouvel ami de Little Rock, le docteur Donald Penny.

– Comment te sens-tu ce matin ? lui demanda le médecin en prenant son pouls.

– Je me sens très bien, maugréa le professeur, qui en avait assez d'être examiné.

– Il veut même retourner enseigner en sortant d'ici, déplora Amy.

– Je n'ai pas le choix, expliqua Terra. Si je ne me présente pas en classe, mes élèves risquent de mettre la ville à sac pour me retrouver.

– Tu es un homme important, dis donc, plaisanta Donald.

– Ils se sentent obligés de me protéger, comme une autre personne que je connais, d'ailleurs.

Se sentant visée, Amy lui donna une claque amicale sur l'épaule.

– J'ai jeté un coup d'œil à tes radiographies de ce matin et je n'y comprends pas grand-chose. Est-ce qu'on t'a remis un manuel d'instruction quand tu as quitté les États-Unis ?

– Très drôle, répliqua Terra sans le moindre sourire.

– La partie humaine de ton corps fonctionne bien, mais nous avons tout de même transmis les résultats des examens à tes médecins du Texas pour obtenir leur opinion. Peut-être nous enverront-ils ce manuel pour que nous puissions te venir en aide la prochaine fois que tu perdras conscience…

– Il n'y aura pas de prochaine fois.

Amy lui fit enfiler son manteau et l'aida à marcher jusqu'à la porte sous le regard observateur de Donald Penny. Ce dernier se promettait bien d'apprendre le fonctionnement de ses jambes bioniques et leur relation avec le reste de son corps.

Dans le couloir, Amy raconta à Terra qu'il s'était produit un miracle à l'hôpital. Apparemment, la mâchoire fracturée de Karen Pilson s'était ressoudée toute seule, ce qui était tout à fait impossible, selon les médecins. Terra se contenta de sourire sans émettre le moindre commentaire.

# 12

Selon son désir, Amy ramena Terra à l'école. Pendant qu'elle refermait la portière, Terra alla s'appuyer contre le tronc d'un des gros arbres qui bordaient l'allée. Les branches se replièrent sur lui. Amy poussa un cri d'effroi. Elle laissa tomber ses affaires et courut de toutes ses forces pour tenter de sauver Terra de cette nouvelle attaque. Mais au moment où elle allait l'atteindre, une éclatante lumière blanche enveloppa son futur époux.

– Terra ! hurla-t-elle avec désespoir.

– Je ne suis pas en danger, assura-t-il d'une voix calme. L'arbre est seulement en train de me redonner des forces.

La lumière disparut et les branches le libérèrent. Il prit une bonne bouffée d'air frais. Amy se précipita sur lui.

– Mais que vient-il de se passer ? s'angoissa-t-elle.

– J'ai découvert pourquoi je les attire. Ils sentent quand mon niveau d'énergie est trop bas et ils essaient de me donner un peu de la leur.

– Mais comment… ?

– Je n'en sais rien, mais je ne me suis jamais senti aussi bien.

Vibrant d'énergie, Terra constata également qu'il avait moins de difficulté à marcher. Il rassura Amy jusqu'à l'intérieur et lui promit de se tenir tranquille. En classe, il écouta les commentaires de ses élèves sur la réincarnation. Ils en avaient parlé à leurs familles et à leurs amis et plusieurs d'entre eux leur avaient avoué y croire. Ils voulurent l'entendre raconter ses propres souvenirs de Jérusalem à l'époque de Jésus.

– J'étais un officier romain, les renseigna Terra, et je commandais un certain nombre de soldats.

– Alors vous avez certainement dû voir Jésus, conclut Katy.

– C'était lui, répliqua Frank.

– Je n'étais pas Jésus, réitéra le professeur. Par contre, j'ai le regret de vous avouer que j'ai été l'officier chargé de son exécution sur la colline.

Ses élèves le fixèrent avec stupéfaction. Terra remarqua alors une marque de coup sur la joue de Fred Mercer, mais il n'en fit pas état devant les autres. Il poursuivit plutôt ses aveux.

– Je ne sais pas si nous lui avons planté les clous dans les mains, mais nous avons certainement blessé ou tué certains de ses disciples qui ont tenté de nous empêcher de faire notre travail.

– Pourquoi dites-vous « nous » ? s'étonna Chance.

– Parce que vous étiez les soldats sous mes ordres.

Frank ramassa son sac à dos et sortit en claquant la porte. Tous les élèves se tournèrent vers Terra pour voir ce qu'il ferait, mais il demeura impassible. Lorsque Chance offrit de ramener Frank en classe, le professeur répondit qu'il avait droit à son opinion. Il décida de changer de sujet, se disant qu'il était préférable de les laisser réfléchir par eux-mêmes à cette vie militaire. Il leur parla plutôt de saint Augustin, un philosophe qui avait souhaité réconcilier le christianisme et la philosophie grecque.

Les arbres lui avaient fait un bien immense. Après sa journée de travail, il ne ressentit pas le besoin de prendre des calmants. Il se rendit à l'hôpital et s'arrêta aux soins intensifs avant d'aller se soumettre aux tortures de son thérapeute. Il trouva Karen bien réveillée, mais l'air maussade.

– Vous devez être bien déçu de moi, murmura-t-elle en baissant la tête.

– Tout le monde peut être impliqué dans un accident, Karen, même moi.

– Mais vous n'étiez pas ivre quand ça vous est arrivé. Vous n'êtes pas responsable de la mort de votre femme. Moi, je suis responsable de celle de l'amie qui était avec moi et de celle des deux vieilles personnes qui se trouvaient dans l'autre voiture. Je suis un monstre, monsieur Wilder.

– Tu as sans doute agi de façon irresponsable en prenant le volant alors que tu avais absorbé de l'alcool, mais cela ne fait pas de toi un monstre. Il semble que certains d'entre nous n'apprennent leurs leçons que de la façon la plus difficile. Ce qui est vraiment important, selon moi, c'est que tu ne commettes plus la même erreur.

– Vous pouvez en être certain.

Elle leva un regard malheureux sur lui et vit qu'il ne portait aucun jugement. Terra l'embrassa sur le front, puis se dirigea vers la salle d'exercices. Ses jambes semblaient en meilleure forme, puisque aucun des étirements ne lui causa de douleur.

Après le repas avec Amy, il alla s'allonger sur le ventre dans le sofa du salon et laissa son regard se perdre dans les flammes du foyer de pierre. Amy se mit à lui masser le dos. Terra trouva le traitement tout à fait délicieux, mais son esprit était toujours préoccupé par le sort de Karen Pilson.

– Que fera un juge avec une adolescente de dix-sept ans qui conduisait un véhicule en état d'ébriété et qui a causé la mort de trois personnes ? démanda-t-il

Amy soupira en pensant qu'il était décidément l'homme le moins romantique qu'elle connaissait. Elle lui avoua qu'elle n'en savait rien : elle était professeur d'anglais, pas avocate. Selon elle, il était cependant certain que Karen serait punie pour son geste. Elle tenta de l'embrasser. Il voulut alors savoir si un professeur avait le devoir de rapporter aux autorités les cas d'élèves maltraités à la maison et lui parla de la marque qu'il avait vue sur le visage de Fred Mercer.

– Il a très bien pu être blessé en se battant, Terra. Tes élèves ne sont pas des anges. Avant d'en parler à la police, essaie plutôt de savoir ce qui s'est vraiment passé.

– Oui, tu as raison.

– Maintenant, as-tu d'autres questions avant que je t'arrache tes vêtements et que je te fasse l'amour ?

– Non, fit-il avec amusement.

Elle passa ses mains autour de son torse et déboutonna sa chemise en l'embrassant sur la nuque. Terra oublia toutes ses inquiétudes et se laissa cajoler par cette femme extraordinaire, qui réussissait quand même à l'aimer malgré ce qu'il lui avait fait deux mille ans plus tôt.

Le lendemain, à l'heure du déjeuner, Terra entra dans la cafétéria des étudiants où il savait pouvoir trouver au moins cinq des sept terreurs, Fred semblant avoir disparu depuis la veille. Ils furent surpris de le voir approcher et Terra leur en demanda la raison.

– Les règlements de l'école défendent aux professeurs de manger avec les élèves, expliqua Julie.

– J'ai déjà mangé, répliqua Terra en s'asseyant avec eux. Où est Fred ?

– Il est resté chez lui aujourd'hui, l'informa Chance.

– Est-il malade ?

Leur silence mit Terra mal à l'aise. Il comprenait leur loyauté, mais si leur copain avait des ennuis, c'était leur devoir de lui venir en aide.

– A-t-il fait quelque chose d'illégal ?

– Non, affirma Frank. Disons que son beau-père et lui ne s'entendent pas très bien, alors il lui arrive d'être obligé d'aller coucher ailleurs jusqu'à ce que les choses se calment chez lui.

– Son beau-père ne connaît pas la théorie du non-étiquetage, ajouta Marco. Il a décidé que Fred n'est qu'un bon à rien qui ne pourra jamais gagner honorablement sa vie.

Terra s'aperçut que tous les élèves présents dans la cafétéria convergeaient vers lui. Il répondit donc à leurs questions et leur expliqua finalement sa théorie. En voyant ce qui se passait, les surveillants allèrent aussitôt prévenir le directeur, qui mangeait en paix dans son bureau. Il se rendit sur les lieux, sa secrétaire le suivant de près, et s'arrêta sur le seuil pour contempler la scène : Terra Wilder était assis sur une table, entouré d'étudiants qui l'écoutaient avec ferveur.

– Mais que fait-il là ? s'étonna le directeur.

– On dirait le sermon sur la montagne, s'émut sa secrétaire.

– Ce n'est pas le Christ, madame Gibbons. Ce n'est qu'un homme qui aime attirer l'attention. Soyez gentille et allez m'imprimer les règlements de l'école. Et utilisez des caractères plus gros, cette fois.

Elle tourna les talons, malgré son envie d'aller s'asseoir avec les jeunes pour écouter ce nouveau prophète. James Miller prit une profonde inspiration et se fraya un chemin parmi la foule.

– La Terre pourrait être un endroit si agréable si nous arrêtions d'utiliser des étiquettes, disait Terra.

– Mais comment une seule école de Colombie-Britannique pourrait-elle changer le monde ? demanda une fille.

– En déclenchant une révolution.

– Mais vous dites que la violence ne règle jamais rien.

– Une révolution n'est pas nécessairement violente. Elle peut être tout à fait pacifique.

– C'est assez ! rugit le directeur.

Les élèves se dispersèrent en vitesse. Terra descendit de la table avec l'aide de Marco. Miller lui ordonna de le suivre dans son bureau et lui récita les règles de l'établissement. Puisqu'il avait utilisé le mot « révolution » devant ces jeunes esprits influençables, il lui colla une suspension de deux semaines.

Lorsque la nouvelle parvint aux oreilles d'Amy, elle partit à la recherche de Terra. Marco lui apprit qu'il l'avait vu sortir une dizaine de minutes plus tôt. Chance ajouta qu'elle l'avait surveillé d'une fenêtre et qu'il semblait se diriger vers la rivière. Amy les remercia et enfila son manteau. Elle courut dans la forêt et le trouva, assis sur une grosse roche, regardant danser les petites vagues.

– Tu étais assis sur une table de la cafétéria des élèves et tu leur prêchais la bonne parole ?

Il arborait un air coupable. Amy, pour sa part, n'était pas contente du tout.

– Je cherchais Fred Mercer, mais les étudiants ont commencé à me questionner.

– Terra, soupira-t-elle. Mais qu'est-ce que je vais faire avec toi ?

– Pousse-moi dans la rivière et débarrasse-toi de moi une fois pour toutes.

– Tu sais bien que je ne le pourrais pas, même si tu le mérites. Allez, reviens à l'intérieur. Il fait trop froid pour que tu restes dehors jusqu'à trois heures.

– Je ne peux pas remettre les pieds dans l'école, Amy.

– Alors, je vais te donner les clés de la voiture.

– Non, je préfère retourner à la maison en autobus.

Elle l'accompagna jusqu'à l'arrêt, l'embrassa et le regarda grimper dans le véhicule. Il n'était pas facile de comprendre ce beau Hollandais, qui tenait par-dessus tout à leur routine à la maison, mais qui désobéissait à tous les règlements de l'école.

Au lieu de rentrer chez lui, Terra se mit en quête du domicile de Fred Mercer. Le conducteur de l'autobus le déposa à l'entrée de son quartier et lui dit qu'il habitait au bout de la rue de gravier. Terra le remercia et, adresse en main, marcha lentement en examinant ce quartier de Little Rock qu'il ne connaissait pas. Toutes les maisons se ressemblaient : elles étaient toutes petites et ternes, probablement construites pour les premiers bûcherons qui étaient venus s'installer dans la région.

Il trouva celle des Mercer et frappa à la porte. Madame Mercer lui ouvrit. Terra la trouva plutôt pâle. Il se présenta et elle le fit entrer. Le salon était exigu et encombré de gros meubles, mais très propre. Terra s'assit sur le sofa pour reposer ses jambes. Madame Mercer prit place dans une vieille chaise à bascule. Elle était maigre, agitée et ses traits tirés trahissaient son manque de sommeil.

– Fred est-il ici ?

– Non, répondit nerveusement la mère. Il arrive qu'il disparaisse pendant quelques jours quand mon mari et lui se sont querellés. Fred ne reconnaît pas son autorité, parce qu'il n'est pas son père, et mon mari n'aime pas le voir perdre son temps à jouer de la guitare. Il préférerait qu'il se trouve du travail à temps partiel. Il y a souvent des étincelles.

– Votre mari le frappe-t-il lorsqu'ils se querellent ?

– C'est déjà arrivé. Je ne peux pas toujours être ici pour les séparer. Ce serait une bonne chose que Fred arrête de le provoquer tout le temps.

Terra lui demanda où il pourrait trouver son fils. Elle haussa les épaules. Selon elle, il devait encore traîner dans les salles d'arcade du petit centre commercial. Terra la remercia et quitta la maison. En longeant la rue, il sentit que ses jambes se fatiguaient. Il lui faudrait solliciter l'aide d'autres arbres sous peu. Il ne savait pas comment se rendre au centre commercial, mais le conducteur de l'autobus pourrait sans doute le renseigner. Lorsqu'il arriva à l'arrêt, au bout de la rue, il commençait à avoir froid. Après quelques minutes d'attente, il vit arriver la voiture d'Amy.

– Mais qu'est-ce que tu fais ici ? s'étonna-t-elle en lui ouvrant la portière.

– Je voulais parler à Fred Mercer, mais il n'est pas chez lui.

– Terra, les professeurs ne sont pas autorisés à entretenir ce genre de rapports avec leurs élèves.

– J'ai été suspendu de l'école, alors j'ai bien le droit de faire ce que je veux.

Elle lui décocha un regard l'avertissant de ne pas multiplier ce genre de remarque. Elle voulut le conduire à l'hôpital, mais il préféra essayer de trouver Fred. Renonçant à comprendre ce qui se passait dans la tête de cet ex-savant du Texas, elle céda et fit ce qu'il voulait. De toute façon, elle avait quelques courses à faire au supermarché. Elle lui recommanda de ne pas commettre de bêtises et de la rejoindre sur le banc devant le parking vingt minutes plus tard.

Terra se rendit à la salle de jeux vidéo. En effet, Fred était là : il s'amusait sur une grosse machine de jeu vidéo.

– Monsieur Wilder ? fit l'élève, surpris, en l'apercevant.

– J'aimerais te parler de la marque que tu portes au visage.

– Ce n'est rien de grave.

– Fred, il y a bien longtemps, toi et certains élèves de l'école avez commis des crimes très graves sous mon autorité, alors c'est mon devoir de vous venir en aide dans cette vie-là. Si tu es victime de sévices chez toi, je veux y mettre fin.

– Ne gaspillez pas votre énergie. L'ogre que ma mère a épousé ne parle pas la même langue que nous. Il règle tous ses problèmes avec ses poings. Quand j'aurai découvert où habite mon véritable père, j'irai le rejoindre et ma vie sera meilleure. En attendant, il vaut mieux que je ne passe pas trop de temps à la maison, pour que mon beau-père ne se mette pas à taper aussi sur ma mère.

– Et tes grands-parents ?

– Ma grand-mère vit en Gaspésie. C'est à l'autre bout du pays, mais j'irai peut-être lui rendre visite cet été. Peut-être même qu'on pourra partir à la recherche de mon père ensemble. Après tout, c'est son fils. Je vous en prie, monsieur Wilder, ne vous inquiétez pas pour moi.

– Reviendras-tu à l'école ?

– Je devrais être là demain.

Terra sortit un bout de papier et une plume de sa poche et y écrivit son numéro de téléphone.

– Je sais que je ne suis pas censé vous le donner, mais je veux que tu m'appelles si tu as besoin de moi. Tu peux le remettre aux autres.

– Vous êtes un prof plutôt épatant. Merci.

– Et je vais voir si je peux t'aider à retrouver ton père.

Il serra la main du jeune homme avec amitié et quitta la salle d'arcade. Ses genoux lui faisaient de plus en plus mal. Il allait atteindre un banc, lorsqu'il s'effondra de tout son long. Amy, qui venait de déposer les sacs du magasin dans le coffre de sa voiture, vola à son secours.

– Mes genoux ont cédé, marmonna-t-il en cherchant son souffle.

Elle voulut l'aider à se relever, mais n'y parvint pas. Deux bons samaritains lui donnèrent un coup de main. Ensemble, ils parvinrent à installer Terra sur le siège du passager. Pour Amy, il n'était pas question de le ramener à la maison : elle fila tout droit à l'hôpital, où le médecin de garde fit des radiographies de ses jambes. L'urgentiste demeura un long moment planté devant les épreuves sans être bien certain de comprendre ce qu'il voyait. En blouse d'hôpital, Terra était assis sur la table, les jambes pendantes.

– Êtes-vous un androïde ? s'inquiéta le médecin.

Terra décela de la crainte dans sa voix. Comment un scientifique comme lui pouvait-il croire une chose pareille ?

– Bien sûr que non, rétorqua Terra, agacé.

Alerté par Amy, Donald Penny entra alors dans la petite salle d'examen.

– Terra, si tu veux que nous passions du temps ensemble, tu n'as qu'à me téléphoner, plaisanta Donald.

– Tu le connais ? s'étonna l'autre médecin.

– Terra est un ami d'une autre galaxie, affirma Donald. Je me charge de lui.

– Tu sais quoi faire avec des jambes comme les siennes ?

– J'ai mon diplôme interstellaire, voyons.

Le médecin jeta un dernier coup d'œil aux radiographies et s'en alla en secouant la tête.

– Je lui expliquerai plus tard que ta soucoupe volante est partie sans toi, fit Donald en se penchant pour examiner Terra.

– Je ne suis pas un extraterrestre, maugréa le Hollandais.

Donald exerça quelques pressions autour de ses genoux et lui arracha un cri de douleur.

– J'ai bien peur que ton problème ne réside pas dans la structure artificielle de tes rotules, mon ami. Il semble y avoir une inflammation des tissus vivants qui retiennent tes genoux futuristes et tes pattes de vaisseau spatial. Rien que de bons vieux anti-inflammatoires terrestres ne peuvent pas régler, mais encore faut-il que ton système étranger veuille bien les digérer.

– Est-ce que tu as bientôt fini de te payer ma tête ?

– Non, répondit son ami, avec un large sourire.

Donald ouvrit la porte et laissa entrer Amy. Il lui apprit que le froid, l'humidité et une trop longue marche avaient eu raison du peu de chair humaine qui enveloppait les articulations de Terra. Du repos et des médicaments lui rendraient sa mobilité.

– Je veux te revoir dans deux semaines à mon bureau, monsieur le Martien, lui dit Donald en sortant.

Amy habilla Terra et remarqua la colère au fond de ses yeux verts. Elle pensa qu'il devait être fâché d'avoir été emmené à l'hôpital contre son gré. Elle ignorait que son beau professeur n'aimait pas qu'on se moque de lui et de ses jambes bioniques et que Donald venait de franchir une frontière dangereuse.

Dans la soirée, enveloppé dans une épaisse couverture, devant un bon feu, Terra se reposa. Il était amorti par les médicaments. Le téléphone sonna et Amy répondit, supposant que c'était Nicole Penny ou sa sœur de Toronto. Elle fut bien surprise d'entendre la voix d'une adolescente demandant à parler à Terra.

– C'est pour toi, fit-elle sur un ton de reproche. Je pense que c'est une de tes élèves à qui tu n'es pas censé donner ton numéro de téléphone.

Elle lui tendit l'appareil en le fusillant du regard. C'était Chance Skeoh qui voulait l'avertir que Fred cherchait à acheter une arme à feu sur le marché noir.

– Une arme à feu ? s'alarma Terra.

– Marco pense qu'il va essayer de tuer son beau-père.

– Marco sait-il où il est ?

– Tu ne sortiras pas d'ici ! l'avertit Amy.

Terra demanda à Chance de rallier ses amis et de tenter de localiser le jeune délinquant. Il raccrocha et aperçut l'air furibond de sa compagne.

– Tu ne dois pas donner ton numéro de téléphone ! C'est contre les règlements !

– Alors, les règlements sont stupides. Non seulement je m'intéresse au cerveau de mes élèves en tant que professeur, mais je m'occupe aussi de leurs âmes. Je suis probablement leur seule chance de salut.

– Penses-tu vraiment être en état de faire quoi que ce soit pour eux en ce moment ? Tu n'es même pas capable de marcher ! Je me moque de ce qu'ils ont l'intention de faire, Terra ! Il n'est pas question que tu quittes cette maison avant d'être complètement guéri. C'est mon dernier mot !

Amy lança le téléphone sans fil sur le sofa et quitta la pièce d'un pas furieux. Terra l'entendit claquer la porte de la chambre. Il lui faudrait pourtant accepter sa mission sur la Terre...

Cette nuit-là, il refit le cauchemar qui le hantait depuis plus de cinq ans et se réveilla en hurlant. Amy le calma, une fois encore.

– J'étais conscient, hoqueta-t-il. Quand la voiture s'est écrasée sur le pilier de ciment, je me suis évanoui, mais seulement quelques secondes. J'étais coincé dans les débris et je pouvais à peine respirer, mais je pouvais tout voir. Le côté du passager était complètement démoli. Il y avait du sang partout...

La sonnerie du téléphone les fit sursauter. Craignant qu'il s'agisse d'une mauvaise nouvelle dans sa famille, Amy se précipita pour décrocher.

– Mademoiselle Dickinson, je sais qu'il est tard, fit la voix tendue de Chance Skeoh, mais je dois absolument parler à monsieur Wilder. C'est une question de vie ou de mort.

Amy n'aimait pas l'intérêt que portait Terra à ces adolescents, mais elle lui tendit tout de même l'appareil. Chance informa son professeur que Fred était retourné chez lui et qu'il menaçait de tuer tout le monde. Marco était avec lui et essayait de le raisonner, mais elle craignait pour sa vie aussi. Terra annonça qu'il arrivait et raccrocha.

– Tu n'es pas en état d'aller où que ce soit, s'opposa Amy.

– Fred Mercer menace de tuer toute sa famille et ses amis !

– C'est son problème, pas le tien.

– C'est moi qui leur ai donné l'ordre de crucifier le prophète, Amy ! Ils sont sous ma responsabilité, maintenant !

Il réussit à se mettre debout. Voyant qu'elle ne pourrait pas l'arrêter, Amy céda. Elle l'habilla chaudement et le soutint jusqu'à la voiture. Lorsqu'ils arrivèrent devant la maison des

Mercer, ils trouvèrent Chance, Katy et Frank sur la pelouse, à faire nerveusement les cent pas. Amy leur demanda s'ils avaient appelé la police.

– Non, répondit Chance. Fred paniquerait. Monsieur Wilder est notre seule chance d'éviter un carnage, parce qu'il sait quoi dire aux ados pour les calmer.

– Monsieur Wilder souffre d'une grave inflammation aux genoux, lui reprocha le professeur d'anglais. Il ne devrait même pas être ici au beau milieu de la nuit.

– Amy, je t'en prie, supplia Terra. Cela fait partie de ma mission. Fais-moi confiance et aide-moi plutôt à me rendre à la porte.

Elle passa le bras par-dessus son épaule. Frank se chargea aussitôt de l'autre bras.

– Je suis avec vous jusqu'au bout, maître, déclara-t-il.

« Ce n'est pas le moment de me quereller avec lui », pensa Terra. Aussi, il ne releva pas l'étiquette que Frank lui appliquait une fois de plus. Le petit groupe avança lentement jusqu'au perron.

– Fred, c'est Chance ! Je t'en prie, ne tire pas !

Terra conseilla à Katy de rester sur la pelouse et d'appeler la police si jamais Fred se mettait à tirer dans la maison. Chance fit un pas à l'intérieur en récitant toutes les prières qu'elle connaissait. Elle aperçut Fred qui pointait un revolver sur sa mère, son beau-père et Marco.

– Va-t'en, Chance ! cria Fred. Ça ne te concerne pas !

Soutenu par Amy et Frank, Terra entra derrière la jeune fille. Il évalua rapidement la situation et son potentiel explosif.

– Fred, je t'en prie, écoute-moi.

– Allez-vous-en tous ! hurla l'adolescent, hors de lui. Je ne veux plus que ce salaud fasse sa loi dans cette maison qui n'est même pas à lui !

– Tu ne régleras pas le problème en le tuant. Tu te retrouveras en prison pour le reste de tes jours et tu n'auras plus d'avenir. Moi, je pense que tu mérites ce qu'il y a de mieux. Et je t'ai fait une promesse, rappelle-toi. Je t'ai promis de t'aider à retrouver ton père. Si tu finis derrière les barreaux, je ne pourrai plus rien faire.

– Mais si je ne le tue pas, c'est lui qui finira par nous tuer !

– Pas si nous le faisons arrêter pour violence conjugale.

– Personne ne m'arrêtera ! les avertit le beau-père, visiblement ivre.

Fred dirigea le canon du revolver vers le visage de cet homme qu'il détestait. Terra sentit son cœur faire un bond. Il argumenta pour qu'il lui ligote plutôt les mains et qu'il appelle la police. Devant l'indécision de son copain, Marco appuya son professeur.

Après une hésitation qui parut durer un siècle, Fred laissa finalement Marco attacher les mains de l'ivrogne avec des menottes. Terra se demanda où il les avait prises, mais ne fit aucun commentaire. Il suggéra plutôt à madame Mercer d'appeler la police. Son mari lui décocha un regard rempli de haine, qui fit frémir Amy. Avant que la pauvre femme puisse se lever pour prendre le téléphone, les éclairs rouges et bleus des gyrophares tournoyèrent dans la fenêtre du salon.

– Les voisins avaient déjà dû les appeler, conclut Amy.

– Fred, donne-moi le revolver, ordonna Terra.

Le jeune homme lui tendit l'arme à feu en tremblant. Le beau-père en profita pour se ruer vers la porte en bousculant tout le monde sur son passage. Amy et Frank perdirent pied et s'écroulèrent sur le plancher, entraînant Terra avec eux. Ce dernier lâcha le revolver. Le coup partit.

L'ivrogne émergea de la maison comme un taureau enragé. Katy eut juste le temps de s'écraser contre le mur de la galerie pour le laisser passer. Alertés par le coup de feu, les policiers mirent le fugitif en joue. Ils lui ordonnèrent de s'immobiliser, mais, en état d'ébriété, le beau-père de Fred fonça sur eux. Il cassa la chaîne de ses menottes et voulut s'en prendre au premier représentant de la loi qui lui barrait la route. Un autre agent tira.

Amy et Frank aidèrent Terra à se remettre sur ses pieds tandis que Fred serrait sa mère dans ses bras en pleurant. Marco avait assisté à la scène par la fenêtre du salon.

– Est-ce que quelqu'un est blessé ? s'enquit Terra.

Ils assurèrent que non. La balle avait dû frapper le plafond ou s'encastrer dans un mur.

– C'est fini, maintenant, maman, souffla Fred. Il ne nous fera plus jamais de mal.

– C'est sûr, affirma Katy sur le seuil. La police vient de lui tirer dessus.

Ils se précipitèrent dehors et se retrouvèrent devant les revolvers des représentants de la loi.

– Ne tirez pas ! s'écria Terra.

On avait recouvert le corps de l'ivrogne d'une couverture. Les policiers questionnèrent tout le monde et dressèrent le portrait de ce qui s'était passé ce soir-là. Voyant qu'ils avaient la situation bien en main, Terra supplia Amy de le ramener chez eux. Il brûlait de fièvre.

# 13

Dans le laboratoire de chimie, les élèves effectuaient une expérience par groupes de deux : ils versaient des substances en poudre dans des bocaux de verre qui contenaient une certaine quantité de liquide. Au bout de quelques minutes, ils parvinrent tous au même résultat, sauf Sébastien Cleary et Steve Sheehan, dont la solution affichait une couleur plutôt douteuse. Le professeur de chimie, Stuart Sutherland, qui se promenait d'un groupe à l'autre, aperçut leur création.

– Qu'est-ce que c'est, exactement ? demanda-t-il sur un ton acerbe.

– C'est ce que nous essayons de décider, monsieur, répondit Steve en reculant de quelques pas.

Sutherland vérifia leurs notes et souleva le récipient pour l'examiner à la lumière.

– Vos données sont pourtant exactes, alors comment êtes-vous arrivés à ce résultat ? se hérissa-t-il. Recommencez jusqu'à ce que vous obteniez la bonne couleur. Faites-le séparément. Je veux savoir lequel de vous deux s'est trompé.

– Mais le cours est presque terminé, protesta Steve.

– Si vous n'êtes pas capables de réussir cette expérience dans les cinq prochaines minutes, alors vous reviendrez la terminer après les cours.

Sutherland retourna à son pupitre sous le regard meurtrier de Sébastien Cleary. Bien sûr, les deux étudiants n'eurent pas assez de temps pour effectuer l'expérience avant le son de la cloche. Ils furent donc forcés de retourner au laboratoire à la fin de la journée. Steve Sheehan réussit l'opération en quelques minutes mais, intimidé par le regard impatient de son professeur de chimie, assis à son pupitre, Sébastien n'y arriva pas. Il regarda partir Steve avec envie.

– Encore des problèmes, monsieur Cleary ? le semonça Sutherland.

En tremblant, Sébastien continua de peser et de mesurer les ingrédients.

– Pensez-vous que nous pourrons sortir d'ici ce soir ? s'impatienta le professeur.

Sébastien enleva les gants de caoutchouc, les jeta sur le comptoir, ramassa son sac d'école et quitta le laboratoire en courant. Sutherland soupira bruyamment. Peut-être perdait-il son temps à enseigner la chimie à des adolescents sans cervelle…

Amy sortait justement de la salle des professeurs : elle faillit entrer en collision avec Sébastien Cleary, qui se ruait vers la sortie. « Probablement en retard pour prendre l'autobus », pensa-t-elle. Elle rentra à la maison et trouva Terra endormi sur le sofa. Elle s'agenouilla près de lui pour l'embrasser. Il battit des paupières et lui fit un sourire.

– Comment vont tes jambes ? s'informa-t-elle.

– Elles sont raides, mais mes genoux ne sont plus douloureux.

– Il est presque l'heure du dîner, mon séduisant Capricorne. Qu'aimerais-tu manger ?

– Ce que nous mangeons habituellement le lundi, bien sûr.

– Bien sûr, répéta Amy en souriant.

– Ne te moque pas de moi.

– Avant de te connaître, je mangeais n'importe quoi, n'importe quand.

– Je suis différent.

– Manifestement. Moi, je n'aime pas me sentir comme un animal dans une cage, qui mange toujours la même chose à la même heure.

Elle déposa un baiser sur son nez et disparut à la cuisine. Il se releva avec difficulté pour la suivre. Il arriva sur le seuil au moment où elle commençait à préparer les sandwichs au poulet.

– Est-ce que tu as l'impression de vivre dans une cage avec moi ? s'inquiéta-t-il.

– Parfois, mais quand on aime quelqu'un, on endure beaucoup de choses. Je t'en prie, ne reste pas debout.

En s'agrippant au comptoir et aux meubles, Terra prit place sur une chaise. Amy mit la sauce dans le four à micro-ondes.

– Sarah aussi se sentait prisonnière dans ma maison, murmura-t-il, très malheureux.

– Pas moi. J'aime répondre à tes besoins, mon chéri. Je veux bien renoncer à mes vieilles habitudes pour toi.

– Sarah a tout abandonné pour me suivre. Je l'ai obligée à vivre au Texas loin de sa famille, de sa carrière, de ses amis. Je sais qu'elle était fâchée contre moi, mais elle ne me l'a jamais dit. De toute façon, je n'étais pas souvent à la maison. Je travaillais tout le temps.

– Tu as épousé Sarah en Angleterre, puis tu l'as emmenée vivre aux États-Unis et tu n'as presque plus passé de temps avec elle ?

– Ce n'est pas ce que je voulais, mais en effet, les choses se sont passées ainsi.

– Est-ce que vous couchiez ensemble, au moins ?

– Amy, je ne veux pas parler de ça.

– Un couple doit être capable de se dire n'importe quoi, Terra. Nous sommes un couple, non ?

Il demeura silencieux. Amy dut se faire violence, mais elle respecta son mutisme. Elle continua de préparer le repas en s'efforçant de ne pas le bousculer, même si elle en avait terriblement envie. Terra l'observait en essayant de se calmer. Il n'aimait pas repenser aux erreurs qu'il avait commises dans le passé, encore moins en parler. Mais Amy avait raison : s'il voulait partager sa vie, il devait s'ouvrir à elle.

– Mon mariage n'a pas vraiment été un succès, avoua-t-il enfin, mais j'aimais profondément Sarah. Je me sentais en sécurité avec elle. Elle ne me parlait jamais de ses besoins, alors je pensais qu'elle était heureuse avec moi à Houston, jusqu'à ce qu'elle me dise que notre maison était une prison et qu'elle se sentait très seule. J'ai commencé à inviter des collègues avec leurs épouses pour que Sarah puisse se faire des amis. Quand j'ai vu que mon plan avait fonctionné, je suis retourné m'enfermer dans mon laboratoire avec les ordinateurs, la conscience tranquille.

Amy le considérait avec compassion. Elle avait envie de le prendre dans ses bras et de le rassurer, mais elle ne voulait pas qu'il arrête de parler.

– J'ai acheté des bouquins sur les relations amoureuses, mais ils ne m'ont rien appris. Je ne savais pas que ce pouvait être aussi satisfaisant avant de te rencontrer.

Incapable de demeurer impassible plus longtemps, Amy le serra contre elle, pressant sa tête contre sa poitrine et glissant ses doigts dans ses cheveux. Il s'apaisa rapidement.

– C'est seulement une question d'éducation, Terra. Le sexe n'était pas un sujet tabou chez moi. J'ai toujours su que ce serait une merveilleuse expérience avec l'homme que j'aimerais.

– Moi, j'ai toujours eu peur de l'intimité. Je l'ai fuie toute ma vie, mais Sarah ne m'en a jamais fait le reproche. Peut-être que je n'étais pas vraiment doué…

– Terra, ne dis pas ça. Tu es un partenaire fantastique.

Lorsqu'il fut consolé, elle refit chauffer la sauce. Il mangea sans appétit et s'assit devant la télévision avec elle. Cependant, il était clair qu'il voulait demeurer perdu dans ses pensées.

Le lendemain, elle le quitta à regret, après s'être assurée qu'il avait tout ce qu'il voulait à portée de main. Alors qu'elle se préparait à sa prochaine classe, le directeur surgit à la salle des professeurs et lui demanda si elle avait vu Stuart Sutherland. Il ne s'était pas présenté à son premier cours. Pourtant, son épouse affirmait qu'il était bel et bien parti travailler. Amy répondit que non. James Miller questionna tous les enseignants et même la plupart des élèves de dernière année. Personne ne savait où il était.

En rentrant chez elle à la fin de l'après-midi, Amy trouva une fois de plus son beau Hollandais endormi dans le salon. Il se réveilla en sursaut.

– Je viens de rêver à Stuart Sutherland, déclara-t-il, effrayé. Je marchais dans le désert quand j'ai vu un soldat romain qui clouait un homme sur une croix en bois en lui disant qu'il allait payer pour toutes ses méchancetés. Cet homme sur la croix, c'était Stuart. Sa bouche était recouverte de ruban adhésif brillant et il lui manquait des doigts.

– Ce que tu dis là est très inquiétant, Terra, avoua Amy. Personne n'a vu Stuart de la journée.

Terra comprit que son rêve pouvait être prophétique.

– Peux-tu te servir de tes pouvoirs pour le retrouver ? le pressa Amy.

– J'ai seulement celui de guérir, selon Sarah.

– Ne pourrais-tu pas lui demander de nous aider ?

Il n'avait rien à perdre en contactant son guide de l'au-delà. Amy le laissa donc seul pour qu'il puisse la faire apparaître. Sarah se matérialisa devant le Hollandais.

– Je ne peux pas t'aider car tu n'as aucune dette envers lui, indiqua-t-elle. Cependant, si tu écoutes plus attentivement les messages de ton inconscient…

– Mais je n'ai pas cette faculté.

– Apprends à méditer, Terra. Alors tu pourras aider cet homme, comme tu as aidé Fred.

Sarah recula d'un pas, comme elle le faisait parfois lorsqu'elle était sur le point de disparaître.

– Attends ! l'arrêta le Hollandais. Dis-moi qui était Fred à Jérusalem. Était-il proche de moi ?

– Il était le plus âgé de tes soldats. Il partageait avec toi l'amour de la poésie. Même en temps de paix, vous vous rendiez souvent visite.

– Je pensais que nous étions des brutes assoiffées de sang !

– Vous n'étiez soldats que lorsque l'Empereur vous demandait de prendre les armes. Le reste du temps, vous aviez aussi des familles et des domaines à faire fructifier.

– Quel rôle Fred a-t-il joué la nuit où le prophète a été mis à mort ?

– Il a repoussé la foule, mais il n'a tué personne, parce qu'il admirait secrètement Jésus.

– Alors que Karen s'est montrée beaucoup plus brutale.

– Il y avait beaucoup de colère dans le cœur de Karen à cette époque.

– Et les autres ?

– Nous en reparlerons en temps opportun.

Sarah s'évapora. Terra rappela aussitôt Amy et lui raconta son entretien avec le fantôme. Il essaya de méditer avant d'aller au lit, mais son esprit était encombré de pensées obsédantes. Il s'endormit donc sans avoir rien accompli. Au matin, il fit un second rêve prémonitoire. Il tira Amy du sommeil.

– Stuart est en dessous de l'école ! s'écria-t-il. Quelqu'un le torture !

La jeune femme n'avait rien à perdre. Elle s'empara du téléphone et appela le directeur chez lui, même s'il était cinq heures du matin. Elle lui suggéra de fouiller le sous-sol de l'établissement, comme si elle venait d'avoir elle-même cette idée. Pas question de lui avouer qu'elle tenait cette information de Terra.

Lorsqu'elle arriva au travail, quelques heures plus tard, elle ne fut pas surprise d'apercevoir des voitures de police dans l'allée. Elle s'identifia auprès des officiers et ils la laissèrent entrer. Tous les professeurs étaient rassemblés devant le directeur, qui avait renvoyé les élèves chez eux.

– Comment as-tu su où se trouvait Stuart ? la questionna Miller.

Amy décida de lui dire la vérité.

– Terra a rêvé de lui. Il s'est réveillé à cinq heures ce matin en me disant qu'il venait de le voir.

– C'est tout ce qu'il t'a dit ?

– Il affirmait que quelqu'un le faisait souffrir.

James Miller cacha son visage dans ses mains pendant quelques secondes. Amy voulut savoir ce qui se passait. Le directeur lui avoua que Stuart se trouvait bel et bien dans la salle des chaudières et que Sébastien Cleary, un élève de secondaire cinq, le tenait en otage.

– Mais comment ton mari a-t-il pu voir cela en rêve ?

– Je n'en sais rien. Terra n'est pas un homme comme les autres.

– Est-ce qu'il est vraiment un prophète ?

Amy ne sut pas quoi lui répondre. Elle savait que Terra n'était pas le Messie, mais elle ne pouvait révéler à qui que ce soit les interventions de Sarah ni les événements étranges dont elle avait été témoin. L'inspecteur Paul Wilton demanda alors à voir le directeur.

Wilton était un homme grand et musclé, qui dirigeait le service de police de la région avec une main de fer. Il avait été un champion de football dans ses jeunes années et il avait conservé sa forme. Il serra la main de Miller.

– Je ne suis pas vraiment surpris d'apprendre que Sutherland a été enlevé, avoua l'inspecteur. Il aurait dû changer d'école après la raclée qu'il a reçue il y a quelques années. Cleary a-t-il fait des demandes ?

– Aucune. J'ai bien peur qu'il ait surtout l'intention de se venger. Les élèves m'ont dit qu'il y avait souvent des frictions entre le jeune Cleary et Sutherland.

– Avez-vous les plans de l'école ?

Miller lui tendit un rouleau de documents. Avant de le laisser partir, il lui demanda s'il croyait pouvoir les sortir de là vivants tous les deux. Wilton lui promit de faire de son mieux.

L'inspecteur rejoignit ses hommes à la cafétéria et déroula les plans sur une table. Il divisa les effectifs en cinq groupes : ils se rendraient par des chemins différents à la salle des chaudières, où l'étudiant retenait le professeur.

Assise à son pupitre dans la salle des professeurs, Amy réfléchissait à la faculté que semblait posséder Terra de deviner des choses cachées. La sonnerie du téléphone la fit sursauter. Elle s'empressa de répondre.

– Amy, dis-leur de ne pas s'approcher de Stuart, ou il mourra ! cria Terra dans le récepteur.

– Est-ce que tu as eu un autre rêve ?

– Arrête-les tout de suite ! insista Terra, hors de lui.

Amy laissa tomber le téléphone et quitta la pièce en courant. Elle trouva le directeur dans le couloir et lui saisit le bras en lui répétant l'avertissement de son ami.

– Doux Jésus ! s'exclama James Miller. Ils sont déjà descendus !

Ils s'élancèrent tous les deux vers les escaliers. Miller demanda à Amy de rester au rez-de-chaussée. Il dévala les marches en espérant ne pas arriver trop tard. Wilton était posté à l'un des accès de la salle des chaudières, où il faisait particulièrement sombre. Lorsque tous ses effectifs furent en place, il s'adressa à l'étudiant.

– Si vous ne partez pas tout de suite, je le tue ! cria Sébastien.

– Mes hommes vont partir, mais j'aimerais rester pour te parler, Sébastien.

– Non !

Ils entendirent un hurlement de douleur. Une seconde plus tard, quelque chose atterrit aux pieds de l'escouade de policiers. Wilton alluma sa lampe de poche et dirigea le faisceau lumineux sur l'objet en question : il constata avec horreur qu'il s'agissait d'un doigt humain. L'étudiant leur ordonna de déguerpir, sinon il lui découperait le cœur de la même façon. Wilton fit immédiatement signe à ses hommes de reculer. Lui-même retourna dans le couloir et faillit entrer en collision avec Miller.

– Inspecteur, vous ne devez pas vous approcher ! s'exclama le directeur. Vous mettriez la vie de monsieur Sutherland en danger !

– Calmez-vous, nous nous sommes repliés.

L'inspecteur remit à un de ses hommes le doigt ensanglanté enveloppé dans son mouchoir, en lui recommandant de le mettre sur la glace en vitesse.

– Nous allons devoir appeler un psychologue pour négocier avec cet étudiant, dit-il au directeur. Il retient le professeur au fond de la pièce et il a déjà commencé à le mutiler.

– Je connais quelqu'un qui pourrait vous aider.

Miller lui parla de Terra, qui n'était pas psychologue mais qui exerçait une grande fascination sur les étudiants.

– Est-il ici ? le pressa Wilton, intéressé.

– Non, il est chez lui, avoua le directeur avec un peu d'embarras. J'ai dû le suspendre la semaine dernière, parce qu'il a enfreint certains règlements.

– Et vous pensez que ce professeur rebelle est capable de raisonner un adolescent aussi perturbé ?

– Terra Wilder a de la difficulté à se conformer à la politique de l'établissement, mais il exerce une influence positive sur les jeunes.

L'inspecteur pensa qu'il n'avait rien à perdre. Il dépêcha un de ses hommes à l'adresse d'Amy Dickinson. Lorsque le Hollandais arriva à l'école, deux policiers l'aidèrent à marcher jusqu'à l'inspecteur. Ce dernier regarda venir l'étranger avec curiosité. Il connaissait beaucoup de monde à Little Rock, mais c'était la première fois qu'il rencontrait Terra Wilder, dont son épouse n'arrêtait pas de vanter les dons depuis les dernières semaines.

– Je suis l'inspecteur Paul Wilton, se présenta-t-il en lui tendant la main.

– Terra Wilder, répondit-il en la serrant.

Le Hollandais éprouva un certain malaise à ce contact.

– C'est donc vous le Messie dont ma femme me parle tout le temps.

– J'ai bien peur de n'être qu'un homme ordinaire avec un étrange pouvoir de persuasion.

– Alors, persuadez ce garçon de libérer son otage sans le mutiler davantage. Et surtout, ne jouez pas au héros. Faites ce qu'il faut pour l'attirer loin de Sutherland. Nous ferons le reste.

On conduisit Terra à l'entrée de la salle des chaudières. Il exigea que les policiers le laissent continuer seul. Wilton fit signe à ses hommes de lui obéir. Le professeur s'agrippa au cadre de la porte.

– Sébastien, c'est moi, Terra Wilder. Est-ce que tu me reconnais ?

– Évidemment, fit l'adolescent après un court silence. Pourquoi êtes-vous ici ?

– Je suis venu t'empêcher de commettre une erreur, mon petit.

– Cet homme est méchant. Il traite ses élèves comme des chiens.

– Étais-tu là quand j'ai expliqué la théorie du non-étiquetage l'autre jour ?

– Oui, j'étais près de vous. Vous nous avez dit que nous ne devions pas coller d'étiquettes aux autres. Mais lui n'arrête pas de le faire.

– Ce n'est pas de lui que je me soucie en ce moment, Sébastien, mais de toi. Je veux que tu viennes vers moi et que tu te rendes à la police. Je te promets qu'ils ne te feront aucun mal.

– Frank Green m'a dit que nous pouvons vous faire confiance.

– Il a raison. Est-ce que monsieur Sutherland est vivant ?

– Je crois que oui, mais il fait si noir ici.

– Si tu me laisses venir, j'éclairerai cette pièce pour toi.

L'inspecteur voulut bondir pour empêcher Terra de s'approcher, mais le professeur avait déjà commencé à avancer en s'accrochant à la tuyauterie. Wilton recula donc pour que Cleary ne le voie pas. Terra se dirigea vers l'endroit d'où provenait la voix. Une douce lumière blanche émana alors de lui, faisant une trouée dans l'obscurité. Il aperçut Stuart assis derrière Cleary, ses mains et ses pieds liés par du ruban adhésif argenté.

– Libère-le et approche-toi de moi, l'encouragea Terra.

Avec un couteau de chasse, Sébastien coupa les liens du professeur. Puis, il vint déposer doucement l'arme dans la main lumineuse de Terra.

– Maintenant, laisse les policiers t'emmener sans faire d'histoires.

– Oui, maître.

Wilton fit un geste de la main. Aussitôt, ses hommes se précipitèrent pour s'emparer de l'adolescent. Terra se laissa tomber par terre près de Stuart, qui avait de la difficulté à respirer. Il vit alors que deux doigts avaient été sectionnés sur une de ses mains et un sur l'autre.

– Aidez-moi à retrouver ses doigts ! implora Terra.

Malgré la lumière qui continuait de fuser de la peau du Hollandais, les policiers se servirent de leurs lampes de poche pour fouiller le plancher. Terra trouva un index près de lui. Il le ramassa et le remit à sa place sur la main de Stuart. Il ferma les yeux et pria le ciel de venir en aide à son collègue. Un éclair blanc s'échappa de sa paume. Les agents de la paix furent frappés de stupeur. Terra ne s'en rendit pas compte. Il voulut plutôt savoir s'ils avaient trouvé les autres doigts. Un homme lui tendit un majeur et l'inspecteur demanda à un autre d'aller chercher l'auriculaire qu'ils avaient mis sur la glace. Terra répéta alors l'opération deux autres fois.

– Tu es donc vraiment le Fils de Dieu, haleta Stuart.

– Non, je ne suis qu'un guérisseur, affirma Terra.

Les ambulanciers attachèrent le professeur de chimie sur une civière et enveloppèrent ses mains ensanglantées. L'inspecteur Wilton aida Terra à se lever.

– Pourriez-vous m'expliquer ce que vous venez de faire ? s'énerva-t-il.

– J'ai persuadé Sébastien Cleary de se rendre.

– Je parlais de la lumière autour de vous, de votre voix qui a mis cet enfant en état de transe et des doigts de Sutherland.

– Avant d'être professeur de philosophie, j'étais physicien, monsieur Wilton. Je sais comment manipuler mon environnement.

– Cela peut sans doute expliquer les deux premiers phénomènes, mais pas la chirurgie à froid. Ses doigts sont bel et bien greffés à leurs jointures alors que quelques secondes plus tôt, ils se trouvaient sur le plancher. Êtes-vous un saint homme comme tout le monde le prétend ?

– Non, mais je semble posséder un curieux pouvoir de guérison depuis mon accident. Cependant, je ne l'utilise que pour aider les gens en difficulté et je ne veux surtout pas devenir une attraction de cirque.

– Je sommerai mes hommes de ne pas parler de ce qu'ils ont vu et j'essaierai de tenir les médias à l'écart, mais vous devrez me rendre un service en retour.

– Un service ? s'inquiéta Terra.

– Mon épouse veut absolument vous rencontrer depuis qu'elle a entendu parler de vous.

Terra accepta le marché. Amy remercia l'inspecteur d'avoir assisté son compagnon, puis aida ce dernier à marcher vers la sortie.

– Je t'en prie, emmène-moi jusqu'aux arbres, murmura-t-il.

Amy le soutint jusque dans le parking, où les séquoias se chargèrent de lui redonner de l'énergie.

# 14

Un peu plus tard, Terra se rendit à sa séance de physiothérapie. Malgré l'intervention des arbres dans l'après-midi, les exercices lui causèrent beaucoup de douleur. Amy dut lui faire avaler un calmant à son arrivée à la maison. Elle l'installa ensuite au salon en essayant de le réconforter.

– Tu dis que les arbres te font du bien, alors pourquoi ne te débarrassent-ils pas une fois pour toutes de ces souffrances ?

– Je n'en sais rien, Amy. Peut-être faudrait-il que je laisse toute une forêt me toucher.

Soudain, elle entendit le moteur d'une voiture, ce qui était inhabituel, puisqu'elle habitait dans un coin peu peuplé de Little Rock. Elle jeta un coup d'œil par la fenêtre du salon.

– C'est l'inspecteur Wilton et sa femme, annonça-t-elle.

– Je lui ai promis de rencontrer son épouse s'il faisait taire ses hommes au sujet de mon intervention d'aujourd'hui, lui apprit-il.

Amy se tourna vers lui.

– La dame est dans un fauteuil roulant, l'avertit-elle.

Elle ouvrit la porte aux visiteurs et aida l'inspecteur à faire entrer sa femme. Elle les conduisit ensuite au salon, où Terra était toujours assis, blême et épuisé. Elle fit les présentations.

– Madame Wilton, voici Terra Wilder.

– Je suis tellement heureuse de vous rencontrer, monsieur Wilder ! s'exclama-t-elle. Mes amies n'arrêtent pas de me parler de vous et des miracles que vous opérez dans cette ville.

Janet Wilton était menue et délicate. Il émanait d'elle une sérénité et un amour difficiles à comprendre pour Terra. Pour sa part, lorsqu'il avait eu les jambes paralysées, il s'était plutôt montré détestable. Il avait même tenté de se suicider.

– C'est un plaisir, madame Wilton, assura-t-il malgré la terreur que lui infligeait le fauteuil roulant.

– Tout le monde dit que vous êtes Jésus, mais moi, je pense que vous êtes plutôt un ange descendu sur Terre pour nous soulager.

– J'ai seulement un don, rien de plus.

– Vous semblez souffrant, monsieur Wilder, remarqua l'inspecteur.

– Il arrive d'une séance de physiothérapie, expliqua Amy. Il a été victime d'un accident de voiture il y a quelques années et ses jambes nécessitent une attention constante.

– Depuis combien de temps êtes-vous dans ce fauteuil ? demanda Terra à madame Wilton.

– Dix ans. Je suis tombée d'une échelle en lavant les vitres de la maison.

Voyant que l'appareil médical indisposait Terra, l'inspecteur déposa son épouse sur le sofa près du Hollandais. Il replia le fauteuil et le porta dans l'entrée. Le changement d'attitude de Terra fut instantané. Il recommença à respirer normalement et à reprendre des couleurs. Il tendit les mains à Janet Wilton, qui les prit sans hésitation. Une intense lumière blanche les enveloppa l'espace d'une seconde. Lorsque Terra mit fin au contact, un large sourire illuminait le visage de l'infirme.

– Tu vois bien que j'ai raison, Paul ! se réjouit-elle. C'est bel et bien un ange !

Amy détecta la souffrance sur le visage de Terra. Elle pria gentiment leurs visiteurs de le laisser se reposer. L'inspecteur reprit sa femme dans ses bras et Amy les accompagna dans l'entrée. Elle roula même le fauteuil jusqu'à leur voiture.

– Il est beaucoup plus accueillant lorsque ses jambes ne le font pas souffrir, l'excusa Amy.

– Je sais comment il se sent, mademoiselle Dickinson, assura Janet Wilton. J'apprécie qu'il nous ait accordé ces quelques minutes. Remerciez-le pour moi.

Amy les regarda partir, puis rentra. Elle s'assit sur le bras du fauteuil de Terra et caressa son visage crayeux.

– J'ai tué cette femme à Jérusalem, soupira-t-il.

– Au pied de la croix ?

– Oui… Quand elle a touché ma main, j'ai revu toute la scène comme si j'y étais…

– Pourquoi n'a-t-elle pas peur de toi ? s'étonna Amy.

– Je n'en sais rien. Je t'ai tuée aussi et tu as quand même insisté pour que je vienne vivre ici. Peut-être que le karma fonctionne à l'envers. Peut-être qu'il faut apprendre à aimer ceux qui nous ont fait du mal.

Amy constata que sa peau était glacée. Elle voulut savoir s'il avait donné de l'énergie à Janet Wilton. Il n'en était pas certain, mais il ne se sentait pas très bien. Amy alla chercher son manteau, l'habilla et l'escorta jusqu'aux grands arbres qui bordaient sa propriété.

* * *

Après leur visite à Terra, les Wilton se rendirent chez la sœur de Janet, où ils étaient attendus pour le dîner. Sans réfléchir, l'infirme ouvrit la portière de la voiture, posa les pieds sur le sol et se leva sans effort. Surprise, elle fit quelques pas pendant que son époux retirait le fauteuil roulant du coffre.

– Paul ! s'écria-t-elle, folle de joie.

La croyant en danger, il se précipita à son secours et s'arrêta net en la voyant marcher vers lui.

– Il m'a guéri, Paul ! Regarde ! Je marche ! Je marche ! Viens vite ! Je veux tout raconter à ma sœur !

– Janet, je suis aussi heureux que toi, mais j'ai promis à Wilder de ne pas parler de son don.

– Mais tout le monde à Little Rock sait que je suis paralysée ! Qu'allons-nous leur dire lorsqu'ils me verront me promener sur mes deux pieds ?

– Nous leur dirons que les médecins t'ont injecté une nouvelle drogue ou je ne sais quoi.

– Oui, tu as raison. Nous devons protéger cet ange.

Paul serra son épouse dans ses bras pour la première fois depuis fort longtemps. Qui était réellement Terra Wilder ? Pourquoi il avait élu domicile dans leur coin reculé ?

* * *

Les arbres n'apportèrent pas beaucoup de soulagement à Terra, mais ils lui redonnèrent du courage. Amy le mit au lit et lui proposa toutes sortes de distractions, mais il n'avait le cœur à rien. Elle se souvint alors qu'elle possédait un livre sur la civilisation romaine quelque part dans sa bibliothèque. Elle alla le chercher et s'assit près de lui pour lui faire la lecture.

– Ma grand-mère me racontait des histoires quand elle venait me border, avoua-t-il, amadoué.

– Alors, ce soir, je serai ta grand-mère, plaisanta-t-elle.

Cela le fit sourire. Amy lui lut le passage sur l'armée de la Rome antique. Il apprit que l'Empire n'avait pas de soldats réguliers, l'Empereur appelant les citoyens aux armes seulement lorsque le besoin s'en faisait sentir. Terra lui demanda de lui lire le chapitre sur les officiers.

– Les soldats romains étaient très disciplinés, récita-t-elle. Ils ne reconnaissaient que les ordres de leur officier en chef, qu'ils vénéraient comme un dieu.

– C'est donc pour cette raison que mes élèves m'ont pris au sérieux dès la première journée, comprit-il. Ils ont répété un comportement acquis dans une autre vie.

– Les officiers récompensaient leurs soldats. C'étaient également des hommes éloquents et convaincants, qui savaient persuader leurs soldats que la seule bonne stratégie était la leur. Ils ne pouvaient qu'être victorieux.

Le téléphone sonna. Amy s'empressa de répondre. Qu'ils aient été ou non ses soldats, il n'était pas question que les élèves de Terra le dérangent ce soir-là.

Elle fut bien surprise de reconnaître l'inspecteur Wilton au bout du fil. Il voulait seulement lui annoncer que sa femme avait recommencé à marcher en sortant de chez elle et qu'elle attribuait ce miracle au contact qu'elle avait eu avec Terra Wilder. Amy l'écouta en contemplant le visage maintenant calme de son beau Hollandais. Il n'aurait plus jamais la paix à Little Rock, maintenant que tout le monde connaissait son secret.

# 15

Terra retourna à l'école à la fin de sa suspension et fut bien content de revoir ses élèves. Ils lui avouèrent qu'ils étaient fiers d'avoir comme professeur de philosophie le seul enseignant à avoir été réprimandé dans toute l'histoire de l'école secondaire de Little Rock.

– Mademoiselle Dickinson ne partage pas votre opinion, les informa Terra, réfrénant un sourire.

– Savez-vous que d'autres rumeurs circulent à votre sujet ? insinua Chance.

– De quoi s'agit-il, cette fois ?

– Les Cleary prétendent que vous êtes un être de lumière et madame Wilton a dit à ma mère que vous étiez un ange, lui confia Katy.

– J'ai visité Sébastien en prison, renchérit Frank. Il m'a dit que votre peau s'illuminait.

– J'ai seulement utilisé un vieux truc de physique pour capter son attention, mentit Terra.

– Je sais ce dont vous êtes capable. Il ne sert à rien de le nier.

– Tu interprètes ce que tu vois à travers la lentille de tes croyances personnelles. Je n'aime pas appliquer des étiquettes, mais je dois avouer que je semble avoir un étrange pouvoir de persuasion sur les gens. Pourtant, cela ne fait pas de moi un prophète, un ange ou un être de lumière.

– Mais cela fait de vous un grand homme et un bon exemple pour nous, estima Marco.

– Ce sont encore des étiquettes, l'avertit Terra.

– Mais il n'y a pas de mal à étiqueter un grand homme ! protesta Julie.

– Au contraire, l'arrêta Terra. Cela pourrait vous faire accepter d'emblée tout ce que je dis, ce qui va à l'encontre de la philosophie. Je ne suis qu'un homme parmi des milliards d'autres hommes. Tout comme vous, je me pose des questions sur l'univers. Comprends-tu ce que je dis, Frank ?

L'adolescent se contenta de l'observer de derrière son épais mur de convictions. Terra comprit qu'il perdait son temps à vouloir lui ouvrir les yeux. Il se tourna vers le reste de la classe pour leur parler du dernier grand philosophe à s'être manifesté au IXe siècle. En effet, par la suite, c'est-à-dire entre la fin de l'Empire romain et le Moyen Âge, les hommes avaient été trop préoccupés par leur survie pour se soucier du fonctionnement de l'univers.

À la fin de la journée, la machine à café de la salle des professeurs et celle de leur cafétéria étant vides, Terra se dirigea donc vers celle des élèves. Que risquait-il à cette heure où, en principe, tous les adolescents avaient quitté le bâtiment ? En entrant dans la grande salle, il entendit une douce mélodie. Oubliant sa soif, il se laissa guider par la musique. Assise devant le vieux piano de l'école, Chance Skeoh jouait une pièce classique. Lorsqu'elle s'arrêta, Terra l'applaudit. Elle sursauta.

– Vous m'avez fait peur ! souffla-t-elle. Je pensais que vous étiez monsieur Miller !

– Pourtant, je ne lui ressemble pas du tout, plaisanta Terra en prenant place près d'elle. Est-ce que ça fait longtemps que tu apprends le piano ?

– Je ne peux pas prendre de cours, parce que nous n'avons pas de piano à la maison. Je joue à l'oreille. De temps en temps, je reste après l'école pour me défouler.

Chance lui avoua que son désir secret était de devenir pianiste de concert et d'enregistrer des disques que les gens pourraient savourer dans le confort de leurs foyers. Mais dans un coin perdu comme Little Rock, elle avait peu de chance de le réaliser. Elle ajouta qu'il avait choisi la mauvaise ville du Canada pour enseigner la philosophie, car personne ne quittait jamais cet endroit.

– Le destin a apparemment choisi de me remettre en contact avec mes soldats romains. Curieusement, ils habitent tous ici, répliqua Terra.

Chance lui raconta un rêve qu'elle faisait régulièrement depuis qu'il leur avait parlé de leur incarnation à Jérusalem. Elle lui décrivit sa maison et son épée, dont la garde se terminait par un aigle aux ailes refermées. Leurs souvenirs commençaient donc à refaire surface...

Il la pria de jouer une autre pièce, mais elle refusa, car elle ne voulait surtout pas que son professeur préféré écope d'une autre suspension. Terra lui tendit le bras en réclamant au moins le privilège de l'accompagner jusqu'à la sortie.

– Vous êtes un homme incroyablement galant, monsieur Wilder, le complimenta Chance.

– Ne me dis pas que les hommes ne reconduisent pas les dames à Little Rock ? s'étonna-t-il.

– Vous plaisantez ? Il n'y a personne qui vous ressemble dans ce patelin. Vous êtes si gentil, si poli, si correct.

– J'ai été élevé de cette façon.

Elle marcha près de lui en pensant qu'elle aurait aimé grandir en Angleterre.

Terra se rendit ensuite à la bibliothèque et s'installa devant l'ordinateur. Après plusieurs essais infructueux, il réussit à s'introduire dans les services du gouvernement du Canada. Amy le rejoignit quelques minutes plus tard et s'inquiéta de voir la page qu'il consultait à l'écran.

– Terra, es-tu certain que tu peux faire ça ? demanda-t-elle en appuyant les mains sur ses épaules.

– Non, mais leurs codes de protection sont faciles à déjouer, alors j'imagine qu'ils s'attendent à ce qu'on consulte ces dossiers, répondit-il en lisant rapidement l'information au sujet du père de Fred : il vivait à Montréal.

– James Miller n'apprécierait pas que tu t'infiltres dans ces banques de données en utilisant l'ordinateur de l'école, tu sais.

– J'ai appris à brouiller ma piste à la NASA. J'espère seulement que ce truc fonctionne toujours de nos jours…

– Comment se fait-il que chaque fois que je te trouve conventionnel, tu inventes quelque chose de complètement fou pour me déboussoler ?

– C'est une étiquette, mademoiselle Dickinson.

– Arrête d'utiliser cette théorie pour m'échapper !

Terra éclata de rire. Il imprima les données qui l'intéressaient et quitta le programme. Amy, faisant pivoter sa chaise, l'embrassa sur le front. Elle l'aida à enfiler son manteau pendant qu'il lui racontait qu'il avait surpris Chance à jouer du piano dans la cafétéria. Il voulut alors savoir combien coûtait un tel instrument.

– Tu ne penses pas à lui en acheter un, au moins ? lui reprocha Amy.

– Pourquoi pas ? C'est une occasion en or pour moi de rembourser ma dette. J'ai besoin que tu m'appuies dans mes démarches, Amy. Tu ne dois pas m'empêcher de liquider mon karma.

– Oui, tu as raison, je devrais te faire confiance, même si je ne comprends pas ce que tu fais.

Terra savait que Fred était aussi musicien. Dès le lendemain, il lui demanda de l'accompagner au magasin pour l'aider à choisir un piano. Ils optèrent pour un instrument portatif que Chance pourrait transporter et qui ne prendrait pas trop d'espace dans sa chambre. Terra en profita aussi pour acheter une guitare électrique et un amplificateur à Fred, afin qu'il ait lui aussi une chance de réaliser ses rêves. Le jeune homme accepta le présent avec gratitude. En échange, il lui promit de lui donner son premier album ainsi qu'une place dans la première rangée de tous ses concerts jusqu'à la fin de ses jours.

Les choses se passèrent moins bien chez les Skeoh. C'est Fred qui alla porter le piano, puisque le camion de son beau-père lui appartenait depuis son décès. Il installa l'instrument de musique au milieu du salon, sous les regards ahuris de Chance, de son petit frère Russell et de leur mère.

– Ton prof de philo te donne un piano ? s'étonna le gamin. Mais qu'as-tu fait pour mériter ça ?

– Mais rien, voyons ! se défendit Chance.

– Pourquoi n'est-il pas venu le livrer lui-même ? se renseigna madame Skeoh, très inquiète de l'intérêt que ce professeur manifestait pour sa fille.

– Il avait de la physio, répondit Fred. Monsieur Wilder est un homme épatant, madame Skeoh. Il n'y a rien qu'il ne ferait pas pour nous.

– Pourquoi ? s'alarma-t-elle.

– Tu ne me croirais pas même si je te le disais, maman, soupira Chance.

– Si tu ne me le dis pas, tu ne pourras pas garder ce cadeau.

– Monsieur Wilder croit que nous avons été des soldats romains sous ses ordres à Jérusalem il y a deux mille ans, expliqua l'adolescente, sachant très bien que sa mère trouverait cette affirmation ridicule. Nous avons commis pas mal de crimes à cette époque-là et il est revenu pour nous aider à expier nos fautes et rembourser ses dettes envers nous.

– Génial ! s'exclama Russell.

– Ce professeur est censé vous enseigner la philosophie, pas un tas de croyances absurdes sur la réincarnation. Je vais appeler le directeur et lui dire ma façon de penser.

– Non ! s'écrièrent Chance et Fred en même temps.

Madame Skeoh fit la sourde oreille. Chance tenta encore de lui faire entendre raison durant le dîner, en vain. Sa mère était convaincue que la seule raison pour laquelle un professeur offrait de tels présents à une jeune élève était pour obtenir des faveurs sexuelles. Dans la soirée, lorsque sa mère alla prendre son bain, Chance sauta sur le téléphone et appela Terra pour le remercier et lui faire part de sa situation désespérée.

– Lui as-tu dit pourquoi je t'ai offert le piano ? s'enquit Terra.

– Évidemment, mais elle refuse de me croire et je pense que je sais pourquoi. Elle a été harcelée par un professeur quand elle était jeune. Je sais qu'elle a tort de coller cette étiquette à tous les enseignants, mais elle ne peut pas s'en empêcher.

– Serait-il possible pour moi de la rencontrer seule en terrain neutre, disons au petit restaurant près de l'école ? J'aimerais défendre moi-même ma position dans cette histoire.

Chance lui promit de transmettre sa requête. Assis au salon, Terra raccrocha en pensant que les gens se compliquaient inutilement la vie. Sarah apparut près de lui.

– Pourquoi est-il si difficile de rembourser nos dettes karmiques ? lui demanda Terra.

– Parce que la plupart impliquent un fardeau émotionnel.

– Je peux le comprendre dans le cas d'un meurtre, mais je n'ai pas tué Chance.

– Tu n'es pas responsable de la mort de tes soldats, Terra, mais de celle des gens qu'ils ont tués.

Sarah disparut. Terra venait enfin de comprendre l'ampleur de son destin et la raison pour laquelle son âme n'avait pas voulu retarder son retour sur la Terre. Ses soldats avaient dû exécuter des centaines de personnes à Jérusalem et il était coupable de toutes ces morts.

Cette nuit-là, il rêva à l'exécution du prophète sur la colline de Jérusalem. Il se vit, habillé en officier romain, se tenant très droit, les bras croisés dans son dos, regardant calmement ses soldats qui repoussaient la foule. Il ignorait pourquoi ces gens réclamaient la libération d'un Juif qui n'avait cessé de défier l'autorité de l'Empereur. Il se retourna vers la croix de bois et leva les yeux sur le criminel qui y était crucifié. Au milieu de ses souffrances, celui qu'ils appelaient le Christ posa sur lui un regard empli de compassion.

Terra se réveilla en sursaut, soudain conscient de sa faute. Comment avait-il pu être aussi aveugle et insensible ? Comment avait-il pu être ce soldat romain dont il ne partageait plus les valeurs ? Toutes les âmes commençaient-elles leur cycle d'existence sous une forme aussi primitive ? Comme il ne réussissait pas à se rendormir, il se réfugia dans le dos d'Amy pour y trouver un peu de réconfort.

Le lendemain, Chance l'informa qu'à sa grande surprise, sa mère avait accepté de le rencontrer. Il se rendit donc à leur point de rendez-vous à la fin de la journée et la reconnut facilement parmi les autres clients de l'endroit, bien qu'elle ne ressemblât pas du tout à sa fille. Elle était très maigre. Son teint blafard et ses traits tirés indiquaient une vie remplie d'adversité. Elle avait des yeux bleus impitoyables et elle portait ses cheveux bruns très courts. Il se présenta avec courtoisie. Alors qu'il se glissait sur la banquette, la serveuse s'empressa de venir lui porter un café. Il la remercia par un sourire.

– Vous charmez facilement les jeunes filles, on dirait, l'attaqua aussitôt madame Skeoh.

– Dans la plupart des cas, il s'agit d'un phénomène hormonal tout à fait normal à leur âge. Mais l'amour est une avenue à deux sens, madame Skeoh, et je vis déjà une relation fort satisfaisante avec une femme que j'adore. Alors ces jeunes filles perdent leur temps.

– Pourquoi leur donnez-vous des présents, dans ce cas ?

– Je n'en donne qu'aux jeunes qui veulent poursuivre leurs rêves.

– Pourquoi ?

– Ai-je vraiment besoin d'une raison ?

– Personne ne dépense autant d'argent pour quelqu'un sans avoir une idée derrière la tête.

– Alors, je dois être différent.

– Pourquoi avez-vous dit à Chance qu'elle avait déjà été un soldat romain ?

– Parce que je voulais qu'elle comprenne que son attirance pour moi était strictement karmique. Je n'ai aucune preuve solide de ce que j'avance, mais je sais que j'ai vécu à Jérusalem il y a deux mille ans. Je suis revenu dans cette vie pour payer certaines dettes que j'ai contractées là-bas.

– Avez-vous déjà consulté un psychiatre, monsieur Wilder ?

– Au moins une fois par six mois pendant toutes les années où j'ai travaillé au programme spatial américain. Avant de venir enseigner la philosophie à Little Rock, je travaillais à la NASA et mes patrons s'assuraient que les savants à leur service étaient sains d'esprit. Après mon accident de voiture, il y a plus de cinq ans, un psychiatre s'est occupé quotidiennement de moi. Madame Skeoh, je suis astrophysicien de métier et il n'y a pas si longtemps, je ne croyais qu'à ce que je pouvais calculer. Mais certains événements étranges m'ont convaincu que la réincarnation est une réalité. J'ai le souvenir d'une vie où j'ai participé à la crucifixion de Jésus.

Elle le fixa avec incrédulité, mais le but de cette rencontre n'était pas de lui parler de réincarnation. Il voulait seulement qu'elle donne à sa fille la chance de vivre la vie dont elle avait envie.

– J'ai entendu Chance jouer du piano, poursuivit-il. Je sais qu'elle a le potentiel pour devenir une artiste de renom. Je vous en prie, laissez-la développer son talent. C'est tout ce que je vous demande.

– Et vous ne voulez rien en retour ?

– Absolument rien.

Amy arriva à ce moment-là, car Terra avait rendez-vous à l'hôpital. Il tendit la main à madame Skeoh pour faire la paix, mais il se produisit le même phénomène qu'avec madame Wilton : une intense lumière enveloppa leurs mains pendant quelques secondes. Effrayée, madame Skeoh, mit fin au contact en reculant sur sa chaise. Avant que Terra ne puisse lui expliquer ce qui venait de se passer, Amy prit les devants.

– C'est seulement de l'électricité statique, expliqua-t-elle en essayant de paraître aussi naturelle que possible. Les jambes de Terra sont artificielles, alors ce genre d'étincelle se produit de temps en temps.

Amy aida Terra à se relever, salua madame Skeoh et guida Terra vers la porte. Une fois dans la voiture, elle lui demanda pourquoi ses mains s'étaient une fois de plus allumées.

– Cette femme était sur la colline elle aussi, soupira-t-il avec découragement, mais je ne l'ai pas tuée. C'est Chance qui l'a fait, à mon commandement.

– Est-ce que toute cette ville est peuplée de vos victimes ?

– On le dirait bien.

Terra se laissa aller contre le dossier et ferma les yeux. Comment pouvait-il décrire à Amy ce qu'il ressentait ? Il la laissa l'emmener à l'hôpital sans dire un mot de plus.

* * *

Madame Skeoh rentra chez elle en tremblant. Elle trouva ses enfants assis devant le téléviseur. Russell fut le premier à s'apercevoir que quelque chose n'allait pas.

– Maman, qu'est-ce que tu as ?

Elle ne répondit pas. Chance vit alors qu'elle était en état de choc : elle la prit par le bras et l'emmena s'asseoir sur le sofa.

– Il a touché ma main, balbutia la mère, ébranlée. J'ai vu des images dans mon esprit... J'ai vu Jésus sur la croix...

– Comme à l'église ? fit innocemment Russell.

– Je l'ai vu en chair et en os, en train de mourir. Mais les Romains ne voulaient pas nous laisser nous approcher. J'ai tenté de me faufiler et un soldat m'a planté son épée dans le ventre...

Madame Skeoh éclata en sanglots. Ne sachant plus quoi dire, Chance se contenta de la serrer dans ses bras.

# 16

Lorsque Terra arriva à l'école le lundi suivant, il trouva Stuart Sutherland dans la salle des professeurs. Le Hollandais se déclara heureux de le revoir en bonne forme et lui demanda s'il avait recommencé à enseigner. Stuart lui apprit qu'il avait donné sa démission. Il déménageait dans les Maritimes, où il travaillerait dans un laboratoire de recherche. Il n'était venu que pour le remercier d'avoir sauvé sa vie et ses mains.

– J'ai raconté à mes amis de quelle façon tu as ressoudé mes doigts sans aucun instrument chirurgical. Ils m'ont tous pris pour un fou, mais je sais ce que j'ai vu. Personne sur Terre ne peut faire ce que tu as fait. Est-ce que tu viens d'une autre planète, Wilder ? D'une autre galaxie ?

– Ni l'un ni l'autre. Crois-tu en Dieu ?

– Évidemment que j'y crois, même si je le néglige souvent.

– Eh bien, ce pouvoir me vient de lui. Je suis mort dans un accident, il y a quelques années et les médecins m'ont ranimé à l'hôpital. Je suis revenu de la mort avec une mission et cet étrange pouvoir de guérison. Ce n'est pas moi que tu devrais remercier, mais celui qui me l'a donné.

– Peut-être bien, mais c'est toi qu'il a utilisé pour accomplir ce miracle. Je n'oublierai jamais ce que tu as fait pour moi.

Stuart lui serra la main avec affection. Terra s'étonna de ne pas recevoir d'images en provenance de son passé. L'ex-professeur de chimie lui annonça aussi qu'il avait levé la plainte contre le jeune Cleary et que ce dernier n'écoperait que de quelques heures de travail d'intérêt général pour expier sa faute. Quant aux accusations de voies de fait graves, il était impossible de les prouver, puisqu'il ne subsistait aucune marque sur les doigts tranchés.

Terra lui suggéra amicalement de ne pas attribuer d'étiquettes aux gens qu'il allait rencontrer dans les Maritimes. Stuart lui promit d'essayer. Ils se séparèrent et Terra regagna sa classe. Avant qu'il puisse leur parler de philosophie, Chance Skeoh leva la main. Il lui accorda la parole d'un léger mouvement de la tête.

– Vous dites que nous avons été des soldats romains sous vos ordres et que nous avons souvent massacré des gens. Est-il possible que nous ayons tué des personnes qui sont aujourd'hui nos parents ?

– Oui, c'est possible, s'étrangla presque Terra.

– Depuis qu'elle vous a rencontré au restaurant, ma mère n'arrête pas de rêver à la crucifixion et elle affirme avoir été tuée par les soldats romains, donc, nous.

– Pourrions-nous aussi avoir tué ma mère ? voulut savoir Fred.

– Je n'en sais rien…

– Mais il doit sûrement y avoir une façon d'identifier nos victimes ? s'enquit Julie.

– Je ne découvre qui elles sont qu'en touchant leurs mains, expliqua Terra.

– Il faudrait alors vous présenter tous nos parents un par un pour le savoir ? en déduisit Marco.

En voyant que Terra pâlissait, Katy demanda à ses amis de le laisser tranquille. Elle déclara qu'elle avait passé beaucoup de temps à étudier les philosophes chrétiens, mais qu'elle avait besoin d'éclaircissements sur certaines de leurs théories. Terra lui jeta un regard empli de gratitude et se mit à donner son cours en oubliant Jérusalem et Rome.

Cette semaine-là, il recommença à rêver à l'accident. Amy le réconfortait de son mieux, mais elle ne parvenait pas à mettre fin à ses terribles cauchemars. Ils se poursuivirent jusqu'au milieu de la semaine suivante et la dernière nuit, il se réveilla en hurlant. Amy alluma la lampe de chevet et le recoucha en caressant son visage.

– Quelque chose m'a tiré hors de mon corps ! s'effraya-t-il.

– Ce n'est qu'un mauvais rêve, mon chéri.

– J'étais coincé dans la voiture et une force invisible m'a aspiré vers le haut ! Je me suis vu dans la voiture comme si je flottais au-dessus d'elle ! Je me suis vu, Amy !

– Ma sœur m'a déjà parlé de personnes ranimées après quelques minutes de mort clinique, qui prétendaient aussi avoir flotté au-dessus de leur corps.

– Mais les ambulanciers ont emmené le mien ! Comment ai-je fait pour le retrouver ?

– Je n'en sais rien, mon amour. Je t'en prie, calme-toi.

– Et si nous avons déjà vécu avant maintenant, nous devrions être habitués à mourir, non ?

Amy ne savait plus quoi lui dire. Elle ne connaissait rien aux vies antérieures. En fait, elle préférait de loin la vie à la mort. Elle réussit à l'apaiser suffisamment pour qu'il se rendorme, mais les cauchemars se répétèrent et elle en parla finalement à son amie Nicole.

– Tu devrais consulter un psychologue capable de l'hypnotiser et d'aller au fond de ses souvenirs, lui conseilla-t-elle. Les rêves sont des messages de notre inconscient. Dans le cas de Terra, il est évident que le sien a besoin de raconter toute son histoire, mais il se réveille toujours avant la fin. Alors son inconscient recommence sans cesse à partir du début.

Amy pensa que cette suggestion n'était pas bête du tout. Elle savait cependant l'aversion de Terra pour les médecins. Il lui faudrait donc choisir le bon moment pour lui en parler.

Ce soir-là, elle vint le chercher au salon pour l'aider à se mettre au lit et le trouva plongé dans un livre. Il lui demanda de le laisser lire encore quelques heures. Elle l'embrassa et lui promit de revenir le chercher plus tard, mais elle s'endormit. Lorsqu'elle se réveilla au matin, il n'était pas près d'elle et sa place était froide. Elle enfila son peignoir en vitesse et courut jusqu'au salon, mais il n'y était plus. L'odeur du café l'attira à la cuisine. Debout devant la cuisinière, Terra préparait des œufs.

– Mais qu'est-ce que tu fais là ? s'étonna-t-elle.

– Je prépare le petit déjeuner, tu vois bien. Assied-toi, c'est prêt.

– Mais il est six heures trente. Tu n'es jamais levé aussi tôt.

– Je voulais te faire une surprise.

Terra déposa devant elle une assiette remplie d'œufs brouillés, de petites pommes de terre frites, de pain rôti et de jambon bien cuit.

– Goûte, la pressa-t-il.

Elle prit une bouchée de tout et leva des yeux surpris sur lui. C'était tout à fait délicieux. Il se gonfla d'orgueil et alla chercher la cafetière.

– Tu vois bien que je sais faire la cuisine, déclara-t-il en s'asseyant avec elle.

Amy remarqua qu'il était pâle et qu'il avait les yeux cernés. Elle évita le sujet pour ne pas ternir sa bonne humeur.

Tout comme elle le redoutait, cet après-midi là, Terra perdit conscience au milieu de son cours de philosophie. Elle fit appeler l'ambulance et l'accompagna à l'hôpital. Les médecins l'examinèrent : tout semblait pourtant en ordre. Dès qu'il ouvrit les yeux, Terra se montra agressif, car il détestait la froide atmosphère des urgences.

– Pourquoi suis-je ici ? maugréa-t-il.

– Tu t'es évanoui à l'école, lui rappela Amy.

– Pourquoi m'emmènes-tu continuellement à l'hôpital ?

– Parce que je ne veux courir aucun risque avec ta santé.

Donald Penny entra dans la petite salle d'examen avec le sourire sadique dont Terra avait appris à se méfier.

– Non, pas lui, geignit Terra en s'enfonçant dans la civière.

– Comment ça va, Houston ? s'exclama Donald en prenant son poignet.

Terra ferma les yeux en souhaitant qu'il disparaisse, mais lorsqu'il les rouvrit, il était encore là et prenait son pouls.

– On dirait bien que c'est de l'épuisement, monsieur l'extraterrestre, déclara le médecin en tâtant ensuite ses genoux.

– Mes jambes n'ont rien, bougonna Terra.

– As-tu ressenti de la douleur dans tes genoux avant de t'évanouir ?

– Non.

– As-tu eu de la difficulté à respirer ?

– Non.

– Je pense qu'il manque surtout de sommeil, Donald, intervint Amy. Il n'arrête pas de faire des cauchemars et il a du mal à se rendormir.

– Des cauchemars martiens, han ? répéta Donald. J'ai bien peur que ce ne soit pas dans mes cordes, mais nous avons un excellent psychiatre, ici.

– Il n'en est pas question ! fit Terra, outré.

Amy tenta de le radoucir, en vain. Il interdit qu'on le touche, qu'on lui parle ou même qu'on le regarde. Il demanda ses vêtements et exigea qu'on le laisse tranquille. Amy voulut l'aider à s'habiller, mais il lui arracha sa chemise et commença à se vêtir lui-même. Donald prit gentiment le bras de la jeune femme et l'entraîna dans le couloir.

Quand Terra fut prêt, il s'appuya sur les murs de l'hôpital pour marcher seul jusqu'à la sortie. Il refusa d'aller faire ses exercices de physiothérapie, de manger et d'aller se coucher. « Pas question d'utiliser la méthode forte avec lui », décida Amy. Elle s'agenouilla près de son fauteuil du salon.

– Combien de temps vas-tu vivre avec cette peur ? s'affligea-t-elle.

Il soupira profondément.

– Je comprends que tu ne veuilles pas te confier à un psychiatre. Mais accepterais-tu de consulter quelqu'un qui pourrait, sous hypnose, te ramener à la soirée de l'accident et t'aider à compléter le message que t'envoie ton inconscient ?

Il tourna la tête vers elle. Cette suggestion l'intéressait. Elle le cajola et finit par le persuader de la suivre au lit. Elle aurait bien aimé pouvoir le protéger contre ses horribles cauchemars, mais c'était son combat à lui.

Cette nuit-là, Terra se réveilla une fois de plus en état de panique. En tremblant, il raconta à Amy qu'il avait été attiré dans un long tunnel sombre où d'étranges créatures tentaient de se saisir de lui. Ce récit macabre suffit à convaincre Amy de prendre un rendez-vous pour lui dans la journée.

Au matin, Terra était fatigué mais plus détendu que la veille. Dans le couloir jalonné de vieux casiers qui menait à sa classe, il arriva face à face avec Sébastien Cleary, qu'il n'avait pas revu depuis l'enlèvement.

– Je n'ai pas eu l'occasion de vous remercier de ce que vous avez fait pour moi, maître, fit ce dernier avec un sourire de reconnaissance.

– Je n'ai fait que t'indiquer la bonne direction, Sébastien, assura Terra. C'est toi qui as fait le reste.

– Vous m'avez ouvert les yeux. Je ne serai jamais capable de vous rendre votre bonté.

– Tu pourrais commencer par arrêter de m'appeler maître.

Il lui expliqua qu'il préférait s'acquitter de sa mission terrestre de façon un peu plus discrète et Sébastien promit de respecter sa volonté.

Terra donna son cours assis sur le gros pupitre devant la classe et ne fit aucun effort inutile. Amy le conduisit ensuite à sa séance d'exercices quotidienne, puis l'emmena manger au restaurant pour le préparer mentalement à son premier rendez-vous avec la psychologue recommandée par Donald Penny. Avec beaucoup d'appréhension, Terra accepta de suivre Amy au bureau du docteur Beverley Benson, au centre-ville. Il prit place dans un des deux fauteuils, en insistant pour garder Amy auprès de lui, ce à quoi la psychologue ne s'opposa pas.

Beverley Benson devait avoir à peu près son âge. Son visage transpirait la bonté et le désir sincère de venir en aide à son prochain. Terra fut soulagé de ne pas y voir l'ironie qui animait celui de Donald Penny. Elle avait les cheveux noirs, parsemés de mèches de sagesse, et des yeux gris très rassurants. Terra lui raconta l'accident, qui était au cœur de ses fréquents cauchemars. Il lui avoua ne pas se souvenir consciemment de ce qui s'était passé après la chute de la voiture sur l'autoroute. Selon lui, cependant, ses rêves semblaient indiquer que son inconscient avait enregistré la tragédie en détail.

Le docteur Benson les fit donc passer, Amy et lui, dans une autre pièce, plus sombre, et fit allonger son patient sur un sofa. En utilisant des techniques de relaxation et de suggestion, elle le fit lentement sombrer dans un demi-sommeil où il pouvait continuer d'entendre sa voix. Amy s'émerveilla de voir le visage de son ami aussi décontracté. Le docteur Benson le fit basculer dans son passé, jusqu'à la nuit de l'accident, et lui demanda où il se trouvait.

– Je suis à l'hôpital, murmura-t-il, les yeux fermés. Je sais que j'ai perdu mes jambes, mais je ne sens aucune douleur…

– Recule davantage dans le temps, juste avant l'accident, suggéra Beverley. Où es-tu ?

– Je suis dans la voiture. Nous allons à l'opéra, mais je ne veux pas vraiment y aller. J'ai tellement de travail à terminer avant le lancement. Il faut que je passe sur le viaduc, parce que j'ai manqué ma sortie. Je suis distrait, ce soir…

– Pourquoi es-tu distrait, Terra ?

– Parce que je n'ai pas envie d'être là. Mon Dieu, cette voiture fonce droit sur nous ! cria-t-il en se crispant.

– Tu es là pour observer les événements, Terra. Tu te trouves dans un endroit sûr où rien ne peut t'atteindre. Détache-toi de ce qui se passe.

Au grand étonnement d'Amy, le Hollandais se détendit d'un seul coup et sa respiration redevint normale.

– La voiture nous pousse contre le garde-fou. J'ai appuyé sur les freins, mais ça ne donne rien. Nous tombons…

Terra s'arrêta de parler. Comme il recommençait à s'agiter, Beverley lui répéta qu'il n'était qu'un témoin de la scène.

– Les voitures sur l'autoroute n'ont pas eu le temps de s'arrêter. Nous sommes tombés droit devant elles et elles nous ont propulsés contre les piliers de ciment. La douleur dans mes jambes est atroce…

– Tu ne fais que me la décrire, Terra, tu ne la ressens pas.

– Le volant m'écrase la poitrine et je ne peux presque plus respirer. Sarah a été complètement aplatie dans son siège. Je ne vois que sa main…

Des larmes se mirent à couler silencieusement sur ses joues. Amy se fit violence pour ne pas aller le consoler.

– Je ne peux pas bouger. Je ne peux pas toucher sa main. Ma tête tourne. Il fait de plus en plus noir…

Terra fut alors secoué d'un spasme violent. Amy mit sa main sur sa bouche pour étouffer un cri de protestation.

– Où es-tu maintenant, Terra ? poursuivit Beverley.

– Je flotte… je flotte au-dessus de mon corps…

– Dis-moi ce que tu vois.

– Je vois ma voiture écrasée sous le viaduc. Il n'en reste presque plus rien. Il y a des gens qui essaient de nous secourir, mais ils ne peuvent même pas ouvrir la porte…

Terra releva doucement la tête, comme s'il regardait le plafond, mais ses yeux étaient toujours fermés.

– Il y a une lumière brillante au-dessus de moi. Mon corps est aspiré par cette lumière. Je tourne comme dans une spirale…

– Continue, Terra.

– Il y a des créatures étranges autour de moi. Elles me regardent et elles essaient de me saisir, mais leurs mains passent à travers mon corps. On dirait que je n'ai aucune substance…

– Qui sont ces créatures ?

– Je n'en sais rien, mais elles sont tristes et sombres. Je continue de monter dans la lumière, mais elles restent en bas, dans l'obscurité…

– Tu es rendu dans la lumière, maintenant. Dis-moi ce qui se passe.

– Mes pieds foulent le sol. Je suis dans un champ de fleurs. On dirait que je suis en Hollande. Il y a un homme qui vient vers moi…

– Est-ce que tu le connais ?

– Je pense que oui, mais je ne sais pas son nom. Il porte une tunique blanche et ses longs cheveux blonds flottent au vent. J'ai déjà vu ses yeux quelque part…

– Est-ce qu'il te parle ?

– Il me dit que je suis mort et qu'il m'attendait. Il me dit que ma mission n'est pas terminée et que je peux retourner sur la Terre pour l'achever…

– Quelle est ta mission ?

– J'ai causé du tort à d'autres âmes quand j'étais vivant et, à cause de cela, il y a des taches sur la mienne. Il me dit que je ne pourrai revenir dans le champ de fleurs que lorsque mon âme sera redevenue pure…

– Que décides-tu ?

– Je veux en parler avec Sarah, mais il prétend que je ne peux pas la voir. Il me dit que le corps de Terra Wilder est très endommagé et que si je veux le reprendre, je dois y aller tout de suite. Sinon, il faudra que j'attende de renaître dans le corps d'un bébé. Je veux me débarrasser de mes dettes et ne plus jamais retourner sur la Terre, alors je décide de repartir. Il m'invite à utiliser mon don plus souvent…

– Parle-moi de ce don, Terra.

– J'ai le don de guérir avec mes mains. C'est un pouvoir que j'ai toujours eu mais que je n'ai pas voulu utiliser. On me tire vers l'arrière. Je fais signe à l'homme de m'aider, mais il ne bouge pas. Je suis avalé par l'obscurité… et je tombe…

Terra s'arrêta net en cherchant son souffle. Beverley lui demanda une fois de plus de se détacher de ses émotions et de lui dire ce qui se passait.

– Je suis tombé dans un endroit où il fait très froid. On dirait que je suis à l'intérieur d'un cube de glace. J'entends des voix, mais je ne vois rien…

– Tu réussis à ouvrir les yeux. Que vois-tu, Terra ?

– Un homme que j'ai connu autrefois. Il s'appelle Michael et il me dit de ne pas avoir peur. Je suis relié à toutes sortes de machines et je ne sens aucun de mes membres…

Il était inutile de lui faire revivre toutes ces souffrances. Beverley décida de le ramener doucement dans le temps présent. Terra revint à lui, rempli de tristesse et de questions. Il avait revécu sa mort et il s'en souvenait très bien maintenant.

– Comment te sens-tu ? voulut savoir la psychologue.

– Confus... Qui était cet homme blond ? Un ange ?

– Peut-être bien, confirma-t-elle avec un sourire. Beaucoup de gens prétendent en avoir rencontré dans des circonstances semblables.

– J'ai du mal à croire que j'ai accepté de récupérer un corps qui ne me causerait que des souffrances.

– L'âme semble avoir des desseins différents de ceux de la personnalité humaine.

– Mais pourquoi suis-je capable de me rappeler tout cela sous hypnose seulement ? Pourquoi ai-je bloqué tous ces souvenirs dans ma vie consciente ?

– Je pense que c'est surtout une question de survie, expliqua la psychologue. Si tu avais pu te rappeler que le ciel est un endroit aussi paisible et aussi confortable, tu n'aurais peut-être pas fait les efforts nécessaires pour guérir.

– Probablement pas, admit Terra.

– Je crois que tes cauchemars ne reviendront pas, mais j'aimerais bien te revoir la semaine prochaine pour savoir comment les prochains jours se seront passés.

Terra tenta de se lever, mais ses jambes étaient raides. Pour l'aider, Beverley lui prit les mains. Elles furent alors enveloppées d'une intense lumière blanche. Effrayée, la psychologue s'écarta en laissant Terra dans un équilibre précaire. Amy vint aussitôt passer son bras autour de sa taille pour qu'il ne tombe pas.

– Mais que s'est-il passé ? s'étonna Beverley.

– Ce phénomène se produit parfois quand je touche les mains des gens.

– Est-il relié à ton pouvoir de guérison ?

– Je l'ignore.

Amy sentait que Terra perdait rapidement des forces. Elle remercia le docteur Benson de leur avoir enfin permis de comprendre ce qui s'était passé le soir de l'accident et aida le Hollandais à quitter le bureau.

Beverley Benson demeura songeuse. Quelques mois plus tôt, son médecin avait détecté dans son cerveau une tumeur impossible à enlever. Elle savait qu'il ne lui restait que quelques années à vivre. Mais Terra Wilder avait apparemment reçu le don de guérison. Le contact de ses mains avait-il réussi à la soigner ? Elle appela un ami, qui travaillait au laboratoire des urgences de l'hôpital, et réclama qu'il lui fasse des radiographies le plus rapidement possible. Plutôt inquiet, son copain accepta de la recevoir sans tarder. Il fit de nouvelles épreuves de son crâne et, à sa demande, lui remit celles qu'il avait faites quelques mois plus tôt, lorsqu'on lui avait annoncé la terrible nouvelle. Elle les fixa au mur illuminé et constata avec étonnement que la tumeur, visible sur les radiographies les plus anciennes, n'apparaissait plus sur les récentes. Elle les glissa dans une grande enveloppe et fila directement chez Donald Penny pour obtenir son avis. Ce dernier examina volontiers les deux séries de clichés devant la lampe de la table d'appoint.

– À qui est ce crâne ? voulut-il savoir.

– C'est le mien, répondit Beverley.

Il regarda à nouveau les épreuves en fronçant les sourcils. Comment une tumeur de cette taille avait-elle pu disparaître complètement en quelques mois à peine, alors que Beverley avait refusé tout traitement de radiothérapie ?

– C'est à n'y rien comprendre.

– Je pense que ton ami Wilder a des pouvoirs de guérison beaucoup plus puissants qu'il le croit.

– Terra Wilder est responsable de ton rétablissement ?

– Il a touché mes mains. Une brillante lumière a jailli de ses doigts et je me suis sentie traversée par un étrange courant électrique. Est-ce que tu lui avais parlé de mon état de santé quand tu lui as donné mon nom et mon numéro de téléphone ?

– Non, je ne lui ai rien dit du tout.

Donald déposa les radiographies sur ses genoux et s'adossa dans le fauteuil.

– Pourquoi sembles-tu si surpris ? s'enquit Nicole, assise près de lui. Je t'ai pourtant raconté ce qu'il a fait à l'école.

– Tu sais bien que je ne crois qu'à ce que je vois de mes propres yeux.

– Qu'a-t-il fait à l'école ? s'informa Beverley.

– Il a recollé les doigts sectionnés d'un professeur. Apparemment, il n'a utilisé que de la lumière blanche.

– C'est vraiment un homme spécial, murmura Beverley.

– Admettons qu'il ait quelque chose à voir avec la guérison des mains du prof et la disparition de ta tumeur, je pense qu'on serait quand même mieux de ne pas en parler. Les foules ont tendance à se rassembler autour des faiseurs de miracles.

– Je veux bien me taire, mais je veux aussi trouver une façon de le remercier. Est-ce qu'on ne pourrait pas faire quelque chose pour le délivrer de la douleur qu'il éprouve continuellement ?

– Il a été sous les soins des meilleurs chirurgiens du monde, Bev. Ses jambes ont été conçues par les savants de la NASA. S'ils n'ont pas été capables de le soulager, je ne vois pas vraiment comment nous y arriverions.

Pendant que Donald discutait du dossier médical de son copain astrophysicien avec Beverley, Terra Wilder se laissait serrer par les branches d'un des arbres qui ornaient la propriété d'Amy Dickinson. Ce qu'il avait ressenti en touchant les mains de la psychologue ne ressemblait à rien de ce qu'il avait expérimenté avec les autres femmes de Little Rock. Il n'avait eu aucune vision, mais il avait par contre senti son énergie vitale soudainement aspirée par le bout de ses doigts. Il ne comprenait pas ce qui s'était passé, il savait seulement que le chêne lui apportait beaucoup de réconfort.

Amy le ramena à l'intérieur en déclarant qu'elle serait davantage rassurée s'ils consultaient Donald Penny le lendemain matin à l'hôpital au sujet de ce mystérieux malaise.

– Autant m'emmener chez le vétérinaire, maugréa le Hollandais.

– Terra ! le gronda Amy. Donald est notre ami !

– Le tien peut-être, mais il est évident qu'il ne m'aime pas. Il passe son temps à se moquer de moi, surtout dans mes moments de faiblesse et de vulnérabilité.

– Est-ce que tu lui en as parlé ?

– Oui ! Mais il ne m'écoute pas !

– Bon, alors je m'en occupe.

Elle l'installa au salon, sous une épaisse couverture, en lui recommandant de rester sage pendant qu'elle prenait son bain. Dès qu'elle fut partie, Sarah apparut près de Terra.

– Ton pouvoir de guérison devient de plus en plus puissant, lui dit-elle. Cette femme était condamnée.

– Qu'arrive-t-il quand je touche les mains des malades ? Est-ce que leur mal s'infiltre en moi ?

– C'est un don qu'on t'a donné, pas un mauvais sort. Tu fais disparaître les dommages.

– De quoi souffrait le docteur Benson ?

– D'une tumeur au cerveau dont elle serait morte dans les mois à venir.

– Je l'ai guérie ? s'étonna-t-il. Je viens vraiment de me mettre dans de beaux draps. Quand les gens apprendront ce que j'ai fait, ils se masseront à Little Rock et je ne pourrai jamais les aider tous.

– Qu'arrivera-t-il à ceux que tu pourrais aider ?

– Je suis timide, Sarah. Tu devrais pourtant le savoir. Je ne veux pas devenir un homme public.

– Tu te débrouilles pourtant bien avec ta nouvelle célébrité.

– Mais je n'en veux pas ! Je ne suis pas revenu sur Terre pour devenir célèbre, j'en suis certain ! Demande à ceux qui me l'ont donné de reprendre ce don.

– Tu en as besoin pour rembourser tes dettes karmiques.

Sarah disparut pour mettre fin à leur conversation. Cette nuit-là, il dormit enfin d'un sommeil paisible.

Au matin, en arrivant au travail avec Amy, Terra avisa le docteur Benson, qui les attendait dans le parking, appuyée contre son camion. Amy comprit qu'elle voulait s'entretenir avec son ami. Elle poursuivit donc seule son chemin vers le gros bâtiment de briques rouges. Terra jaugea Beverley avec appréhension. Il savait ce qu'elle allait lui dire.

– Il y a quelques mois, les médecins ont trouvé une tumeur dans mon cerveau. Mais hier soir, quand tu as touché mes mains, elle a disparu. Je ne sais pas ce que tu as fait, mais je suis venue te remercier.

– Ce n'est pas moi qu'il faut remercier. Je ne maîtrise pas cette énergie. Je suis seulement son instrument.

Elle voulut savoir comment lui rendre la pareille et il l'assura qu'elle l'avait déjà fait, puisqu'il n'avait pas eu de cauchemar la veille. Il la pria de ne pas parler de son don, car, en principe, il l'avait reçu pour venir en aide aux victimes de ses vies antérieures.

– Je suis donc parmi elles ? fit Beverley, subitement intéressée.

– Hier, je n'en étais pas certain, mais j'ai rêvé à toi cette nuit. Tu étais un puissant sénateur à Rome. Même si tu m'as aidé à obtenir mon grade de général, je t'ai quand même tué lorsque tu as décidé de devenir chrétien. Il semble qu'en touchant ta main hier, je t'aie redonné la vie que je t'ai jadis enlevée.

Bouleversée, le médecin se contenta de fixer Terra, incapable de prononcer un seul mot. Elle grimpa finalement dans son camion en essuyant ses larmes. Le professeur la salua d'un mouvement de la tête et se dirigea ensuite vers l'école en s'appuyant sur sa canne. En passant près des arbres, il leva le bras. Sous le regard ébahi de Beverley Benson, ils le touchèrent tous de leurs branches à son passage.

– Ce n'est pas un extraterrestre comme le prétend Donald, murmura-t-elle. C'est un ange…

# 17

Ce matin-là, Terra se rendit compte que Chance Skeoh ne lui prêtait aucune attention. Elle regardait quelque chose devant elle, au milieu de son cahier de notes. Il attendit que la cloche sonne et que les élèves commencent à quitter la salle pour s'approcher de la jeune élève. Il jeta un coup d'œil à sa table de travail pendant qu'elle rangeait ses affaires. Il y trouva le croquis d'un visage familier, celui d'un officier romain portant un casque d'apparat. Sans que l'adolescente ne s'y oppose, il s'en empara pour l'examiner de plus près et vit qu'il y en avait d'autres sous le premier. Il les regarda un par un avec intérêt. Ils représentaient des scènes impliquant des soldats romains et des civils vêtus de tuniques. Stupéfait, il tourna les yeux vers Chance.

– C'est ma mère qui les a faits. Il y en a une tonne à la maison.

Terra comprit qu'il avait réveillé tous ces souvenirs dans la mémoire de cette femme en lui touchant la main. Il demanda à Chance si sa mère souffrait d'insomnie depuis sa rencontre au restaurant. L'adolescente avoua que oui : elle passait la plupart de ses nuits à dessiner.

Chance lui donna les croquis et se dépêcha de se rendre à son prochain cours. Terra apporta les dessins avec lui dans la salle des professeurs et les examina attentivement. Il avait sous les yeux tous les personnages de ce drame ancien. Cependant, il était incapable de les relier à ses élèves ou à qui que ce soit qui partageait sa vie présente. Il continua de penser à ces esquisses pendant sa séance de physiothérapie, jusqu'à l'arrivée du docteur Penny dans la salle d'exercice. Lorsque Terra l'aperçut, tout son corps se raidit, au désarroi de son thérapeute.

– Dites au docteur Penny qu'il n'a pas le droit d'entrer ici, grommela Terra.

Le pauvre homme leva un regard indécis sur le médecin, qu'il ne pouvait pas chasser. Donald Penny s'accroupit devant Terra en lui offrant son sourire le plus sadique.

– Je viens en paix.

Terra demeura silencieux.

– Est-ce que tu parles ma langue ?

– Très drôle, maugréa le Hollandais.

– Je suis seulement venu te dire que je t'emmène au restaurant après ta séance de torture.

– Il n'est pas question que j'aille où que ce soit avec toi.

– Tu n'as pas le choix, Houston. J'ai renvoyé Amy à la maison.

Donald lui tapota amicalement la cuisse et s'en alla. Après la séance, Terra obliqua vers la sortie, où il avait l'intention de prendre un taxi. Il arriva face à face avec Donald Penny, qui l'attendait devant la porte. Malgré toutes ses protestations, le médecin le fit asseoir dans sa grosse voiture luxueuse.

– Je veux rentrer chez moi, exigea le Hollandais.

– Terra, sois raisonnable.

– Donc, tu connais mon nom ?

– Tout le monde dans cette ville le connaît. Je veux te dire tout de suite que je ne suis pas en train de te kidnapper ou d'essayer de te vendre aux Russes, compris ?

– Je souffre beaucoup en ce moment et je préférerais rentrer.

– Amy m'a remis tes calmants.

Donald mit le cap sur le restaurant. Il aida Terra à y entrer et à s'installer à une table. Il lui donna un comprimé, mais Terra ne l'avala qu'au bout de quelques minutes de résistance.

– Quand Amy m'a dit que tu ne m'aimais pas, j'ai été très surpris. Je pensais que nous étions devenus copains après la soirée chez moi.

– Je n'aime pas les gens qui se moquent de moi.

– Ce n'est pas ma faute ! C'est dans ma nature !

– Je ne suis pas un extraterrestre, fulmina Terra, et je n'aime pas qu'on me traite comme si j'en étais un.

– C'est difficile de faire autrement une fois qu'on a jeté un coup d'œil à ton dossier médical, mon vieux.

Le Hollandais baissa son regard orageux sur la nappe en faisant de gros efforts pour maîtriser sa colère. Donald comprit que s'il ne l'amadouait pas maintenant, il essaierait de prendre la fuite.

– J'approuve le choix d'Amy, déclara-t-il. Tu es bien élevé, articulé, éduqué et incroyablement charismatique. Mais j'ai du mal à comprendre comment un corps humain qui contient autant de matériel synthétique arrive à fonctionner normalement. Selon mes connaissances médicales, il aurait dû t'empoisonner il y a fort longtemps.

– Et puisque j'ai survécu, selon toi, je ne peux pas être humain ?

– Tu es un mystère de la science, c'est certain.

– C'est pour cette raison que tu te moques de moi ?

– Non. Écoute, je ne suis pas un homme sérieux comme toi. J'aime rire et quand je t'appelle monsieur le Martien, c'est seulement pour te faire sourire. Je ne le fais pas pour être méchant.

– Ma piètre condition physique n'a rien d'amusant, docteur Penny. J'ai été victime d'un accident qui a détruit ma vie et, depuis, je dois me battre tous les jours pour survivre. Je ne suis pas un homme sérieux non plus, mais j'ai appris à garder mes émotions pour moi et à faire preuve de respect envers les autres. Les méchancetés me blessent au plus profond de l'âme. Je n'ai pas demandé aux médecins de reconstruire mes jambes. Ils ont pris cette décision eux-mêmes. Je ne sais même pas ce qu'elles contiennent. Je sais seulement qu'elles sont douloureuses et qu'elles ne sont pas à moi. Alors, ne perds pas ton temps à essayer de me dérider. Je ne suis pas un extraterrestre. Je suis un homme malheureux, qui fait de son mieux pour vivre une vie normale.

– J'admire ton courage.

– Tu as une étrange façon d'exprimer ton admiration.

– Je suis désolé de t'avoir offensé, Terra. Ce n'était pas mon intention. Je vais faire un effort pour ne plus te donner de surnoms, bien que ce soit ma façon à moi de montrer mon affection.

Soudainement honteux de s'être emporté dans un endroit public, Terra s'accrocha au bord de la table pour essayer de se lever. Donald lui saisit le bras et le força à se rasseoir.

– Je pense que nous devrions faire un effort pour nous entendre puisque nos conjointes sont de bonnes amies. Nous serons sûrement appelés à nous revoir souvent.

– Conjointes ? répéta Terra. Je ne sais même pas si je devrais épouser Amy. Il serait injuste qu'elle passe le reste de sa vie avec un invalide alors qu'elle pourrait partager celle d'un homme normal.

– Mais elle t'adore et elle accepte ta condition. Fais-moi confiance et ne remets pas l'amour en question. Prends-le pendant qu'il passe.

Terra parvint à se relaxer et prit finalement une bouchée. Il écouta Donald lui expliquer ce qu'il avait compris de son dossier médical, ce qui se résumait à peu de choses. À son tour, Terra lui parla de son travail à Houston et de son ami, Michael Reiner. Donald le ramena à la maison vers vingt heures, ce qui était très raisonnable de l'avis du Hollandais. Amy voulut étreindre Terra à son arrivée, mais il l'arrêta.

– Tu aurais dû me demander ce que j'en pensais, lui reprocha-t-il, car c'était elle qui avait organisé ce tête-à-tête avec le sarcastique docteur Penny.

– Tu n'aurais pas accepté de revoir Donald, autrement.

– J'aime prendre mes propres décisions, surtout en ce qui concerne mes amitiés.

– Tu ne t'es pas amusé du tout, n'est-ce pas ?

– Pas vraiment.

– Je suis désolée... Je vais aller faire couler ton bain.

Elle tourna les talons mais il la saisit par le bras et la ramena contre lui.

– Je ne suis pas fâché, lui assura-t-il.

Il l'embrassa même avec tendresse. Amy l'aida à s'asseoir dans l'eau chaude et lui frictionna le dos avec la savonnette. Il lui sembla suffisamment décontracté pour qu'elle risque quelques questions personnelles.

– Parle-moi de ton père, tenta-t-elle en lui chatouillant l'oreille.

– Murray Wilder était un homme austère et autoritaire qui n'affichait jamais ses émotions. Il m'a laissé aux soins de mes grands-parents maternels après la mort de ma mère, puis il m'a fait venir en Angleterre un peu après mes onze ans. Il m'a inscrit dans un collège privé, où j'étais également pensionnaire, et il ne m'a ensuite accordé que quelques heures de son temps chaque mois. Nous déjeunions ensemble et il jetait un coup d'œil à mes relevés de notes, puis il me rappelait ce qu'il attendait de moi. À la fin du secondaire, je lui ai dit que je voulais devenir physicien. Il n'était pas d'accord avec mon choix, alors il a refusé de payer mes études et il m'a jeté dehors.

– Jeté dehors ? Quel âge avais-tu ?

– Dix-neuf ans. J'ai trouvé du travail et un petit appartement à Londres et je suis entré à l'université.

– Et tu es devenu un grand savant. Il a dû être fier de toi quand même, non ?

– Je lui ai écrit quand j'ai décroché mon premier poste de chargé de recherches à l'université, mais il ne m'a jamais répondu. Je l'ai aussi invité à mon mariage, mais il n'est pas venu.

– Terra, je suis désolée, s'attrista Amy.

– Je n'avais plus vraiment besoin d'un père de toute façon. La famille de Sarah était encore plus déçue que moi. Mon beau-père, monsieur Prentice, n'a jamais compris comment un père pouvait faire une chose pareille à son fils unique.

– Et toi, comment t'es-tu senti ?

Terra garda le silence. Elle caressa doucement sa joue pour l'inciter à se confier, mais il baissa les yeux.

– Je ne veux pas en parler.

Elle laissa tomber. Mais au petit déjeuner, le lendemain, c'est lui qui se montra curieux tout à coup. Il voulut savoir comment était le père d'Amy.

– Il voulait un fils plus que tout au monde, répondit-elle, mais il a eu deux filles : ma sœur Cassandra et moi. Alors, il nous a appris à pêcher, à réparer les moteurs de nos voitures, à lancer une balle de base-ball, enfin, tout ce qu'il aurait enseigné à un fils. Il était beaucoup plus près de nous que ma mère. On pouvait absolument tout lui dire. Mes parents habitent toujours Toronto, où j'ai grandi.

– Pourquoi as-tu choisi de vivre en Colombie-Britannique ?

– Je souhaitais vivre à la campagne et on m'a offert un poste de rêve ici. Je vais à Toronto tous les trois ans environ. La prochaine fois, je t'emmènerai avec moi. J'ai tellement hâte que tu rencontres mon père. Peut-être que le fils dont il a toujours rêvé, c'est toi.

On sonna à la porte et Amy alla ouvrir en se demandant qui pouvait bien leur rendre visite un samedi matin. Sur le porche, elle trouva Marco Constantino et Frank Green, avec l'arbre que la classe avait offert à Terra pour son anniversaire. Elle leur demanda d'aller le porter dans la cour pendant qu'elle prévenait Terra de leur arrivée. Même si ses genoux étaient particulièrement douloureux ce matin-là, le professeur se traîna jusqu'à la porte-fenêtre pour voir ce que faisaient ses élèves.

– Il serait préférable que tu les regardes le planter d'ici, suggéra Amy, inquiète de le voir trembler sur ses jambes.

– Mais c'est mon arbre, geignit-il comme un enfant qu'on essaie de priver de dessert.

Il ouvrit la porte et marcha prudemment jusqu'aux deux garçons.

– La grand-mère de Fred est amérindienne, lui apprit Frank en le voyant approcher. Selon elle, si nous plantons votre arbre aujourd'hui, il poussera plus rapidement. C'est à cause de la lune ou quelque chose du genre.

– Où est Fred ? s'inquiéta Terra.

– Il a joué de la guitare toute la nuit, alors nous n'avons pas été capables de le réveiller, expliqua Marco.

Ce dernier alla chercher les pelles qu'il avait laissées dans le camion de son père. Amy arriva avec une veste chaude qu'elle fit passer de force à son futur époux. Elle voulut aussi lui apporter une chaise, mais il refusa. Amy obtempéra devant son air déterminé.

Terra demanda si la grand-mère de Fred leur avait aussi suggéré un endroit précis pour planter le petit arbre. Il n'avait pas terminé sa phrase qu'un rayon de soleil perçait les nuages et illuminait le bout du terrain.

– Je pense qu'on vient de vous donner votre réponse, s'émerveilla son élève un peu trop pieux.

– Ce n'est qu'une coïncidence, riposta Terra. Je t'en prie, ne recommence pas.

Mais Frank était convaincu que son professeur n'était pas mortel. Rien ne le ferait changer d'idée. Il transporta l'arbre à l'endroit où le soleil avait frappé le sol et Marco l'y rejoignit avec les pelles. Ils se mirent à creuser sous le regard intéressé de Terra.

– Au fond, c'est un bel arbre, quand il ne t'attaque pas, remarqua Amy.

– Il ne m'a pas agressé, en janvier, répliqua Terra. Il m'a seulement donné de l'énergie.

– C'est ce que vous croyez ? lança Frank tout en pelletant la terre.

Terra perçut l'incrédulité de son élève.

– Les arbres me soulagent quand mes jambes me font très mal, insista-t-il.

– Je les ai vus vous toucher la main juste parce qu'ils en avaient envie.

– Ils ne font que me donner de l'énergie et c'est la vérité.

– Êtes-vous la seule personne à qui ils font ça ? demanda innocemment Marco, qui ne comprenait pas que l'homme et l'adolescent s'affrontaient.

– Je n'en sais rien.

– Nous aimerions que vous n'en parliez pas, les supplia Amy. Terra désire vivre une vie normale et éviter de devenir la cible des médias.

– Mais comment pourriez-vous vivre une vie normale ? s'étonna Frank.

– Je ne suis pas le Fils de Dieu ! tonna Terra. C'est de l'étiquetage et j'en ai assez !

Frank déposa la pelle et laissa Marco mettre lui-même l'arbre en terre. L'élève obstiné s'approcha de son professeur sans aucune appréhension.

– Vos jambes n'ont rien à voir avec votre aptitude à attirer les arbres ou les humains, monsieur Wilder. Ils réagissent à une force invisible.

– Tu ne sais pas de quoi tu parles...

– J'ai fait des recherches sur Internet et j'ai trouvé le numéro de téléphone d'un certain docteur Michael Reiner au Texas.

– De quel droit... s'étrangla Terra.

– Je voulais seulement savoir ce qu'ils ont mis dans vos jambes. Il m'a affirmé qu'il n'y a rien dans tout votre corps qui puisse exercer ce genre de magnétisme. Les os de vos jambes sont en plastique et ils sont recouverts de petits transistors, qui avaient pour fonction de stimuler la croissance de vos nerfs. Mais leurs piles sont mortes avant même que vous quittiez Houston, alors ils ne sont certainement pas responsables du comportement des arbres.

Terra tourna brusquement les talons avant d'étouffer Frank.

– Le prophète Jésus ignorait lui aussi qu'il avait une importante mission à accomplir sur la Terre ! lui cria Frank. Il ne l'a découvert que dans les dernières années de sa vie !

Terra entra dans la maison. Il se rendit au salon en s'appuyant contre le mur. Enfin, il se laissa tomber sur le sofa et ferma les yeux un moment en essayant d'oublier la douleur cuisante qui lui traversait les jambes comme un courant électrique. Il s'empara du téléphone. Amy lui frictionna les épaules en lui recommandant de ne pas se mettre en colère. Il fit la sourde oreille. Pendant qu'il attendait qu'on le mette en communication avec le psychiatre, il prit de profondes inspirations.

– Terra, quelle belle surprise ! fit la voix enjouée du docteur Reiner.

– Michael, est-ce toi qui a divulgué de l'information sur ma condition physique à un de mes élèves ? se fâcha Terra.

– Il m'a dit qu'il faisait une recherche sur les membres artificiels. Tu n'es pas un projet top secret, que je sache. S'est-il servi de cette information pour te nuire ?

– Non et ce n'est pas ça qui me hérisse. Toutes ces années, quand on me traitait à l'hôpital, personne n'a jamais voulu me dire ce que contenaient mes jambes. Mais toi, tu transmets cette information au premier élève qui te le demande !

– Tu n'étais pas en état d'entendre ces détails, se disculpa le psychiatre d'une voix calme et douce. Essaie de te rappeler comment tu traitais tous tes médecins…

Terra garda un silence coupable : il avait en effet été plutôt désagréable avec ceux qui s'occupaient de lui.

– J'ai aussi reçu un message du docteur Penny, qui désire obtenir des détails sur tes jambes. Devrais-je refuser de les lui fournir ?

– Donald Penny est mon médecin à Little Rock. Tu peux lui envoyer tout ce dont il a besoin, mais je ne veux plus que d'autres personnes aient accès à mon dossier médical.

Michael Reiner le lui promit et Terra s'excusa d'avoir été aussi dur avec lui. Le psychiatre l'assura que sa réaction était tout à fait normale. D'ailleurs, il était content que cet incident se soit produit, puisqu'il les avait remis en contact tous les deux. Terra s'engagea à lui donner des nouvelles plus régulièrement. Après avoir raccroché, il s'allongea sur le ventre.

– J'aimerais pouvoir convaincre Frank que je ne suis pas le Fils de Dieu, soupira-t-il avec découragement.

– Demande à Sarah de t'aider, suggéra Amy.

– Il pense qu'elle est la Vierge Marie, rétorqua Terra en se cachant le visage dans un coussin.

– Alors utilise ses croyances à ton avantage.

Elle lui donna un calmant, puis retourna dans la cuisine. Les garçons étaient partis. « C'est sans doute mieux ainsi », pensa-t-elle.

Dans l'après-midi, Terra appela Donald et lui demanda de revoir les radiographies de ses jambes. Le médecin vint le chercher une heure plus tard et l'emmena à l'hôpital. Il le fit asseoir devant un mur illuminé, où il afficha tous ses rayons X. Il lui indiqua les petits transistors fixés à ses os de plastique et lui expliqua qu'ils avaient eu pour tâche de motiver la croissance de ses nerfs. Terra voulut savoir s'ils pouvaient être responsables de la douleur qu'il ressentait dans ses genoux.

– Puisqu'ils transmettaient des impulsions nerveuses à ton cerveau, je ne crois pas qu'ils étaient très confortables. Mais tes médecins du Texas affirment qu'ils ne sont plus actifs.

– Est-ce que la croissance de mes nerfs se serait quand même produite sans eux ?

– On m'a enseigné que les nerfs se forment autour des muscles et des vaisseaux sanguins du corps humain, pas autour d'un amas de substance synthétique. Alors, tes médecins ont certainement dû les persuader de croître dans des conditions artificielles. Tu devais être un homme très important pour qu'ils se donnent tout ce mal. Mais je suis surpris qu'ils t'aient ensuite laissé quitter Houston.

– Le docteur Reiner m'a envoyé au Canada pour stabiliser mes émotions. Il disait que je n'y arriverais pas si je restais au Texas. Je pense qu'il avait raison.

– Ton dossier médical ne mentionne pas non plus pourquoi tu es le seul homme au monde à avoir bénéficié de cette procédure inhabituelle. C'est plutôt curieux.

– Ils ont décidé de me garder en vie parce que mon cerveau était intact. Je ne sais pas pourquoi ils ont insisté pour refaire mes jambes et me réapprendre à marcher.

– C'est donc ton cerveau qui les intéresse, conclut Donald. Ont-il l'intention de t'obliger à retourner là-bas pour poursuivre ton travail ?

– Ils pourraient sans doute me rappeler qu'ils ont dépensé des millions de dollars pour moi et solliciter ma reconnaissance.

– Il n'y a pas de doute, tu es une merveille de la technologie.

– Je ne me sens pas très merveilleux après une séance de thérapie, en tout cas.

– J'ai l'intention d'élucider ce mystère, Terra. As-tu d'autres questions au sujet de ton dossier ?

– Oui. Y a-t-il dans mes jambes une substance susceptible d'attirer les arbres ?

Donald avoua ne pas très bien comprendre sa question. Terra l'emmena donc dehors pour lui faire une démonstration. Après tout, si Donald voulait vraiment devenir son ami, il lui faudrait tôt ou tard apprendre la vérité. Terra s'approcha d'un saule.

– Je veux savoir pourquoi ils agissent ainsi.

Il tendit la main vers le ciel et une des branches se replia pour venir effleurer doucement sa paume. Donald écarquilla les yeux.

– Et quand j'ai besoin d'énergie, ils font ceci.

Terra s'approcha davantage et entoura le tronc de ses bras. Les branches basses se replièrent sur lui, l'emprisonnant à l'intérieur d'une cage de feuilles.

– Terra ! s'écria Donald, effrayé.

Il fit un pas vers lui, mais une intense lumière blanche enveloppa le Hollandais. Le phénomène ne dura que quelques secondes, puis les branches se redressèrent. Terra revint vers son ami, un large sourire sur le visage.

– Les arbres ne sont pas supposés faire ça, même dans la nature, balbutia le médecin, sidéré.

Il promit à Terra de faire des recherches sur Internet. Lorsqu'il voulut le reconduire à la maison, le professeur assura que ce n'était pas nécessaire : Amy serait là dans quelques minutes. Donald regagna donc l'hôpital. « Il est normal qu'il soit bouleversé après avoir assisté à cet étrange phénomène », songea Terra. Lui-même l'avait d'abord été. Ce médecin avait un esprit scientifique, comme lui. S'il y avait une explication à ce comportement inusité des arbres, il la trouverait. Sarah se matérialisa alors près de lui.

– Tu ne lui as pas parlé de moi, nota-t-elle.

– Je pense que cette démonstration lui a fait suffisamment peur.

– Pourquoi te faut-il toujours une explication rationnelle de ce que tu observes ?

– Ne me dis pas que les arbres ressentent mon énergie de guérison, parce que je ne suis pas le seul guérisseur sur cette planète. Ils ne les prennent pas tous dans leurs bras.

– Et si c'était un cadeau que Dieu n'a fait qu'à toi ?

Il dévisagea Sarah pendant un moment. Avant qu'il puisse ajouter quoi que ce soit, elle déclara qu'il n'aurait plus d'ennuis avec Frank Green et disparut.

Dans la forêt derrière l'école, l'adolescent dévot déposait des jonquilles au pied du chêne où il avait vu disparaître Terra l'automne précédent. Sarah choisit ce moment pour sortir du tronc, tel un esprit sylvestre. Elle avait troqué sa robe de soirée contre une tunique de voiles pastel et irradiait une douce lumière dorée. Ébranlé, Frank se jeta à genoux et joignit les mains.

– Vous êtes sa mère, n'est-ce pas ? murmura-t-il.

– Non, Frank. Je suis un ange, tout comme lui.

– Monsieur Wilder n'est pas le Fils de Dieu ?

– Il est un messager dépêché sur la Terre pour s'occuper d'un groupe d'âmes. En proclamant qu'il est Jésus, tu mets sa mission en péril, car d'autres âmes risquent de s'immiscer dans sa vie lors de son court séjour ici. Elles pourraient l'empêcher de sauver celles qui lui ont été assignées.

– Mais comment puis-je l'aider, alors ?

– Il te suffit seulement d'être là quand il a besoin de toi.

– Il ne viendra pas vers moi, parce qu'il est très fâché en ce moment.

– Un ange n'est jamais fâché, Frank. Tu auras l'occasion de t'en rendre compte par toi-même.

Elle se pencha et l'embrassa doucement sur le front.

– Dieu t'aime beaucoup.

Sarah recula à l'intérieur de l'arbre. Émerveillé, Frank demeura longtemps immobile, à faire rejouer cette scène incroyable dans sa tête.

# 18

Après son cours d'anglais, Amy ne s'étonna pas de trouver Terra une fois de plus assis devant l'ordinateur, concentré sur un écran qu'elle n'avait jamais vu.

– Où es-tu en train de t'infiltrer, cette fois ?

– À la NASA.

Elle craignit qu'il ne s'attire des ennuis en piétinant ainsi les plates-bandes du gouvernement américain. Terra l'assura qu'il n'avait déclenché aucune alarme et que, de toute façon, c'étaient ses dossiers à lui qu'il cherchait. Amy s'approcha davantage et le vit ouvrir un fichier qui s'appelait PETROCKET.

– C'est ton dossier ?

– C'est un des miens, en effet, et il semble intact, mais la façon d'y accéder a été modifiée. C'est formidable, tu sais, d'être ainsi relié au reste du monde. Je peux atteindre une banque de données qui, autrefois, n'était accessible que de mon laboratoire à Houston.

Pendant que Terra vantait les mérites de l'autoroute de l'information à Amy, à la NASA, Jeffrey, le jeune assistant du docteur Reiner, entrait dans son bureau pour le prévenir que le docteur Wilder venait enfin de s'intéresser à ses anciens fichiers.

– Excellent, fit le psychiatre.

– Que ferons-nous s'il ne poursuit pas ses recherches à partir de Little Rock ? voulut savoir Jeffrey.

– Nous trouverons une autre façon de l'appâter. Mais je sais qu'il ne nous décevra pas. Je le connais mieux que quiconque.

Il pria son assistant de le tenir au courant de toutes les incursions du génie hollandais dans la base de données scientifiques.

Il s'adossa ensuite dans son fauteuil en espérant ne pas devoir rapatrier son ancien patient de force.

Terra accepta de sortir du site de la NASA pour suivre Amy à l'hôpital. Pendant ses exercices, il révisa mentalement ses formules et essaya de se rappeler l'endroit exact où il avait interrompu ses recherches, mais il arrivait sans cesse devant un mur d'épais brouillard. Lorsqu'il quitta finalement la salle de physiothérapie, il fut bien surpris d'arriver face à face avec Frank Green. Ce dernier lui annonça qu'il venait pour le conduire jusqu'à sa voiture. Terra accepta volontiers de marcher avec lui. En fait, Frank voulait surtout savoir s'il était encore fâché contre lui. Terra répondit que non, bien qu'il mît souvent sa patience à rude épreuve.

– Je suis désolé de ce que j'ai fait l'autre jour. Je n'aurais pas dû communiquer avec votre médecin au Texas. Ça ne me regardait pas.

– Tu étais seulement curieux au sujet de mes jambes, comme moi, d'ailleurs.

– Quelque chose me tracasse, monsieur Wilder. Si vos jambes sont essentiellement composées de matières synthétiques, pourquoi sont-elles si douloureuses ? La douleur est un attribut de la matière vivante, non ?

« Le docteur Penny trouve également la question troublante », se rappela Terra. Frank aida son professeur à franchir la porte de l'hôpital et l'installa dans la voiture d'Amy. Sur la route, celle-ci constata que son ami était songeur. Lorsqu'ils se mirent au lit, elle étudia plus attentivement son visage et remarqua les petits plis qui se formaient au coin de ses yeux lorsqu'il était contrarié.

– Dis-moi ce qui te tracasse.

– Pourquoi la NASA a-t-elle dépensé autant d'argent pour me remettre d'une seule pièce et ensuite me laisser partir sans me faire promettre de revenir ?

– Es-tu en train de me dire que ces gens pourraient te forcer à retourner à Houston ?

– Ils ont des liens avec le gouvernement, alors j'imagine qu'ils ont le droit de faire ce qu'ils veulent.

– Je ne les laisserai pas t'emmener. Tu as une nouvelle vie ici et ils vont devoir l'accepter.

Elle l'embrassa amoureusement pour lui faire oublier ses sombres pensées, mais Terra était incapable de mettre cette terrible menace de côté.

Le lendemain, après son cours de philosophie, il réussit à ouvrir son dossier de formules secrètes. Il jeta un coup d'œil à ses derniers résultats et fut surpris de constater que personne n'avait poursuivi son travail durant sa longue absence. Il s'agissait pourtant d'une nouvelle source d'énergie qui pourrait permettre à l'être humain de vivre indéfiniment dans des habitacles, sous la mer ou dans l'espace, sans polluer son environnement.

Il supposa que ses employeurs avaient dû inventer autre chose et qu'ils avaient mis ses recherches de côté. Il était probablement inutile, six ans plus tard, d'achever ce travail, mais quelque chose le poussait tout de même à le faire. Peut-être était-ce son esprit scientifique, qui aimait résoudre les mystères. Il imprima donc ses formules.

À Houston, Jeffrey sursauta devant son écran. Il s'empressa de courir jusqu'au bureau du docteur Reiner, à l'autre bout du couloir.

– Il a imprimé le fichier ! s'écria-t-il, dans tous ses états.

– Je savais que je pouvais compter sur lui, s'enthousiasma Reiner.

– Mais n'est-il pas dangereux qu'il se balade avec cette information entre les mains ?

– Jeffrey, je l'ai envoyé dans la ville la plus isolée que je pouvais trouver dans un pays civilisé. Crois-moi, il est le seul là-bas qui puisse les interpréter.

– Mais il est si loin que nous ne pourrons rien faire s'il décide de passer à l'ennemi, docteur.

– Personne n'est hors de notre portée, mon jeune ami. Retourne à ton poste et essaie de me faire confiance.

Jeffrey hocha la tête et disparut. Il était inquiet depuis qu'il avait compris l'importance des recherches de Terra Wilder pour le programme spatial de son pays. Puisqu'il était farouchement patriote, il avait beaucoup de mal à accepter que ses employeurs permettent à cet homme de vivre ainsi à des milliers de kilomètres.

Mais Michael Reiner connaissait le Hollandais sous toutes ses coutures. Il savait que personne n'arriverait à le faire travailler sous la contrainte. Si les militaires voulaient obtenir des résultats, ils devraient se fier à son jugement. Il attendit quelques heures, le temps que son patient soit de retour à la maison, puis lui donna un coup de fil. Il le trouva beaucoup plus détendu qu'à leur premier contact, quelques semaines plus tôt.

– Je suis content que tu te sois calmé, apprécia le médecin. Parle-moi de ta vie à Little Rock. As-tu été accepté par cette petite communauté ? Est-ce que tu t'es fait des amis ?

– Oui, j'en ai plus ici que j'en avais au Texas. J'ai même rencontré une femme extraordinaire. Nous vivons ensemble.

Terra lui décrivit Amy en des termes très flatteurs. Il lui avoua par contre craindre de devenir un fardeau pour elle plus tard, lorsque ses capacités motrices se mettraient à décliner. Le psychiatre lui expliqua que l'amour n'était pas seulement une forte attirance physique pour une autre personne, mais une communication étroite au niveau du cœur. Si cette femme l'aimait, ce n'était certainement pas pour ses jambes artificielles. Il lui demanda ensuite s'il était heureux à l'école ou s'il désirait un autre poste qui mettrait davantage ses facultés scientifiques au défi, comme un poste de physicien quelque part dans un laboratoire américain, par exemple. Terra admit qu'il pensait souvent à son ancienne profession, mais qu'il n'était pas encore prêt à s'y consacrer. Il promit de l'appeler s'il changeait d'avis.

Immédiatement après avoir raccroché, Michael Reiner se rendit au bureau du général Kenneth Howell, dans l'édifice adjacent à celui de l'hôpital militaire. Howell était un homme imposant aux cheveux gris acier et à l'œil vif. Rien ne lui échappait.

La récupération des travaux de recherche de Terra Wilder était sa dernière mission avant sa retraite et il tenait à en faire un éclatant succès. Il n'aimait pas particulièrement les méthodes douces de Reiner, mais l'état-major lui avait recommandé de s'y plier, du moins pour l'instant. Le médecin lui relata sa dernière conversation avec Terra.

– Pouvez-vous me jurer qu'il est toujours sous votre surveillance ? s'inquiéta le général.

– Il l'est, assura calmement Reiner.

– Quand pourrons-nous procéder à la phase trois ?

– Bientôt, mais nous ne devons pas le bousculer. Terra Wilder est un homme très têtu. Je vous en prie, soyez patient.

Michael savait cependant que ce n'était pas la principale qualité du militaire. Howell hocha légèrement la tête en réfléchissant aux détails de la prochaine étape de son plan.

# 19

L'année scolaire s'achevait. Les élèves s'acquittèrent de leurs derniers examens avec beaucoup de facilité et Terra se déclara satisfait de leurs résultats. La dernière journée, ses élèves le rejoignirent dans le parking et voulurent savoir s'il avait l'intention de les accompagner lors de l'excursion annuelle en montagne. Amy, qui s'était accrochée de façon possessive à son bras, répondit à sa place.

– Monsieur Wilder ne maîtrise pas suffisamment ses jambes pour faire trois jours d'équitation.

– Même si on lui trouvait un animal tranquille et confortable comme un fauteuil ? suggéra Marco.

– Je suis désolée, les enfants. C'est un sport qu'il ne peut tout simplement pas pratiquer.

Amy tira son ami en direction de la voiture. Terra s'aperçut que ses élèves étaient déçus. Il se tourna vers Amy, qui venait de s'installer au volant.

– J'ai toujours voulu monter à cheval, l'implora-t-il.

– C'est trop dangereux pour toi.

– Tu sais bien que j'essaie tout au moins une fois.

– La selle d'un cheval n'est pas suffisamment confortable. Tu devrais consommer une tonne de calmants tous les soirs pour supporter cette douleur.

– N'est-ce pas ce que je fais déjà ?

– Terra, le sujet est clos.

Mais le Hollandais n'avait pas dit son dernier mot. Pendant sa séance d'exercices, il s'informa auprès du thérapeute pour savoir s'il pouvait monter à cheval sans endommager ses jambes. Le jeune homme lui répondit que s'il n'essayait pas de remporter une course ou de sauter par-dessus tous les obstacles qu'il rencontrait, il n'y voyait aucun inconvénient. Terra attendit donc d'être devant le téléviseur avec Amy avant de repasser à l'attaque. Il avait déposé sur ses genoux les feuilles remplies de symboles qu'il avait imprimées à l'école. Curieuse, Amy y jeta un coup d'œil.

– Tu dis que ces formules ne sont pas complètes. Que leur manque-t-il ? s'enquit-elle.

– De la stabilité. Il faudrait aussi que je conçoive les moteurs pouvant utiliser ce nouveau type d'énergie.

– C'est ce que tu faisais toute la journée dans ton laboratoire ?

– Oui. J'ai inventé plusieurs systèmes de propulsion capables de donner un bon rendement dans un environnement sans gravité.

– Et ils ont été employés par la NASA ?

– Seulement un.

– C'est plutôt décourageant, non ?

– C'est le lot de tous les inventeurs, Amy. Certaines idées plaisent aux investisseurs, d'autres non.

– As-tu l'intention de poursuivre cette recherche ?

– Peut-être, pour ma satisfaction personnelle. Mais il faudrait que je puisse utiliser un ordinateur plusieurs heures par jour.

Celui de l'école ne serait évidemment plus accessible durant l'été. Cependant, Amy n'aimait pas l'idée d'avoir un tel appareil à la maison, car elle craignait de perdre l'attention de son ami à tout jamais. Il l'assura qu'il ne ferait pas cette erreur deux fois et que, de toute façon, il n'avait aucun échéancier à respecter, cette fois. Il pourrait consacrer deux ans à cette recherche sans que personne ne lui lance d'ultimatum. La sentant plus réceptive, Terra lui reparla de l'excursion de l'école.

– J'ai demandé au thérapeute si mes jambes étaient assez fortes pour monter à cheval pendant trois jours.

– Terra, il n'en est pas question.

– Écoute-moi, je t'en prie. Si je ne monte pas à cheval maintenant, je ne pourrai plus jamais le faire. Mes jambes vont commencer à se détériorer dans quelques années.

– Mais pourquoi est-ce si important pour toi ?

– Parce que j'ai toujours voulu faire de l'équitation.

– Et s'il t'arrivait malheur ?

– Comment pourrait-il m'arriver quoi que ce soit alors que tu es à mes côtés ? fit-il avec un sourire irrésistible.

Amy se laissa gagner par ses beaux yeux. Elle rencontra le propriétaire de l'écurie pour s'assurer qu'il possédait un cheval doux comme un agneau et confortable comme un nuage. Il avait exactement la bête qu'elle cherchait et il pouvait même leur assigner un guide qui était également infirmier.

Nicole Penny, qui normalement accompagnait les élèves chaque année lors de cette randonnée, dut y renoncer, puisqu'elle était enceinte de huit mois. Elle offrit à son époux, Donald, de prendre sa place et d'escorter le groupe de Terra, juste au cas où. Tout comme Amy, le médecin pensait que cette expédition était plutôt risquée pour un homme qui maîtrisait à peine ses jambes. Il tenta donc de le dissuader jusqu'à la dernière minute. Terra ne voulut rien entendre. Appuyé contre la clôture blanche du paddock, le Hollandais n'en démordait pas.

– Je suis dans la quarantaine, Donald, et il y a une foule de choses que je n'ai pas encore essayées. Je veux traverser l'océan sur un voilier, nager avec des dauphins, monter à cheval, piloter un avion et aller à Disneyland. Je ne veux pas passer le reste de ma vie à me balader entre la maison, l'école et l'hôpital. Avant de perdre mes jambes, mon rêve était de participer à une mission à bord de la navette spatiale, mais c'est impossible, maintenant.

– Alors, tu vas te contenter du voilier, des dauphins, du cheval et de l'avion ?

Terra hocha doucement la tête. Ses rêves étaient difficiles à comprendre pour un homme tel que Donald, qui était parfaitement heureux entre sa femme et son travail. Il accepta tout de même de l'accompagner à cheval, à condition qu'il ne se mette pas à pourchasser des bandits dans les canyons.

Les employés de l'écurie aidèrent Terra à grimper sur une jument paisible, qui ne broncha même pas. Les terreurs de l'école, au nombre de six, puisque Karen Pilson devait faire du travail d'intérêt général, se joignirent à lui.

Le premier après-midi se passa très bien. Le groupe traversa la vallée et longea une rivière en se dirigeant vers les montagnes. Le terrain était plat. Terra ne trouva pas l'expérience aussi difficile que tout le monde le disait. Il avait passé les premières heures à écouter son corps, à l'affût du moindre malaise. Comme aucune douleur anormale ne se manifestait, il se mit à admirer le paysage. Rien n'était plus beau que l'ouest de ce grand pays froid, avec ses pics à perte de vue, ses vastes forêts sauvages et ses lacs limpides.

Ils s'arrêtèrent pour la nuit dans une clairière, au pied de la montagne, et allumèrent un feu. Pendant que les étudiants préparaient le repas, Amy força Terra à faire des exercices pour se dégourdir les jambes. Il la laissa étirer ses muscles sans protester, jusqu'à ce qu'une douleur aiguë lui traverse les genoux. Il les replia contre lui en se mordant les lèvres, sous les regards inquiets de ses élèves. Donald lui demanda de localiser la douleur. Elle s'étendait à toutes ses jambes, mais semblait provenir de ses rotules. Donald le tâta des orteils jusqu'aux genoux.

– Les transistors sont peut-être toujours actifs, avança Frank.

– Si c'était vrai, haleta Terra, je ressentirais cette douleur tout le temps, pas seulement après mes séances de physiothérapie ou une balade à cheval.

– À quelle heure sors-tu de l'hôpital, en général ? s'enquit Donald.

Terra jeta un coup d'œil à sa montre. Il constata avec surprise que c'était presque toujours vers six heures du soir et qu'il était effectivement un peu plus de six heures ! Donald conseilla à Amy de ne plus exercer ses jambes pendant les prochains jours, pour voir comment ses genoux se comporteraient à froid.

Elle commença par s'opposer, puis céda devant l'insistance de Terra lui-même. Il avala un calmant et se coucha dans leur petite tente. Lorsqu'il fut endormi, Amy revint s'asseoir avec les autres près du feu.

– Cette douleur est inexplicable, s'affligea Donald.

Amy le savait bien, mais au milieu de cette nature sauvage, ils ne pouvaient pas faire de plus amples recherches.

À Houston, le déplacement de Terra vers les montagnes, détecté par des satellites, avait causé tout un émoi. Avant de le laisser quitter l'hôpital, les militaires avaient installé des puces électroniques dans ses genoux pour ne jamais le perdre de vue. Ils n'avaient aucune envie de voir disparaître leur investissement.

Le général entra en catastrophe dans le bureau de Michael Reiner et lui annonça la nouvelle. Le médecin l'apaisa en lui disant qu'il était au courant. Il avait pris la peine de s'informer de l'horaire estival de leur protégé. Il se trouvait dans les montagnes de Colombie-Britannique avec un groupe d'étudiants, comme le voulait la coutume scolaire de là-bas. Le général mit le psychiatre en garde une nouvelle fois : Terra Wilder ne devait pas disparaître.

Le deuxième jour de l'excursion, le groupe commença à gravir le sentier dans la montagne. Terra aperçut toutes sortes d'animaux sauvages, certains fuyant devant eux, d'autres les regardant passer avec curiosité. C'était la première fois qu'il voyait un cerf d'Amérique. Il s'en trouva tout ému. L'animal, un gros mâle, les examinait sans broncher, mais le guide avait sorti sa carabine de son étui par mesure de précaution. Il laissa passer les autres devant lui en surveillant l'animal, qui protégeait probablement sa progéniture cachée quelque part dans les fourrés. Quand le dernier cavalier eut tourné au bout du sentier, le guide les rejoignit.

Terra observait tout ce qui l'entourait avec la curiosité d'un enfant. La végétation de ce coin du monde était très différente de tout ce qu'il avait vu dans sa vie. Les arbres étaient vieux et énormes. Toutes sortes de petits champignons et même des fleurs poussaient sur leurs troncs mousseux. Il pensa que la Terre, à l'origine, avait dû ressembler à cet endroit.

Vers midi, ils découvrirent de petites cascades, qui se jetaient dans une grande cavité naturelle creusée dans le roc. L'eau y était si limpide qu'on pouvait en voir le fond. Les étudiants attachèrent leurs chevaux aux arbres environnants, se dévêtirent, ne conservant que leur débardeur et leur boxer, et se jetèrent dans l'eau froide. Donald se plaça aussitôt sur le bord de la formation rocheuse pour attirer l'attention des adolescents.

– Nous n'avons aucune objection à ce que vous vous amusiez, déclara-t-il sur un ton paternaliste, mais nous ne voulons pas non plus que cette partie de plaisir se termine en tragédie. Alors personne ne pousse personne, compris ?

Les élèves lui décochèrent des sourires espiègles. On aurait pu penser qu'ils ne le prenaient pas au sérieux. Mais Terra les connaissait mieux que lui : il savait qu'ils avaient compris l'avertissement. Il les regarda s'ébattre dans l'eau en les enviant. Jamais il n'avait été aussi insouciant à leur âge. Son père avait exigé de lui les meilleures notes de tout le collège, alors il avait surtout étudié et lu des centaines de livres pour parfaire ses connaissances. Il n'avait participé aux parties de rugby du collège que parce qu'il y était obligé, sans jamais y prendre plaisir. Amy aperçut la petite flamme dans ses yeux verts.

– Tu ne sais pas nager, lui rappela-t-elle.

– Il n'a pas besoin d'être un champion olympique, Amy, répliqua Donald. L'eau n'est pas profonde et il y a six anges gardiens dans cette piscine.

Elle aida donc Terra à enlever ses vêtements, ne lui laissant que son boxer. Donald le fit descendre dans l'eau et les élèves se chargèrent aussitôt de sa sécurité, comme une garnison de soldats autour de leur général. Sur le bord d'une grande roche plate, Amy le surveillait.

– On dirait qu'il n'a jamais joué dans l'eau de sa vie, remarqua Donald en prenant place près d'elle.

– C'est possible. Son père l'a enfermé dans un collège privé pendant toute son adolescence. Il l'a séparé de ses grands-parents qui l'adoraient pour le jeter en pâture à une bande d'enfants qui se sont moqués de son nom et de sa langue.

– Ça explique probablement son besoin d'être aussi près de ses élèves, maintenant. Ils lui permettent de faire tout ce qu'il n'a pas fait quand il était jeune.

– Est-ce qu'il arrêtera de souffrir un jour, Donald ?

– Quand j'aurai déterminé la source exacte de ses douleurs, je pense bien que oui.

Lorsqu'ils sortirent de l'eau, ils étaient tous gelés jusqu'aux os. Ils se laissèrent sécher au soleil. Amy frictionna les bras bleuis de son bel ami, qui souriait de toutes ses dents. Il était heureux et cela la fit sourire aussi. « À bien y regarder, il a en effet l'air d'avoir leur âge », pensa Amy.

Ils poursuivirent leur ascension dans la montagne. Les gros arbres firent graduellement place à des conifères touffus regorgeant d'oiseaux de toutes sortes. Terra aperçut un aigle qui planait dans la vallée et lui envia sa liberté. Le guide lui pointa le nid du rapace sur un repli de la falaise au-dessus d'eux. Il y avait tellement de choses qu'il ignorait au sujet de cette planète !

Lorsqu'ils s'arrêtèrent dans une clairière pour une deuxième nuit de camping, Terra pria Amy de le laisser monter leur tente. Il s'installa ensuite près du feu avec les autres. Marco lui tendit un hot-dog qu'on venait de faire griller dans les flammes. Il l'examina comme si c'était un échantillon d'une substance étrange. Ses étudiants pouffèrent de rire.

– Est-ce la première fois que vous mangez un hot-dog, monsieur Wilder ? s'amusa Fred.

– Je me sens vieux quand vous m'appelez monsieur Wilder. Appelez-moi Terra. Et oui, c'est la première fois que j'en mange.

Il vit bien qu'Amy, l'air contrarié, le mettait silencieusement en garde contre cette familiarité. Selon elle, il était dangereux pour un professeur d'abaisser la barrière qui lui assurait le respect.

– Mais on a certainement dû vous en offrir à une partie de base-ball ou de football.

– Je n'ai jamais assisté à de tels matchs.

Il leur avoua qu'il n'était pas sportif et voulut savoir si eux l'étaient. Ils lui parlèrent de tous les sports qu'ils avaient pratiqués et de ceux auxquels ils continuaient de s'adonner. Puis, ils se tournèrent vers Donald, qui déclara s'entraîner dans un gymnase au moins deux fois par semaine. Son sport préféré, par contre, était la pêche. Amy surprit tout le monde en révélant qu'elle avait été médaillée d'or en natation, qu'elle savait se servir d'un arc et d'une raquette de tennis en plus d'être ceinture noire de karaté.

– Mais vous semblez si fragile, si féminine ! s'étonna Fred.

– Il ne faut pas juger un moine par ses habits, prêcha Donald.

– Il ne faut pas juger un moine du tout, répliqua Marco. C'est contraire à la théorie du non-étiquetage.

Ils se lancèrent dans une longue explication de cette philosophie au bénéfice du médecin. Content qu'ils aient si bien compris ses enseignements, Terra mordit dans le hot-dog.

À six heures pile, une intense douleur le frappa aux genoux. Il laissa tomber son repas sur le sol et ramena ses jambes contre sa poitrine, le visage tordu par la souffrance. Amy lui apporta ses calmants sous les regards compatissants des adolescents. Elle voulut ensuite le reconduire dans leur tente, mais il refusa, préférant rester auprès du feu avec tout le monde. Donald l'observa avec attention et compta les minutes que dura la crise.

Au bout d'une demi-heure, Terra redevint calme. « Comme c'est étrange », pensa le médecin. Autour d'eux, la forêt résonnait des chants nocturnes des insectes et des animaux. Au-dessus d'eux, le ciel couleur d'encre était parsemé d'étoiles brillantes. Libéré de sa terrible douleur, le Hollandais leva les yeux vers le firmament.

– Vous devez connaître le nom de toutes les constellations, devina Katy.

– Je ne suis pas astronome, je suis astrophysicien. Mais je connais le nom de quelques-unes d'entre elles.

– Le travail d'un astrophysicien n'implique pas l'observation des étoiles ?

– Le mien était de concevoir de nouvelles sources d'énergie et les moteurs capables de les utiliser dans l'espace.

– Mais comment avez-vous pu laisser tomber un travail aussi intéressant pour enseigner à Little Rock ? s'exclama Chance.

– Enseigner est tout aussi captivant, assura Terra, et je ne le dis pas pour vous faire plaisir. Je le pense vraiment.

– Est-ce que certaines de vos machines flottent dans l'espace en ce moment ? voulut savoir Julie.

– Oui, répondit Terra avec un sourire évocateur.

– Vous devez être fier de vous, fit Katy.

– Je l'étais, autrefois. J'ai appris depuis que des affaires plus urgentes nous réclamaient.

– Nous ? s'enquit Julie.

– Vous et votre formidable génération.

– La plupart des adultes ont une opinion différente des jeunes, plaisanta Frank.

– Seulement parce qu'ils vous jugent en fonction de leurs propres expériences et de leur conditionnement, mais les choses vont changer.

Donald comprenait de mieux en mieux comment Terra Wilder s'y était pris pour mater ces élèves que tout le monde redoutait : il prenait le temps de les écouter. Ce n'était pas un professeur qui monologuait devant sa classe en prétendant détenir la vérité universelle. Il était profondément humain et ses élèves le ressentaient. Cette découverte lui fit considérer son amitié pour Terra sous un jour nouveau : elle lui devint alors infiniment précieuse.

Le Hollandais passa ainsi trois jours formidables en compagnie des adolescents. Il les serra tous dans ses bras lorsqu'ils se séparèrent à l'écurie. Pour la première fois depuis qu'il s'était installé à Little Rock, il sentit qu'il faisait vraiment partie de la communauté. En suivant Amy vers leur voiture stationnée près des paddocks, Terra fut à nouveau la proie de la douleur débilitante dans ses genoux. Il était dix-huit heures.

Amy voulut fouiller dans son sac à dos pour prendre la bouteille de calmants, mais Donald l'en empêcha. Il voulait savoir si la douleur disparaîtrait d'elle-même une demi-heure plus tard ou si c'était les médicaments qui soulageaient Terra.

Le médecin plaça la main sur ses rotules artificielles et ressentit un curieux bourdonnement. Il fit signe à Amy de faire la même chose.

– Je n'ai jamais vu de genoux vibrer ainsi ! s'exclama-t-elle.

– Terra, je t'ai promis de ne plus jamais te comparer à un extraterrestre ou à un androïde, lui dit Donald, mais on dirait bien qu'il y a un court-circuit dans tes jambes.

Terra ne répliqua pas. Après tout, il ne savait pas lui-même de quoi ses membres étaient faits. La douleur ne dura qu'une demi-heure, même sans analgésique. Pour en avoir le cœur net, Donald emmena le Hollandais à l'hôpital, où ses genoux furent examinés aux ultrasons, cette fois.

Pendant cet examen, Donald réconforta Amy dans la salle d'attente. Il lui enjoignit de ne plus soumettre Terra à la physiothérapie et de ne plus lui donner de calmants, puisqu'ils ne changeaient rien à sa condition et qu'ils nuisaient inutilement à son cœur. On lui apporta alors les résultats des tests. Il les examina attentivement avant de rejoindre Terra.

– Qu'as-tu découvert ? s'énerva le Hollandais.

– Il y a un mécanisme complexe à l'intérieur de tes genoux, mais l'ordinateur est incapable de l'identifier.

Cette information n'étonna pas Terra, puisqu'il savait très bien que la NASA ne publiait pas la moitié de ses recherches. Il demanda au médecin de copier le schéma sur disquette afin qu'il puisse l'étudier chez lui. Dès qu'il fut à la maison, Terra alluma l'ordinateur. Amy se pencha avec lui sur l'étrange image qui apparut sur l'écran.

– C'est mon genou gauche, expliqua-t-il. Les petits points noirs, le long de mes os en plastique, sont probablement les transistors qu'ils ont utilisés pour stimuler la croissance de mes nerfs. Peut-être que les circuits dans mes genoux étaient des postes de commande pour ces transistors et qu'ils se sont détériorés avec le temps.

Amy avait du mal à concevoir que son corps puisse contenir des appareils aussi sophistiqués, mais c'était lui le savant, pas elle. Il agrandit l'image et s'intéressa de plus près au circuit intégré à sa rotule. N'y comprenant tout simplement rien, Amy décida d'aller préparer le repas.

Le lendemain matin, après le petit déjeuner, Terra se fit déposer à l'hôpital pendant qu'Amy allait faire les courses. Il se rendit directement au bureau du docteur Penny.

– Je veux que tu retires le dispositif électronique de mes genoux.

– Est-ce que tu comprends ce que tu me demandes ? s'effraya Donald. Ces circuits sont peut-être responsables de l'irrigation sanguine des tissus vivants. Sans eux, tes jambes risqueraient de pourrir !

– Nous ne savons pas à quoi ils servent et nous ne le saurons pas avant d'en avoir extrait au moins un pour l'examiner.

– Terra, je suis désolé. Il n'est pas question que je touche à ces mécanismes avant de savoir s'ils te maintiennent en vie.

– Mais je ne peux plus endurer cette douleur ! s'écria-t-il, exaspéré.

– Bon. Alors, faisons un compromis. Je vais demander au docteur Reiner de m'envoyer les plans exacts de ces dispositifs et le détail de leur fonctionnement. Quand nous aurons toute l'information en main, nous prendrons une décision ensemble.

Terra fut contraint d'accepter sa proposition. Donald ne perdit pas de temps et appela au Texas. Le docteur Reiner lui promit de lui faire parvenir ces renseignements le plus rapidement possible.

Michael se dit qu'il était bien malheureux que Donald Penny ait découvert les implants que ses supérieurs avaient fait installer dans les genoux de Terra Wilder. Si le médecin canadien décidait de les extraire, ils ne pourraient plus le retracer par satellite. Il fallait donc trouver une façon de retarder l'intervention et de persuader l'astrophysicien que sa vie dépendait de ces puces électroniques.

# 20

Karen Pilson fut convoquée devant le juge Wilkinson lorsqu'il fut de passage à Little Rock au début de l'été. Elle demanda à son professeur de philosophie de l'accompagner lors de cette importante comparution, malgré les réticences de son père qui ne voulait pas qu'un étranger se mêle de leurs affaires. Terra rejoignit donc la famille Pilson à l'hôtel de ville, où se tenaient les audiences. Karen marchait à l'aide de béquilles ajustées à ses poignets.

Le juge Wilkinson prit place derrière la tribune qui surplombait toute la pièce. C'était un petit homme dans la soixantaine, aux cheveux blancs très courts. Il avait la réputation d'être juste mais sévère. Tremblant de peur, Karen s'assit dans la première rangée de la salle, qui servait habituellement aux assemblées municipales. Après les avoir observés un à un, le juge leur demanda de s'identifier. Karen le fit en balbutiant, puis ses parents se nommèrent en se levant à tour de rôle.

– Et vous ? s'enquit le juge en regardant le Hollandais.

– Je m'appelle Terra Wilder. Je suis un des professeurs de Karen.

– Celui qui a guéri Janet Wilton ?

– Oui, votre honneur, soupira Terra, qui aurait préféré que cette histoire ne s'ébruite pas.

– Êtes-vous un guérisseur, monsieur Wilder ?

– Je crois que oui, mais c'est un don récent.

Le juge ne s'attarda pas sur le sujet et s'adressa plutôt à l'adolescente.

– Ce que tu as fait était irresponsable, Karen Pilson, et il va falloir que tu paies pour ton geste. Un juge de la grande ville t'enfermerait sans hésitation dans une institution correctionnelle, mais il n'y en a pas dans la région et j'hésite à t'envoyer aussi loin de chez toi. Alors, je vais te placer sous la supervision des services sociaux jusqu'à l'âge de vingt et un ans. Tu devras aussi effectuer mille heures de travaux d'intérêt général pour acquitter ta dette envers la société. Mais si tu commets une autre infraction criminelle, je serai forcé de te remettre entre les mains de la justice à Vancouver, et je doute qu'un autre juge soit aussi clément que moi. Est-ce que je me fais bien comprendre, jeune fille ?

– Oui, monsieur, murmura Karen, soulagée de ne pas se retrouver en prison.

– Et avant de partir, je veux vous voir faire un miracle, monsieur Wilder.

L'homme de loi contourna la tribune et s'approcha du Hollandais.

– Êtes-vous capable de la débarrasser de ces appareils gênants ?

– Je n'en sais rien, murmura Terra, pris de court.

– Essayez donc pour moi.

Les Pilson furent surpris par la requête du juge. Pour sa part, Terra prit une profonde inspiration et se tourna vers Karen. Il fit ce que le juge demandait, puis posa doucement ses mains sur les jambes de son élève. Une lumière éblouissante s'en échappa pendant quelques secondes. Le Hollandais ressentit une grande fatigue. Curieuse, Karen se leva et fit quelques pas sans ses appareils.

– Vous avez réussi ! s'exclama-t-elle.

– Janet a donc raison de dire que vous êtes un ange, nota le juge plutôt satisfait. Je suis bien heureux d'en avoir connu un de mon vivant, monsieur Wilder, si c'est votre véritable nom, bien sûr. Si vous avez besoin de quoi que ce soit ici ou à Vancouver, n'hésitez surtout pas à faire appel à moi.

Il serra la main de Terra, mais ce dernier n'eut aucune vision : le juge n'avait donc pas fait partie de sa vie à Jérusalem.

Terra avait utilisé une grande quantité d'énergie pour guérir Karen. Il avait besoin de la remplacer. Il se tourna vers ses parents, dans l'espoir qu'ils auraient la gentillesse de le reconduire chez lui. Dan Pilson était encore plus pâle que lui.

– C'est l'Antéchrist dont nous a parlé le curé… s'étrangla-t-il.

– Il est trop bon pour être du côté du mal, s'interposa madame Pilson.

Terra comprit que cet homme ne l'aiderait pas. Il se dirigea vers la sortie en s'appuyant sur sa canne, pendant que Karen et sa mère restaient avec Dan Pilson pour tenter de lui faire entendre raison. Avec le peu de force qui lui restait, Terra sortit de l'immeuble. Une fois dehors, il s'appuya contre un lampadaire pour conserver son équilibre. Karen arriva en courant.

– Si j'avais votre pouvoir de guérison, je pourrais faire du super bon travail communautaire, déclara-t-elle en lui prenant le bras.

– Et tu te ferais coller une bonne centaine d'étiquettes par les gens que tu aiderais.

– Pas si je leur enseignais la philosophie du non-étiquetage en même temps.

– Même à ton père ?

– Ne vous en faites pas pour lui. Nous en viendrons à bout.

Karen appela un taxi et aida son professeur à y monter. En arrivant chez lui, Terra se laissa bercer par les arbres devant la propriété.

Lorsqu'il rentra, finalement, son air coupable avertit aussitôt Amy que quelque chose avait dû se produire à la cour.

– Le juge a insisté pour que je guérisse les jambes de Karen sous ses yeux, avoua-t-il.

– Terra, tu es une véritable catastrophe ambulante…

– Je n'ai pas eu le choix.

– Tu aurais pu lui dire que tu ne t'en sentais pas capable ou que c'était au-dessus de tes forces.

– Je n'aime pas mentir.

Il se traîna vers la salle de bains. Amy serra les poings, compta jusqu'à dix et l'y rejoignit. Elle le trouva devant le lavabo, où il venait d'avaler un comprimé.

– Donald t'a demandé de ne pas en prendre, lui rappela-t-elle. Ce n'est pas bon pour ton cœur.

Sans répondre, il passa à côté d'elle et entra dans la chambre à coucher. Amy le suivit.

– Terra, ne fais pas ta mauvaise tête.

– Je voudrais me reposer, maugréa-t-il en enlevant ses chaussures et en s'allongeant sur le lit.

On sonna à la porte. Amy s'empressa d'aller répondre. Elle écarquilla les yeux en apercevant son père, sa mère et sa sœur sur le porche.

– Mais que faites-vous ici ? balbutia-t-elle, éberluée.

– Ta sœur nous a parlé de ton fiancé, annonça joyeusement sa mère, alors nous avons décidé de venir faire sa connaissance.

– Mais vous auriez dû me prévenir ! J'aurais eu au moins le temps de mettre la maison en ordre.

Diane Dickinson entra sans attendre la permission de sa fille. Jay, son mari, embrassa Amy sur la joue en lui soufflant qu'il était bien content de la voir. Cassandra, sa petite sœur, la serra dans ses bras en s'excusant de n'avoir pas pu les empêcher de lui rendre cette visite inattendue. Amy la fit passer devant elle et toutes deux rejoignirent leurs parents au salon.

– Si tu donnais un coup de fil à Terrance pour l'inviter à se joindre à nous pour un petit dîner familial au restaurant ? suggéra Diane en regardant partout autour d'elle.

– Il s'appelle Terra et je n'ai pas besoin de l'appeler parce qu'il vit ici, répondit Amy, certaine de s'attirer des reproches.

– Ah bon ?

– Restez ici, je vais le chercher.

Amy les abandonna au salon et se rendit à la chambre à coucher : Terra n'y était plus. Elle aperçut les chiffres lumineux sur le cadran de la table de chevet : six heures du soir. Elle l'entendit gémir dans la salle de bains et s'y précipita. Le pauvre homme était recroquevillé sur le plancher de la douche et mordait dans une serviette de ratine pour ne pas hurler de douleur. Amy se pencha immédiatement sur lui.

– Tiens bon, mon chéri.

Elle entendit des pas et se retourna : Diane Dickinson se tenait sur le seuil de la pièce, surprise de les trouver tous les deux par terre. Amy bondit sur ses pieds, la poussa dans la chambre, puis dans le couloir.

– Je t'ai demandé de rester dans le salon ! s'irrita Amy.

– Est-ce que c'est Terrance ?

– Il s'appelle Terra !

– Mais il semble souffrant...

Amy la fit reculer jusqu'au salon et tomber en position assise sur le sofa à côté de son père.

– Il a perdu ses jambes dans un accident d'automobile il y a quelques années, les informa leur fille. Les médecins les ont remplacées par des jambes artificielles, qui le font parfois souffrir à la fin de la journée.

– Il est invalide ? s'alarma la mère.

– Non. Il est capable de marcher, mais pas en ce moment.

– Nous devrions partir, Diane, conseilla son mari, mal à l'aise.

– Non, riposta Amy. Je veux que vous rencontriez Terra. Donnez-moi quelques minutes pour le remettre en forme. Vous ne le regretterez pas.

Son père hocha la tête. Amy retourna dans la salle de bains. La crise était passée et Terra respirait avec plus de facilité. Elle l'aida à marcher jusqu'au lit.

– Qui était cette femme ?

– Ma mère. Mon père et ma sœur sont ici avec elle.

– Elle va avoir une belle opinion de moi, déplora-t-il.

– Ils savent que tes jambes te font souffrir. Je vais t'aider à te changer et nous irons dîner avec ma famille dès que tu te sentiras bien.

Elle lui enleva sa chemise trempée de sueur et le rafraîchit avec une éponge humide. Elle sortit ensuite un chandail vert forêt d'un tiroir de sa commode. Elle voulut le lui passer, mais il résista.

– Je veux porter un complet.

– C'est seulement un repas en famille, Terra, et le vert fait ressortir tes yeux. Je t'en prie, fais-moi plaisir.

Il céda avec un sourire. Elle l'embrassa, lui remit ses chaussures puis, sans plus de préparatifs, elle l'emmena au salon. Ce n'était certes pas la première fois que Terra affrontait une belle-famille, mais il ne s'y habituait tout simplement pas. Il serra les mains de Jay, Diane et Cassandra Dickinson avec timidité et les suivit docilement jusqu'au restaurant italien qu'Amy aimait tant. Elle le fit asseoir entre sa sœur et elle, alors que les parents Dickinson prenaient place de l'autre côté de la table.

– Quel âge avez-vous, Terrance ? s'enquit Diane en l'examinant avec des yeux de biologiste.

– Maman, donne-lui au moins le temps de respirer, s'éleva Amy.

– Je m'appelle Terra et j'ai quarante-huit ans, répondit-il poliment.

– Êtes-vous veuf ?

– Oui, madame.

– Avez-vous fréquenté beaucoup de femmes depuis la mort de votre épouse ?

– Maman ! s'indigna Cassandra.

– J'ai passé tout ce temps à l'hôpital, madame Dickinson, l'informa Terra. Je n'ai pas vraiment eu le temps de fréquenter qui que ce soit.

– Est-ce que vous aimiez votre femme ?

Amy se cacha le visage dans les mains tellement elle était mal à l'aise. Terra, lui, conservait ce calme imperturbable qu'il avait appris à adopter dans ce genre de situation.

– Oui, je l'ai beaucoup aimée.

– Pensez-vous pouvoir aimer ma fille de la même façon ?

– Je ne crois pas qu'on puisse aimer deux personnes de la même façon, affirma Terra, mais j'aime beaucoup votre fille.

– Pouvez-vous la rendre heureuse ?

– Je n'en sais rien.

– Avez-vous l'intention d'avoir des enfants ?

– Nous n'en avons jamais discuté.

– Combien de temps pensez-vous pouvoir encore marcher sur vos jambes artificielles ?

– Personne ne le sait.

– Ce serait inacceptable que vous épousiez ma fille uniquement pour qu'elle prenne soin de vous lorsque vous ne pourrez plus vous déplacer.

– Maman ! protesta Amy en la regardant bien en face.

– Vous avez presque le double de son âge, vous savez, poursuivit Diane, sans se préoccuper du teint écarlate d'Amy. Il serait également injuste qu'elle élève seule vos enfants parce que vous n'êtes plus capable de marcher.

– Maman, c'est assez !

– Je lui pose ces questions pour ton bien, Amy.

– Tu me fais honte !

– Ma chérie, tu viens à peine de rencontrer cet homme et il vit déjà chez toi. Est-ce que tu trouves ça normal ?

– Papa, je t'en prie, fais-la taire, le supplia Amy, au bord des larmes.

L'air d'impuissance de Jay Dickinson fit comprendre à Terra qu'il n'avait aucun pouvoir sur son épouse. « Je n'ai pas le droit de gâcher cette réunion familiale, se dit-il. Amy voit si peu souvent sa famille. » Il se leva, s'excusa poliment auprès de tout le monde et quitta la table. Amy fusilla sa mère du regard.

– Mais qu'est-ce que tu essaies de faire ? explosa-t-elle.

– Je veux m'assurer qu'il est bien pour toi, ma chérie.

– Ce n'est pas à toi de prendre cette décision, mais à moi, et j'ai déjà décidé qu'il est l'homme que je vais épouser ! Tu n'avais pas le droit de le bombarder de questions de cette façon !

– Elle a raison, intervint finalement le père. Tu n'aurais pas dû lui parler de son infirmité.

– Tu aurais pu t'en mêler avant, non ? se fâcha Amy. Écoutez-moi bien, tous les deux. J'aime Terra Wilder et il m'aime. Je me moque qu'il ait le double de mon âge ou des jambes en acier. Je vais passer le reste de ma vie avec lui, quitte à lui servir d'infirmière dans quelques années. Et je vais lui donner des enfants, même si je dois les élever toute seule !

Amy s'enfuit du restaurant. Jay se lança aussitôt à sa poursuite et la rattrapa avant qu'elle atteigne sa voiture. Il lui demanda d'excuser le comportement de sa mère et réussit à la calmer. Elle accepta finalement de revenir à table, mais elle n'adressa plus la parole à sa mère de tout le repas.

Elle retourna seule à la maison et fouilla toutes les pièces à la recherche de Terra. Où pouvait-il être allé ? Quelque part où il se sentirait en sécurité… L'auberge du couple hollandais où ils avaient dîné le jour de son anniversaire ! Elle s'y rendit sans perdre de temps. Madame Kindt lui donna une seconde clé de la chambre qu'elle avait louée à Terra. Amy entra dans la pièce sombre. La lumière du couloir l'éclaira suffisamment pour apercevoir Terra couché dans le petit lit. Elle referma la porte, laissa tomber son sac à main sur le plancher et se réfugia dans les bras de l'homme de ses rêves.

– Comment as-tu su que j'étais ici ? murmura-t-il.

– Je te connais. Terra, je suis tellement navrée. Dis-moi que tu m'aimes encore.

– Je ne cesserai jamais de t'aimer.

– Même après ce que ma mère t'a fait ce soir ?

– Elle a droit à son opinion.

– Mais elle t'a fait mal.

Il garda le silence. Amy alluma la lampe de chevet pour voir son visage. Ses yeux verts étaient emplis de larmes.

– C'était ma dernière chance d'avoir une véritable famille… sanglota-t-il.

– Mon pauvre amour. Tu l'auras, ta véritable famille. Nous en serons les parents. Je te le promets.

Elle essuya ses yeux et le couvrit de baisers en lui disant qu'ils se marieraient sans les Dickinson.

# 21

Terra invita Michael Reiner à son mariage et alla lui-même le chercher à l'aéroport, en taxi. Le psychiatre apparut parmi les autres passagers, ne transportant qu'une petite valise. Il avait à peu près le même âge que Terra, mais une physionomie complètement différente. Il n'était pas très grand et plutôt rondelet. Ses cheveux complètement gris se faisaient plus rares sur le dessus de son crâne et une barbe rendait plus sérieux son visage d'enfant. Il portait de petites lunettes cerclées d'or qui lui donnaient un air d'archéologue. Il aperçut le Hollandais dans l'aire d'accueil des voyageurs.

– Terra ! s'exclama-t-il joyeusement. Tu es en bien meilleure forme que la dernière fois qu'on s'est vus !

Michael le serra dans ses bras.

– Et on dirait bien que tu maîtrises désormais tes jambes, ajouta-t-il en reculant de quelques pas.

– C'est vrai, mais j'éprouve des problèmes avec mes genoux.

– Le docteur Penny m'en a glissé un mot au téléphone. J'ai demandé aux ingénieurs de lui fournir les plans de tes rotules bioniques.

Terra l'entraîna vers la sortie, où il héla un taxi. Michael n'arrêtait pas de s'étonner de sa mobilité.

– Tu ne conduis toujours pas ? voulut savoir le psychiatre.

– Je ne fais pas confiance à mes jambes. D'ailleurs, un seul accident suffit dans la vie d'un homme. Il faut que je me garde bien en vie pour ma future épouse.

– J'ai hâte de rencontrer cette femme merveilleuse qui a réussi à te redonner ta joie de vivre, mon ami. Est-ce qu'elle ressemble à Sarah ?

– Non, elle est très différente. Quand je regardais dans les yeux de Sarah, je pouvais me voir, mais quand je regarde dans les yeux d'Amy, je la vois, elle, et cela me fait parfois peur. Je ne peux pas me guider sur ce que j'ai vécu avec Sarah.

– Mais cela ne rend-il pas votre relation plus intéressante ?

– Oui, mais c'est déroutant. Il y a des fois où je ne sais pas comment réagir avec elle.

– Ce qui est vraiment important, Terra, c'est que tu retrouves enfin ton équilibre émotionnel. Le reste se fera tout seul.

– Sans doute.

– Es-tu capable d'avoir des relations sexuelles normales ?

– Oui, sauf quand j'ai trop mal.

Ils arrivèrent enfin chez Amy. Michael ne cacha pas son admiration devant la beauté du paysage qui entourait la coquette maison. Terra fit asseoir son ami au salon en lui expliquant que la propriété appartenait à Amy. Il se rappelait des goûts du psychiatre : il lui versa donc un scotch et traversa la pièce pour le lui apporter, sachant très bien que chaque pas qu'il faisait seul impressionnait le Texan. Ils discutèrent des derniers programmes de la NASA. Michael sentit aussitôt l'intérêt de l'astrophysicien pour la nouvelle station spatiale que les Américains entendaient construire.

Amy arriva une heure plus tard. Elle avait profité de l'absence de Terra pour aller acheter sa robe de mariée et la confier à Nicole pour qu'il ne la voie pas avant la cérémonie. Michael se leva pour la saluer. Amy jeta un rapide coup d'œil à l'horloge grand-père et rappela à Terra qu'il était presque dix-huit heures.

– Sa vie est-elle encore réglée à la seconde près ? le taquina Michael.

– Oui, affirma Amy avec amusement, mais je parlais de ses jambes. À dix-huit heures tous les jours, ses genoux le font terriblement souffrir. Nous pensions que c'était la physiothérapie qui provoquait cette douleur, alors nous y avons mis fin, mais la douleur persiste.

Soudain, le visage de Terra se tendit. Il saisit ses genoux pour les ramener contre lui. Le docteur Reiner assista à ces quelques minutes d'intenses tourments sans émettre de commentaire. Sous le prétexte de vouloir parler aux ingénieurs de ce problème, il s'isola dans la cuisine et donna un coup de fil à Jeffrey Bain, qui continuait de surveiller les déplacements du savant hollandais depuis Houston.

– Jeffrey, le programme de localisation est-il en opération en ce moment ?

– Oui, docteur Reiner. Je localise le docteur Wilder à la même heure tous les jours. Je répète même l'opération trois fois de suite pour être bien certain de mes données.

– À partir d'aujourd'hui, je veux que tu n'effectues qu'une seule opération de localisation et je ne veux pas qu'elle dure plus de quelques secondes. Fais ce que je te demande, Jeffrey.

Il raccrocha et retourna au salon. Son assistant lui avait obéi, puisque Terra ne souffrait plus. Il était profondément adossé dans le sofa et cherchait à reprendre son souffle. Le psychiatre l'assura que Houston se penchait sur son cas. En réalité, il ne pouvait pas empêcher les militaires de suivre ses déplacements. Cependant, il pouvait certainement le soustraire à cette douleur inutile.

Le lendemain après-midi, Michael accompagna Terra à l'hôtel de ville pour y attendre l'officier d'état-civil et la mariée. Assis près de la fenêtre, Terra regardait au creux de sa main la bague qu'il avait jadis offerte à Sarah. Il avait choisi comme témoins Michael Reiner et Beverley Benson, deux spécialistes du psychisme humain. Beverley arriva quelques minutes plus tard, en beau tailleur crème et blanc. Elle serra Terra dans ses bras avec bonheur. Michael constatait de plus en plus que Terra avait véritablement refait sa vie dans ce coin perdu.

Terra lui présenta Beverley en lui disant qu'elle avait réussi à le débarrasser de ses cauchemars au sujet de l'accident. Les deux médecins se mirent à bavarder. À ce moment, Terra aperçut Amy à l'entrée : elle portait une magnifique robe blanche et un voile cachait son visage. Il la contempla un long moment en silence, se rappelant la joie qu'il avait éprouvée autrefois dans une petite chapelle d'Angleterre. Amy s'avança jusqu'à lui, au bras de Donald Penny, suivie de Nicole et d'un jeune homme qu'il ne connaissait pas.

– Tu es ravissante, chuchota Terra à l'oreille d'Amy.

Le flash de la caméra du jeune homme le fit sursauter. Donald s'empressa de lui présenter l'inconnu : c'était un photographe professionnel qu'il avait engagé. Terra remercia son ami et le traîna jusqu'au docteur Reiner.

– Enfin ! s'exclama Donald. Vous et moi avons beaucoup de choses à nous dire.

C'est alors que le juge Wilkinson fit son entrée, non pas vêtu de sa toge habituelle, mais d'un smoking noir. Devant leur surprise à tous, l'homme de loi éclata de rire.

– C'est habituellement le greffier de Little Rock qui se charge des mariages civils, mais quand j'ai vu sur le registre qu'il s'agissait de monsieur Wilder, j'ai décidé de m'en occuper moi-même.

Il se posta derrière le pupitre et fouilla dans les papiers qui s'y trouvaient.

– Il y a une note ici m'indiquant de vous demander si vous avez réussi à contacter votre père, monsieur Wilder.

– Non, votre honneur, répondit Terra, je n'y suis pas arrivé.

– Ton père est vivant ? s'étonna Amy.

Terra ne répondit pas et le juge ne lui donna pas le temps de répéter sa question. Il commença la cérémonie. Terra s'entendit dire « je le veux ». Toujours enveloppé dans un curieux brouillard d'émotions, il se vit quitter l'immeuble, Amy à son bras, sous une pluie de riz, gracieuseté des sept terreurs de l'école. Les élèves s'entassèrent ensuite dans le camion de Fred Mercer et suivirent le cortège jusqu'à l'auberge hollandaise.

Les nouveaux mariés se retrouvèrent devant une table remplie de cadeaux de noces. Amy lut à Terra les cartes de souhaits et lui montra les présents que leur avaient envoyés presque tous les habitants de Little Rock. Mais l'esprit de Terra n'enregistrait plus rien. Il revivait toutes sortes d'émotions contradictoires et ses souvenirs d'Angleterre se mêlaient au présent. Les invités portèrent un toast à leur bonheur. Assis à la table d'honneur, Terra mangea distraitement en regardant autour de lui.

Donald Penny et Michael Reiner parlèrent de Terra toute la soirée, mais le psychiatre ne révéla pas au médecin l'intérêt que portaient les militaires à ce génie de l'astrophysique. Pour sa part, Terra contemplait la joyeuse assemblée en se rappelant que son mariage britannique avait été beaucoup plus modeste et beaucoup plus calme. Il avait eu lieu sous une grande tente au milieu de la campagne. Amy mit sa main sur la sienne, le sortant instantanément de ses rêveries. En baissant les yeux sur sa petite main, il aperçut la bague à son doigt.

– Quand as-tu trouvé le temps de l'acheter ? s'enquit-elle.

– Je ne l'ai pas achetée, avoua-t-il. Cette bague a été portée par plusieurs générations dans ma famille.

– Toutes les épouses Wilder l'ont portée ?

– Non, pas les Wilder. Les Ootsveen. Mon grand-père hollandais aurait dû la donner à la femme de son fils, mais il n'a eu qu'une fille. Alors c'est ma mère qui l'a reçue et quand elle est morte, j'en ai hérité.

– Ça veut dire que Sarah l'a portée elle aussi ?

– Oui… murmura Terra, envahi par la crainte qu'elle la lui redonne sur-le-champ. C'est la tradition.

– Alors, je suis bien fière d'en faire désormais partie.

Après une fête plutôt animée et épuisante pour le professeur de philosophie tranquille et réservé, les heureux époux s'envolèrent pour leur voyage de noces en Hollande. Terra dormit pendant tout le trajet en avion, mais dès qu'il foula la terre de ses ancêtres, il s'anima. Autant il avait été renfermé et silencieux lors de leur séjour en Angleterre quelques mois plus tôt, autant il fut volubile en faisant visiter les Pays-Bas à sa nouvelle épouse.

Ils parcoururent la région où il avait grandi. Terra lui montra l'ancienne maison de ses grands-parents et son école élémentaire. Il lui fit aussi visiter les musées et les endroits historiques en lui racontant l'histoire de son pays natal. Lorsqu'il s'emportait, il lui parlait même en hollandais. Amy n'y comprenait rien, mais elle ne voulait surtout pas rabattre son enthousiasme.

La semaine passa trop rapidement au goût de la nouvelle mariée, qui adorait voir son époux aussi enjoué. Dès qu'ils furent de retour à la maison, il s'installa devant l'ordinateur. Amy défit les valises en soupirant. Elle le rejoignit ensuite avec la ferme intention de le gronder et de lui fermer l'appareil au nez. Il se tourna vivement vers elle, des étoiles plein les yeux.

– Savais-tu que je peux accéder d'ici à presque toutes les publications scientifiques importantes ?

Elle jeta un coup d'œil à l'article qu'il avait déniché.

– Qu'est-ce qu'un positron ? demanda-t-elle, sachant qu'elle risquait de ne pas comprendre ses explications.

– C'est un anti-électron. L'anti-matière en est composée. Un astrophysicien vient de détecter une émission d'anti-matière au centre de notre galaxie. Il ne nous reste plus qu'à découvrir pourquoi elle se trouve là et à déterminer les conséquences de son activité sur son environnement immédiat.

Amy secoua la tête avec découragement et le laissa lire en paix. Selon elle, il y avait des choses beaucoup plus importantes dans la vie que les fontaines d'anti-matière au milieu de nulle part.

Ce soir-là, la petite Mélissa Penny naquit à l'hôpital de Little Rock, sans aucune complication ni pour elle ni pour sa maman. Terra félicita Donald au téléphone, puis songea à la possibilité d'avoir lui-même des enfants un jour. Il s'était cru trop vieux pour élever convenablement un rejeton, mais Amy affirmait qu'au contraire, il possédait une sagesse et une expérience de la vie que les jeunes couples ne pouvaient tout simplement pas transmettre à leurs enfants.

La jeune mariée s'endormit blottie contre son mari, mais elle se réveilla quelques heures plus tard pour s'apercevoir qu'il n'était plus là. Elle enfila son peignoir et partit à sa recherche. Tout comme elle le redoutait, il était assis devant l'ordinateur.

– Je n'aurais pas dû te laisser acheter cet appareil, soupira-t-elle.

– Je ne fais qu'envoyer un message à un ancien collègue à Houston.

– À cette heure de la nuit ?

À la grande stupéfaction de la jeune femme, une réponse apparut sur l'écran : MES HOMMAGES, MONSEIGNEUR.

– Monseigneur ? répéta Amy.

– C'est un code que Chris Dawson et moi utilisons, lui apprit Terra dans un élan d'enthousiasme presque juvénile.

– Qui est Chris Dawson ?

– Un astrophysicien qui travaille surtout dans le secteur des communications. C'était mon meilleur ami quand je demeurais à Houston.

NOUS, SIMPLES MORTELS, AVONS EN VAIN TENTÉ DE COMPRENDRE VOTRE DIVINE ALCHIMIE ET LES CHÂTELAINS N'Y SONT PAS PARVENUS NON PLUS. À MA CONNAISSANCE, PERSONNE DANS CE CHÂTEAU N'A POURSUIVI DE GRANDE ŒUVRE SIMILAIRE. JE REGRETTE D'INFORMER MONSEIGNEUR QU'UNE VILAINE RUMEUR CIRCULE DANS LES SOMBRES CORRIDORS DE LA FORTERESSE. LE VENT RACONTE QUE LE DRAGON EST EN QUÊTE DU GRAAL.

Terra perdit aussitôt son sourire. Désemparée, Amy exigea une explication en langage ordinaire.

– Le dragon est le nom que nous donnons à l'armée et le Graal désigne mon dernier projet de recherche.

QUEL EST L'INTÉRÊT DU DRAGON ? tapa Terra sur le clavier. LE PALAIS DES TSARS S'EFFONDRE À VUE D'ŒIL, MONSEIGNEUR, exposa Dawson. Terra demeura songeur pendant un moment. Un autre message apparut : JE COMPRENDS VOTRE DÉSARROI, SIRE. DITES À VOTRE HUMBLE SERVITEUR CE QU'IL PEUT FAIRE. Terra s'empressa de répondre. RETENEZ LE PRISONNIER DANS LE DONJON. SA VIE EN DÉPEND. La réplique fut instantanée. JE SUIS ÉTERNELLEMENT VÔTRE. FIN DU MESSAGE.

Terra s'adossa à sa chaise, visiblement crispé. Amy le pria de traduire les dernières lignes pour elle.

– L'armée cherche à se procurer le résultat de mes recherches, parce que la station spatiale russe se détériore et qu'elle aimerait en installer une nouvelle en orbite.

– Et tes travaux leur permettraient de le faire ?

– J'ai presque mis au point une nouvelle énergie qui n'utilise pas de carburant fossilisé et qui est inépuisable.

– Alors, ils attendent seulement le moment de te reprendre, s'effraya Amy.

– Ou que je complète librement cette recherche à partir d'ici. Je crois que c'est pour cette raison que j'accède si facilement à mes fichiers. Ils surveillent mon travail à distance.

– Ils pourraient essayer de t'enlever, n'est-ce pas ?

Il savait qu'elle avait peur pour lui, mais il ne pouvait pas honnêtement lui affirmer que ses anciens patrons resteraient sagement aux États-Unis.

– Ils vont commencer par me menacer avant de tenter un geste pareil, estima-t-il. Je t'en prie, n'aie pas peur.

Il la ramena au lit et la garda bien au chaud dans ses bras. Il comprenait ce qu'elle ressentait, car lui aussi avait peur de perdre la vie qu'il s'était bâtie en Colombie-Britannique. Un retour à Houston serait beaucoup trop brutal pour lui. Il doutait même de pouvoir y survivre, qu'il y soit ramené de gré ou de force.

Le lendemain matin, ils allèrent visiter à l'hôpital les nouveaux parents Penny et leur petite Mélissa, et leur offrirent les présents qu'ils avaient achetés pour la petite. Ils furent consternés, en entrant dans la chambre, de trouver Nicole en pleurs devant le petit corps inanimé, couché sur le lit. Donald et une infirmière se tenaient près d'elle.

– Elle a arrêté de respirer, pleura la nouvelle maman. Donald n'a pas été capable de la ranimer. Mon bébé est mort, Amy…

Terra n'avait jamais vu Donald aussi bouleversé. Il avait dû tout essayer pour ressusciter le poupon. Ils s'observèrent un instant en silence. Terra ne trouvait pas les mots susceptibles d'apaiser sa douleur. C'est alors que Sarah apparut près de lui.

– Ne t'en fais pas, il n'y a que toi qui puisse me voir, assura-t-elle. Si tu le veux, tu peux ramener l'âme de cette enfant, car elle a quitté prématurément son corps, mais cela te demandera une immense quantité d'énergie.

Sarah disparut. Bien sûr qu'il voulait sauver Mélissa ! Les Penny étaient des gens importants dans sa vie, maintenant. D'ailleurs, cette bonne action ne pouvait pas nuire à son karma. Mais comment devait-il s'y prendre ? Il ne faisait que commencer à se servir de ses dons de guérisseur. La plupart du temps, il le faisait instinctivement. Sans même penser qu'il risquait sa vie à tenter ce sauvetage, il s'approcha du lit où gisait le minuscule bébé.

Il cueillit la petite fille dans ses bras et alla s'asseoir avec elle dans le fauteuil à bascule près de la fenêtre. Il ferma les yeux et pressa le petit corps contre lui en demandant à Dieu de faire ce qu'il pouvait pour elle. Ils furent alors tous les deux enveloppés de lumière blanche. Nicole poussa un cri de stupeur. L'infirmière se précipita vers le Hollandais, mais Donald la saisit par le bras. La lumière s'estompa bientôt et les épaules de Terra s'affaissèrent. Sur sa poitrine, le bébé éclata en sanglots. Donald lui arracha sa fille pour l'ausculter. Nicole restait paralysée.

– Dis-moi que ce n'est pas seulement une réaction nerveuse de son corps, l'implora-t-elle.

– Elle respire ! s'exclama Donald sans le croire. Et son cœur a recommencé à battre ! Il faut que je le fasse confirmer par un autre médecin !

Il reprit le bébé dans ses bras et quitta la pièce en courant, suivi de sa femme.

– Terra, est-ce que ça va ? s'alarma Amy.

– J'ai la gorge si sèche… réussit-il à articuler.

Elle fonça dans le couloir pour aller lui chercher de l'eau. Terra n'eut pas le temps de voir de quel côté elle était partie. En s'appuyant contre le mur, il prit la direction opposée. Il réussit à se rendre jusqu'à la sortie de l'hôpital. Il s'accrocha à la rampe de métal pour descendre les quelques marches, puis s'appuya contre les voitures pour tenter de parvenir jusqu'aux grands arbres à l'autre bout du parking. Exténué, il s'écrasa à quelques mètres seulement de ses sauveteurs. Malgré tous leurs efforts, les arbres n'arrivaient pas à l'atteindre.

En revenant avec de l'eau, Amy constata que Terra n'était plus là. C'est alors qu'elle l'aperçut par la fenêtre : il gisait sur le gazon et les arbres se courbaient désespérément pour le toucher. Amy courut de toutes ses forces à travers l'hôpital. Elle poussa brutalement les portes de verre, dévala l'escalier et se précipita au secours de Terra.

Incapable de le remettre sur pied, elle le traîna jusqu'aux séquoias. À la façon d'une mère, le plus fort des arbres souleva Terra dans ses branches et le pressa contre son tronc en l'enveloppant de lumière. Amy assista à cette merveilleuse scène de tendresse sans la moindre frayeur, car elle savait désormais que ces imposants seigneurs des forêts faisaient partie du processus de rétablissement de son époux. La lumière cessa au bout d'un moment et l'arbre redéposa Terra sur le sol. Amy lui prit les mains.

– Comment te sens-tu ?

– Je vais beaucoup mieux...

– Te rends-tu compte de ce que tu viens de faire ?

– J'ai commis une erreur, n'est-ce pas ? Guérir les malades, c'est une chose, mais ressusciter un bébé... Si les gens l'apprennent, je ne pourrai plus jamais les convaincre que je ne suis pas le Christ.

– Nous demanderons à Donald de dire que le bébé n'était pas vraiment mort, qu'il s'était trompé dans son premier diagnostic. Il le fera pour toi, tu sais bien. Est-ce que tu te sens assez fort pour marcher ?

– Avec un peu d'aide.

Dans tous ses états, Donald Penny sortit en trombe de l'hôpital. Il saisit Terra aux épaules. Ses yeux étaient remplis d'étonnement et de gratitude à la fois.

– Est-ce toi qui l'a ramenée à la vie ?

– Non, c'est Dieu qui s'est servi de mes mains, répondit humblement le Hollandais.

– Je ne serai jamais capable de te rendre ta bonté.

– Tu n'as rien à me rendre. Peut-être que j'avais une dette karmique envers toi.

– Je me moque de tes obligations divines. Tu es mon ami pour toujours.

Il attira l'astrophysicien dans ses bras et le serra très fort, incapable de retenir ses larmes plus longtemps. Terra le laissa pleurer tant qu'il en eut besoin. Lorsque Donald finit par se calmer, Amy le conjura de ne pas ébruiter cette affaire. Le médecin tourna les yeux en direction de l'hôpital en avouant qu'il était déjà trop tard : Nicole était tellement excitée qu'elle criait sur tous les toits qu'il avait accompli un miracle. Mais il leur promit quand même d'essayer d'étouffer les rumeurs avant qu'elles se propagent dans toute la ville.

Terra et Amy rentrèrent à la maison. Le Hollandais se dirigea aussitôt vers l'ordinateur, sous le regard irrité de son épouse. Elle le somma de ne pas l'allumer et d'aller se coucher.

– Je veux seulement voir si j'ai des messages.

Il ouvrit sa boîte de courrier électronique. Découragée mais incapable de lui faire entendre raison, Amy s'appuya dans son dos et lui massa doucement les épaules. Il avait reçu un mot de Chris Dawson. Pendant qu'il y accédait, Amy lui demanda à quoi ressemblait son ami.

– Il a mon âge, mais un visage d'adolescent, le décrivit Terra. Il est grand et mince. C'est un génie des transmissions spatiales.

MES HOMMAGES, MONSEIGNEUR. J'AI APPRIS DE LA BOUCHE MÊME DU MAGICIEN QUE LE DRAGON S'EST MULTIPLIÉ ET QUE CERTAINS DE SES REJETONS NE SONT PAS AUSSI INOFFENSIFS QU'ILS LE SEMBLENT. IL PRÉTEND AUSSI QUE L'UN D'EUX A ACCÈS AU DONJON. QUE DIEU SOIT AVEC VOUS, MONSEIGNEUR. FIN DU MESSAGE.

– Est-ce que vous étiez des amateurs de Donjons et Dragons, par hasard ? plaisanta Amy.

– Comment l'as-tu deviné ?

– Qui est le magicien ?

– C'est un agent de la CIA qui garde un œil sur les projets les plus secrets du gouvernement. Il est souvent notre seule source de renseignements dans le monde obscur des militaires. Chris m'informe que l'armée a embauché des civils pour tenter de mettre la main sur mon projet.

– Michael Reiner ?

– C'est possible.

Terra répondit à son ami. VOS CONSEILS ME SONT PRÉCIEUX, CHEVALIER. JE CROIS QUE NOUS DEVRIONS ATTENDRE QUE LE VENT SE LÈVE AVANT D'AGIR. MON ROYAUME EST VÔTRE POUR L'ÉTERNITÉ. FIN DU MESSAGE. Puis il s'adossa à la chaise en songeant aux conséquences de l'intervention de l'armée.

– À quoi penses-tu ? s'inquiéta Amy.

– Lorsque les militaires veulent quelque chose, en général, ils l'obtiennent. Chris m'avait mis en garde quand j'ai commencé ces recherches. Il voyait décidément plus loin que moi.

– Est-ce que tu as peur ?

– Plus que jamais.

Amy se jeta à son cou et lui jura qu'il n'affronterait pas seul cette terrible menace.

# 22

Jeffrey Bains passait maintenant le plus clair de son temps devant son écran d'ordinateur à surveiller les faits et gestes de Terra Wilder. Il avait intercepté ses messages à Chris Dawson et, tout dernièrement, ses tentatives d'accéder aux dossiers privés de certains ingénieurs de la NASA. C'est avec grand intérêt que le docteur Reiner lut le rapport de son jeune assistant, ainsi que les messages échangés entre Terra et Chris. Il semblait évident que le Hollandais tentait de s'informer de la composition de ses jambes bioniques par d'autres chemins. Mais Dawson était un spécialiste des communications : il ne possédait pas les informations qu'il cherchait.

Michael mentionna ce problème au général Howell. Le militaire choisit deux ingénieurs des services secrets qu'il préparerait en vue de répondre aux nombreuses questions de Terra Wilder. Ils ne devaient surtout pas le laisser se rendre jusqu'aux données qui lui révéleraient la vérité à son sujet. Il fallait que ces deux hommes parviennent à apaiser à la fois sa curiosité et ses craintes.

Le général accepta aussi de laisser Terra jeter un coup d'œil au projet Procyon, qui contenait les renseignements fournis aux savants qui travaillaient aux plans de la nouvelle station spatiale. Michael décida de prendre les devants avant que l'astrophysicien ne creuse trop loin. Il l'appela pour lui donner les noms des deux ingénieurs qui avaient conçu ses jambes.

– Seulement deux personnes ont travaillé à ce projet ? s'étonna Terra.

– Non, il y en avait onze, répondit prudemment Michael.

– Alors, donne-moi au moins trois noms.

– Pourquoi es-tu sur la défensive, Terra ?

– Parce que tu n'as donné au docteur Penny aucun des renseignements qu'il t'a demandés et parce que tu te dérobes chaque fois que je te pose une question sur mes jambes. Je sens que tu me caches quelque chose.

– Écoute, mon ami, les renseignements que vous réclamez sont top secret. Je dois obtenir un nombre incroyable de permissions pour pouvoir vous les transmettre. Les règlements n'ont pas changé, ici, tu sais.

Terra se souvenait parfaitement du cadre rigide dans lequel on l'avait forcé à travailler. Michael avait sans doute raison. Il communiqua avec les deux ingénieurs en question et constata très rapidement qu'ils lui donnaient les mêmes réponses, comme des messages enregistrés. Dès qu'il s'aventurait un peu plus loin, ils prétendaient que l'information qu'il désirait n'était pas disponible. Après le dernier courrier électronique, Terra comprit que les militaires avaient rédigé pour eux le texte qu'ils devraient réciter.

Il se doutait bien que l'armée surveillait son ordinateur personnel à distance, mais il n'y avait qu'une façon de s'en assurer. Il retourna dans les fichiers que le deuxième ingénieur avait ouverts pour lui et laissa son ordinateur en fonction, comme s'il prenait le temps de tout lire attentivement. Puis il se fit conduire par Amy au café Internet du centre commercial de Little Rock.

Elle l'accompagna, curieuse d'assister à sa petite expérience. Il trouva rapidement les fichiers d'un ingénieur dont Michael ne lui avait pas donné le nom, mais qu'il avait rencontré lors de son séjour à l'hôpital au Texas. Le docteur Zaitchenko avait été le seul savant à lui rendre visite entre ses nombreuses chirurgies et à lui expliquer son invention. C'était un homme un peu plus âgé que lui, un fantastique esprit scientifique, mais qui oubliait facilement les choses de la vie quotidienne. Le système exigea aussitôt un mot de passe. Terra tapa STALIN dans la petite boîte blanche et réussit à s'infiltrer dans les dossiers personnels de l'ingénieur médical.

– Mais comment as-tu eu ce code ? s'étonna Amy.

– Le docteur Zaitchenko est un génie, mais il n'arrive jamais à se souvenir des noms ou des dates, alors il les cache dans sa corbeille. C'est lui-même qui me l'a dit quand je vivais à Houston.

Il fit rapidement défiler les sous-fichiers pour ne pas être surpris, jusqu'à ce qu'il trouve ce qu'il cherchait : les plans des circuits implantés dans ses rotules. Il les copia sur une disquette et mit prestement fin à la communication. Il rappela ensuite le contenu de la disquette sur le disque dur de l'ordinateur et la retira du lecteur. En la remettant à Amy, il lui dit qu'elle devait la cacher une fois à la maison. Elle la fit d'abord disparaître dans son sac à main.

Terra se mit alors à cliquer sur toutes les sections et sous-sections du fichier pour se familiariser avec les différentes fonctions de ses implants. Son visage devenait de plus en plus soucieux. Amy finit par demander ce qui l'inquiétait de la sorte.

– Ce ne sont pas des puces destinées à motiver la croissance de mes nerfs. Ce sont des systèmes de repérage comme ceux qu'on utilise pour suivre les migrations des animaux par satellite.

Tout devint alors très clair dans son esprit. Lorsqu'ils l'avaient laissé quitter Houston, ils s'étaient assurés de ne pas le perdre de vue ! Terra poursuivit plus avant son étude. Il ouvrit une autre boîte d'information et en lut rapidement le contenu. Il se tourna soudain vers Amy, les yeux emplis de frayeur.

– Quoi ? le pressa-t-elle.

Il pointa d'un index tremblant la boîte qu'il venait d'ouvrir. Elle parcourut aussi les quelques lignes avec curiosité. POURRAIT ÊTRE ÉVENTUELLEMENT UTILISÉ COMME RELAIS ENTRE L'ORDINATEUR CENTRAL ET L'INTERFACE NERVEUSE. C'était peut-être clair pour lui, mais pas pour elle.

– Ils ont installé ces circuits dans mes genoux dans l'espoir de pouvoir un jour avoir directement accès à mon cerveau, murmura-t-il en essayant de ne pas paniquer.

– Donc, ce sont eux qui sont responsables de tes douleurs à dix-huit heures tous les jours ?

– Probablement, mais ce qui me fait vraiment peur, c'est qu'ils pourraient aussi s'en servir pour accéder directement à mes idées.

– Alors, il faut t'enlever ces machins tout de suite.

Pendant qu'Amy le conduisait à l'hôpital de Little Rock, le professeur Zaitchenko appelait Michael Reiner pour l'informer que quelqu'un s'était infiltré dans ses fichiers. Cette personne avait même trouvé ses mots de passe sans aucune difficulté. Michael sut aussitôt qu'il s'agissait de Terra.

Il communiqua avec son jeune assistant, qui l'assura que l'ordinateur de l'astrophysicien était pourtant toujours ouvert dans un fichier où il avait le droit de fouiller. Cela voulait donc dire que le Hollandais avait compris qu'il était sous surveillance et qu'il avait utilisé un autre ordinateur pour faire des recherches plus poussées. Michael soupira profondément : il serait bientôt obligé de le remettre entre les mains des militaires.

Amy n'avait jamais vu Terra dans une telle colère. Il était à ce point furieux contre l'armée qu'il marchait encore plus rapidement qu'elle dans les couloirs de l'hôpital. Il poussa la porte du bureau de Donald sans frapper et entra, Amy sur ses talons. Donald, qui était au téléphone, s'excusa auprès de son interlocuteur et raccrocha.

– Je veux que tu retires ces circuits de mes genoux maintenant ! lui ordonna Terra.

– Terra, nous avons déjà discuté des risques de cette opération.

– Le vrai danger, ce n'est pas l'opération ! Les circuits que les médecins militaires ont installés dans mes jambes sont destinés à leur donner accès à mon cerveau ! Quand ils découvriront que j'ai utilisé l'ordinateur du café Internet pour aller lire des renseignements secrets, ils n'hésiteront pas à utiliser ces circuits contre moi !

Donald scruta son ami, manifestement angoissé. Cette chirurgie était certes risquée, mais il ne pouvait pas non plus le laisser devenir une marionnette entre les mains des militaires.

– Très bien, déclara-t-il, finalement. Tu vas retourner chez toi et te reposer. Ne mange plus et reste bien tranquille. Je vais rassembler une équipe de chirurgiens et nous allons trouver une façon de retirer ces circuits sans endommager tes rotules.

– Quand ?

– Dès que ce sera possible. Cette nuit, s'il le faut.

Donald recruta rapidement trois chirurgiens désireux de venir en aide à l'homme qui faisait des miracles à Little Rock. Il les rencontra une heure plus tard devant les nombreuses radiographies qu'ils possédaient des genoux du Hollandais, ainsi que des résultats des ultrasons. Ils discutèrent de la procédure à suivre et décidèrent de la tenter dès qu'ils auraient contacté l'anesthésiste.

Chez lui, Terra était dans un état lamentable. Assis sur le sofa du salon, il tremblait comme une feuille. Amy devina qu'il était nerveux à l'idée de subir une autre opération.

– Est-ce que c'est vraiment ce que tu veux, mon chéri ?

– Oui ! s'exclama-t-il. Je refuse d'être l'esclave de ces hommes ! Je suis un citoyen libre et je veux servir librement l'humanité !

– Je t'en prie, calme-toi.

– Ils m'ont ordonné de mettre à mort le Fils de Dieu pour le bien commun ! Que vont-ils me demander, cette fois-ci ?

– Terra, tu n'as rien à craindre. Donald ne laissera rien t'arriver.

– Je mérite de mourir après ce que j'ai fait !

Il éclata en sanglots. Amy déploya des trésors de tendresse pour le rassurer. Il était tout à fait normal qu'il ait peur, mais elle resterait avec lui pendant l'opération et la convalescence. Le téléphone sonna. Pendant qu'elle allait répondre, Terra essuya ses yeux et s'assit devant son ordinateur.

C'était sa recherche qui intéressait les militaires. À cause d'elle, ils étaient prêts à le transformer en légume. Il n'avait donc qu'à la faire disparaître pour qu'ils le laissent tranquille. Il rappela la liste de ses fichiers à l'écran. Sans hésiter, il les supprima en bloc.

À Houston, Jeffrey Bains se redressa sur sa chaise. Comment cet astrophysicien osait-il détruire ainsi son travail ? Il s'empressa d'ouvrir le programme d'urgence, que lui avaient procuré les militaires, et pressa la clé d'activation.

Terra Wilder ressentit une douleur vive dans ses deux genoux. Il poussa un cri déchirant et bascula sur le sol avec la chaise. Amy laissa tomber le téléphone pour se précipiter à son secours. Terra se tordait en hurlant. Elle détacha son col et essaya de l'immobiliser en lui maintenant les épaules au sol, mais il continuait de se débattre comme un homme en train de se noyer. Puis, soudainement, il se figea et son visage changea de couleur.

– Terra ! cria Amy en le secouant.

Elle chercha son pouls, en vain. Elle sauta sur le téléphone pour appeler une ambulance, mais, à l'autre bout du fil, Nicole l'avait déjà fait sur son téléphone portable. Amy massa frénétiquement le cœur de son époux jusqu'à l'arrivée des infirmiers, qui prirent la relève.

Terra fut finalement ranimé dans l'ambulance. À l'hôpital, Donald Penny l'attendait avec impatience. Il examina ses jambes en écoutant le rapport des ambulanciers. Les genoux du Hollandais étaient brûlants. Les circuits à l'intérieur de ses rotules avaient-ils explosé ? Il devait les lui retirer, mais son cœur était trop faible pour l'anesthésie. Alors qu'il tentait désespérément de prendre la bonne décision, le cœur de Terra cessa de battre à nouveau.

– Merde, Wilder ! hurla Donald en recommençant le massage cardiaque. Tu ne peux pas me faire ça ! Tu n'es pas encore monté sur un voilier ! Tu n'as pas encore nagé avec les dauphins ! Et nous voulions te faire une surprise cet été et t'emmener à Disneyland avec Amy !

Il demanda à une infirmière d'appeler le docteur Reiner d'urgence. C'est alors qu'une belle dame apparut de l'autre côté de la civière. Elle portait une robe de soirée et ses longs cheveux tombaient en cascade sur ses épaules.

– Laissez-moi faire, dit-elle à Donald, d'une voix très douce.

Le médecin, effrayé, lui céda sa place. Sarah n'avait pas de temps à perdre. Elle devait ramener l'âme de Terra dans son corps avant qu'il soit trop tard. Elle posa une main sur son front et l'autre sur sa poitrine. Terra fut secoué d'un spasme violent. L'électrocardiogramme indiqua aussitôt un pouls régulier.

– Je vous en prie, faites arrêter le programme d'urgence, dit-elle à Donald avant de se dissiper.

Les infirmières firent le signe de la croix en disant que c'était la Vierge. On annonça alors que le docteur Reiner était en ligne. Donald fit mettre la communication sur les haut-parleurs.

– Docteur Reiner, ici le docteur Penny. Terra Wilder est arrivé ici avec tous les symptômes d'une électrocution et ses deux genoux sont bouillants. Son cœur s'est déjà arrêté deux fois et je crains qu'il ne survive pas à une troisième attaque cardiaque. Est-ce que quelqu'un à Houston sait ce qu'est le programme d'urgence ?

– Je n'ai pas la permission d'en discuter avec des étrangers, docteur Penny.

– Il est en train de mourir ! cria Donald, hors de lui.

Michael lui demanda de l'attendre sur la ligne. Il quitta son bureau d'un pas pressé. Était-il possible que Jeffrey ait activé ce logiciel sans en demander l'autorisation ? Ou avait-il reçu le feu vert des militaires ? Il fit irruption dans le petit local où le jeune homme travaillait seul et jeta un coup d'œil à son écran.

– As-tu complètement perdu la tête ? s'emporta Michael en pianotant sur le clavier.

– Il a voulu effacer ses fichiers ! se défendit Jeffrey.

– Rends-toi chez le général Howell tout de suite. Je t'y rejoindrai dans quelques minutes.

– Ce ne sera pas nécessaire, fit la voix du général sur le seuil. Que se passe-t-il ?

Michael fit volte-face. Son visage était rouge feu.

– Avez-vous demandé à monsieur Bains d'activer ce programme ? ragea-t-il.

Le général fit signe au jeune homme d'aller l'attendre dans son bureau. Jeffrey passa devant lui sans afficher la moindre culpabilité. Dès qu'il eut quitté la pièce, Michael Reiner éclata en violents reproches.

– Ce programme est destiné à servir un court avertissement à Terra Wilder s'il tente de faire quoi que ce soit d'irrationnel sur son ordinateur ! Mais ce jeune fou l'a laissé fonctionner pendant près d'une heure ! Terra Wilder est à l'hôpital et il a déjà fait deux crises cardiaques !

– Faites-le immédiatement transporter à Houston, ordonna le général.

Michael comprit que le sort de Terra n'était désormais plus entre ses mains. Il retourna dans son bureau en faisant de gros efforts pour se calmer et reprit le téléphone. Donald lui annonça qu'une équipe de chirurgiens s'apprêtait à retirer les circuits des jambes du Hollandais.

– Non ! s'alarma Reiner. Ces circuits sont équipés de mécanismes d'autodestruction ! Ils vous exploseront dans les mains et ils tueront tout le monde dans la salle d'opération !

– Ce n'est pas sérieux ? glapit Donald. Pourquoi des médecins auraient-ils mis des explosifs dans les genoux d'un homme ?

– Les militaires n'aiment pas qu'on touche à leurs affaires et les genoux de Terra Wilder leur appartiennent, docteur Penny. Un avion militaire est en route vers la Colombie-Britannique pour le récupérer.

– C'est hors de question ! Premièrement, il n'est pas en état de voyager et, deuxièmement, c'est mon patient !

– Nous seuls pouvons l'aider et vous le savez.

Donald fit signe à l'infirmière de mettre fin à la communication. Il s'assura que l'état de Terra était stable et traversa dans la salle d'attente pour expliquer la situation à Amy. Elle se rebella de toutes ses forces contre le départ de son mari. Selon elle, s'il était conscient, le Hollandais ne s'y résignerait pas. Donald partageait son inquiétude, mais ils n'avaient plus le choix. Tout comme l'avait déclaré le docteur Reiner, les ingénieurs de la NASA. étaient probablement les seuls chirurgiens au monde capables de soulager Terra des douleurs qu'il endurait quotidiennement depuis son arrivée à Little Rock. Consciente qu'elle ne pouvait plus empêcher les militaires de venir chercher son époux, Amy décida qu'il était de son devoir de l'accompagner au Texas.

Tandis qu'elle se calmait, Donald lui raconta qu'une belle dame tout en lumière était apparue au milieu de la salle d'urgence et qu'elle avait mystérieusement ranimé Terra en posant ses mains sur lui.

– C'est Sarah, révéla Amy.

– Son épouse qui est décédée ?

– Oui. Elle veille sur lui comme un ange gardien.

– Mais qui est vraiment cet homme, Amy ? s'alarma Donald. Pourquoi des anges apparaissent-ils ainsi pour lui sauver la vie ? Et pourquoi ses mains sont-elles capables de faire revivre un enfant mort ou d'aider un professeur en détresse ?

– Je me pose les mêmes questions. Terra est probablement beaucoup plus important qu'il le laisse entendre, sinon l'armée n'aurait pas dépensé des millions de dollars pour installer des systèmes de repérage dans ses jambes. Mais je ne les laisserai pas lui faire du mal, tu peux en être sûr.

– Es-tu bien certaine de vouloir aller là-bas ?

– Si je n'y vais pas, j'ai l'impression que je ne le reverrai plus jamais.

Lorsque les militaires arrivèrent, ils installèrent Terra sur une civière et le transportèrent rapidement à bord de l'avion. Après avoir inspecté les papiers d'Amy et communiqué avec le général Howell et le docteur Reiner, les soldats lui permirent d'accompagner son époux. Le voyage ne fut pas aussi long qu'elle l'avait pensé, mais Terra ne reprit pas conscience.

Une fois à l'hôpital militaire de Houston, il fut conduit dans une salle d'examen où Amy ne put pas entrer. Elle resta devant la porte à attendre de ses nouvelles. Cet établissement n'était visiblement pas un endroit public, car il n'y avait de chaises nulle part. Elle vit finalement Michael Reiner arriver au bout du couloir. Il comprenait le désespoir de la jeune femme qui attendait, appuyée contre le mur, qu'on l'informe de l'état de son mari, mais il ne pouvait plus rien faire pour Terra, sauf s'assurer qu'on le traite avec dignité.

Il invita Amy à venir prendre un encas avec lui à la cafétéria de l'hôpital pendant que les médecins examinaient Terra. Elle n'avait certes pas le cœur à manger, mais elle avait besoin d'obtenir des réponses à ses questions.

– Êtes-vous responsable de sa crise cardiaque ? demanda-t-elle sans détours.

– D'une certaine façon, oui. Un de nos employés, qui surveillait les activités de Terra dans le réseau informatique, a paniqué quand il s'est rendu compte qu'il était en train d'effacer ses fichiers. Il a activé le système d'avertissement installé dans ses genoux, mais j'ai bien peur qu'il ait fait preuve d'un peu trop de zèle.

– Mais pourquoi surveillez-vous Terra ?

– Son cerveau est infiniment précieux, Amy.

– Dans ce cas, pourquoi ne l'avez-vous pas gardé à Houston ?

– Parce qu'il ne pensait qu'à mourir après sa réhabilitation physique. C'est moi qui ai décidé de l'envoyer au loin pour se changer les idées.

– Pourquoi Little Rock ?

– Parce que c'est une ville isolée, sans école de haute technologie, sans université et sans laboratoire de recherche. Nous ne voulions pas qu'une autre nation essaie de lui subtiliser le fruit de son travail, mais nous ne lui avons pas fait part de nos craintes. Nous voulions surtout qu'il reprenne son équilibre en le remettant en contact avec la réalité quotidienne.

– Quel est votre rôle là-dedans, docteur Reiner ?

– Mon intérêt pour la survie de Terra Wilder a d'abord été motivé par sa réputation. Je ne voulais pas que le monde perde aussi bêtement un savant de cet acabit. J'ai insisté pour que les médecins le maintiennent artificiellement en vie et je l'ai visité tous les jours pendant son coma. Lorsqu'il a finalement ouvert les yeux, j'ai été la première personne qu'il a vue. Nous sommes devenus amis et les militaires ont voulu utiliser cette amitié. Ils m'ont expliqué que sans l'aide de Terra, ils ne pourraient pas construire la nouvelle station spatiale. Je devais donc m'assurer qu'il collaborerait avec eux lorsqu'il serait guéri. J'ai travaillé pendant des mois à stabiliser l'état émotif de Terra. Cela n'a pas été facile, entre les nombreuses chirurgies et le vide causé par la mort de sa femme. Puis il y a eu les cauchemars et les tentatives de suicide. C'est un véritable miracle que votre mari soit encore en vie aujourd'hui.

– Est-ce que vous saviez qu'on avait placé des circuits dangereux dans ses jambes ?

– Oui, et je m'y suis opposé, mais il était trop tard pour les enlever.

– Terra pense qu'ils pourraient éventuellement être utilisés pour accéder à son cerveau.

– Nous n'en sommes heureusement pas rendus là.

Michael la conduisit à la chambre où on avait installé Terra, puis se rendit au bureau du général. Kenneth Howell était debout devant la fenêtre et regardait dehors.

– Pouvez-vous nous débarrasser de sa femme ? demanda-t-il sans même se retourner.

– Si nous l'expulsons de cet hôpital ou même de ce pays, elle n'hésitera pas à s'en plaindre au Président lui-même, affirma Reiner. Terra Wilder est son époux maintenant et elle a toutes les raisons du monde de veiller sur lui.

Le général ne broncha pas, mais Michael savait qu'il était profondément contrarié par la présence de ce témoin gênant.

– Comment va le docteur Wilder ? s'enquit le médecin.

– Nous allons devoir remplacer ses deux rotules, répondit le militaire, mais cette fois-ci, nous utiliserons une technologie plus avancée et nous pourrons accéder directement à son système nerveux s'il refuse de coopérer. Dieu a donné à cet homme un cerveau exceptionnel et nous allons faire en sorte qu'il ne gaspille pas son talent.

Tant les mots du général que l'assurance avec laquelle il les prononçait firent sentir au psychiatre l'ampleur de son impuissance. Malgré tous ses efforts et toutes ses interventions, l'armée allait tout de même faire du Hollandais une marionnette vivante, qu'elle ferait danser à sa guise. Michael salua le général et quitta son bureau, tête basse.

Terra se réveilla quelques heures plus tard et trouva Amy assise près de lui. Elle effleura doucement sa joue pour lui signaler sa présence. Les traits du Hollandais exprimaient la plus complète confusion.

– Où suis-je ? murmura-t-il faiblement.

– À Houston.

– Non…

– Je suis désolée, mon chéri. Nous n'avons pas eu le choix. Les ingénieurs américains sont les seuls qui puissent désamorcer les circuits qui ont flambé dans tes genoux.

Terra secoua doucement la tête pour montrer son désaccord et perdit conscience à nouveau. Amy leva les yeux sur le sac transparent rempli de soluté, qui pendait à un crochet au-dessus de lui. Le liquide s'écoulait goutte à goutte dans le sang de Terra. Il contenait probablement un sédatif destiné à l'empêcher de souffrir.

Il ne se réveilla à nouveau que vers la fin de l'après-midi et accepta de manger un peu de potage. C'est alors qu'un jeune médecin se présenta dans la chambre. Il était petit et terriblement intimidé de se trouver en présence du célèbre savant dont tout le monde lui parlait depuis des mois. Au creux de sa main se trouvait un objet de métal brillant que l'astrophysicien reconnut aussitôt.

– Ce prototype vous assurera une plus grande mobilité, docteur Wilder, commença-t-il.

– Je ne veux rien qui sorte de vos laboratoires, l'avertit Terra sur un ton menaçant.

– Vous ne pourrez plus jamais marcher si nous ne remplaçons pas vos prothèses actuelles. Ce n'est pas une question de choix.

Le jeune homme déposa cette merveille de la technologie sur le plateau près de Terra pour qu'il puisse l'examiner de plus près.

– Nous voulons seulement vous aider à vivre une vie normale.

– En installant dans mon corps des circuits capables de briser ma volonté ?

– Il s'agit surtout de vous permettre de marcher à nouveau.

– Sortez d'ici ! hurla Terra, en furie.

L'astrophysicien saisit la rotule de métal. Le médecin eut tout juste le temps de sortir de la chambre avant que la prothèse ne s'écrase contre la porte.

– Terra ! lui reprocha Amy, qui ne l'avait jamais vu faire un geste aussi agressif.

– Je ne veux pas rester ici !

Il tenta de s'asseoir, mais Amy le plaqua aussitôt dans son lit pour l'empêcher de bouger.

– Calme-toi.

– Il n'est pas question que je passe encore cinq ans dans cet endroit de malheur !

– Je suis d'accord avec toi, mais en ce moment, tu ne peux pas marcher. Les médecins n'ont pas le choix, Terra. Ils doivent remplacer tes rotules, puisque les tiennes ne fonctionnent plus. Mais cette fois, nous allons nous assurer qu'elles ne contiennent pas de dispositif électronique.

Terra arrêta de se débattre, bien qu'il fût loin d'être convaincu de pouvoir faire confiance à ces gens, après ce qu'ils lui avaient fait.

– Je vais aussi téléphoner à Donald pour qu'il nous rejoigne ici et qu'il assiste à l'opération, poursuivit Amy. De cette façon, ils ne pourront pas se jouer de nous.

Elle ramassa la prothèse sur laquelle clignotait un voyant rouge et s'émerveilla du génie des hommes qui l'avaient conçue.

– Et puis, si ce qu'ils veulent, c'est ta recherche, pourquoi ne pas la terminer et les contenter ? ajouta-t-elle.

Terra soupira en pensant qu'ils en voudraient toujours plus et qu'ils ne le laisseraient jamais partir, maintenant qu'ils le tenaient entre leurs griffes. Mais Amy semblait croire à la possibilité qu'ils reprennent leur vie là où ils l'avaient laissée. Il ne voulut pas lui enlever cet espoir, pas tout de suite. Elle déposa l'articulation artificielle dans sa main en lui demandant de ne plus la lancer à qui que ce soit et décida d'aller faire une offre au docteur Reiner. Si les militaires acceptaient de ne pas installer de circuits dans les genoux de Terra, alors il terminerait sa recherche librement et rapidement.

Amy quitta la chambre et emprunta un autre couloir, qui menait au bureau du médecin. Elle fut alors saisie par-derrière : un bras s'enroula autour de sa taille et une main se posa sur sa bouche. Avant qu'elle puisse faire quoi que ce soit pour se débarrasser de son assaillant, il la tira dans une petite pièce dont il referma la porte avec son pied. Elle allait se servir de ses techniques de karaté pour se défaire de lui lorsqu'il murmura à son oreille :

– N'ayez crainte, milady.

Il la libéra. Elle devina que c'était l'ami avec lequel Terra avait si souvent communiqué durant les dernières semaines.

– Chris ?

– Cet endroit n'est pas sûr. Je vous en prie, venez avec moi.

Elle le suivit dans un dédale de corridors et d'escaliers, jusqu'à un petit laboratoire rempli d'ordinateurs, d'écrans et d'appareils électroniques dont elle ne pouvait même pas imaginer les fonctions. Il se retourna vers elle, après avoir verrouillé la porte.

– Êtes-vous Christopher Dawson ?

– Lui-même, à votre service, milady.

Terra avait raison de dire qu'il n'accusait pas son âge. Il était grand et svelte et il avait un visage d'enfant, aux grands yeux bleu sombre. Il portait ses cheveux noirs à l'épaule. En fait, il avait les traits d'un chevalier du Moyen Âge.

– Comment se porte monseigneur ? demanda-t-il sans cacher son inquiétude.

– Il ne souffre plus, mais il est plutôt contrarié d'avoir été conduit ici contre sa volonté. Il m'a parlé de vous. Il m'a dit que vous étiez son ami.

– Je suis son fidèle serviteur.

– Alors pourquoi l'avez-vous abandonné après son accident ?

– C'est ce qu'il vous a dit ? s'affligea-t-il.

– Il ne vous a pas revu depuis cette terrible nuit.

– Parce qu'on m'a empêché de lui rendre visite à l'hôpital. Et lorsqu'on lui a finalement donné son congé, on a refusé de me dire où il était parti.

– Pourquoi ?

– Parce que je connaissais les intentions des hauts dirigeants à son sujet. Ils m'ont fait des menaces, mais ils savaient bien que cela ne m'arrêterait pas. La liberté de Terra est plus importante que ma propre existence. C'est pour cela qu'ils nous ont séparés.

– Avez-vous travaillé sur son projet ?

– Les murs de cette forteresse ont des oreilles, milady. Je suggère que nous en parlions plus tard, dans le parc au bout de la rue. Je vous y attendrai vers seize heures.

Amy accepta. Il prit sa main et y posa un baiser galant, puis ouvrit la porte. Après s'être assuré que personne ne se trouvait dans le couloir, il la reconduisit jusqu'à la section médicale et s'empressa de disparaître.

Amy se rendit au bureau du docteur Reiner pour lui faire sa proposition. Elle lui demanda aussi de permettre à Donald Penny d'assister à l'opération. Michael lui rappela qu'il ne pouvait prendre ces décisions lui-même, mais qu'il transmettrait son offre aux militaires. Ce fut suffisant pour Amy, qui pensait encore que la Terre était peuplée de gens compatissants.

Elle alla se restaurer puis, une fois qu'elle fut certaine de ne pas être suivie, elle se rendit au parc. Elle aperçut Chris Dawson assis en tailleur sur un banc, profondément perdu dans ses pensées. Il ressemblait davantage à un étudiant d'université qu'à un spécialiste en communications interstellaires. Elle prit place près de lui. Il commença par scruter les alentours, puis se tourna vers elle.

– Je n'ai pas travaillé sur le projet de Terra, l'informa-t-il, mais il m'en a beaucoup parlé. Il était d'une importance capitale pour la conquête de l'espace. C'est d'ailleurs ce qui le rendait si dangereux.

– Vous aviez prévenu Terra des risques qu'il courait, n'est-ce pas ?

– À maintes reprises, mais monseigneur n'en fait toujours qu'à sa tête. Il ne voyait que le côté bénéfique de sa recherche pour la survie de la race humaine. Il refusait de croire aux sombres desseins du sorcier.

Il y avait une grande affection dans les yeux de Chris Dawson lorsqu'il parlait de Terra. Amy devina qu'ils avaient dû être de bons amis. Chris déplia ses longues jambes et se leva doucement.

– Vous ne devriez pas être aperçue en ma compagnie, milady. C'est trop risqué pour vous. Dites à monseigneur que le Prêtre Noir n'hésitera pas à s'en prendre à ses serfs pour obtenir les ingrédients qui achèveront la potion qu'il prépare.

Il embrassa une fois de plus Amy sur le dos de la main, puis se fondit dans la foule qui fréquentait le parc. Amy demeura assise encore quelques minutes, à songer aux périls qui les guettaient, puis elle retourna à l'hôpital plus décidée que jamais à trouver une façon de ramener Terra à Little Rock.

En entrant dans la chambre, elle trouva Terra réveillé, mais silencieux et taciturne. Lorsqu'elle lui répéta les paroles de Chris, son humeur s'assombrit davantage.

– J'aurais dû me suicider quand j'en ai eu l'occasion, maugréa-t-il.

– Je t'en prie, ne dis pas ça.

Terra ferma les yeux : il s'était une fois de plus endormi. Elle le secoua doucement, mais ne parvint pas à le réveiller. C'est alors qu'elle remarqua la marque d'une piqûre sur son bras, en plus du soluté qui coulait dans ses veines. Les médecins texans ne savaient-ils pas que son cœur était faible ? Furieuse, elle se tourna vers la porte pour aller dire sa façon de penser aux médecins. Elle sursauta en se retrouvant nez à nez avec le docteur Reiner.

– Qu'avez-vous fait à mon mari ? se hérissa-t-elle.

– Je suis désolé, Amy, mais mes supérieurs n'ont rien voulu entendre. La première opération est prévue pour ce soir.

– Non ! Pas sans le docteur Penny ! Emmenez-moi chez l'officier en chef ! Je veux lui parler !

Michael ne vit pas de mal à la conduire au bureau du général Howell. Il était plus que temps, selon lui, que les militaires assument la responsabilité de leurs actes. Il l'escorta à la porte du bureau, mais la laissa y entrer seule. Amy se planta devant le général, la tête haute, les yeux chargés de colère.

– Madame Wilder, enfin, fit l'homme en se levant poliment.

– J'exige que vous libériez immédiatement mon mari.

– Il n'est pas notre prisonnier, seulement notre patient. Ses genoux doivent être remplacés, sinon il ne marchera plus jamais.

– Vous ne vous intéressez pas à sa santé, vous voulez seulement mettre la main sur ses résultats de recherche.

– Disons qu'un service en attire un autre.

– S'il consentait à terminer ses travaux, le laisseriez-vous quitter Houston ?

– Nous préférons qu'il les termine ici même. Dès qu'il sera rétabli, nous vous fournirons une villa bien gardée et tout l'équipement dont le docteur Wilder pourrait avoir besoin. C'est le mieux que je puisse faire.

En même temps qu'avait lieu cette discussion, Sarah apparaissait près du lit de Terra. Ce dernier était assommé par les sédatifs, mais il ressentit tout de même sa présence.

– L'intervention de l'armée pourrait t'empêcher d'accomplir ta mission sur la Terre, alors on m'a donné la permission d'intervenir, chuchota-t-elle.

Elle posa ses mains sur les jambes de Terra. Elles se remplirent aussitôt d'énergie et se mirent à briller intensément sous les couvertures. La porte de la chambre s'ouvrit. Sarah disparut aussitôt, ainsi que la lumière. Les infirmiers déposèrent leur patient sur une civière et le transportèrent dans la salle d'opération. Les chirurgiens se mirent au travail dès que Terra fut anesthésié et branché sur le respirateur. Ils incisèrent son genou droit et écartèrent la peau pour s'apercevoir que sa rotule n'était pas artificielle : il s'agissait d'une articulation humaine !

– Mais comment est-ce possible ? s'étonna l'un des deux médecins.

Ils ouvrirent l'autre genou et firent la même constatation. Michael Reiner fut aussitôt appelé à la salle d'opération, où il observa la même chose.

– Peut-il avoir subi une autre chirurgie pendant qu'il était au Canada ? s'alarma Reiner.

– Il n'y a aucune cicatrice récente sur ses jambes. De toute façon, nous lui avons fait des radiographies hier et on y voyait clairement ses rotules artificielles. Ou bien cet homme est un imposteur, ou bien il s'agit d'un...

Le chirurgien s'arrêta avant d'utiliser le mot « miracle ». Michael lui demanda s'ils pouvaient quand même installer les nouvelles puces. Les spécialistes refusèrent. Ils devaient d'abord réviser leurs plans et trouver une façon de driller les os. Ils ne pouvaient pas pratiquer cette opération sans être certains que ces petites merveilles très coûteuses feraient quand même leur travail à cet endroit. On referma donc les incisions et on ramena le patient dans sa chambre, où l'attendait Amy.

Au même moment, Christopher Dawson se dirigeait vers sa voiture après sa journée de travail. Deux officiers de la police militaire l'interceptèrent dans le parking et l'escortèrent jusqu'au bureau du général Howell.

– Pourquoi me traitez-vous comme un criminel ? protesta l'astrophysicien.

– Je voulais seulement vous poser quelques questions avant que vous rentriez chez vous, monsieur Dawson. Est-il vrai que vous avez rencontré madame Wilder un peu plus tôt aujourd'hui ?

– Oui, c'est vrai.

– De quoi avez-vous discuté avec elle ?

– Je voulais connaître l'état de santé de Terra.

– C'est tout ce que vous vouliez savoir ?

– Qu'aurais-je pu vouloir savoir de plus ? fit Chris en haussant les épaules.

– Vous avez échangé de la correspondance électronique avec le docteur Wilder au sujet de ses recherches.

– Je lui ai seulement fait part des rumeurs qui circulent ici. Puisqu'il est le principal intéressé, il est normal qu'il soit mis au courant, il me semble.

– Madame Wilder vous a-t-elle parlé de ses genoux ?

– Elle m'a dit que Terra n'était pas très heureux d'être de retour ici.

– Ne changez pas de sujet.

– Non, elle ne m'en a pas parlé.

– Ce sera tout, monsieur Dawson. Je vous serais reconnaissant de ne pas quitter Houston dans les prochains jours.

Chris opposa au général un air de défi. Malgré lui, l'officier appréciait toujours les hommes vaillants et téméraires, même s'ils ne faisaient pas partie de l'armée. Il aurait bien aimé que cet expert soit sous ses ordres. Il laissa l'astrophysicien quitter le bureau. Michael Reiner sortit alors de sa cachette, d'où il avait tout entendu.

– Quelle est votre opinion ? demanda le général.

– Il dit la vérité. Chris Dawson est un as des communications entre la Terre et les modules spatiaux certes, mais pas un chirurgien.

– Mais quelqu'un a pratiqué cette opération sur le docteur Wilder.

Visiblement, Michael n'y comprenait rien non plus. Le général lui donna donc son congé et retourna se poster à la fenêtre pour réfléchir.

Amy examina Terra de la tête aux pieds à son retour dans sa chambre. Elle ne trouva des incisions que sur ses deux genoux. En pleurant, elle caressa le visage livide de l'homme qu'elle aimait en espérant qu'il se réveille, mais il demeura inconscient.

– Terra, je ne sais plus quoi faire…

Elle entendit un frottement à la porte et aperçut l'enveloppe qu'on venait de glisser sur le plancher. Elle la ramassa et l'ouvrit. LE CHÂTEAU TREMBLE DE LA FUREUR DU DRAGON, MILADY. IL SEMBLE QU'UNE MAIN INVISIBLE AIT DÉPLACÉ LES PIÈCES DU JEU DE MONSEIGNEUR. LE DRAGON AURA BESOIN D'UN SACRIFICE POUR ÊTRE APAISÉ ET SES YEUX SE SONT TOURNÉS VERS VOTRE HUMBLE SERVITEUR. JE FERAI PREUVE DE BRAVOURE ET JE LUI TIENDRAI TÊTE. JE RASSEMBLERAI AUSSI TOUS LES CHEVALIERS DU ROYAUME ET NOUS PRENDRONS LA FORTERESSE D'ASSAUT POUR DÉLIVRER LE ROI DU SORCIER. PRÉPAREZ-VOUS À ENTREPRENDRE LE LONG VOYAGE AU PAYS DE LA REINE BLANCHE, QUI SEULE PEUT LE PROTÉGER. SI JE DOIS TOMBER AU COMBAT, PROMETTEZ-MOI DE REMETTRE MON ÂME À DIEU.

La situation était-elle devenue à ce point désespérée ? Amy retourna auprès de Terra. Elle cacha la missive au fond de la poche de sa veste et serra une fois de plus la main de son époux dans la sienne.

– Je suis aussi ton fidèle chevalier, Terra Wilder, murmura-t-elle. Moi aussi j'accepte de mourir s'il le faut pour te sauver la vie.

Elle embrassa ses doigts avec tendresse.

# 23

L'inspecteur Paul Wilton avait reçu une cinquantaine de messages de citoyens qui s'inquiétaient de la disparition de Terra Wilder et de son épouse. Certains de ces messages provenaient d'élèves de l'école secondaire, qui prétendaient s'être rendus chez lui et avoir trouvé la maison déserte. L'ordinateur était en marche et le repas du soir était toujours sur le comptoir de la cuisine, prêt à être mis au four. L'inspecteur fronça les sourcils : les gens qui partaient en vacances ne laissaient pas leur maison dans cet état. Il avait dû se passer quelque chose. Il décida d'aller jeter lui-même un coup d'œil. Il enfila son veston en quittant le petit bâtiment qui abritait le corps de police de Little Rock. Frank Green l'attendait, appuyé contre sa voiture.

– Où est monsieur Wilder ? demanda l'adolescent, visiblement très inquiet.

– Je n'en sais rien, Frank, mais je vais le découvrir.

– Avant que vous commenciez votre enquête, vous devriez savoir qu'il n'est pas seulement un prof du tonnerre. C'est aussi un brillant savant de la NASA qui travaillait sur des projets plutôt confidentiels. Moi, je pense qu'ils ont décidé de le reprendre de force.

– Tu penses qu'il a été enlevé ?

Frank hocha la tête. Puisqu'il semblait au courant des activités personnelles du Hollandais, Paul Wilton décida d'emmener l'adolescent jusque chez les Wilder pour qu'il vide son sac. Frank accepta de venir avec lui. Pendant le trajet, il lui parla des jambes artificielles de l'enseignant, qui intéressaient tous les médecins. Wilton prenait des notes mentales de tout ce qu'il lui racontait.

* * *

À Houston, Terra reprenait enfin conscience. Son estomac était plutôt à l'envers et il mit un moment avant de se rappeler où il était. Dès que le brouillard se dissipa, il voulut savoir si les médecins avaient remplacé ses rotules. Amy lui parla des cicatrices sur ses genoux, mais lui apprit que personne ne voulait lui dire ce qui avait été fait.

– Je suis désolée, Terra, je n'arrive pas à m'interposer.

– C'est moi qui suis navré de t'avoir entraînée dans cette histoire.

– Je suis ici de mon plein gré, rappelle-toi. Il n'a jamais été question que je t'abandonne. Chris non plus, d'ailleurs. Ce sont les militaires qui l'ont éloigné de toi pendant ton premier séjour ici. D'ailleurs, pendant que j'y pense, il t'a laissé une note. Il a dit que le dragon faisait trembler le château et qu'il avait besoin d'un sacrifice pour être apaisé.

– C'est probablement sur lui qu'ils vont essayer de se venger, soupira Terra en fermant les yeux.

– Il a aussi dit qu'il rassemblait des chevaliers pour te sortir d'ici et que tu devais te préparer à partir pour le pays de la Reine Blanche.

– Ils n'y arriveront jamais. Les militaires ne les laisseront pas se rendre jusqu'à moi.

– Il prétend qu'une main invisible a déplacé les pièces de ton jeu.

Une lueur d'espoir s'alluma dans les yeux verts de l'astrophysicien. Il pressa le bouton du lit pour se redresser lentement en position assise.

– Qu'a-t-il voulu dire par là ? demanda Amy, qui ne comprenait rien à leur jargon.

– Il insinue que quelqu'un a fait quelque chose à mes genoux avant que les militaires y touchent et que cela les embête beaucoup.

Terra repoussa les couvertures. Il y avait bien là des cicatrices fraîches mais, à l'intérieur de son genou, il ressentit quelque chose qui n'était pas sa prothèse.

– Donald m'a-t-il opéré avant qu'on m'emmène ici ?

– Non. Le docteur Reiner lui a dit que tes genoux contenaient des explosifs, alors il n'y a pas touché.

– Chris ne me mentirait pas.

La pièce devint tellement glaciale tout d'un coup, qu'Amy se mit à se frotter les bras pour les réchauffer. Sarah apparut au pied du lit, faisant sursauter la jeune femme.

– Ton ami médecin n'est pas responsable de ce miracle, annonça-t-elle. Nous le sommes.

– Que m'avez-vous fait ?

– Nous avons changé tes rotules artificielles en véritables rotules humaines.

– Mais où en avez-vous trouvé ?

– Nous les avons créées.

– Qu'est-il advenu des circuits à l'intérieur de mes anciens genoux ?

– Nous les avons détruits. Maintenant, c'est à toi de jouer.

Sur ces mots, Sarah les laissa tous les deux dans l'étonnement le plus complet. Terra avait un esprit scientifique. Il avait souvent fait des expériences avec des champs vibratoires différents, mais il n'avait jamais rien vu qui puisse expliquer le genre d'alchimie dont parlait Sarah.

Il demeura songeur un long moment, puis il comprit que si ses jambes étaient désormais bien à lui, il ne lui restait plus qu'à prendre le large. Il essaya de les replier et ressentit de la douleur au niveau des incisions. Il ne pourrait certainement pas courir dans cet état. Il se tourna vers la fenêtre et aperçut l'arbre centenaire dont les branches s'étiraient vers le bâtiment. Avec un sourire victorieux, il demanda à Amy d'ouvrir la fenêtre.

– Tu ne penses pas à t'échapper par là ? s'effraya Amy. Nous sommes au cinquième étage !

– Avant de pouvoir m'échapper, j'ai besoin de recouvrer rapidement mes forces.

Elle ouvrit la fenêtre sans difficulté, mais l'arbre était beaucoup trop éloigné. Elle se tourna vers Terra pour voir si elle pourrait rapprocher le lit et vit qu'il avait posé les mains sur ses genoux. Une intense lumière s'en échappa pendant quelques secondes. Quand elle s'éteignit, les coupures avaient disparu.

– Je suis capable de me guérir moi-même ! s'émerveilla-t-il.

Une branche d'arbre se faufila alors par la fenêtre et contourna la jeune femme, son extrémité allant se poser sur le plexus solaire de son époux. Terra fut entièrement baigné d'une belle aura blanche et son visage se détendit complètement. Amy n'avait jamais rien vu d'aussi beau. La porte de la chambre s'ouvrit brusquement. La branche se retira en vitesse comme un serpent effarouché. Des infirmiers entraient avec une civière.

Avant qu'Amy puisse protester, ils administrèrent un autre sédatif à Terra. Complètement léthargique, il ne se débattit même pas. On prit plusieurs radiographies de ses jambes, puis on le laissa récupérer sur la civière. Le chirurgien en chef examina toutes les épreuves en compagnie de Michael Reiner.

– Je ne sais pas à quel jeu vous jouez, docteur, maugréa le chirurgien, mais cela ne m'amuse pas du tout.

Il lui montra deux radiographies, prises à deux jours d'intervalle, l'une montrant des jambes artificielles et l'autre des jambes normales.

– Même ses incisions se sont cicatrisées en quelques heures.

Michael se souvint alors de ce qu'on disait sur Terra en Colombie-Britannique.

– Il a des pouvoirs de guérison, à ce qu'on prétend.

– Les guérisseurs ne peuvent pas changer le plastique en os humains, docteur. Mais cela n'a aucune importance. On m'a demandé d'installer des puces électroniques dans les genoux de cet homme et je vais trouver une façon de le faire.

Terra fut ramené dans sa chambre, tandis que le chirurgien se penchait sur le problème. Michael suivit la civière en soupirant. Il savait qu'il ne pouvait plus sauver son ami des griffes de l'armée, mais il avait besoin d'apprendre qui avait opéré ce miracle. Il observa les infirmiers qui remettaient Terra sur son lit. Il avait souvent assisté à cette scène dans le passé. Elle lui donnait toujours un pincement au cœur. Les infirmiers quittèrent la chambre, mais Michael demeura au pied du lit. Amy posa sur lui un regard courroucé.

– Je sais que vous êtes fâchée contre moi, Amy, mais je voudrais vous poser quelques questions.

Elle demeura muette et méfiante. Pour la première fois, elle comprit pourquoi Terra avait toujours adopté ce comportement avec elle : il l'avait certainement acquis dans cet hôpital, où il ne pouvait faire confiance à personne.

– Les chirurgiens ont découvert que les prothèses de Terra ont été remplacées par de vrais os humains. Ils veulent savoir qui l'a fait.

– Vous ne voudrez pas le croire.

– J'ai l'esprit ouvert.

– C'est Sarah. Elle apparaît à Terra chaque fois qu'il a besoin d'aide.

– Ce fantôme n'existe pas, Amy. Terra l'a inventé parce qu'il se sentait infiniment vulnérable.

– Je l'ai vu de mes propres yeux.

– Il vous a donc entraînée avec lui dans son délire.

– C'est votre opinion.

– Amy, je vous en prie, dites-moi la vérité, sinon je ne pourrai plus rien faire pour aider votre mari.

– Je vous ai dit la vérité.

Michael se mit à craindre que l'amour de cette femme pour le grand savant ne cause finalement sa perte. Il prit congé d'Amy et se rendit au bureau du général Howell pour lui faire son rapport et pour savoir ce qu'il adviendrait de Terra. Le général lui apprit que les chirurgiens ne pouvaient pas lui garantir le fonctionnement des puces s'ils les plaçaient à l'intérieur de ses genoux désormais normaux, puisque ses jambes ne contenaient plus de transistors ni de filage les reliant à son système nerveux. Ils proposaient donc de les installer directement dans son cerveau.

– Mais c'est bien trop risqué ! protesta Michael. Vous pourriez endommager ses facultés mentales et ne plus jamais rien tirer de lui !

– Nous avons suivi vos conseils beaucoup trop longtemps, docteur Reiner, trancha le général sur un ton incisif. Cela a retardé le programme spatial de plusieurs années. Nous ne pouvons plus nous permettre d'attendre.

– Vous ne tirerez rien de cet homme en utilisant de telles méthodes. Je vous en conjure, acceptez son offre de collaboration volontaire, sinon vous n'obtiendrez jamais la formule de cette nouvelle source d'énergie. Jamais.

– Nous verrons. Je vous remercie de votre aide, docteur. Profitez bien de votre argent.

Furieux et honteux d'avoir participé à cet odieux projet pour quelques milliers de dollars, Michael Reiner tourna les talons. En longeant le couloir menant à son propre bureau, il comprit pourquoi Judas s'était pendu après avoir remis le Christ entre les mains de ses ennemis.

# 24

À sa demande, Paul Wilton rencontra Donald Penny à l'hôpital. Il écouta sa version de l'incident et fit une multitude d'appels téléphoniques au gouvernement canadien et à la Gendarmerie royale pour se plaindre de la disparition de Terra Wilder et de son épouse. Partout, il rencontra de l'hésitation. Finalement, un représentant de la police fédérale lui expliqua que Terra était un citoyen hollandais, même s'il avait vécu en Angleterre, aux États-Unis et en Colombie-Britannique : personne au Canada ne pouvait intervenir. Mais pour Amy, le gouvernement acceptait de communiquer avec les autorités américaines.

Wilton raconta alors au docteur Penny qu'il avait trouvé un curieux message dans le courrier électronique de Terra Wilder en inspectant sa maison. Puisqu'il était son meilleur ami à Little Rock, il lui demanda de l'accompagner chez Terra afin de lui dire ce qu'il en pensait. Le médecin accepta, car il voulait à tout prix aider le Hollandais. Une heure plus tard, il était assis devant l'ordinateur de Terra, l'inspecteur à ses côtés.

CHEVALIERS DE LA TABLE RONDE, NOTRE ROI A BESOIN DE VOTRE AIDE. IL A ÉTÉ EMPRISONNÉ PAR LE SORCIER DANS LA GRANDE TOUR NOIRE OÙ LE DRAGON LE SURVEILLE ÉTROITEMENT. VOTRE HUMBLE SERVITEUR CRAINT POUR SA VIE, CAR IL NE COLLABORERA PAS AVEC LES FORCES DU MAL. J'AI BESOIN DE VOUS. GALAHAD.

– Terra Wilder vous a-t-il déjà parlé de ce Galahad ? demanda Wilton.

– Non, admit Donald. Il n'aime pas parler de son passé. Me permettez-vous de répondre à ce message ?

– Pourquoi pas ?

Comme il ne savait pas dactylographier, Donald composa le message avec deux doigts. J'AIMERAIS VOUS AIDER, GALAHAD. DITES-MOI CE QUE JE DOIS FAIRE. La réponse de Chris Dawson fut presque instantanée, ce qui étonna beaucoup les deux hommes. POURQUOI UTILISEZ-VOUS L'ORDINATEUR DE MONSEIGNEUR ? ÊTES-VOUS UN MERCENAIRE OU UN CHEVALIER RESPECTUEUX DU CODE ?

Donald se remit à écrire. JE SUIS LE MÉDECIN QUI A TRAITÉ TERRA WILDER EN COLOMBIE-BRITANNIQUE. J'AI TENTÉ EN VAIN DE LE SOULAGER DE L'ATROCE DOULEUR QUE LUI CAUSENT LES ÉTRANGES MÉCANISMES QUI SE TROUVENT DANS SES GENOUX. IL A RÉCEMMENT ÉTÉ ENLEVÉ PAR DES SOLDATS ET JE NE SAIS PAS OÙ IL A ÉTÉ EMMENÉ. La réponse leur parvint immédiatement.

MONSEIGNEUR EST RETENU CONTRE SON GRÉ AVEC SA BELLE DANS L'ANTRE DU SORCIER ET L'ON CONDUIT SUR LUI DE VILES EXPÉRIENCES DESTINÉES À LUI ENLEVER L'USAGE DE SA VOLONTÉ.

– Mon Dieu, murmura Donald en se rappelant ce que Terra lui avait dit au sujet des circuits implantés dans ses jambes.

– Comment pouvons-nous être certains que ce Galahad est de notre côté ? s'impatienta le policier.

JE NE SAIS PAS QUI VOUS ÊTES, écrivit Donald. COMMENT PUIS-JE VOUS FAIRE CONFIANCE ? Chris répondit aussitôt. JETEZ UN COUP D'ŒIL À CE FICHIER. FIN DU MESSAGE.

Donald cliqua sur l'icône du document qui venait d'apparaître à l'écran. La courte biographie de Christopher Dawson défila devant leurs yeux, avec sa photographie.

– Il est astrophysicien à la NASA comme Terra, nota Donald. Donc, il y a de fortes chances qu'ils se connaissent effectivement. Mais pourquoi l'appelle-t-il monseigneur ?

– C'est probablement un code qu'ils utilisent pour se protéger, pensa Wilton tout haut.

– Se protéger de quoi ? Je croyais que les gens qui travaillaient pour les agences spatiales jouissaient d'une très grande liberté.

– Pas quand ils possèdent des informations dont le gouvernement a besoin.

– Il faut le sortir de là, inspecteur.

– Je vais donner d'autres coups de fil et voir ce que je peux faire.

C'était suffisant pour Donald, du moins, pour le moment. Si le policier n'arrivait pas à influencer qui que ce soit au Canada ou ailleurs, alors il irait lui-même chercher Terra ou il se joindrait aux chevaliers que Christopher Dawson, alias Galahad, avait appelés aux armes.

* * *

Au même moment, à Houston, le général Howell rendait visite pour la première fois à son investissement, dans sa chambre d'hôpital. Il avait le don de deviner le caractère des hommes en observant leurs visages. Celui de Terra Wilder était intéressant. « Un homme brillant, mais têtu », devina-t-il. Il n'en tirerait probablement rien en mettant trop de pression sur lui. Les chirurgiens n'étaient pas encore prêts à brancher les puces dans son cerveau. Le temps qui passait représentait des pertes importantes pour le gouvernement, alors il devait mettre ce génie au travail dans les plus brefs délais, même si cela impliquait de négocier avec lui. Terra Wilder détenait le secret d'une nouvelle source d'énergie capable de maintenir une station spatiale en opération pendant des centaines d'années. Le général devait le persuader de poursuivre ses recherches sans délai.

– Nous voulons seulement que vous respectiez le contrat que vous avez signé avec vos employeurs, indiqua-t-il à Terra.

– En installant dans mon corps des dispositifs capables de violer mes pensées ? répliqua l'astrophysicien sur un ton cinglant.

– S'il le faut, mais nous préférerions que vous le fassiez de votre propre volonté. Pensez un peu à votre femme, docteur Wilder.

La menace était claire.

– Que proposez-vous ? grommela Terra, mécontent.

– Nous allons vous installer dans un endroit où vous jouirez d'un peu plus de liberté et où vous aurez accès à un ordinateur très puissant.

– Une autre cage, quoi !

– Un lieu où vous serez en sécurité. Vos recherches sont très importantes pour nous. Si vous ne les poursuivez pas de votre plein gré, nous nous verrons obligés d'en extraire les données directement de votre cerveau.

Terra était coincé. Le général se tourna vers Amy, qui le fixait avec frayeur. Terra comprit qu'il devait obtempérer aux ordres de l'officier, sinon il s'en prendrait à elle. Un homme dans la trentaine portant l'uniforme d'un capitaine s'approcha du général. Il était accompagné de membres de la police militaire qui poussaient un fauteuil roulant.

– Je suis le capitaine Gary Douglas, se présenta-t-il. On m'a chargé de votre sécurité personnelle pendant votre séjour dans notre villa.

– Pas de fauteuil roulant, les avertit Terra.

– Tu ne peux pas encore marcher, mon chéri, lui rappela Amy.

– Je n'en veux pas !

– Préféreriez-vous une civière ? proposa le capitaine.

– Je vous en prie, laissez-moi faire, s'interposa Amy.

Elle se plaça devant son époux et prit son visage entre ses mains. Elle lui expliqua calmement que c'était la seule façon de l'emmener jusqu'à la voiture. Elle réussit à le rassurer suffisamment pour que les officiers le déposent dans le fauteuil. Amy lui tint la main jusqu'au garage et monta avec lui dans le véhicule militaire.

Ils furent conduits dans une villa entourée d'un mur épais, couronné de barbelés. « Une autre prison », constata Terra, tandis que le véhicule franchissait les grilles de fer forgé. Les officiers l'aidèrent à s'asseoir une fois de plus dans le fauteuil roulant, malgré ses protestations. Terra refusa de prendre la main de son épouse et se débattit. Compatissante, Amy comprenait bien ce qu'il ressentait, mais elle savait aussi qu'ils n'avaient pas le choix.

Ils roulèrent le fauteuil de Terra à l'intérieur. Le capitaine Douglas les informa qu'ils n'avaient qu'à décrocher le téléphone s'ils avaient besoin de quoi que ce soit. Il fit ensuite signe aux officiers de sortir et leur emboîta le pas. En refermant la porte, Amy entendit un épouvantable vacarme dans le salon. Elle accourut. Terra se trouvait sur le plancher. Il s'était jeté sur le sol pour sortir du fauteuil roulant. Il tremblotait, effrayé.

– Doucement, susurra-t-elle. Je vais t'aider.

Elle lui entoura la taille, le remit sur ses pieds et réussit à l'asseoir sur le sofa.

– Je sais bien que c'est une autre cellule, mon amour, mais nous sommes pris au piège et, au moins, c'est plus confortable que l'hôpital.

Terra baissa la tête. Le plus difficile à admettre, pour lui, c'était qu'il était détenu par des gens qui s'étaient autrefois dit ses amis.

En quittant les Wilder, le capitaine Douglas alla jeter un coup d'œil dans la maison du jardinier, où un poste d'observation électronique avait été installé. Il promena son regard sur tous les écrans de télévision qui montraient les différentes pièces de la villa, puis s'adressa au jeune homme assis à la console.

– Avertissez-moi quand il commencera à travailler sur l'ordinateur, sergent.

– Oui, monsieur.

Le sergent Ben Keaton était un soldat dévoué et discret. C'est pour cette raison qu'on utilisait fréquemment ses services dans ce genre de projet. Il ne savait pas qui était Terra Wilder ni pourquoi l'armée avait décidé de le séquestrer, mais son devoir était de s'assurer que personne ne puisse se rendre jusqu'à lui. Il s'adossa à sa chaise et guetta le couple enlacé sur le sofa. Certes, son travail impliquait un certain degré de voyeurisme, mais il s'y était habitué. De toute façon, il n'en avait plus pour bien longtemps.

Dès qu'il se fut calmé, Terra voulut marcher seul sur ses nouvelles jambes. Aucun des arguments d'Amy ne put le persuader de rester tranquille pendant qu'elle allait chercher ce dont il avait besoin. Il voulait voir l'ordinateur que le gouvernement avait mis à sa disposition. Amy l'aida à se lever et à faire ses premiers pas, puis le laissa continuer seul en direction du couloir principal de la maison.

– Comment vont tes jambes ? s'inquiéta-t-elle.

– C'est étrange… On dirait qu'elles ne sont pas à moi et pourtant, ce sont de vraies jambes, pas des prothèses.

Elle le suivit jusqu'à la grande salle au fond du couloir. Les militaires avaient vraiment manqué de considération en installant le bureau de travail aussi loin de leur prisonnier qui avait du mal à marcher. Terra s'arrêta sur le seuil et ouvrit tout grand les yeux en apercevant l'équipement qui trônait devant lui.

– Impressionnant, murmura-t-il.

– Avant que tu me le demandes : non, tu ne peux pas en avoir un comme celui-là à la maison.

Cette plaisanterie lui arracha son premier sourire depuis longtemps, mais guère plus. La présence d'un ordinateur dans son environnement immédiat semblait toujours le métamorphoser en savant sage et sérieux. Il alla s'asseoir devant la machine et l'examina attentivement. Il pressa un bouton et tout le système s'alluma. Il se mit aussitôt à pianoter sur le clavier, puis soupira avec découragement.

– Il n'y a aucune ligne extérieure, constata-t-il.

– Pourquoi ne suis-je pas surprise ? le taquina Amy.

Il continua d'explorer le système et mémorisa tous les programmes de recherche et de simulation qu'il contenait. Puis il trouva son fichier PETROCKET.

– Je l'avais pourtant effacé ! s'étonna-t-il.

Les militaires en avaient sans doute conservé des copies : c'était la seule explication possible. Ils l'avaient donc soumis à de terribles douleurs sans raison valable lorsqu'il avait tenté d'éliminer les résultats de ses recherches à partir de son ordinateur de Little Rock. Il rappela ses formules à l'écran et sombra dans ses pensées en les relisant. Le croyant en sécurité, Amy décida d'aller explorer le reste de la villa.

# 25

À Little Rock, lorsqu'ils comprirent que les efforts de la police ne donnaient aucun résultat, six des sept terreurs, Fred Mercer étant parti visiter sa grand-mère en Gaspésie, décidèrent de s'en mêler. Ils s'introduisirent sans aucune difficulté dans la maison des Wilder. Quelques jours plus tôt, Frank avait découvert un curieux message électronique chez leur professeur. Ils se réunirent tous devant l'ordinateur. Frank accéda au courrier de Terra.

JE NE SAIS PAS SI VOUS FAITES TOUJOURS LE GUET DEVANT L'ÉCRAN DE MONSEIGNEUR, AMI DE LA TABLE RONDE, MAIS SACHEZ QU'IL A ÉTÉ TRANSFÉRÉ DANS UNE AILE ÉLOIGNÉE DU CHÂTEAU DU SORCIER ET QU'IL N'EST PLUS SOUMIS À LA TORTURE. LE MAGICIEN M'A ASSURÉ QU'IL SERAIT BIEN TRAITÉ, À MOINS QU'IL REFUSE DE COLLABORER AVEC LE DRAGON. J'ESSAIE EN CE MOMENT DE TROUVER LE LIEU EXACT DE SA PRISON. JE VOUS TRANSMETTRAI CETTE INFORMATION DÈS QU'ELLE SERA DISPONIBLE. VOTRE HUMBLE SERVITEUR, GALAHAD.

– Qui est ce Galahad ? s'étonna Karen.

– Et pourquoi écrit-il aussi bizarrement ? renchérit Katy.

– Galahad était l'un des chevaliers de la Table ronde, expliqua Chance. Le fils de Lancelot, je pense.

– C'est peut-être un code pour confondre leurs ennemis, suggéra Marco.

– Ce qui veut dire que monsieur Wilder est vraiment en danger ! s'alarma Karen.

– Peux-tu répondre à ce Galahad ? demanda Julie à Frank.

– Certainement, acquiesça-t-il avec un sourire espiègle.

CHEVALIER GALAHAD, NOUS SERVONS LE MÊME SEIGNEUR. NOUS AVONS RÉUSSI À NOUS INFILTRER CHEZ LUI AFIN DE TENTER D'ÉLUCIDER LE MYSTÈRE DE SA DISPARITION ET AVONS TROUVÉ VOTRE MESSAGE SUR SON ORDINATEUR.

Frank pressa la clé d'envoi. Chance émit alors l'idée qu'ils utilisent aussi un nom mythique, afin que ce Galahad sache que les messages qu'ils lui enverraient à partir de maintenant seraient bien les leurs. Karen proposa Merlin et ils acceptèrent avec enthousiasme. Une réponse de Galahad surgit à l'écran.

COMMENT PUIS-JE ÊTRE CERTAIN QUE VOUS N'ÊTES PAS DES VOLEURS ? Frank lui transmit sa réplique. NOUS SOMMES SES ÉTUDIANTS DE PHILOSOPHIE ET IL NOUS MANQUE BEAUCOUP. NOUS SAVONS QU'IL A ÉTÉ ENLEVÉ AVEC SA FEMME ET NOUS SOMMES PRÊTS À TOUT POUR LES DÉLIVRER. La réponse de Chris apparut presque instantanément. COMBIEN ÊTES-VOUS ? Et Frank de répliquer : NOUS SOMMES HABITUELLEMENT SEPT. JE VOUS EN PRIE, APPELEZ-NOUS MERLIN.

ENTENDU, VÉNÉRABLE DEVIN. JE VOUS FERAI CONNAÎTRE L'ENDROIT EXACT OÙ NOTRE ROI EST DÉTENU DÈS QUE LE MAGICIEN ME L'AURA RÉVÉLÉ. FIN DU MESSAGE.

– Et que ferons-nous lorsque nous le saurons ? s'enquit Julie, agitée.

– Nous en informerons l'inspecteur Wilton, conseilla Marco.

– Deux ou trois d'entre nous devraient quand même y aller, signala Chance.

– Mais ce sorcier a sans doute des armes, craignit Katy.

– J'irai quand même à sa rescousse, déclara Marco.

– Moi, en tout cas, je ne peux pas quitter Little Rock à cause des ordres du juge, déplora Karen.

– Moi, je peux y aller, affirma Frank.

– Je ne peux pas quitter mon emploi à l'épicerie, soupira Julie. Si je pars même quelques jours, je serai congédiée et j'ai besoin de cet argent pour mes études.

– Ma mère a vraiment besoin de moi. Il faut que je garde mes frères pendant qu'elle travaille, indiqua Katy.

– Moi, j'en suis, décida Chance.

– Je pense qu'à trois, on pourra le retrouver et informer la police locale du lieu où il est détenu, les encouragea Marco. Mais il faudra d'abord nous rendre à Houston.

– Je m'en occupe, offrit Frank.

* * *

Au Texas, les militaires continuaient de surveiller les progrès de Terra, mais les formules à l'écran demeuraient inchangées. Le capitaine Douglas, un homme pourtant sympathique, n'arrivait pas à établir une bonne relation avec l'astrophysicien. Dès que le militaire mettait les pieds dans la villa, Terra se cachait dans une autre pièce pour éviter de lui parler. Douglas s'entendait bien avec Amy, mais ce n'était pas elle l'experte en propulsion.

Debout devant les nombreux écrans de la salle d'observation, dans la maison du jardinier, le capitaine cherchait une nouvelle stratégie qui inciterait le Hollandais à se mettre au travail, car le général Howell exigeait des résultats rapides.

– Permission de parler librement, capitaine ? sollicita le sergent Keaton.

– Permission accordée, répondit l'officier.

– La raison pour laquelle monsieur Wilder ne s'intéresse pas à ses recherches c'est qu'il est trop préoccupé par ses jambes. Je pense que si un spécialiste l'aidait à en reprendre plus rapidement la maîtrise, il se remettrait au travail.

Le capitaine le remercia : cette suggestion était effectivement pleine de bon sens. Il communiqua avec le général Howell et embaucha un physiothérapeute qui avait soigné Terra Wilder à l'hôpital militaire quelques années plus tôt. On le fit conduire à la villa dès le lendemain. Douglas l'y laissa entrer seul pour que sa présence n'indispose pas le savant.

Chuck Berman était un homme musclé, dans la trentaine, qui ressemblait davantage à un professeur d'aérobic qu'à un technicien de la santé. D'origine scandinave, il avait les cheveux platine, qu'il portait très courts, et des yeux bleus étincelants. Amy fut plutôt surprise de le voir apparaître à la porte du salon, surtout que ce n'était pas un militaire. Elle aperçut alors le sourire amusé sur le visage de Terra.

– Chuck ? Mais qu'est-ce que tu fais ici ? s'égaya le Hollandais.

– Un certain capitaine Douglas m'a dit que tu avais besoin d'exercice, alors me voilà. Qui est cette jolie femme ? Ton infirmière particulière ?

– Non, s'empressa de rectifier Terra. Amy est ma nouvelle épouse.

Chuck donna une vigoureuse poignée de main à Amy. Il se présenta comme ayant été le seul des physiothérapeutes de Terra à avoir survécu à deux années d'insultes à Houston.

– Sommes-nous toujours à Houston ? voulut savoir Amy.

– Mais non, vous êtes à Galveston. Le capitaine m'a dit que vous étiez sous la protection du gouvernement, mais il ne m'a pas dit pourquoi.

– Ce sont ses travaux qu'ils tentent de protéger, lui apprit Amy.

– J'aurais dû m'en douter, s'amusa Chuck en prenant place dans un fauteuil. Votre mari est bourré de talent, malgré son mauvais caractère. Quand j'ai travaillé sur ses jambes, il y a quelques années, il m'a insulté, frappé et il a même menacé de me tuer.

Amy posa sur son époux un regard plein de doute, mais Terra ne se défendit pas. Il se contentait de fixer Chuck en espérant qu'il se taise.

– À l'hôpital, nous ne l'appelions pas Terra, mais Terreur, poursuivit Chuck. Je suis certain qu'il a détruit la carrière de plusieurs jeunes médecins qui n'avaient pas mon endurance.

– Quoi ? s'étonna Amy.

– Mais non ! protesta Terra. J'ai seulement fait renvoyer ceux qui étaient des imbéciles !

Amy allait vraiment de surprise en surprise. Cet homme n'était pas seulement un merveilleux professeur de philosophie et un mari attentif, mais aussi un bourreau pour ses médecins et un brillant savant dont les recherches étaient cruciales pour la conquête de l'espace.

– Comment ont-ils réussi à greffer de véritables os dans tes jambes ? demanda Chuck, intrigué. À moins que ce soit de l'information secrète, évidemment.

– Pas du tout, affirma Terra. C'est un mystère même pour l'armée.

– As-tu subi une opération ailleurs qu'à leurs installations ?

– C'est arrivé à l'hôpital militaire et c'est Sarah qui en est responsable.

Chuck perdit son sourire et devint très inquiet. Il se rappelait les cauchemars qui avaient grugé l'énergie de son patient pendant sa dernière année de traitement. Pourquoi recommençait-il à parler de Sarah maintenant qu'il avait une nouvelle épouse ?

– Tu n'es pas obligé de me croire, Chuck, mais c'est la vérité. Tout ce que je te demande, c'est de m'aider une fois de plus à marcher.

– Tu sais bien que je vais faire l'impossible, mais je pense que tu devrais recommencer à voir le psychiatre, mon ami.

– Remets-moi d'abord sur pied, ensuite, j'y penserai.

Chuck accepta le défi. Il se mit à exercer vigoureusement les articulations de Terra malgré ses cris, ses larmes et ses grincements de dents. Lorsque Amy mit son époux au lit le premier soir, il était épuisé et meurtri, mais content de ses progrès. Elle lui embrassa l'oreille pour tenter de l'intéresser à un autre genre d'exercice, mais il refusa ses avances en déclarant qu'il refusait de lui faire l'amour devant les écrans de surveillance. Amy se couvrit aussitôt et exigea de savoir où se trouvaient les caméras.

Terra pointa un petit appareil, juste au-dessus de la porte de la chambre. Insultée, Amy enfila sa robe de nuit. Elle tira la chaise de la coiffeuse jusqu'à la porte, y grimpa et arracha le dispositif avec tous ses fils. Elle l'enferma dans un tiroir et pressa Terra de lui dire s'il y en avait d'autres. Comme il faisait signe que non, elle sauta dans le lit et exigea toute son attention.

– Et c'est moi qu'ils appelaient « terreur », plaisanta-t-il devant la détermination de sa femme.

– Tais-toi et embrasse-moi.

Le lendemain matin, Chuck Berman organisa une séance de thérapie dans la piscine. Amy demeura en retrait, sur une chaise longue, à les observer sans intervenir. Le capitaine Douglas sortit de la maison et se dirigea vers eux.

– Où sont les caméras de la chambre et de la salle de bains ? voulut-il savoir.

– Elles sont dans la poubelle de la cuisine, maugréa Amy. Et si vous essayez d'en installer d'autres, elles subiront le même sort. Nous avons besoin d'intimité, capitaine. Ce que nous faisons dans ces deux pièces ne vous regarde pas.

Le militaire ne souhaitait pas se quereller avec elle, mais si le général ordonnait que ces caméras soient remises en place, il serait obligé d'obéir. Il s'approcha de Terra. Chuck continuait de lui étirer les jambes en lui arrachant des grimaces de douleur.

– Comment allez-vous ce matin, docteur Wilder ? osa l'officier.

Terra ne se tourna même pas vers lui. Chuck fronça les sourcils devant cette manifestation d'hostilité.

– Nous aimerions que vous passiez plus de temps à l'ordinateur, insinua le capitaine.

Terra lui opposait toujours un mur de silence. Le capitaine attendit quelques minutes, puis, voyant qu'il n'obtenait aucun résultat, il tourna les talons.

– Cet homme est ton gardien, Terra, l'avertit Chuck. Tu devrais être plus conciliant.

– Je sais très bien que l'armée ne me laissera plus jamais repartir. Je n'ai certes pas l'intention de leur manger dans la main, en plus !

– Si tu es coincé, essaie au moins de te rendre la vie plus agréable.

– Tu ne sais pas de quoi tu parles, alors mêle-toi de tes affaires, rétorqua Terra en tentant de sortir de la piscine.

Chuck le ramena en position assise sur la première marche. Terra le brûla du regard, mais le physiothérapeute avait déjà goûté à la fureur du Hollandais dans le passé. Il n'avait pas peur de lui. Il poursuivit ses manipulations, s'attendant à ce qu'il lui envoie son pied au visage. Terra n'en fit rien. « Intéressant », pensa Amy en observant la scène. Chuck avait un sacré cran, car elle-même n'aurait pas insisté devant la mine orageuse de son époux.

# 26

Après son travail, Christopher Dawson s'assura de ne pas être suivi et se rendit au parc à proximité de chez lui. Il marcha autour de l'étang. Il trouva finalement un sac de papier brun rempli de miettes séchées. Il s'accroupit et se mit à lancer le pain aux canards qui pataugeaient dans l'eau. C'était le signal. Derrière lui, un vieil homme assis sur un banc l'observa pendant un moment, puis se leva et passa près de lui.

– Il est à Galveston, marmotta-t-il, au 44, Leeson.

Chris attendit qu'il se soit éloigné, puis lança le reste du pain dans l'eau, avant de jeter le sac vide dans une poubelle. Il rentra directement chez lui et composa sur le clavier de son ordinateur le message qu'il avait mentalement rédigé en chemin. IL EST TEMPS D'AGIR, CHEVALIERS. NOUS NOUS RENCONTRERONS DANS LA CAVERNE DE CRISTAL À LA PROCHAINE PLEINE LUNE. Il transmit le message à tous les membres de la Table ronde.

– Et que Dieu nous accompagne, murmura-t-il pour lui-même.

Il ferma les yeux et fit le signe de la croix.

* * *

À Little Rock, Frank reçut le message sur l'ordinateur de Terra et courut le répéter à ses amis au petit restaurant près de l'école.

– C'est quoi, la Caverne de Cristal ? s'inquiéta Karen.

– C'est sûrement l'endroit secret où ils se rencontrent en cas d'urgence, supposa Julie.

– Et son adresse ne se trouve probablement pas dans les pages jaunes de Houston, soupira Chance.

– Comment pourrons-nous nous rendre à ce rassemblement si nous ne savons pas où il a lieu ? se découragea Marco.

– J'ai fait quelques recherches sur Internet et j'ai découvert que le message provenait d'un usager qui s'appelle Christopher Dawson, leur apprit Frank. J'ai essayé d'obtenir son adresse, mais il y a plusieurs hommes qui portent ce nom au Texas.

– Alors, nous devrons le retrouver par nous-mêmes une fois sur place, décida Chance.

Pendant que les habitants de Little Rock s'organisaient pour fournir à Frank, Marco et Chance l'argent de leurs billets d'avion, les jambes de Terra Wilder devenaient de plus en plus fortes. Chuck avait installé des barres parallèles dans la cour de la villa et placé son patient à une extrémité de ce couloir étroit : Terra devait marcher jusqu'à l'autre bout en s'y appuyant le moins possible.

– Travailles-tu encore à l'hôpital militaire ? voulut savoir Terra en avançant prudemment.

– Non. J'ai ma propre clinique à Dallas, maintenant.

– Si tu ne travailles plus pour l'armée, alors comment se fait-il que tu sois ici ?

– Un général m'a fait une offre que je ne pouvais pas refuser.

Terra arriva à l'extrémité de la rampe, visiblement soulagé. Impassible, Chuck le fit recommencer en sens inverse. Terra lui demanda s'il avait déjà eu dans son esprit ou dans ses rêves des images de la vie à Rome du temps du Christ.

– Je n'ai jamais aimé l'histoire, mais je fais souvent le même rêve qui pourrait se situer à cette époque. Je suis sur le bord d'une rivière avec des femmes qui lavent des vêtements. Puis, tout à coup, un groupe de soldats avec des casques surgissent des roseaux et se mettent à tuer tout le monde. Je me réveille toujours en criant et pourtant, ce n'est qu'un rêve.

– Et si ce n'en était pas un ? Si c'était le souvenir d'une autre vie ?

– Alors, j'aurais eu une autre vie plutôt tragique, répondit moqueusement Chuck. Mais je ne crois pas à la réincarnation.

Terra parvint de nouveau au bout des barres. Il se dirigea vers une chaise, même si Chuck ne lui avait pas permis d'interrompre l'exercice. Le technicien s'empressa de le rejoindre. En voyant Terra ravagé par l'angoisse, il crut que le récit de son rêve l'avait ébranlé.

– Qu'est-ce qui te bouleverse comme ça ? demanda Chuck en s'accroupissant devant lui.

– J'ai un très lourd karma et parfois, j'ai l'impression que je ne pourrai jamais m'en débarrasser. J'ai bien peur d'avoir été un des soldats qui ont tué ces femmes.

– Ce n'était qu'un rêve, Terra.

– Donne-moi tes mains.

Le physio n'y vit aucun mal. Au contraire, cela ne pouvait que rassurer son patient. Dès que ses paumes touchèrent celles de Terra, il reçut une décharge électrique qui le ramena tout droit dans le passé. Il revit la scène sur le bord de la rivière. Il était assis sur une roche plate et regardait les femmes frotter des vêtements sur des pierres en bavardant entre elles. Il était très jeune et on lui avait demandé de rester sage. Il entendit un bruit derrière lui et se retourna. C'est alors que des soldats romains surgirent de nulle part, des glaives à la main, et fauchèrent tout le monde. Il vit alors le visage de celui qui portait un casque doré : c'était Terra Wilder ! Chuck lâcha les mains de son patient et tomba sur les fesses. Devant lui, les joues de l'astrophysicien étaient baignées de larmes.

– Je suis tellement désolé, Chuck…

– Mais qu'est-ce que tu m'as fait ?

– Je t'ai tué parce que tu étais chrétien…

– Mais comment as-tu réussi à mettre ces images dans ma tête ?

– Ce sont tes souvenirs d'une autre vie. Mes mains ont le don de les déterrer. En fait, elles se sont mises à faire des choses étranges peu de temps après mon arrivée au Canada. Elles semblent capables de guérir les maladies et de me remettre en contact avec les gens envers lesquels j'ai des dettes à cause de ma vie à Jérusalem. Ensuite, les arbres ont commencé à me donner leur énergie.

– Et tu as revu le fantôme de Sarah, ajouta Chuck, très inquiet. Tu as besoin de consulter Reiner encore plus rapidement que je le pensais, Terra.

Voyant que Chuck ne le croyait pas, Terra se leva et s'approcha d'un des arbres qui entouraient la piscine. Il s'appuya contre le tronc. Aussitôt, l'arbre replia ses branches contre lui en émettant une douce lumière blanche. Effrayé, Chuck recula précipitamment, avant de se retourner et de prendre ses jambes à son cou.

Lorsque l'arbre délia son étreinte, Chuck avait disparu. Le Hollandais savait qu'il lui avait causé un grand choc, mais il n'avait pas eu le choix. Il lui fallait à tout prix effacer la tache sombre sur son âme qui l'empêchait d'être heureux dans sa présente incarnation. Il devait absolument faire amende honorable auprès de tous ceux qu'il avait jadis lésés.

Il trouva Amy assise devant le téléviseur, à regarder un téléroman populaire. Il se faufila dans ses bras et lui raconta ce qui venait de se produire. Tout en le cajolant, elle crut bon de lui rappeler qu'il n'était plus cet homme violent qui avait assassiné des innocents.

– Il n'était qu'un petit enfant et je l'ai tué de sang-froid, Amy, et son âme s'en souvient. Malgré tout, il m'a quand même réappris à marcher deux fois dans cette vie-ci. C'est tellement difficile à comprendre…

– C'est parce que tu essaies de t'expliquer ce phénomène avec ton esprit scientifique. Utilise plutôt ton cœur. Fais davantage confiance à ce que tu ressens. Tu es un homme merveilleux, Terra Wilder, peu importe ce que tu as fait à Jérusalem, il y a deux mille ans.

Il resta dans ses bras encore un moment, puis décida d'aller jeter un coup d'œil à ses formules. Amy le regarda s'éloigner en pensant qu'elle n'avait jamais aimé autant un homme que lui.

* * *

À Little Rock, Frank Green avait tenté par tous les moyens d'en apprendre davantage sur tous les Christopher Dawson qu'il avait repérés au Texas. Découragé, il décida d'avoir recours à une source différente. Il se rendit donc dans la forêt derrière l'école, là où il avait vu le bel ange qui veillait sur Terra. Il trouva facilement le chêne, puisqu'il y avait souvent déposé des fleurs, et se mit à genoux. Sarah sortit de l'arbre et posa sur lui un regard empli d'amour.

– Tu es prêt à risquer ta propre vie pour qu'il ne perde pas la sienne ? commença-t-elle.

– Oui, madame. Et je ne partirai pas seul. Dites-moi seulement où je peux trouver Christopher Dawson, parce que Houston, c'est une très grande ville.

Sarah contempla ce vaillant jeune homme pendant un moment. Il méritait certainement de faire partie de la bande de chevaliers qui allaient bientôt tenter de délivrer Terra.

– Il doit rencontrer les membres de son groupe à dix heures du soir dans trois jours, à la marina des Rois de Galveston.

Sarah disparut sans écouter les remerciements de l'adolescent ébahi. Frank se dépêcha de quitter la forêt et de rejoindre ses amis. Il leur annonça que ce n'était pas à Houston qu'ils devaient aller, mais à Galveston. Grâce à l'argent que la ville avait ramassé pour eux, et malgré les protestations de l'inspecteur Wilton qui affirmait avoir remis cette affaire entre les mains du FBI, Chance Skeoh, Marco Constantino et Frank Green débarquèrent donc à Galveston trois jours plus tard.

Ils allèrent directement à la marina, avec leurs sacs à dos et leur courage. Ils mangèrent dans un petit restaurant avant de se faufiler sous les barrières et de parcourir tous les quais, à la recherche de Christopher Dawson. Soudain, Chance aperçut un gros yacht de plaisance qui s'appelait la Caverne de Cristal. Ce n'était certainement pas une coïncidence.

– C'est un bateau ? s'étonna Marco.

– Très brillant, commenta Chance. De cette façon, ils peuvent se rencontrer à différents endroits sans jamais être repérés.

– Est-ce que je peux vous aider ? fit une voix derrière eux.

Ils firent volte-face. Les yeux de Chance furent aussitôt hypnotisés par le regard de velours de l'étranger. Il était grand, svelte et ses cheveux sombres à l'épaule volaient doucement au vent. Il semblait une véritable apparition d'un autre temps.

– Nous cherchons Christopher Dawson, clama bravement Frank.

– Puis-je savoir pourquoi ?

– Nous sommes Merlin, lui apprit Chance. Êtes-vous le chevalier Galahad ?

– À votre service, milady, confirma-t-il en lui tendant la main.

Elle lui donna la sienne et il l'embrassa galamment en la fixant dans les yeux. La sensation fut électrisante pour la jeune fille, qui eut l'impression de retrouver un ami de toujours.

– Nous sommes venus vous aider à délivrer Terra Wilder, déclara Frank en brisant le charme.

– Je vous en prie, baissez la voix, exigea Chris.

– Je suis Frank, murmura-t-il. Lui, c'est Marco et elle, c'est Chance.

– Chance, répéta le chevalier en souriant. Quel joli nom.

– Nous aimerions participer à votre rencontre de ce soir, annonça Marco.

– Suivez-moi.

Il les fit monter à bord de la Caverne de Cristal et les conduisit à l'intérieur de la cabine principale. Plus d'une dizaine d'hommes, tous plus âgés que Galahad, étaient réunis dans ce confortable salon flottant. Ils se tournèrent nerveusement vers les nouveaux venus.

– N'ayez crainte, les rassura Galahad. Ces braves gens sont du pays de la Reine Blanche.

– Sont-ils Merlin ? demanda un des hommes en s'avançant.

– Oui, sire.

L'homme fit un léger signe de la main. Deux des chevaliers fouillèrent Frank et Marco. Lorsqu'ils voulurent faire la même chose avec Chance, Galahad s'interposa.

– Pas la jeune dame, je vous en prie, plaida-t-il. Cela irait contre l'esprit du code.

L'homme fit signe aux chevaliers de reculer. Il voulut alors savoir si Galahad était responsable de leur présence au Texas. Ce dernier avoua qu'il l'était, d'une certaine façon, puisqu'ils avaient intercepté son appel aux armes sur l'ordinateur de Terra.

– Je suis Lancelot, se présenta celui à qui ils semblaient tous obéir. Quelle est votre relation exacte avec Terra Wilder ?

– C'est notre professeur de philosophie en Colombie-Britannique, expliqua Frank.

– Et nous voulons le ravoir, ajouta Marco.

Lancelot posa un regard glacé sur Chance. Galahad capta aussitôt les pensées de son mentor.

– Elle fait partie de Merlin, sire, précisa-t-il. Elle devrait entendre ce que vous avez à nous dire.

D'un geste de la main, Lancelot les fit asseoir, puis il promena un regard grave sur chacun d'entre eux.

– Nous ne sommes que le premier groupe d'assaut, chevaliers. Si nous échouons, d'autres forgeront leurs propres plans pour délivrer le roi. La raison pour laquelle sire Perceval n'est pas parmi nous ce soir, c'est qu'il surveille la maison où notre roi et sa dame sont retenus prisonniers. Dès qu'il nous aura fait connaître les points faibles de cette installation militaire, nous nous en servirons pour les libérer. Mais cela représente la partie facile de notre mission. Il faudra ensuite assurer la sécurité du couple royal une fois qu'il aura été délivré. Quelques-uns d'entre nous m'ont fait des suggestions intéressantes à ce sujet, mais nous ne devons pas oublier que le sorcier a le bras long et que le dragon a des ailes.

– Qu'en est-il du sacrifice destiné à l'apaiser ? s'informa Galahad.

– Le sort décidera lequel d'entre nous perdra la vie pour Arthur. Ce n'est pas à nous de prendre cette décision. Nous tenterons le coup cette semaine, sans l'aide du magicien, qui n'agira qu'en dernier recours. Retournez chez vous, chevaliers, et tenez-vous prêt à répondre à mon appel.

Ils se levèrent et échangèrent une curieuse poignée de main en saisissant mutuellement leurs poignets. Lancelot se tourna vers les étudiants.

– Qu'avez-vous l'intention de faire d'eux, chevalier Galahad ?

– Je les hébergerai chez moi, sire. Le dragon connaît probablement leur identité, puisqu'ils ont eu des contacts avec le roi, mais je serai prudent.

Chris se courba devant l'homme aux cheveux gris, puis poussa les trois terreurs vers les petites marches. Il exigea qu'ils gardent le silence sur le quai. Ils montèrent avec lui dans un taxi qui les conduisit dans la cour d'un immeuble de Galveston. Ils traversèrent ce dernier en empruntant un si grand nombre de corridors qu'aucun des jeunes n'aurait pu retrouver son chemin, puis ils sortirent par la porte principale. Ils s'entassèrent ensuite dans une voiture stationnée parmi d'autres dans la rue, pendant que Chris surveillait les alentours. Il s'installa au volant et quitta la ville en jetant de fréquents coups d'œil dans le rétroviseur.

– Vous craignez d'être suivi ? s'inquiéta Frank.

– Les informateurs du sorcier sont partout, affirma calmement Galahad.

– Y en a-t-il derrière nous en ce moment ? demanda Chance.

– Oui, milady, mais tant qu'ils pensent que j'ai passé la soirée dans l'immeuble devant lequel se trouvait ma voiture, ils peuvent bien me suivre. D'ailleurs, ils savent déjà où j'habite.

– Quand j'ai lu votre message électronique, j'ai cru que c'était vous le chef du groupe, lui dit Frank.

– Je ne suis qu'un simple chevalier. Sire Lancelot dirige l'ordre en l'absence du roi.

– Et ce roi, c'est Terra Wilder ? s'étonna Chance.

– Évidemment.

– Nous lui avons donné bien des étiquettes, mais pas celle-là, pensa Marco tout haut.

– Nous savions, par contre, qu'il était un homme important, ajouta Frank, qui avait toujours soupçonné que Terra était bien plus qu'un simple professeur de philosophie ou un ex-astrophysicien.

– Notre roi est un homme simple, expliqua Chris. Il n'aime pas attirer l'attention sur lui-même. C'est un chef parfait qui ne désire pas détenir le pouvoir.

– Qui est le dragon ? s'enquit Chance.

– C'est l'armée.

– Et le sorcier ?

– Nous ne le savons pas vraiment, mais nous sentons sa présence derrière les décisions du dragon.

– Et le magicien ? poursuivit Frank.

– C'est un allié de l'ordre. Il travaille pour les services secrets américains.

– Tout ça, c'est plutôt compliqué pour de simples étudiants canadiens, se découragea Marco.

– J'ai peur qu'il ne soit trop tard pour reculer, maintenant, répliqua Chris. Les informateurs du sorcier savent que vous avez décidé d'entrer dans le jeu. Ils vous traiteront de la même façon que nous.

Chris les avait emmenés à sa petite maison de Houston, où il leur offrit ses deux chambres d'amis. Il regretta de ne posséder qu'une seule salle de bains pour tout le monde, mais les adolescents l'assurèrent que ce ne serait pas un problème.

Ils furent émerveillés par la décoration médiévale de la propriété. Le salon, en particulier, était une pièce remarquable : tous ses murs étaient recouverts de pierre et les fenêtres étaient parées d'épaisses draperies de velours sombre. Il y avait des chandeliers de fer forgé partout et, dans un coin, une véritable armure de chevalier. Des armes étaient suspendues au-dessus d'un imposant foyer qui occupait presque tout un mur. Le mur opposé était couvert de livres sur le Moyen Âge. Il y avait deux gros fauteuils en cuir et, entre les deux, une table de bois sur laquelle reposait un jeu de Donjons et Dragons.

– Vous aimez vraiment le Moyen Âge, dites donc, le taquina Frank.

– J'aurais bien aimé vivre à cette époque, avoua Chris avec un brin de nostalgie dans la voix.

– Peut-être l'avez-vous fait et que cette vie vous manque, suggéra Chance.

– Que voulez-vous dire, milady ?

– Croyez-vous à la réincarnation ?

– Je n'en sais rien. J'ai surtout décoré ma maison ainsi parce que j'ai toujours été fasciné par les récits de la Table ronde. Je me sens bien dans ce décor.

– Moi, je pense qu'il vous rappelle une autre vie pendant laquelle vous avez été très heureux, estima Chance.

Marco s'approcha du jeu et cueillit un petit chevalier en étain pour l'examiner de plus près.

– C'est la dernière pièce que Terra a déplacée, il y a plus de six ans maintenant, murmura Chris, ses yeux doux se remplissant de larmes.

Il s'excusa auprès de ses invités et les pria de faire comme chez eux. Il disparut dans le couloir, laissant ses jeunes amis continuer d'explorer seuls le reste de la maison. Ils trouvèrent les chambres d'amis, également décorées de façon médiévale, et s'y installèrent pour la nuit, les garçons dans l'une et Chance dans l'autre.

Au bout d'une heure, l'adolescente ne dormait toujours pas, hantée par le beau visage du chevalier qu'il lui semblait connaître depuis toujours. Une odeur de bois brûlé l'attira hors de sa chambre. Elle s'arrêta dans la porte du salon : Chris était assis devant le foyer, à jouer dans les braises d'un petit feu avec le bout d'un tisonnier.

– Vous ne trouvez pas qu'il fait un peu chaud pour faire du feu ? remarqua-t-elle.

Surpris, il laissa tomber l'instrument de fer forgé et se retourna vivement.

– Je suis désolée, je ne voulais pas vous effrayer.

– Ce n'est pas votre faute, milady, se calma-t-il. Je ne suis pas habitué d'avoir de la compagnie. Fait-il trop chaud dans la maison ? Est-ce pour cette raison que vous n'arrivez pas à dormir ?

– Non, ce n'est pas ce qui m'empêche de dormir. Ce sont toutes les pensées qui se bousculent dans ma tête.

Elle s'installa sur un coussin et admira le beau visage de Christopher Dawson, éclairé par les petites flammes.

– Je n'ai jamais rencontré quelqu'un comme vous, Galahad.

– Et je n'ai jamais rencontré quelqu'un comme vous, milady. Vous êtes un véritable rayon de soleil.

– Merci… fit-elle en baissant timidement la tête.

Elle se demanda à quoi il pensait. Était-il aussi courtois parce que cela faisait partie du code de chevalerie ou était-il naturellement gentil ?

– Pourquoi avez-vous décidé de vous appeler Galahad ? s'enquit-elle.

– C'est le roi qui m'a donné ce nom. Il disait que je lui faisais penser au chevalier parfait.

– Je ne sais pas pourquoi, mais c'est comme si je vous connaissais déjà. Avez-vous déjà visité la Colombie-Britannique ?

– Non, milady, je n'ai jamais quitté les États-Unis. Mais moi aussi j'ai l'impression de vous avoir déjà vue quelque part. Vos yeux surtout me sont très familiers.

– Moi, c'est votre voix. J'ai tout de suite su qui vous étiez sur les quais de Galveston. Mais puisque c'est la première fois que nous nous rencontrons dans cette vie, cela veut dire que nous nous sommes connus autrefois, dans une autre incarnation.

– Peut-être bien, murmura Chris en posant sur elle des yeux emplis d'adoration.

« Il sait décidément comment regarder une femme », songea Chance, qui se sentait soudainement très importante.

– Êtes-vous marié ? osa-t-elle avant de s'aventurer trop loin.

– Non, et je ne suis pas divorcé non plus. Les femmes ne s'intéressent pas à moi. Elles me trouvent un peu trop étrange, probablement parce que j'ai beaucoup de mal à vivre dans notre siècle.

– Vous n'êtes pas étrange, vous êtes différent.

Il lui raconta qu'il avait fait la connaissance de Terra lors d'une réunion administrative plutôt ennuyeuse de la NASA. Ils s'étaient retrouvés assis l'un près de l'autre et avaient eu, eux aussi, l'impression de déjà se connaître. Ils s'étaient donné rendez-vous à plusieurs reprises à l'heure du déjeuner pour essayer de découvrir où ils avaient bien pu se rencontrer. Chris avait fini par parler à Terra de sa fascination pour le Moyen Âge et ce dernier s'y était intéressé. Il lui avait présenté Sarah, mais elle ne partageait pas leur amour de l'histoire ancienne, alors leurs incursions dans la chevalerie étaient devenues leur passe-temps privé.

Ils avaient acheté ensemble le jeu de Donjons et Dragons. Au début, ils n'y avaient joué qu'une fois par semaine. Puis, comme ils aimaient tous les deux prétendre qu'ils étaient des chevaliers d'un autre temps, aux prises avec des sorciers et des dragons plutôt qu'avec des relations amoureuses ou des ordinateurs, ils s'étaient mis à jouer tous les jours. Un soir, à la boutique où ils achetaient leurs cartes de jeu, ils étaient tombés sur Lancelot. En arrivant face à face avec Terra, ce noble chevalier avait posé le genou contre terre et s'était déclaré honoré d'avoir enfin trouvé son roi.

Sa curiosité l'emportant sur son inquiétude, Terra avait accepté de rencontrer les autres chevaliers de l'ordre, sans rien promettre à Lancelot cependant. Mais une fois qu'il eut pénétré dans la grande salle du trône du château de sire Kay, Terra s'était métamorphosé sous leurs yeux. Il s'était avancé jusqu'à la belle chaise travaillée qui dominait la pièce et en avait caressé les bras avec affection. Il avait aussi soulevé la lourde épée qui y reposait depuis longtemps, attendant l'arrivée de son maître. Tous les chevaliers avaient alors compris qu'il était le monarque qu'ils cherchaient depuis des années.

– Son regard est devenu différent, se rappela Galahad. Il affichait une autorité que je ne lui connaissais pas. Nous avons tous les deux accepté de devenir membres de l'ordre. Il a d'abord été consacré roi, puis il m'a adoubé. Ce fut le plus beau jour de ma vie.

– Est-ce que l'ordre est une société secrète ? voulut savoir Chance.

– Elle n'est pas secrète, mais elle est privée. N'en fait pas partie qui veut.

– Agit-elle seulement à Houston ?

– Oh non, elle est partout dans le monde. Nous ne sommes qu'une poignée au Texas, mais il y a des centaines de chevaliers dans les grandes villes de toute la planète.

– Est-ce que l'ordre a un but ? Une mission ?

– Nous aimerions reconstruire Camelot et y vivre tous ensemble en accord avec les lois de la chevalerie. Mais en attendant de pouvoir réaliser ce grand rêve, nous nous contentons de nous réunir pour pratiquer l'escrime, l'équitation et manger ensemble. Nous nous faisons également un devoir de nous entraider.

– C'est pour cette raison que vous avez décidé de délivrer Terra ?

– Oui et aussi parce qu'il est notre roi.

– J'ai du mal à lui trouver une tête de souverain, parce qu'il est mon professeur de philosophie. Mais dans ma ville, les gens ont cru qu'il était Jésus, puis un ange. Il nous a lui-même dit qu'il croyait être la réincarnation d'un important général romain.

– Peut-être qu'il est tous ces hommes à la fois, mais il est surtout pour moi un ami très cher. Il est aussi une source d'inspiration pour notre ordre. À cause de cela, il doit demeurer libre.

– Et vous allez tenter ce sauvetage cette semaine ?

– Probablement, dès que le seigneur Perceval nous assurera que nous pouvons le libérer sans mettre sa vie ou celle de sa dame en danger.

– Ce qui veut dire que nous pourrions être ici pendant encore quelques jours ?

– C'est possible. Est-ce un problème, milady ?

– Oh non, bredouilla-t-elle. J'aime votre compagnie, Galahad.

Dans leur chambre, les deux garçons ne dormaient pas non plus. Frank regardait le chandelier qui pendait du plafond en songeant à ces chevaliers sortis tout droit d'un livre d'histoire. Et on accusait les adolescents d'avoir trop d'imagination…

– Marco, est-ce que tu dors ?

– Non.

– Je suis inquiet pour Chance. Tu as vu comment Dawson la regardait ?

– Ce type est un chevalier, Frank, et les chevaliers adorent les femmes. Arrête de t'inquiéter.

– Mais Chance pourrait se laisser séduire par ses belles manières. Il lui brisera le cœur quand elle s'apercevra qu'il est beaucoup trop vieux pour elle.

– Est-ce que tu serais amoureux de Chance, par hasard ?

– Moi ? Jamais de la vie ! Mais c'est mon amie et je ne veux pas qu'il lui arrive quoi que ce soit de fâcheux pendant ce voyage.

– Galahad n'est pas un type dangereux. Maintenant, essaie de dormir. Nous aurons besoin de toutes nos forces si nous voulons les aider à libérer Terra.

Marco se tourna sur le côté et s'endormit quelques minutes plus tard. Frank, pour sa part, n'arriva à fermer l'œil qu'au petit matin. Lorsqu'il se réveilla, Marco n'était plus là. Il partit donc à sa recherche et trouva ses amis dans la cuisine à déguster le festin que Christopher avait préparé pour eux. Il prit place à la table et trouva Chance plutôt pâle.

– Tu n'as pas beaucoup dormi toi non plus, remarqua-t-il.

– Pas vraiment, avoua-t-elle. J'ai passé une bonne partie de la nuit à bavarder avec Galahad.

– Bavarder ? répéta Frank, quelque peu soupçonneux.

– Parce que tu penses que nous avons… fit l'adolescente, insultée. Frank Green ! Comment oses-tu prétendre une chose pareille ? Cet homme est courtois, gentil, sensible et il sait écouter ! C'est tout !

– Chance, il est deux fois plus vieux que toi et il vit dans un monde de fantaisie !

– Tout comme toi, il y a quelques mois, quand tu étais persuadé que Terra était la nouvelle incarnation du Christ ! J'apprécie que tu te soucies de moi, Frank, mais ce qui est arrivé ou ce qui arrivera entre Galahad et moi, c'est mon affaire. Et si tu es réellement mon ami, tu te réjouiras de mon bonheur s'il devient amoureux de moi, et tu me consoleras s'il ne se passe rien entre nous.

Frank la fixa avec rancune. Parfois, les filles étaient si naïves ! Chris Dawson apparut alors à l'entrée de la cuisine. Il avait dû entendre leur conversation, puisque la maison n'était pas très grande…

– Si vous avez besoin de quoi que ce soit, n'hésitez pas à m'appeler. Je serai dans le salon.

Il recula doucement et disparut dans le couloir. Chance dut se faire violence pour ne pas le poursuivre.

# 27

Terra passa toute la matinée devant l'ordinateur, à absorber le contenu de ses formules vieilles de six ans. Fatigué, il étira les muscles de son cou et fut soudain curieux de savoir si quelqu'un le surveillait. Il pianota sur le clavier. EST-CE QUE QUELQU'UN LIT CECI ? puis s'adossa à la chaise en attendant une réponse.

Dans la maison du jardinier, Ben Keaton sursauta. Jamais, depuis qu'il exerçait ce genre de guet, ses victimes ne s'étaient ainsi adressées directement à lui. LA DERNIÈRE FOIS QUE J'AI ESSAYÉ DE TRAVAILLER SUR UN ORDINATEUR, CELUI QUI ME SURVEILLAIT M'A CAUSÉ D'INTENSES ET INUTILES SOUFFRANCES.

– Ce n'était pas moi ! protesta Keaton, même s'il savait que Terra ne pouvait pas l'entendre.

Une autre ligne s'afficha à l'écran. JE N'AI PAS L'INTENTION DE REVIVRE CETTE MALHEUREUSE EXPÉRIENCE. Bien que les ordres de Keaton fussent de ne pas interagir avec ceux sur qui il veillait, il pensa qu'il servirait tout aussi bien son gouvernement en rassurant le savant et en l'incitant à poursuivre son important travail. Il lui répondit donc : L'HOMME QUI VOUS A BLESSÉ A ÉTÉ CONGÉDIÉ. JE SUIS SON REMPLAÇANT. VOUS POUVEZ M'APPELER BEN.

ES-TU ASTROPHYSICIEN, BEN ?

NON. JE SUIS SOLDAT ET JE FAIS SURTOUT DE LA SURVEILLANCE. SI VOUS VOUS METTIEZ À RÉDIGER UNE FORMULE POUR CRÉER UNE NOUVELLE BOMBE ATOMIQUE, JE NE LE SAURAIS PAS. TOUT CE QUE MES SUPÉRIEURS RÉCLAMENT, C'EST DE LES PRÉVENIR LORSQUE VOUS RECOMMENCEREZ À ÉCRIRE. La réplique de Terra fut courte. POURQUOI ?

– Parce qu'ils ne vous font pas confiance, voyons, soupira Ben pour lui-même. Mais ça, je ne peux certainement pas vous le dire.

Qui ne me fait pas confiance ?

Le jeune soldat fixa les mots lumineux avec surprise. Il n'avait pourtant pas touché le clavier.

– Cet ordinateur ne possède pas de système de transmission de la voix ! se récria-t-il, incrédule.

Je sais. Il s'agit surtout d'un ensemble de simulateurs très performants.

– Mais c'est impossible ! Vous ne pouvez pas m'entendre ! Il n'y a aucun micro dans cette foutue maison, seulement des caméras !

Je n'ai pas besoin de micros, Ben. Je pense qu'on appelle ça de la télépathie. Depuis quelques jours, je lis les pensées de ma femme. Je suis content de lire aussi les tiennes.

Effrayé, Keaton se tourna vers le téléphone. Devait-il prévenir le capitaine Douglas ? Son prisonnier lui envoya un nouveau message.

N'aie pas peur. Je ne te ferai pas de mal. En fait, je suis le seul qui souffre vraiment dans toute cette affaire, mais on ne te l'a probablement pas dit, parce que ton travail consiste seulement à me surveiller.

– Je suis désolé, ce sont mes ordres.

Je sais.

Keaton lisait les mots sur l'écran, mais il avait du mal à croire que cet échange était bien réel. Peut-être que cet homme à l'intelligence supérieure ne faisait qu'anticiper ses réactions et qu'il ne l'entendait pas du tout.

Je sais ce que tu ressens. Quand ce pouvoir a commencé à se manifester, j'ai moi-même cru que j'étais en train de devenir fou.

– À part de lire mes pensées, avez-vous d'autres facultés, docteur Wilder ?

Je t'en prie, appelle-moi Terra. Je peux aussi guérir les malades et retirer de l'énergie des arbres. Je parle à un fantôme et je revis des souvenirs d'une vie tragique que j'ai vécue à Jérusalem. Je ne connais pas l'étendue exacte de mes pouvoirs, qui ne cessent de croître.

– Est-ce pour cette raison qu'ils vous ont enfermé ici ?

PAS VRAIMENT. J'AI INVENTÉ UNE NOUVELLE SOURCE D'ÉNERGIE ET LES MILITAIRES NE VEULENT PAS QU'UN AUTRE PAYS S'EN EMPARE LORSQUE JE L'AURAI FINALEMENT MISE AU POINT. J'AIMERAIS BIEN TE RENCONTRER, BEN.

– Moi aussi, parce que…

TU SOUFFRES D'UNE MALADIE DU SANG SI RARE QUE LES MÉDECINS NE SAVENT PAS QUOI FAIRE POUR TE SOIGNER.

– Comment savez-vous ça ? s'étonna Keaton. Je ne l'ai jamais dit à personne. Si mes employeurs l'apprenaient, je perdrais mon poste, et je veux travailler jusqu'à ma mort. Ce travail, c'est tout ce qui me reste.

SI TU RÉUSSIS À VENIR JUSQU'ICI, JE VERRAI CE QUE JE PEUX FAIRE POUR PROLONGER TA VIE. FIN DU MESSAGE.

Terra mit leur conversation en surbrillance et l'effaça d'un seul coup. Keaton demeura immobile à se demander s'il rêvait, puis il décida d'en avoir le cœur net. Un soldat gardait l'entrée de la villa, mais sous prétexte d'inspecter un relais entre les ordinateurs, Keaton obtint la permission d'entrer dans la grande maison. Il se rendit directement à la pièce où Terra était toujours assis et s'arrêta sur le seuil.

– Je savais que tu viendrais.

– Vous m'impressionnez beaucoup, docteur Wilder, avoua Keaton, en état de choc.

– Tu peux m'appeler Terra, répéta le savant en tournant lentement sa chaise vers lui. Approche, Ben. Je ne suis pas dangereux.

Keaton lui obéit, incapable de faire taire complètement sa peur. Terra semblait pourtant être un homme pacifique et d'ailleurs, il avait du mal à marcher, d'après ce qu'il avait observé sur les écrans de surveillance.

– Tu es bien plus jeune que je le pensais, remarqua Terra.

– Je vais avoir trente ans dans quelques mois, lui apprit Keaton. Comment savez-vous que je souffre d'une maladie du sang ?

– Cette information est apparue dans mon esprit. Je ne sais ni pourquoi ni comment. C'est la même chose avec ces maudites formules. Je ne sais pas d'où elles viennent.

– J'imagine que c'est un don.

– Ou une malédiction. Je ne serais pas enfermé ici si je ne l'avais pas. Laisse-moi toucher tes mains, Ben. Ne crains rien.

Keaton les lui tendit en tremblant. Il n'avait jamais fait un geste aussi irrationnel, mais il désirait plus que tout au monde prolonger sa vie de quelques années et les pouvoirs de cet homme semblaient si réels…

– Promets-moi de devenir mon ami après ce que je vais faire.

– Si vous me débarrassez de cette maladie, je serai votre esclave, affirma Keaton.

– Je n'en demande pas tant.

Terra prit les mains de Keaton et ferma les yeux en priant Dieu de faire ce qu'il pouvait pour lui. La lumière qui surgit effraya tellement le jeune soldat qu'il fut tenté de retirer ses mains. Elle cessa presque aussitôt et Terra ouvrit des yeux remplis de souffrance.

– Retourne à ton poste avant que tes patrons soupçonnent quelque chose.

– Êtes-vous souffrant ? osa Keaton.

– Je sais comment gérer ma douleur, le rassura l'astrophysicien, qui pâlissait à vue d'œil. Nous parlerons de tout ça plus tard.

Ben Keaton quitta la villa, informa soldat de garde que tout était rentré dans l'ordre et s'empressa d'effacer le film de sa rencontre avec le savant.

Terra se leva avec difficulté. Craignant de tomber, il s'appuya sur le mur et appela Amy à son secours. Elle accourut, abandonnant les fleurs qu'elle disposait dans un vase. Elle fut stupéfaite de trouver son mari si faible, mais ce n'était pas le moment de le questionner. Elle le fit marcher jusqu'à un arbre dans la cour. Ce n'est que lorsque Terra fut soulagé qu'elle exigea une explication.

– Il n'y a que toi et moi dans cette maison, Terra Wilder, alors comment as-tu perdu autant d'énergie ?

Il baissa la tête, l'air coupable. Elle comprit qu'elle n'en tirerait rien. Impuissante et découragée, elle le regarda passer devant elle en se promettant de lui arracher des confidences plus tard, lorsqu'il serait à sa merci dans leur lit.

À la fin de l'après-midi, un soldat vint relever le sergent Keaton, qui avait demandé une permission personnelle. Curieux de vérifier l'étendue des pouvoirs de Terra Wilder, il avait sollicité auprès de son médecin une consultation de toute urgence. Inquiet de le voir aussi bien portant tout à coup, le médecin craignit une soudaine rémission annonçant une rechute imminente. Il lui fit passer des tests et l'examina de la tête aux pieds. Le cœur battant, Ben Keaton attendit ses résultats en se rhabillant. Le médecin le rejoignit quelques minutes plus tard, le visage exprimant une gravité inhabituelle.

– Je ne sais pas comment te dire ça, Ben, mais les tests préliminaires semblent indiquer que ta maladie a disparu.

– Disparu ? répéta-t-il, hésitant encore à le croire.

– Tu es en rémission, pour l'instant. Il faudra quand même que tu reviennes me voir tous les six mois pour des examens de dépistage.

– Merci, docteur, merci du fond du cœur.

– Ce n'est pas moi qu'il faut remercier, mais ton ange gardien.

C'était exactement ce qu'il avait l'intention de faire. Il retourna à son poste et espéra que Terra Wilder se trouvait dans la salle de l'ordinateur. Un message lui parvint tandis qu'il franchissait la porte. COMMENT TE SENS-TU, BEN ?

– Vous savez exactement comment je me sens, Terra. Je vous dois la vie.

TU LA DOIS À DIEU. C'EST LUI QUI SE SERT DE MES MAINS POUR REDONNER LA SANTÉ À SES ENFANTS.

– Oui, peut-être bien…

Y A-T-IL UN JEU D'ÉCHECS QUELQUE PART DANS CE SYSTÈME ?

– Non, mais je peux vous arranger ça. Disons à quinze heures demain ?

C'EST PARFAIT. À DEMAIN, BEN. FIN DU MESSAGE.

Une nouvelle fois, toutes les lignes que Terra avait écrites furent supprimées.

# 28

Terra pouvait désormais entendre ce que sa femme pensait et ce que Ben Keaton disait alors qu'il se trouvait dans un autre bâtiment. « Pourrais-je aussi établir une communication dans les deux sens avec d'autres ? » se demanda-t-il. Son esprit scientifique voulut évidemment en faire l'expérience. Après quelques essais réussis avec Amy, il décida de rejoindre le seul homme qui pouvait vraiment lui venir en aide à Galveston : son ami Christopher Dawson. Le Hollandais s'isola au salon et fit le calme dans ses pensées. Puis, une fois qu'il eut reconstitué dans son esprit le visage dévoué du chevalier, il l'appela : *Galahad*...

Dans le salon médiéval de sa maison de Houston, Chris Dawson releva la tête. Plus loin, Frank Green examinait un vieil instrument à cordes et ne lui prêtait aucune attention. Ce n'était donc pas lui qui l'avait interpellé. Sur le sofa, Marco Constantino et Chance Skeoh feuilletaient un gros livre sur les châteaux. *Galahad, m'entends-tu, mon ami ?* reprit la voix qu'il reconnut, cette fois. Mais comment était-ce possible ? Il s'approcha de la fenêtre, attirant du même coup l'attention des étudiants. Étaient-ils en danger ? Il n'y avait pourtant aucune voiture de surveillance dans la rue. En fait, il n'y avait absolument personne.

– Oui, je vous entends, affirma-t-il. Où êtes-vous ?

– Mais à qui parle-t-il ? voulut savoir Frank.

*Je suis dans une villa appartenant au gouvernement. L'ordre a-t-il fait des plans ?*

– Nous savons où elle se situe et Perceval la surveille pour en cerner les faiblesses...

*J'ai un nouvel ami qui pourrait sans doute nous venir en aide. Je vais tenter de parler à Perceval. Si je n'y parviens pas, j'aurai recours à toi, chevalier.*

– Je suis votre humble serviteur.

Chris avisa les regards inquiets de ses amis canadiens. Il leur expliqua qu'il venait d'avoir une communication télépathique avec Terra. Chance avait donc raison : leur professeur possédait des pouvoirs insoupçonnés. Chris était stupéfait, mais nullement effrayé. Il s'attendait depuis longtemps à ce que le roi de Camelot soit un personnage supérieur.

– Si vous voulez bien m'excuser, je dois donner un coup de fil, annonça-t-il.

– Envoyer un pigeon voyageur, plutôt, grommela Frank tandis que Chris quittait le salon.

– Frank, ne sois pas méchant avec lui, lui reprocha Chance. Il ne t'a rien fait.

Mais l'adolescent ne pouvait s'empêcher de craindre le pire pour sa jeune amie qui s'enlisait de plus en plus dans cette histoire de chevalerie. Chaque fois qu'il essayait de la mettre en garde, elle lui prêtait de mauvaises intentions.

À Galveston, Terra essayait maintenant de revoir dans son esprit l'imposant chevalier Perceval. Goeffroy Harrison, de son vrai nom, avait été son deuxième meilleur allié dans l'ordre. D'origine britannique, il personnifiait toute la prestance et la courtoisie des chevaliers d'antan, en plus d'être un véritable géant.

*Perceval, si tu m'entends, réponds-moi.*

Dans la camionnette stationnée à quelques rues de la villa, Harrison sursauta. Il commença par regarder autour de lui à l'intérieur du véhicule, de crainte que quelqu'un se soit infiltré à son insu, puis en sortit pour en faire le tour. *Perceval, je t'en prie, réponds-moi.*

– Monseigneur, est-ce vous ? s'étonna le colosse en reprenant sa place du côté conducteur.

*Oui, c'est moi.*

– Mais je suis bien trop loin pour pouvoir vous entendre !

*Je parle directement à ton esprit, Perceval, et je ne sais pas combien de temps je pourrai le faire, alors écoute-moi bien. Un ami du dragon, en qui j'ai confiance, me dit qu'il y a une allée entre les arbres, derrière la propriété. Elle sert au jardinier, qui transporte de l'équipement destiné à nettoyer la propriété et la piscine. On y a accès au bout de la rue. La grille est actionnée par un système d'identification électronique. J'obtiendrai le code un peu plus tard aujourd'hui.*

– Il y a des barbelés sur le mur et j'ai des raisons de croire qu'ils sont électrifiés.

*Je m'assurerai qu'on coupe le courant ce soir à minuit. Je vous communiquerai le code d'accès dès que je l'aurai. Que Dieu soit avec vous, chevaliers.*

Perceval sauta sur son téléphone portable afin de prévenir Lancelot et Kay. Dès qu'ils furent au courant des plans de Terra, ils ordonnèrent au guetteur de rentrer chez lui. Lancelot, Galahad et Gawain l'y rejoindraient pour organiser l'opération de sauvetage.

* * *

Chris Dawson annonça aux étudiants qu'ils devaient se rendre à Galveston, pour préparer l'évasion imminente de Terra. Enthousiastes, les Canadiens le suivirent. Pendant qu'ils s'engouffraient dans sa voiture, Chris remarqua une automobile fantôme, stationnée un peu plus loin. Or, il n'avait pas le temps de faire des détours dans tout Houston ni de monter secrètement dans un taxi qui les mènerait chez le chevalier Perceval.

Il s'installa au volant et conseilla aux étudiants de boucler leurs ceintures. Ils échangèrent un regard inquiet, mais lui obéirent. Dès qu'ils furent sur l'autoroute, Chris ouvrit un compartiment dissimulé dans le tableau de bord et abaissa deux petits leviers, puis il enfonça l'accélérateur : la voiture décolla comme une fusée, écrasant ses passagers dans leurs sièges.

– Mais quelle sorte de moteur est-ce ? s'exclama Marco.

– C'est un Wilder 2000, répondit moqueusement Chris. Je ne suis pas supposé m'en servir, mais le temps presse.

Il se faufila dans la circulation comme un pilote d'astronef dans un champ d'astéroïdes et sema rapidement celui qui le filait. Il arriva chez Perceval en un temps record. La porte du garage triple de la maison de Geoffroy Harrison s'ouvrit à leur approche. Chris arrêta son véhicule à l'intérieur, près de la camionnette du chevalier. Son assurance chez un autre membre de l'ordre fit comprendre à Marco que ces chevaliers étaient toujours les bienvenus dans leurs demeures respectives. Chris les emmena au salon, où les attendaient Lancelot et deux autres hommes. Il leur présenta aussitôt Perceval et Gawain, qui avaient été choisis pour participer à l'opération.

– Ce sont donc là les jeunes serviteurs de la Reine Blanche qui nous assisteront ce soir ? les accueillit Perceval avec un sourire amical.

– Oui, monsieur, répondit poliment Marco.

Lancelot quitta son fauteuil et se planta au centre de la pièce. Il était évident qu'il prenait son rôle de dirigeant au sérieux.

– Nous nous rendrons dans l'allée du jardinier dans la camionnette du seigneur Perceval, déclara-t-il. À minuit, Galahad, Gawain, Frank, Marco et moi-même escaladerons le mur du fond. Nous attendrons que le courant soit coupé, puis nous arracherons le barbelé. Le seigneur Perceval et lady Chance nous attendront dans la camionnette.

– Mais je veux y aller avec vous ! protesta Chance. Je peux être tout aussi efficace que vos hommes !

– Nous ne devons jamais discuter les ordres du roi ou de son remplaçant, lui chuchota Galahad.

Devant le regard insistant du chevalier, qui ne désirait manifestement pas qu'elle affronte ainsi Lancelot, Chance baissa la tête.

– Dès que nous aurons libéré le roi et sa dame, nous mettrons le cap sur le château du seigneur Gareth et nous leur fournirons une escorte jusqu'au pays de la Reine Blanche, hors de la portée du dragon, poursuivit Lancelot.

– Je regrette de vous décevoir, intervint Frank, mais c'est exactement là qu'ils étaient lorsqu'ils ont été enlevés par les militaires.

– Ils ont réussi à reprendre le roi parce que nous ignorions qu'il y avait été exilé, répliqua Lancelot. Mais soyez assuré que nous saurons le protéger à l'avenir.

Ils se prirent ensuite tous la main, sans oublier d'inviter les étudiants à se joindre à eux, puis prièrent pour la réussite de leur mission. Frank fut étonné de découvrir que tout comme lui, les chevaliers étaient des hommes pieux.

* * *

Terra passa la soirée devant l'ordinateur à ajouter des variables à ses formules. Il mit en marche le programme de simulation lui permettant de voir une projection virtuelle de la nouvelle station spatiale. Il examina la section réservée à la machinerie et au système de maintien de la vie à bord : les ingénieurs avaient accordé trop d'espace à sa nouvelle source d'énergie. Il créa donc un cylindre en précisant ses paramètres et sa constitution, puis y inséra une boîte de dialogue qui contenait ses formules. Le programme l'avertit aussitôt que cette combinaison était hautement instable. Terra tenta de modifier la composition du conteneur. Trop tard. Incapable d'accueillir cette énergie, l'alliage virtuel explosa. Terra croisa les bras et parcourut le rapport des dommages.

Au même moment, on sonnait à la porte principale. Sur ses gardes, Amy alla répondre. D'habitude, les visiteurs circulaient à leur guise dans la villa, sans se donner la peine d'annoncer leur présence. C'était Michael Reiner !

– J'ai besoin de parler à Terra avant de partir pour l'Angleterre, annonça-t-il.

Après un moment d'hésitation, Amy le fit passer au salon en lui disant que son époux était au travail et qu'elle n'avait pas l'intention de le déranger. Il était libre de l'attendre, s'il le voulait.

– Je sais que vous me tenez responsable de toute cette malheureuse affaire, soupira Michael. D'une certaine façon, vous avez raison. Mon erreur a été d'avoir persuadé les médecins de garder Terra en vie.

– Vous êtes méchant de dire une chose pareille, se révolta Amy.

– C'est pourtant la triste vérité. En voulant sauver le cerveau d'un génie, je l'ai condamné à une vie de captivité.

– Êtes-vous venu ici pour nous aider à nous échapper, docteur Reiner ?

– J'ai bien peur que non. Je suis venu libérer ma conscience.

Terra arriva alors dans le couloir, sans se douter que son ami psychiatre discutait avec son épouse.

– Amy, j'ai fait exploser la station spatiale deux fois ! s'amusa-t-il.

Il aperçut alors Michael sur le sofa et s'immobilisa à l'entrée du salon, tout sourire effacé. Le psychiatre se leva lentement, rassemblant son courage.

– Je suis venu me confesser, Terra.

– Ce ne sera pas nécessaire, répondit l'astrophysicien. Je sais déjà ce que tu as fait.

– Alors, pardonne-moi et permets-moi de partir d'ici l'âme en paix.

À la grande surprise d'Amy, Terra lui dit que si c'était son pardon qu'il voulait, il le lui accordait volontiers. Il semblait sincère et l'expression sur son visage ressemblait à celle d'un chevalier courageux et sans reproche.

– Quand ils m'ont dit qu'ils avaient installé des puces électroniques dans tes genoux, je n'ai pas tout de suite compris ce qu'ils avaient l'intention de te faire, avoua Michael. Il était trop tard, mais j'aurais dû te prévenir. Tu disais que j'étais ton ami, mais je n'ai jamais mérité ton amitié. Je t'ai trahi tous les jours que tu as passés à l'hôpital.

– Mais tu m'as aussi aidé à accepter la mort de Sarah et à reprendre mon équilibre émotionnel.

– Parce que cela faisait partie de leurs plans.

– Tu n'as été qu'une marionnette entre leurs mains, Michael. Je le vois bien, maintenant.

– Tu n'es pas en colère contre moi ?

– Non. Tu peux partir l'esprit tranquille. Et essaie de faire le bien autour de toi. C'est ce que je souhaite à tous mes sujets, en fait, car je suis le roi de Camelot, souviens-toi.

– Mais ce n'était qu'un jeu que tu jouais avec Christopher Dawson…

– Non, Michael. L'ordre existe réellement.

Sur un signe de Terra, le médecin s'installa avec lui sur le sofa. Le savant lui parla de la philosophie de la Table ronde et du code de chevalerie. Amy écoutait ses explications avec attention, car il n'était pas souvent disposé à en parler. Il fit ensuite part à Michael de ses récents progrès avec la nouvelle source d'énergie. Cette fois, Amy n'arriva pas à suivre la discussion. Terra déplorait qu'on ne lui ait pas fourni un ordinateur programmé pour la simulation de l'anti-matière, car aucun alliage prévu dans ce cerveau électronique n'arrivait à contenir l'énergie qu'il avait créée.

– Je préfère ta personnalité de savant, avoua Michael, mais je trouve la métamorphose du roi en astrophysicien plutôt fascinante. J'ai par contre de la difficulté à comprendre ta soudaine décision de collaborer avec l'armée.

– Elle est pourtant bien simple. Je veux retourner au Canada vivre la vie tranquille d'un professeur de philosophie dans une école secondaire… et je veux vieillir avec la femme que j'aime.

– Ils ne te laisseront pas partir avant d'être certains que ton système fonctionne.

– Je sais.

Amy rappela à Terra qu'il lui avait promis un bain de minuit. Il comprit alors que l'heure de son évasion approchait. Sans perdre de temps, il remercia Michael d'être venu mettre les choses au clair avec lui et le reconduisit poliment à la porte.

# 29

La camionnette du seigneur Perceval s'immobilisa devant la grille de l'allée. Lorsque le chevalier composa le code d'accès sur le clavier encastré dans le mur de béton, la grille s'ouvrit sans qu'aucune alarme ne se fasse entendre. Sans bruit, il fit rouler le véhicule jusqu'à la section du mur située derrière la piscine de la villa. Perceval et Chance occupaient les sièges avant, alors que Galahad, Lancelot, Gawain, Frank et Marco étaient derrière eux, sur le plancher. Dès qu'ils furent à l'arrêt, ils descendirent en silence. Perceval ressentit la nervosité de la jeune fille assise près de lui.

– Galahad est l'un de nos meilleurs guerriers, affirma-t-il pour la rassurer.

– Je sais, seigneur Perceval, mais il n'est pas invincible.

Ils virent les sauveteurs escalader le mur en se servant de crochets et de cordes. Gawain s'assura que le courant avait été coupé avant d'entailler les barbelés avec de grosses cisailles. Avec l'agilité d'un chat, Galahad sauta sur la pelouse et s'enfonça dans le noir. Il contourna la piscine. Deux silhouettes venaient vers lui.

– Monseigneur ? appela-t-il à voix basse.

– Galahad ? se réjouit Terra.

En reconnaissant sa voix, le chevalier se jeta dans les bras de son ami et le serra de toutes ses forces. Six longues années sans lui, six longues années à nourrir l'espoir de le revoir un jour !

– Où sont les autres ? s'enquit Terra en se dégageant.

– Ils nous attendent là-bas. Venez.

Galahad prit Terra et Amy par la main pour ne pas les perdre dans l'obscurité et les tira vers l'endroit où il pourrait les faire grimper en toute sécurité.

Au même moment, à la porte d'entrée de la villa, Jeffrey Bains présentait ses fausses pièces d'identité au soldat de garde, car on l'avait congédié. Il attendit pendant qu'il les examinait en pensant que sa vengeance était sur le point d'être assouvie. Terra Wilder lui avait fait perdre son emploi. À cause de lui, il n'avait pas pu trouver un autre poste de surveillance. Il demeurait impassible, même s'il venait tout juste d'exécuter l'officier qui guettait les écrans dans la maison du jardinier. Le soldat de garde lui remit ses papiers et le laissa passer.

Michael Reiner allait quitter la propriété du gouvernement lorsqu'il vit Jeffrey Bains se diriger vers la villa. L'armée avait-elle de nouveau embauché ce jeune homme sans cervelle ? Il fit demi-tour et stationna sa voiture devant la maison du jardinier. À l'intérieur, il trouva le sergent Keaton affalé dans son fauteuil, la poitrine couverte de sang. L'évidence de ce qui allait suivre le frappa de terreur ! Michael courut en direction de la porte principale.

– L'homme que vous avez laissé entrer est armé ! cria-t-il au soldat de garde. Il a tué le sergent au poste de guet !

Le militaire décrocha immédiatement l'appareil de communication de sa ceinture et appela le capitaine Douglas, mais Michael n'avait pas le temps d'attendre des renforts : il devait sauver Terra et son épouse. Il fonça sur le côté de la maison, espérant que le tueur commencerait par fouiller l'intérieur. De cette façon, il aurait une chance de prévenir le couple, qui se délassait dans la piscine. Tandis que Michael avançait à grands pas dans la cour, Galahad emmenait les deux fugitifs au fond de la propriété. Terra leva la tête. Il crut reconnaître les chevaliers qui se tenaient en équilibre sur la muraille.

– Je suis heureux de vous revoir, monseigneur, fit l'un d'eux.

– Moi de même, Lancelot. Est-ce le seigneur Gawain, près de vous ?

– Lui-même, sire, répondit Gawain.

– Et Frank et Marco, ajouta Marco. Nous sommes venus leur prêter main-forte.

Terra était étonné de les savoir parmi ses anciens compagnons, mais ce n'était guère le moment d'éclaircir la chose. Il se tourna vers Amy et lui indiqua que leur code les obligeait à la faire grimper la première. Elle laissa donc Galahad et Terra la pousser vers le haut tandis que Lancelot et Gawain lui saisissaient les bras. Galahad propulsa ensuite Terra vers le sommet du mur, car il était tout naturel que le roi soit sauvé le premier. Gawain et Marco se chargèrent de lui.

– Où est Lancelot ? demanda Terra, qui ne le voyait nulle part.

– Il est allé mettre votre dame en sécurité dans la camionnette de Perceval, expliqua Gawain. Je suis tellement content de vous revoir, monseigneur.

Ils échangèrent rapidement la curieuse poignée de main de l'ordre, puis se penchèrent pour tendre les mains à Galahad, qui allait devoir sauter pour les attraper. Mais ce dernier entendit des pas derrière lui et se retourna.

– Dawson ? s'exclama Michael Reiner, surpris de le trouver là. Où est Terra ?

Galahad n'allait certainement pas lui remettre la tête de son roi sur un plateau d'argent ! Il préférait sacrifier sa propre vie !

– Répondez-moi ! Bains est ici pour le tuer ! C'est un jeune homme dérangé qui ne trouvera pas le repos avant de lui avoir logé une balle dans la tête !

Comme pour confirmer ses paroles, des coups de feu furent tirés dans la nuit. Michael s'effondra lourdement dans les bras du chevalier.

– Sire Galahad ! cria Marco. Dépêchez-vous !

Le chevalier discerna une autre silhouette qui s'approchait dans l'obscurité. Il laissa tomber le psychiatre sur la pelouse et sauta pour que Gawain et Terra puissent le hisser vers eux. Un autre coup de feu retentit, lançant des flammes derrière Galahad, qui devint soudainement un poids inerte au bout de leurs bras.

– Non ! cria Terra.

En se penchant pour tenter de l'agripper par sa chemise, le Hollandais perdit l'équilibre et tomba tête la première dans la cour. Le choc fut brutal mais insuffisant pour lui faire perdre conscience. Il releva la tête pour voir Bains, à quelques pas de lui. Soudain, tous les projecteurs de la cour s'allumèrent en même temps.

– Jetez votre arme ! ordonna le capitaine Douglas.

Près de la piscine, une dizaine de soldats avaient posé un genou sur le sol : tous pointaient leurs fusils sur le jeune homme. Bains se retourna et, sans hésiter, il ouvrit le feu. Terra eut juste le temps de s'écraser dans la pelouse pour ne pas être touché. La fusillade fut courte mais assourdissante. Des morceaux du mur volèrent en éclats et retombèrent en pluie poussiéreuse sur l'astrophysicien. Bains s'écrasa aux côtés du corps inanimé de Michael Reiner, puis le silence se fit. Terra se tourna vers le mur. Galahad avait disparu. En fait, il n'y avait plus personne...

Dès le premier coup de feu, Gawain avait ordonné aux étudiants de se replier. Marco avait sauté sur le sol et Gawain lui avait presque lancé Galahad dans les bras. Il avait ensuite sauté à son tour et chargé le chevalier inconscient sur ses épaules. Marco aperçut Frank à plat ventre sur le sol à quelques pieds d'eux. Il s'empressa de l'aider à se relever et le fit courir jusqu'à la camionnette, où ils s'engouffrèrent en catastrophe. Perceval enfonça l'accélérateur sur-le-champ : il ne fallait surtout pas qu'ils soient surpris dans cette allée. Chance quitta prestement son siège pour rejoindre Galahad, qui gisait sur le plancher de métal, immobile. Elle souleva doucement ses épaules et sentit le sang chaud couler sur ses doigts.

– Il est blessé ! s'alarma-t-elle. Il faut arrêter l'hémorragie ! Y a-t-il une couverture dans ce camion ?

Marco fouilla partout, sans rien trouver. Il enleva donc son chandail et le roula en boule. Chance le pressa sur la poitrine du chevalier. Marco distingua le visage livide d'Amy, assise près de Lancelot.

– Où est Terra ? demanda-t-elle d'une voix tremblante.

– Il est retombé dans la cour en hissant le seigneur Galahad sur le mur, répondit Marco à regret.

– Non ! hurla Amy en se précipitant sur la porte coulissante.

Marco l'empêcha de l'ouvrir et la fit asseoir sans ménagement.

– Nous ne pouvons rien faire pour l'instant, madame Wilder, souligna l'étudiant. Il y a des soldats partout.

– Nous retournerons le chercher dès que nous le pourrons, renchérit Lancelot, un peu trop calme au goût de Marco.

Amy éclata en sanglots. Marco ne savait pas quoi faire pour la rassurer. Il se sentait aussi impuissant qu'elle devant ces malheureux événements, mais il devait conserver son sang-froid. Ce n'était certes pas le moment de retourner sur leurs pas, car ils risquaient tous d'être tués. Il espéra seulement que le roi de Camelot ait survécu à la fusillade.

Dans la cour de la villa, Terra fixait Michael Reiner, allongé à quelques pas de lui. Un peu plus loin, Bains était couvert de sang. Il était si jeune… Le capitaine Douglas s'accroupit près de Terra, le faisant sursauter.

– Calmez-vous, ce n'est que moi, fit l'officier. Avez-vous été touché ?

Terra leva des yeux égarés sur lui. Il n'arrivait tout simplement pas à comprendre ce qui se passait.

– Où est votre épouse ?

Terra resta muet. Le capitaine ordonna à ses hommes de ramener le savant à l'intérieur et de le faire examiner par les infirmiers. Pendant qu'ils emmenaient Terra, Douglas se pencha sur Michael Reiner et sur celui qu'il appelait Bains. Ils étaient morts tous les deux. Le capitaine retourna à l'intérieur, où on rhabillait l'astrophysicien. Il n'avait heureusement pas été blessé, mais il était déboussolé. Douglas pensa qu'il avait dû avoir une belle frousse.

– Mes hommes me disent que vous avez tenté de vous évader. Apparemment, votre femme y est arrivée. Tout ceci est bien malheureux, docteur Wilder. Vous étiez sur le point de compléter vos recherches et de recouvrer votre liberté. Maintenant, nous allons devoir vous expédier dans un endroit beaucoup moins agréable.

Terra leva un regard hostile sur l'officier. C'était la première fois qu'il réagissait à ses paroles.

– Je terminerai volontairement mes travaux si vous me laissez partir, grommela Terra sans le quitter des yeux.

– J'ai bien peur qu'il ne soit trop tard pour ça.

Sur un signe du commandant, un infirmier fit une injection à la base du cou de Terra. Ce dernier se débattit un moment, puis ses membres s'engourdirent peu à peu. Les soldats le transportèrent alors dans un camion militaire, où ils le couchèrent sur une couverture. Les lourdes portes de métal se refermèrent sur lui. Puis, ce fut le noir.

* * *

Dès son arrivée dans l'immense demeure du docteur Richard Mills, connu sous le nom de sire Kay, Amy reçut elle aussi une dose de sédatif. En constatant que Galahad avait été atteint par une balle dans le dos, les chevaliers avaient foncé chez le chirurgien retraité, qui vivait à l'extérieur de Galveston. Le médecin retira de la plaie le projectile qui avait bien failli tuer son frère d'armes. Il le fit ensuite installer par ses serviteurs dans une des nombreuses chambres de sa maison, puis examina Frank : une balle lui avait éraflé le cou. L'adolescent avait également fait une vilaine chute, mais il n'avait rien de cassé. Il s'en tirerait probablement avec des muscles endoloris et un sérieux mal de tête. Kay l'obligea à se reposer lui aussi dans une autre chambre.

Lorsque tous ses patients furent traités, Kay descendit rejoindre ses collègues dans le grand salon. Lancelot, Gawain et Perceval étaient assis sur les fauteuils de cuir, tandis que Marco faisait les cent pas devant la jeune demoiselle qui les accompagnait.

– La reine et le jeune Frank se reposent, annonça le médecin. J'ai retiré la balle qui a manqué de peu le cœur de Galahad. Il vit toujours, mais il a besoin de sang. Je vais téléphoner à l'hôpital de Galveston.

– Le code nous le défend, sire Kay, lui rappela Lancelot. Nous avons fait le vœu de ne jamais avoir recours à des ressources extérieures.

– Je connais le code, Lancelot, mais notre frère a perdu beaucoup de sang. Il mourra si je n'agis pas rapidement.

– De quel type de sang avez-vous besoin ? s'enquit Marco.

– O négatif. C'est très rare.

– Vous avez de la chance, c'est aussi le mien. Prenez mon sang et sauvez-le.

Une transfusion directe permettrait certainement à Galahad de survivre sans qu'ils soient obligés de le conduire à l'hôpital. Kay emmena Marco à l'étage, suivi de près par Chance. Elle s'attrista en apercevant le visage blême du chevalier blessé dans le grand lit, mais demeura à distance respectueuse pendant que sire Kay procédait à la transfusion. Officiellement à la retraite depuis plusieurs années, cet éminent chirurgien continuait néanmoins de s'occuper des chevaliers de l'ordre. Il avait plus de soixante-dix ans et ses cheveux étaient tout blancs.

Le médecin inséra les aiguilles dans la peau des deux hommes avec beaucoup d'adresse. Chance vit le sang se mettre à circuler dans le tube. Elle s'approcha doucement pour observer l'opération.

Dans le salon, Lancelot s'était versé un verre d'alcool, sous les regards inquiets de Gawain et Perceval.

– Quel gâchis, soupira-t-il.

– Le roi nous avait pourtant assuré qu'il serait seul avec sa dame, fit remarquer Perceval, qui ne comprenait pas non plus ce qui s'était passé.

– Les deux hommes qui ont surpris le seigneur Galahad près du mur n'étaient pas des militaires, affirma Gawain.

– Mais ils étaient quand même armés, commenta Lancelot.

Il vida son verre d'un trait.

– Il est certain qu'ils l'emprisonneront loin d'ici, à présent. Nous ne devons pas le perdre de vue.

– J'irai consulter le magicien demain, proposa Gawain.

– C'est une excellente idée. Mais ce soir, nous ne pouvons rien faire de plus. Je suggère que nous retournions chacun chez nous et que nous dormions un peu.

– Avec votre permission, sire, j'aimerais rester et monter la garde, réclama Perceval.

Lancelot acquiesça et rentra chez lui en attendant de faire le point avec le reste des membres de l'ordre le lendemain. Gawain quitta aussi la résidence.

À l'étage supérieur, sire Kay mettait fin à l'opération. Il offrit l'hospitalité aux jeunes étudiants canadiens. Ces derniers furent aussitôt reconduits dans de belles chambres richement décorées, avec salle de bains privée. Chance s'affala sur le matelas et regarda autour d'elle. Elle n'avait jamais rien vu d'aussi beau de toute sa vie. La moitié des murs était recouverte de bois foncé et l'autre de papier peint représentant un emblème quelconque. Les lampes avaient la forme de dragons dorés dont s'échappait une douce lumière. Elle se leva et alla regarder par la fenêtre. De petits sentiers couraient tout autour du château, éclairés par de jolis lampadaires antiques. Elle ferma les rideaux de velours et alla prendre un bain avant de se mettre au lit.

Au matin, un serviteur lui apporta un verre de jus d'orange et la convia au petit déjeuner. Elle s'habilla et dévala le grand escalier. Un autre serviteur la guida vers la salle à manger, à l'autre bout de la maison. Elle y retrouva Frank, Marco, le chevalier Perceval et sire Kay. Elle s'assit près de Frank et remarqua le bandage sur son cou. Pourtant, il ne semblait pas trop incommodé et il parvenait à manger. Elle entama son propre repas, surprise d'avoir autant d'appétit après ce qui s'était passé la veille. Amy Wilder apparut alors à la porte, flanquée d'un domestique. Puisqu'elle semblait chancelante, sire Kay alla à sa rencontre.

– Je n'ai pas eu le temps de me présenter convenablement hier soir, milady, fit-il avec courtoisie. Je suis sire Kay, le propriétaire de ce domaine.

– Où est mon mari ? demanda Amy d'une voix tremblante.

– Il est toujours entre les mains de l'ennemi, mais nous nous apprêtons à effectuer un deuxième sauvetage. En ce moment, un de nos plus valeureux chevaliers est en train d'obtenir les coordonnées de sa nouvelle prison.

Il voulut la conduire à table, mais Amy résista. Marco lui expliqua ce qui s'était passé dans la cour, après que Lancelot l'eut reconduite à la camionnette. Les chevaliers n'étaient pas responsables de la capture de Terra. Au contraire, ils avaient tout mis en œuvre pour le reprendre et ils auraient dû y arriver. C'était l'intervention inattendue des deux inconnus qui avait tout gâché.

Amy exigea d'être ramenée sur-le-champ à la villa. Perceval l'informa que des éclaireurs de l'ordre s'y étaient déjà rendus au lever du soleil : elle était déserte. La jeune femme cacha son visage dans ses mains et éclata en sanglots. Chance comprenait ce qu'elle ressentait. Elle-même aurait été inconsolable si Galahad avait été capturé.

Après le repas, l'adolescente retrouva son chemin jusqu'à la chambre du chevalier blessé. Il était réveillé. Elle tira donc une chaise près de son lit.

– Comment vous sentez-vous, Galahad ?

– Plutôt embarrassé, milady, avoua-t-il. Je suis devenu un fardeau pour mes frères, qui ont dû déployer des efforts inutiles pour me tirer de ce mauvais pas.

– Ils ne vous auraient certainement pas abandonné.

– Monseigneur s'en est-il bien tiré ?

– Nous n'en savons rien, s'attrista Chance. Il est retombé dans la cour lorsque les coups de feu ont été tirés.

– Il m'aidait à grimper, murmura Galahad, bouleversé. Il a été repris à cause de moi…

– Ce n'est pas votre faute. C'est plutôt celle de l'homme qui vous a lâchement tiré dans le dos.

– Alors notre roi est toujours leur prisonnier… s'il est encore vivant.

– Nous l'apprendrons plus tard aujourd'hui, lorsque le seigneur Gawain reviendra de sa rencontre avec le magicien. Il n'y a rien que nous puissions faire pour l'instant.

– Alors, je fais devant vous le vœu de passer le reste de mes jours à le chercher et à tenter de le délivrer, même si je dois y perdre la vie.

– Et moi, je fais le vœu de vous épouser lorsque je serai majeure.

– Que dites-vous ? bredouilla-t-il, pris au dépourvu.

– Vous avez toutes les qualités que je recherche chez un homme et mon cœur ne bat déjà plus que pour vous. Je ne laisserai certainement pas notre différence d'âge ou de nationalité nous séparer.

Elle posa un tendre baiser sur ses lèvres. Il ferma les yeux en pensant qu'il ne méritait pas autant d'attention, après son échec de la veille. Lorsqu'il s'endormit, Chance rejoignit les autres au salon, juste à temps pour participer à la discussion sur leur retour au Canada.

Physiquement et moralement épuisée, Amy voulait rentrer chez elle pour rallier les amis de Terra et la Gendarmerie royale. Frank décida de partir avec elle. Depuis qu'on lui avait tiré dessus, il avait compris que cette aventure était trop dangereuse pour des adolescents. Marco, par contre, avait une opinion différente.

– Je voudrais rester ici afin de devenir chevalier et de participer au sauvetage du roi, clama-t-il très sérieusement.

– Pour devenir chevalier, il faut d'abord être l'écuyer d'un membre de l'ordre, jeune homme, répondit Kay. C'est un entraînement difficile, qui requiert un grand dévouement.

– Je n'ai pas peur de l'effort, sire. Je suis fort et vaillant.

– C'est bien ce qu'il me semble, appuya Perceval.

– J'aurais bien aimé que le seigneur Galahad soit mon mentor, réfléchit Marco, mais il n'est pas vraiment en état de s'occuper de moi.

– Sire, puis-je parler ? réclama Perceval.

– Mais bien sûr, mon ami. Je vous écoute.

– Galahad pourrait lui enseigner notre code, même s'il est immobilisé. Pour ma part, je lui enseignerais à manier la lance et l'épée.

– Cela ne vous laisserait pas beaucoup de temps, puisque ce jeune homme doit retourner à l'école en automne.

– Je mettrai les bouchées doubles, affirma Marco, déterminé.

– Alors soit, trancha Kay. À partir de cet instant, tu es l'écuyer des seigneurs Galahad et Perceval.

– Merci ! s'exclama l'adolescent, fou de joie.

– Sire, j'aimerais pouvoir rester auprès du seigneur Galahad jusqu'à ce qu'il soit rétabli, le pria Chance.

– Je partage votre inquiétude, jeune dame. Vous pourrez donc rester ici pendant l'été, mais vous devrez repartir en même temps que le jeune Marco.

Chance s'inclina devant Kay, signalant ainsi qu'elle acceptait ses conditions. En relevant la tête, elle eut l'impression d'avoir déjà fait tous ses gestes dans un autre temps et un autre lieu.

# 30

Amy Wilder et Frank Green furent secrètement conduits à El Paso, où sire Gawain les fit monter dans un avion privé à destination du Canada. Quoique l'un près de l'autre, ils ne s'adressèrent pas la parole pendant le voyage de retour en Colombie-Britannique. Ils étaient tous les deux profondément meurtris et n'avaient pas envie d'exprimer ce qu'ils ressentaient face à cet échec. Ils prirent un taxi à Vancouver. Amy paya le chauffeur avec de l'argent qu'elle gardait caché chez elle, puis elle lui demanda de reconduire Frank chez lui.

L'adolescent descendit de la voiture, la tête basse, et fit quelques pas vers la maison de sa mère. L'inspecteur Wilton l'y attendait.

– Qu'est-il arrivé à ton cou, Frank ?

– C'est seulement une égratignure. Un détraqué s'est mis à tirer sur tout le monde lorsque nous avons essayé de libérer Terra. À cause de lui, nous avons manqué notre coup.

– Qui était avec toi ?

– Des chevaliers de l'ordre dont Terra Wilder fait partie. Et ces gens-là se prennent vraiment au sérieux, croyez-moi.

– Ont-ils l'intention de tenter un deuxième sauvetage ?

– Ils en parlent, mais ils ne savent pas encore où les militaires ont emmené Terra.

– J'ai besoin de savoir tout ce que tu apprendras à ce sujet, compris ?

Frank hocha la tête pour indiquer qu'il collaborerait avec la police. L'inspecteur le laissa entrer chez lui en pensant que cette jeunesse était complètement folle de s'exposer ainsi au danger.

De son côté, Amy tournait en rond dans sa grande maison silencieuse. Elle finit par sauter dans sa voiture et se rendit chez les Penny pour ne pas être seule. Elle leur raconta tout ce qui s'était passé après que les soldats étaient venus chercher Terra à l'hôpital de Little Rock, quelques semaines plus tôt. Donald fit des yeux ronds lorsqu'elle lui révéla que le fantôme de Sarah avait changé ses prothèses en os humains. Il fut aussi surpris d'apprendre que Terra faisait partie d'un ordre de chevalerie.

– Alors, non seulement il est extraterrestre et angélique, il est également chevalier de la Table ronde ?

– Il est le roi Arthur, précisa Amy, découragée. Ils l'appellent tous « monseigneur » et ils feraient n'importe quoi pour lui, même risquer leur propre vie pour sauver la sienne.

– Pourront-ils le retrouver ? demanda Nicole, tout en berçant la petite Mélissa.

– Probablement. Ils ont des informateurs dans les services secrets.

– Est-ce qu'un certain Galahad fait partie de cet ordre ? voulut savoir Donald.

– Oui, c'est un bon ami de Terra. Il a été blessé lors de la tentative de sauvetage. Est-ce que tu le connais ?

– J'ai échangé quelques messages électroniques avec lui sur votre ordinateur, rien de plus.

– Est-ce que ça va aller, Amy ? s'inquiéta Nicole, qui la sentait presque au bord du désespoir.

– Je n'en sais rien… J'ai découvert, au Texas, que je ne connaissais pas du tout l'homme que j'ai épousé. Il n'est pas aussi doux et inoffensif qu'il en a l'air, vous savez. À l'hôpital, il s'est transformé en véritable monstre et il a même lancé des objets à la tête de ses médecins. Un physiothérapeute m'a dit qu'il avait détruit la carrière de plusieurs d'entre eux. Puis, j'ai appris qu'il faisait partie d'un groupe d'hommes qui se prennent pour des chevaliers et qui le vénèrent comme un dieu. Ce n'est pas mon mari… Je ne veux pas qu'il change.

– Probablement que son retour à Houston a réveillé son ancienne personnalité, avança Donald. Quand tout sera fini, il redeviendra l'homme que tu aimes.

– J'ai si peur pour lui, Donald. Il possède des connaissances que les militaires veulent à tout prix. Et si les chevaliers n'arrivent pas à le libérer, qui le fera ?

– Tu ne dois pas perdre la foi, voulut la rassurer Nicole. Terra est coriace. Il a déjà survécu à de grandes tragédies et il le fera encore. En attendant, tu vas rester ici, avec nous.

Amy accepta sur-le-champ. Elle donna la clé de sa maison à Donald pour qu'il puisse aller y jeter un coup d'œil de temps en temps. Ce soir-là, il s'y arrêta après le travail. Sur l'ordinateur de Terra, il composa un message à l'intention de Galahad pour lui offrir son aide. Il savait que le chevalier était blessé et hors de combat pour le moment, mais il voulait l'assurer qu'il avait des alliés au Canada.

* * *

À Galveston, le seigneur Gawain, de son véritable nom Alan Darrow, s'était rendu dans un parc pour y rencontrer le magicien. Il trouva le sac de papier sur le bord du petit lac et s'accroupit pour nourrir les canards, selon le signal convenu depuis toujours entre l'informateur de la CIA et le chevalier Galahad. Gawain fit les mêmes gestes que son frère d'armes en espérant que le magicien reconnaisse son appartenance à l'ordre.

Gawain était le fils du riche propriétaire d'une compagnie de pétrole du Texas. Il n'avait jamais rien fait dans la vie avant de rencontrer les seigneurs Lancelot et Perceval. Son premier contact avec l'ordre lui avait donné une raison de vivre. Il avait aussitôt mis son immense fortune au service de son nouvel idéal et avait fourni aux chevaliers tout ce dont ils avaient besoin pour entretenir le mythe : des armures, des costumes d'apparat, de la vaisselle fabriquée spécialement pour eux, les bagues que tous devaient porter… Il avait parcouru le monde à la recherche des tissus et des accessoires qui avaient rendu la faction texane de l'ordre plus prestigieuse.

Un vieil homme s'assit derrière lui sur le banc. Gawain sentit son regard le pénétrer jusqu'à l'âme. Galahad lui avait déjà dit que le magicien n'était pas mortel et qu'il possédait des pouvoirs incroyables. Il avait pensé que son romantique frère d'armes exagérait, mais la force qui s'enfonçait dans son corps n'était pas naturelle.

– C'est bien la première fois que vous échouez, déclara le vieil homme après s'être assuré que personne ne pouvait les entendre.

– Il s'est produit des événements inattendus, répondit Gawain sans se retourner.

– Où est Galahad ?

– Il est chez sire Kay qui soigne sa blessure. Je suis Gawain.

– Je sais qui vous êtes, sinon je ne serais pas ici en train de vous parler. Qu'attendez-vous de moi, sire Gawain ?

– Nous voulons savoir si le roi est toujours vivant.

– Il est indemne. Il a eu beaucoup de chance de ne pas avoir été blessé dans la fusillade d'hier.

– Pouvez-vous nous dire où il a été emmené ?

– Il est à l'intérieur d'une montagne dans le nord de la Californie, sur une base militaire fort bien gardée. Vous trouverez toute l'information que vous cherchez parmi les miettes de pain.

Gawain baissa les yeux sur le sac de papier, mais ne fit aucun geste pour en retirer les documents.

– Il faudrait être un spectre pour s'infiltrer dans cette base, poursuivit le magicien sur un ton neutre.

– Avez-vous des gens à l'intérieur qui pourraient nous aider ?

– Pas encore. Je vous souhaite une bonne journée, sire Gawain, et saluez sire Galahad pour moi.

Le vieil homme s'éloigna. Gawain risqua un œil dans sa direction : il le vit marcher lentement sur le sentier de gravier, s'appuyant sur une canne, mais il ne vit pas son visage.

Pendant ce temps, chez sire Kay, le jeune écuyer Marco Constantino marchait entre les paddocks en compagnie de Perceval et admirait les magnifiques chevaux du médecin.

– Un chevalier prend le plus grand soin de son destrier, lui apprit son mentor.

Même s'il était physiquement imposant, Perceval se révélait aussi un homme foncièrement doux qui se souciait beaucoup des autres, ce qui était tout naturel, puisqu'il était aussi psychologue pour enfants. Avec Lancelot, il était l'un des membres fondateurs de l'ordre. Marco ne pouvait trouver un meilleur professeur d'escrime ou d'équitation.

– Tous ces chevaux appartiennent à sire Kay, lui expliqua Perceval, mais il les a tous assignés à des chevaliers de l'ordre qui doivent s'en occuper aussi souvent que possible. Tu vois le cheval blanc là-bas ? C'est le destrier de sire Lancelot. Il n'a jamais perdu un tournoi.

– Où est celui du roi ?

– C'est le cheval noir, près de l'arbre, mais notre seigneur a été victime de son terrible accident de voiture avant même de pouvoir le monter, alors on l'a donné à sire Galahad.

– Faudra-t-il que j'apprenne à monter à cheval, à me battre en tournoi et à manier les armes avant de pouvoir devenir chevalier ?

– Non. Tu dois connaître les règles du code et les appliquer dans ta vie de tous les jours. Le reste est accessoire.

– Lorsqu'ils sont écuyers, tous les chevaliers doivent-il avoir un mentor ?

– C'est notre loi. Sire Lancelot est le mentor du roi, de Galahad et de plusieurs d'entre nous. Les autres ont été entraînés par sire Kay.

– Sire Perceval, pourquoi n'y a-t-il aucun chevalier de moins de quarante ans ?

– Parce que l'ordre n'a pas éprouvé le besoin d'accroître le nombre de ses membres au cours des dix dernières années, j'imagine. Galahad a été le dernier à être adoubé.

– Lorsque je serai chevalier, pourrai-je aussi entraîner un écuyer ?

– Oui, mais tu devras d'abord obtenir la permission du roi. En son absence, c'est sire Kay qui accorde ce privilège.

Un des palefreniers du docteur Mills s'approcha en tenant par la bride un beau cheval musclé. Il ne ressemblait pas du tout aux bêtes que les adolescents de Little Rock montaient lorsqu'ils allaient explorer les montagnes. La bête rousse avait l'œil vif. Elle semblait examiner Marco avec la même curiosité que l'adolescent manifestait à son égard.

– Voici ton cheval, jeune apprenti, déclara Perceval. Il a quatre ans et il s'appelle Aldébaran. C'est sire Gareth lui-même qui l'a entraîné pour toi.

– Pour moi ? En quelques jours seulement ?

– Oh non ! Il a commencé à dresser cet animal il y a des années.

– Mais comment est-ce possible ? Je viens juste de décider de devenir chevalier !

– Sire Kay a le pouvoir de prédire certains événements. Il a vu ton arrivée. Nous savions que tu allais bientôt te joindre à nous, alors nous avons préparé ta monture.

Marco caressa le cheval et se dirigea vers les grands enclos avec Perceval et le palefrenier. Tout l'après-midi, il apprit à guider Aldébaran dans différentes positions de combat. Il comprit très vite qu'il fallait être particulièrement en forme pour être chevalier.

Puisque le code lui défendait de participer aux activités des hommes, Chance demeura au manoir pour nourrir son chevalier préféré à la cuillère. Chris Dawson ne s'en plaignait certes pas. Il était assis dans son lit, calé dans de moelleux oreillers. Il acceptait ces soins avec reconnaissance, bien qu'il fût troublé par l'amour qu'il ressentait pour cette adolescente qui avait l'âge d'être sa fille. Il avait jadis fait le vœu de n'aimer que son roi et maintenant il se sentait déchiré entre ses sentiments pour Chance et sa loyauté envers Terra.

– Parlez-moi de vous, Galahad, réclama alors la jeune Canadienne. Où êtes-vous né ? Avez-vous beaucoup de frères et de sœurs ?

– Je n'en sais rien. Je suis né à New York, un soir très froid de janvier. Ma mère m'a abandonné à l'hôpital. J'étais un bébé très malade, alors l'État m'a gardé dans un hôpital pour enfants jusqu'à l'âge de trois ans. Ensuite, j'ai été placé sur la liste des enfants à adopter, mais parce que j'étais chétif et plutôt renfermé, les familles qui m'ont recueilli ne m'ont jamais gardé bien longtemps. Mes médicaments coûtaient trop cher et je n'étais pas très... reconnaissant. Je me suis promené ainsi d'un foyer à l'autre jusqu'à l'âge de dix-sept ans. J'étais fasciné par les étoiles et l'informatique, mais mes derniers parents n'avaient pas les moyens de me payer des études supérieures. Alors, je suis parti et j'ai travaillé comme un fou jusqu'à ce que je puisse m'inscrire à l'université de Hoston où mes professeurs m'ont donné un coup de pouce. Je ne me suis jamais attaché à mes parents temporaires, alors je n'ai pas vraiment de famille.

– D'où vient le nom de Dawson, alors ?

– C'était le nom de ma mère.

– L'avez-vous revue ?

– Non, et je n'ai pas l'intention de partir à sa recherche non plus. Elle m'a renié à ma naissance, milady. Ses intentions étaient plutôt claires.

– Elle avait certainement une bonne raison de vous donner en adoption, Galahad.

– Je ne veux pas la connaître. Cela briserait ce qui reste de mon cœur.

Chance voulut lui faire avaler un peu de potage mais, la gorge serrée, il détourna la tête.

– Vous êtes fâché contre elle, n'est-ce pas ? Est-ce pour cette raison que vous avez refusé de laisser l'amour entrer dans votre vie ? Vous pensez que toutes les femmes sont comme votre mère ?

– Non, cela irait contre l'esprit du code.

– Probablement, mais c'est quand même ce que vous ressentez, non ?

Il baissa les yeux en faisant de gros efforts pour ne pas pleurer devant elle. Chance déposa le bol et la cuillère sur la table de chevet.

– L'amour, c'est quelque chose de merveilleux, Galahad. Je le sais parce que je vous aime.

– Vous ne devriez pas. Je ne suis qu'un bâtard dont personne n'a voulu, à part le roi et l'ordre…

– Votre statut social ne m'importe guère. Je vous aime pour votre honnêteté, votre compassion, votre tendresse et votre douceur. Je sais que votre cœur a soif et je veux lui donner à boire. Laissez-moi vous montrer ce que j'essaie de vous dire.

Elle prit doucement son visage entre ses mains et l'embrassa. Si Chris n'avait pas eu cette vilaine blessure, il se serait probablement laissé emporter par cet élan de passion.

– Sire Galahad, fit une voix près de la porte.

Chance recula aussitôt : pour rien au monde elle ne voulait mettre Galahad dans l'embarras. Ce n'était que Marco.

– Depuis combien de temps es-tu là ? bégaya l'adolescente en rougissant.

– Depuis suffisamment longtemps pour comprendre que c'est sérieux entre vous deux.

– Que veux-tu, Marco ?

– Je suis venu voir si sire Galahad était suffisamment fort pour me parler un peu du code.

– Je le suis, affirma Galahad. Approche, écuyer.

– Est-ce que je peux rester ? s'enquit Chance pendant que Marco se tirait une chaise de l'autre côté du lit.

– Ces règles ne peuvent être révélées qu'à un apprenti, milady, s'excusa le chevalier.

– Alors, je serai écuyer moi aussi.

– Ce privilège est réservé aux hommes.

– Nous ne sommes plus au Moyen Âge, Galahad, se défendit Chance. Les femmes ont depuis longtemps prouvé qu'elles ont autant de valeur que les hommes. Je vous en prie, modifiez vos règles et laissez-moi devenir la première femme chevalier du XXI^e siècle.

Chris Dawson ne savait plus quoi faire. Il était défendu à un chevalier de causer du déplaisir à une dame, mais il ne pouvait pas non plus consentir à ce qu'elle lui demandait sans s'attirer les foudres de l'ordre. Marco proposa donc de laisser Chance assister à la leçon en tant qu'observatrice. L'adolescente protesta au nom de toutes les femmes du monde. Avant que cette discussion se termine en guerre ouverte entre les deux étudiants, Galahad accepta la suggestion de son écuyer. La seule façon pour Chance d'entendre parler de ce code secret était d'accepter son statut de spectateur. Elle se plia à cette condition et, une fois le calme revenu dans la chambre, Chris leur parla, très à propos, du rôle des femmes dans l'ordre.

– Ce sont des êtres que les chevaliers doivent chérir et protéger. Ils ne doivent jamais leur mentir ni les utiliser à leurs fins. Ils doivent toujours se montrer respectueux et leur obéir dans la mesure du possible. Habituellement, le chevalier sert son roi avec un dévouement aveugle ou bien il devient le champion d'une dame. Dans ce dernier cas, il est préférable qu'il se mette au service d'une femme qui n'est pas mariée.

– Pourquoi ? voulut savoir Marco.

– Parce qu'une femme mariée appartient à son époux.

– C'est absurde ! s'indigna Chance.

– Tu oublies que tu es ici en tant qu'observatrice, lui rappela Marco.

Elle ravala un commentaire désobligeant.

– Le but de la vie du chevalier est de se montrer suffisamment valeureux pour mériter la main de sa belle, ce qui est impossible si elle a déjà un mari, poursuivit Chris. Le mariage est une institution sacrée qui ne peut être dissoute que par la mort.

– Et le mari de la dame risquerait de ne pas aimer l'attention que le chevalier porte à son épouse, j'imagine, conclut l'écuyer.

– S'il est lui-même chevalier, il comprendra la situation et il saura que jamais rien d'immoral ne se produira entre sa femme et son champion. L'honneur est la valeur de base de notre ordre. Si le mari n'est pas chevalier, alors il est possible en effet qu'il ne comprenne pas la dévotion du champion. Un ami de sire Kay, qui appartenait à un ordre britannique, a été tué par un mari jaloux.

– Alors, pas de femme mariée pour moi.

– C'est plus simple ainsi. En général, les dames réagissent bien à la politesse et à la courtoisie des chevaliers, même les femmes modernes. Elles n'aiment pas les brutes et les dictateurs. Rappelle-toi toujours que les émotions font partie de leur domaine. Un chevalier ne doit donc jamais s'en servir contre elles. Il doit respecter cette règle et conserver une distance respectueuse avec sa dame. Il doit être son protecteur et il doit toujours chercher à lui plaire. Il doit courir à son secours lorsqu'elle est en danger et protéger sa réputation. Il ne doit la toucher que lorsque cela est nécessaire et toujours avec respect.

– Même lorsque sa dame l'embrasse ?

– Ce genre de contact ne peut se produire que lorsqu'il y a promesse de mariage, répondit Chris en espérant que Marco ne s'aventure pas plus loin.

– Donc, un chevalier peut se marier ?

– Oui, mais peu le font. L'ordre exige que les chevaliers se rencontrent souvent. Il est difficile pour leurs épouses d'accepter qu'ils passent autant de temps entre eux. Seuls Gaheris, Agravaine, Belliance et notre roi sont mariés. Les autres ont une belle amie dont ils sont le champion.

– Jusqu'où le chevalier peut-il aller pour faire plaisir à sa dame ?

– Il doit obéir à tous ses commandements, sauf ceux qui portent atteinte à son honneur ou à sa réputation. S'il a des doutes, il fait appel à son mentor, qui a plus d'expérience que lui et qui peut le conseiller. Tu vois, Marco, l'ordre est comme une grande famille. Tous ses membres sont frères et ils font le vœu de s'entraider. Est-ce que tu as d'autres questions au sujet de la courtoisie ?

– Que doit faire un chevalier si sa dame insiste pour coucher avec lui mais qu'il n'y a aucun vœu de mariage entre eux ?

– Il est préférable qu'il décline poliment sa demande. S'il crée des liens aussi étroits avec une dame qu'il ne pourra jamais épouser, le chevalier peut être expulsé de l'ordre.

– Merci pour la leçon, maître. Je vais vous laisser vous reposer, maintenant.

Marco le salua d'un léger mouvement de la tête, comme Perceval le lui avait enseigné, et quitta la pièce. Chance posa la main sur le front de Galahad et constata qu'il avait recommencé à faire de la fièvre. Elle lui fit boire un peu d'eau. Cet entretien semblait l'avoir vidé du peu d'énergie qui lui restait. Elle replaça tendrement ses mèches noires autour de son visage.

– Les femmes ne sont pas traitées à mon goût dans votre ordre, sire Galahad, déclara-t-elle, mais j'aimerais bien que vous soyez quand même mon champion jusqu'à ce que vous puissiez m'épouser.

– Je donnerais ma vie pour vous, milady.

Tout simplement incapable de résister à son regard de velours, elle posa un autre baiser sur ses lèvres. « Comment ma mère réagira-t-elle lorsque je lui parlerai de lui ? » se demanda Chance. Elle décida de repousser cette éventualité jusqu'à la reprise des classes.

Plus les jours passaient, plus le chevalier reprenait des forces. Il put même quitter son lit et aller se poster devant la grande fenêtre de sa chambre pour surveiller de loin l'entraînement de son protégé avec le seigneur Perceval. Chance continua de s'occuper de lui. Non seulement son corps se rétablissait, mais aussi son cœur. Un matin, il accéda à son courrier électronique sur l'ordinateur de sire Kay et trouva le message du docteur Penny. Il téléphona en Colombie-Britannique pour obtenir son numéro à la maison puis communiqua directement avec lui.

– Galahad ! s'exclama Donald lorsque le chevalier se fut présenté. Avez-vous de bonnes nouvelles pour moi ?

– Nous savons où se trouve le roi et nous tentons d'organiser un deuxième sauvetage, répondit prudemment Chris.

– J'aimerais en faire partie, si c'est possible.

– Je transmettrai votre demande à sire Kay, qui dirige notre ordre. Comment se porte lady Wilder ?

– Elle est justement à côté de moi, alors je vais vous la passer.

– Galahad ? fit Amy. Savez-vous où est mon mari ?

– Le magicien l'a retrouvé et nous irons bientôt le chercher.

– Le ciel soit loué… Et votre blessure ?

– Elle est presque guérie, milady. Ne vous inquiétez pas pour moi. Sire Kay aimerait savoir si le dragon vous a fait des menaces depuis votre retour au Canada.

– Non, aucune, mais je vis chez des amis en ce moment. Je n'ai pas le courage de retourner chez moi.

– L'ordre peut vous offrir toute la protection dont vous avez besoin.

– Qu'il se concentre plutôt sur la délivrance de Terra.

– Oui, bien sûr. Une fois que nous l'aurons tiré des griffes du dragon, nous nous assurerons qu'il ne soit plus jamais à sa portée.

Un mouvement attira alors le regard du chevalier : Lancelot venait d'entrer dans sa chambre. Galahad annonça à Amy qu'il devait partir et raccrocha.

– À qui parliez-vous ? s'inquiéta le mentor.

– À la reine, sire.

– J'ose espérer que vous ne lui avez pas dit tout ce que vous savez.

Galahad fit signe que non et baissa la tête en signe de soumission. Lancelot s'avança vers lui. John Ambrose, de son vrai nom, était un homme dans la soixantaine, mais il ne paraissait pas en avoir plus de cinquante. Ses cheveux étaient argentés et ses yeux d'un bleu ardent. C'était un homme d'affaires redoutable mais intègre. Il s'occupait des missions spéciales de l'ordre depuis l'accident de voiture de Terra.

– Si nous voulons réussir, cette fois, il ne faudra pas s'encombrer d'étrangers, l'avertit-il.

– Mais lady Amy n'est pas une étrangère, sire, répliqua Galahad en relevant la tête.

– Vous connaissez mon opinion sur cette nouvelle reine et sur les étudiants canadiens du roi. Sire Kay et moi avons décidé de les renvoyer chez eux cette semaine.

– Mais le jeune Marco n'a pas encore été adoubé.

– À quoi cela servirait-il, puisqu'il sera isolé au Canada ?

– Il pourrait en profiter pour enseigner notre philosophie à ses compatriotes, comme Arthur l'a fait.

– Est-il prêt à devenir chevalier ?

– Il connaît le code et la philosophie de l'ordre. Le seigneur Perceval me dit aussi qu'il manie habilement l'épée et la lance.

– Peut-il combattre à cheval ?

– Comment cela ? s'étonna Galahad, car son écuyer n'avait jamais affronté qui que ce soit en tournoi.

– Répondez à ma question.

– Il faudrait d'abord que je consulte Gareth et Perceval.

– Alors, faites-le.

Lancelot marcha jusqu'à la fenêtre, parfaitement conscient d'avoir désarçonné son pupille. Un autre sujet le préoccupait.

– J'ai aussi remarqué l'attention que vous accordez à la jeune invitée de sire Kay, fit-il.

– J'ai accepté de devenir son champion.

– Ce n'est pas ce que mes yeux me disent, riposta le mentor en se tournant vers lui.

– Il est vrai que je suis attiré par cette enfant. Je n'arrive pas très bien à démêler mes sentiments pour elle, mais je ne peux pas les nier.

– Cette relation ne peut que vous être néfaste, Galahad. Premièrement, à cause de la distance qui vous sépare et deuxièmement, à cause de votre différence d'âge.

– Le cœur ne s'embarrasse pas de ce genre de choses, vous le savez.

– Que faites-vous des vœux que vous avez prononcés envers le roi ?

– Il a une nouvelle épouse et...

– Remettez-vous en question votre engagement ?

– Non, sire.

– Alors, vous savez ce qu'il vous reste à faire. Lancelot quitta la pièce sous le regard accablé de Galahad. Ce dernier comprenait la méfiance de son mentor à l'égard des élèves, mais il refusait de croire qu'ils puissent être responsables de leur échec. Il savait aussi pourquoi Lancelot s'inquiétait de l'intérêt qu'il portait à Chance.

Il sortit pour la première fois du manoir, depuis qu'il avait été blessé au début de l'été. Il se rendit sur la terrasse, où Marco s'entraînait à l'escrime avec le seigneur Perceval. Il observa le combat pendant un moment, content de constater les progrès de l'écuyer. Perceval entrevit son frère d'armes. Il recula, signalant un temps d'arrêt à son adversaire. Lorsqu'il questionna Galahad sur sa santé, son frère d'armes l'assura que son épaule ne le faisait presque plus souffrir.

– Marco peut-il manier la lance aussi habilement que l'épée ? demanda-t-il à Perceval.

– Encore mieux !

– Même à cheval ?

– Est-ce sérieux, Galahad ? s'inquiéta le chevalier.

– Ce n'est pas ma décision.

Marco promena son regard de l'un à l'autre, étonné de les voir si graves tout à coup.

– Pourriez-vous me dire ce qui se passe ? s'énerva-t-il.

– Il est possible que tu sois invité à participer à un tournoi dans les prochains jours, l'informa Galahad.

– Mais il faut être chevalier pour ça, se rappela Marco. Je ne suis encore qu'un écuyer.

– Sire Lancelot a donc l'intention de t'adouber très bientôt, en déduisit Perceval.

Le maître escrimeur crut bon de poursuivre l'entraînement de son pupille à cheval. Ils rangèrent leurs épées dans les caisses que les serviteurs avaient sorties de la maison et s'éloignèrent en direction de l'écurie. Galahad ne les suivit pas, même s'il aurait aimé participer à cette importante leçon. Son omoplate était encore trop sensible pour lui permettre de soulever quelque arme que ce soit.

* * *

À Little Rock, en plus d'être démoralisée, Amy ne se sentait pas très bien physiquement. Elle avait d'abord pensé que son épuisement provenait de sa récente aventure au Texas. Cependant, comme elle ne voulait que dormir à n'importe quel moment de la journée, Donald Penny décida de lui faire passer un examen complet à l'hôpital.

– Ce qui t'arrive est tout à fait normal, déclara son ami médecin en la rejoignant dans son bureau. Mes félicitations, Amy ! Tu es enceinte de quelques semaines !

– Quoi ? Donald, je ne veux pas avoir d'enfant avant que Terra me soit rendu.

– Galahad semble convaincu qu'il sera libéré avant la fin de l'été. Et ce bébé ne naîtra qu'en avril prochain. Arrête de t'en faire, il sera là pour sa naissance.

– Il est également possible que l'ordre n'arrive pas à le reprendre.

– Sois sans crainte, j'ai l'intention de participer au prochain sauvetage.

– Non, Donald. Des hommes sont déjà morts lors du premier. Je ne peux pas te laisser risquer ainsi ta vie. Tu as une fille maintenant et elle, au moins, elle a un père.

– Si j'ai cette petite, c'est grâce à Terra.

Amy demeura muette. Que pouvait-elle objecter à cet argument ? Même si Donald n'avait pas reçu l'entraînement des chevaliers, il était en forme et il aimait lui aussi Terra comme un frère. Peut-être y arriverait-il…

# 31

Ce soir-là, Marco s'était retiré dans sa chambre du manoir pour lire quelques chapitres de l'histoire de la Table ronde. On frappa à sa porte. Il dit au visiteur d'entrer et fut étonné de voir s'avancer Galahad et Perceval. Un domestique déposa une grosse valise sur le lit.

– Le moment est venu, jeune écuyer, annonça Galahad.

Marco comprit, à la fierté qui brillait dans ses yeux, qu'il allait être adoubé. Galahad fit signe au serviteur d'ouvrir la valise avant de se retirer. Marco jeta un coup d'œil à son contenu. Il écarquilla les yeux en découvrant la chemise et les collants faits de milliers de petits anneaux de métal brillant, la tunique bleue arborant les armoiries de l'ordre, le heaume de métal et les bottes de cuir.

– C'est pour moi ? s'étonna-t-il.

– Oui, Marco, confirma Galahad. En tant que mentor, c'est mon devoir de t'aider à t'habiller, mais mon épaule ne me le permet pas. Alors j'ai invité le seigneur Perceval, ton second mentor, à t'assister. Lorsque tu auras revêtu tout le costume, tu devras rester seul dans cette pièce pour prier Dieu et lui demander sa bénédiction. Nous viendrons te chercher plus tard.

Marco laissa Perceval lui montrer comment revêtir le costume d'apparat, puis s'installa devant la fenêtre pour prier. Comme promis, Galahad revint après quelques heures. Il avait lui aussi endossé son costume de chevalier. Il mena l'adolescent dans une salle dont il ignorait jusque-là l'existence. Elle était immense et tous ses murs étaient recouverts de fanions et d'armes du Moyen Âge. Tous les hommes présents portaient les couleurs de l'ordre et des épées pendaient à leur ceinture.

L'adolescent défila entre les deux rangées qu'ils formaient. À gauche se trouvaient les seigneurs Lancelot, Agravaine, Belliance, Dinadan et Gaheris et, à droite, les seigneurs Perceval, Gawain, Gareth et Sagramore. Très ému, Marco s'arrêta devant sire Kay. Ce dernier se tenait debout devant un fauteuil richement décoré. Il était vêtu comme tous les autres, mais portait en plus une longue cape bleue et une bande de métal dorée autour de la tête. En l'absence de Terra, c'était lui qui présidait aux cérémonies, tandis que Lancelot dirigeait plutôt les opérations de guerre.

Galahad demeura quelques pas derrière son pupille.

– Pourquoi êtes-vous ici, seigneur Galahad et qui nous emmenez-vous ? récita Kay, sa voix résonnant dans la pièce.

– Je vous présente un jeune écuyer qui souhaite devenir chevalier, sire.

– A-t-il accompli quelque exploit prouvant sa valeur ?

– Il a sauvé la vie de votre humble serviteur en lui donnant son propre sang. Il a aussi participé au sauvetage du roi et a affiché autant de courage à cette occasion que ses propres chevaliers.

– Très bien, sire Galahad. Laissez-le maintenant parler pour lui-même.

Il se courba devant Kay et alla se placer devant la rangée de Perceval.

– Que désirez-vous, écuyer ? demanda Kay.

– Je désire devenir chevalier, sire.

– Pour quelles raisons ?

– Pour servir et protéger le roi et pour répandre la philosophie d'amour et d'acceptation de l'ordre dans le monde.

– Connais-tu notre code d'honneur ?

– J'en connais les règlements et je les comprends.

– Si je te fais chevalier ce soir, tu te retrouveras isolé de tes frères d'armes dans le pays de la Reine Blanche.

– Seulement jusqu'à ce que des apprentis expriment le vœu de devenir aussi chevaliers. Je leur enseignerai alors ce que je sais et l'ordre pourra aussi prospérer dans mon pays.

– Tu parles bien, jeune homme.

Sire Kay fit un geste en direction de Lancelot, qui s'avança et s'inclina.

– Donnez-moi votre épée, lui enjoignit Kay.

Lancelot glissa son arme hors de son fourreau et la lui tendit par la poignée, puis regagna sa place.

– À genoux, écuyer, ordonna Kay.

Marco mit aussitôt un genou à terre comme le lui avait enseigné Perceval. Sire Kay posa un regard paternel sur le fervent adolescent prosterné devant lui.

– J'aurais bien aimé que notre seigneur te fasse lui-même cet honneur, mais comme tu le sais, il est le prisonnier de nos ennemis.

– C'est une situation temporaire, sire.

– Nous l'espérons de tout cœur, mais en attendant son retour, c'est moi qui devrai t'adouber en son nom. Jures-tu fidélité au roi Arthur ?

– Oui, sire.

– Jures-tu devant Dieu de protéger les faibles et de faire toujours régner la justice où que tu sois ?

– Oui, sire.

Kay frappa alors Marco trois fois sur les épaules du plat de son épée.

– Par mes pouvoirs de membre aîné de l'ordre, en l'absence de notre bien-aimé roi, je te proclame chevalier de la Table ronde. Le nom que ton mentor a choisi pour toi est Tristan. À partir de maintenant, tu ne feras rien pour salir notre réputation ni celle de tes frères d'armes, sous peine de t'exposer à de sérieuses conséquences. Et lorsque les hauts dirigeants de l'ordre ou le roi lui-même exigeront que tu te présentes à un rassemblement ou que tu exécutes une tâche pour eux, tu devras leur obéir.

– Oui, sire.

– Relève-toi, chevalier.

Marco lui obéit en tremblant de joie. Galahad lui remit une ceinture de cuir et un fourreau dans lequel reposait une épée toute neuve.

– Voici l'arme avec laquelle tu défendras les faibles, les pauvres et les innocents.

– Merci, sire Galahad.

Marco le serra dans ses bras en faisant attention à son épaule. Les larmes coulaient maintenant à grands flots sur ses joues alors qu'il attachait sa ceinture de cuir.

– Pourquoi avez-vous choisi le nom de Tristan ? s'informa-t-il en s'essuyant maladroitement les yeux.

– Tout comme le Tristan de la légende, tu es venu servir un roi étranger.

– Ce qu'il te souhaite, c'est de tomber follement amoureux d'une Iseult du Texas, plaisanta Gawain.

– Mais assure-toi qu'il ne s'agisse pas de la reine, le taquina Gareth.

– Et fais bien attention à ce qu'elle essaiera de te faire boire, ajouta Perceval.

– En parlant de boisson, un festin nous attend, messieurs, les pria Kay.

Il les mena dans la salle de banquets. Ils prirent tous place autour d'une immense table chargée de plats, de vin et de bière. Galahad demanda à l'un des serviteurs si Chance avait été invitée au festin. Il l'assura que si, mais qu'elle était sortie dans le jardin. Le chevalier s'excusa auprès de ses frères pour aller la chercher.

– Nous avons des serviteurs pour ce genre de tâches, sire Galahad, s'opposa Lancelot.

– Il serait plus respectueux de notre part que j'aille la chercher moi-même, répliqua son pupille.

– Il a raison, l'appuya Gawain.

Galahad et Lancelot se dévisagèrent un moment. Les autres ignoraient qu'il lui avait servi un avertissement au sujet de sa relation avec l'adolescente. Galahad espéra en silence qu'il ne lui fasse pas de reproches devant toute l'assemblée.

– Allez-y, accepta finalement son mentor, mais n'oubliez pas ce que je vous ai dit.

– Comment le pourrais-je, sire ?

Galahad sortit dans les magnifiques jardins du docteur Mills. À cette heure de la soirée, ils étaient illuminés de centaines de petites lanternes qui les transformaient en un endroit féerique. Il trouva Chance dans une allée de gravier. Sa robe médiévale dans les tons de terre faisait ressortir les reflets roux de ses longs cheveux. Il s'arrêta derrière elle pour admirer sa fine silhouette, qui se détachait dans la lumière blanche.

– Milady, l'appela-t-il.

– Laissez-moi et retournez à votre fête d'hommes, répliqua Chance, malheureuse.

– Nous serions honorés de votre présence, au contraire

– Seulement parce que votre code vous oblige à m'y inviter. Je suis désolée, Galahad, mais vous n'avez pas voulu de moi pendant l'adoubement, alors je n'assisterai pas à ce banquet.

– Milady, je vous en prie.

Elle se retourna en faisant bien attention de conserver son air d'indignation, mais la vue de son chevalier préféré en cotte de mailles et tunique eut raison d'elle.

– Vous êtes particulièrement séduisant dans ce costume, sire Galahad.

– Alors le festin devrait vous plaire, puisque nous sommes tous vêtus ainsi.

Elle s'approcha en doutant fort que les autres puissent être aussi beaux et attirants que lui. Elle posa un tendre baiser sur sa bouche et il alla lui-même en chercher un deuxième.

– Pourquoi ai-je l'impression de connaître vos lèvres depuis toujours ? murmura-t-elle.

– Et moi, vos yeux ? fit-il, captivé.

– Oublions cette fête et restons ici ensemble.

– Sire Lancelot s'attend à ce que je vous ramène avec moi.

– Il a donc une si grande emprise sur vous ?

– C'est mon mentor, milady.

– Cela signifie-t-il que vous lui appartenez et qu'il peut faire de vous tout ce qu'il veut ?

– Les choses se passent de cette façon, dans l'ordre. Mon mentor m'a permis d'avoir enfin une famille, des frères et une raison de vivre, mais ce privilège comporte aussi des responsabilités. Les mentors savent ce qui est bon et ce qui ne l'est pas pour leurs pupilles.

– Mais vous n'êtes plus écuyer, Galahad, vous êtes chevalier au même titre que lui.

– Cela n'y change rien. Sire Lancelot sera mon mentor jusqu'à sa mort.

– Et il s'oppose à notre relation, n'est-ce pas ?

– Il pense qu'elle est malsaine pour nous deux.

– Mais vous avez déjà accepté d'être mon champion et mon futur mari.

– C'est exact, et un chevalier ne revient jamais sur sa parole. J'aimerais pouvoir vous enlever maintenant sur mon cheval, mais cela devra attendre un peu. Suivez-moi d'abord à l'intérieur, je vous en prie.

Il prit gentiment sa main et l'entraîna dans le manoir. Dès qu'ils apparurent dans la salle de banquets, Lancelot s'empressa de les séparer. Chance se soumit docilement à ses ordres, comme le lui recommandait son champion.

Ce soir-là, dès que la maisonnée fut endormie, elle quitta sa chambre, vêtue uniquement de sa robe de nuit, et s'infiltra silencieusement dans celle de Galahad. Il était couché, mais il ne dormait pas non plus. Elle laissa tomber son vêtement sur le sol et grimpa sur le lit pour se réfugier dans les bras du chevalier, convaincue que Lancelot ne pourrait pas les empêcher de vivre cette belle nuit d'amour. Après quelques baisers, Galahad oublia tous les avertissements de son mentor et se laissa gagner par l'ardeur de sa maîtresse. Il n'avait jamais fait l'amour à une femme, mais les caresses de Chance lui enseignèrent tout ce qu'il avait besoin de savoir.

Au matin, lorsqu'il se réveilla, Galahad constata qu'au lieu de regagner sa chambre avant l'aube, sa belle s'était endormie près de lui. Le soleil inondait la pièce : tout le monde devait donc être debout. Ce n'était qu'une question de temps avant que les serviteurs se rendent compte qu'il n'était pas seul. Il entendit alors les cris d'encouragement de ses compagnons à l'extérieur. Que faisaient-ils dehors de si bonne heure ? Il se rendit à la fenêtre et distingua quelques chevaliers réunis autour d'un enclos. Deux chevaux avaient été harnachés pour un tournoi. Il promena son regard sur l'assemblée et reconnut le jeune Marco en armure. De l'autre côté de l'immense enclos, il vit Lancelot s'avancer vers son magnifique cheval de combat.

– Non ! cria Galahad.

Chance se réveilla en sursaut. Elle le vit tenter de s'habiller en vitesse, malgré sa douleur à l'épaule. Elle enfila sa robe de nuit et se précipita pour l'aider.

– Que se passe-t-il ? voulut-elle savoir.

– Sire Lancelot va affronter Marco en tournoi ! Il sait ce que nous avons fait cette nuit et il va punir ma désobéissance en malmenant mon pupille !

Dès qu'il fut chaussé, il bondit en direction de la porte. Découragée, Chance se posta à la fenêtre pour observer les événements de loin. Pas question d'aller jeter de l'huile sur le feu en se présentant sur les lieux.

Dans l'enclos, Perceval s'assura que l'armure du nouveau chevalier était bien attachée, pendant que Gareth retenait son cheval. Marco était nerveux à l'idée d'affronter le meilleur combattant de l'ordre, mais il ne pouvait pas reculer devant son défi. Il devait lui prouver qu'il n'était pas un lâche et qu'il avait mérité d'être adoubé.

Stefan Lieber, alias Gareth, avait lui-même entraîné son destrier. Il lui conseilla de laisser le cheval faire son travail et de se contenter de bien tenir sa lance. Lieber avait dressé des chevaux toute sa vie, d'abord pour des compétitions de saut, puis pour des films. Marco savait qu'il pouvait lui faire confiance.

– Ne brandis ta lance qu'à la toute dernière minute, lui recommanda Gawain, à son tour.

– Je ne voudrais surtout pas blesser sire Lancelot, protesta Marco.

– Tous les chevaliers savent ce qu'ils risquent lorsqu'ils s'affrontent en tournoi, l'informa Perceval. Arrête de t'en faire pour lui et pense plutôt à te protéger.

– Et que Dieu soit avec toi, Tristan, pria Gawain.

Ils l'aidèrent à grimper en selle pendant que sire Lancelot montait sur son destrier à l'autre bout de l'enclos. Sire Kay attendit que les deux combattants soient prêts, puis il laissa tomber un mouchoir de soie sur le sol. C'était le signal : les deux chevaux s'élancèrent comme des démons. Marco s'accrocha à sa lance. Il vit surgir Lancelot, dont l'armure étincelait au soleil, mais il ne put rien faire pour parer le coup. En effet, avant même qu'il puisse soulever sa lance, celle du champion le frappait en pleine poitrine avec tellement de force qu'il fut éjecté de la selle. Il s'écrasa sur le dos dans la poussière. Incapable de bouger sous le poids de son accoutrement de métal, Marco releva sa visière. Il s'aperçut avec horreur que le chevalier blanc revenait sur lui, lance baissée.

Au moment où l'arme de Lancelot allait frapper de nouveau l'adolescent sans défense, Galahad se précipita dans l'enclos et se planta devant Marco, obligeant Lancelot à arrêter son destrier en catastrophe pour ne pas transpercer le cœur de son pupille. La pointe de la lance oscilla à quelques centimètres seulement de son corps, mais Galahad ne broncha pas. Lancelot retira son heaume et le lança sur le sol pour signifier sa colère.

– N'avez-vous donc aucun respect, Galahad ! tonna-t-il.

– Vous n'aviez pas le droit de tenir ce tournoi en mon absence !

– J'ai demandé à un serviteur d'aller vous chercher, mais il a jugé préférable de ne pas vous déranger.

– Vous n'avez pas le droit de vous venger de moi sur Tristan ! Cela va à l'encontre des principes de l'ordre !

– Le code me donne le droit de réprimander mon pupille comme bon me semble. Votre intervention dans ce tournoi sera sévèrement punie.

Sire Kay rejoignit les deux hommes. Il ignorait pourquoi ils étaient tellement en colère, mais il lui fallait désamorcer rapidement le conflit pour éviter des blessures inutiles.

– Le tournoi est terminé, annonça-t-il à Lancelot. Vous êtes le vainqueur.

Lancelot foudroya son pupille du regard et ramena sa lance près de lui. Il poussa ensuite sa monture au galop vers l'autre extrémité de l'enclos, où l'attendaient les palefreniers.

– Quant à vous, sire Galahad, allez m'attendre dans mon bureau, ordonna Kay.

Le chevalier s'exécuta aussitôt. Sire Kay demanda aux autres d'aider le pauvre adolescent à se remettre sur ses pieds, puis alla rejoindre son frère d'armes désobéissant dans le manoir. Il le trouva assis dans un fauteuil, les yeux baissés.

– Vous faites partie de l'ordre depuis suffisamment longtemps pour savoir que vous n'aviez pas le droit d'intervenir dans ce tournoi, Galahad.

– Sire Lancelot était sur le point de blesser mon pupille, sire, expliqua-t-il sans lever les yeux. Je ne pouvais pas le laisser faire.

– Lancelot sait qu'il n'a pas le droit de frapper un adversaire au sol.

– Mais il l'aurait fait, je vous assure. En blessant Tristan, c'est moi qu'il cherchait à atteindre.

– Pourquoi est-il fâché contre vous ?

– Il veut que je m'éloigne de lady Chance et je n'en ai pas le courage.

– Vous aimez cette jeune fille, Galahad ?

– De tout mon cœur, sire.

– Mais vous comprenez certainement que votre amour est impossible. Ces étudiants sont sur le point de rentrer au Canada.

– Je ne le sais que trop bien, et cette pensée m'effraie.

– Alors je vais mettre rapidement fin à vos tourments. Les jeunes rentreront chez eux par le prochain vol à destination de la Colombie-Britannique. Quant à votre intervention de tout à l'heure, je laisserai votre mentor décider de votre punition.

Galahad aurait préféré que son châtiment vienne de sire Kay plutôt que de Lancelot, mais il ne pouvait pas se permettre d'enfreindre davantage les règles en priant sire Kay de le punir lui-même. Il n'eut pas longtemps à attendre avant de connaître sa sentence. Tout de suite après le repas, une limousine vint chercher les Canadiens. Lancelot le somma de les accompagner : il avait donc décidé de rendre cette séparation encore plus difficile pour lui.

Galahad monta dans la longue voiture avec Chance, Marco et son mentor. Il garda un silence coupable pendant tout le trajet. Malgré l'évidente réprobation de Lancelot, il sortit de la limousine avec les adolescents, devant la porte des départs. Marco lui serra la main à la façon des chevaliers, puis le laissa faire ses adieux à Chance.

– Je vous attendrai aussi longtemps qu'il le faudra, Galahad, lui promit-elle.

– Je sais, milady.

– Serez-vous puni pour avoir défendu Marco ?

– Probablement, mais ne vous inquiétez pas pour moi.

– Rappelez-vous votre promesse…

Elle prit sa main, écrivit son numéro de téléphone dans sa paume et l'embrassa tendrement sur les lèvres. Galahad les regarda disparaître dans l'aéroport, puis retourna auprès de son mentor. Lancelot voulut aussitôt savoir ce que Chance avait griffonné dans sa main.

– Son numéro de téléphone, répondit Galahad, sans le regarder.

– Vous auriez dû lui dire que vous ne pourrez pas l'appeler.

– Je n'en ai pas eu la force.

– Vous passerez les prochains jours au château de sire Gawain à Houston, où vous réfléchirez à votre rôle dans l'ordre. Puis vous me rejoindrez chez moi pour me faire part de nos nouvelles résolutions. Vous êtes un excellent chevalier, Galahad.

Il serait malheureux que vous soyez expulsé de nos rangs à cause d'une femme.

Galahad garda la tête basse en pensant que son mentor avait raison d'exiger qu'il prenne d'abord le temps de démêler ses émotions. Il savait que sa vie n'aurait plus aucun sens sans ses frères, mais maintenant, il avait goûté à l'amour…

# 32

Dans une salle de conférence de la base secrète Orion II, creusée à même le roc dans une montagne de Californie du Nord, le général Kenneth Howell avait réuni les plus brillants esprits scientifiques américains et leur avait soumis les résultats des recherches de Terra Wilder. Après avoir étudié ses formules pendant quelques heures, ils en vinrent à la conclusion qu'ils pourraient probablement produire cette énergie, à la condition de trouver une façon de la contenir, ce qui pourrait nécessiter encore des années de travail. Mais le général ne voulait pas attendre. Il congédia tous les savants et ne garda que le docteur Hans Hendrick, un spécialiste des systèmes de propulsion extraterrestres.

Ce savant d'origine allemande avait participé au démantèlement de plusieurs engins spatiaux récupérés par les militaires afin d'en comprendre le fonctionnement interne. Il avait également travaillé à l'élaboration d'un système de communication avec les survivants de certains écrasements de disques volants non identifiés et avait obtenu des résultats intéressants.

– Il s'agit d'une technologie étonnante, admit le docteur Hendrick en levant les yeux sur le général. Je n'ai jamais rien vu de tel.

Hendrick était un homme âgé, mais à l'esprit vif et clair, qui commandait le respect.

– Avez-vous tiré ces formules de l'ordinateur d'un ovni ? demanda-t-il en repoussant le dossier sur la table.

– Non, mais je commence à penser que leur inventeur est lui-même un extraterrestre. Nous aimerions avoir votre opinion à son sujet.

Il lui raconta de quelle façon Terra Wilder avait été embauché par la NASA et lui énuméra ses inventions. Il lui avoua également que les ingénieurs militaires avaient installé des puces électroniques dans ses genoux plusieurs années auparavant, mais que Wilder avait miraculeusement changé ses jambes artificielles en jambes humaines, détruisant ainsi les implants. Le savant resta interloqué en entendant ces informations. Le général lui apprit aussi que les ingénieurs avaient tout récemment installé de nouvelles puces, dans son cerveau cette fois, et qu'elles pourraient être activées au besoin.

– Êtes-vous en train de me dire que votre extraterrestre refuse de collaborer ? plaisanta Hendrick.

– Disons qu'il préférerait le faire librement en poursuivant sa vie au Canada, mais nous ne pouvons pas nous permettre de le rendre aussi vulnérable. Terra Wilder ne doit pas tomber aux mains de terroristes.

– C'est parce qu'il a transformé lui-même son anatomie que vous le croyez d'origine extraterrestre ?

– Entre autres. Il a aussi écrit ces brillantes formules et nous l'avons vu faire des choses tout à fait incroyables sur les écrans de surveillance de sa prison de Galveston. Nous n'avons aucune objection à ce que vous fassiez des expériences de communication avec lui, docteur Hendrick, mais ce que nous voulons surtout, c'est que vous le persuadiez de nous fournir la formule de l'alliage capable de contenir cette nouvelle source d'énergie.

Le savant s'adossa dans son siège et fixa le général droit dans les yeux en réfléchissant à cette proposition. C'était une occasion en or pour lui et le militaire ne le savait que trop bien.

* * *

Galahad se rendit au domaine de Gawain, comme le lui avait ordonné son mentor. Dès qu'il entra dans l'immense vestibule, un serviteur s'empara de sa petite valise. Son frère d'armes sortit d'un des salons adjacents et vint lui serrer la main à la façon des chevaliers.

– Je suis désolé de vous imposer ainsi ma présence, Gawain, s'excusa Galahad en le suivant dans le grand escalier.

– Vous ne m'imposez rien du tout, mon ami. J'ai accepté avec joie la requête de Lancelot.

Il lui montra la chambre qu'on lui avait réservée. Galahad fit quelques pas vers la fenêtre, puis se tourna vers son compagnon.

– Quelle punition vous ont-ils demandé de m'infliger ?

– Aucune, affirma Gawain. Vous devez seulement vous reposer loin de toute distraction. Sire Kay a contacté vos patrons pour leur dire que vous aviez fait une vilaine chute et que vous ne pourriez retourner à votre poste qu'en octobre.

– Ce n'est pas de repos que j'ai besoin, Gawain.

– Dites-moi ce qui vous manque et je m'empresserai de vous l'obtenir.

– Ma vie est insensée sans Arthur.

– La nôtre aussi, mon frère, mais nous devons être patients. Le magicien est à l'œuvre.

Gawain l'attira dans ses bras et le serra pendant un moment. Il savait que ce chevalier était lié au roi par un terrible serment.

– J'ai l'intention de tenter un sauvetage, annonça Galahad en reculant.

– Vous avez vu les plans de cette forteresse ! répliqua Gawain. Elle est imprenable !

– Pour tout le groupe, sans doute, mais un homme seul pourrait s'y introduire sans attirer l'attention du dragon.

– Non, c'est trop dangereux !

– Je n'ai pas peur.

– Votre amour pour notre seigneur vous perdra, Galahad.

– Alors, laissez-moi mourir honorablement.

Galahad se posta devant la fenêtre. Il savait bien que les membres de l'ordre auraient la même réaction que Gawain lorsqu'il leur exposerait son plan, mais il devait absolument miser le tout pour le tout.

* * *

Dans le repaire du dragon, à des kilomètres de là, le docteur Hendrick avait accepté son nouveau rôle de négociateur auprès de Terra Wilder. Il fut conduit par le général Howell dans une cabine d'observation adjacente à la cellule du savant hollandais. Deux ingénieurs y étaient en charge des écrans qui surveillaient tant les conditions atmosphériques de la prison que les battements de cœur du prisonnier. Devant eux s'ouvrait une grande fenêtre par laquelle on voyait l'intérieur de la cellule. Terra Wilder était allongé sur un étroit lit de métal fixé au mur.

– Comment espérez-vous gagner sa confiance en l'enfermant dans une cage ? déplora Hendrick.

– Nous lui avions offert un environnement plus confortable au Texas, mais des indésirables se sont rendus jusqu'à lui, le renseigna le militaire.

– Depuis combien de temps dort-il ?

– Depuis son arrivée. Nous lui avons administré des sédatifs toutes les six heures depuis son départ de Galveston.

– Je vous prie de cesser cette diète malsaine dès maintenant. J'ai besoin qu'il ait toute sa tête si je veux arriver à quelque chose avec lui.

Le général l'assura que sa dose ne serait pas renouvelée. Avant de partir, il lui réclama un rapport régulier de ses progrès. Le docteur Hendrick s'installa dans un fauteuil entre les deux ingénieurs pour attendre que son nouveau patient se réveille. Lorsque Terra Wilder ouvrit finalement les yeux, il ne reconnut pas son environnement. Il se mit à trembler et s'assit en boule sur le lit. Il était seul dans une cellule étroite. Il mit prudemment les pieds sur le sol. Il était vêtu d'une combinaison souple de couleur grise. La chambre circulaire ne contenait pas grand-chose : une petite table, une chaise, un lit qui semblait pouvoir s'encastrer dans le mur et un ordinateur avec un écran géant sur une console au milieu de la pièce. Incapable de supporter plus longtemps la lumière crue de sa prison, Terra se protégea les yeux avec sa main.

– Désirez-vous que nous tamisions la lumière ? proposa un inconnu dans les haut-parleurs.

– Où suis-je ?

– Vous êtes en sécurité.

L'intensité de la lumière diminua. Terra abaissa lentement sa main. En apercevant le grand miroir sur le mur, il comprit que ses gardiens se trouvaient de l'autre côté.

– Qui êtes-vous ?

– Je suis le docteur Hans Hendrick. Je suis spécialiste en propulsion des engins extraterrestres. On m'a embauché pour m'occuper de vous.

– Ne perdez pas votre temps. Premièrement, je ne suis pas un extraterrestre et, deuxièmement, je n'ai pas l'intention de collaborer avec qui que ce soit.

– Nous voulons seulement que vous nous fournissiez la formule de l'alliage qui pourrait recevoir votre nouvelle source d'énergie, docteur Wilder.

Terra alla s'asseoir devant l'ordinateur. Il y jeta un rapide coup d'œil et se mit aussitôt à pianoter sur le clavier.

– Vous n'avez pas accès au monde extérieur, l'avertit Hendrick.

Les épaules de Terra s'affaissèrent. Certes, il comprenait pourquoi ses geôliers ne pouvaient pas lui permettre ce genre de contact, mais il avait désespérément besoin d'être rassuré par quelqu'un qu'il aimait. Il se glissa sous la console, croyant se mettre ainsi à l'abri des regards des militaires. Sa détresse toucha le cœur du savant allemand.

– Je vous en prie, docteur Wilder. Je ne pourrai pas vous aider si vous refusez de me faire confiance.

Hendrick surveillait le moindre mouvement de Terra. Il avait déjà noté ce genre de comportement de la part d'hommes qui se sentaient abandonnés dans un monde hostile et étranger. Un des ingénieurs l'avertit que les puces implantées dans le cerveau du prisonnier transmettaient des données inquiétantes.

– Toutes ses fonctions vitales ralentissent, même son cœur. Est-il en train de mourir ?

– Non, monsieur Wells, répondit le savant. Il est en train de me faire comprendre que je ne peux pas le manipuler. C'est une démonstration de force, si vous préférez. Je vais aller lui parler.

Terra se calma et tenta d'entrer en contact télépathique avec son ami Christopher Dawson. Il tomba d'ailleurs à point.

Complètement découragé par son immobilité et par la pensée d'avoir perdu son roi, Galahad s'était assis sur la pelouse derrière la demeure de Gawain. Autour de lui, le jardin était magnifique, mais ses sens n'enregistraient ni le parfum des fleurs ni la douce brise chaude qui jouait dans ses cheveux sombres. Il avait déposé une dague de cérémonie devant lui et l'observait en se disant que s'il ne pouvait plus rien faire pour sauver Terra, il ne méritait plus de vivre.

– Mon Dieu, pardonnez le geste que je suis sur le point d'accomplir. Je ne peux plus vivre sans mon roi et ma dame.

*Galahad !* fit la voix de Terra dans son esprit.

– Monseigneur ?

*Es-tu remis de tes blessures ?*

Galahad se souvint qu'à leur dernière rencontre, Terra l'avait vu crouler sous les balles de Jeffrey Bains.

– J'ai été blessé, mais je suis presque guéri. Je suis prêt à prendre les armes pour vous.

*Je ne saurais même pas où t'envoyer combattre, noble chevalier. Je ne sais pas où je suis.*

– Le magicien nous a dit que vous étiez à l'intérieur d'une montagne en Californie du Nord, dans une installation militaire fort bien gardée. L'ordre ne pourra pas organiser un sauvetage avant que le magicien nous trouve un allié à l'intérieur de cette base.

Dans la salle de surveillance, l'un des ingénieurs enregistrait l'étrange activité cérébrale du prisonnier. Le docteur Hendrick était sorti pour aller rencontrer Terra face à face, mais il n'était pas encore rendu à sa cellule. Les ingénieurs n'avaient aucune façon de vérifier si le savant s'était arrêté ailleurs. L'un des deux appela le général et lui fit part de leurs observations. Craignant que son prisonnier extraterrestre ne soit en train de contacter ses semblables, Howell leur ordonna de mettre fin à cette communication. L'ingénieur raccrocha et pressa sur un bouton du clavier. Terra hurla de douleur.

Galahad ressentit également cet élancement violent. Tout comme son roi, il poussa un cri de souffrance et porta les mains à sa tête.

Le docteur Hendrick se précipita sur Terra qui se tordait sur le sol, mais le savant hollandais perdit conscience avant qu'il puisse lui venir en aide.

– Que se passe-t-il ? demanda-t-il aux officiers.

– Nous avons reçu l'ordre de l'empêcher d'utiliser ses facultés télépathiques, répondit la voix dans le haut-parleur.

– Il est en état de choc. Faites venir l'équipe médicale tout de suite.

* * *

Gawain entendit les hurlements de Galahad. Il courut dans le jardin et saisit solidement le chevalier par les poignets. Galahad s'effondra dans ses bras. Gawain le fit transporter dans sa chambre et appela son médecin de famille. Après l'avoir examiné, ce dernier affirma que l'astrophysicien avait subi un choc électrique et qu'il devait se reposer. Dès que le médecin fut parti, Gawain téléphona à sire Kay pour lui raconter l'étrange événement.

– Mon médecin prétend qu'il a été électrocuté et pourtant, il n'y avait aucun nuage dans le ciel et aucun appareil électrique près de lui. Ce qui m'inquiète, par contre, c'est d'avoir trouvé une dague de cérémonie à portée de sa main.

– Est-il à ce point désespéré qu'il attenterait à sa propre vie ? s'étonna Kay.

– Je le crains, sire. Je regrette, mais je ne me sens pas capable de m'occuper de lui dans ces conditions.

– Dans ce cas, je le prendrai chez moi.

Gawain le remercia, raccrocha et alla s'assurer que Galahad dormait. Il s'arrêta près du lit et l'observa un moment, soulagé de ne pas avoir été choisi pour servir personnellement Arthur.

Au même moment, on couchait Terra Wilder sur son lit de métal. Les médecins de la base s'empressèrent de l'examiner. Ce n'était qu'un évanouissement. Le docteur Hendrick tira le fauteuil de l'ordinateur jusqu'au chevet de l'astrophysicien. Il demeura près de lui jusqu'à son réveil.

– Que m'est-il arrivé ? murmura Terra en ouvrant les yeux.

– Je suis vraiment désolé, docteur Wilder, s'excusa Hendrick. Mais vous ne pouvez pas communiquer avec le monde extérieur, ni de façon télépathique ni autrement, sans vous exposer à cette douleur.

– Je ne vous donnerai jamais cette formule, alors tuez-moi donc tout de suite.

– Nous ne pouvons pas vous laisser mourir, vous vous en doutez bien. Prenez le temps de vous remettre. Ensuite, j'essaierai de vous expliquer pourquoi il serait beaucoup mieux pour vous de collaborer.

– Je ne vous aiderai pas !

Le docteur Hendrick quitta la cellule en secouant la tête. La pièce devint glaciale et Terra se releva péniblement sur ses coudes.

– Sarah…

Il utilisa le peu d'énergie qui lui restait pour s'asseoir. Le fantôme l'enveloppa d'un regard empli de tendresse.

– Fais-moi sortir d'ici, implora-t-il.

– Je ne le peux pas, Terra. Tu as une dette karmique envers un homme qui se trouve sur cette base militaire.

En entendant cette révélation, le Hollandais sut qu'il ne sortirait plus jamais de cette cage, puisque qu'il refuserait de collaborer avec les militaires, karma ou non. Sarah lui souffla un baiser et disparut.

# 33

À Little Rock, les élèves s'étaient rassemblés dans le gymnase pour la première journée d'école. Marco rejoignit ses amis, appuyés le long du mur. Il venait de parler à sire Kay et leur rapporta les dernières nouvelles. L'ordre n'avait pas encore établi de plan pour le sauvetage de leur professeur préféré, mais Galahad se remettait de sa blessure. Par contre, il n'avait pas le droit de communiquer avec qui que ce soit à l'extérieur de l'ordre. Cela n'étonna pas Chance, qui connaissait les sentiments de Lancelot à son égard. Ils jetèrent un coup d'œil du côté des professeurs. Amy regardait le plancher et n'affichait pas son enthousiasme habituel de la rentrée. Ils comprenaient ce qu'elle ressentait.

Après une longue journée sur les bancs d'école, dont ils auraient fort bien pu se passer, les jeunes se séparèrent et rentrèrent chez eux. Après le dîner, Chance annonça qu'elle allait étudier dans la maison que sa grand-mère lui avait léguée.

– Tu passes pas mal de temps là-bas, remarqua sa mère.

– J'ai seulement besoin d'avoir un espace à moi.

– Tu n'y fais rien d'illégal, j'espère.

– Mais non !

Elle lui souffla un baiser et partit avec son sac à dos. Russell décocha un regard désapprobateur à sa mère.

– Et je ne veux pas que tu l'embêtes, l'avertit madame Skeoh. Tu restes ici.

– Chance est bizarre depuis qu'elle est revenue du Texas, déclara le gamin. Je pense qu'elle s'ennuie vraiment de monsieur Wilder.

– Il manque à toute la ville, Russell.

– Est-ce qu'il va revenir un jour ?

– Nous n'en savons rien. Va jouer, maintenant.

Russell tourna les talons et disparut dans le couloir.

* * *

Galahad fut reconduit au manoir de sire Kay. Même si son épaule était guérie, son âme, elle, dépérissait à vue d'œil. Ses frères d'armes avaient beau essayer de l'égayer, il n'avait le cœur à rien. Un matin, sire Kay le trouva assis sur le bord de la fenêtre de sa chambre, les yeux remplis de larmes.

– Galahad, mon jeune ami, soupira-t-il.

Le chevalier essuya rapidement ses joues. Kay posa une main paternelle sur son épaule.

– Dites-moi ce que je dois faire pour apaiser votre douleur.

– Laissez-moi tenter ce sauvetage, sire.

– Vous savez bien que je ne suis que la voix de notre seigneur en son absence. Je ne peux pas vous accorder cette permission sans le consentement de tous les membres de l'ordre.

– Dans ce cas, convoquez une assemblée spéciale et laissez-moi plaider ma cause.

– Nous ne voulons pas vous perdre aux mains du sorcier, Galahad.

– Ma vie ne signifie plus rien sans Arthur. Vous connaissez mon serment. Il me semble naturel de partir à sa recherche. Si je dois mourir en essayant de le délivrer, alors soit, mais je ne peux plus rester inactif.

Kay accepta de réunir tous les chevaliers dans la soirée. En attendant, il recommanda à Galahad de se reposer. Dès que le médecin eut quitté sa chambre, le chevalier téléphona en Colombie-Britannique. Il savait qu'il était très tôt là-bas, mais il avait besoin d'entendre la voix de Chance. C'est elle qui répondit.

– Je suis désolé de ne pas vous avoir appelée plus tôt, milady.

– Galahad ! Je rêvais justement à vous ! s'exclama-t-elle joyeusement.

– Moi aussi.

Il lui parla de son intention d'opérer seul. Même si elle avait terriblement peur pour lui, elle accepta bravement sa décision. Après cette courte conversation avec sa belle, Galahad se sentit le cœur plus léger. Il dormit quelques heures, puis alla exercer son cheval en faisant une longue randonnée. Après quoi il prit une douche. Pourtant, il ne mangea presque rien au dîner. Il monta à sa chambre, revêtit son costume et pria à genoux près de son lit. Lorsque le serviteur vint le chercher, il était prêt.

Laissant délibérément son épée dans la longue valise que tous les chevaliers possédaient, il se rendit à la grande salle de réunion. Il s'arrêta devant son fauteuil de la Table ronde. Tous ses compagnons d'armes étaient présents et le fixaient avec inquiétude, surtout Lancelot.

– Prenez place, sire Galahad, lui permit Kay.

Il le fit sans regarder Lancelot, mais il pouvait sentir son regard brûlant posé sur lui.

– Sire Galahad a sollicité la permission de partir seul en Californie pour délivrer Arthur, annonça Kay. Il demande notre assentiment.

– Mais c'est complètement insensé ! s'éleva Perceval. Vous avez étudié les plans de cette forteresse en même temps que nous, Galahad ! Vous ne vous rendrez pas jusqu'au roi !

– Sire Belliance nous a parlé de la possibilité d'y entrer par les conduits de ventilation, rappela Galahad.

– Cela ne veut pas dire que vous pourrez atteindre sa cellule, le prévint Sagramore. Et vous savez comment vous traiteront les chiens de chasse du sorcier, s'ils vous flairent.

– Alors non seulement nous aurons perdu notre roi, ajouta Gareth, mais nous aurons aussi perdu notre meilleur guerrier.

– N'avez-vous donc aucune confiance en moi ? se plaignit Galahad.

– Nous connaissons votre valeur, affirma Gawain. C'est le dragon et le sorcier que nous redoutons. Ils ne vous laisseront pas leur arracher leur proie.

– Je peux les faire échouer, assura Galahad.

– Dans vos rêves, sans doute, railla Lancelot.

Galahad savait que son mentor voulait l'empêcher de partir, mais il devait quand même faire preuve de courtoisie envers lui devant les membres de l'ordre. Lancelot reprit la parole avant qu'il puisse répliquer.

– Je ne comprends pas pourquoi nous avons été convoqués ici ce soir alors que nous avons déjà refusé cette permission à sire Galahad.

– Vous êtes le seul membre de l'ordre à me l'avoir refusée, sire, leur apprit ce dernier.

– Parce que je suis votre mentor. Ou avez-vous aussi oublié cela ?

– Comment le pourrais-je, puisque vous prenez un malin plaisir à tirer sur ma laisse.

– Sire Galahad, un peu de respect, je vous prie, exigea Kay.

– Je suis désolé. Mais le code m'autorise à convoquer cette assemblée si mon mentor me refuse une requête raisonnable.

– Elle n'est pas raisonnable, elle est insensée ! se durcit Lancelot. Tous les membres de cette assemblée le savent déjà.

– Vous n'avez pas le droit d'influencer leur vote ! s'échauffa Galahad.

– Messieurs, je ne tolérerai pas ce genre d'affrontement ici, les avertit Kay.

Galahad baissa les yeux comme l'exigeaient les règles, afin d'afficher sa soumission à ses aînés.

– Exposez-nous plutôt votre plan, Galahad, l'incita Kay.

Il rassembla son courage et se leva. Il promena lentement son regard sur ses compagnons, sans s'attarder sur son mentor.

– Vous m'avez obligé jadis à consacrer mon existence à Arthur, à demeurer à ses côtés, à le protéger, à l'aimer et à le chérir. Je vous ai obéi et j'ai partagé sa vie pendant sept ans. Je me suis bien acquitté de cette tâche. Lorsque le roi a été victime de son terrible accident de voiture, le dragon en a profité pour s'emparer de lui. J'ai été séparé d'Arthur pendant toute sa convalescence. Nous avons presque été réunis, il y a quelques semaines, lors de la tentative d'évasion à la villa, mais le dragon l'a repris. Chevaliers, c'est mon devoir de voler à son secours. Je vous en conjure, ne prolongez pas mes tourments. Laissez-moi entreprendre seul cette quête dont ma vie dépend.

– Ce zèle soudain ne serait-il pas aussi relié à la visite d'une adolescente qui vous a initié aux plaisirs de l'amour et qui vous a ainsi rappelé vos vœux ? le piqua Lancelot.

– Son amour m'a en effet ouvert l'esprit, admit Galahad, qui avait de plus en plus de difficulté à contenir ses émotions.

– Mais en acceptant les faveurs de cette demoiselle, n'êtes-vous pas entré en contradiction avec votre serment ?

– Messieurs, ne recommencez pas, tonna Kay.

– L'amour en fait partie, sire Lancelot ! se hérissa Galahad. Et j'apprécierais que vous me laissiez parler sans m'interrompre constamment !

Les deux hommes se dévisagèrent un instant avec colère. Kay insista pour que Galahad termine sa requête.

– Je veux être celui qui ramènera le roi à Camelot, car je mérite ce privilège. Si vous me refusez cette demande, mon cœur saignera jusqu'à la mort.

– Nous pourrions demander à lady Chance de le soigner, se moqua Lancelot.

Plutôt que de proférer des paroles qu'il regretterait, Galahad se leva brusquement et marcha vers la sortie.

– Sire Galahad, cette assemblée n'a pas été dissoute ! protesta Kay.

Le chevalier quitta tout de même la pièce en claquant la porte. Kay se tourna vers Lancelot.

– Pourquoi le provoquez-vous ainsi ?

– J'essaie seulement de lui ramener les pieds sur terre, sire. Comme vous le savez, mon pupille est très émotif. Il s'emporte pour un rien. Il est crucial que sa quête ne soit pas fondée sur un élan irréfléchi de son cœur mais qu'elle repose sur une logique implacable.

Sire Kay invita les chevaliers de la Table ronde à voter pour savoir s'ils acceptaient la requête de Galahad. Ils décidèrent de lui accorder leur permission, même si Lancelot s'y opposait. Vaincu, ce dernier leur recommanda de s'assurer que son pupille ne porte sur lui aucun indice de son appartenance à l'ordre. S'il devait être capturé ou abattu par le dragon ou le sorcier, il était impératif qu'ils ne puissent pas le relier à la Table ronde.

Kay leva l'assemblée et monta à l'étage. Il trouva Galahad en pleurs sur le bord de sa fenêtre.

– Vous devriez plutôt vous réjouir, lui dit le vieil homme en s'approchant. L'ordre vous accorde ce que vous demandez.

Kay s'assit près de lui et attendit qu'il se calme avant de poursuivre. Galahad avait longtemps été le plus jeune chevalier de l'ordre, avant l'arrivée de Tristan, et il l'avait toujours traité comme son petit-fils.

– Je ne comprends pas ce fossé qui s'est creusé entre vous et Lancelot. Vous avez pourtant été de bons amis, jadis.

– Il me reproche mon amour pour lady Chance alors qu'il devrait en être heureux pour moi. Je suis un chevalier, sire, et je n'avais jamais connu l'amour d'une femme avant l'été dernier. Le code dit que nous ne vivons que pour servir l'élue de notre cœur…

– Sauf lorsque nous prêtons le serment que vous avez prononcé, Galahad.

– Le roi me reprocherait cette passion, n'est-ce pas ?

– Notre seigneur est un homme compréhensif et sa situation a changé. Le seigneur Tristan m'a informé que sa dame attend un enfant.

– Je vous en conjure, sire Kay, ne me forcez pas à prêter le même serment pour son fils ! s'effraya Galahad.

– Votre charge est bien suffisante. Nous nous adresserons plutôt au jeune Tristan, qui vit plus près que vous de la reine.

– Il faudra le prévenir des responsabilités que cela implique.

– Vous êtes son mentor, Galahad. Cette tâche vous revient.

Kay l'embrassa sur le front et lui souhaita de mener à bien sa quête. Galahad retourna chez lui, à Houston, pour y prendre tout ce dont il avait besoin. Il sursauta lorsqu'on sonna à la porte. Un coup d'œil par la fenêtre du salon lui révéla qu'il s'agissait de son mentor. Il hésita un instant, car il n'avait pas envie de se quereller avec lui avant son départ, mais il ne pouvait pas non plus s'enfouir la tête dans le sable. Il prit une bonne inspiration et lui ouvrit.

– Puis-je vous parler, seigneur Galahad ? demanda Lancelot sur un ton glacial.

– Vous ne pourrez pas m'empêcher de partir, sire, l'avertit son pupille. L'ordre m'a donné sa bénédiction.

– J'étais présent lors de cette assemblée.

Galahad retourna dans le salon, où il avait entassé ses bagages. Lancelot le suivit.

– Je suis venu vous rappeler que les écuyers affichent généralement plus de respect que vous envers leurs mentors.

– Je regrette mon comportement.

– Vous pensez sans doute que je veux vous empêcher de coucher avec cette adolescente.

Galahad garda les yeux baissés en espérant qu'il ne lui fasse pas manquer son avion.

– Je suis plus vieux et plus expérimenté que vous, mon ami. Je veux seulement vous épargner des souffrances. Les chevaliers protègent et respectent les femmes. Ils ne profitent pas de leur innocence.

Galahad regardait le plancher sans dire un mot. Cette discussion était parfaitement inutile. Il aurait préféré que Lancelot s'en rende compte sans qu'il ait besoin de lui manquer de respect.

– Votre silence signifie-t-il que vous continuez à me tenir tête, chevalier ?

– Pourquoi perdrais-je mon temps à vous faire connaître ma pensée, puisque vous avez déjà décidé de ce qui est bon pour moi ?

– Vous n'attachez plus aucune importance à mes paroles. Pourquoi ?

– Parce que vous refusez de me laisser vivre des expériences différentes des vôtres, sire, répondit Galahad en relevant la tête. J'ai la ferme intention de revoir lady Chance, parce que je ne me sens pas complet sans elle. Je n'y peux rien.

– Ce n'est qu'une enfant, Galahad. Je vous en prie, faites preuve d'un peu plus de jugement.

– Je suis parfaitement conscient de notre différence d'âge. J'en parlerai à notre seigneur lorsque je l'aurai délivré des griffes du dragon et je suivrai son conseil. Je vous en prie, ayez confiance en moi comme jadis.

– J'ai une foi aveugle en vous. Je ne peux tout simplement pas accepter que vous vous imposiez de telles souffrances.

– Laissez-moi vivre ces émotions, même si elles doivent me déchirer.

Lancelot soupira, puis embrassa son pupille sur le front. Il enleva la chaîne et le médaillon qu'il portait pour les passer au cou de Galahad avec un air solennel.

– C'est mon porte-bonheur. Rapportez-le-moi avant la Noël, exigea-t-il.

Galahad lui en fit la promesse.

# 34

Terra Wilder était allongé sur la couchette de sa cellule, les yeux ouverts mais l'esprit ailleurs. Depuis qu'on lui avait infligé de terribles maux de tête, il s'était juré de mourir plutôt que d'aider ces gens sans scrupules. Il n'avait touché à aucun des repas qu'on lui avait apportés. Il restait couché et passait le temps en se rappelant les bons moments de son enfance, son premier mariage, les longues soirées à parler de chevalerie avec Chris, son séjour dans l'ordre, les doux instants passés dans les bras d'Amy et les visages de ses étudiants de Colombie-Britannique. Il voulait emporter tous ces souvenirs avec lui dans la mort.

Le docteur Hendrick était venu le voir tous les jours pour qu'il recommence à manger et qu'il poursuive ses recherches, mais Terra l'avait ignoré, tout comme il l'avait fait avec le capitaine Douglas au Texas. Il ne lui accorda un regard que lorsque le savant insinua à nouveau qu'il était d'origine extraterrestre.

– J'ai visionné les bandes de sécurité et j'ai vu les arbres de la villa de Galveston vous étreindre comme s'ils étaient de vieux amis, indiqua Hendrick. On m'a aussi parlé de l'extraordinaire transformation de vos jambes. Ce ne sont pas des choses dont les humains sont capables, docteur Wilder. Et vous avez aussi inventé une toute nouvelle source d'énergie.

– Cela ne fait pas de moi un être d'une autre galaxie ! hurla Terra. Ce n'était sans doute qu'un éclair de génie !

– Permettez-moi d'en douter.

Terra lui tourna le dos.

– Que faudra-t-il donc pour vous convaincre de nous fournir la formule de l'alliage dont nous avons désespérément besoin ? demanda Hendrick sur un ton amical.

– Je suis incapable de travailler dans cette cage, maugréa Terra. Et je sais très bien que les militaires ne me laisseront jamais partir, que je leur donne ou non cette formule. Alors, ne me faites pas de promesse que vous ne pourrez pas tenir.

– Je suis beaucoup plus puissant que vous le croyez, docteur Wilder.

Le savant fit alors un geste qui allait irrémédiablement amadouer le Hollandais : il s'adressa à son esprit de façon télépathique. *Si vous refusez de collaborer, nous serons en grand danger tous les deux, lorsque je tenterai de vous sortir d'ici, sire.*

Terra se retourna vivement, les yeux écarquillés. Cet homme l'avait appelé par son titre ! *Mais gardons ce petit secret entre nous pour l'instant*, ajouta Hendrick. Faisait-il partie de l'ordre ou avait-il tout simplement appris à communiquer ainsi avec les entités extraterrestres qu'il avait étudiées ? *Comment…* commença Terra. *Ne vous servez pas de vos capacités télépathiques ou vous serez une fois de plus électrocuté*, l'avertit l'Allemand.

L'astrophysicien hocha doucement la tête. Hendrick pouvait-il être l'homme dont Sarah lui avait parlé, celui envers qui il avait une dette karmique ? Il n'y avait qu'une seule façon de le savoir. Il lui tendit les mains. Le vieil homme hésita un moment, puis lui donna les siennes. Le contact ne dura que quelques secondes. Comme Terra s'y attendait, leurs doigts furent enveloppés de lumière.

– Docteur Hendrick ? s'alarma l'un des ingénieurs.

– Ce n'est que de l'électricité statique, monsieur Wells, assura le savant avec un demi-sourire.

Il vit le visage de Terra passer de la curiosité à la tristesse.

– Vous étiez aussi à Jérusalem, murmura-t-il, ému.

– Non, je n'y suis jamais allé, assura Hendrick.

– C'était dans une autre vie.

– Vous voyez le passé des gens en touchant leurs mains ?

– C'est un pouvoir que j'ai acquis après l'accident de voiture. Je peux aussi guérir les malades.

– Pourquoi êtes-vous si triste ? Qu'avez-vous vu ?

– Vous étiez l'empereur qui gouvernait Rome au moment où le prophète Jésus a été mis à mort. J'ai aussi vécu à cette époque. Cela me trouble beaucoup de rencontrer dans cette vie tous les gens qui ont participé à ces événements il y a deux mille ans.

*Vous avez deviné qui j'étais il y a deux millénaires, mais savez-vous qui je suis maintenant ?* demanda silencieusement le docteur Hendrick en lui donnant la poignée de main de l'ordre. Terra comprit qu'il était un allié. *Collaborez avec le dragon et je vous sortirai d'ici.*

– Que puis-je vous promettre pour vous convaincre de recommencer à manger, docteur Wilder ? dit-il à haute voix.

– Je suis habitué à manger selon un horaire précis, répondit Terra en essayant de paraître naturel. Je suis fait ainsi.

– Dans ce cas, rédigez cet horaire et votre menu sur votre ordinateur et nous vous fournirons tout ce dont vous avez besoin. Il est important que vous repreniez des forces.

Terra avait enfin un ami dans l'antre du dragon.

# 35

Après avoir passé la soirée à la maison de sa grand-mère à faire ses devoirs, Chance Skeoh rentra chez elle. Elle s'assit devant le téléviseur avec sa mère et son frère, afin de se détendre un peu avant d'aller se coucher. On sonna à la porte. Elle se dit que c'était probablement Frank ou Fred qui voulait lui emprunter ses notes de cours. Elle resta bouche bée en voyant son chevalier en chair et en os.

– Bonsoir, milady.

Elle lui sauta dans les bras, l'étreignit de toutes ses forces et l'embrassa passionnément.

– Mais que faites-vous ici ? s'exclama-t-elle.

– J'avais envie de vous revoir, alors je me suis arrêté chez vous avant de me porter au secours de mon roi.

Elle l'emmena au salon.

– Maman, Russell, je vous présente Galahad.

– Je suis ravi de vous rencontrer, les salua le chevalier.

– Vous êtes très différent de l'image que je m'étais faite de vous, monsieur Galahad, fit durement la mère. Russell, au lit, maintenant.

– Non ! se buta le gamin. Il ne vient jamais personne d'intéressant, ici !

– Dans ta chambre, tout de suite.

Russell dut céder devant le regard sévère de madame Skeoh. Il passa devant l'Américain en lui jetant un coup d'œil rempli de curiosité.

– J'aimerais que tu nous laisses seuls, Chance, exigea sa mère.

– Ce que tu as à dire à Galahad, tu peux le dire devant moi.

– Comme tu veux. Je trouve que vous avez beaucoup de culot de venir jusqu'ici. Il n'était donc pas suffisant que vous abusiez de l'innocence d'une enfant, il fallait en plus que vous la poursuiviez jusque chez elle ?

– J'ai presque dix-huit ans ! s'indigna Chance, insultée.

– Je suis seulement venu lui dire au revoir, affirma le chevalier en conservant son sang-froid. Je n'ai jamais eu l'intention de lui manquer de respect.

– Je vous prierais de quitter cette maison et de ne plus jamais y remettre les pieds.

– Mais il vient de si loin ! protesta Chance. On ne peut pas le renvoyer comme ça !

– Il n'est pas le bienvenu chez nous. C'est mon dernier mot.

L'adolescente savait qu'il était inutile de discuter avec sa mère lorsqu'elle était fâchée. Elle accompagna son chevalier à l'extérieur. Il résista et voulut expliquer ses intentions à sa mère afin d'éviter un malentendu. Chance lui recommanda d'attendre qu'elle se calme. Elle monta dans le camion avec lui.

– Vous ne lui aviez jamais mentionné mon âge, n'est-ce pas ?

– Non, mais ça ne change rien entre nous, assura-t-elle.

– C'est votre mère, milady. Vous ne devez pas lui faire de chagrin.

– Je n'ai pas envie de parler d'elle ce soir. Je veux plutôt entendre parler de vous.

Elle lui fit mettre le moteur en marche et le conduisit à la maison de sa grand-mère, quelques rues plus loin. Elle ouvrit la porte et le pria d'entrer. Stupéfait, il fit quelques pas dans la pièce décorée de façon médiévale.

– Je l'ai préparée pour nous, Galahad. Je savais que vous m'y rejoindriez un jour.

Elle le poussa jusqu'au grand lit, qui reposait au centre de la pièce, devant l'âtre de pierre des champs. Elle l'y fit tomber sur le dos, grimpa sur lui et l'embrassa en lui retirant ses vêtements. Elle savait que les règles du code l'empêcheraient de se dérober : elle était sa belle et il était son champion. Il ne vivait donc que pour la défendre et la chérir. Ils firent l'amour toute la nuit, comme deux êtres qui craignaient de ne plus jamais se revoir.

– Je vous aime, Galahad, chuchota-t-elle à son oreille, alors que les premières lueurs de l'aube s'infiltraient par la fenêtre.

– Je vous aime aussi, milady, peu importe ce qu'en pensent les autres.

– Restez ici avec moi.

– Cela devra attendre. Je dois rencontrer le magicien en Californie dans deux jours. Mais je reviendrai. Je vous en fais la promesse.

– Et vous passerez un peu de temps avec moi avant de retourner à Houston ?

– Je n'ai plus de vie au Texas.

Elle caressa son visage et déposa un baiser sur ses lèvres. Il était si beau, si noble, si sincère ! Elle ne pourrait jamais plus se séparer de lui. Ils s'endormirent dans les bras l'un de l'autre et ne se réveillèrent que vers midi. Inconscient du fait que sa présence empêchait Chance d'aller à l'école, Galahad la suivit au restaurant pour le déjeuner, avant de se rendre à l'hôpital pour rencontrer le docteur Penny.

Chance le mena jusqu'à son bureau, puis alla ensuite l'attendre à la cafétéria. Galahad passa la tête par la porte entrouverte du bureau. Donald Penny lisait un rapport avec intérêt. Se sentant soudain épié le médecin releva la tête.

– Puis-je vous aider ? demanda-t-il poliment.

– Je suis Christopher Dawson.

– Galahad ? s'exclama-t-il en se relevant.

– Lui-même.

– Mais entrez, je vous en prie.

– Il y a longtemps que je n'ai pas mis les pieds dans le bureau d'un médecin, avoua le chevalier en s'approchant de Donald.

– Vous avez pourtant été blessé récemment, répliqua l'autre.

– Les membres de l'ordre s'occupent les uns des autres. Sire Kay, qui dirige l'ordre en l'absence du roi, est chirurgien.

– Je vois. Votre présence à Little Rock signifie-t-elle que vous avez de bonnes nouvelles pour nous ?

– Nous savons où Terra est détenu, mais il a été décidé que je tenterais seul le prochain sauvetage. En fait, sa prison est tellement bien gardée qu'un groupe d'hommes ne pourrait pas passer inaperçu.

– Mais vous ne pouvez pas y aller seul ! protesta Donald. Qu'arrivera-t-il si vous êtes blessé et qui le saura si vous êtes tué ? Laissez-moi y aller avec vous.

– C'est trop risqué, docteur Penny.

– J'ai fait mon entraînement dans les forces armées. De plus, je dois la vie de ma fille à Terra. Je ferais n'importe quoi pour lui rendre la pareille.

Galahad ne ressentait que de bonnes intentions dans cet homme, qui avait été le meilleur ami de son roi en Colombie-Britannique. D'ailleurs, la route serait moins longue s'il avait un peu de compagnie… Il accepta donc l'offre du médecin, mais se promit de ne pas l'exposer inutilement aux griffes du dragon. Il l'informa qu'ils partiraient dès le lendemain matin, car ils devaient rencontrer un informateur en Californie du Nord le surlendemain. Donald l'assura qu'il serait prêt et il l'invita à dîner le soir même.

Pendant le reste de la journée, Galahad laissa l'adolescente lui faire visiter tout Little Rock à bord du camion qu'il avait acheté à son arrivée au pays. À quinze heures, ils allèrent attendre ses amis à la sortie de l'école. Julie, Karen, Katy et Fred comprirent, en voyant Chance en compagnie de l'étranger, qu'il s'agissait du chevalier dont elle n'avait arrêté de leur parler depuis son retour. Tout souriant, Marco lui donna une curieuse poignée de main.

– Je suis heureux de vous revoir, sire Tristan, déclara le Texan.

– Et moi de constater que votre blessure ne vous empêche plus de voyager, sire Galahad.

– Vous êtes-vous remis de la vôtre, jeune Frank ? demanda le chevalier.

– Ce n'était qu'une égratignure, affirma-t-il avec un peu de rancune.

Galahad connaissait son opinion au sujet de sa relation avec Chance. Il n'insista pas davantage. Cette dernière fit les présentations et les ramena tous à la maison de sa grand-mère, où ils questionnèrent le chevalier sur sa visite à Little Rock et son travail à Houston. Ils apprirent qu'il était astrophysicien, tout comme Terra, mais spécialisé dans la conception de programmes de communication capables de maintenir le contact avec les sondes et les vaisseaux spatiaux. Ils voulurent ensuite savoir pourquoi il avait décidé de devenir chevalier. Galahad répondit patiemment à toutes leurs questions au sujet de l'ordre. Il leur rappelait beaucoup Terra, tant par ses manières que par son ton de voix.

Chance leur demanda de partir un peu avant dix-huit heures, car elle devait se préparer pour le dîner chez les Penny. Pour ce faire, elle dut se résigner à aller se changer chez elle. Comme elle l'avait redouté, sa mère exigea de savoir où elle avait passé la nuit.

– J'ai dormi dans la maison de Mamie.

– Avec cet Américain qui a le double de ton âge ?

– Oui. Je l'aime et il m'aime et c'est lui que j'épouserai quand j'aurai terminé l'école.

– Il n'en est pas question.

– Tu ne pourras pas m'en empêcher.

– Il est trop vieux pour toi, Chance.

– Et alors ? Toi, tu as épousé un homme de ton âge et tu n'as même pas été capable de le garder !

Piquée au vif, sa mère la gifla. Chance ne réagit pas. Elle se contenta de fixer sa mère en lui disant que même si elle la battait jusqu'au sang, elle n'en aimerait pas moins Chris Dawson. Puis, elle prit la robe moulante qu'elle avait achetée en prévision de son bal de promotion et s'enferma dans la salle de bains.

Laissé seul dans la maison de la grand-mère de Chance, Galahad entendit du bruit derrière la porte. Un sourire amusé apparut sur son visage, car il avait deviné qui s'y trouvait. Il ouvrit et Russell Skeoh leva sur lui un regard effrayé.

– Tu peux entrer, jeune homme.

– Ma sœur m'a dit qu'elle me tuerait si je mettais le pied ici.

– Elle est absente et je ne te dénoncerai pas.

Il n'en fallait pas plus au garçon pour s'infiltrer dans l'antre secret de Chance. Il s'étonna aussitôt de la décoration. Galahad lui expliqua qu'elle avait seulement reproduit le style du Moyen Âge. Il lui parla du roi Arthur, qui avait vécu en Angleterre autrefois, entouré de braves chevaliers qui s'employaient à le servir et à protéger son royaume.

– Ma sœur n'a certainement pas besoin d'être protégée, l'informa le gamin. Elle est la personne la plus dangereuse que je connaisse !

– Mais elle est en train de changer, Russell, et toi aussi, d'ailleurs. Tu comprendras, en vieillissant, qu'il est de notre devoir, à nous les chevaliers, d'aimer et de protéger les femmes.

– C'est quoi, au juste, un chevalier ?

– C'est un homme brave, qui a juré fidélité à son roi. Puisqu'il est souvent appelé à le représenter dans le monde, il doit afficher de belles qualités comme l'honneur, le respect, la franchise et la courtoisie. Il ne doit jamais mentir ni aux autres ni à lui-même. Il doit être doux comme un agneau, mais aussi savoir se battre avec la férocité d'un tigre si la situation l'exige.

– Vous êtes capable de manier une épée ?

– Évidemment.

– Pourriez-vous me l'enseigner ?

– Oui, si tu me prouves que tu as commencé à acquérir les qualités d'un chevalier.

Russell lui promit de s'y mettre. Avant de s'en aller, il déclara qu'il l'aimait bien et qu'il était content qu'il soit tombé amoureux de sa sœur.

Galahad profita ensuite de sa solitude pour prier et demander à Dieu de bien le guider dans sa quête. Chance le rejoignit quelques minutes plus tard. En route pour la maison des Penny, il remarqua que sa joue était enflée, mais elle refusa d'en parler. Dès qu'elle vit Galahad entrer chez Donald, Amy Wilder quitta son siège. Elle l'étreignit et le fit asseoir en lui demandant s'il avait des nouvelles de Terra.

– Nous savons où il est et j'ai eu une courte communication télépathique avec lui, répondit le chevalier.

– Il continue donc de se servir de cette nouvelle faculté ?

– Oui, milady, et il est de plus en plus habile. Je lui ai dit que je venais à son secours.

– Est-ce qu'on le maltraite ?

– J'en ai bien peur, murmura tristement Galahad.

– Donald me dit que vous êtes le seul à tenter ce sauvetage. Est-ce vrai ?

– C'est la meilleure façon de délivrer Terra, parce que l'endroit où il se trouve est mieux gardé que la villa de Galveston. La présence d'un trop grand nombre d'hommes serait rapidement remarquée.

Donald présenta alors à son invité sa femme Nicole et leur petite Mélissa qu'elle s'apprêtait à mettre au lit. À la fin de la soirée, les deux hommes bavardaient comme de vieux amis et avaient même commencé à se tutoyer.

* * *

Après une dernière nuit dans les bras de Chance Skeoh, Galahad s'arracha courageusement à ses baisers et grimpa dans son camion. Guidé par son impeccable sens de l'orientation, il retrouva la maison de Donald. Le médecin bavardait avec un inconnu, sur le porche de sa demeure. Un sixième sens sonna l'alarme dans l'esprit du chevalier. Comme Galahad hésitait à s'approcher, Donald vint lui présenter l'inspecteur Paul Wilton, également un ami de Terra. Galahad lui serra prudemment la main.

– Donald me dit que vous avez refusé de lui fournir les détails de votre mission, lui reprocha Wilton. Je pense qu'il serait plus prudent pour vous deux que vous me les donniez.

– Le groupe dont je fais partie les connaît, répondit le chevalier. C'est suffisant.

– Mais Paul est policier, l'informa Donald. Nous pouvons lui faire confiance.

– Je suis désolé, je ne peux rien vous dire.

L'astrophysicien et le policier se mesurèrent du regard et ce dernier comprit qu'il n'arriverait pas à tirer de lui un mot de plus. Il leur souhaita bonne chance et monta dans sa voiture. Galahad le suivit des yeux : il ne se détendit que lorsqu'il fut parti.

– Pourquoi te méfies-tu de lui ? voulut savoir Donald en chargeant ses affaires dans le camion.

– Je n'aime pas ses vibrations.

Cette réflexion étonna fort le médecin. Il fixa son jeune ami en attendant le reste de ses explications, mais Galahad n'ajouta rien. Il démarra en essayant de se calmer.

– De quoi as-tu peur ?

– Du sorcier.

– Amy m'a dit que vous appeliez l'armée, le dragon, mais elle ne m'a jamais parlé d'un sorcier.

– C'est un homme à la tête d'un groupe qui tente secrètement de s'emparer de la planète.

– Quoi ?

Galahad fit reculer le véhicule pour sortir de l'entrée, puis il s'engagea dans la rue, en direction de l'autoroute.

– Des forces invisibles s'affrontent sur la Terre, l'éclaira-t-il. Il y a des guerres dont le commun des mortels n'a même pas conscience.

– Des guerres entre qui ?

– Entre les forces du mal, dirigées par le sorcier, et les forces du bien, dirigées par le magicien. L'ordre dont je fais partie s'est rangé sous la bannière du magicien.

– Et tu penses que l'inspecteur Wilton fait partie de l'autre camp ?

– J'ai ressenti de mauvaises vibrations en lui et je ne peux pas me permettre de les ignorer.

– Terra est-il la cible du sorcier ?

– Le roi est évidemment la principale pièce à abattre.

– Qu'attendez-vous pour lui mettre la main au collet ?

– Nous n'avons jamais vu son visage, mais nous savons qu'il émane de lui une si grande force qu'il est impossible de ne pas ressentir sa présence.

– Et moi qui pensais que Terra était un homme étrange... Lui, il sort tout droit d'un roman de science-fiction. Mais toi, tu vis dans un conte fantastique écrit par Merlin lui-même !

– Les gens qui travaillent dans un milieu strictement scientifique ont besoin de s'échapper de temps en temps. Terra et moi aimions beaucoup jouer à Donjons et Dragons avant de devenir membres de l'ordre.

– J'ai entendu dire que c'est un jeu qui se joue pendant des semaines et des semaines.

– Tout dépend des participants. Je pourrais t'en enseigner les règles à notre retour, si tu veux.

– Ouais... J'aimerais ça devenir bizarre, moi aussi.

Galahad éclata de rire. Jamais il n'avait pensé rencontrer un jour un homme qui n'était pas un chevalier mais qui s'intéressait aux mêmes choses que lui. Tandis qu'ils filaient sur l'autoroute, il expliqua au médecin que son plan était de s'infiltrer en douce aux États-Unis. Donc, pas question d'utiliser de cartes de crédit ni de laisser leurs noms où que ce soit. Ils coucheraient sous la tente dans des endroits déserts et pourvoiraient à leurs propres besoins. Ils avaient un important rendez-vous le lendemain, alors ils ne s'arrêteraient pas avant d'être rendus à Shasta. Ils prirent tour à tour le volant pour que chacun puisse se reposer. « Il est plutôt bien organisé, ce chevalier », pensa Donald.

– Y a-t-il autre chose que je dois savoir ? demanda-t-il, à tout hasard.

– Ce serait une bonne idée que tu apprennes à vider ton esprit, au cas où nous aurions la mauvaise fortune de tomber sur le sorcier ou ses chiens de chasse.

– En quoi cela me serait-il utile ?

– Le sorcier a le pouvoir d'utiliser nos propres pensées contre nous.

– Et comment fait-on pour vider son esprit ?

– Il faut arrêter de penser à ceux que nous aimons et surtout à nos peurs. Il faut créer dans notre esprit un endroit où nous pouvons être seul et en paix. Si tu ne peux pas arriver à le faire, alors je ne pourrai pas t'emmener avec moi à l'intérieur de la base, où nous risquons de le rencontrer.

Donald le fixa avec découragement. Il n'était pas encore certain de croire au sorcier ou au magicien, mais il valait probablement mieux prévenir que guérir. Il commença donc à inventer cet asile de paix.

Tandis qu'ils approchaient du barrage du mont Shasta, Donald, qui était au volant, remarqua que son nouvel ami devenait de plus en plus nerveux. Il voulut savoir si c'était sa rencontre avec le magicien qui le mettait dans un état pareil.

– Non, avoua Galahad. C'est plutôt la possibilité qu'on l'empêche de me rencontrer aujourd'hui.

– Peux-tu retrouver Terra sans lui ?

– Probablement, mais le magicien peut nous épargner beaucoup de temps et nous donner de précieux conseils afin de garder Terra en vie après le sauvetage.

– Tu fais confiance à ce type ?

– C'est notre seul allié.

Il enjoignit à Donald de garer le camion de façon à pouvoir prendre la fuite rapidement. Le sorcier était un être intelligent qui avait peut-être réussi à deviner les plans du magicien : ils ne devaient donc rien laisser au hasard. Donald s'exécuta. Galahad jeta un coup d'œil à sa montre. Il fouilla ensuite dans les bagages et tendit au médecin une pochette de plastique contenant un liquide brunâtre.

– Mais qu'est-ce que c'est que ça ? s'alarma Donald.

– C'est la nourriture concentrée que les astronautes consomment lorsqu'ils sont en mission. Un ami à moi nous en a fait cadeau.

– J'avais oublié que tu travailles pour la NASA.

– Bois aussi lentement que possible, sinon ton estomac va se contracter et tu vas tout vomir.

Donald regarda Galahad déboucher sa propre pochette et l'imita avec prudence. Le chevalier lui expliqua qu'il s'agissait de dinde et de légumes que les ingénieurs avaient préparés pour les astronautes qui devaient passer l'Action de Grâces dans l'espace. Il ajouta qu'un seul sachet contenait toutes les protéines et toutes les calories dont ils avaient besoin pour demeurer alertes et efficaces. Ce repas avait aussi l'avantage de ne pas nécessiter de cuisson, ce qui leur éviterait d'être repérés dans la forêt. Donald avala une gorgée.

– Est-ce que tu fais ça à tous tes amis ? se moqua-t-il.

– Seulement à ceux que j'emmène en mission.

Donald s'esclaffa.

– Pourquoi as-tu décidé de devenir chevalier, Galahad ? demanda-t-il, une fois qu'il se fut calmé.

– Un soir, je suis allé avec Terra à la boutique où nous achetions des cartes de jeu pour nos Donjons. Un chevalier nous a offert d'être adoubés. L'ordre aime bien recruter lui-même ses membres.

– Alors, si je voulais devenir chevalier, je ne le pourrais pas ?

– Disons que tu serais dans une position plus avantageuse que le commun des mortels, puisque tu es un ami du roi. Il pourrait te recommander à la Table ronde. Mais la décision finale appartient à tous les membres.

– Et ça te plaît, d'être chevalier ?

– Énormément. Je suis orphelin et j'ai grandi dans une multitude de foyers d'accueil. L'ordre m'a finalement donné une solide base familiale. Sire Lancelot agit à titre de père auprès de moi et sire Kay, à titre de grand-père. Tous les autres chevaliers sont mes frères.

– Pas de sœurs ?

– L'ordre ne recrute pas de femmes. Je sais que c'est sexiste, mais je n'y peux rien.

– Alors, Terra est comme un frère pour toi.

– Notre lien est encore plus fort. L'ordre a fait de moi son principal protecteur, alors nous avons passé presque tout notre temps ensemble avant son accident. Il m'a beaucoup manqué pendant sa convalescence.

Galahad vérifia l'heure de nouveau. Le moment de son importante rencontre avec le magicien approchait. Il termina son repas concentré et sortit de ses bagages deux petits systèmes de communication discrets comme ceux des agents secrets. Il en installa un sur la tête de Donald, puis ajusta le sien et sortit du véhicule pour faire un test. Satisfait du résultat, il se dirigea vers le barrage, où quelques touristes observaient les eaux turquoise en provenance des glaciers.

Il vit le sac de papier sur le sol et s'arrêta. C'était le signe utilisé par le magicien pour signaler sa présence. Galahad s'appuya contre la balustrade en essayant d'avoir l'air d'un visiteur. C'est alors qu'un homme dans la trentaine s'approcha de lui.

– Êtes-vous le seigneur Galahad ?

Le chevalier ne reconnut pas l'étranger qui s'adressait à lui. Comment connaissait-il son nom ?

– C'est le magicien qui m'envoie, fit l'homme au regard perçant.

– C'est impossible. Le magicien travaille toujours seul.

Galahad sentit que son interlocuteur appartenait à l'armée. Il commença à reculer, s'attendant à voir surgir des véhicules militaires d'un instant à l'autre.

– J'ai des choses importantes à vous dire.

Galahad tourna les talons en ordonnant à Donald de faire démarrer le camion. Il courut de toutes ses forces et sauta sur le siège du passager tandis que le véhicule était déjà en marche. Donald enfonça l'accélérateur. Son ami chevalier retira son écouteur en regardant derrière eux. Il ne reprit des couleurs que lorsqu'ils se furent suffisamment éloignés.

– Que s'est-il passé ? s'alarma le médecin.

– Cet homme n'était pas le magicien. Il sentait le dragon à plein nez.

– Un militaire ! Mais comment est-ce possible ?

– Je n'en sais rien. Il connaissait mon nom et il connaissait l'heure du rendez-vous. Ça ne peut vouloir dire qu'une chose : le magicien a été capturé.

D'un commun accord, ils décidèrent de trouver un endroit protégé dans les montagnes environnantes pour établir un campement et réviser leurs plans.

Le jeune militaire qui avait tenté d'établir le contact avec Galahad n'était nul autre que Ben Keaton. Lors de l'enlèvement de Terra à Galveston, un étranger était entré dans son poste de contrôle et lui avait déchargé son arme dans la poitrine. Ben Keaton était mort ce soir-là. Les militaires l'avaient transporté à la morgue et avaient communiqué avec sa famille. Cependant, avant que ses proches puissent réclamer son corps, un vieil homme était venu le prendre en secret.

Ben s'était réveillé dans une curieuse grotte, où le vieillard avait soigné ses plaies. Il lui avait expliqué qu'il l'avait arraché à la mort parce qu'il possédait les qualités qu'il recherchait chez un éventuel apprenti. Il lui avait ensuite montré son certificat de décès et les photos de son enterrement. On avait évidemment inhumé un autre cadavre. Keaton comprit qu'il n'existait plus, mais il n'accepta de servir le magicien que lorsqu'il lui expliqua que son rôle serait de protéger Terra Wilder. Ce dernier l'avait guéri d'une maladie mortelle avant qu'il tombe sous les balles de Jeffrey Bains. Alors, il vit là l'occasion rêvée de lui rendre la pareille.

Après la fuite de Galahad, Keaton se rendit au petit restaurant de Shasta où l'attendait le magicien, qui avait réussi à s'infiltrer dans la base Orion II en empruntant l'identité d'un vieux savant allemand du nom de Hans Hendrick.

– Il a rebroussé chemin dès que je l'ai approché, annonça le jeune homme, découragé, en s'asseyant devant le magicien.

– C'est ce que je craignais. Vous devez le retrouver, monsieur Keaton. Il se cache dans la forêt au pied de la montagne, à l'est de la base. Vous devez l'informer de mes plans avant qu'il ne les mette en péril.

– Ne me dites pas qu'il est assez fou pour s'infiltrer dans cette cachette grouillante de militaires ?

– Il n'est pas fou, mais aveuglément loyal. Il fera n'importe quoi pour délivrer son roi, parce qu'il a prêté un serment de protection et parce que ces deux hommes sont très proches.

– J'ai encore beaucoup de mal à comprendre toutes ces histoires de chevalerie.

– L'ordre est une fraternité qui prône une philosophie d'amour, de respect et d'acceptation, mais ce n'est pas le moment d'en discuter. Retrouvez Galahad avant qu'il soit trop tard.

* * *

Pendant ce temps, à la base militaire, Terra Wilder avait décidé de collaborer avec l'armée afin de gagner la confiance de ses geôliers. Il voulait aussi justifier l'intervention de l'homme qui se faisait passer pour un savant allemand et qui se préparait à le faire sortir de cette prison. Il ne fallait surtout pas que les militaires le remplacent. Or, si Hendrick arrivait à de bons résultats avec l'intraitable docteur Wilder, on lui donnerait certainement un accès illimité à sa cellule. Cela multiplierait d'autant ses chances d'évasion. Lorsque le savant revint à la base, il trouva les deux ingénieurs de la cabine de surveillance en état de choc devant leurs écrans.

– Ça fait seulement deux heures qu'il travaille sur le simulateur et il a déjà inventé une foule de façons différentes de contenir sa nouvelle énergie ! s'exclama l'un d'eux.

– Il a fait sauter la station spatiale à tous les coups, mais il continue de trouver de nouveaux alliages. On dirait qu'il n'y a aucune limite à ce que son esprit peut créer.

– C'est pour cette raison qu'on dit que c'est un génie, messieurs, s'amusa le docteur Hendrick.

Le docteur se cala dans son fauteuil et constata lui aussi la vitesse avec laquelle Terra Wilder faisait défiler de nouvelles formules sur son écran. « Incroyable… », s'émerveilla-t-il.

À un kilomètre à peine, à l'est de la base, Donald Penny et Galahad avaient installé leur campement à l'abri de gros arbres. Il commençait à faire sombre. Assis sur leurs sacs de couchage, ils regardaient les étoiles qui commençaient à apparaître dans le ciel.

– Crois-tu qu'il puisse y avoir de la vie ailleurs que sur la Terre ? demanda Donald.

– Oui, mais elle a sans doute connu une évolution différente de la nôtre. Je crois que les habitants des autres planètes sont probablement des êtres symétriques à base carbonique, mais je doute fort qu'ils nous ressemblent physiquement. Comme tu le sais peut-être, l'évolution est surtout une série d'accidents. Il est peu probable qu'elle se produise de la même façon dans tous les mondes.

– Dans ta longue carrière d'expert en communication, as-tu découvert des indications laissant croire à l'existence de cousins quelque part là-haut ?

– Je n'ai jamais été impliqué dans les programmes de recherche de vie intelligente dans l'espace, mais j'ai déjà observé d'étranges perturbations dans les communications lors des lancements de navettes spatiales ou lorsque des sondes s'approchaient de leurs cibles. Nous n'avons jamais pu déterminer ce qui les causait, mais nous savions qu'elles n'émanaient pas de la Terre.

– Sais-tu ce qui est fascinant chez toi, Galahad ?

– Beaucoup de choses, j'espère, plaisanta le chevalier.

– Une minute, tu parles comme un savant du XXI^e^ siècle et la minute d'après, tu parles comme un personnage sorti tout droit d'une légende ancienne. Ce n'est pas facile de te suivre, tu sais.

– Je ferai plus attention.

Galahad déroula son sac de couchage sur le sol et Donald l'imita. Ils s'allongèrent tous les deux en continuant de regarder le ciel. Ils n'avaient tout simplement pas sommeil.

– Est-ce que c'est sérieux entre Chance Skeoh et toi ?

– Oui. J'ai la ferme intention de l'épouser quand elle aura terminé l'école.

Galahad s'assit brusquement, faisant sursauter son ami. Avant que Donald puisse lui demander ce qui se passait, le chevalier lui ordonna de demeurer immobile et de ne faire aucun bruit. Aussi silencieusement qu'une ombre, Galahad se fondit dans la nuit. Tous ses sens en alerte, le chevalier repéra la source de l'alarme qui s'était déclenchée dans sa tête : un inconnu s'approchait de leur campement en se dissimulant entre les arbres. Galahad sortit son couteau de chasse de l'étui qui pendait à sa ceinture et surprit l'intrus par-derrière. Il s'élança comme un fauve, lui saisit le bras et le lui tordit dans le dos en posant la lame de son couteau sur sa gorge.

– Un seul geste et tu es mort, le menaça Galahad.

– Je n'ai pas l'intention de bouger.

– Pourquoi es-tu ici ?

– Je cherche un homme qui s'appelle Galahad. J'ai un message pour lui.

– Je suis Galahad. Parle.

– Le magicien se trouve à l'intérieur de la base militaire. Il se prépare à faire évader le roi. Il vous supplie de ne pas tenter de vous y infiltrer, sinon vous ferez échouer ses plans.

– Le magicien ne se sert pas des militaires pour livrer ses messages.

– Si vous me libérez, je vous montrerai quelque chose qui saura vous convaincre de ma sincérité.

– Avance et ne fais aucun geste stupide.

Même s'il ne pouvait pas mourir, Ben Keaton marcha docilement jusqu'au campement, où se trouvait un autre homme, sans doute un autre chevalier.

– Mais qui est-ce ? s'étonna Donald.

– C'est le même militaire qui nous attendait au barrage, répondit Galahad en le faisant brutalement asseoir au pied d'un arbre.

– Je m'appelle Ben Keaton et je ne fais plus partie de l'armée.

– Il sent le dragon à plein nez, maugréa Galahad en lui ramenant les bras derrière le tronc de l'arbre. Donald, donne-moi la corde qui se trouve dans mon sac.

Le médecin s'empressa de la lui apporter. Il était vraiment surprenant, ce chevalier qui lui avait d'abord semblé si tendre, si doux et si émotif ! Il ressemblait maintenant à un commandant de guérilla tandis qu'il liait fermement les mains de Keaton.

– Vous ne pouvez pas vous approcher de cette base, l'implora de nouveau le prisonnier. Les soldats savent que l'ordre va tenter quelque chose. On leur a ordonné de tirer avec l'intention de tuer.

Galahad se rassit sur son sac de couchage et posa sur Keaton un regard rempli de méfiance.

– Je ne suis plus militaire, répéta-t-il. La nuit où l'ordre a tenté de libérer Terra Wilder à Galveston, j'étais l'officier chargé de surveiller la villa sur écran. Je vous ai vus arriver, mais je n'ai pas sonné l'alarme, parce que je voulais moi aussi que Terra Wilder recouvre sa liberté. Mais Bains est entré dans la petite maison où je me trouvais et il a ouvert le feu sur moi. Tout comme les chevaliers de l'ordre, j'aime beaucoup le docteur Wilder. C'est pour cette raison que j'ai accepté d'aider le magicien.

– Le magicien ne travaille jamais avec le dragon, riposta Galahad.

– Cette nuit-là, à Galveston, je suis mort à mon poste de surveillance. Mon nom a été rayé du monde des vivants. C'est le magicien qui m'a ranimé et...

– Je ne te crois pas.

– Il m'avait dit que vous ne seriez pas facile à convaincre. C'est pour cela qu'il m'a aussi donné quelque chose qui vous prouvera que je dis la vérité. Fouillez dans la poche de ma chemise.

Voyant que Galahad n'avait pas l'intention de bouger, Donald décida d'intervenir. Il se pencha sur Keaton et retira du vêtement un petit objet rond, qu'il éclaira avec sa lampe de poche.

– C'est un médaillon avec un curieux personnage dessus, l'informa Donald, intrigué.

Galahad le lui arracha des mains pour l'examiner lui-même. Il leva un regard furieux sur son prisonnier.

– Cet objet lui appartient ! tonna-t-il. Que lui avez-vous fait ?

– Rien du tout ! vociféra Keaton, exaspéré. Il me l'a remis en me disant que vous le reconnaîtriez !

– Je vais aller voir s'il a des complices, signala Galahad en empoignant la carabine qu'il avait déposée près de son sac de couchage.

– Je suis venu seul !

Le chevalier disparut entre les arbres sans que Donald puisse le retenir. Ce dernier avisa alors le visage découragé du prisonnier, éclairé par les rayons argentés de la lune. Il n'avait pourtant pas l'air menaçant.

– Je dis la vérité, insista Keaton. Je ne fais plus partie de l'armée. En fait, je ne fais même plus partie de ce monde. Le magicien m'a montré mon certificat de décès en me disant que mon corps avait été remplacé par celui d'un autre homme dans le cercueil qu'on a enterré au cimetière de ma famille en Arizona.

– Et il t'aurait ramené à la vie ? osa demander Donald, pourtant incrédule.

– Il prétend qu'il me surveillait depuis longtemps. Mais lorsque je me suis réveillé dans sa grotte, c'était la première fois que je le voyais. Selon lui, en me guérissant, Terra Wilder m'a transmis une partie de sa force vitale. Cela m'aurait en quelque sorte placé sur le grand jeu qu'il joue contre le sorcier. Il m'a aussi dit que Terra était le roi, la pièce la plus importante, et que nous devions tous le protéger.

– Ils jouent aux échecs ? s'étonna Donald.

– J'ignore le nom de leur jeu. Je sais seulement que les chevaliers et les chiens de chasse du sorcier sont quelques-unes des pièces. Je n'en connais pas encore les règles. Le magicien n'a pas réussi à placer ses pions à l'intérieur de la base souterraine, alors il s'y est infiltré lui-même, malgré tous les risques que cela comporte pour lui. Les militaires pensent qu'il est un spécialiste en propulsion. Il a accès au docteur Wilder et il peut circuler librement dans l'installation, alors il projette de le faire évader. Il a appris que Galahad avait résolu de se rendre en Californie pour tenter lui aussi un sauvetage. C'est pour cette raison qu'il m'a demandé de le retrouver et de l'arrêter. Je dois l'empêcher de se faire tuer et de faire échouer en même temps les plans du magicien.

« Qui croire ? » hésita Donald, découragé. Il ne connaissait pas suffisamment l'ordre et ses alliés pour démêler toute cette histoire lui-même. Lorsque Galahad revint au campement, il voulut en parler avec lui, mais le chevalier se coucha sans plus s'occuper de son prisonnier.

En devenant médecin, Donald Penny avait fait le serment de préserver la vie et la santé, alors il alla couvrir Keaton d'une couverture pour qu'il ne prenne pas froid durant la nuit. Puis il s'allongea à son tour, préoccupé. Terra aurait-il agi de la même manière que son ami chevalier dans les mêmes circonstances ?

Il fut réveillé le lendemain par les cris de Keaton qui se débattait au pied de l'arbre. Donald sortit de son sac de couchage et se précipita sur lui en pensant qu'il était souffrant.

– Il faut l'arrêter ! cria-t-il, effrayé. J'ai promis au magicien qu'il ne lui arriverait rien ! Il ne se rendra même pas jusqu'aux conduits de ventilation, parce que les militaires y ont posté des hommes !

– Mais je ne sais même pas où ils sont situés ! s'énerva Donald.

– Moi, je le sais ! Détachez-moi !

– Est-ce que je peux vous faire confiance ?

– Vous n'avez pas le choix ! Si vous ne me détachez pas, vous serez responsable de la mort de votre copain chevalier !

Donald ne voulait certes pas que Galahad connaisse une fin tragique. Il libéra Keaton et s'élança à sa suite. Ils coururent pendant un long moment, puis Keaton s'écrasa à l'abri de gros rochers, entraînant Donald sur le sol avec lui. Il montra au médecin les canons de fusils qu'on apercevait au-dessus d'un monticule. Keaton scruta la forêt. Il aperçut finalement Galahad plus haut sur la colline, presque entièrement dissimulé derrière d'autres rochers. Il attendit que les soldats se soient éloignés, recommanda à Donald de ne pas bouger et grimpa entre les arbres pour aller surprendre le chevalier.

Galahad n'avait pas seulement l'agilité d'un chat, il en avait également l'ouïe fine. Bien que Keaton fît attention de ne pas faire de bruit en s'approchant de lui par-derrière, lorsqu'il ne fut plus qu'à quelques pas, le chevalier se retourna vivement, pointant sur lui sa carabine.

– Si vous tirez, l'armée sera sur nous comme une volée de vautours, l'avertit Keaton à voix basse. Je suis le messager du magicien et tout comme vous, il veut délivrer le roi. Je suis de votre côté, Galahad. Je vous en prie, croyez-moi.

Le regard habituellement velouté du chevalier était devenu dur et méfiant. Il ne perdait de vue aucun des mouvements de Keaton, pas même ses battements de paupières.

– Venez avec moi, insista Keaton. Je vais vous conduire à la cabane abandonnée où le magicien veut que j'emmène Terra Wilder une fois qu'il l'aura fait sortir de la base.

– D'où provient la puissance du magicien ? le questionna Galahad.

– De Dieu, répondit Keaton en cachant son agacement. Il la conserve dans sa canne magique qu'il appelle familièrement la Patte du lion. Il a choisi de ne communiquer qu'avec un seul chevalier de votre ordre, celui qui porte une marque en forme d'étoile dans le bas du dos, mais il lui est arrivé de parler à sire Gawain.

Cette révélation ébranla Galahad, car personne ne connaissait cette information, à part Terra et le magicien. Keaton entendit revenir les soldats et fit signe à Galahad de le suivre. Convaincu cette fois que l'homme disait la vérité, le chevalier lui obéit. Ils rejoignirent Donald, toujours accroupi derrière les rochers plus bas dans la montagne, et l'incitèrent à se replier avec eux en silence. Ils retournèrent prestement à leur campement.

– Pourquoi t'a-t-il parlé de l'étoile ? voulut savoir Galahad, plus intrigué que fâché.

– Pendant que j'étais dans la caverne avec lui, il m'a raconté toutes sortes de choses. Il m'a aussi montré ses livres, ses cristaux, ses talismans. Il m'a parlé de vous et de Terra Wilder et il m'a demandé de l'aider à le délivrer du dragon. Je ne pouvais pas refuser, puisqu'il m'a sauvé la vie.

– Tu as accepté en posant la main sur une pierre bleue ?

– Oui, pourquoi ?

– Tu n'as pas accepté de l'aider, Keaton, l'informa Galahad, tu as accepté de devenir son apprenti. Et arrête de me vouvoyer, c'est moi qui te dois le respect.

– D'accord, acquiesça Keaton. Mais il ne m'a jamais demandé de devenir son apprenti.

– Est-ce que vous pourriez m'expliquer de quoi vous parlez ? soupira Donald.

– Keaton n'est pas le messager du magicien, l'informa Galahad en ramassant ses affaires. Il est son futur remplaçant. Le magicien se fait vieux et il remettra bientôt le flambeau à un autre homme qui, comme lui, n'existe pas.

Donald regarda l'étranger d'un air surpris. Décidément, cette affaire se compliquait de minute en minute.

– Je suis Ben Keaton, déclara le jeune homme en lui tendant la main.

– Et moi, le docteur Donald Penny, fit-il en la serrant. Je ne fais pas partie de l'ordre, mais je suis un ami de Terra Wilder. Et vous connaissez déjà Galahad.

– Le chevalier parfait, dit Keaton en souriant au souvenir de la férocité avec laquelle il l'avait accueilli. L'ordre ne pouvait pas choisir un meilleur homme pour porter ce nom.

Galahad resta muet face à ces compliments de la part de l'homme qu'il avait maltraité la veille.

– Quelles sont les intentions du magicien ? s'informa-t-il en portant ses bagages dans le camion.

– Il fera sortir Terra Wilder de la base et le conduira à une petite cabane de l'autre côté de la montagne. Il veut ensuite que je le ramène au Canada à cheval, en demeurant éloigné des routes et des villes. Il m'a fourni tout ce dont j'aurai besoin pour le trajet, y compris des cartes détaillées de la région.

Ils acceptèrent de l'accompagner jusqu'à la cabane où Keaton avait caché deux chevaux. Ce dernier demanda à Galahad de s'en occuper pendant qu'il irait en acheter deux autres. En réalité, il avait surtout besoin de revoir le magicien et de mettre sa situation au clair avec lui. Il se rendit donc à Shasta, où il trouva le vieil homme à sa table habituelle. Il s'assit devant lui et confirma qu'il avait réussi à intercepter Galahad et à l'emmener, ainsi qu'un autre ami de Terra, au lieu de ralliement.

– Galahad est convaincu que vous avez décidé de faire de moi votre apprenti, s'énerva Keaton.

– Il est décidément très brillant, ce chevalier, remarqua le magicien en jouant distraitement avec ses légumes dans son assiette.

– Vous voulez dire qu'il a raison ?

– Puisque vous n'existez plus et que vous ne pouvez plus mourir, j'ai en effet pensé que ce serait une bonne chose que vous preniez un jour ma place dans le jeu.

– Moi ? s'ébahit Keaton.

– En vous ressuscitant dans ce corps, je l'ai rendu immortel. Maintenant, il ne vous reste qu'à apprendre les incantations et les rituels, mais cet entraînement devra attendre que Terra Wilder soit libre.

– Et que fait un magicien, au juste ?

– Il combat le mal sous toutes ses formes et il garde un œil protecteur sur les membres de l'ordre. Par les temps qui courent, c'est un travail plutôt épuisant. Les chevaliers se sont choisi un roi qui est également un génie scientifique. Ses recherches ont rapidement attiré l'attention du dragon. Il ne faut jamais perdre le roi de vue et il faut le sortir de tous les pièges que lui tend le sorcier. Il faut aussi bien connaître ses pièces sur le jeu. Pour le magicien, il s'agit des chevaliers, évidemment.

– Vous parlez la même langue que moi, mais je ne comprends rien de ce que vous dites.

– Ce n'est pas le moment de vous expliquer vos nouvelles fonctions, jeune homme. Allez plutôt acheter vos chevaux avant qu'il fasse nuit. Notre prochain rendez-vous devrait avoir lieu à la cabane, à moins que je ne vous fasse signe avant.

Keaton hocha docilement la tête, un peu distrait. Il essayait de comprendre ce que le vieil homme voulait dire par « immortel ».

# 36

Donald Penny inspecta l'intérieur de la cabane en pensant qu'il préférait décidément les hôtels cinq étoiles. Il n'y avait pas là le confort auquel il était habitué : pas de salle de bains, pas d'eau courante, pas d'électricité et pas de matelas sur les lits de bois. Il ressortit et vit Galahad debout dans l'enclos à caresser l'encolure d'un cheval. Donald vint s'appuyer contre la clôture.

– Cette bête est docile, l'informa le chevalier. Elle sera parfaite pour Terra.

– Il nous a dit qu'il n'avait jamais fait d'équitation, se rappela Donald. Mais s'il était votre roi, au Texas, il aurait dû apprendre à monter à cheval, non ?

– Il a dû assimiler beaucoup d'information afin de pouvoir diriger l'ordre convenablement. L'équitation et les tournois étaient les derniers éléments à son emploi du temps. Il n'a jamais eu le temps de s'y consacrer.

– C'est donc pour cette raison qu'il tenait à tout prix à accompagner les élèves en randonnée équestre à la fin des classes. Il y a tellement de choses qu'il n'a pas encore pu faire. Il m'a dit qu'il rêvait de monter sur un voilier, de nager avec des dauphins, de piloter un avion et d'aller à Disneyland.

– À Disneyland ? s'amusa Galahad.

– Eh oui, notre grand savant rêve de rencontrer Mickey Mouse.

Donald entra dans l'enclos et caressa aussi le cheval destiné à l'astrophysicien. Galahad avait raison : c'était un animal très calme qui ne risquait pas de catapulter Terra dans un ravin ou une rivière.

– Quelle est la différence entre ce que vous faites dans l'ordre et le jeu des Donjons ? voulut-il savoir.

– L'ordre est réel, tandis que les Donjons sont un jeu d'esprit dans lequel nous choisissons de devenir des personnages mythiques. Terra et moi achetions des cartes de jeu qui nous mettaient dans des situations particulières, où nous devions nous débrouiller avec notre seule imagination. Nous aimions beaucoup échapper à la pression de notre travail en devenant d'autres personnages. Le pas entre ce jeu de rôles et l'ordre a été plutôt facile à franchir pour nous.

– J'ai du mal à imaginer Terra en costume de chevalier.

– Pourtant, cela lui sied à merveille.

– Est-ce que tu retourneras au Texas lorsque nous aurons délivré Terra ?

– Je n'en sais rien. J'ai besoin de l'ordre et de la sécurité que me procurent mes frères, mais ma vie n'a plus de sens loin de Terra. Peut-être que je m'établirai au Canada pour mieux le protéger.

– Moi, ça me plairait que tu viennes vivre dans notre patelin.

Galahad reçut cette marque d'amitié avec un sourire. Il tourna alors la tête vers la route. Quelques secondes plus tard, Donald entendit à son tour le moteur du camion de Keaton. Galahad, qui avait une plus grande expérience des chevaux que ses deux compagnons, se chargea de faire descendre les bêtes de la remorque et de les conduire dans l'enclos. Il vérifia les brides et les selles que Keaton avait reçues en même temps que les chevaux : elles semblaient convenir.

Keaton leur montra ensuite les cartes géographiques fournies par le magicien. Galahad les avertit qu'ils devraient éviter de traverser trop de rivières, parce que Terra ne savait pas nager. Il traça une route à l'orée de toutes les forêts qui les séparaient de la Colombie-Britannique. Ils pourraient s'y cacher et éviter ainsi d'être repérés par les hélicoptères et les satellites. Ben Keaton décida qu'il les laisserait accompagner Terra Wilder et qu'il les suivrait de loin pour masquer leurs pistes et faire la vie dure à leurs poursuivants.

Après un repas commun de concentrés de dinde, Galahad s'isola près de l'enclos. Si Terra pouvait communiquer avec lui grâce à la télépathie, c'est donc qu'il possédait aussi ce pouvoir. Il calma son esprit et tenta l'expérience avec sa belle. *Milady, je veux seulement vous dire que je me porte bien et que notre seigneur est sur le point d'être libéré de sa prison.*

Chance venait d'entrer dans la maison de sa grand-mère pour étudier lorsqu'elle entendit la voix de Galahad. Elle laissa tomber ses livres et le chercha partout. *Je voulais aussi vous dire que je vous aime.* Elle comprit alors que le chevalier s'adressait directement à son esprit et qu'il était toujours sauf. Elle déclara à voix haute qu'elle l'aimait elle aussi et qu'il lui manquait, en espérant qu'il l'entendrait.

* * *

Dans la base d'Orion II, Terra Wilder passait de longues heures devant l'ordinateur à perfectionner sans cesse la formule de l'alliage qui pourrait contenir l'anti-matière. Plusieurs savants militaires s'étaient massés devant les écrans de surveillance et ne cessaient de s'émerveiller de son génie. Lorsque le Hollandais effaça sa dernière formule, ils murmurèrent entre eux avec inquiétude. Ils furent doublement étonnés de le voir recommencer à écrire en utilisant cette fois des composantes qui impliquaient non pas la fabrication d'un alliage solide, mais plutôt l'installation d'un champ de gravité. Terra soumit sa nouvelle découverte au simulateur militaire et soupira avec soulagement lorsqu'il vit résister l'espace gravitationnel.

Derrière la grande fenêtre, tous les savants applaudirent, mais Terra ne pouvait pas les entendre. Il s'employait plutôt à réduire la taille du champ de gravité pour en tester la stabilité. Il arriva même à le simplifier jusqu'à ce qu'il soit de la grosseur d'un gros livre. Satisfait, l'astrophysicien demanda à l'ordinateur de bord de la station spatiale du simulateur de lui fournir une analyse complète de tous ses systèmes. Il voulait s'assurer que la nouvelle énergie circulait partout et qu'elle ne mettait aucun des autres programmes de survie en péril. Le docteur Hendrick rejoignit alors Terra dans sa cellule.

– Vous savez comment épater la galerie, docteur Wilder, admit-il.

– Il est dommage que mon talent n'ait pas été aussi reconnu lorsque je travaillais à Houston, répondit Terra avec un peu de rancune.

– Croyez-vous vraiment qu'un champ magnétique de cette taille suffira à contenir longtemps de l'anti-matière ?

– Mes vérifications indiquent qu'il pourra le faire éternellement, à condition, bien sûr, qu'on en supervise l'équilibre sur une base quotidienne. Je pense qu'un ordinateur pourrait facilement remplir cette fonction.

– L'armée a l'intention de mettre vos formules à l'épreuve dans le désert très bientôt.

– Faudra-t-il que j'assiste aux essais ?

– Non, docteur Wilder, fit la voix du général Howell dans les haut-parleurs. Mais nous vous informerons des résultats.

– Maintenant que je vous ai donné ce que vous voulez, est-ce que je pourrais au moins communiquer avec ma femme ? réclama Terra.

– Nous ne possédons malheureusement aucune ligne vers l'extérieur.

– Alors laissez-moi le faire à ma façon.

Debout devant les écrans de surveillance, le général pensa que c'était l'occasion rêvée de vérifier l'efficacité des puces que les ingénieurs avaient installées dans le cerveau du savant hollandais. Il lui accorda donc sa permission et le docteur Hendrick sortit pour lui laisser quelques instants d'intimité, malgré le fait qu'il était observé par une dizaine de caméras. Terra prit place sur son lit de métal et ralentit sa respiration.

De retour auprès des savants et du général, le docteur Hendrick fut étonné de voir qu'ils avaient tous les yeux rivés sur un écran. Les mots JE SERAI BIENTÔT DE RETOUR CHEZ NOUS, AMY apparurent sur le fond noir. Ils se servaient des implants pour lire ses pensées ! JE LEUR AI DONNÉ LEUR ALLIAGE, ALORS ILS VONT BIENTÔT ME LAISSER RENTRER À LA MAISON.

*Docteur Wilder, faites attention à ce que vous dites. Vos pensées sont transcrites sur un moniteur.* Terra mit fin à la transmission et foudroya du regard la fenêtre de surveillance.

– C'était court, mais nous savons maintenant que les puces fonctionnent bien, se réjouit le militaire. Nous ferons d'autres essais lorsqu'il dormira.

– Vous lui avez infligé de terribles douleurs la dernière fois que vous avez manipulé son cerveau, lui rappela Hendrick.

– Ne vous inquiétez pas, docteur, le rassura Howell. Nous n'avons pas l'intention d'endommager notre plus grand trésor national.

– Quand lui rendrez-vous sa liberté ?

– Probablement jamais. Maintenant que nous avons directement accès à ses pensées, il n'est même plus nécessaire qu'il soit conscient.

Le docteur Hendrick fit de gros efforts pour ne pas laisser paraître son irritation. Il exigea que Terra soit au moins installé dans une chambre plus confortable en échange de sa bonne volonté. Le général lui promit de faire le nécessaire et fit signe aux savants de retourner à leurs postes. Il permit aussi aux ingénieurs d'éteindre leurs écrans pour profiter d'un congé bien mérité. Hendrick attendit que tous eurent quitté la cabine avant de retourner auprès de Terra. Ce dernier était rouge de colère.

– Merci de m'avoir prévenu, dit le Hollandais.

– Vous pouvez parler librement, déclara Hendrick. Vous n'êtes pas sous surveillance pour l'instant.

– Qui êtes-vous ? Où avez-vous appris à donner la poignée de main des chevaliers ?

– Je suis un bon ami de sire Kay et de Galahad.

– Vous êtes le magicien ! comprit enfin Terra.

– C'est exact. J'ai emprunté l'identité du docteur Hendrick pour pouvoir m'infiltrer ici. Il n'y avait aucune autre façon de vous délivrer. En échange de vos efforts de cet après-midi, le général vous fournira une chambre moins bien gardée que cette cellule. Soyez prêt à me suivre sans poser de questions.

– Cela va de soi. Mais comment pourrai-je vous remercier ?

– Perpétuez l'ordre dans votre petite ville tranquille du Canada.

Terra ne pensait à rien d'autre qu'au confort de sa maison de Little Rock et aux bras rassurants d'Amy. Il espéra ne plus jamais revoir une formule scientifique de toute sa vie.

* * *

Le général Howell était plutôt content de sa journée. Il avait réussi à obtenir les résultats qu'il voulait et il allait bientôt prendre sa retraite. Il entra dans son bureau. Cinq hommes dans la cinquantaine, tous de nationalités différentes, l'y attendaient.

– Puis-je vous aider, messieurs ? demanda prudemment le militaire.

– Nous sommes venus chercher le docteur Wilder, l'informa l'un d'eux, qui semblait d'origine asiatique.

Il lui présenta une lettre signée de la main même du Président des États-Unis. Le général la parcourut rapidement sans cacher son étonnement.

– Qui êtes-vous ? les questionna-t-il, plutôt contrarié.

– Nos noms ne vous diraient rien. Contentez-vous de savoir que nous faisons partie d'une branche invisible du gouvernement mondial.

Mais avant de leur remettre un homme aussi important que Terra Wilder, le militaire devait d'abord effectuer certaines vérifications. Il les pria d'attendre qu'il fasse quelques appels, afin de s'assurer de la véracité du document qu'ils venaient de lui présenter. Cela faisait partie du protocole.

L'Asiatique inclina doucement la tête en lui indiquant toutefois qu'ils devaient repartir pour Washington avant minuit et qu'ils avaient la ferme intention d'emmener le savant hollandais avec eux.

Les cinq hommes furent escortés jusqu'au grand salon, où les militaires recevaient généralement les invités qui n'avaient pas l'autorisation de circuler dans la base. Dès qu'ils furent partis, le général fit déplacer Terra Wilder dans la chambre d'un des officiers, afin que ces étranges personnages ne puissent pas le trouver pendant qu'il effectuait les vérifications nécessaires.

Le docteur Hendrick accompagna le prisonnier à son nouveau logis. Il lui fit enfiler des jeans, une chemise à carreaux et des espadrilles. Il lui donna aussi un manteau chaud en lui conseillant de le mettre sur-le-champ.

– Pourquoi êtes-vous si nerveux ? s'alarma Terra.

– Je sens la présence des chiens de chasse du sorcier.

Tous les muscles du Hollandais se raidirent.

– Nous devons partir sans délai. Finissez de vous habiller pendant que je neutralise le soldat qui garde cette porte.

Le magicien sortit de la chambre et revint quelques instants plus tard en traînant sur le sol le corps de la sentinelle. Il l'étendit sur le plancher pendant que Terra attachait ses chaussures. Ce dernier passa ensuite une blouse blanche par-dessus son manteau et suivit le magicien en silence dans un dédale de corridors.

* * *

Après avoir vérifié l'authenticité de la lettre du Président, le général Howell n'eut d'autre choix que de remettre son prisonnier entre les mains des cinq hommes qui le réclamaient. Il les conduisit donc à la nouvelle chambre de l'astrophysicien et s'étonna de ne pas trouver de gardien à sa porte. Il entra prudemment dans la pièce et le trouva inconscient sur le sol. Sans perdre une seconde, il mit la base sur un pied d'alerte.

Au pied de la montagne, devant les portes d'acier de la base, Terra prenait sa première bouffée d'air frais depuis longtemps. Le magicien lui fit signe de se hâter. Ils se dirigèrent d'un pas rapide vers le parking en s'efforçant de conserver un air naturel.

Le magicien, sous les traits du docteur Hendrick, avait habitué les gardiens des grilles à le reconnaître en allant manger au village presque tous les soirs. Ils le laisseraient certainement sortir sans faire d'histoires. C'est alors qu'une alarme retentit. Immédiatement, une centaine de soldats émergèrent de la base comme une marée de fourmis prêtes à défendre leur colonie. Un officier rattrapa le docteur Hendrick et le savant qui l'accompagnait. Il les somma de revenir à l'intérieur jusqu'à ce qu'ils aient retrouvé le fugitif dont il ne pouvait pas révéler le nom.

– J'ai un important rendez-vous, protesta le magicien.

– Je suis désolé, docteur Hendrick, mais cet homme pourrait bien se trouver entre les véhicules dans le parking. Nous ne voulons pas qu'il vous arrive quoi que ce soit.

– Mais la base est en flammes ! indiqua le magicien en se tournant vers l'entrée creusée dans le roc.

L'officier vit en effet le feu qui léchait les grandes portes. Il sonna l'alerte et se précipita vers ses hommes.

Le magicien se pencha discrètement vers Terra.

– Peu importe ce que vous verrez ou ce que vous entendrez dans les prochaines minutes, dirigez-vous vers ces grilles. Une fois sur la route, fuyez ! Un ami vous prendra à bord de son véhicule et vous conduira en lieu sûr.

– Comment saurais-je qui il est ?

– Vous le connaissez déjà. Il s'appelle Ben Keaton.

– De Galveston ?

– Oui, sire. Vous pouvez lui faire confiance.

Il poussa Terra en direction du portail et s'arrêta au poste de garde. Terra était nerveux, mais le magicien semblait tout à fait à l'aise dans la peau du docteur Hendrick.

– Je suis désolé, messieurs, je ne peux laisser sortir personne, les avertit le veilleur.

Il y eut alors une terrible explosion dans le parking. Voyant que le soldat s'était contenté de tourner la tête vers le nouveau foyer d'incendie, le magicien y ajouta les cris angoissés de ses collègues réclamant de l'aide. Pendant que la sentinelle hésitait à se porter au secours des siens, Terra vit que les grilles s'étaient magiquement entrouvertes. La guérite fut à son tour secouée par une détonation : le militaire fut projeté sur le sol, mais ni Terra ni le magicien ne furent affectés.

– Courez ! lui cria le vieil homme.

Terra s'élança sur la route. Les grilles se refermèrent derrière lui, empêchant toute poursuite. Le général Howell, un commando de soldats et les cinq civils de nationalités différentes sortirent au même instant de la montagne. Le magicien reconnut les étrangers. Un sourire amusé s'ébaucha sur son visage.

– Ne me dites pas que vous l'avez laissé sortir ! tonna le général.

– Il avait bien travaillé, alors j'ai décidé de le récompenser, répondit le magicien en haussant les épaules.

Hendrick les salua, puis passa à travers le portail comme s'il n'existait pas. L'Asiatique voulut le suivre, mais il dut s'arrêter lorsque les armoiries enflammées de l'ordre apparurent sur les barreaux de métal. Il poussa un cri de rage.

Le général ordonna à ses hommes de défoncer les portes. Cependant, pour y arriver, il fallait utiliser les véhicules d'assaut. Or, ces derniers se trouvaient dans le parking en flammes. Les soldats se précipitèrent donc avec des extincteurs et des boyaux d'arrosage pour éteindre rapidement le feu.

Sur la route qui descendait de la montagne, Terra courait de toutes ses forces, sans se rendre compte que c'était la première fois qu'il utilisait ainsi ses jambes depuis son accident. Un homme bondit de la forêt, le forçant à s'arrêter. Terra lui fonça dans les bras et chercha à reprendre son souffle. Il reconnut Ben Keaton, qui l'entraînait dans un sentier couvert. Ils aboutirent à une autre section de route, un peu plus bas. Keaton poussa le Hollandais sur le siège du passager d'un camion, referma vivement la portière et grimpa derrière le volant. Il enfonça l'accélérateur.

– Je ne sais pas si vous vous souvenez de moi, fit son sauveteur. Je m'appelle Ben Keaton.

– Oui, je me souviens, confirma Terra, haletant.

– Je travaille pour le magicien, maintenant. Il m'a demandé de vous reconduire chez vous.

Mais malgré toutes les diversions du vieil homme pour retarder les militaires, ces derniers réussirent tout de même à défoncer la grille. Des jeeps envahirent bientôt la route. Keaton aperçut leurs phares dans son rétroviseur.

– Nous avons de la compagnie, déplora-t-il en accélérant.

– Je ne veux pas être repris, balbutia Terra en pâlissant.

– Je ne les laisserai pas nous rattraper.

– Êtes-vous armé ?

– J'ai une carabine derrière mon siège. Savez-vous tirer ?

– Pas vraiment. Je veux seulement pouvoir m'en servir contre moi-même s'ils arrivent à nous intercepter.

– Je vous jure que ce ne sera pas nécessaire, docteur Wilder.

Mais rien ne pouvait plus rassurer le savant. Il fixait les phares qui se rapprochaient de plus en plus. Terrorisé à l'idée d'être ramené dans sa cage pour le reste de ses jours, il passa par-dessus le banc pour aller chercher l'arme.

– Docteur Wilder, ne faites pas ça ! cria Keaton.

L'une des jeeps frappa le camion sur le côté pour le faire sortir de la route. Lorsque Keaton donna un coup de volant pour garder son véhicule sur le chemin, Terra bascula derrière son siège. Keaton arrivait devant un tournant prononcé. Il s'y engagea, mais sentit tout de suite les roues glisser. Un des véhicules militaires le heurta de nouveau sur le côté.

Keaton perdit la maîtrise du camion, qui plongea entre les arbres. Même en s'acharnant sur la pédale de frein, il ne réussit pas à ralentir la course du bolide, qui fit quelques tonneaux en fauchant de jeunes sapins. Il s'arrêta finalement de lui-même sur le tablier de pierre d'une falaise. L'apprenti fut projeté contre le tableau de bord et perdit conscience, tandis que son passager percutait les sièges, recevant une pluie de paquets sur la tête.

Terra mit un moment à émerger du fouillis sous lequel il avait été enseveli. Il se mit à genoux et posa la main sur l'épaule de Keaton : le jeune homme s'affaissa contre la portière, le visage en sang. Terra comprit qu'il ne pouvait plus compter sur lui pour le protéger. Pris de panique, il regarda par le pare-brise parsemé de craquelures. De petits points lumineux oscillaient plus haut entre les arbres. Il déplaça désespérément les bagages et trouva enfin la carabine. Il s'en saisit et s'extirpa du camion par le hublot arrière, fracassé lors de l'impact. Il mit le pied sur le sol pierreux. Il se trouvait sur le bord du précipice. Il s'accrocha fermement au cadre dénudé de la fenêtre et s'éloigna rapidement de la falaise. Poussé par la peur, il s'enfonça entre les sapins, distinguant à peine ses pieds à la clarté de la lune.

Les soldats surgirent de la forêt et éclairèrent le véhicule accidenté de leurs lampes de poche. Deux d'entre eux découvrirent le corps inanimé de Ben Keaton.

– Est-ce Terra Wilder ? s'informa l'officier en charge.

Ils illuminèrent le visage ensanglanté du conducteur et constatèrent qu'il ne s'agissait pas du savant hollandais. L'un des soldats appuya les doigts contre le cou du blessé : il n'avait plus de pouls. L'officier leur ordonna de ramener la dépouille à la base. Ils l'identifieraient plus tard. Les autres fouillèrent le camion de fond en comble et conclurent, en apercevant le hublot défoncé, que Terra avait probablement été éjecté du véhicule. L'officier divisa ses hommes en plusieurs groupes pour qu'ils ratissent la forêt.

Terra continua de dévaler le flanc de la montagne, incapable de s'orienter dans la noirceur. Sa frayeur l'empêchait cependant de ralentir. Il passa devant un Amérindien, qui posait des pièges, sans même le voir. L'étranger, lui, l'avait entendu venir de loin. Il percevait aussi les pas des soldats qui se rapprochaient. Cette poursuite piqua sa curiosité, mais il ne voulait pas être surpris par l'armée, car il se trouvait sur des terres appartenant au gouvernement. Il suivit donc Terra en demeurant caché entre les arbres.

Il le vit s'arrêter sur le bord de la rivière, hésitant. Il vit aussi les faisceaux des lampes de poche, de plus en plus près. Désespéré, Terra se planta au pied d'un vieux chêne et leva une main vers le ciel. L'Amérindien eut le souffle coupé lorsque les branches se recourbèrent vers l'inconnu, le saisirent et le grimpèrent vers les hauteurs. Les soldats se mirent à fouiller méthodiquement les berges, mais le chasseur ne se préoccupait plus d'eux. Il gardait les yeux fixés sur l'homme que l'arbre pressait maternellement contre son tronc pour le protéger de ses ennemis. Il n'y avait plus aucun doute dans son esprit : c'était un messager des dieux.

Tandis que les militaires exploraient le flanc de la montagne, Ben Keaton ouvrit les yeux. Il était couché dans le compartiment arrière d'un véhicule militaire. Il se releva lentement et tenta de s'orienter. Il se rappela les dernières minutes de la poursuite et le violent impact. « Wilder... », s'alarma-t-il. Il descendit prudemment de la jeep et se traîna jusqu'à l'orée de la forêt, à la recherche, lui aussi, du savant disparu.

De l'autre côté de la montagne voisine, Galahad avait sellé les chevaux et faisait maintenant les cent pas devant Donald, qui ne savait plus quoi dire pour le calmer. Keaton et Terra auraient dû être là depuis longtemps, mais le chevalier n'entendait que les bruits normaux de la nuit, rien qui ressemble au moteur d'un camion ou aux pas de deux hommes en fuite. Il finit par s'asseoir près de Donald. Il craignait que le magicien n'ait pas connu plus de succès que l'ordre à Galveston.

* * *

Keaton aperçut finalement un essaim de soldats sur la berge de la rivière. C'était l'aube. Il voyait donc parfaitement ce qu'ils faisaient : ils déposaient le corps d'un homme sur une civière. Il constata avec horreur que cet homme portait les vêtements de Terra Wilder !

Le détachement se mit à grimper le flanc de la montagne. Keaton se dissimula davantage entre les branches touffues des conifères. La civière passa près de lui : le cadavre aux cheveux noirs parsemés de mèches grises ne pouvait être que celui de Terra Wilder. Il n'avait plus de visage, de cou ni de mains. « Il a probablement été dévoré par les loups durant la nuit », pensa Keaton en sentant sombrer son cœur. Le roi de l'ordre avait donc connu une fin atroce, même s'il avait réussi à échapper au sorcier. Keaton rassembla le peu de courage qui lui restait et marcha jusqu'à la cabane. Donald s'était endormi, mais Galahad veillait toujours, bien qu'il eût perdu tout espoir de voir arriver Terra. Lorsque la silhouette de Keaton se profila entre les arbres, le chevalier se précipita à sa rencontre.

– Que s'est-il passé ? s'alarma-t-il en voyant son visage couvert de sang séché. Où est Terra ?

– Il est mort, fit sombrement Keaton.

Galahad recula comme s'il avait été giflé. Il fit quelques pas chancelants en secouant négativement la tête, refusant de croire que son meilleur ami puisse avoir quitté cette vie.

– Je suis désolé, Galahad.

– Non ! hurla le chevalier, ce qui réveilla Donald en sursaut.

Le chevalier tourna les talons et s'enfuit dans les bois. Donald remarqua que l'apprenti avait du mal à se tenir sur ses jambes. Son instinct de médecin prit le dessus. Il se précipita pour découvrir d'où venait tout le sang dont il était couvert, mais Keaton l'arrêta et lui conseilla de retrouver Galahad avant qu'il ne commette un acte désespéré. Donald hocha lentement la tête, comme si les paroles de l'apprenti étaient des commandements magiques. Il s'élança sur-le-champ. Un peu plus loin, en larmes, Galahad s'était jeté à genoux.

– Pourquoi êtes-Vous si injuste envers moi ? pleurait-il en regardant vers le ciel.

Il sortit son couteau de chasse et, d'un geste sec, se trancha les veines du poignet gauche. Donald arriva en courant, lui arracha l'arme et la jeta au bout de ses bras.

– Laisse-moi ! geignit Galahad.

– Personne n'a le droit de s'ôter la vie !

Donald retira son manteau et sa chemise. Il déchira cette dernière en lambeaux pour en faire des bandages qu'il enroula autour du poignet de Galahad.

– Donald, arrête ! fit le chevalier en se débattant. Si je ne peux pas être à ses côtés dans la vie, alors laisse-moi le rejoindre dans l'au-delà !

– Moi, je ne croirai qu'il est mort que lorsque j'aurai vu son corps de mes propres yeux ! Ne bouge plus ou je t'assomme !

Galahad cessa toute résistance. Il faisait vraiment pitié à voir. Donald le ramena à la cabane et le fit coucher sur un des lits de bois. Il fouilla dans son sac à dos, trouva les calmants qu'il avait apportés pour Terra et obligea le chevalier à en avaler un. Puis, le laissant à ses sanglots silencieux, il se tourna vers Keaton. Ce dernier était assis sur un banc, les épaules affaissées et l'air hagard. Il lui enleva sa chemise et l'examina attentivement.

– Tu n'as pas une seule égratignure et pourtant, tu es couvert de sang ! s'étonna le médecin.

– Ce n'est peut-être pas le mien, murmura Keaton, qui ne voulait pas prononcer le nom de Terra et causer davantage de chagrin au chevalier.

– Que s'est-il passé ?

– Les militaires nous ont poursuivis sur la route. Ils nous ont poussés dans la forêt. J'ai perdu la maîtrise du camion et, après, je ne sais plus. Je me suis réveillé dans un véhicule de l'armée et je suis parti à la recherche de Terra. Je l'ai cherché toute la nuit et ce matin, j'ai vu les soldats emmener son corps sur une civière.

– Es-tu certain que c'était lui ?

– Il portait les mêmes vêtements, mais il n'avait plus de visage. Je pense qu'il a été dévoré par des bêtes sauvages pendant la nuit.

– Je suis médecin, Ben. J'ai besoin de voir un rapport d'autopsie avant de croire que quelqu'un est mort, surtout Terra Wilder, qui possède un extraordinaire pouvoir de guérison.

– Je ne sais pas si le magicien pourra obtenir ces papiers.

– Il te faudra communiquer avec lui.

Keaton voulut acquiescer, mais il perdit conscience, s'écroulant sur le sol comme une poupée de chiffon. Donald s'assura qu'il respirait et le couvrit d'une couverture. Il n'avait pas le choix : il devait attendre que ses deux compagnons aient repris leurs esprits avant de formuler un nouveau plan. Pour patienter, il fit la seule chose qu'il pouvait faire : il pria.

* * *

Les soldats ramenèrent le corps mutilé à la base, où les médecins s'empressèrent de l'examiner. Certes, il avait la même taille, le même poids et la même couleur de cheveux que Terra Wilder, mais dans l'état où il était, il était bien difficile de l'identifier sans l'ombre d'un doute.

Ils contactèrent Houston pour obtenir ses tests d'ADN et son dossier dentaire. Le général Howell demanda aussi que l'on fasse tout de suite des radiographies de son crâne. Dès qu'on les lui remit, il cessa les recherches, car les puces électroniques se trouvaient bel et bien au-dessus des oreilles du cadavre. Il n'y avait plus aucun doute dans son esprit : il s'agissait du savant hollandais. Il ferma les yeux et rassembla son courage. Il devrait expliquer cette terrible perte au Président lui-même.

* * *

À la tombée du jour, Ben Keaton reprit conscience avant Galahad. Donald l'aida à nettoyer le sang qui avait séché sur sa poitrine et l'incita à prendre un repas concentré. Il jeta un coup d'œil à son deuxième patient avant de revenir à l'apprenti.

– J'ai du mal à comprendre la dévotion qui unit les membres de l'ordre, avoua-t-il, mais je les envie. Ce doit être très rassurant de pouvoir compter à ce point sur une autre personne.

– En effet, reconnut Keaton.

– Peux-tu m'expliquer le rôle du magicien ?

– Il sert l'ordre, mais il ne communique qu'avec Galahad, sauf lorsque ce dernier est incapable de le rencontrer. Dans ce cas, il accepte de parler à un autre chevalier.

– Donc, Terra ne le connaît pas.

– Je ne crois pas qu'ils s'étaient rencontrés avant la nuit dernière, mais c'est difficile à dire, puisque cet homme peut changer d'aspect à volonté.

Donald se montra incrédule. Il voulait bien accepter l'existence d'un pouvoir de guérison comme celui de Terra, mais celui de se métamorphoser ?

– Et c'est seulement une de ses nombreuses facultés, poursuivit l'apprenti. Je l'ai vu faire des trucs incroyables.

– Comme quoi ?

– Il peut lire un livre juste en plaçant une main sur la couverture. Il peut créer de fantastiques illusions. Un jour, j'ai trouvé un dragon veillant sur moi à mon réveil ! Il peut aussi déplacer des objets sans les toucher.

– Mais personne ne peut faire ça.

– Je l'ai vu de mes propres yeux.

Galahad s'assit brusquement en hurlant de terreur, comme un enfant ayant fait un cauchemar. Donald se précipita pour le rassurer.

Au même moment, Terra se réveillait à la cime d'un arbre, soutenu par ses branches protectrices. L'étui de la carabine était coincé entre sa poitrine et le tronc. Il risqua un œil sous lui. Il n'y avait plus personne. Il dégagea sa main et dirigea sa paume vers le bas. Aussitôt, les branches le déposèrent doucement sur le sol. Assoiffé, le fugitif s'approcha de la rivière pour puiser de l'eau.

– Avez-vous besoin de mon aide, esprit volant ? demanda une voix inconnue.

Terra fit volte-face, mais il n'eut pas le réflexe de s'emparer de la carabine qu'il avait posée par terre.

– J'ai fait beaucoup de choses illégales dans ma vie, mais je veux devenir un homme meilleur, affirma Max Aigle Blanc.

Max était un Amérindien d'une quarantaine d'années, qui avait passé toute sa vie dans la réserve. Il dissimulait souvent des pièges sur la propriété du gouvernement, pour mettre un peu de viande sur sa table. Il avait fréquenté l'école des Blancs, jadis, mais il n'avait jamais oublié les croyances de son peuple. Les esprits de l'air, de la terre, du feu et de l'eau faisaient partie de son quotidien. Il était persuadé que l'homme qui se tenait là était un de leurs messagers. Effrayé, Terra recula maladroitement et bascula dans les eaux glacées. Le courant l'entraîna immédiatement vers les rapides. Se rappelant que les esprits volants ne savaient pas nager, Max plongea et réussit à le ramener sur la rive. L'inconnu avait perdu conscience et un filet de sang s'échappait de sa tempe. Il avait dû se frapper durement la tête. Le chasseur prit le mouchoir attaché autour de son cou et s'en servit pour panser le crâne du blessé. Puis, oubliant tous ses pièges, il le chargea sur ses épaules pour le porter jusqu'à la réserve.

* * *

Donald réussit à calmer Galahad, mais pas à le faire manger. Après lui avoir confisqué toutes ses armes, le médecin accepta toutefois de le laisser s'occuper de ses chevaux. Le poignet enrobé de pansements propres, le chevalier s'appuya contre le cheval le plus docile et le caressa en pensant aux bons moments qu'il avait passés avec Terra Wilder, à Houston. Un Amérindien aux longs cheveux blancs apparut de l'autre côté de l'animal. Galahad posa vivement la main sur sa ceinture, mais son couteau de chasse ne s'y trouvait plus.

– Il n'est pas mort, Galahad, affirma le vieil homme. Mon apprenti a bien vu les soldats emmener le corps d'un homme habillé comme lui, mais ce n'était pas Arthur.

En entendant ce nom, le chevalier comprit qu'il avait devant lui le magicien.

– Alors qui était cet homme ?

– Une de mes créations, répondit le magicien en contournant le cheval. J'ai fait bien attention de le faire tout à fait conforme à l'original. C'est ce qui a confondu monsieur Keaton.

Il prit doucement le poignet pansé de Galahad et leva sur le chevalier des yeux remplis de reproches.

– Ne refais jamais ça.

Profondément troublé par l'affection évidente de cet homme, Galahad baissa la tête.

– Ce n'est pas ce que l'ordre t'a enseigné, jeune homme. Si quelqu'un a échoué cette fois-ci, c'est moi. Je n'ai pas su retenir les soldats suffisamment longtemps pour que Keaton puisse mettre le roi en sûreté. Maintenant, c'est à toi de jouer. Rends-toi à la rivière et sers-toi du pouvoir que je t'ai donné il y a plusieurs années. Un Amérindien a repêché Terra. Retrouve-le.

Sans perdre une seconde, Galahad s'élança vers la cabane pour relater à ses compagnons ce que le vieil homme venait de lui apprendre.

– C'est moi son apprenti et c'est à toi qu'il parle ? s'étonna Keaton.

– Les garçons, ce n'est pas le moment de vous chamailler, les avertit Donald sur un ton paternaliste.

Il faisait encore jour, alors ils sellèrent rapidement les chevaux et se servirent de la quatrième bête pour porter leurs bagages. S'ils retrouvaient Terra, ils pourraient aussitôt commencer à monter vers le nord. Ils atteignirent bientôt la rivière, qui coulait de l'autre côté de la montagne, à quelques kilomètres de leur dernier campement.

– Il est impossible de reconnaître la trace d'un homme dans ce fouillis d'empreintes, soupira Keaton en examinant le sol.

– Je connais une autre méthode, annonça Galahad en mettant pied à terre.

Il donna les guides de son cheval à Donald et se mit à marcher sur la berge en allongeant les bras sur le côté, paumes vers le sol.

– Mais qu'est-ce que tu fais là ?

– Nous laissons une trace invisible dans les objets que nous touchons.

Donald en resta éberlué. Tous les membres de l'ordre possédaient-ils des pouvoirs aussi extraordinaires ? Galahad repéra l'énergie de Terra au pied de l'arbre dans lequel il avait passé la nuit. Il la suivit jusqu'à la rivière.

– Il est tombé dans l'eau ici, estima-t-il.

– Et un Amérindien l'a repêché, c'est bien ça ? vérifia Keaton.

– C'est ce que le magicien m'a dit.

Galahad ratissa toute la berge sans trouver l'endroit où l'homme avait hissé Terra. Il revint vers ses compagnons en leur disant que c'était probablement sur l'autre rive. Il remonta en selle afin de trouver un endroit où ils pourraient traverser le cours d'eau.

Pendant que ses amis étaient à sa recherche, Terra Wilder reposait dans un lit de la maison de Max Aigle Blanc. Sa femme, Marie, avait nettoyé sa plaie. L'Amérindien ne voulait surtout pas que cet esprit se désintègre dans sa maison et lui apporte malheur. Il avait donc donné un coup de fil à Hélène Deux Lunes, le médecin en chef du dispensaire. Après avoir écouté son récit abracadabrant, elle accepta tout de même de s'arrêter chez lui après son travail, afin d'examiner ce « messager divin » qui saignait de la tête.

– Je n'ai trouvé aucun papier d'identité sur lui, Max, l'informa Marie.

– Et tu n'en trouveras pas non plus, puisqu'il n'est pas mortel ! répliqua son mari.

– C'est un être de chair et de sang comme toi et moi et en plus, c'est un Blanc.

Hélène se présenta à leur petite maison une heure plus tard. Elle fit un examen sommaire du patient inconscient. Sa blessure à la tête avait probablement été causée par un choc violent. Elle craignit qu'il n'ait aussi subi une fracture du crâne et exigea que Max le conduise au petit hôpital, où on lui ferait des radiographies. Puisqu'ils ignoraient son identité, ils décidèrent de l'y faire admettre en empruntant le nom de Dillon Séquoia, un ami de Max qui avait de bonnes assurances. L'inconnu pourrait le rembourser plus tard.

Le chasseur fut bien content d'apprendre que son protégé n'avait ni fracture, ni hémorragie interne. Hélène insista cependant pour le garder quelques jours. Max lui raconta que les soldats avaient traqué cet homme la veille sur le bord de la rivière. Ils décidèrent donc de ne parler de lui à personne, du moins jusqu'à ce qu'il puisse leur dire lui-même pourquoi on le recherchait.

De leur côté, Ben Keaton, Galahad et le docteur Penny avaient retrouvé la trace de Terra un peu plus bas, de l'autre côté du cours d'eau. Ben leur expliqua que les Amérindiens n'aimaient pas les étrangers armés qui arrivaient chez eux comme des chasseurs de primes. Il leur demanda donc de faire preuve de patience lorsqu'ils entrèrent dans la réserve.

Tous ceux qu'ils rencontrèrent secouèrent négativement la tête après avoir entendu leur description de Terra, mais Galahad sentait la présence de son ami et il refusait de partir. Les trois hommes poursuivirent leur route malgré les regards de plus en plus inamicaux qui se posaient sur eux. Alors qu'ils passaient devant la maison de Max Aigle Blanc, Galahad sentit un courant électrique traverser tout son corps. Il arrêta son cheval, s'attendant à voir son roi surgir d'un instant à l'autre.

– Il est passé par ici, assura-t-il à ses compagnons.

Il suivit sa trace jusqu'au dispensaire, où il descendit de cheval pour s'informer au poste de garde. Personne n'avait entendu parler de Terra Wilder. La réceptionniste jura qu'aucun étranger n'avait été admis à l'hôpital depuis des années. Lorsque le chevalier réclama la permission de visiter toutes les chambres, le personnel devint carrément hostile et on le somma de quitter les lieux. Galahad dut se faire violence pour ne pas aller chercher sa carabine et fouiller de force le bâtiment. Il se contenta de les remercier et retourna auprès de ses compagnons, bouillant de colère.

– Je sens qu'il est ici, mais ils refusent de me laisser vérifier, maugréa-t-il.

– Ils n'auraient pas intérêt à nous mentir, Galahad, répliqua Keaton. S'ils disent que Terra n'est pas ici, c'est probablement vrai.

– Mais je capte son énergie ! tonna le chevalier.

– Il est peut-être passé en pleine nuit et personne ne l'a vu, suggéra Donald. Je pense que nous devrions poursuivre nos recherches au-delà de la rivière. Terra fuyait les soldats, alors il est possible qu'il ait continué à courir après avoir été sauvé par l'Amérindien.

Galahad accepta à contrecœur de faire comme Donald le proposait. De toute façon, son don le lui ferait savoir si Terra avait quitté la réserve.

# 37

Terra reprit conscience dans la soirée. À peine battait-il des paupières qu'il était assailli par un violent mal de tête. Sa vision était embrouillée, mais la personne qui s'approchait de lui sembla amicale.

– Où suis-je ? murmura-t-il.

Les mots résonnèrent à l'intérieur de son crâne.

– Vous êtes à l'hôpital. Je suis le docteur Hélène Deux Lunes. Un ami à moi vous a sorti de la rivière, où il semble que vous vous soyez frappé la tête. Comment vous appelez-vous ?

Terra voulut répondre, mais son esprit était vide : il ne savait ni son nom, ni son âge, ni pourquoi il était tombé dans l'eau. Paniqué, il tenta de s'asseoir. Le médecin le força à rester couché.

– Êtes-vous un fugitif ? s'inquiéta-t-elle.

– Je ne sais pas, murmura Terra, effrayé. Je ne me souviens de rien.

– Il est possible que le choc que vous avez subi soit la cause de cette amnésie, mais je suis persuadée qu'elle est temporaire. Dans quelques jours, vos souvenirs seront revenus. En attendant, profitez-en pour vous reposer.

– Pourriez-vous me donner quelque chose pour enrayer ce mal de tête ?

Elle lui donna deux comprimés avec un peu d'eau.

– Pour l'instant, nous vous appellerons Dillon en l'honneur du bienfaiteur qui a accepté de défrayer votre séjour à l'hôpital. Maintenant, essayez de dormir un peu.

Elle remonta la couverture jusqu'à son menton et se surprit à frissonner sous le regard d'émeraude de ce bel étranger à l'accent bizarre. Il y avait longtemps qu'un homme ne lui avait fait un tel effet. Elle ramassa son dossier et alla aussitôt consulter son collègue. Elle avait trouvé de curieux petits carrés noirs sur les radiographies de l'étranger…

* * *

Au coucher du soleil, le chevalier, l'apprenti et le médecin avaient couvert beaucoup de territoire, sans pourtant retrouver Terra. Le cœur en peine, Galahad s'était assis près du feu avec ses compagnons. Donald distribua à sa place les repas concentrés.

– Il n'a pas quitté la réserve, affirma le chevalier. Je veux y retourner et fouiller cet hôpital.

– Pourquoi ne pas obtenir un mandat de perquisition ? suggéra Donald.

– Aucun juge ne voudra nous en accorder un en territoire amérindien, les avertit Ben. Il ne faut pas oublier non plus que Terra est recherché par l'armée.

– Mais la vie de mon roi est en danger !

– Je sais ce que tu ressens, sympathisa Donald, mais…

– Non ! Tu ne le sais pas !

Le Texan lança son repas au loin, bondit sur ses pieds et s'éloigna dans la forêt.

– Galahad ! le rappela Donald.

Il voulut le poursuivre, mais Keaton l'arrêta. Selon lui, il valait mieux le laisser se calmer.

– Je ne connais personne d'aussi émotif, remarqua le médecin.

– Quel est son véritable lien avec Terra ? s'enquit Keaton.

– C'est son meilleur ami.

– Moi, je pense que leur relation est plus intime que ça. Galahad ne réagit pas comme s'il avait perdu son meilleur ami, mais plutôt comme s'il avait perdu l'amour de sa vie.

– Mais Terra était marié quand il vivait au Texas !

Donald les connaissait tous les deux. Si Galahad était amoureux du Hollandais, Terra, par contre, n'était pas le genre à s'éprendre d'un autre homme. Il adorait les femmes. C'était évident lorsqu'on l'observait en compagnie d'Amy. « La situation se complique de jour en jour », se découragea le médecin.

Galahad marchait dans un petit sentier en essayant de faire taire la douleur qui lui déchirait le cœur. Aucune des techniques qu'il avait apprises de son mentor ne semblait l'apaiser. Il appuya son front contre l'écorce rugueuse d'un arbre. Une main se posa sur son épaule.

– Ce n'est que moi, annonça le magicien, qui avait une fois de plus l'apparence d'un vieil Amérindien.

– Mon roi est blessé et je n'arrive pas à le retrouver, se plaignit Galahad.

– Sa blessure est superficielle.

– Je vous en conjure, dites-moi où le trouver.

– Il est dans la réserve, mais il n'entend pas ma voix.

– Comment est-ce possible ?

– Je crains que le sorcier ne soit à l'œuvre ici. Retourne à la cabane avec tes compagnons et attendez que je communique de nouveau avec vous. Je veux être certain qu'aucun danger ne vous guette avant de vous permettre d'aller chercher Terra.

Galahad baissa misérablement la tête.

– Je sais que tu es un homme d'action, mais ce n'est pas le moment d'agir, l'avertit le magicien.

Il essuya les larmes qui coulaient silencieusement sur les joues du chevalier et les transforma en lucioles qui s'envolèrent devant ses yeux émerveillés. Le magicien s'évapora au moment où Donald Penny arrivait.

– Qui était-ce ? s'étonna le médecin.

– Le magicien.

– Tu ne m'as jamais dit que c'était un chef indien.

– Nous ne savons pas qui il est vraiment, car il emprunte l'aspect qui lui plaît. Il n'y a que ses yeux qui ne changent pas.

– Je pense qu'il est plus que temps que tu m'expliques ce jeu, déclara Donald en le prenant par le bras et en le tirant vers leur camp.

– Tu ne pourrais pas comprendre, tu n'es pas chevalier.

– Je peux essayer.

– Plus tard, d'accord ? Le magicien veut que nous retournions à la cabane près de la base militaire. Nous devons lui obéir sans délai.

Donald se rendit à cette requête, mais il commençait à trouver dangereux que son compagnon remette continuellement les décisions importantes entre les mains d'un personnage mythique qui passait son temps à disparaître.

* * *

Lorsque Terra fut délivré de son terrible mal de tête, Hélène lui présenta Max comme étant celui qui l'avait repêché dans la rivière. D'ailleurs, son sauveteur insistait pour l'héberger chez lui jusqu'au retour de ses souvenirs. Hélène offrit à Terra des vêtements qui avaient appartenu à son défunt mari.

– Si j'avais de l'argent et si je savais où je suis, je vous inviterais au restaurant pour vous remercier, déclara-t-il.

– Un médecin ne doit pas s'attacher à ses patients. C'est le règlement.

Elle n'avait fréquenté aucun autre homme depuis son veuvage. Elle ne voulait pas s'intéresser à Terra. Cet étranger était attirant, certes, mais il avait un passé et probablement une épouse et des enfants quelque part. Il n'était pas question qu'elle se laisse séduire pour être ensuite abandonnée. Elle s'assura seulement qu'il avait suffisamment d'équilibre pour quitter le dispensaire sur ses deux jambes, puis elle laissa Max l'emmener.

Terra entra dans la petite maison et fut assailli par la bonne odeur de viande rôtie. Marie vint à sa rencontre et le fit asseoir à table avec Max. Pendant qu'elle le servait, Terra regarda autour de lui. Il se trouvait dans la salle principale qui servait de salon, de salle à manger et de cuisine. Les portes découpées dans le mur du fond devaient mener à des chambres. Il contempla fixement l'assiette fumante que Marie lui présentait, incapable de se rappeler s'il avait des préférences alimentaires.

– Vous n'avez pas l'air d'un homme qui a failli se noyer, déclara Marie en s'asseyant enfin.

– Je suis désolé, je ne me souviens de rien, s'excusa Terra.

– Alors, laissez-moi vous dire ce que j'ai vu, intervint Max. Vous couriez sur la berge au milieu de la nuit, des soldats à vos trousses. Ils se rapprochaient dangereusement, alors vous avez tendu la main vers le ciel…

– Max, ce n'est pas le moment, lui reprocha Marie.

– Non, au contraire, je veux savoir ce que j'ai fait, implora Terra.

– Vous vous êtes envolé jusqu'au sommet de l'arbre.

Terra fixa le chasseur avec un étonnement qui risquait de se transformer en panique. Marie posa une main rassurante sur son bras.

– Il pense que vous êtes un esprit de l'air, ajouta-t-elle en secouant la tête avec découragement.

Était-ce pour cette raison qu'il ne se rappelait pas de son passé ? Était-il un être céleste tombé sur Terre par accident ?

– Pourquoi les soldats me poursuivaient-ils ? s'enquit-il.

– Je n'en sais rien, avoua Max. Je sais seulement que vous étiez terrorisé. Jusqu'à ce que nous sachions ce que vous veut l'armée, je pense que vous devriez rester caché ici.

– Et si j'étais un criminel ?

– Vous n'avez pas le regard d'un bandit, Dillon, répliqua Marie.

Il toucha à peine ce repas pourtant excellent. Marie respecta son silence, car elle comprenait sa frayeur. Elle lui montra ensuite sa petite chambre : elle ne contenait qu'un lit et une commode. Il se planta devant la fenêtre et leva les yeux sur les milliers d'étoiles qui brillaient dans le ciel.

– Qui suis-je ? murmura-t-il.

Galahad s'était assis sous le même ciel étoilé, à proximité de la cabane. Pendant un instant, il crut sentir la présence de Terra. Donald déposa une couverture sur ses épaules.

– Je viens d'entendre sa voix, mais ce n'était qu'un murmure, fit tristement le chevalier.

Le médecin prit place sur une souche, décidé à mettre au clair le lien qui unissait les deux astrophysiciens.

– Qui est Terra pour toi, Galahad ?

– C'est mon roi.

– Ça me semble beaucoup plus profond qu'une simple amitié.

Galahad baissa la tête pour éviter le regard inquisiteur du Canadien.

– Êtes-vous amants ? demanda Donald sans détour.

– Qu'est-ce que ça changerait pour toi ?

– Il est marié et Amy est enceinte, lui rappela-t-il.

– Je n'ai pas menacé son mariage avec Sarah et je ne briserai pas son mariage avec Amy.

– Cette relation, c'était son idée ?

– Non, le défendit Galahad. Nous passions pas mal de temps ensemble et nous avions beaucoup d'affection l'un pour l'autre. C'était inévitable.

– Mais sa femme ? s'inquiéta Donald.

– Il aimait Sarah, mais elle était toujours fâchée contre lui et il avait un immense besoin de tendresse.

– Jamais je ne me suis douté que Terra était homosexuel.

– Il a seulement profité de l'amour que j'avais à lui donner.

– Mais n'es-tu pas amoureux de Chance Skeoh ?

– Oui, bien sûr. J'aimerais passer le reste de ma vie avec elle. Mais Terra est mon roi. Je serai obligé de me plier à sa volonté.

– Mais ce n'est qu'un jeu de rôles, Galahad. Terra n'est pas réellement le roi Arthur et il te permettra certainement d'aimer qui tu veux !

– C'est que tu ne comprends pas le jeu.

Galahad se leva et marcha vers la cabane. « Pas question qu'il s'esquive une autre fois », décida Donald. Il lui saisit le bras, le forçant à pivoter vers lui.

– Tu es déçu ? s'attrista le chevalier.

– Non. Tes préférences sexuelles te regardent.

– Veux-tu vraiment être l'ami d'un homme déchiré entre deux mondes ?

– Le chevalier parfait ne saurait être tourmenté bien longtemps, déclara une voix.

Le médecin sursauta. De nouveau, le vieil Amérindien venait de surgir près d'eux. Ben Keaton sortit de la maison et reconnut lui aussi les yeux clairs du magicien, même si son apparence était radicalement différente.

– Maître, fit-il en s'inclinant légèrement.

– Je suis venu vous inviter à déjeuner. Je crois bien que vous en avez assez de la dinde de sire Galahad.

– En effet, avoua Donald.

Le magicien fit un geste de la main et ils furent immédiatement transportés dans le hall en pierre d'un grand château. Donald fit plusieurs tours sur lui-même. Il n'en croyait pas ses yeux.

– Je suis le magicien, rappelez-vous, fit le vieil homme.

Donald constata que ce n'était plus un Amérindien qui se tenait devant eux, mais un vieux roi aux cheveux gris, portant de riches vêtements de velours bleu sombre, brodés d'or et des chevalières de pierres précieuses à tous les doigts.

– Je vous en prie, messieurs, asseyez-vous.

– Je croyais que vous viviez dans une caverne.

– Je peux la transformer, tout comme je peux changer mon visage.

Donald sursauta lorsqu'une longue table chargée de plats se matérialisa devant lui. Mais comment était-ce possible ? Galahad et Keaton prirent place sur les bancs de bois sans manifester la moindre inquiétude. Donald tendit lentement la main pour toucher la table : elle était bel et bien réelle.

– Vous êtes aussi mon invité, sire Donald, fit le magicien, maintenant assis sur une chaise sculptée.

Le médecin s'assit lentement sur son siège, comme s'il craignait qu'il disparaisse sous lui. En riant, le magicien l'assura que les mets appétissants n'étaient pas non plus le fruit de son imagination. Galahad croqua avec plaisir dans une grosse pomme rouge. Il ne semblait pas le moins du monde étonné de se retrouver dans cet endroit qui n'existait pas.

– Ce n'est pas la première fois qu'il visite Camelot, expliqua le magicien, qui semblait lire les pensées du médecin. Je l'emmène ici chaque fois que j'ai besoin de lui rappeler son importance dans l'univers.

Galahad accepta humblement la remontrance.

– Que voulez-vous savoir au sujet du jeu, sire Donald ?

– Je veux comprendre en quoi il consiste et qui en sont les joueurs. Je veux savoir pourquoi le roi a le droit d'empêcher un de ses chevaliers de vivre sa vie comme il l'entend.

– Le jeu est une croisade contre les représentants du mal. Il est joué sur toute la planète par des milliers de personnes qui veulent la préserver. Il y a des chevaliers qui combattent des dragons, des soldats qui combattent de possibles envahisseurs extraterrestres, des sociétés secrètes qui combattent des ennemis invisibles, des spécialistes qui déterrent les conspirations. Il y a bien trop de joueurs pour que je vous les nomme tous ce soir.

– Est-ce vous qui avez créé l'ordre de chevalerie ?

– Non, je n'ai pas eu cet honneur. L'ordre existe depuis des milliers d'années.

– Et les règles du jeu aussi ?

– En fait, il n'y a qu'une seule règle : il faut protéger le roi. Les chevaliers sont les pièces qui le défendent. Je suis celui qui les manipule dans le monde physique, bien que certaines d'entres elles, plutôt indépendantes, agissent parfois de façon imprévisible.

Galahad arrêta de manger, mais le vieux roi lui fit signe de poursuivre son repas.

– Contre qui jouez-vous ? s'enquit Donald.

– Contre le sorcier, évidemment. Disons que c'est une sombre version de moi-même et je doute qu'il vous invite ainsi à sa table.

– Terra sait-il tout ça ?

– Bien sûr.

– Est-ce vous qui l'avez envoyé en Colombie-Britannique ?

– Non, mais il avait besoin de s'isoler, alors je ne m'y suis pas opposé. Il est maintenant de retour dans le jeu et il va donner beaucoup de fil à retordre au sorcier. Je crains par contre que son séjour au Canada soit terminé.

– Mais que faites-vous de sa femme et du bébé qu'elle va bientôt mettre au monde ?

– Il n'aurait pas dû s'attacher à elle. Il savait qu'il devrait un jour retourner dans la mêlée.

– Donc, si je comprends bien, une fois qu'un homme fait partie de l'ordre, il n'a plus de vie personnelle ?

– Au contraire ! Il a enfin une vie, un but et une famille, le corrigea Galahad.

– Mais Terra Wilder avait une vie ! protesta le médecin. C'était un génie de l'astrophysique ! Et il était marié !

– Mais le gouvernement n'appréciait pas son travail à sa juste valeur. Malgré tout ce qu'il avait, c'était l'homme le plus malheureux du monde. L'ordre lui a donné une raison de vivre, des amis, une vie sociale et surtout de l'amour.

– Marco Constantino sait-il dans quoi il s'est engagé ?

– Il sait qu'il fait partie d'un monde beaucoup plus vaste que sa petite ville de Little Rock, affirma le magicien. Il sait aussi que le rôle d'un chevalier est de lutter contre le mal.

– L'ordre l'a donc pris en otage ! en déduisit Donald.

– Pas du tout, voulut le rassurer Galahad. L'ordre est sa nouvelle famille. Il recevra l'argent dont il a besoin pour faire la carrière de son choix et tous ses besoins seront comblés.

– Est-ce qu'il sait qu'il ne pourra plus jamais vous échapper ?

– Nous échapper ? s'étonna Galahad. Que veux-tu dire ?

– Il pourrait peut-être en avoir assez de vous obéir et vouloir changer d'orientation.

– Il aurait bien trop à perdre.

Donald ne pouvait tout simplement pas comprendre leur philosophie. Comment un homme pourtant lucide comme

Christopher Dawson avait-il pu s'enfoncer dans cette fantaisie au point de ne plus se rendre compte de l'absurdité de ses propos ?

– Vous ne dites rien, monsieur Keaton ? s'inquiéta le magicien.

– Tout comme Donald, je ne saisis pas très bien l'importance du jeu pour l'ordre, mais puisque je n'existe plus dans le monde physique, il faudra bien que je m'y fasse.

– Que tu acceptes cet esclavage, tu veux dire ? le reprit Donald.

– Je ne suis pas dans la même position que les chevaliers.

– C'est exact, monsieur Keaton, confirma le magicien. Vous avez le choix entre prendre ma relève afin d'assurer la survie de la planète ou quitter le monde physique. Nous vous offrons une mission remplie de dangers, mais aussi de satisfaction personnelle. La majorité des hommes vivent tranquillement avec leur famille et font le même travail routinier tous les jours de leur vie, ignorant que les nervis du sorcier n'attendent que le moment de frapper. Vous êtes appelé à devenir leur principal protecteur.

– Mais il n'y a aucun mal à vivre une vie tranquille ! s'emporta Donald.

– Non, acquiesça Galahad. Mais pour ça, il faut que des hommes comme nous se sacrifient.

Le magicien leva sa coupe en portant un toast au jeu. Donald ne broncha pas. Galahad posa la main sur son épaule, mais le médecin se dégagea brutalement et se leva. Il s'accroupit devant l'âtre, en pensant à Amy, qui allait mettre un enfant au monde sans se douter qu'elle ne pourrait plus jamais revoir son mari. Il songea aussi à Nicole et à Mélissa… Comment ces hommes pouvaient-ils accorder autant d'importance à un jeu qui détruisait des familles ? Galahad voulut le rejoindre, mais, d'un seul regard, le magicien l'obligea à demeurer à sa place.

– Un jour, vous verrez que le jeu est crucial pour la survie de la Terre, monsieur Penny, lui prédit le magicien.

Pourtant, Donald ne pouvait tout simplement pas accepter le sacrifice qu'il exigeait d'hommes aussi bons que Galahad et Terra.

# 38

Le couple Aigle Blanc se montrait compréhensif envers Terra, mais ce dernier n'aimait pas être surveillé comme un animal sacré. Ni Max ni Marie ne le laissait faire un pas seul. Il n'avait pas le droit de sortir sans porter un capuchon ou des verres sombres et il ne pouvait parler à personne de peur qu'on rapporte sa présence à l'armée, qui vivait à leur porte. Malgré tous ses efforts, le Hollandais n'arrivait pas à se souvenir de son passé. Pour ajouter à son malheur, il se sentait attiré par le docteur Hélène Deux Lunes qui, de son côté, lui avait fait comprendre qu'elle ne fréquentait pas ses patients. Terra avait questionné Marie à son sujet : son mari était mort deux ans plus tôt dans un accident de chasse.

De son côté, malgré tous ses efforts, Hélène n'arrêtait pas de penser à ce bel étranger. Elle retourna donc lui rendre visite chez Max pour s'assurer qu'il se portait bien. Terra se laissa ausculter en humant son parfum. Il eut soudain une vision d'elle vêtue d'une ancienne robe blanche.

– Souffrez-vous encore de maux de tête ? voulut savoir le médecin.

– Seulement quand j'essaie de me rappeler qui je suis, répondit-il en revenant de sa rêverie. C'est difficile d'accepter que personne ne soit à ma recherche.

– Permettez-moi d'en douter.

– J'ai lu les journaux des dernières semaines. Ma photo n'apparaît pas dans la section des personnes disparues.

– Votre mémoire vous sera bientôt rendue et vous pourrez retourner chez vous.

– Je n'ai peut-être plus de chez-moi…

Malgré le pessimisme apparent de ces paroles, ce n'était pas de l'inquiétude qu'elle voyait sur son visage, mais du désir.

– Je ne sais pas qui je suis, continua Terra, mais j'ai l'impression de vous connaître depuis toujours.

– Je m'en souviendrais si j'avais rencontré un homme tel que vous, avoua-t-elle en rougissant.

– Vous ressentez la même chose que moi, n'est-ce pas ?

En dépit de tous les sentiments fragiles que faisait naître en elle le Hollandais, elle ramassa rapidement ses affaires et quitta la maison sans même le saluer.

* * *

À son retour de Camelot, Donald s'éloigna de ses compagnons. Il était confus depuis sa rencontre avec le magicien. Comment ces hommes, pourtant normaux, pouvaient-ils se laisser séduire par les folles promesses d'un vieillard passé maître de l'illusion et du déguisement ? Il refusait de croire à la magie et à la menace que représentait le prétendu sorcier. Ce repas dans le château n'avait été qu'un mirage, une suggestion qu'on avait habilement plantée dans son esprit. Un homme ne pouvait pas ainsi matérialiser des objets. Assis sur une souche, à proximité de l'enclos, le médecin se cacha le visage dans les mains. Était-il en train de perdre la raison ?

– Tu devrais retourner chez toi, lui suggéra Galahad en s'approchant.

Donald se tourna vers lui et vit son inquiétude. Il devait reconnaître que l'engagement de Galahad envers l'ordre ne lui enlevait aucune de ses belles qualités.

– Je peux poursuivre cette quête seul avec Ben, assura le chevalier.

– Tu veux te débarrasser de moi ? répliqua Donald en essayant de blaguer.

– Tu ne crois pas à ce que nous faisons et c'est notre foi qui nous permettra de vaincre l'ennemi.

– Terra est mon ami. Je me moque qu'il soit chevalier, roi ou magicien. Je veux seulement le retrouver.

– C'est ce que nous voulons tous et c'est encore plus important pour nous que pour toi, parce que s'il est mis hors de combat, nous mourrons.

– Te rends-tu compte de ce que tu dis ?

– N'essaie pas de comprendre le jeu, Donald. Contente-toi de savoir qu'il existe.

– Es-tu vraiment heureux dans ce monde imaginaire ?

– Oui et tu sais que je ne mens jamais.

Galahad s'assit sur une souche près de Donald. Il entoura ses épaules d'un bras rassurant. « Un bras entraîné au combat, qui pourrait tout aussi bien me casser le cou », pensa le médecin.

– Tu te sens menacé si je te serre ainsi ? s'inquiéta Galahad.

– Non, même si tu sais manier l'épée et je ne sais quelles autres armes.

– Je voudrais conserver ton amitié, Donald. Tu es un homme bon et juste. Mais je pense sincèrement que tu devrais retourner chez toi. Il est possible que Terra soit déjà en route pour la Colombie-Britannique et qu'il y arrive avant que nous puissions le rattraper. Il faudra que quelqu'un puisse le protéger à Little Rock. D'ailleurs, je sais que ta famille te manque.

– Nicole et moi n'avons jamais été séparés aussi longtemps depuis que nous sommes mariés, admit-il en ravalant un sanglot.

– Dans ce cas, il est temps que tu retournes vers elle.

Donald prit le poignet de Galahad, toujours enveloppé de pansements. Tenterait-il une autre fois de s'ôter la vie quand il ne serait plus là pour le sauver ? Le chevalier lui donna sa parole qu'il n'en ferait rien.

– Tu ne sais pas à quel point tu vas me manquer, Galahad.

Keaton et le chevalier l'aidèrent à ranger ses affaires dans le coffre du camion et lui serrèrent la main, lui promettant de rentrer avant Noël. Ils le regardèrent s'éloigner, convaincus que c'était mieux ainsi. La confusion de Donald créait trop de remous dans l'éther et représentait une trace beaucoup trop facile à suivre pour le sorcier. Or, ils ne pouvaient pas se permettre de mettre cette mission en péril. Ils allèrent ensuite seller leurs chevaux avec l'intention de retourner à la réserve pour retrouver le roi de Camelot.

Tandis que Donald retournait au Canada, Terra accompagnait ses bienfaiteurs au rassemblement du village. Les habitants de la réserve se réunissaient une fois par semaine autour du chaman pour entendre ses paroles sacrées ou le récit de légendes ancestrales qu'ils ne voulaient pas oublier. Mais ce qui intéressait surtout Terra, c'était de revoir Hélène. Enveloppé dans un grand manteau de laine, un capuchon cachant presque tout son visage, il prit place sur une chaise entre Marie et Max. Le guérisseur leur parla de la Terre qui n'appartenait à personne mais dont la sauvegarde était quand même leur responsabilité.

– Je sens une curieuse énergie ici ce soir, déclara-t-il soudain.

Le chaman se dirigea tout droit vers Terra et tendit la main pour toucher sa poitrine. Le Hollandais ressentit une douleur aigue et bascula vers l'arrière, arrachant un cri de frayeur à Marie. Hélène fonça à travers la foule et vint se pencher sur son patient. Elle constata rapidement qu'il éprouvait un malaise cardiaque. Elle le fit aussitôt transporter au petit hôpital, où tout le personnel lui prêta main-forte. Une fois que Terra fut hors de danger, Hélène lui enleva doucement le masque à oxygène.

– Comment vous sentez-vous ?

– J'aimerais qu'on m'assigne un médecin qui ne jette pas de confusion dans mes sentiments, je vous prie, murmura Terra en évitant son regard.

– Vous êtes mon patient, étranger. Je n'ai pas l'intention de laisser un de mes confrères s'occuper de vous.

Elle replaça le masque pour l'empêcher de protester et quitta sa chambre.

* * *

Alors qu'il entrait dans l'enclos, Galahad ressentit un léger picotement sur les tempes. Il se retourna et aperçut le vieux roi.

– Savez-vous où se trouve Arthur ? demanda le chevalier avec espoir.

– Il est dans la réserve, l'informa le magicien, mais il s'est frappé la tête en tombant dans la rivière. Il ne sait plus qui il est.

– Donc, il ne saura pas non plus qui nous sommes, comprit Keaton, qui approchait.

– Et il est possible qu'il refuse de nous suivre, ajouta Galahad, inquiet.

– Il faut donner à son cerveau le temps de se remettre du choc, leur conseilla le vieillard. Profitons donc de ce répit.

Ce dernier souhaitait remettre à Keaton certaines de ses facultés. Les trois hommes furent aussitôt transportés dans une immense grotte. Les vêtements du magicien se transformèrent en une longue tunique blanche. Galahad vit qu'il était lui-même vêtu en chevalier. Deux boules brillantes tombèrent dans les mains de Keaton.

– Tu porteras désormais le nom d'Alissandre, lui annonça le magicien. Ces sphères vont te transmettre une partie de mon pouvoir, mais tu devras continuer d'étudier sous ma tutelle avant de prendre un jour ma place dans le jeu.

Les globes devinrent brûlants. Incapable de s'en défaire, Ben hurla de douleur et tomba sur ses genoux. Galahad fit un pas vers lui, mais le magicien l'arrêta d'un geste. Cette souffrance faisait partie du rituel.

* * *

Au matin, Hélène constata que l'autre médecin de l'hôpital avait donné son congé à Dillon Séquoia une heure plus tôt. Terra avait commencé à tempêter au lever du soleil, insistant pour qu'on le libère. Comme il avait l'air parfaitement remis et qu'il occupait inutilement un lit, le médecin l'avait donc laissé partir. Craignant une rechute, Hélène se mit à la recherche de son patient.

En sortant du dispensaire, Terra avait emprunté une route au hasard, espérant retrouver de lui-même la maison de Max, mais il déboucha au milieu de la forêt, sur un chemin de terre qui ne semblait mener nulle part. Les arbres se comportaient de façon étrange et commençaient même à l'effrayer. Il fut soulagé d'entendre un moteur derrière lui, mais lorsqu'il constata qu'Hélène était au volant, il accéléra le pas en sens inverse.

– Vous n'êtes pas assez fort pour marcher au milieu des bois ! lui reprocha Hélène en descendant du camion.

– Qu'est-ce que ça peut bien vous faire ? maugréa Terra.

En prononçant ses mots, le Hollandais perdit pied, culbuta et roula jusqu'au pied d'un talus. Les branches de l'arbre sur lequel il avait buté se saisirent alors de lui et le soulevèrent de terre.

– Hélène ! hurla-t-il, effrayé.

La pauvre femme était en état de choc. Jamais elle n'avait vu un tel spectacle. Avant qu'elle puisse appeler à l'aide par la radio, une intense lumière blanche s'échappa de l'arbre et enveloppa son patient. Puis, les branches le déposèrent sur le sol avec précaution. Terra tomba sur ses genoux. Hélène dévala la pente et le serra contre elle : il tremblait comme une feuille.

– Est-ce que ça va ?

– Non ! cria Terra. Je ne sais pas qui je suis ! Je ne sais pas où aller ! L'armée me cherche ! Et les arbres m'attaquent !

Elle le berça doucement pour le calmer et ne put s'empêcher de penser à son époux qui avait perdu la vie dans cette même forêt. Il y avait si longtemps qu'elle n'avait pas tenu un homme dans ses bras…

– Je n'ai pas été honnête envers vous, avoua-t-elle. Quand mon mari est mort, je me suis juré de ne plus jamais m'attacher à personne, parce que ça fait trop mal de voir partir ceux qu'on aime. Mais quand je vous ai vu pour la première fois, chez Max…

Sans attendre la suite, Terra l'embrassa. Elle accepta cette marque d'amour avec un soulagement qui la fit rougir de honte.

Leur second baiser s'éternisa. « Comment est-il possible qu'un étranger m'apporte autant de réconfort ? » s'étonna-t-elle. Elle caressa le dos de Terra en souhaitant qu'il ne recouvre jamais la mémoire. Bientôt, d'un commun accord, ils décidèrent de trouver un endroit plus confortable pour poursuivre leurs ébats. Hélène le ramena donc chez elle. Terra s'arrêta net au milieu du salon très moderne.

– Pourquoi les arbres cherchent-ils à s'emparer de moi ? demanda-t-il en voyant un arbuste en pot de l'entrée étirer ses branches pour le toucher.

– Certaines légendes de mon peuple prétendent qu'ils sont habités par des esprits qui aiment les humains. Peut-être que les Anciens savaient de quoi ils parlaient, en fin de compte.

Elle le fit asseoir sur un tabouret et lui enleva son manteau et sa chemise pour écouter son cœur. Il la laissa faire son travail de médecin pendant quelques minutes, puis l'attira à lui. Après un long baiser amoureux, Hélène l'emmena dans la chambre à coucher pour lui enlever le reste de ses vêtements. Ils firent l'amour sans crainte ni réticence, comme s'ils étaient amants depuis toujours. Puis, épuisée et soulagée, elle se blottit dans ses bras, où elle se sentait en sécurité.

– Hélène, est-ce que tu crois qu'un homme puisse avoir des visions ?

– Mon peuple le croit, mais moi, j'ai du mal à accepter ce que je ne peux pas vérifier. Est-ce que tu en as eu ?

– Oui et certaines sont terrifiantes.

– Est-ce que tu veux m'en parler ?

– Quand le chaman m'a touché, je me suis vu mourir aux mains d'un barbare vêtu de peaux.

– Un quoi ?

– Un homme sauvage qui tenait une espèce de gros couteau. Il était tellement sale que je ne peux pas te dire la couleur de sa peau. Et il m'a planté la lame dans le ventre. J'ai eu tellement mal que je suis tombé sur le dos.

– Est-ce que tu as souvent de telles visions ?

– Les autres ne sont pas aussi violentes, mais elles m'effraient tout autant. Par exemple, chaque fois que tu me touches, je te vois portant une longue robe blanche et de nombreux bijoux, même dans tes cheveux.

– Ce sont sûrement des séquelles du violent coup que tu as reçu à la tête, mon pauvre ami, parce que je déteste les bijoux.

Elle lui fit promettre de l'accompagner au dispensaire le lendemain et de se soumettre à des tests pour vérifier l'état de son cœur. Il lui promit tout ce qu'elle voulait.

# 39

À la morgue de la base Orion II, les hommes, qui étaient venus chercher Terra Wilder étudièrent aussi le corps mutilé. Celui qui semblait être d'origine asiatique avait surtout observé ses collègues pendant cet examen. Lorsqu'ils s'écartèrent finalement du cadavre, il s'avança et prononça des paroles dans une langue inconnue. Le défunt se désintégra en une fine poudre dorée. Les cinq hommes échangèrent un regard hostile et sortirent de la pièce, laissant derrière eux les médecins militaires éberlués.

Sans avoir besoin d'être guidés dans le labyrinthe souterrain, les étrangers retrouvèrent leur chemin jusqu'à la salle d'observation d'où l'armée avait supervisé les activités du savant hollandais durant son court séjour. L'un d'eux s'assit devant un ordinateur et le mit sous tension. Un autre lui tendit une disquette, qu'il inséra dans la machine. Il tapa le mot LOCALISER sur le clavier. Une carte géographique de l'Amérique du Nord apparut à l'écran, sur laquelle un petit clignotant en Californie attira aussitôt leur attention.

* * *

Tandis qu'il se soumettait aux tests d'évaluation cardiaque, Terra fut soudainement terrassé par un violent mal de tête. Hélène sonda aussitôt son cœur.

– C'est ma tête ! cria-t-il en se tordant sur le plancher et en tenant son crâne à deux mains.

Les infirmiers le couchèrent sur une civière.

– Je sais que tu as peur, mais j'ai besoin que tu me montres exactement où tu as mal, le supplia Hélène.

– Au-dessus de mes oreilles !

Elle se rappela alors les curieux petits carrés qui apparaissaient sur ses radiographies.

Au même moment, de l'autre côté de la montagne, Allisandre se remettait de sa première initiation. Ce n'est qu'aux premières lueurs de l'aube qu'il avait quitté magiquement la grotte, pour se retrouver à proximité de la cabane. La douleur, cependant, l'avait empêché de trouver le sommeil. De petites étoiles brillantes avaient été incrustées dans la paume de ses deux mains et continuaient de lui brûler la chair. « Je suis censé être mort, alors pourquoi ai-je aussi mal ? » s'énerva-t-il. Galahad s'approcha.

– Comment te sens-tu ?

– Triste.

– Triste ? répéta le chevalier. Mais tu es devenu l'un des maîtres du jeu !

– Peut-être bien, mais contrairement à toi, je n'ai pas choisi d'y participer. On m'a ramené de la mort sans mon consentement et on m'a jeté dans la mêlée sans aucune préparation.

– C'est normal, puisque tu n'es encore qu'un apprenti. On t'enseignera ce que tu dois savoir, comme on le fait avec les écuyers.

Le magicien apparut, cette fois vêtu d'une longue tunique argentée. Ses cheveux blancs flottaient au vent. Il s'approcha en s'appuyant sur la Patte du lion. Alissandre se remit instinctivement à trembler.

– Avez-vous bien dormi, messieurs ? demanda le vieil homme, avec un sourire espiègle.

– Vous savez fort bien que je n'ai pas pu fermer l'œil.

– Si vous m'aviez donné le temps de vous montrer comment maîtriser la douleur, vous auriez pu dormir, Alissandre.

Le magicien lui expliqua que ses souffrances n'existaient que dans son esprit. Lorsqu'il arriverait à dominer ses pensées, il n'éprouverait plus jamais de malaise physique. L'apprenti était également préoccupé par une autre question : combien de temps porterait-il ces étoiles dans ses mains ? D'après le magicien, elles ne disparaîtraient qu'au moment où il céderait tous ses pouvoirs à son propre apprenti.

La pensée que le magicien puisse partir avant qu'il soit prêt à prendre sa place effraya Alissandre.

– Si jamais cela devait se produire, je veux que tu te retires dans ma caverne et que tu lises tous mes livres.

– Mais vous en avez des milliers !

– Ces étoiles te permettront de les lire avec tes mains.

– C'est tout ce qu'elles font ? bredouilla Alissandre en contemplant ses paumes meurtries.

– Oh non ! lui assura le vieil homme.

Il tourna sa propre main vers un gros rocher. L'étoile sur sa paume s'illumina et la pierre s'avança en fendant la terre. Le magicien invita ensuite son apprenti à faire bouger un objet de son choix. Alissandre choisit une cible plus petite. Il tendit le bras et la douleur dans sa main devint insupportable, mais le tronc d'un arbre mort roula jusqu'à ses pieds.

– Maintenant, veuillez obliger le seigneur Galahad à venir à vous.

– De la même façon ? s'inquiéta Alissandre.

– Non. Cette fois, utilisez votre esprit et, surtout, ne brusquez pas notre ami. Rappelez-vous qu'il est un chevalier de la Table ronde et qu'il a appris à se défendre.

– Je le sais mieux que quiconque. J'ai eu droit à une fameuse démonstration de son savoir-faire lors de notre première rencontre.

Les bras croisés, Galahad lui adressa un regard chargé de défi. Alissandre se concentra. Le chevalier se sentit aussitôt tiré par une main invisible. Il eut beau planter ses talons dans le sol, la force continuait de le traîner.

– Pas mal du tout ! se réjouit le magicien.

Encouragé par ses premiers succès, l'apprenti se montra curieux d'apprendre autre chose, mais le visage du magicien s'était assombri : il ressentait non loin une présence familière. Il conseilla aux jeunes hommes de demeurer calmes et de ne pas jouer les héros, puis il disparut.

Galahad aurait souhaité qu'Alissandre se réfugie dans la cabane, mais il était trop tard. Un détachement de soldats arrivait dans des véhicules militaires. L'officier descendit de la première jeep. L'apprenti mit les mains dans les poches de son manteau et Galahad s'avança le premier, comme le lui commandait son entraînement.

Lorsque le soldat lui demanda pourquoi ils se trouvaient là, il répondit avec tact que la propriété appartenait au chef des pompiers de Redding, qui laissait ses amis s'en servir quand il n'y allait pas lui-même. Il affirma qu'ils n'étaient pas des chasseurs, mais des membres d'un club d'équitation qui visitaient tout le pays à dos de cheval. L'officier ordonna quand même à ses hommes de fouiller leur abri. Galahad dissimula de son mieux son inquiétude. S'ils trouvaient leurs carabines, les militaires ne croiraient pas son histoire. Mais, curieusement, ils revinrent les mains vides. L'officier leur apprit qu'il menait une opération dans la région et qu'il était préférable qu'ils partent. Les deux soi-disant touristes promirent de le faire sans délai. Les soldats parurent satisfaits et poursuivirent leur route.

– Il faut retrouver Terra et vite ! s'énerva Galahad.

L'apprenti et le chevalier se précipitèrent vers leurs chevaux. Cette fois, ils fouilleraient toute la réserve, sans exception.

* * *

Hélène montra à Terra les radiographies sur lesquelles apparaissaient les petits objets métalliques qui le faisaient souffrir. Elle voulait l'opérer pour les lui enlever, mais sans l'anesthésier, à cause de son cœur. On avait pratiqué de petites ouvertures dans son crâne peu de temps auparavant et la substance qu'on avait employée pour les refermer était encore suffisamment molle pour qu'elle puisse la transpercer sans difficulté. Elle proposa d'engourdir la peau au-dessus des oreilles pour effectuer de petites incisions. Le reste serait fait à froid. Terra était blême de peur, mais il voulait à tout prix se débarrasser de ses tourments. Il s'allongea donc sur la table de chirurgie, où les infirmiers l'attachèrent solidement.

Hélène pratiqua une première incision. À l'aide d'un petit crochet qu'elle inséra dans l'ouverture, elle retira de la tête de Terra un objet qui ressemblait étrangement à un transistor. Elle referma l'incision et refit l'opération au-dessus de l'autre oreille. Elle prit le deuxième objet avec des pinces pour l'approcher de ses yeux. Il se mit à vibrer ! Elle déposa délicatement les deux composants électroniques dans un tube de verre. Elle les ferait examiner plus tard.

La pièce devint soudainement glaciale en même temps qu'une étrange lumière apparaissait au pied du lit. Le médecin et ses assistants reculèrent, frappés de stupeur. La tache lumineuse prit peu à peu la forme d'une jeune femme transparente aux longs cheveux. Max avait-il raison ? L'homme qu'il avait repêché dans la rivière était-il véritablement un esprit ? La belle dame s'approcha et posa la main sur le front de Terra, le faisant sombrer dans un profond sommeil. Puis elle s'adressa aux médecins sidérés.

– Ces mécanismes permettent à ses ennemis de le retrouver. Je vous en prie, débarrassez-vous-en.

Sur ces mots, la dame s'évapora. Malgré son esprit scientifique qui refusait de croire aux fantômes, Hélène ne pouvait pas ignorer l'avertissement. Elle s'empara du tube de verre, le referma avec un bouchon de caoutchouc et sortit de la salle de chirurgie. En poussant la porte, elle faillit assommer Max, qui se tenait de l'autre côté.

– Comment va-t-il ? s'inquiéta l'Amérindien.

– Il va mieux, assura-t-elle, incapable pourtant de dissimuler son trouble. Max, prends ce tube et va le jeter dans la rivière tout de suite. La vie de Dillon dépend de ta rapidité.

Il s'en empara, tourna les talons et courut de toutes ses forces. Il choisit le chemin le plus court vers la rivière et s'arrêta sur la berge. Sans hésitation, il lança l'éprouvette dans les eaux glacées.

Quelques kilomètres plus loin, sur la banquette d'une grosse limousine, cinq hommes se dirigeaient vers la réserve. L'un d'eux surveillait attentivement un petit point rouge qui se déplaçait sur la carte géographique de l'écran de l'ordinateur portatif.

– Il a recommencé à bouger, annonça-t-il aux autres. Il se dirige vers le sud-ouest à travers la forêt. On dirait qu'il suit la rivière.

L'Asiatique demanda au chauffeur d'accélérer, puis il s'adossa dans le siège de cuir avec un sourire victorieux. Il tenait enfin sa proie.

* * *

Terra fut conduit dans la salle de réveil. Hélène lui tenait la main, espérant que l'intervention de la belle dame lumineuse n'avait pas eu pour but de le ramener avec elle dans l'éther. Soudain, son patient battit des paupières et regarda autour de lui. Il était enfin délivré de l'intense vibration à l'intérieur de son crâne. Lentement, ses souvenirs refirent surface : il se trouvait sur une réserve indienne, il s'était échappé d'une installation militaire et il s'appelait Terra Wilder. En voyant Hélène si inquiète, il sut qu'il allait sans doute lui briser le cœur.

– Qu'avez-vous fait des puces électroniques ? s'enquit-il.

– Je les ai remises à Max. Mais comment sais-tu qu'elles se trouvaient dans ton crâne ?

– Ma mémoire est revenue.

Hélène sentit les larmes lui monter aux yeux. Elle savait qu'elle était sur le point de perdre son nouvel amant, mais elle voulait quand même connaître la vérité.

– Je m'appelle Terra Wilder. Ce sont les militaires qui ont installé ces implants dans ma tête pour m'obliger à terminer ma recherche sur une nouvelle source d'énergie dont ils ont besoin. Je suis un astrophysicien de la NASA.

– C'est donc pour cette raison que les soldats ont ratissé la région, comprit-elle. Mais pourquoi un esprit est-il venu à ton secours pendant l'opération ?

– À quoi ressemblait-il ? s'inquiéta Terra.

– C'était une femme transparente avec de longs cheveux.

– C'est Sarah, ma défunte épouse. Elle veille constamment sur moi, même dans la mort.

– Défunte ? Est-ce que ça veut dire que tu es libre de m'aimer ?

– Je crains que non, avoua Terra en baissant les yeux. Je me suis remarié il y a quelques mois.

Le cœur d'Hélène éclata en mille miettes. Elle tourna les talons et quitta prestement la chambre. Il n'était pas question qu'il la voie pleurer.

## 40

Les hommes du sorcier se tenaient debout devant la limousine pendant que l'un d'eux repêchait le tube de verre coincé dans les branches mortes. Il le rapporta à l'Asiatique. Celui-ci l'examina un instant avec colère.

– Nous avons été trompés, maître, déplora celui qui lui avait tendu l'éprouvette.

– Le jeu n'est pas supposé être facile, Riaboth, répondit le sorcier en levant sur lui ses yeux de braise. Désormais, nous ne nous adresserons plus au dragon. Nous capturerons le roi nous-mêmes.

– Devons-nous punir ceux qui ont pratiqué cette chirurgie sur lui ?

– Non. Nous n'avons plus de temps à perdre.

– Mais le roi sera difficile à retrouver, maintenant.

– Il est en contact télépathique avec ses chevaliers, alors nous lui tendrons un piège en nous servant d'un appât. Venez, messieurs. Nous avons fort à faire.

Ils remontèrent dans la limousine. Le sorcier savait exactement où trouver la pièce du jeu qui s'appelait Galahad.

Terra ne se doutait pas que l'ennemi se rapprochait aussi rapidement de lui. Lorsqu'il fut assez fort pour quitter le lit, il insista pour que le second médecin lui donne son congé. Même si les petites coupures au dessus de ses oreilles lui causaient une douleur agaçante, il se rendit à pied chez Hélène. Il faisait froid et ses vêtements lui procuraient très peu de protection, mais il voulait absolument revoir la jeune femme et lui dire à quel point il regrettait ce qui s'était passé. Il agita le heurtoir.

– Je t'en prie, va-t'en, sanglota Hélène de l'autre côté de la porte.

– J'ai besoin de te parler.

– Arrête de me torturer et retourne chez toi...

– Ce n'est pas ma faute si j'ai perdu la mémoire. Je suis tellement navré. Je n'ai jamais voulu te faire de mal.

Ses pleurs redoublèrent et il se sentit infiniment maladroit. Il savait qu'il lui déchirait le cœur, mais il ne voulait pas quitter la réserve en la laissant dans cet état.

– Je me doute que tu accepteras difficilement ce que je suis sur le point de te dire, parce que tu as un esprit scientifique, mais je ne suis pas un homme ordinaire. Je possède des pouvoirs étranges et l'un d'eux est de retrouver les gens envers lesquels j'ai des dettes karmiques. La raison pour laquelle j'ai été attiré par toi, c'est que tu as été mon épouse à Jérusalem, il y a deux mille ans.

Elle ouvrit lentement la porte, lui révélant son air incrédule. Terra caressa doucement sa joue, mais elle recula.

– Si tu veux t'en aller, va-t'en, mais n'invente pas d'histoires abracadabrantes pour essayer de libérer ta conscience.

– C'est la vérité, Hélène.

– J'ai appelé la NASA ce matin. On m'a dit qu'aucun de leurs employés présents ou passés ne s'appelait Terra Wilder.

– C'est impossible. Appelle le docteur Donald Penny à Little Rock en Colombie-Britannique. Lui te dira qui je suis.

– Veux-tu que j'appelle ta femme pendant que j'y suis ? balbutia-t-elle.

– Hélène, je suis désolé...

– Pas autant que moi. Je me moque d'avoir été ou non ton épouse il y a deux mille ans. Tu n'es pas disponible en ce moment et c'est tout ce qui m'importe. Va-t'en et ne reviens plus jamais.

Elle fit mine de rentrer, mais Terra lui saisit les bras, l'attira contre lui et l'étreignit. Elle commença par se débattre, mais il ne lâcha pas prise.

– Je vais partir, mais je veux que tu saches que si je n'avais pas été marié, je serais resté avec toi pour toujours.

Elle le repoussa brutalement et lui claqua la porte au nez. Terra soupira profondément : il ne faisait qu'accumuler les maladresses. D'ailleurs, il avait toujours eu du mal à exprimer ses émotions. En demandant son chemin, il parvint à retourner chez Max et Marie et leur raconta la vérité à son sujet. Maintenant qu'il se rappelait pourquoi il se trouvait dans la région, il devenait urgent qu'il déguerpisse. Il ne voulait surtout pas mettre en péril la vie de ceux qui l'avaient caché.

Max lui donna des vêtements plus chauds et une carabine, pendant que sa femme glissait des provisions dans un sac à dos. Ils le conduisirent à l'orée de la forêt et Marie passa un collier de perles de couleur autour de son cou pour lui porter chance. Après les avoir serrés tous les deux dans ses bras, Terra recula, parfaitement conscient que sa route serait remplie de dangers et qu'il devrait y faire face seul. Il les remercia une dernière fois et fonça entre les arbres. Les Aigle Blanc le laissèrent partir, l'âme en peine. Deux cavaliers arrivèrent quelques secondes à peine après que Terra eut disparu entre les arbres. Marie poussa Max vers leur camion.

– Excusez-moi, les interpella Alissandre. Nous cherchons un homme qui s'appelle Terra Wilder.

– Connaît pas, répondit Max en ouvrant sa portière.

Galahad étendit les bras de chaque côté de lui en faisant marcher son cheval en cercle autour d'Alissandre.

– Il est passé par ici ! s'écria le chevalier avec espoir.

Max et Marie échangèrent un regard inquiet. Peut-être valait-il mieux les mettre sur une fausse piste et donner le temps au Hollandais de s'enfoncer davantage dans les bois.

– C'est un Blanc que vous cherchez ? demanda Max, derrière le volant.

– Oui, fit Galahad. Il est plutôt grand, avec les cheveux noirs, grisonnants sur les tempes. Il a les yeux verts et un accent bizarre.

– Je l'ai vu dans la réserve. Il cherchait quelqu'un pour le conduire en ville.

– Quand était-ce ? s'enquit Alissandre.

– Ce matin.

Max fit démarrer son camion et s'éloigna sans donner plus d'explication. L'apprenti tourna son cheval vers le village, mais s'aperçut rapidement que Galahad ne le suivait pas.

– Mais qu'est-ce que tu attends ?

– Cet homme nous ment, annonça le chevalier. L'odeur de Terra est sur lui.

– Tu penses qu'il lui a fait du mal ?

– Non, il nous cache la vérité pour le protéger. Je pense qu'il a conduit Terra jusqu'ici pour qu'il puisse s'enfuir. Et si le roi a agi ainsi, c'est qu'il sent le sorcier sur ses talons.

– Peux-tu retrouver sa trace ?

– Il le faut.

La forêt était dense à cet endroit. Il serait certes difficile de suivre Terra à cheval, mais Galahad était déterminé. Il mit pied à terre, saisit les guides des deux chevaux dont il s'occupait et avança entre les arbres. Un peu découragé à l'idée de forcer les bêtes à se faufiler dans des espaces aussi restreints, Alissandre se laissa glisser à son tour sur le sol.

À moins d'un kilomètre de là, Terra Wilder courait de toutes ses forces vers le nord. Même si Galahad avait tenté de communiquer avec lui, par télépathie ou autrement, il n'aurait pas pu l'entendre, puisque la peur avait pris possession de toutes les fibres de son être. Une grande distance le séparait de sa femme et de sa maison, et plus il monterait vers le Canada, plus il serait ralenti par la neige. Or, l'armée était à ses trousses et le sorcier aussi, probablement, car il n'était jamais très loin derrière les militaires. Terra n'avait plus d'allié dans cette grande étendue sauvage. Même la carabine qu'il tenait à la main ne lui serait d'aucun secours si ses ennemis le rattrapaient. Il ne pourrait s'en servir que pour s'ôter la vie.

Il ne s'arrêta qu'à la tombée de la nuit, dans une petite grotte au pied de la montagne. Il s'enveloppa dans sa couverture de laine et se mit en boule pour conserver sa chaleur. Il devait absolument dormir quelques heures. Il essaya de ne penser à rien et de calmer sa respiration, mais la peur le paralysait. Avant le lever du soleil, un cri d'effroi se répercuta dans toute la forêt. Inquiet, il quitta prudemment la caverne. *Aidez-moi* !

Terra ne savait plus s'il avait entendu cette voix dans son esprit ou si elle provenait réellement des environs. Il ramassa son sac à dos et sa carabine et s'aventura entre les arbres. Un frisson courut sur sa nuque : il percevait des gémissements. Il se dirigea d'instinct vers la source des plaintes, sans se rendre compte que les arbres tentaient de le retenir. Dans une petite clairière, près de la rivière, un homme était assis sur le sol, la jambe ensanglantée. Une hache reposait près de lui.

– Je vous en prie, aidez-moi, l'implora le blessé.

Terra laissa tomber son sac à dos et sa carabine pour se pencher sur la plaie. Sans réfléchir, il appliqua ses mains sur la blessure et ferma les yeux.

Couché près des cendres d'un feu de camp, Galahad se réveilla en sursaut, les mains enflammées. Il s'assit et regarda ses paumes, qui pourtant ne portaient aucune lacération visible.

– Alissandre ! appela-t-il.

L'apprenti se réveilla en sursaut et Galahad lui montra ses mains.

– C'est Terra ! comprit le chevalier. Mais qu'est-ce qui lui arrive ?

– Je ne suis qu'un apprenti, Galahad, riposta Alissandre. Je ne suis pas au courant de tous ces trucs magiques.

Et aussi soudainement qu'elle était apparue, la douleur cessa. Galahad bondit sur ses pieds et alla seller son cheval « Le courage de ces chevaliers est remarquable », se dit l'apprenti avant d'aller l'aider.

* * *

Terra avait réussi à refermer la plaie de l'inconnu. Il s'assit lentement sur ses talons, vidé de son énergie. Les yeux étrangement pâles de l'étranger le fixaient avec étonnement.

– Êtes-vous magicien ?

– Non, assura Terra avec un sourire fatigué. Je sais seulement comment soigner les blessures.

Deux autres hommes arrivèrent alors en courant, surpris de trouver leur compagnon étendu sur le sol, le pantalon ensanglanté. Ils se jetèrent à genoux près de lui et voulurent savoir ce qui s'était passé. Le blessé leur expliqua qu'il s'était entaillé la cuisse en voulant couper un arbre et que Terra lui était miraculeusement venu en aide.

Ils levèrent les yeux sur le bon samaritain. Stupéfait, Terra constata qu'ils avaient tous l'iris presque blanc. Ils aidèrent leur ami à se relever, même s'il répétait qu'il n'était pas souffrant. Non seulement ils ne voulurent rien entendre, mais ils décidèrent également qu'il valait mieux l'emmener à l'hôpital.

– Où allez-vous ? demanda l'un d'eux à Terra.

– Je monte vers le nord.

– À pied ?

Terra sentit qu'il était en danger. Il regarda autour de lui sans pouvoir repérer la source de son angoisse.

– Oui, à pied, répondit-il, finalement. C'est une thérapie.

Ils lui offrirent de le conduire au moins jusqu'à la ville pour le remercier d'avoir secouru leur camarade. Terra avait besoin de reprendre son énergie auprès des arbres, mais il sentait qu'il était risqué de rester à cet endroit. Il accepta donc leur offre sans se douter qu'il venait de tomber dans un piège.

À moins d'un kilomètre de là, Galahad et son compagnon avançaient aussi rapidement qu'ils le pouvaient en tirant les chevaux derrière eux. Alissandre avait beau être l'apprenti d'un puissant magicien, il se sentait bien inutile dans cette quête. Même ce chevalier qu'il accompagnait détenait plus de facultés surnaturelles que lui. Galahad suivait la trace de son roi à l'aide de ses paumes pourtant vierges. Alissandre regardait ses propres mains en se demandant comment se servir de ces étoiles pour sauver Terra Wilder quand un rugissement métallique affola soudain les chevaux.

– Qu'est-ce que c'est ? Un ours ?

Galahad ne répondit pas. Il ne réagit même pas lorsque ses chevaux prirent le large. Au lieu d'aider Alissandre à maîtriser les siens, le chevalier tournait lentement sur lui-même.

– Galahad ! hurla l'apprenti.

Le chevalier sursauta, mais avant qu'il puisse prêter main-forte à l'apprenti, les deux autres bêtes s'étaient enfuies à leur tour. Un nouveau rugissement leur glaça le sang. Terrorisé, Alissandre suivit le chevalier jusque dans une clairière, où ils s'arrêtèrent. Galahad semblait très inquiet.

– Mais qu'est-ce qu'on entend ? s'alarma l'apprenti.

– C'est un dragon.

– Une illusion du magicien, sans doute.

– Je crains que non. Je sens une sombre présence.

Comme pour confirmer ses dires, le sorcier apparut au milieu d'un nuage de fumée noire. Il portait une tunique rouge tissée de fils d'or qui cachait ses pieds. Ses traits asiatiques n'affichaient aucune émotion.

– Votre intuition est impressionnante, jeune chevalier, le félicita-t-il.

– Que voulez-vous ? demanda bravement Galahad.

– Votre vie, rien de moins.

Le mage noir s'avança vers eux, aérien. En fait, il flottait littéralement : ses pieds ne touchaient pas le sol. Galahad se posta aussitôt devant l'apprenti, comme le lui commandait le code.

– Je n'ai pas le plaisir de connaître votre compagnon de voyage, mais il me semble étrangement familier, jugea-t-il. Est-ce de la magie que je sens en vous, jeune homme ?

– Ne réponds pas, Alissandre, l'avertit Galahad.

– Alissandre ? Quel joli nom. Le tenez-vous de votre mère ?

L'apprenti suivit le conseil du chevalier, même si l'arrogant personnage le provoquait ouvertement.

– Où avez-vous appris votre art, Alissandre ? Pas avec le vieux magicien fané contre qui je joue depuis des lustres, j'espère ?

– Vous avez une langue de vipère, cracha Galahad en faisant lentement reculer Alissandre vers la forêt.

– Oui, c'est vrai. Et je sais fort bien m'en servir, comme vous allez voir. Mais ce n'est pas moi qui vous enlèverai la vie. Avez-vous déjà combattu un dragon, chevalier ?

Ils entendirent les pas sourds d'un énorme animal qui s'approchait. Galahad arma instinctivement sa carabine.

– Vous n'avez pas l'intention d'affronter mon animal favori de cette manière ? enchaîna le sorcier.

L'arme à feu se transforma en une longue épée de métal. Alissandre comprit que cet homme était dangereux et que ni lui ni le chevalier ne sortiraient vivants de cet affrontement, à moins de prendre la fuite.

– Cela ne changera pas l'issue du combat, mais vous avez ainsi une allure plus noble, se moqua le sorcier en levant la main vers le ciel.

Des flammes jaillirent du sol autour de la clairière, coupant toute chance de retraite aux alliés du magicien. Ils étaient prisonniers de cette arène surnaturelle.

– Craignez-vous la mort, chevalier ?

– Pas si elle peut me permettre de sauver mon roi.

– C'est pourtant vous qui m'avez conduit jusqu'à lui, pauvre homme. Il est déjà en mon pouvoir.

– Vous mentez !

Galahad fit un pas vers lui, mais l'apprenti lui saisit les épaules pour l'arrêter. Le dragon n'était plus très loin, à présent.

– Ne me décevez pas, chevalier, l'avertit le sorcier en s'éloignant. Ne laissez pas mon dragon vous dévorer du premier coup.

Un trône en or apparut au-dessus du feu. Le sorcier s'éleva dans les airs et s'y assit en replaçant les plis de sa tunique.

– Que les jeux commencent !

L'énorme tête du dragon apparut entre deux sapins. Sa peau verte était formée de milliers de petites écailles luisantes. Ses yeux noirs brillaient à la lueur des flammes et sa gueule entrouverte laissait apercevoir des crocs pointus et menaçants. Il fit un autre pas et les deux hommes distinguèrent son cou hérissé d'épines. Alissandre sentit d'abord le sang se glacer dans ses veines, puis il se rappela que le magicien avait aussi la faculté de créer ce genre d'illusion.

– Utilise tes pouvoirs et disparais d'ici, lui ordonna Galahad sans quitter des yeux la bête hideuse.

– Il n'est pas question que je t'abandonne.

– Il faut que tu trouves le roi et que tu le protèges. Tu es le seul qui puisse désormais le faire.

– Je suis désolé, mais il doit rester, rétorqua le sorcier en levant la main.

Une force invisible s'empara d'Alissandre et le projeta contre un large tronc, où une dizaine de serpents visqueux ligotèrent ses jambes, son torse et son cou.

– De cette façon, vous ne manquerez rien du sanglant spectacle, lui promit le sorcier en s'adossant dans son siège volant. Je m'occuperai de vous plus tard.

Le dragon s'avança vers Galahad en abattant violemment les arbres autour de lui. Ses pattes étaient armées de longues griffes et une corne acérée garnissait son front. Le chevalier avait affronté des centaines de dragons lorsqu'il jouait aux Donjons avec Terra. Il savait que la seule façon de les tuer était de leur transpercer le cœur. Mais comment éviter ses griffes et ses dents ? Si au moins il avait eu une lance plutôt qu'une épée...

Le dragon étira subitement le cou pour happer le chevalier, mais Galahad l'esquiva et lui assena un violent coup d'épée sur le museau. L'animal poussa un cri de rage. Sa queue balaya un bosquet. Galahad recula. Il avait irrité la bête : s'il n'agissait pas rapidement, elle le mettrait en pièces.

Le monstre chargea à nouveau, plus déterminé que jamais à se saisir de cet humain qui osait lui résister. Galahad le frappa énergiquement sur la tête, sans même réussir à abîmer ses écailles. Il continuait d'avancer, repoussant de plus en plus le chevalier vers la barrière de feu qui délimitait l'arène. Galahad buta contre une roche et trébucha. Aussitôt, le dragon abattit sur lui une de ses pattes antérieures. Écrasé sous son poids et lacéré par ses griffes pointues, le chevalier poussa un terrible hurlement de douleur.

– Ce n'est qu'une illusion, Galahad ! cria Alissandre en se débattant.

Le dragon leva la patte pour saisir le chevalier dans ses puissantes mâchoires. Galahad rassembla tout son courage, empoigna l'épée à deux mains et la planta dans sa gueule. Le dragon rugit de colère et secoua violemment la tête. Galahad retomba sur le sol.

– Plutôt convaincante, cette illusion, vous ne trouvez pas ? ricana le sorcier.

Le chevalier voulut se relever, mais une atroce douleur au dos le paralysait. Cependant, le dragon avait réussi à dégager la lame. Galahad lui lança des pierres dans les yeux, mais plus rien ne pouvait le sauver. La bête le souleva à nouveau entre ses dents. Retenant fermement sa proie, cette fois, elle l'agita en tous sens pour l'étourdir.

– Comment désirez-vous le voir mourir, apprenti ? railla le sorcier. Coupé en deux ou avalé vivant ?

– Non ! ragea Alissandre.

Le corps de l'apprenti s'enveloppa soudain de lumière dorée et les serpents qui le retenaient se volatilisèrent. Sans perdre de temps, il se planta devant le dragon et lui ordonna de lâcher le chevalier. À la vue de cette proie encore plus appétissante, l'animal relâcha Galahad.

Mystérieusement, une lance de feu se matérialisa dans la main de l'apprenti. Le dragon se releva de toute sa hauteur, nullement impressionné. Alissandre aperçut alors sur son poitrail une écaille d'une couleur différente : son cœur ! Il projeta le javelot à cet endroit vulnérable. Le monstre se dématérialisa d'un seul coup. Furieux, l'apprenti se tourna vers le sorcier, toujours installé sur son trône volant. Une autre lance incandescente apparut dans sa main.

– Je ne ferais pas cela si j'étais vous, fit calmement le sombre personnage.

Alissandre lança l'arme magique. Elle frappa l'éclair brillant qui avait jailli de la main du sorcier. Une seconde décharge atteignit l'apprenti en pleine poitrine. Il tomba à la renverse. Avec difficulté, il se releva sur ses coudes, abasourdi. Pourquoi était-il toujours en vie après cette attaque ? Le sorcier se posait probablement la même question, puisque son expression était passée de l'amusement à l'agacement. Il atterrit dans l'arène.

– Votre destin est de mourir aujourd'hui, avorton de magicien ! tonna-t-il. Vous ne pourrez rien y changer !

Il lança un autre éclair en direction d'Alissandre, qui roula de côté pour l'éviter. Le sol explosa près de lui.

– Ne savez-vous pas en quoi consiste le jeu ? s'enflamma le sorcier. Je ne laisserai certainement pas un être inférieur tel que vous m'empêcher de gouverner la Terre !

– Je ne permettrai pas au mal de s'emparer de ma planète ! riposta Alissandre en se levant.

Le magicien apparut alors entre son apprenti et le sorcier, dans un éclatant nuage d'étincelles. Le vieil homme portait une longue tunique bleue tissée de fils d'argent. Ses cheveux blancs retombaient sur ses épaules et une fine bande métallique lui enserrait le front.

– Il était temps, maugréa le sorcier.

– Je voulais que mon apprenti goûte un peu à votre fourberie.

– C'est à vous de jouer, Bertil. Il vous manque désormais un chevalier.

Sur ces mots, le sorcier disparut dans un épais nuage de fumée noire. En même temps que lui s'évanouirent les flammes qui sortaient de terre ainsi que le trône volant. Alissandre entendit alors les gémissements du chevalier terrassé et se porta aussitôt à son secours. Galahad gisait sur le dos, son manteau déchiré en lambeaux. Il était couvert de sang. Ses yeux bleus, à demi ouverts, exprimaient toute sa souffrance.

– Ne le laisse pas prendre le roi, souffla-t-il. Sauve-le.

– Pas sans toi, mon ami.

Le magicien s'agenouilla aux côtés de son apprenti. Il fronça les sourcils : la bête avait gravement blessé le chevalier.

– Occupe-toi de lui, ordonna-t-il à Alissandre. Je dois retrouver le roi avant le sorcier.

Le magicien disparut avant que le novice puisse protester. Il calma d'abord Galahad en lui expliquant que ses blessures ne pouvaient pas être réelles, puisque le dragon n'était qu'une illusion. Lorsqu'il détacha ce qui restait de son manteau, Alissandre constata que l'abdomen du pauvre homme avait été labouré par des griffes et que les plaies saignaient abondamment. Il ignorait si la magie pouvait guérir les blessures provoquées par de la sorcellerie. Il plaça ses mains sur les lacérations et implora toutes les forces positives de l'univers de lui venir en aide. Une lumière éclatante s'échappa des étoiles incrustées dans ses paumes et enveloppa le corps du chevalier. Galahad perdit conscience.

# 41

Les trois hommes que Terra avait rencontrés dans la forêt le laissèrent descendre du camion à l'entrée de la ville. Le Hollandais s'enfonça entre les arbres. Dès qu'il se fut suffisamment éloigné d'eux, les inconnus s'évaporèrent, pour réapparaître quelques secondes plus tard dans l'antre du sorcier. Assis dans un confortable fauteuil écarlate, sur le bord de l'âtre de pierre, le mage noir les accueillit avec satisfaction.

– Vous avez bien travaillé, les complimenta-t-il.

– Vous aviez raison, maître, fit l'un d'eux. Il s'est laissé prendre au piège comme un enfant.

– Je trouve en effet bien curieux que l'ordre ait choisi un roi aussi faible.

Le sorcier s'approcha d'une table sur laquelle reposait un château miniature dépourvu de toit.

– Mais avant de l'écraser, je veux le soumettre à d'intenses tourments, afin que tous les membres de l'ordre souffrent avec lui. Il est tout près, maintenant, mes fidèles serviteurs. Allez donc le persuader d'entrer dans mon château.

Les trois hommes se métamorphosèrent en loups énormes, puis se dématérialisèrent. Un sourire victorieux se dessina sur les lèvres du sorcier.

Terra Wilder marchait d'un bon pas dans la forêt lorsqu'il entendit des grondements derrière lui. Carabine en main, il scruta les alentours. Bien sûr, il ne voulait pas blesser un animal innocent : il lui suffirait de tirer dans les airs pour le faire fuir. Mais lorsqu'il vit apparaître les trois loups, la frousse le gagna et il s'enfuit à toutes jambes. Il courut d'abord au hasard, puis trouva un sentier qu'il suivit en espérant dénicher un abri quelconque. Au détour du chemin, il heurta une porte de bois et constata avec surprise qu'il se trouvait au pied d'une énorme demeure, creusée à même la falaise. Les bêtes carnivores surgirent derrière lui. Terra ne réfléchit pas davantage à la présence d'une telle demeure au milieu de la forêt californienne. Il entra et referma sèchement la porte derrière lui.

Pas très loin de cet abri miraculeux, Alissandre cicatrisait une à une toutes les plaies de Galahad. Puis, il le nettoya et l'aida à enfiler des vêtements chauds qu'il avait apportés pour lui-même dans son sac à dos. Mais rien ne pouvait remonter le moral du chevalier.

– Tu as fait tout ce que tu as pu, témoigna l'apprenti.

– J'ai été terrassé par le dragon, se lamenta Galahad. Je ne fais plus partie du jeu.

– C'était un combat déloyal. D'ailleurs, la bête a été détruite.

– Tu l'as tuée après qu'elle m'a désarmé et humilié.

Des larmes de honte coulaient sur ses joues. Alissandre se dit que jamais il ne comprendrait l'orgueil de ces guerriers.

– Écoute-moi, Galahad, ordonna-t-il.

– Je ne suis même plus digne de porter ce nom, pleura son compagnon. Je ne mérite plus d'être chevalier.

– Je ne connais pas encore toutes les règles de votre code, mais ce qui s'est passé aujourd'hui ne change rien à notre amitié ni à notre quête.

– Je n'en fais plus partie, Alissandre, répéta Galahad. Sers-toi de tes pouvoirs magiques et sauve Terra. Moi, je ne peux plus rien faire.

Alissandre en vint à la conclusion qu'il ne lui servirait à rien d'emmener Galahad avec lui dans l'état de détresse où il se trouvait. Il lui proposa plutôt de rentrer chez lui pour reprendre des forces.

– J'ai bien trop honte, s'affligea le chevalier.

– Alors va chercher du réconfort auprès de ta belle en Colombie-Britannique. Je vais te conduire à l'aéroport le plus proche.

Mais Galahad refusa que l'apprenti perde plus de temps. Il décida de rentrer à cheval, même s'il devait y mettre plusieurs jours. Il avait besoin d'être seul et de réfléchir à la nouvelle orientation que venait de prendre sa vie. Surtout, il avait besoin d'accepter son amère défaite des mains de l'ennemi et son impuissance à sauver son roi bien-aimé.

* * *

Terra demeura appuyé contre la porte le temps que se calment les battements de son cœur. Lorsqu'il n'entendit plus gronder les loups, il voulut l'ouvrir, mais elle était coincée. Il tira plus fort. Rien à faire. Il se dit qu'il y avait certainement d'autres issues dans cette maison. Il traversa une pièce, qui semblait être une cuisine, sans se douter que le sorcier le guettait. Il entra dans le couloir et aboutit dans une grande salle à manger, dont les fenêtres étaient recouvertes d'épaisses draperies. La table était mise pour douze personnes, éclairée par des bougies plantées dans de beaux chandeliers d'argent. La vaisselle était propre et les gobelets de métal étincelaient. Même le bois lustré de la table n'était pas poussiéreux. Quelqu'un habitait certainement cet endroit.

Il pénétra ensuite dans un grand hall au plafond très haut. D'un côté, il y avait un escalier recouvert de velours et de l'autre, une double porte dont les poignées étaient faites de gros anneaux de fer. Terra déposa la carabine sur le plancher de dalles et tenta en vain d'ouvrir la porte. Découragé, il s'assit dans les marches pour évaluer sa situation.

* * *

Dès que Galahad fut parti avec les chevaux, qu'ils avaient finalement retrouvés sur le bord de la rivière, Alissandre fut emporté dans un tourbillon de vent et de lumière blanche. Quelques secondes plus tard, il se matérialisait dans l'antre du magicien.

– Il était bien temps que vous arriviez, lui signifia le vieillard, debout devant sa bibliothèque.

– Mais que faites-vous ici ? Avez-vous retrouvé Terra Wilder ?

– Je suis arrivé trop tard. Le sorcier avait déjà mis la main sur lui.

– Quoi ?

– Le jeu est stratégique, Alissandre. Pendant que le sorcier nous occupait avec son dragon, ses chiens de chasse unissaient leurs efforts pour faire entrer le roi dans le château des ténèbres.

– Mais comment allons-nous le sortir de là ?

– J'y réfléchissais justement.

– Mais nous ne disposons pas de beaucoup de temps, protesta l'apprenti.

– Cessez de penser comme les humains, pour qui seul le temps existe. Sachez que les magiciens ont le pouvoir de le manipuler.

Toutes ces notions étaient bien nouvelles pour ce jeune homme récemment immortalisé. Le magicien se dirigea vers une grosse boule de cristal, qui reposait sur un guéridon de marbre blanc. Il se pencha sur l'objet lumineux et fronça les sourcils.

– Que voyez-vous ?

– Le château du sorcier, évidemment. Nous devons l'étudier avant de nous y aventurer.

– Ce serait bien plus facile si vous possédiez des plans, soupira l'apprenti en jetant un coup d'œil découragé à la boule de cristal.

Le magicien fit un léger geste de la main et le château se forma au-dessus du globe de verre, sous la forme d'un hologramme. L'apprenti en fit alors lentement le tour en l'examinant attentivement.

* * *

Terra cherchait toujours une issue. Il entra dans un riche salon, où brûlait un bon feu. La pièce était chaude et réconfortante.

Il appela, mais personne ne lui répondit. Mais où se trouvaient les maîtres des lieux ? Un tableau était suspendu au-dessus de l'âtre. Avec horreur, il reconnut le sombre personnage qu'on y avait peint, debout, un jeune dragon couché à ses pieds : le sorcier ! Ses yeux pâles semblaient le surveiller !

Terra sortit de la pièce comme si le diable était à ses trousses. Dans l'entrée, il essaya encore d'ouvrir les portes. Une fois de plus, ses efforts furent vains. En sueur, il retourna dans la salle à manger, tira les draperies, s'empara d'une belle chaise sculptée et la lança dans la fenêtre. Elle se brisa en morceaux, mais à peine les éclats de verre eurent-ils touché le sol qu'ils se recollaient et reprenaient leur place !

– Non ! hurla Terra.

Son cri parvint à la fois aux oreilles du magicien et du sorcier, qui souriait en regardant à l'intérieur de son modèle réduit du château.

– Voyons ce qui lui fait vraiment peur, déclara-t-il en laissant tomber une gerbe d'étincelles au-dessus de la maquette.

Debout devant la fenêtre intacte, Terra se demandait s'il devait s'ôter la vie avant que l'ennemi répande son sang. On lui avait expliqué le jeu, lorsqu'il avait été adoubé, mais jamais il n'avait pensé qu'il en deviendrait un jour la victime. Cette éventualité lui avait semblée si lointaine, si improbable.

– Terra ! Qu'as-tu encore fait ? tonna une voix familière.

Le Hollandais fit volte-face. Son père se tenait au seuil de la grande salle ! Les yeux gris acier du vieux militaire se plantèrent dans son cœur comme un poignard.

– Que faites-vous ici ? balbutia Terra.

– Ça fait plus de vingt ans que tu ne m'as pas vu et c'est tout ce que tu trouves à me dire ?

– C'est vous qui m'avez chassé ! Vous m'avez dit de ne plus jamais revenir !

– Je m'en souviens très bien. Alors que fais-tu ici ?

– Je suis entré par mégarde et je ne suis plus capable de sortir.

– Tu n'as toujours été qu'un bon à rien. Tu avais le plus bel esprit de toute la Grande-Bretagne et tu l'as gaspillé.

– C'est faux ! Je suis devenu astrophysicien à la NASA !

– Tu as épousé une de tes étudiantes sans mon consentement.

– Je vous ai convié à mon mariage, mais vous avez choisi de ne pas vous y présenter !

– Et qu'as-tu fait à cette pauvre femme ? Tu l'as déracinée de son pays et tu l'as forcée à te suivre en Amérique.

– Elle voulait venir avec moi !

– Et tu l'as laissée toute seule à la maison pendant que tu allais t'amuser avec ton petit ami.

Cette dernière accusation déchira Terra. Rassemblant ce qui lui restait de courage, il bouscula son père et se hâta vers l'entrée.

Voyant ce qui se passait dans l'hologramme transparent, Alissandre implora le magicien de venir en aide au roi avant que le sorcier ne le rende fou. Le vieillard tendit la main vers l'immense bibliothèque qui occupait tout un mur. Un livre vola dans les airs et atterrit dans sa paume. Il en absorba aussitôt le contenu.

– Le château est entouré d'une force maléfique qui ne permet à personne d'y entrer ou d'en sortir sans le consentement du sorcier, expliqua-t-il. Mais un mur est plus faible que les autres. Je pense que nous pourrions le persuader de nous laisser passer.

– Nous allons nous adresser à un mur ? s'étonna l'apprenti.

– Tout ce qui existe dans l'univers est vivant, Alissandre. Venez, nous avons fort à faire.

Le vieil homme déposa le livre et ferma les yeux. Les mages furent aussitôt transportés dans une spirale lumineuse.

* * *

Terra Wilder s'acharna une fois de plus sur les portes. Effrayé en entendant venir son père, le Hollandais grimpa à l'étage supérieur. Murray Wilder monta derrière lui. Ce n'était qu'une création temporaire de l'esprit maléfique du sorcier, mais ses critiques et ses sarcasmes ressemblaient tellement à ceux que lui avait jadis adressés son père que Terra le croyait réel.

– Tu as fait mourir ta mère en naissant et tu n'as jamais cessé de faire souffrir les autres depuis.

Terra se précipita dans un long couloir sombre dont il ne voyait pas la fin. Il devait absolument échapper à cet homme méchant, qui avait failli le détruire lorsqu'il était adolescent.

– J'ai dû payer ta grand-mère en Hollande pour qu'elle accepte de te garder.

– C'est faux ! cria Terra en se retournant. Mes grands-parents m'aimaient !

– Alors pourquoi se sont-il débarrassés de toi quand tu avais onze ans ?

– Ils ne voulaient pas que je parte ! C'est vous qui m'avez obligé à vous rejoindre en Angleterre !

– Tu t'es entêté à ne pas parler anglais à l'école et tu refusais de te faire des amis. J'aurais dû me douter que tu deviendrais un minable.

Terra recula et heurta le mur. Pourquoi son père venait-il le torturer aux États-Unis ? Lorsqu'il le vit détacher sa ceinture de cuir, la terreur s'empara de lui. Il s'enferma dans la première pièce qu'il croisa. Il s'appuya contre la porte et se mit à sangloter.

C'est alors qu'il entendit de petits cris de plaisir familiers. Il essuya ses yeux et y porta davantage attention. Une lampe s'alluma, lui révélant le docteur Donald Penny au lit avec Amy.

– Terra ! s'écria joyeusement le médecin. Nous parlions justement de toi !

– Tu ne peux pas être ici, murmura Terra, incrédule.

– Donald savait que tu finirais par t'arrêter au château, dit Amy. Alors nous avons décidé de passer le temps en t'attendant.

– Ta femme était si seule, déplora Donald. Tu sais bien que je ferais n'importe quoi pour toi, Houston.

– C'est impossible, bafouilla Terra. Cet endroit n'existe pas… Vous n'existez pas…

Il ressortit dans le couloir : son père n'y était plus. Terra voulut poursuivre son chemin, mais il buta contre un fauteuil roulant. Effrayé, il prit la fuite dans l'autre direction. Devant lui se découpa une minuscule porte qui s'ouvrait sur un balcon. De l'autre côté, un univers fort différent l'attendait.

Il aboutit sur un viaduc, dans une nuit noire. Une voiture passa devant lui et il se reconnut au volant. Sarah occupait le siège du passager. Il vit les phares d'une autre voiture venant en sens inverse.

– Non ! hurla-t-il de tous ses poumons.

La voiture percuta la sienne et la poussa par-dessus le parapet. Terra tomba sur ses genoux, le visage enfoui dans ses mains, en proie au sentiment de culpabilité qui l'avait empoisonné pendant toute sa convalescence au Texas. Bien sûr, tout cela n'était qu'un horrible cauchemar, mais il ne savait plus comment y échapper.

* * *

Le magicien et son apprenti se matérialisèrent près du château. Alissandre voulut aussitôt savoir quel mur serait leur cible.

– C'est le mur du nord, répondit le vieillard.

Alissandre sortit une petite boussole de sa poche et constata avec dépit que l'aiguille tourbillonnait à une vitesse folle.

– Ne vous fiez pas à ces inventions ridicules, lui recommanda son maître. Faites davantage confiance à votre instinct.

Alissandre lança l'instrument dans les buissons et ferma les yeux sans trop savoir ce qu'il cherchait. Il tendit les bras devant lui, paume vers le bas, comme il avait vu Galahad le faire, puis il pivota doucement sur lui-même, à l'écoute de ses sens. Une force invisible lui saisit le poignet et le tira. Content de lui, le magicien le suivit.

– Le château est-il protégé par des dragons ? s'enquit l'apprenti.

– Non, enfin, je ne le crois pas.

La force invisible le mena devant un mur de pierre recouvert de lierre séché qui ressemblait pourtant à tous les autres.

– Et pourquoi cette forteresse aurait-elle un mur plus faible ?

– Parce que rien n'est parfait dans l'univers, Alissandre.

– Je l'avais déjà remarqué… de mon vivant, je veux dire.

Le magicien, levant les bras au ciel, se mit à réciter des paroles dans une langue que l'apprenti ne connaissait pas. « Jamais je n'arriverai à apprendre tout cela », se découragea-t-il.

Devant son château miniature, le sorcier se redressa en flairant la présence de son rival. Il se tourna brusquement vers ses trois complices.

– Débarrassez-moi une fois pour toutes de cette vieille chèvre et de sa pâle imitation ! ordonna-t-il.

Les hommes se changèrent de nouveau en loups et disparurent. Quelques secondes plus tard, ils surgissaient derrière les mages. Alissandre entendit leurs grondements le premier. Ils étaient beaucoup plus gros que des loups ordinaires, alors il supposa qu'il s'agissait d'une illusion destinée à les éloigner du mur vulnérable.

– Écoutez, les copains, je sais que vous n'existez pas, alors ne perdez pas votre temps.

L'une des bêtes bondit. Alissandre mit instinctivement son bras devant lui pour se protéger : les crocs pointus s'y enfoncèrent et la force de l'impact le projeta sur le dos. Venant à son secours, le magicien fit jaillir de sa paume un rayon d'une intense luminosité. Le loup explosa en une pluie de petites flammes. Les autres reculèrent en grondant.

– Êtes-vous blessé, Alissandre ?

– Je saigne, répondit-il, étonné. Comment une illusion peut-elle me faire saigner ?

– Ces créatures ne sont pas des illusions. Ce sont les guerriers du sorcier.

– Et le dragon qui a attaqué Galahad ?

– Les chevaliers noirs peuvent adopter l'apparence qu'ils désirent.

– Comment peut-on les vaincre, alors ?

– En théorie, ce ne sont que des pions. Ils ne devraient donc pas nous importuner, puisque nous sommes au-dessus du jeu.

– En êtes-vous bien certain ? l'interrogea Alissandre, hypnotisé par le sang qui coulait de ses plaies.

– En pratique. Toutefois, j'imagine que j'ai l'obligation morale de vous venger.

Le magicien attaqua un autre loup, qui fut détruit comme le premier. Sans attendre de subir le même sort, le dernier animal s'évapora de lui-même.

– Pourquoi ne suis-je pas capable de faire la même chose ? geignit l'apprenti.

– Parce que votre entraînement n'est pas terminé. Soyez patient.

Le magicien l'aida à se relever, puis passa la main sur son bras pour guérir ses plaies.

– Maintenant, venez. Nous devons entrer dans cet endroit de malheur avant que le sorcier ne décide d'intervenir lui-même.

Le magicien reprit ses incantations là où il les avait laissées.

# 42

À la sortie de l'école, les élèves furent surpris d'apercevoir, au milieu de l'allée, un chevalier en costume d'apparat assis sur un cheval blanc. Mais Chance Skeoh et ses amis l'avaient reconnu. La jeune fille déposa vivement ses livres dans les bras de Fred Mercer et courut jusqu'à Galahad. Il lui tendit le bras et la hissa sur son destrier, mais au lieu de l'asseoir derrière lui, comme l'exigeait le code, il l'installa devant, face à lui. Ils échangèrent alors un long baiser amoureux.

– Ça n'arrive qu'aux autres, soupira Julie, émue.

– En tout cas, il sait comment se faire remarquer, plaisanta Fred.

Chance mit fin au baiser lorsqu'elle remarqua la tristesse de son champion. Elle voulut savoir ce qui le mettait dans un état pareil, mais il refusa de se confier devant tous les étudiants qui les observaient. Il fit donc avancer le cheval vers le grand champ d'herbe séchée qui bordait la forêt.

– Qu'y a-t-il, mon brave chevalier ? s'affligea Chance.

– Je crains de ne plus pouvoir porter ce titre, milady. Le sorcier a réussi à s'emparer du roi et je n'ai pas pu le sauver.

– Oh mon Dieu… Est-ce qu'il est mort ?

– Je n'en sais rien. C'est au magicien et à son apprenti de jouer, maintenant. Pour ajouter à ma disgrâce, j'ai été éliminé du jeu.

Il retenait difficilement ses larmes.

– Je ne fais donc plus partie de l'ordre, car nos règles prévoient que les chevaliers exclus doivent être exilés ou mis à mort.

– Au diable le code, Galahad ! se fâcha Chance. Si vous n'êtes plus chevalier, alors vendez votre maison au

Texas et venez vivre ici avec moi ! Vous pourriez enseigner à l'école ! Il nous manque un professeur de physique ! Je vous aime de tout mon cœur, Galahad. Je me moque que vous ne soyez plus chevalier. Je sais que j'aimerai Christopher Dawson.

Il la serra contre lui en pleurant. Elle lui frictionna le dos pour le rassurer, mais rien n'apaisa sa peine.

– Il y a quelque chose que vous ne me dites pas.

– J'ai honte de la terreur que j'ai éprouvée lorsque j'ai été terrassé par le dragon, avoua-t-il.

– Le quoi ?

– Une bête aussi grosse qu'une maison et aussi mortelle qu'un scorpion.

Chance le fixa avec incrédulité. Malgré l'air froid, il releva sa tunique et sa chemise de flanelle et découvrit les longues traces encore fraîches qu'avait laissées sur sa peau la bête fabuleuse. En tremblant, la jeune fille toucha les cicatrices du bout des doigts. Elle leva sur lui des yeux interrogateurs.

– Il m'aurait mis en pièces si l'apprenti n'était pas intervenu, avoua-t-il. Je suis un chevalier… enfin, j'étais un chevalier de la Table ronde, mais je n'ai même pas su me défendre contre un dragon.

Il détourna le regard. Chance, qui ressentait son désarroi jusqu'au fond de son cœur, le rhabilla et prit son visage dans ses mains.

– Mais vous l'avez affronté, dit-elle avec fierté.

– C'est vrai, mais j'ai eu très peur, sanglota-t-il. Les chevaliers ne sont pas censés avoir peur…

Chance le serra avec amour. Elle comprenait sa détresse.

– Vous êtes le plus brave de tous les chevaliers, sire Galahad, affirma-t-elle. Les autres auraient pris leurs jambes à leur cou.

Mais rien de ce qu'elle lui dit ne parvint à le consoler. Elle le ramena à la maison de sa grand-mère et le fit asseoir près de l'âtre, où elle alluma un feu. Elle lui massait doucement les épaules, lorsqu'on frappa à la porte. Son chevalier ne réagit même pas. Chance l'embrassa sur le front et alla répondre. C'était le docteur Penny.

– Un de mes patients a vu un chevalier sur la rue principale ce matin, alors j'ai pensé qu'il devait s'agir de Galahad. Je suis venu ici tout de suite après le travail et j'ai vu le cheval dehors en train de brouter.

– Il est ici, mais en bien piteux état. Il a été éliminé du jeu et Terra est désormais prisonnier du sorcier.

– Non ! se fâcha Donald.

Elle recula pour le laisser entrer. Donald s'accroupit devant l'homme brisé.

– Est-ce que ça va, mon ami ?

– Tu ne voudras plus m'appeler ainsi quand tu sauras ce que j'ai fait...

– Tu seras toujours mon ami, Galahad. Dis-moi ce qui s'est passé.

– Le sorcier s'est emparé de Terra et je n'ai pas pu l'arrêter.

– Que va-t-il lui arriver ?

– Il va le torturer, puis il lui coupera la tête et il l'expédiera à sire Kay.

– Sa tête ? s'étonna le médecin.

– C'est ainsi que l'on met fin au jeu.

– Où est Ben ?

– Il essaie de trouver une façon de délivrer Terra avec l'aide du magicien, mais il n'y arrivera pas. Dans toute l'histoire de l'ordre, la seule fois où le roi est tombé aux mains de l'ennemi, il a été tué.

Donald s'assit sur ses talons en réfléchissant à la situation. Il ne pouvait certainement pas laisser Terra périr ainsi. Il y avait sûrement une solution.

– Votre jeu ressemble aux échecs, n'est-ce pas ? voulut-il savoir.

Chris hocha lentement la tête en se demandant pourquoi le médecin lui posait cette question.

– Pendant que le sorcier essaie de gagner le jeu en abattant votre roi, est-ce que quelqu'un dans votre camp essaie d'abattre le sien ?

Le chevalier se redressa.

– Nous ne savons pas de qui il s'agit, lui apprit-il.

– Alors il faut l'identifier le plus rapidement possible et l'attaquer si nous voulons sauver notre copain.

– Mais tu n'es pas un pion et j'ai été éliminé.

– Je n'ai rien à foutre de vos règles, moi, maugréa le médecin. Il n'est pas question de laisser mourir Terra.

Chris avait archivé tous les mouvements du jeu sur son ordinateur personnel. Il pourrait y accéder à distance, par Internet. Donald l'emmena aussitôt chez Terra pour qu'il utilise son ordinateur. Chance les laissa y aller seuls, contente que le médecin ait rallumé l'espoir dans le cœur du chevalier.

* * *

Au château, Terra Wilder s'était roulé en boule dans un coin sombre du couloir et tremblait de tous ses membres. Il était tellement paniqué qu'il n'arrivait même pas à réfléchir.

– Monseigneur, où êtes-vous ? appela une voix familière.

– Galahad ? se réjouit Terra en relevant la tête.

Il sortit de sa cachette. Le chevalier lui sauta dans les bras et le serra avec force.

– Enfin, je vous trouve.

– Comment es-tu entré ici ?

– J'ai trouvé une porte qui n'était pas verrouillée. Vous a-t-on fait du mal, sire ?

– Pas physiquement, enfin, pas encore. Mais le sorcier ne cesse de créer des illusions destinées à miner mon courage.

– Alors, nous ne devons pas rester ici.

Le chevalier lui prit la main et l'entraîna avec lui. Il semblait savoir où il allait, mais n'était-il pas le chevalier parfait, celui qui savait toujours quoi faire ? Ils descendirent un escalier de pierre que Terra n'avait pas vu lors de son exploration du château et arrivèrent dans une pièce circulaire où tous les membres de l'ordre les attendaient, l'épée au poing.

– Laissez-nous passer, exigea Galahad.

Mais ils ne bronchèrent pas. Le chevalier s'arrêta devant leurs lames acérées sans manifester de crainte.

– Vous avez tous deux enfreint les règles de l'ordre, les accusa Kay.

– Sire, la vie de notre seigneur est en danger. Je dois le faire sortir de cette forteresse avant qu'un malheur se produise.

– Arrêtez-les !

Galahad dégaina son épée pour défendre son roi, mais Terra posa la main sur son épaule. Cela ne servirait à rien de répandre le sang de ses frères.

– Kay, écoutez-moi, exigea Terra.

– Je suis désolé, sire, mais le code s'applique à tous les membres de l'ordre, y compris le roi.

Les chevaliers désarmèrent Galahad et forcèrent les deux hommes à s'asseoir sur des bancs de bois au milieu de la pièce vide.

– Je suis le roi de Camelot ! s'offensa Terra. J'exige d'être traité avec la révérence due à mon rang !

– Même le roi doit payer pour ses crimes, sire, répliqua Kay en se plantant devant lui. Les chevaliers sont des serviteurs courtois et loyaux des dames et des puissants monarques et le roi est le plus important chevalier de cet ordre. Mais au lieu de vous acquitter de vos devoirs, il semble que vous ayez préféré partager le lit de Galahad.

– Il avait besoin d'amour et j'ai profité de sa vulnérabilité, s'interposa le chevalier parfait. C'est moi que vous devriez punir, pas lui.

– Personne ne sera puni, les avertit Terra. Nous avons erré tous les deux, c'est vrai, mais pendant peu de temps et sans jamais causer d'embarras à l'ordre.

– Vous avez poussé lady Sarah à s'ôter la vie, l'accusa Kay.

– C'est faux ! s'indigna Terra. Elle est morte dans un accident d'automobile et elle ne conduisait même pas ! C'est moi qui étais au volant !

– Donc, vous admettez avoir délibérément causé sa mort.

– Ce n'est pas ce que j'ai dit !

– Chevaliers, vous connaissez le châtiment réservé à ce genre de complot contre une reine, fit Kay en s'adressant à toute l'assemblée.

– Non ! protesta Galahad.

– Vous paierez le premier, scélérat.

Les chevaliers empoignèrent solidement Galahad et le traînèrent dans une autre pièce.

– Avez-vous perdu l'esprit ! hurla Terra en se levant.

Il fut brutalement rassis sur son banc par ses frères d'armes. Un coup de feu retentit dans l'autre pièce, le faisant sursauter. Avant que les chevaliers se saisissent de lui, Terra comprit enfin que toute cette mise en scène n'était qu'une illusion de plus. Il était vrai que l'ordre prévoyait de sévères punitions pour les infractions au code, mais on n'y exécutait jamais personne, surtout avec une arme à feu. Il échappa aux chevaliers et s'élança dans l'escalier par où il était arrivé.

Plus loin dans le château, le magicien et son apprenti s'étaient arrêtés au pied du grand escalier, dans le hall.

– Qu'est-ce que je viens de ressentir ? s'inquiéta Alissandre.

– Le sorcier s'attaque encore une fois à son esprit, déplora le magicien.

L'apprenti sentit ses mains attirées vers le haut. Il monta rapidement à l'étage, suivi du vieil homme. Il arriva devant un long couloir dans lequel une silhouette courait vers lui à toute allure.

– Docteur Wilder ! s'écria Alissandre en le reconnaissant.

Terra s'arrêta net en pensant qu'il s'agissait d'une nouvelle ruse du sorcier. Combien de temps encore pourrait-il supporter cette torture ?

– Nous sommes venus à votre secours, déclara l'apprenti. Le magicien est juste derrière moi.

– Non… vous n'êtes qu'une hallucination, s'énerva Terra en reculant.

– Une hallucination saurait-elle que vous m'avez guéri à Galveston ?

– Le sorcier a accès à mon esprit.

– Mais il ne sait pas que j'ai placé une toute petite étoile sur votre omoplate gauche lorsque vous avez été adoubé, indiqua le magicien en arrivant près de l'apprenti.

Amy lui avait effectivement déjà parlé de cette curieuse image sur sa peau. Elle avait cru qu'il s'agissait d'un tatouage. Terra tendit une main tremblante à Alissandre. Dès qu'elle entra en contact avec celle de l'apprenti, tout l'éclairage du château devint écarlate et le sorcier apparut derrière le Hollandais. Alissandre poussa le roi derrière son maître.

– Je ne me rappelle pas vous avoir invités, cracha le sorcier.

– Je n'ai nul besoin d'une invitation pour venir en aide à mon roi, répliqua le magicien.

– J'ai bien peur qu'il soit mien, désormais, vieillard. Vous avez perdu la partie.

– Pas tout à fait. Alissandre, auriez-vous l'obligeance de faire sortir Arthur de ce château infernal ?

L'apprenti entraîna Terra en direction de l'escalier. Contrarié, le sorcier lança un éclair rouge sang dans leur direction.

Alissandre eut juste le temps de pousser Terra contre le mur : la décharge explosa sur le plancher. De la main du magicien jaillit aussitôt un rayon de lumière blanche, qui frappa le sorcier en pleine poitrine. Alissandre profita de cette diversion pour fuir avec Terra.

# 43

À Little Rock, Galahad et Donald Penny s'étaient rendus chez Terra pour consulter son ordinateur. Le chevalier avait accédé à sa propre banque de données à Houston. Plusieurs pages défilèrent rapidement à l'écran.

– Il y a plus d'une centaine d'événements dans ce document, qui s'étendent sur une période de vingt ans, fit le chevalier.

– Ça fait vingt ans que tu es dans l'ordre ?

– Non. J'ai copié les notes que mon mentor avait rédigées à la main, puis j'ai poursuivi sa tâche.

Il imprima deux copies du document afin qu'ils le lisent chacun de leur côté pendant la soirée. Galahad enseigna au médecin la poignée de main des chevaliers, saisissant son poignet plutôt que sa main.

– C'est ainsi que se saluent deux frères de l'ordre.

– Je suis touché, avoua Donald, qui appréciait son amitié.

Galahad retourna auprès de sa belle pour le repas. Elle était bien contente de le voir aussi enthousiaste. Le chevalier s'installa ensuite à plat ventre sur le lit et lut attentivement son journal de bord pendant que Chance lui massait le dos et les épaules. Il y travailla une bonne partie de la nuit et l'adolescente comprit qu'elle ne pourrait pas l'intéresser aux jeux de l'amour. Elle s'endormit donc à ses côtés sans le déranger.

À son réveil, elle le trouva déjà assis près du feu à réfléchir. Il lui assura qu'il avait dormi un peu, mais elle en douta. Elle lui prépara le petit déjeuner en observant de temps à autre sa mine songeuse, puis partit pour l'école. Le docteur Penny arriva quelques minutes plus tard.

– Je crois savoir où se trouve l'autre roi ! déclarèrent-ils en même temps.

Ils éclatèrent de rire comme deux enfants.

– Il est évident qu'il se trouve en Colombie-Britannique, se prononça Galahad. Je pense qu'il est un citoyen exemplaire, qui ne veut surtout pas attirer l'attention. Je crois même qu'il habite Little Rock.

– Je suis d'accord avec la Colombie-Britannique, mais si c'est un citoyen de Little Rock, pourquoi le magicien aurait-il envoyé Terra vivre ici ?

– Peut-être pour que les deux rois finissent par s'affronter et qu'ils mettent fin au jeu eux-mêmes. Terra a-t-il des ennemis dans cette ville ?

– Non. Tout le monde l'aime, sauf le directeur de l'école, qui n'apprécie pas sa façon plutôt libérale d'enseigner la philosophie, mais il n'y a jamais eu de disputes entre eux.

– Quelqu'un le mettait-il mal à l'aise sans qu'il comprenne pourquoi ?

– Ouais, moi, plaisanta Donald.

Le visage du chevalier devint soudainement inquiet. Était-il possible qu'il se soit trouvé en présence du roi noir pendant tout ce temps ?

– Non, ce n'est pas moi, s'amusa Donald. Si j'avais été du côté de l'obscurité, tu l'aurais ressenti il y a longtemps.

« Il a raison », pensa Galahad. Il tourna en rond dans la pièce en réfléchissant à la manière de débusquer l'ennemi. Il se rappela alors l'étrange sensation qu'il avait ressentie en présence de l'inspecteur de police et voulut savoir comment Terra le percevait.

– Terra a guéri son épouse qui était clouée dans un fauteuil roulant depuis dix ans.

Galahad soupira avec découragement. Le médecin proposa qu'ils ratissent la ville ensemble pour voir si les mains sensibles du chevalier arriveraient à recueillir quelque chose.

Pendant ce temps, dans le château du sorcier, Alissandre traînait Terra jusqu'à un mur du grand salon. Lorsqu'il voulut l'y pousser, Terra résista.

– C'est un portail, monseigneur, assura Alissandre. Faites-moi confiance.

L'apprenti lui fit traverser la pierre. Ils se retrouvèrent tous les deux dehors, sous un soleil aveuglant. En protégeant ses yeux avec sa main, Terra aperçut les loups.

– Si tu es vraiment magicien, fais apparaître une épée dans ma main ! ordonna-t-il sur un ton digne du roi de Camelot.

– Je ne peux pas vous laisser combattre ces bêtes, protesta Alissandre. Mon rôle est de vous protéger du danger, pas de vous y exposer.

– Alors, sers-toi de tes pouvoirs pour les éliminer !

Alissandre savait bien qu'il ne possédait pas encore cette habileté. Il tendit les mains devant lui. À sa grande surprise, deux épées dorées y apparurent. Terra s'empara de l'une d'elles et s'avança vers les prédateurs.

– Je ne peux pas me défendre contre les illusions malhonnêtes du sorcier, annonça Terra, mais je sais me servir d'une arme !

Les deux loups se transformèrent en humains, l'un probablement Scandinave et l'autre d'origine africaine. Ils étaient tous deux vêtus d'armures noires luisantes et armés de longues épées. Terra chargea sans hésitation et Alissandre se jeta dans la mêlée. Son rôle serait de s'assurer que le roi n'affronte qu'un seul ennemi à la fois.

Après avoir échangé quelques coups retentissants avec le chevalier nordique, Terra le mit hors de combat en le frappant durement au cou. Il se désintégra en une fontaine d'étincelles. Le Hollandais se tourna vers l'apprenti, qui se défendait de son mieux avec une arme dont il ne connaissait pas le maniement. Alissandre lui cria de s'enfuir tout en essayant de conserver l'attention de son adversaire. Puisqu'il semblait avoir la situation bien en main et qu'il était magicien, Terra fut contraint de lui obéir. Épée à la main, il s'élança dans le sentier pour s'éloigner le plus possible de ce château de malheur.

Voyant le roi s'enfuir, le chevalier noir se changea en loup et bondit à sa poursuite. Alissandre dirigea sa main vers l'animal, croyant pouvoir le terrasser avec sa magie, mais rien ne se produisit. « Pourquoi ? » ragea-t-il.

Terra reprit son souffle près de la rivière. Il entendit bientôt des pas derrière lui et se retourna : le loup s'était métamorphosé à nouveau en homme à la peau sombre. Terra brandit son épée, prêt à accepter le combat. Il vit alors Alissandre arriver derrière le guerrier ennemi, l'arme à la main. Le serviteur du sorcier était coincé entre eux.

L'apprenti attaqua le premier, mais avant qu'il puisse porter un premier coup, une terrible explosion secoua la forêt. Le chevalier noir paniqua. Il reprit son apparence de loup, sauta par-dessus la tête d'Alissandre et disparut.

– Qu'est-ce que c'était ? s'alarma Terra.

– Je n'en sais rien, mais ça provenait du château.

Terra craignit que le magicien n'ait besoin d'aide. Or, si le vieillard était éliminé, tout l'ordre périrait, à moins que son apprenti ne soit prêt à prendre sa relève. Il se tourna vers Alissandre et s'aperçut avec stupeur que ses jambes s'effaçaient.

– Mais que t'arrive-t-il ?

L'apprenti s'affola en voyant que son corps commençait à disparaître.

– Peut-être que le magicien a perdu son combat et que je n'ai plus de raison d'exister ! s'énerva-t-il.

– Dis-moi ce que je dois faire !

– Fuyez !

L'épée de Terra s'évapora dans sa main ! Alissandre se désintégrait de plus en plus rapidement et le sorcier risquait de surgir d'une minute à l'autre. L'apprenti avait raison : le Hollandais tourna les talons et courut en direction opposée du château.

* * *

À Little Rock, Galahad était maintenant beaucoup plus calme et, par conséquent, plus ouvert aux manifestations subtiles. Il était passager dans la voiture de Donald lorsqu'il ressentit soudain l'effroi de son roi.

– Que se passe-t-il ? demanda le médecin.

– C'est Terra…

– Galahad, si tu continues de te concentrer sur lui, nous ne trouverons jamais le roi noir et nous ne pourrons pas mettre fin au jeu.

– Je suis désolé, mais mon lien avec Terra est puissant.

– Alors, appelons tes petits copains de l'ordre et demandons leur aide.

– Je ne peux plus leur parler, Donald. J'ai été éliminé.

– Et Marco ?

– En théorie, il pourrait s'adresser à sire Kay. Je ne crois pas qu'il refuserait de l'écouter.

Donald décida que la situation était suffisamment sérieuse pour qu'ils aillent chercher l'adolescent à l'école.

* * *

Terra se dirigeait aussi rapidement que possible vers la frontière de l'Oregon, mais il était épuisé et il n'avait rien mangé depuis longtemps. Il faisait de plus en plus froid. Les vêtements que Max lui avait donnés ne le protégeaient presque plus contre la morsure du vent.

À la tombée de la nuit, il était tellement fatigué qu'il avait de la difficulté à mettre un pied devant l'autre. Il s'appuya contre un arbre, qui replia sur lui ses branches dénudées pour lui donner de l'énergie, mais pas de chaleur. Lorsqu'elles le libérèrent, Terra pensa qu'il devrait trouver un abri. Il fit un pas vers le nord, mais une des branches de l'arbre l'agrippa par le collet et l'orienta vers l'est.

– J'imagine que vous avez une meilleure vue des alentours que moi, soupira-t-il en leur obéissant.

Quelques minutes plus tard, il aperçut une cabane en bois rond au milieu de la forêt. Apparemment, personne n'y vivait. C'était probablement un camp pour les nombreux chasseurs de la région. En entrant, Terra avisa tout de suite l'âtre de pierre et, contre le mur, une corde de bois bien sec.

Sur une tablette, il trouva une boîte d'allumettes. Les mains tremblantes de froid, il empila des bûches dans l'âtre et y mit le feu. Pendant que la chaleur se faufilait doucement à travers ses vêtements, il s'assit devant le foyer, les jambes croisées. Plus rien n'avait d'importance, sauf le réconfort que lui apportaient les flammes.

# 44

Assis dans un confortable fauteuil, dans le salon de son manoir de Galveston, sire Kay dégustait un digestif, après un copieux repas. Un serviteur annonça l'arrivée de Lancelot, qui entra dans la pièce, la tête haute.

– Vous vouliez me voir, sire ? fit ce dernier, sans dissimuler son inquiétude.

– Venez vous asseoir, Lancelot.

Le chevalier prit place dans une bergère près de lui et un domestique lui apporta un verre de la boisson qu'il préférait.

– J'ai reçu un appel plutôt inquiétant de la part de Tristan, l'informa Kay. Il semblerait que Galahad ait été éliminé du jeu.

– Est-il mort ? s'énerva Lancelot.

– Non, mais il a été vaincu par un chevalier noir et il a dû s'incliner.

– Vaincu ? J'ai du mal à le croire.

– Son adversaire a choisi de le combattre sous la forme d'un dragon, alors Galahad était perdu d'avance. Mais ce qui m'inquiète davantage, c'est que j'ai ressenti un déséquilibre dans le champ d'énergie de la Terre, hier soir. J'ai bien peur que le magicien n'ait également été éliminé, mais de façon plus permanente.

– Et Arthur ?

– Nous sommes sans nouvelles de lui. Sans l'aide du magicien, nous ne pourrons pas le trouver.

Lancelot vida son verre d'un trait et se prit la tête à deux mains. Kay comprenait son désespoir. L'ordre n'avait perdu qu'une seule fois, au début des temps.

– Est-ce tout ce que Tristan avait à dire ? s'enquit finalement Lancelot.

– Il voulait aussi savoir comment retrouver le roi noir.

– Que lui avez-vous répondu ?

– Je lui ai promis de le rappeler à ce sujet.

– Galahad était le gardien de nos archives.

– Mais pas de nos secrets.

Lancelot fit quelques pas en silence dans la pièce. Kay le suivit des yeux, attendant qu'il reprenne la parole.

– Pourquoi ce louveteau est-il à la recherche de la pièce maîtresse ? s'interrogea Lancelot.

– Il veut détourner l'attention du mage noir.

– Sait-il ce qu'il risque ?

– Il ne veut pas attendre que le sorcier nous ait tous tués avant de tenter quelque chose. Il est plutôt brave pour son âge.

– Ou aussi fou que son mentor.

– Ne portez pas un jugement aussi dur sur votre propre sang, Lancelot.

– Je n'ai pas eu le plaisir d'élever Galahad et cela est très regrettable. Que répondrez-vous au seigneur Tristan ?

– Je lui dirai ce que je sais, ce qui est très peu, je le crains.

Lancelot hocha la tête : c'était sans doute la seule chose à faire pour l'instant. Dès qu'il eut quitté le manoir, Kay téléphona à Marco pour lui dire que le roi de l'ennemi se trouvait quelque part au Canada, mais que seul le magicien était en mesure de le repérer, ce qui était désormais impossible puisqu'il était hors jeu.

Marco le remercia et enfila son veston. Le téléphone sonna à nouveau. Cette fois, c'était Lancelot. Le chevalier lui demanda surtout des nouvelles de son pupille et Marco lui avoua que le moral du chevalier était chancelant. Lancelot ne fit aucun commentaire. Après cette courte conversation, l'étudiant s'empressa de rejoindre Chance et Galahad. Celui-ci fut surpris d'apprendre que son mentor avait parlé à l'adolescent, car ce n'était pas dans le protocole de l'ordre. Seul Kay pouvait communiquer des informations aux membres.

– Il est inquiet à votre sujet, Galahad.

– Ce serait étonnant, Tristan, puisque je n'existe plus aux yeux de l'ordre. Il voulait seulement s'assurer que j'avais bel et bien été éliminé.

– Il a dit que vous étiez le seul membre de l'ordre à avoir affronté le sorcier sans perdre la vie et que cela prouvait hors de tout doute que vous étiez leur meilleur guerrier.

– Lui as-tu dit que j'ai été terrassé par un dragon ?

– Il le savait déjà.

Galahad imaginait la honte de celui qui lui avait tout enseigné. Il ne pourrait jamais plus le regarder en face.

– Sire Lancelot croit que le magicien a été tué, ajouta Marco.

– Dépêchera-t-il des hommes au secours du roi ? s'inquiéta Galahad.

– Il préfère ne pas attirer l'attention sur Arthur. Il dit qu'il est suffisamment rusé pour s'en tirer par lui-même. Je suis désolé de ne pas vous avoir été plus utile, sire.

– Tu as fait tout ce que tu pouvais et je t'en remercie.

Ils échangèrent la poignée de main des chevaliers et Marco s'en alla. Chance s'aperçut que son champion était de nouveau triste. Certes, elle comprenait son attachement et son dévouement à Terra, mais elle avait du mal à saisir l'humiliation qu'il ressentait devant sa propre défaite. Selon elle, il aurait plutôt dû se réjouir d'être encore vivant après avoir affronté un monstre.

– C'est Noël demain, Galahad, lui rappela-t-elle. Ma mère a préparé un dîner traditionnel et j'aimerais que vous m'accompagniez à la maison.

– Elle m'a déjà demandé de ne plus jamais remettre les pieds chez elle, milady. Les chevaliers, même ceux qui ont été expulsés, sont tenus de respecter la volonté des dames. Mais je tiens à ce que vous assistiez à cet important repas avec votre famille.

– Et vous ?

– Je profiterai de ces quelques heures de solitude pour prier.

Chance avait appris qu'il était inutile d'insister lorsqu'il se barricadait ainsi derrière les règlements du code. Sans doute avait-il raison. Peut-être que seuls l'isolement et la prière apporteraient un peu de paix à son âme.

* * *

Terra Wilder se réveilla près des cendres encore chaudes de l'âtre. C'était le matin. La cabane était confortable, mais il ne pouvait pas y rester. Il se leva et promena son regard dans l'unique pièce, éclairée par les rayons du soleil. Il avait faim et s'il ne mangeait pas quelque chose bientôt, il ne pourrait pas supporter une autre journée de marche. Il vit des boîtes de conserve sur une étagère : des fèves au lard. Il fouilla dans les tiroirs et trouva un ouvre-boîte plutôt rudimentaire. Il n'aimait pas particulièrement ce genre de nourriture mais, dans les circonstances, il ne pouvait pas faire de caprices.

En sortant, il constata qu'il avait neigé. Il ne pourrait plus traverser les montagnes sans risquer de s'enliser. Il décida donc de suivre les routes, qui seraient sans doute déblayées, même si cela le rendait plus vulnérable. Il se hâta en direction des bruits de moteurs qu'il entendait au loin. Peut-être que les chiens de chasse du sorcier ne penseraient pas à le chercher en terrain découvert... Les mains dans les poches de son veston de laine, il marcha le long d'une autoroute surtout empruntée par des poids lourds. Tout en avançant, il ruminait de sombres pensées : il avait perdu tout ce que Max et Marie lui avaient donné et il n'avait plus de carabine. Le magicien était probablement mort et son apprenti avait cessé d'exister.

Le sorcier avait-il commencé à détruire l'ordre comme le lui permettaient les règles du jeu ? Il se mit à penser à Christopher Dawson, qu'il avait à peine entrevu à Galveston, ce valeureux chevalier Galahad dont le sorcier s'était malhonnêtement servi pour briser son esprit. Il espérait que son ami ne compte pas déjà parmi les victimes.

Le klaxon d'un gros camion le fit sursauter.

– Où allez-vous ? lui demanda le conducteur juché dans sa cabine.

– Au nord, répondit prudemment Terra, qui redoutait un autre piège.

– Montez.

– Je n'ai pas d'argent.

– Je n'en veux pas. C'est Noël, et vous semblez avoir froid. Disons que ce sera mon cadeau d'anniversaire au petit Jésus.

Terra hésita un instant. Il jeta un coup d'œil à la route qui s'étendait à perte de vue. Il serait certainement plus au chaud dans le camion et il avait besoin de compagnie. Il accepta donc l'offre d'un signe de la tête. Le conducteur lui ouvrit la portière et Terra grimpa sur le siège.

– Merci, lui dit-il avec gratitude.

– Je suis Harvey.

Terra ne voulut pas lui révéler son nom, de peur que cet homme l'ait déjà entendu dans un avis de recherche. Harvey ressentit son malaise.

– Avez-vous des ennuis ? s'enquit-il.

– D'une certaine façon. Jusqu'où allez-vous ?

– Seattle.

Le conducteur redémarra. Terra regarda droit devant lui pendant un long moment en cherchant à organiser ses pensées.

– Peu importe ce que vous avez fait, je suis certain que Dieu vous l'a déjà pardonné, affirma le conducteur en brisant le silence.

– Je n'ai rien fait de mal, le rassura Terra. J'essaie seulement de rentrer chez moi.

– Où quelqu'un vous attend ?

– Oui, ma femme. Je ne l'ai pas vue depuis l'été.

– Mais que vous est-il donc arrivé ? Pourquoi êtes-vous seul et sans le sou sur une route aussi dangereuse pour un piéton ?

– Vous ne me croiriez pas si je vous le disais.

– J'ai entendu toutes sortes d'histoires tragiques depuis que je fais faire un bout de chemin à des gens comme vous. Si vous avez besoin d'en parler, ne vous gênez pas.

Mais Terra préféra garder le silence. Il se recroquevilla sur son siège en savourant ces quelques instants de sécurité. Harvey respecta sa volonté. Une fois en confiance, il finirait bien par lui raconter son aventure.

* * *

Ce soir-là, Chance se présenta seule à la maison pour le dîner de Noël, ce qui sembla surprendre sa mère.

– Où est monsieur Dawson ? demanda-t-elle en l'aidant à enlever son manteau.

– Il n'avait pas envie d'être tourmenté ce soir, alors il est resté chez nous.

– Je vois. Sois gentille et mets la table pendant que je range ton manteau et assure-toi que ton frère ne s'empiffre pas pendant que tu as le dos tourné.

Chance disparut dans la cuisine. En vitesse, madame Skeoh enfila sa veste et se rendit à la maison de sa défunte belle-mère. Elle commençait à accepter que sa fille ne soit plus une enfant. Elle avait sa propre maison et elle avait déjà choisi son compagnon de vie. Elle n'était certes pas d'accord qu'elle vive avec un homme assez vieux pour être son père, mais Christopher Dawson avait de l'argent et il était capable de donner à Chance la vie qu'elle méritait. La mère rassembla son courage et frappa à la porte.

– Madame Skeoh ? s'étonna Galahad en ouvrant. Si c'est Chance que vous cherchez, elle vient juste de partir pour chez vous.

– Je sais. Elle est en train de mettre la table.

– A-t-elle oublié quelque chose ?

– Oui, vous. Alors j'ai décidé de venir vous chercher.

– Elle ne m'a pas oublié, madame. J'ai choisi de rester ici et de ne pas la mettre dans l'embarras ce soir.

– C'est Noël, monsieur Dawson. Nous devons faire preuve de bonté les uns envers les autres. Ce dîner est une tradition de famille. Si vous prévoyez d'en faire partie un jour, je vous suggère d'aller chercher votre manteau. Je vous attends dans la voiture.

Son soudain changement d'attitude déroutait l'astrophysicien, mais il ne voulait pas lui déplaire. En arrivant à la maison, elle prit son manteau et l'invita à passer au salon. Chance, qui avait entendu rentrer sa mère, vint voir pourquoi elle était sortie. Elle arriva face à face avec Galahad.

– Vous avez changé d'idée ? s'exclama-t-elle avec joie.

– Votre mère ne m'a pas donné le choix.

Elle lui sauta dans les bras et l'embrassa. Il l'éloigna gentiment en pensant que ce n'était pas le moment d'indisposer la famille. Il se délecta de la cuisine écossaise traditionnelle et écouta avec intérêt les babillages du jeune Russell, qui avait loué un film sur le Moyen Âge. L'enfant était fasciné par les us et coutumes des hommes de cette époque. Après le repas, madame Skeoh servit le café au salon et permit aux enfants de déballer les quelques surprises qu'elle leur avait achetées. Galahad s'excusa de n'avoir rien apporté, mais Russell l'assura que sa présence était le plus beau cadeau qu'il pouvait leur faire. Le compliment émut le chevalier. Il fut encore plus bouleversé lorsque le gamin lui tendit une boîte enveloppée de papier coloré. Il regarda longuement le présent, presque en transe. Chance dut le pousser à l'ouvrir. D'une main tremblante, en retenant des larmes d'émotion, Galahad déchira l'emballage. Il découvrit alors une statuette de chevalier en armure, ses armes à la main.

– C'est le seul truc médiéval qu'on a pu trouver au centre commercial, expliqua Russell, désorienté par la soudaine tristesse de leur invité.

– Veuillez m'excuser, murmura Galahad en déposant le bibelot sur la table à café.

Il se dirigea vers le couloir et ils l'entendirent refermer la porte de la salle de bains.

– Mais qu'est-ce que j'ai dit ? s'étonna le gamin.

– Ce n'est pas toi, Russell, le rassura Chance. Il adore ton présent, mais je pense qu'il n'a pas l'habitude de recevoir des cadeaux. Et comme tu le sais, il est très sensible.

– Ils ne se donnaient pas de cadeaux dans sa famille ?

– Il n'a jamais eu de famille. Galahad est un orphelin que les services sociaux ont promené d'un foyer à l'autre.

– Ils ne célébraient pas Noël ?

– Il n'est jamais resté assez longtemps où que ce soit pour célébrer une fête.

– Pourquoi ces familles ne le gardaient pas ?

– Parce qu'il était malade quand il était petit et qu'il était timide aussi. Il n'arrivait pas à s'intégrer.

– Donc, il n'a jamais appelé personne papa ou maman ?

– Non. Et il n'a formé aucun lien avec les nombreux frères et sœurs qui ont traversé sa vie. Il était très seul quand il avait ton âge.

– Mais après, c'est l'ordre qui est devenu sa famille, c'est ça ?

– C'est ce qu'il m'a dit. Peut-être qu'ils célébraient Noël ensemble, mais certainement pas comme nous l'avons fait ce soir. Je vais aller voir si je peux le persuader de revenir parmi nous.

L'oreille appuyée contre la porte de la salle de bains, elle entendit pleurer son chevalier.

– Galahad, c'est moi. Je vous en prie, ouvrez.

Il mit quelques secondes avant d'accéder à sa demande.

– Dites-moi ce qui vous rend si triste.

– C'est mon premier Noël dans une vraie famille, lui confia-t-il. Je suis désolé, j'ai tellement de mal à maîtriser mes émotions.

– Mais que faisiez-vous à Noël avant de me connaître ?

– Je me rendais à l'église de mon quartier et je priais.

– Et l'ordre ?

– Ses membres fêtaient avec leurs propres familles, comme il se doit, même Terra. Mon mentor m'a déjà convié à dîner à quelques reprises, mais il s'agissait surtout d'une occasion de discuter de mes progrès.

Chance le serra longuement dans ses bras. Elle attendit qu'il soit suffisamment rassuré avant de le ramener au salon. Confus, il s'excusa auprès de madame Skeoh pour son abominable conduite, mais elle comprenait ce qu'il ressentait, car elle avait elle-même perdu son père très jeune : Noël n'avait réellement repris son sens que lorsqu'elle avait eu ses propres enfants.

Les amoureux rentrèrent à la maison vers minuit. Chance fit aussitôt un feu dans la cheminée, avec l'intention de cajoler son champion devant les flammes. Lorsqu'elle se tourna vers lui, il était agenouillé et l'observait avec un air solennel.

– J'ai un présent pour vous, milady, déclara-t-il. Mais avant que je vous le donne ou que vous l'acceptiez, il y a certaines choses que vous devriez savoir à mon sujet.

– Je croyais tout savoir de vous, chevalier, le taquina Chance, qui l'avait déjà longuement questionné depuis qu'elle le connaissait.

– Il s'agit d'un grand secret que j'ai longtemps gardé pour moi et que je dois vous révéler si nous voulons vivre ensemble.

– Ce grand secret concerne Terra, n'est-ce pas ?

Il baissa la tête. Dès leurs premières conversations, Chance s'était doutée que le lien qui l'unissait à Terra Wilder était beaucoup plus profond que de la simple amitié.

– Vous l'aimez ?

– Oui, beaucoup. Nous avons déjà été intimes, à Houston. Mais aujourd'hui, c'est vous que j'aime. Je ne voulais pas que vous l'appreniez d'une autre personne.

– Vous êtes un homme honnête, Galahad, et je l'apprécie beaucoup.

– Vous aviez aussi raison de dire que j'étais fâché contre ma mère parce qu'elle m'a abandonné. Jusqu'à ce que je fasse partie de l'ordre, je détestais les femmes. C'est mon entraînement de chevalier qui a fait de moi l'homme doux et courtois que vous avez rencontré au Texas. Et même si j'ai appris à respecter les femmes, je ne voulais entretenir de relation avec aucune d'elles avant que mes yeux se posent sur vous.

– Est-ce que l'ordre connaissait votre attirance pour Terra lorsque vous avez été adoubé ?

– Sire Kay et sire Lancelot savaient déjà que j'entretenais une relation étroite avec lui et ils l'ont utilisée à leur avantage. Ils m'ont fait jurer de le chérir, de le protéger et de satisfaire tous ses besoins pour le reste de mes jours. En nous laissant nous aimer librement, ils s'assuraient que le roi serait protégé presque vingt-quatre heures par jour.

– Êtes-vous toujours lié par ce serment ?

– Oui et si mon roi exprimait le désir de me reprendre, je n'aurais d'autre choix que de lui obéir.

– Et s'il ne le désire pas ?

– Alors, j'aimerais vous épouser au printemps prochain.

Il sortit de la poche de sa chemise une toute petite bourse de velours, qu'il déposa dans la main de sa belle. Elle la tâta et sentit la forme d'un anneau. Médusée, elle retira du petit sac une magnifique bague sertie d'un diamant.

– Accepterez-vous de devenir ma femme ? prononça-t-il solennellement avec une pointe d'inquiétude.

Comment pouvait-il en douter ? Elle le plaqua sur le plancher en l'embrassant passionnément.

– C'était un oui, interpréta-t-elle, folle de joie.

Elle déposa la bague dans la main du chevalier pour qu'il la lui passe au doigt. Il s'exécuta avec timidité, ce qui la fit sourire.

– Mais quand avez-vous acheté ce magnifique bijou ? voulut-elle savoir.

– Je l'ai acheté à Houston l'an dernier, après avoir rêvé que je rencontrais une femme merveilleuse à qui je voulais le donner. Peu après, vous êtes arrivée à Galveston.

Émue, elle chercha une fois de plus ses lèvres en se promettant qu'il n'oublierait jamais cette nuit de Noël.

# 45

Terra Wilder sembla sommeiller pendant presque tout le trajet jusqu'à Seattle, mais Harvey savait qu'il veillait. Quelque chose de terrifiant s'était produit dans la vie de cet homme, qui ne lui permettait même plus de se relaxer. De la neige fondante tombait sur la région lorsque le gros camion s'arrêta dans une aire de restauration, à l'entrée de la ville. Harvey invita son étrange passager à déjeuner. Terra commença par refuser et déclara qu'il devait poursuivre sa route, mais le routier insista. Il finit par le persuader d'entrer avec lui dans le petit restaurant, peu fréquenté en ce jour de Noël. Terra regarda partout, repéra toutes les portes et choisit une table près de la sortie de secours. Intrigué, Harvey le laissa faire.

– Jusqu'où avez-vous l'intention de vous rendre ? demanda-t-il en s'asseyant.

Terra devint blême.

– Je ne vous veux aucun mal, lui assura Harvey. En fait, je ne veux même pas savoir votre nom.

– Pourquoi voulez-vous connaître ma destination ?

– Pour vous aider, c'est tout.

– Je vais au Canada.

Lorsque la jeune serveuse leur apporta la soupe, Terra n'osa même pas la regarder. Il attendit même qu'elle se soit éloignée pour commencer à manger.

– Avez-vous des papiers d'identité pour franchir la frontière ? s'enquit Harvey.

– Non, avoua Terra. Je n'ai que mon courage. On m'a pris tout le reste.

– Alors, je vais vous faire passer en Colombie-Britannique en vous cachant dans ma cabine. Les douaniers me connaissent depuis longtemps. Ils ne fouilleront pas mon camion.

– C'est trop dangereux pour vous et pour moi.

– C'est beaucoup moins risqué que d'essayer de traverser la frontière à pied ou à bord d'un autre camion. Je vous en prie, acceptez.

– Mais pourquoi feriez-vous cela pour moi ?

– D'abord, parce que c'est Noël, et ensuite, parce que si j'étais dans votre situation, je voudrais moi aussi qu'on me vienne en aide. Et puis, vous pourriez être un ange déguisé en fugitif, venu sur Terre pour mettre des hommes comme moi à l'épreuve. Je veux seulement acheter tout de suite mon billet pour le ciel.

– Mais je ne pourrai jamais vous rendre la pareille.

– Contentez-vous de dire du bien de moi au Grand Patron.

Terra sourit pour la première fois depuis longtemps. Tout en se régalant de dinde, de pommes de terre et de petits pois, il décida de faire confiance à Harvey. Ils reprirent la route une heure plus tard, sous une pluie froide et torrentielle.

Ils approchèrent bientôt de la frontière. Harvey fit entrer Terra dans la cabine et lui recommanda de ne pas faire de bruit. Enfermé dans la petite pièce sombre, le passager clandestin entendit son protecteur bavarder avec les douaniers. Il était évident qu'ils le connaissaient bien, car ils le laissèrent redémarrer quelques minutes plus tard. Lorsqu'ils furent suffisamment loin, Harvey laissa Terra réintégrer son siège. Le Hollandais hésita à lui dire où il voulait descendre : sa maison était peut-être surveillée par les chiens de chasse du sorcier… Harvey le déposa donc sur le bord de l'autoroute, juste à l'extérieur de Little Rock.

– Je vous remercie du fond du cœur, fit Terra.

– Joyeux Noël, étranger.

– Joyeux Noël, Harvey.

Le conducteur lui tendit amicalement la main et Terra la serra volontiers. Elles furent alors enveloppées de lumière blanche. L'astrophysicien ouvrit des yeux émerveillés, car il identifiait enfin l'âme de cet homme. Tout comme lui, il avait vécu deux mille ans plus tôt.

– Mais que s'est-il passé ? s'étonna Harvey.

– Ton foie est guéri. Tu mérites la santé, Joseph, car tu as toujours su faire preuve de charité.

Terra ouvrit la portière et descendit du camion.

– Comment m'as-tu appelé ?

– Dans une autre vie, tu as été Joseph d'Arimatie. Tu as aidé le prophète Jésus à transporter sa croix jusqu'au lieu de son exécution. Tu es un être d'une grande bonté, même dans ta vie actuelle.

Ressentant l'appel des arbres, Terra s'empressa d'entrer dans la forêt. Quelques secondes plus tard, elle s'illumina d'une belle lumière blanche.

– Je savais que c'était un ange ! s'exclama Harvey, fou de joie.

Il était content d'avoir pu aider un messager de Dieu dans sa mission et surtout d'apprendre qu'il s'était bien conduit deux mille ans plus tôt. Sa famille serait bien étonnée d'entendre cette histoire.

* * *

Le matin de Noël, malgré toutes les protestations des Penny, Amy Wilder retourna vivre dans sa propre maison. Elle fit un peu de ménage en prenant soin de ne pas incommoder les jumeaux qu'elle portait et demeura de longues heures couchée sur le sofa du salon à serrer le chandail préféré de Terra dans ses bras. Elle savait qu'il lui serait difficile de passer ce congé sans lui, mais une petite voix dans son oreille l'avait sommée de rentrer chez elle. « Était-ce Sarah ? » se demanda-t-elle.

À six heures, tandis qu'elle s'apprêtait à préparer le repas du soir, on sonna à la porte. Elle crut que c'était Donald qui voulait la kidnapper pour le dîner. Son cœur fit un bond lorsqu'elle aperçut Terra. Il portait de vieux vêtements de chasse tout sales et un curieux collier de perles colorées. Ses cheveux touchaient ses épaules et il ne s'était pas rasé depuis longtemps, mais c'était bel et bien lui. Elle sauta dans ses bras.

– Oh mon Dieu…

Voyant qu'il ne lui rendait pas son étreinte, Amy recula.

– Je suis si heureuse que tu sois de retour, se réjouit-elle en refermant la porte.

Terra, pourtant, semblait inquiet. Pourquoi ses yeux étudiaient-ils la pièce comme s'il ne l'avait jamais vue ?

– Laisse-moi prendre ton manteau.

Il demeura immobile. Elle fit doucement glisser la fermeture éclair du vêtement. Terra tremblait de tous ses membres. Mais que lui avait-on fait dans cette montagne de Californie ? Il remarqua finalement le gros ventre de sa femme.

– C'est arrivé à Galveston, lui apprit-elle en souriant. Ce sont des jumeaux : un garçon et une fille.

Elle l'emmena à la salle de bains, où elle le laissa prendre une douche. Elle alla jeter ses vêtements sales dans la poubelle et revint dans leur chambre. Il dormait sur leur lit, nu et trempé. Elle l'épongea, constatant avec étonnement que même dans son sommeil, il continuait de frissonner. Pas question de le réveiller pour le faire manger. Elle le laisserait dormir aussi longtemps qu'il le voulait. Elle le recouvrit d'une épaisse couverture et s'allongea près de lui. Le lendemain matin, il se réveilla en criant.

– Je suis ici, Terra, le rassura-t-elle. Ce n'était qu'un rêve. Tu es chez toi, dans ton lit. Calme-toi.

Il prit sa main et la flaira à la manière d'un animal.

– Mais qu'est-ce que tu fais ?

– Je veux être certain que tu es réelle, murmura-t-il avec méfiance.

– Réelle ?

– Les illusions du sorcier n'ont aucune odeur.

– Tu n'as plus rien à craindre, mon chéri. Tu es chez toi, maintenant.

– Quand je me suis échappé du château, le magicien et le sorcier s'affrontaient et l'apprenti avait commencé à disparaître sous mes yeux. Si le sorcier gagne cette bataille, il se mettra à ma recherche pour m'éliminer, parce que je suis la pièce maîtresse du jeu.

– Mais de quoi parles-tu ?

Il leva sur elle un regard rempli de colère. Elle lâcha aussitôt ses mains en doutant soudain que cet homme soit bien son mari.

– Ne me regarde pas ainsi ! se fâcha-t-il. Je ne suis pas fou !

Il se leva et se dirigea vers la salle de bains. Amy hésitait quant à l'attitude à adopter.

– Ces gens ont des pouvoirs incroyables ! Ils ne reculeront devant rien pour s'assurer la victoire ! continua-t-il à crier, dans l'autre pièce.

– Je suis désolée, mon chéri, mais je ne comprends pas ce que tu racontes.

– C'est la vérité, bon sens !

Amy sauta du lit et le rejoignit. Debout devant le lavabo, il s'aspergeait le visage d'eau froide.

– Terra, tu n'as aucune raison de te fâcher.

– On m'a emmené contre mon gré et on m'a enfermé dans une cage ! hurla-t-il en se redressant. Je ne pouvais pas m'échapper ! C'est le magicien qui m'a délivré ! Il m'a fait sortir de la base militaire et j'ai couru rejoindre son apprenti, mais les soldats nous ont poursuivis et…

Amy passa les bras autour de son torse et le serra de toutes ses forces pour tenter de le ramener à la réalité.

– C'est fini, Terra, c'est fini. Tu es en sécurité. Il n'y a ni soldats, ni magiciens, ni sorciers. Juste toi, moi et nos enfants qui grandissent dans mon ventre.

– Le jeu ne se joue pas ainsi. Le sorcier ne me laissera pas vivre. Je suis sans défense dans ce pays. Tous mes chevaliers sont au Texas.

– Pas tous. Galahad est ici, à Little Rock.

Terra fit volte-face, la forçant à lâcher prise. Jamais elle n'avait vu autant de feu et de rage dans ses yeux.

– Il n'est pas à Houston ?

– Il est allé à ta recherche en Californie, mais il s'est passé quelque chose de terrible. Il a été blessé et il a dû revenir. Il est chez Chance Skeoh.

– Chance ?

– Ils se sont rencontrés au Texas et ils sont tombés amoureux.

– C'est impossible.

Il retourna dans leur chambre et fouilla dans la commode pour prendre des vêtements propres. Amy le rejoignit.

– Terra, pourquoi es-tu en colère ?

– Galahad ne peut pas être amoureux de Chance Skeoh, parce qu'il est homosexuel. Conduis-moi chez elle. Maintenant !

– Il est sept heures du matin et nous sommes le lendemain de Noël.

Faisant la sourde oreille, il commença à se vêtir. Sa mésaventure aux États-Unis l'avait-elle à ce point marqué qu'il avait complètement changé de personnalité ? Elle s'habilla et alla l'attendre dehors. En le conduisant à la maison de la défunte grand-mère de Chance, elle lui expliqua que le couple avait décidé d'y demeurer pour avoir plus d'intimité. Mais Terra ne l'écoutait pas. Il descendit de la voiture et observa le porche pendant de longues minutes. Comme s'il l'eut silencieusement appelé, Galahad sortit de la petite maison. Il ne portait qu'un chandail à manches courtes et ses jeans. Il se précipita dans les bras de Terra. Amy vit alors son époux caresser tendrement le visage du Texan.

– Sire, vous êtes vivant ! s'extasia ce dernier. Comment avez-vous réussi à échapper au sorcier ? Vous a-t-il fait du mal ?

– Je t'en prie, calme-toi.

Galahad embrassa Terra dans le cou et se blottit contre lui. Un frisson d'horreur saisit Amy Wilder. Dans un éclair de lucidité, elle comprit le lien qui unissait le roi et son chevalier. Terra était un homosexuel refoulé ! C'était pour cette raison que son premier mariage avec Sarah n'avait pas fonctionné ! Furieuse, Amy écrasa l'accélérateur, l'abandonnant à son amant. Tout à leurs retrouvailles, les deux hommes ne l'entendirent même pas partir. Galahad pria Terra d'entrer dans la maison pour se réchauffer devant le feu.

– Est-ce que Chance est ici ? résista Terra.

– Elle dort encore.

– Va chercher ton manteau. Je veux que nous soyons seuls pour parler.

Galahad lui obéit sur-le-champ. Il était tellement heureux de retrouver son meilleur ami ! À sa demande, il l'emmena à l'auberge hollandaise, à l'extérieur de la ville.

Au volant de sa voiture, Amy pleurait à chaudes larmes. Pourquoi Terra ne lui avait-il pas dit toute la vérité lorsqu'elle l'avait rencontré ? Elle alla chercher du réconfort chez les Penny. Elle martela la porte d'entrée avec ses poings jusqu'à ce que Donald, en pyjama et les cheveux en bataille, finisse par lui ouvrir.

– Es-tu souffrante ? s'alarma-t-il en pensant surtout à sa grossesse.

– Pourquoi ne m'as-tu pas dit qu'il était homosexuel ? cria la jeune femme en le frappant.

– Qui ça ? fit le médecin en lui saisissant les poignets.

– Terra !

– Mais il n'est pas homosexuel !

– Je viens de voir Chris Dawson l'embrasser !

– Terra est revenu ? s'égaya Donald.

– Hier soir, mais je ne sais plus si cet homme est mon mari ! Il s'est levé en colère ! Il m'a raconté un tas de trucs invraisemblables au sujet d'un sorcier et d'un apprenti ! Il a insisté pour aller voir son petit ami, à sept heures du matin ! Et il a failli m'arracher la tête quand je lui ai mentionné que c'était congé aujourd'hui !

– Pense à tout le stress qu'il a subi ces derniers mois. Il aura certainement besoin de notre patience et de notre compréhension pendant un bout de temps avant de redevenir lui-même.

– Je ne pourrai jamais partager la vie d'un homme qui aime un autre homme. C'est au-dessus de mes forces. Je ne veux pas non plus que mes enfants grandissent auprès d'un père névrosé.

– Il a seulement besoin de se réajuster, c'est tout.

– Ce qui lui est arrivé l'a marqué à tout jamais, Donald. Il n'est plus l'homme doux, gentil et innocent que j'ai épousé. Il est rempli de rage.

– Amy, ne le laisse pas tomber. Il a besoin de toi.

– Il a choisi Chris Dawson.

Comme il refusait manifestement de comprendre ce qu'elle ressentait, elle tourna les talons. Donald la poursuivit, en pyjama et en pantoufles.

– Amy, reste ici et calme-toi.

Elle démarra comme une fusée, malgré toutes les protestations du médecin.

* * *

À l'auberge hollandaise, madame Kindt apporta du café à Terra et Chris, puis retourna dans la cuisine. À cette heure, le lendemain de Noël, ils étaient ses seuls clients.

– Pourquoi vis-tu chez Chance Skeoh ? voulut savoir Terra.

– Je l'aime, sire, avoua-t-il, mal à l'aise.

– Est-elle amoureuse de toi ?

– Oui, mais je suis lié par le serment que j'ai jadis prêté. Je ferai ce que vous m'ordonnerez de faire.

– Tu mettrais fin à cette relation, si je l'exigeais ?

– Oui, répondit-il en refoulant sa terreur.

– Tu es décidément le meilleur chevalier de l'ordre, Galahad. Si j'avais exigé des autres qu'ils laissent tomber ce qu'ils aiment, ils m'auraient envoyé promener.

– Je ne fais plus partie du jeu, hélas. J'ai été vaincu par un chevalier noir. Tout ce qui me relie à vous désormais, c'est mon serment.

– Quand est-ce arrivé ?

– Lorsque le sorcier nous a interceptés dans la forêt, l'apprenti et moi, il a fait apparaître un dragon. Je n'ai rien pu faire contre lui.

– Sire Kay est-il au courant ?

– Sire Tristan le lui a appris, car j'avais trop honte pour lui parler moi-même.

– Qui est sire Tristan ? s'étonna Terra, qui croyait connaître tous les chevaliers de l'ordre.

– C'est Marco Constantino, votre élève. Après notre infructueux sauvetage à Galveston, deux de vos étudiants sont restés avec nous pendant l'été, dont le jeune Marco, qui a manifesté le désir de devenir chevalier.

– Qui est son mentor ?

– C'est moi. J'ai pensé que ce serait une bonne idée de perpétuer l'ordre au Canada, au cas où le groupe du Texas disparaîtrait. D'ailleurs, vous aurez certainement besoin d'un chevalier pour veiller sur vos enfants.

– Il s'est passé beaucoup de choses depuis mon enlèvement, comprit Terra en s'adossant à sa chaise. Le fait de perdre un combat contre un dragon n'expulse personne de l'ordre, Galahad. C'est moi qui rends ce genre de jugement, pas le code.

Mais Galahad savait bien que Terra ne ferait jamais accepter sa décision par les autres membres.

– Où se trouvent le sorcier et le magicien ? poursuivit le Hollandais.

– Sire Kay croit que le magicien est mort, mais il ignore si le sorcier a subi le même sort lorsque son château a explosé. Il nous a par contre parlé du roi noir.

– Il est grand temps que Lancelot passe à l'attaque, grommela Terra.

– Il n'a pas l'intention de se lancer à ses trousses. Je le traque sans son accord avec l'aide du docteur Penny.

– Pourquoi l'ordre ne s'est-il jamais préoccupé de retrouver cette pièce adverse ? se demanda Terra. Et pourquoi n'a-t-il envoyé qu'un seul membre en Californie ?

– Sire Kay n'a envoyé personne. C'était ma décision. En fait, l'ordre s'y est opposé jusqu'à ce que je réclame le vote lors d'une assemblée spéciale.

– On dirait bien qu'ils voulaient être certains que je sois éliminé…

– Je ne connais pas leurs véritables intentions, mais je ne pouvais pas rester à rien faire pendant qu'on vous torturait.

Terra prit la main de Galahad et la serra avec beaucoup d'affection.

– Tu es le seul de tous ces hommes qui ait vraiment le cœur d'un chevalier, déclara-t-il.

– Je retiens le compliment, sire, se réjouit Galahad. Mais si le sorcier est toujours vivant et que le magicien est hors jeu, vous ne pouvez pas rester ici, où personne ne peut vous protéger.

– Vu le peu de soutien que m'a fourni l'ordre jusqu'à présent, je ne serai en sécurité nulle part. Tu as déjà fait plus que ton devoir, mon ami. Je saurai m'assurer le concours d'autres chevaliers. Il est temps pour toi de prendre une retraite bien méritée et de vivre une vie normale auprès de la dame que tu as choisie.

– Mais vous ?

– Nous resterons amis, si tu le veux bien.

– Vous êtes un roi juste et bon, Arthur.

– Je ne fais que payer une vieille dette que je vous dois à tous les deux. Tu vois, il y a deux mille ans, tu étais l'épouse de Chance qui, à cette époque, était un soldat romain sous mon commandement. J'étais un général vénéré par ses troupes. Mes hommes auraient fait n'importe quoi pour moi. Alors, quand j'ai vu à quel point cette épouse était belle et intelligente, je me la suis appropriée.

– Vous voyez le passé ?

– Seulement celui qui concerne mon karma. Je t'en prie, au nom de notre amitié, laisse-moi payer cette dette que j'ai envers toi. Épouse Chance et assure-toi que personne ne ternisse votre bonheur.

– Merci, sire.

– Ce n'est pas facile pour moi de te laisser partir, chevalier.

Galahad ne le savait que trop bien. Ce n'était pas facile pour lui non plus, mais leur destin avait pris des routes différentes.

Ils terminèrent leur café, puis Galahad reconduisit son roi chez Amy. Il l'étreignit longuement, mais ne chercha plus à l'embrasser : ils venaient de tourner une page de leur vie. Terra rentra chez lui et fut bien surpris de trouver toutes ses affaires empilées dans l'entrée.

– Je veux que tu quittes cette maison et que tu sortes de ma vie à tout jamais, déclara Amy sur un ton menaçant. Tu n'as pas été honnête avec moi, Terra Wilder, et c'est inacceptable dans un couple. Retourne chez tes amis homosexuels au Texas et oublie que j'existe. Je ne veux jamais plus entendre parler de toi, de l'ordre ou de la Hollande !

– Je savais que tu ne pouvais pas être réelle, murmura-t-il en reculant.

Dans sa crainte de voir apparaître le sorcier et de devenir le prisonnier de sa propre maison, Terra se rua dehors. Dès qu'il eut franchi le seuil, pourtant, Amy regretta ses paroles. Donald avait raison : son mari avait été malmené en Californie et ses traumatismes ne disparaîtraient pas si personne ne lui venait en aide. Elle le rappela, mais il s'enfonçait déjà dans la forêt.

Terra courut jusqu'à ce que ses jambes ne puissent plus le porter, puis il s'effondra à genoux dans une clairière enneigée, au pied de la montagne.

– Vous m'avez déjà tout pris ! hurla-t-il en levant les yeux au ciel. Terminons ce jeu ridicule ici et maintenant ! Montrez-vous, espèce de lâche ! Affrontez-moi au lieu de vous cacher !

Un vent violent balaya l'échappée. Terra se releva avec difficulté. Apparemment, le sorcier avait entendu son appel. Le Hollandais fut alors saisi par les branches d'un arbre et hissé jusqu'à sa cime.

– Non ! cria-t-il en se débattant.

Les branches le pressèrent contre le tronc, mais aucune lumière n'apparut. Sarah se matérialisa dans les airs, sa robe flottant autour d'elle.

– L'arbre essaie seulement de te protéger, Terra.

– Je n'ai pas besoin de sa protection ! Je veux mettre fin à mes souffrances ! Dis-lui de me déposer sur le sol !

– Contrairement à toi, je ne sais pas parler aux arbres.

– Mais il ne m'écoute pas !

– C'est sans doute parce que ta requête est insensée.

– Je suis venu défier le sorcier une fois pour toutes ! Ça ne regarde pas les arbres !

– Ils ne peuvent pas te laisser mourir, parce que tu n'as pas accompli ta mission.

– J'ai tout perdu ! Ma mère, mes grands-parents, toi, Michael, Hélène, mes chevaliers, Galahad et même Amy ! Je n'ai plus de foyer et je ne peux aller nulle part, parce qu'on me pourchassera impitoyablement au nom d'un jeu ridicule qui prend des vies humaines ! Je ne savais pas ce qui m'attendait quand j'ai accepté de jouer avec Chris, mais maintenant, je suis pris au piège ! Comment veux-tu que je me préoccupe de cette foutue mission ?

– Tu peux encore gagner la partie et mettre un terme au règne du mal.

– Je suis le seul pion restant ! Les autres ont été éliminés ou m'ont abandonné !

– Sache que ta mort ne marquera pas la fin du jeu. C'est ton fils qui deviendra roi lorsqu'il sera en âge de jouer.

– Non ! hurla Terra en se démenant dans les branches.

– Neutralise le roi noir et le sorcier et mets la population en garde contre les dangers du jeu. Lorsque les gens cesseront d'y jouer, il cessera d'exister.

– Aide-moi alors, la supplia Terra.

– Je ne peux pas. Arrête de douter de toi. Tu as la force de vaincre seul tes ennemis.

Elle posa la main sur son front et il perdit conscience.

# 46

Tout de suite après la fuite de son époux, Amy appela la police pour leur raconter ce qui s'était passé, sans leur donner tous les détails de leur querelle. Des équipes de recherche furent aussitôt organisées. Galahad apprit ce qui se passait à la radio locale. Il sauta dans son camion avec Chance. Ils rattrapèrent les chercheurs, alors qu'ils se séparaient en groupes. Le docteur Penny vint aussitôt à sa rencontre.

– Il s'est disputé avec Amy et il s'est sauvé dans la forêt, leur apprit Donald. Espérons qu'il n'a pas été capturé par le sorcier.

L'inspecteur Wilton les invita à se joindre aux recherches, mais Galahad préféra travailler seul. Il disparut entre les arbres.

– Mais vous ne connaissez pas la région ! protesta Chance.

– Faites-moi confiance, milady.

Elle s'empressa donc de le suivre. Pour sa part, Donald rejoignit Amy, qui faisait les cent pas devant les voitures de police. Les étudiants de Terra arrivèrent alors en courant : Julie, Karen, Katy, Fred, Frank et Marco avaient décidé de former leur propre équipe de recherche.

Galahad fut le premier à repérer la trace de Terra, mais elle disparaissait mystérieusement au milieu d'une clairière. Son instinct lui fit lever les yeux vers le ciel : Terra était là, tout empêtré dans les branches, à la cime d'un grand arbre.

– Mais que fait-il là-haut ? s'étonna Chance.

– Sire ! l'appela-t-il.

Le Hollandais était inconscient. Galahad ramassa un caillou et le lança sur sa jambe. Terra sursauta.

– Mon roi !

– Galahad ? Comment m'as-tu retrouvé ?

– J'ai utilisé le présent du magicien. Ne bougez pas. Je vais aller chercher de l'aide.

– Je peux descendre seul.

Terra fit un signe de la main et les branches le déposèrent sur le sol.

– Est-ce de la magie ? s'inquiéta la jeune élève.

– C'est seulement une entente que j'ai conclue avec les arbres.

– Mais pourquoi étiez-vous là-haut ?

– J'étais résolu à affronter le sorcier, mais ce chêne m'en a empêché.

– Vous vouliez le combattre seul ? s'effraya Galahad.

– Oui, pour mettre fin au jeu et sauver tous ceux que je peux.

– Mais c'est encore possible, annonça une voix familière.

Paul Wilton se tenait à l'autre extrémité de la trouée.

– Je suis vraiment surpris de constater que le chevalier Galahad possède le sixième sens, avoua l'inspecteur.

– Il m'a été transmis par le magicien, l'informa le Texan en se plaçant devant son ami pour le protéger.

– Vous savez donc qui je suis ?

– Je sens la présence de l'obscurité dans votre cœur.

Terra posa la main sur l'épaule du chevalier pour lui recommander de garder son sang-froid.

– Je suis désolé d'avoir mobilisé tous vos hommes, inspecteur, s'excusa Terra.

– C'est la dernière fois que vous vous perdez dans les bois, Arthur.

Les vêtements du policier se transformèrent en une brillante armure noire et une épée apparut à sa main. Sans aucun avertissement, il fonça. Galahad n'avait aucune arme pour se défendre, mais il n'allait certainement pas le laisser se rendre jusqu'à Terra. Il voulut saisir la lame avant qu'elle ne s'abatte sur lui. Wilton avait prévu la manœuvre. Il fit une feinte et enfonça la pointe dans le corps du chevalier.

Chance poussa un cri de terreur en voyant son amant s'effondrer sur le sol. Elle se précipita sur lui et appuya les mains sur sa blessure pour arrêter le sang. Terra recula devant le roi noir.

– Je n'ai jamais soupçonné qui vous étiez, souffla le Hollandais, pris au dépourvu.

– Vous avez commis beaucoup d'erreurs. L'ordre ne vous a jamais protégé, Wilder.

– Déposez cette arme et réglons ce conflit de façon civilisée.

– Avez-vous oublié les règles du jeu ? L'un de nous doit mourir.

– Pas si je concède la partie.

– Il est trop tard, maintenant.

Il chargea, mais Terra s'esquiva habilement. Son opposant, les yeux étrangement rouges, émit un grondement de rage avant de foncer à nouveau.

C'est à ce moment que Donald et Amy arrivèrent dans la clairière. Le médecin aperçut Galahad sur le sol, couvert de sang. Inconscient du danger que représentait le chevalier noir déchaîné, il se jeta à genoux près de Chance, qui tentait de sauver le Texan.

– Non, protesta Galahad. Protégez le roi.

Donald enleva son manteau, le roula en boule et demanda à Chance d'exercer davantage de pression. Il n'aimait pas abandonner ainsi un homme qui avait besoin de soins, mais le chevalier avait raison : ce carnage devait cesser.

– Paul, pose cette arme tout de suite ! tonna-t-il en s'approchant des rivaux.

– Cette affaire ne te concerne pas.

– Tu es un policier, bon sens ! Ton devoir est de protéger les innocents, pas d'essayer de les tuer !

– Cet homme est loin d'être innocent. Il est responsable des cauchemars qui m'ont empoisonné durant les dix dernières années.

Amy pensa qu'il n'oserait jamais s'attaquer à une femme enceinte, aussi se posta-t-elle devant son époux. Terra la saisit aussitôt par les épaules et la poussa derrière lui.

– Ah ! Non seulement je vais me débarrasser du roi, mais je vais également tuer son héritier du même coup ! se réjouit l'inspecteur.

Galahad fut pris de convulsions. N'écoutant que son cœur, Donald revint vers lui.

– Chance, va chercher de l'aide, ordonna-t-il.

La jeune fille bondit, mais une grosse cage d'acier surgie de nulle part l'emprisonna. La clairière s'assombrit comme si la nuit était tombée d'un seul coup.

– Terra, que se passe-t-il ? s'effraya Amy.

– C'est le sorcier…

Le maléfique personnage apparut en effet près de la cage, au milieu d'un tourbillon d'étincelles et de sombre fumée. Il portait une longue tunique noire brodée d'or et des gants luisants.

– De la viande fraîche pour mes dragons, se moqua-t-il en jetant un coup d'œil à Chance.

Elle recula contre les barreaux. Le sorcier, dont le rire faisait trembler toute la forêt, s'avança vers les combattants.

– Sire Galahad, je pensais que vous aviez été éliminé, soupira le sorcier en le dévisageant d'un air méprisant.

– Mais qui êtes-vous ? s'alarma Donald.

– Quel manque de courtoisie de ma part. Je suis le sorcier, bien sûr, se présenta-t-il.

Il tendit la main vers Donald. Un éclair fulgurant s'en échappa et frappa le médecin en pleine poitrine. Celui-ci fut projeté quelques mètres plus loin.

– Tâchez donc de mourir cette fois, chevalier, maugréa le sorcier en envoyant un coup de pied dans les côtes de Galahad.

Chance cria son indignation en secouant les barreaux de sa prison, mais l'abominable personnage ne s'occupa nullement d'elle. Il se tourna plutôt vers le roi blanc.

– L'épée de mon roi est empoisonnée, seigneur de rien du tout, le renseigna-il en continuant d'avancer. Je crains fort que votre petit ami ne s'en tire pas.

Terra jugea préférable de ne pas répondre et de demeurer sur ses gardes. Le sorcier s'arrêta près de Wilton, immobile comme une marionnette dont personne ne tirait les ficelles.

– Mais qu'est-ce que je vois ? s'enthousiasma le sorcier. Votre reine est enceinte !

– Laissez-la partir, commanda Terra. C'est moi qui suis sur le jeu.

– Mais si je tue tout de suite vos enfants, mon règne sur le monde sera encore plus long…

Alissandre apparut alors dans un éclair fulgurant. Il portait une longue tunique blanche attachée à la taille par un ceinturon d'argent.

– Ce combat doit se dérouler entre les deux rois, l'avertit le nouveau magicien. Votre intervention est illégale.

– Mais qu'avons-nous ici ? Un lionceau qui essaie de rugir comme un lion ?

– J'ai pris la place de mon maître et maintenant, c'est vous le vieillard.

– C'est ce que nous verrons, apprenti.

Il lança une décharge de feu contre Alissandre. Elle se heurta à un rempart invisible et éclata en une myriade d'étincelles multicolores. L'expression de l'Asiatique se durcit.

– C'est contre moi que vous devrez jouer désormais, sorcier. Et je n'ai pas l'intention de vous laisser gagner.

Le mage noir recula vers l'autre extrémité de la clairière en se soumettant, visiblement contre son gré, aux règles du jeu. Le nouveau magicien souffla alors sur Terra : ses vêtements se transformèrent en une magnifique armure blanche. Émerveillée mais inquiète pour son mari, Amy recula entre les arbres. Alissandre toucha la main de Terra et une longue épée argentée y apparut. Il rejoignit ensuite Amy pour s'assurer qu'elle n'interviendrait pas.

– Qui êtes-vous ? demanda-t-elle, stupéfaite.

– Je suis Alissandre, le successeur du magicien.

– Si vous avez vraiment des pouvoirs magiques, faites en sorte que cet affrontement n'ait pas lieu.

– Soyez sans crainte, Terra a été entraîné pour ce combat. Surtout, ne vous en mêlez pas.

Il se pencha sur Galahad et l'enveloppa de lumière. Sa blessure guérie, le chevalier se détendit. Amy observait toute la scène, hébétée. Terra n'avait donc pas divagué : tous ces étranges personnages existaient vraiment ! Un choc métallique la fit sursauter. Les deux rois se mirent à échanger des coups puissants. La jeune femme crut la dernière heure de Terra arrivée. Cependant, elle s'aperçut rapidement qu'il maniait l'épée avec grâce et habileté. « Mais qui est vraiment Terra Wilder ? » se demanda-t-elle.

Terra corsa son attaque et accula le roi noir à de gros arbres en bordure de la clairière. À la grande surprise d'Amy, de Chance et de Donald, pour qui Terra était un être infiniment doux, le Hollandais plongea brutalement la lame de son épée dans la poitrine de son ennemi, fendant son armure noire en deux et faisant jaillir son sang ténébreux. Il saisit Wilton par les cheveux et s'apprêta à lui trancher la tête.

– Terra ! s'écria Amy, horrifiée.

Sortant de l'état de transe où l'avait plongé le magicien, Terra constata ce qu'il était en train de faire. Il lâcha sa proie et tituba vers l'arrière. Alissandre leva alors un regard supérieur sur le sorcier, qui assistait au combat avec un air dédaigneux.

– Vous avez perdu, le nargua son rival.

Furieux, l'Asiatique s'évanouit dans un tourbillon de fumée et de flammes. La cage de métal se volatilisa, la clarté revint dans l'échappée et les armes disparurent. Chance accourut auprès de Galahad, où le médecin lui céda volontiers sa place. Alissandre se pencha sur l'inspecteur et fit disparaître sa blessure. Terra se tenait debout devant Wilton, qui gisait, inconscient, au pied de l'arbre.

– Est-ce que tu as vraiment tué cet homme ? s'effraya Amy en rejoignant son mari.

– Seulement dans le jeu, précisa Alissandre. Mes félicitations, monseigneur.

Il se courba respectueusement devant Arthur. Pourtant, il n'y avait aucune satisfaction sur le visage du roi blanc, seulement de la tristesse. Il s'éloigna d'Alissandre, ne prêta aucune attention à Amy et s'arrêta près de Galahad.

– Il a raison, l'appuya le chevalier. Vous avez fort bien combattu.

– J'ai seulement fait ce que je devais faire. Comment te sens-tu ?

– J'ai connu de meilleurs jours, monseigneur.

– Arrête de m'appeler ainsi. Le jeu est terminé, Chris.

– Je veux bien t'appeler Terra, mais personnellement, je préfère qu'on continue à m'appeler Galahad.

Le Hollandais l'aida à se relever, le serra dans ses bras, puis s'éloigna dans la forêt.

– Terra, attends ! le rappela Amy.

Il fit la sourde oreille.

– Tu as toutes les raisons du monde d'être en colère contre moi ! admit-elle en le rattrapant. J'ai agi de façon égoïste et je te demande pardon !

– Je te pardonne, répondit froidement Terra sans s'arrêter.

Elle le saisit par le bras, le forçant à s'arrêter. Ses yeux verts étaient toujours ceux du roi de Camelot.

– J'étais fâchée parce qu'en revenant chez toi, après six mois d'absence, tu ne m'as pas accordé plus d'attention qu'à un meuble, expliqua-t-elle.

– Je n'étais pas certain que tu étais réelle.

– Je ne comprenais pas ce que tu voulais dire. J'ai eu peur que toutes ces épreuves t'aient fait perdre la raison. Quand tu m'as parlé du sorcier et du magicien, j'ai paniqué. Mon esprit ne pouvait tout simplement pas concevoir ce genre de réalité. Et puis, je t'ai vu avec Christopher Dawson et je suis devenue folle de rage.

– Je n'ai pas envie de me justifier.

– Je ne te le demande pas. Je souhaite seulement que tu reviennes chez nous et que nous reprenions notre vie là où nous l'avons laissée. Et je suis prêtre à me battre contre Dawson pour te garder.

– Chris est heureux avec Chance.

– Et je leur souhaite beaucoup de bonheur. Mais le nôtre me tient aussi à cœur. Je ne veux plus que nous ayons de secrets l'un pour l'autre. Je veux savoir qui tu es vraiment, car il est bien évident, à présent, que tu ne m'as montré qu'une seule facette de toi-même. Et je te promets de ne pas t'arracher ces confidences. J'attendrai que tu sois prêt à m'en parler.

Il la fixa pendant un long moment. Les élèves arrivèrent au détour d'un sentier avec une des équipes de recherche. Terra redevint alors le professeur de philosophie. Il les remercia de s'être portés à son secours et accepta toutes leurs marques d'amitié.

Lorsque les sauveteurs eurent couché l'ancien roi noir sur une civière, Chance ramena Galahad vers la route.

– Avez-vous vraiment été blessés tout à l'heure ou cela faisait-il partie du jeu ? s'enquit-elle.

– Les deux.

– Paul Wilton s'en remettra-t-il ?

– Oui, mais ce sera traumatisant pour lui, puisqu'il était sous l'influence du sorcier. Lorsque son venin cesse d'agir, ses pions ont du mal à reprendre leur vie normale. L'ordre agit autrement. Ses chevaliers ne dépendent pas du magicien. Ils ne font que suivre ses conseils.

– Le jeu est-il terminé ?

– Pour nous, il l'est.

– Alors, Terra n'est plus le roi et vous n'êtes plus chevalier ?

– Je ne suis plus chevalier, mais Terra est toujours le roi, puisque le magicien a gagné la partie.

– Pourrait-il démissionner ?

– La procédure d'abdication de la couronne est compliquée, mais pas impossible.

En quittant les secouristes, Donald s'était empressé de rejoindre Terra et Amy. Il fut content de les voir marcher, main dans la main.

– Paul s'en sortira, annonça le médecin.

– Ce sera un homme brisé, désormais, s'attrista le Hollandais. C'est ce qui arrive à tous ceux qui sont utilisés et ensuite abandonnés par le sorcier.

– C'est difficile pour moi d'accepter qu'un homme puisse être tué d'un coup d'épée et aussitôt ressuscité par un magicien qui n'est même pas censé être de ce monde.

– Il faut faire partie de l'ordre pour comprendre le jeu.

Donald sentait quelque chose de changé en lui, à part du fait qu'il marchait maintenant normalement. Il ne savait pas encore très bien quoi.

Une fois à la maison, Amy laissa son époux se familiariser avec son environnement sans le brusquer. Il mangea sans beaucoup d'appétit et alla s'asseoir devant le téléviseur, sans pourtant y porter une réelle attention.

– Reviendras-tu enseigner à l'école après les vacances de Noël ? demanda Amy en se blottissant contre lui.

– Probablement, si Miller veut encore de moi. Mais avant, j'ai des comptes à régler au Texas.

– Tu ne vas pas retourner là-bas ? se récria Amy, qui ne voulait pas le perdre une autre fois.

– Lancelot et Kay me doivent des explications.

– Je t'en prie, règle ça au téléphone.

– Je ne peux pas abdiquer ma couronne de cette façon. Il faut que je la leur remette en personne.

– Terra, je sais que je t'ai promis toute la liberté dont tu as besoin, mais je ne peux pas te laisser y aller.

– Tu n'as rien à craindre. Le jeu est terminé. Il ne peut plus rien m'arriver, ni ici ni au Texas.

– Mais le sorcier n'a pas été éliminé. Il a seulement disparu. Il pourrait encore t'attaquer.

– Son roi est mort.

– Et l'armée ?

– Je lui ai fourni ce qu'elle voulait. Je t'assure que je serai en parfaite sécurité. D'ailleurs, je n'y vais pas seul. J'emmène Galahad avec moi.

– Pourquoi lui ?

– Il a aussi des choses à régler.

– Je serais moins inquiète si tu emmenais aussi Donald.

Terra songea que ce n'était pas une mauvaise idée, tout compte fait, d'ajouter une troisième personne à cette expédition. Il appela le médecin le lendemain matin, après une nuit rassurante dans les bras de son épouse. Donald accepta aussitôt de les accompagner. Amy les conduisit donc à l'aéroport quelques jours plus tard et les étreignit longuement en leur recommandant la plus grande prudence.

– Ne craignez rien, milady, la rassura Galahad. Je veille sur lui.

– Mais ne le faites pas de trop près, l'avertit la jeune femme, possessive malgré elle.

Terra demeura silencieux pendant tout le vol. Il avait pris une place près du hublot et regardait dehors en réfléchissant à ce qu'il allait dire à Kay. Il avait cessé de fréquenter les membres de l'ordre depuis longtemps. Pourtant, ils lui avaient toujours semblé si honnêtes… Qu'avait-il bien pu se passer pour qu'ils l'offrent en pâture au sorcier ? Assis à côté de lui, Galahad et Donald bavardaient comme de véritables pies. Terra était content qu'ils soient devenus bons copains. Galahad aurait besoin d'amis maintenant qu'il était coupé de ses frères chevaliers.

Ils atterrirent à Galveston au début de la soirée et montèrent dans un taxi. Le Hollandais était toujours silencieux et ses compagnons commencèrent à s'en inquiéter.

– Terra, tu es un peu trop calme à notre goût, lui dit le médecin.

– Je suis un homme paisible, Donald.

– Tu ne vas pas faire de bêtises ce soir, n'est-ce pas ?

– Ce n'est pas mon intention.

Ils arrivèrent devant le manoir du docteur Mills. Galahad sortit du taxi, s'approcha de l'interphone de la grosse muraille et s'annonça au serviteur. Les grilles s'ouvrirent et le taxi les mena jusqu'à la porte de l'immense maison. Terra et Galahad la connaissaient déjà très bien, mais Donald écarquilla les yeux : jamais il n'avait vu un aussi grand domaine !

– Et il n'y a qu'un seul homme qui vit là-dedans ? se rappela-t-il.

– Le docteur Richard Mills, aussi connu sous le nom de sire Kay, expliqua Galahad. Son château abrite les salles de cérémonie les plus importantes de l'ordre ainsi que ses écuries.

La porte de bois sculptée s'ouvrit et le serviteur en habit noir se courba devant eux.

– Je suis ravi de vous revoir, monseigneur, et vous aussi, sire Galahad. Le docteur s'entretient actuellement avec sire Lancelot. Désirez-vous l'attendre au salon ?

– Non, répondit le Hollandais en passant près de lui.

– Mais sire ! protesta le serviteur en le pourchassant.

Galahad et Donald leur emboîtèrent le pas. Terra savait que c'était dans le boudoir que le chirurgien aimait recevoir ses invités en tête à tête. Il en poussa brutalement les portes, faisant sursauter Kay et Lancelot.

– Je suis désolé, monsieur, s'excusa le serviteur. Ils n'ont pas voulu attendre au salon.

Galahad et Donald se postèrent de chaque côté de Terra. Sire Kay congédia son serviteur en lui disant que le roi de Camelot avait le droit de circuler à sa guise dans le manoir. Terra fixait les deux dirigeants de ses yeux remplis de colère.

– Je suis vivant, Kay, et ce n'est sûrement pas grâce à vous, reprocha-t-il.

Lancelot déposa son verre sur le guéridon qui séparait les deux fauteuils. Il jeta un rapide coup d'œil aux épées accrochées au mur : il aurait certainement le temps de s'en emparer avant que le roi puisse s'en prendre à eux.

– Mais nous avons gagné le jeu, lui rappela calmement Kay.

Terra mit la main à l'intérieur de son manteau. Aussitôt, Lancelot se leva, mais Kay lui recommanda de ne pas s'en mêler. Le Hollandais sortit de sa poche une couronne de métal dorée, très simple, sans ornements.

– Je connais la procédure d'abdication, déclara-t-il, mais je crois qu'en raison des circonstances, nous pouvons l'abréger.

Il lança la couronne aux pieds de Kay.

– Pourquoi m'avez-vous laissé tomber ? demanda Terra sur un ton accusateur.

– Nous n'avons pas eu le choix.

– Le sorcier nous tenait à la gorge, ajouta Lancelot.

– Nous savions que l'homme qui serait sacré roi serait sacrifié, cette fois, poursuivit Kay. Nous ne pensions pas que vous seriez aussi coriace.

– Pourquoi moi ?

– Vous étiez au mauvais endroit, au mauvais moment. C'est Galahad qui nous intéressait.

Ce dernier arqua un sourcil avec surprise.

– C'est lui que vous vouliez faire mourir ? se fâcha Terra.

– Non, répondit Lancelot. Nous voulions qu'il se joigne à nous, mais il ne l'aurait pas fait sans vous.

– Si je comprends bien, le but de l'ordre est de recruter des chevaliers vaillants et obéissants et d'immoler des rois innocents ?

Kay et Lancelot gardèrent le silence. Ils avaient sauvé leurs frères d'armes en offrant au sorcier la tête d'Arthur sur un plateau d'argent.

– J'espère que vous brûlerez tous en enfer, maugréa Terra en tournant les talons.

Il quitta la pièce d'un pas furieux. Donald le suivit, mais Galahad s'avança vers Lancelot. Il lui tendit le médaillon qu'il lui avait confié quelques mois plus tôt. Les deux hommes se regardèrent dans les yeux pendant quelques secondes. Lancelot reprit le bijou, puis Galahad s'en alla à son tour, sans dire un mot. Lancelot le rattrapa dans le couloir.

– Galahad, attendez !

Le chevalier fit volte-face comme s'il réagissait à un défi ou à une attaque sournoise.

– Je ne suis pas armé, affirma Lancelot en levant les mains. Sire Kay vous a dit la vérité. C'est vous que nous voulions avoir dans nos rangs.

– Cela n'a plus d'importance, sire. Vous n'aviez pas le droit d'en profiter pour condamner mon ami.

– Ce n'était pas une question de choix, croyez-moi. La survie de l'ordre dépendait de cette offrande.

– Je suis désolé, mais j'ai perdu confiance en vous et en l'ordre.

Galahad s'éloigna en laissant Lancelot désemparé.

– Nous voulions vous avoir parmi nous parce vous êtes mon fils, Galahad ! avoua-t-il finalement.

Le chevalier s'arrêta net, puis se retourna lentement, visiblement incrédule.

– Vous avez été conçu à une époque où j'étais trop jeune pour m'occuper de vous, poursuivit Lancelot. Et lorsque j'ai enfin eu suffisamment d'argent pour vous prendre avec moi, les services sociaux ont refusé, parce que je n'étais pas marié. Alors, j'ai épousé une femme que je n'aimais pas, mais ils ont trouvé d'autres raisons pour vous confier à une kyrielle de familles qui ne voulaient pas de vous. Je n'ai pas réussi à à vous reprendre, mais je ne vous ai jamais perdu de vue. J'ai quitté ma femme et déménagé au Texas en même temps que vous. C'est moi qui ai organisé notre rencontre dans la boutique où vous vous rendiez si souvent avec Terra Wilder.

– Pourquoi m'avoir caché la vérité ? s'étonna Galahad, fortement ému par ces révélations.

– Je ne voulais pas que vous me jugiez. J'ai convaincu sire Kay de me laisser devenir votre mentor, pour que je puisse enfin participer à votre éducation.

– Vous n'inventez cette histoire que pour m'obliger à rester au Texas…

– Non, mon fils, c'est la vérité. J'aimerais qu'il soit encore temps de vous montrer à quel point vous m'êtes cher.

– Si vous teniez vraiment à moi, vous n'auriez pas condamné l'homme que j'aimais, se buta le chevalier, la gorge serrée. Jamais je ne pourrai vous pardonner cette trahison.

– Nous avons été forcés d'agir ainsi, Galahad.

– Un véritable chevalier ne peut pas être soudoyé, sire.

Il poursuivit sa route la tête haute mais, dans sa poitrine, son cœur lui faisait terriblement mal. Dehors, Terra et Donald l'attendaient près du taxi.

– J'admire ton sang-froid, disait le médecin à son ami hollandais. Moi, je leur aurais cassé toutes les dents.

– Ces hommes sont des maîtres escrimeurs, Donald. Ils m'auraient mis en pièces.

– J'imagine que c'était suffisant de leur lancer une couronne, dans ce cas.

Chris passa alors à côté d'eux sans dire un mot et s'engouffra rapidement dans la voiture.

– Galahad, que se passe-t-il ? s'inquiéta Donald.

– Rien, répondit-il d'une voix étouffée.

Les deux hommes le rejoignirent sur la banquette. Terra demanda au chauffeur de les ramener à l'aéroport pendant que Donald se penchait sur le Texan, qui pleurait à chaudes larmes. Il finit par lui faire dire que Lancelot était son père.

– Toute ma vie, j'ai voulu savoir qui étaient mes parents et cet homme m'a côtoyé pendant des années sans jamais rien me dire…

– Mais il n'est pas trop tard pour rattraper le temps perdu, mon ami, raisonna le médecin en lui frictionnant les épaules.

– Je ne veux plus jamais entendre parler de l'ordre…

– Mais vous prônez tout de même de belles valeurs ! protesta Donald.

– Nous pourrions fonder notre propre ordre de chevalerie à Little Rock, suggéra sérieusement Terra.

– Tu n'as pas l'intention de recommencer le jeu ? s'effraya le médecin.

– Sûrement pas !

– Mais nous pourrions perpétuer son sens de l'appartenance, son amitié, sa philosophie du non-étiquetage et sa courtoisie, l'appuya Galahad en essuyant ses larmes. Nous pourrions construire la nouvelle Camelot dont nous avons si souvent rêvé.

– À la condition que je n'en sois pas le roi, les avertit Terra.

– De toute façon, Little Rock a déjà un maire, lui rappela Donald.

– Notre ordre ne serait pas une force politique, mais seulement une fraternité.

– Je suis d'accord, acquiesça Galahad

– Tant que vous ne nous demandez pas de transformer l'hôpital et l'hôtel de ville en châteaux du Moyen Âge, moi, je suis d'accord aussi, plaisanta Donald.

– Ce ne serait pas urgent de le faire tout de suite, répliqua Galahad, mais nous devrions tout de même faire l'effort de convertir au moins les façades de nos maisons. Et il n'est pas nécessaire qu'elles soient toutes des châteaux non plus. Il y avait toutes sortes d'habitations à cette époque.

Content qu'il ait momentanément oublié la peine que lui avait causée sire Lancelot, Donald continua de le faire parler de ses idées de rénovation pendant que Terra somnolait près d'eux.

Une fois en sol canadien, ils rentrèrent chacun chez soi. Terra avait peu de temps pour s'habituer à l'idée qu'il allait bientôt être père. Il posa mille et une questions à Amy sur sa grossesse et sur les enfants en général. Elle y répondit avec joie, heureuse de retrouver enfin son mari.

Galahad retourna au Texas une autre fois avec Chance pour aller chercher ses affaires et transférer ses comptes en banque au Canada. À son retour à Little Rock, le directeur de l'école secondaire, qui avait entendu parler de ses qualifications, lui offrit le poste de professeur de physique que Terra avait jadis refusé. Galahad l'accepta avec plaisir et signala à monsieur Miller qu'il pouvait également enseigner l'informatique, qui était son véritable champ d'expertise.

Le chevalier commença aussi à fréquenter les amis de Chance. Il leur enseigna à jouer aux Donjons. Le jeune Marco avait une imagination sans bornes pour se sortir des mauvais pas et sa dame, Katy Prescott, n'était jamais loin derrière lui. Fred et Frank avaient choisi de devenir des mercenaires inséparables et offraient leurs services à tous les royaumes sans distinction.

Julie, quant à elle, vivait seule dans son château, où elle attendait que se présente un prétendant convenable, qu'il soit roi, prince ou chevalier. Chance et Karen avaient décrété qu'il était temps que les femmes puissent aussi devenir chevaliers. Elles s'étaient donc mises au service d'un roi juste et bon, qu'elles protégeaient vaillamment. Galahad était demeuré lui-même : le champion du bon roi Arthur.

Chris Dawson était content de sa nouvelle vie à Little Rock, mais il savait que les Donjons ne remplaçaient pas le véritable enseignement d'un mentor. Il lui faudrait organiser des rencontres chez lui le week-end, afin de former de jeunes écuyers et, plus tard, des chevaliers. C'était la seule façon de garantir la survie de la Nouvelle Camelot.

Le premier jour des classes, en janvier, il rejoignit Terra dans la salle des professeurs. Il était nerveux à l'idée d'enseigner pour la première fois de sa vie. Le Hollandais le rassura de son mieux. Lorsque la cloche sonna, ils se séparèrent dans le couloir. Galahad entra dans le laboratoire, intimidé par tous ces jeunes visages qui l'observaient.

– Je suis Christopher Dawson, annonça-t-il, aussi connu sous le nom de Galahad. On m'a demandé de donner un coup de main à votre professeur régulier, Vince Kennedy, alors je vais vous préparer aux examens de fin d'année. Avez-vous des questions avant que nous commencions ?

– Êtes-vous vraiment un chevalier de la Table ronde ?

– Oui.

– Est-ce qu'on pourrait le devenir aussi ?

– Bien sûr, mais il vous faudra d'abord être écuyers et apprendre les règles du code de chevalerie ainsi que l'utilisation civilisée des armes dont se servent les chevaliers.

– Est-ce que l'école a l'intention d'offrir ce programme ?

– Je crains que non, mais il est possible que j'entraîne bientôt des écuyers chez moi.

– Est-ce que vous acceptez les filles ?

– C'est mon intention.

Galahad rêvait de créer un véritable ordre de chevalerie, qui ne serait en aucune façon relié à un jeu cruel. Ses chevaliers seraient des hommes et des femmes honnêtes, dévoués et bons. Ils s'engageraient à perpétuer de belles valeurs dans le monde.

De son côté, Terra profita des derniers jours de congé pour dormir et recommencer à bien manger. Le jour avant la reprise des classes, il avait eu une longue discussion avec Sarah. Elle était contente de ses progrès et du bien qu'il continuait de faire autour de lui. Leurs adieux furent difficiles pour le Hollandais, qui s'était habitué à la voir surgir chaque fois qu'il avait besoin d'elle.

– Il est temps pour moi de poursuivre mon propre chemin, annonça le fantôme.

– Tu ne reviendras plus, n'est-ce pas ?

– Ce n'est plus nécessaire. Il y a en toi une nouvelle force et surtout, tu as enfin accepté tes dons. Tu as encore beaucoup à faire sur la Terre.

– Tu me manqueras, Sarah.

– Nous nous reverrons.

Il aurait aimé l'étreindre, mais il savait que ce geste ne ferait qu'accroître sa tristesse. Il contempla son visage pour ne jamais l'oublier et la regarda s'évaporer pour la dernière fois.

Le lendemain, à l'école secondaire de Little Rock, il éprouva beaucoup de réconfort de se retrouver enfin en terrain familier. Il reconnut quelques visages et aperçut de nouveaux élèves. Il alla calmement s'asseoir sur le bureau du professeur.

– Je connais certains d'entre vous et j'apprendrai à connaître les autres dans les prochains jours. J'imagine que vous savez qui je suis, mais je veux quand même mettre certaines choses bien au clair. Je ne suis pas le fils de Dieu, je ne suis pas un ange et je ne suis pas le roi Arthur de Camelot. Je ne viens pas de l'espace ni des profondeurs de la Terre. Je suis seulement un homme d'origine hollandaise et j'ai des pouvoirs de guérison que je continue de découvrir moi-même tous les jours. J'entretiens aussi un lien étroit avec les arbres. Il ne s'agit pas de pouvoirs magiques, mais de facultés psychiques que tout le monde peut développer. Je suis venu au Canada pour y mener une vie tranquille et j'aimerais que vous respectiez ma volonté. Traitez-moi comme vous traitez tous vos autres professeurs.

– Je ne suis pas sûr que vous aimeriez ça, se moqua Fred Mercer.

La classe éclata de rire. Même Terra trouva la remarque amusante.

– Ce que j'essaie de vous dire, poursuivit-il, c'est que je veux être votre mentor et votre ami. Je ne veux pas être considéré comme une divinité ou un chef de culte. J'ai traversé de dures épreuves dernièrement et j'apprécierais que vous m'aidiez à retrouver mon existence paisible de l'an dernier.

– Pouvez-vous au moins nous dire ce qui vous est arrivé ? réclama un étudiant.

– J'ai été enlevé par des hommes qui voulaient m'obliger à terminer une recherche que j'avais commencée il y a plusieurs années. En fait, c'est plus compliqué que cela, mais je n'ai pas l'intention d'entrer dans les détails.

– Alors, vous êtes revenu pour de bon ? fit Frank.

– Oui. J'ai besoin de la quiétude de cette ville, car, comme vous le savez probablement déjà, je vais bientôt être père de jumeaux. J'ai bien hâte de les entendre dire leurs premiers mots et de leur apprendre à faire leurs premiers pas.

– Vous allez changer d'idée quand ils seront adolescents, se moqua Marco, ce qui provoqua de nouveau le rire de toute la classe.

– Vous me procurez déjà un bon terrain d'entraînement.

– Ce ne sera pas si terrible, affirma Julie. Les enfants qui naissent de nos jours ne seront pas tout à fait comme nous. Ils auront le monde au bout de leurs doigts sur leurs ordinateurs et ils auront moins le temps de se mettre dans le pétrin.

– Je ne suis pas d'accord, riposta Fred. Ces adolescents trouveront certainement une façon de se foutre dans le pétrin dans le monde virtuel.

– Fred a raison, l'appuya Karen.

– Mais ces deux-là seront les enfants du meilleur professeur du monde ! protesta Katy. C'est évident qu'ils apprendront à bien se conduire.

– Katy, c'est de l'étiquetage, lui rappela Terra.

– Oui, vous avez raison.

– Est-ce que c'est vrai que notre ville portera bientôt un nouveau nom ? demanda Chance avec un sourire espiègle.

– Vu ta relation privilégiée avec le principal instigateur de ce projet, je pense que tu en sais probablement plus long que moi à ce sujet, répliqua Terra.

– Je sais seulement que Galahad fait circuler une pétition pour que nous adoptions le nom de Nouvelle Camelot, mais quelles sont ses chances de réussite ?

– Comment pourrais-je le savoir ? Je viens de vous dire que je ne suis pas prophète.

– Moi, je pense que ce serait bon pour la ville, intervint Frank. Ça attirerait des touristes et ça nous enrichirait un peu.

– Comme Roswell au Nouveau Mexique, ironisa Karen.

La discussion s'enflamma sur les retombées économiques d'une telle initiative. Terra se croisa les bras et assista à l'échange avec beaucoup de satisfaction. Par la fenêtre, il vit tomber de gros flocons de neige sur la campagne environnante. Son âme était enfin en paix.

* * *

Dans son antre, le sorcier observait la boule de verre qu'il tenait au creux de sa main. Il la secoua vivement. Son geste fit naître une tempête de neige sur la ville miniature de Little Rock qui s'y trouvait emprisonnée. Il éclata d'un rire triomphant et déposa la sphère sur une étagère de pierre noire.

– Nous nous reverrons, Arthur, annonça-t-il en s'éloignant.

Bientôt, le second volet
des aventures de Terra Wilder

**CAPITAINE WILDER**

Peu de petites villes au Canada avaient connu le même essor que Little Rock, en Colombie-Britannique. En deux ans à peine, cette petite communauté presque entièrement à la charge de l'aide sociale s'était transformée en une véritable cité médiévale, digne de celles d'Europe. Des milliers de visiteurs s'y arrêtaient maintenant, surtout l'été, pour y vivre des expériences uniques dans ses rues étroites, ses auberges, ses fêtes champêtres et ses tournois entre chevaliers. Mais ce qui étonnait le plus les économistes, c'était qu'un seul homme était l'auteur de ce miracle.

Astrophysicien à l'emploi de la NASA, d'abord en Californie, puis au Texas, Christopher Dawson avait scellé son destin lorsqu'il s'était lié d'amitié avec un de ses collègues, un savant hollandais qui pouvait créer de puissants systèmes de propulsion, uniquement au moyen de formules mathématiques. Dawson était loin de se douter que les interminables parties de Donjons et Dragons qu'il avait jouées avec Terra Wilder allaient le plonger dans cette extraordinaire aventure.

Croyant qu'il s'agissait d'un nouveau jeu, Terra et Christopher avaient accepté de se joindre à un ordre secret de chevalerie, qui réunissait ses membres régulièrement à Galveston. Ils avaient vite déchanté, car le groupe se prenait au sérieux et obéissait à des règles strictes. Ces hommes, pour la plupart très riches, ne s'étaient pas seulement donnés les noms des légendaires chevaliers de la Table ronde, ils menaient aussi une véritable lutte contre les forces du Mal.

Armés de leur esprit critique, les deux astrophysiciens s'étaient d'abord contentés d'observer leurs nouveaux frères d'armes. Puis, sans s'y attendre, Terra avait été couronné roi, et pas n'importe lequel : on lui avait donné le nom d'Arthur ! Il jouissait cependant de peu de privilèges. Tout comme les autres membres de l'ordre, il était tenu d'assister aux nombreux banquets et aux périodes de formation en escrime ancienne. Malheureusement, le Hollandais n'avait jamais eu le loisir de se perfectionner dans les arts de la guerre. Un terrible accident de voiture lui avait ravi plusieurs années de sa vie.

Tandis que Terra reposait entre la vie et la mort à l'hôpital militaire, Christopher Dawson avait eu son lot de préoccupations. Au moment de son adoubement, on lui avait donné le nom de Galahad, le chevalier parfait. L'ordre ne s'attendait à rien de moins de sa part. Sous la tutelle du chevalier Lancelot, Galahad avait découvert la véritable raison de la création de ce groupe de fanatiques du Moyen Âge : ils n'étaient que des pions sur un grand échiquier où un sorcier et un magicien se disputaient partie après partie, depuis la nuit des temps.

Au fil des siècles, les soldats du mage blanc avaient aussi bien été des gladiateurs que des chevaliers ou des samouraïs. Mais ceux du mage noir étaient toujours des créatures surnaturelles qui n'hésitaient jamais à utiliser des tactiques déloyales pour faire avancer leur maître sur le plateau de jeu. Le sorcier gagnait presque tous les matchs, se délectant de voir tomber un à un les défenseurs du Bien. Heureusement, les règles du jeu, que respectaient plus ou moins les factions opposées, spécifiaient qu'une victoire du magicien obligeait son adversaire à attendre cent ans avant de le défier à nouveau. Toutefois, le vil personnage transgressait à son gré ces règles, qu'il jugeait stupides…

Terra et son ami astrophysicien avaient failli être tués lors de la dernière partie entre les deux immortels. La confiance que Christopher Dawson avait accordée aux membres de la Table ronde s'était également effritée lorsqu'il s'était aperçu qu'ils avaient fait un pacte avec la partie adverse. Pourtant, ils avaient longtemps représenté sa seule famille. Aussi, une fois que Terra eut remis sa couronne à sire Kay et sire Lancelot, le jeune savant avait quitté le Texas pour s'établir à Little Rock.

Dawson, qui portait toujours fièrement le nom de Galahad, avait tout de suite entrevu le potentiel de cette petite ville de Colombie-Britannique. Sa situation idéale à la campagne, loin des grandes villes, avait permis à Galahad d'opérer la transformation radicale de Little Rock en quelques mois seulement. Il avait déposé son plan d'action au conseil municipal, bien décidé à se battre pour relancer l'économie de la région. À sa grande satisfaction, ses idées avaient été très favorablement accueillies.

Le conseil avait tout d'abord accepté de changer le nom de Little Rock par celui de Nouvelle-Camelot. Tenace, Galahad avait ensuite harcelé tous les paliers de gouvernement afin d'obtenir les subventions nécessaires à la modification des devantures des magasins et des commerces. Le chevalier ne s'était pas arrêté là. Il avait redessiné le plan de la ville pour que les rues adoptent la configuration tortueuse des cités médiévales. Les habitants avaient accepté avec quelques réticences de voir leurs maisons, désormais recouvertes de pierres de taille, déplacées par d'énormes camions, puis collées les unes aux autres. Finalement, rassurés par la confiance qu'affichait Galahad, ils avaient participé à l'érection de la muraille qui entourait entièrement Nouvelle-Camelot et à la pose du macadam dans toutes les rues. Même les lampadaires électriques avaient été remplacés par des réverbères à gaz, allumés tous les soirs par des équipes de surveillance vêtues de tuniques et de tabards aux couleurs de la nouvelle municipalité, à savoir le vert, le noir et le blanc ou, comme les appelaient les experts en la matière, le sinople, le sable et l'argent.

*Composé par Nord Compo Multimédia*
*7, rue de Fives, 59650 Villeneuve-d'Ascq*

IMPRIM'VERT®

Achevé d'imprimer
en décembre 2012
par Corlet imprimeur
14110 Condé-sur-Noireau

Dépôt légal : janvier 2013
Numéro d'impression : 151203
*Imprimé en France*

ISBN : 978-2-7499-1769-6
LAF : 1342A